백치공녀

1판 3쇄 찍음 2015년 2월 6일
1판 3쇄 펴냄 2015년 2월 11일

지은이 유리엘리
펴낸이 정 필
펴낸곳 도서출판 **뿔미디어**

출판등록 2002년 9월 11일 (제1081-1-132호)
주소 경기도 부천시 원미구 소향로 17, 303호(두성프라자)
전화 032)651-6513 팩스 032)651-6094
E-mail bbulmedia@hanmail.net
홈페이지 http://bbulmedia.com

ISBN 979-11-315-1154-1 04810
ISBN 979-11-315-1152-7 04810 (SET)

※파본은 구입하신 서점에서 교환하여 드립니다.

FEEL PREMIUM EDITION

백치공녀 II

유리엘리 장편 소설

contents

16장.
밤은 길고 인내는 고달프다

그녀가 먼저 입맞춤을 하다니. 그런 쪽으로는 워낙 둔한 성격이라 상상도 못 했던 일이다. 비록 이벨린 그녀를 의식해서 한 일이라고 해도 마찬가지다. 뜻밖의 선물을 받은 기분이라 나조차도 당황스러울 정도로 비실비실 새어 나오는 웃음에 결국 그녀의 타박이 돌아왔다.

"이제 그만 좀 웃으십시오. 대체 왜 그러십니까?"

왜긴. 기분이 좋아서 그러지. 올리비아, 내 사랑스러운 반려. 어쩌면 이리도 깜찍한 행동만 하는지. 마음 같아서는 이 자리에서 바로 덮치고 싶은 심정이지만 다른 사람이 다 보는 앞에서 그럴 수는 없으니 일단은 참자.

문제는 첫날밤인 오늘도 참아야 한다는 건데. 그 생각만으로도 좋았던 기분이 순식간에 축 처지는 것 같아 나직하게 한숨을 내쉬었다. 어차피 기대도 하지 않았지만 앞으로가 상당히 고달플 것 같군. 그나마 다행이라면 전혀 가능성이 없는 건 아니라는 점이다.

키스에 적극적인 그녀라면 쾌감에 익숙해지도록 만들며 지식을 조금씩 가르쳐 호감을 갖게 하면 의외로 성과가 빠를지도 모른다. 그렇게 해서라도 차츰 내 자리를 만들어 가야겠지. 그리고 그때는 밤이 새도록 그녀를 탐할 수 있을 것이다.

내 품에서 유혹적이게 흐트러질 그녀를 상상하자 하반신에 즉각적인 반응이 나타나는 통에 난감하긴 하지만 고지가 머지않았다는 생각에 기분이 급격하게 좋아졌다. 인내 끝에 취한 과실은 그 무엇보다 달콤하지 않은가.

"어째 영, 안 좋아 보이십니다. 궁의에게 진찰을 받아 보시는 게 어떻겠습니까?"

이런, 내가 너무 티를 낸 건가. 조금 자제를 해야겠군.

"짐은 정상이오, 황후."

"그렇다면야 다행이지만 아닌 것 같아서 드리는 말씀입니다."

"큭큭, 지극히 정상이니 걱정할 필요는 없소. 그보다 황궁에 도착하는 대로 잠시 정령왕들을 빌려 주면 좋겠군."

"이 녀석들 말씀이십니까?"

"아아, 잠시 물어보고 싶은 게 있어서. 또 도움을 청할 일도 있고."

어차피 정령왕들도 그녀를 잡아 둬야 하는 입장일 테니 서로 도와야겠지. 그리고 황후궁 시녀장하고 르네와 마리나라고 했던가? 아, 그리고 그녀의 개인 주방장도 있었다. 이왕이면 그들도 포섭해야겠군. 그녀가 믿는 이들의 말이라면 더 먹힐 테니까.

"그렇게 하십시오. 그런데 오늘 그녀에게 찾아갈 것입니까?"

그녀에게 찾아가다니. 이벨린을 말하는 건가 싶어 뒤를 가리키자 고개를 끄덕인다. 그렇다는 건 설마. 아니겠지. 질투라니……. 그녀 성격에 그럴 리가 없다. 그럼 뭐지? 좀 전의 입맞춤도 그렇고 질투는 아니더라도 신경은 쓰이는 건가? 만약 그런 거라면 다행이긴 한데.

"내가 그녀를 찾아갈까 신경 쓰이는 거요?"

"신경을 쓰고 싶지는 않습니다만 저쪽에서 신경 쓰이게 만들고 있습니다. 뭘 저렇게 노려보는 건지 뒤통수 뚫리겠습니다."

그녀 말대로다. 즉위식 때부터 저런 눈빛이었지. 예전의 이벨린이라면 절대 하지 않을 눈빛을. 정말이지 주제를 몰라도 너무 모르는군. 아무리 봐도 내가 알던 그녀가 아니다. 정말 사람이 바뀌기라도 한 것인가? 터무니없는 가설이지만 그게 아니라면 도무지 설명이 안 된다.

"그녀 문제는 내가 알아서 하겠소. 그리고 그대를 두고 다른 여인을 찾는 일은 절대 없을 거요."

"애초에 그런 걱정은 안 했습니다만 표정이 어찌 그렇습니까?"

"내 표정이 어떻다고 그러시오?"

"으음, 어딘가 상당히 음흉해 보이시는 게 뭔가를 꾸미시는 것 같습니다만?"

그거야 그녀를 가지고 싶은 욕심이 그대로 표정에 드러났을 테니 당연하다. 하지만 그렇다고 내색할 수는 없는 노릇이라 별일 아니라는 의미로 어깨를 으쓱이며 때마침 보이는 황궁에 태연하게 말을 돌렸다.

"도착했군. 바로 황후궁으로 갈 것이오?"

"예, 내일부터 또 바쁠 테니 일찍 쉬어야겠습니다."

"나도 곧 갈 테니 오늘은 잠들지 말고 기다려 주면 좋겠군."

"예? 잠들지 말라니, 설마 오늘도 황후궁에서 주무실 생각이십니까?"

당연하지. 오늘부터 쭉 그녀 곁에서 잠들 생각이다. 당장 그녀를 가지지는 못해도 조금씩 자극을 늘려 간다면 아마 오래지 않아 받아들일 수 있을지도 모르잖은가. 게다가 내 품에 안겨 잠든 그녀는 눈에 넣어도 아프지 않을 정도로 사랑스러웠다.

할 수만 있다면 품 안에 넣고 다니고 싶을 정도로. 이런 나 자신이 낯설다가도 하루가 다르게 커져 가는 감정이 오히려 달가울 지경이다. 문제는 밤새도록 허벅지를 쥐어뜯으며 인내심을 길러야 한다는 건데. 쯧, 미래를 위해서 참을 수밖에.

"비아, 잊은 거요? 오늘 우리는 국혼을 치렀소. 귀족들도 백성들도 모두 축하를 해 주고 있고. 이런 상황에서 우리가 따로 자면 보나마나 나쁜 소문이 퍼질 거요. 심하면 국혼 다음 날부터 불화설이 터져 나오겠지."

"하긴 그렇겠습니다. 그럼, 언제까지 같이 자야 합니까?"

평생. 늙어 죽을 때까지 옆에 딱 붙어 잘 생각이다. 아니지. 환생을 거듭하며 만나야 할 테니 영원을 함께 자야겠군. 물론 그리 말했다가는 그녀가 기겁하고 도망칠지도 모르는 관계로.

"글쎄. 제국이 안정될 때까지 같이 자야 하지 않겠소? 비아, 혹 내가 싫은 거요?"

"아니 뭐 싫은 건 아닙니다만."

이해는 안 된다는 얼굴이군. 하지만 나로서도 어쩔 수 없다. 내가 좀 급해서. 지금껏 여인에게 관심도 없다가 왜 이다지도 조바심이 나는지는 모르겠지만 그녀를 완벽하게 내 품에 가두기 위해서는 온갖 수단방법을 다 동원할 것이다.

설사 그게 유치찬란한 거라고 해도 가질 수만 있다면야 가릴 필요는 없겠지. 그런 생각에 미미하게 고개를 끄덕이는데 어느새 마차가 서서히 속도를 줄이고 중앙궁 앞에 도착했다. 내리려는 그녀를 그대로 있으라 하고 보드라운 볼을 감싸 가볍게 입을 맞춘 후 마차에서 내렸다.

"피곤한데 이대로 황후궁에 먼저 가 있으시오. 내 곧 가리다."

러다 또 집착을 드러낸다면 그녀는 미련도 두지 않고 도망칠 텐데.
"쯧, 골치 아프군."
"예?"
"아, 별거 아니다. 그보다 피곤하지 않나?"
"피곤합니다."
말끝에 손으로 입을 가리고 하품을 하는 그녀의 행동에 작게 웃음을 터트리다가 이내 표정을 굳혔다. 물어볼까? 그런 쪽으로 둔한 성격이니 물어본다고 해도 이상하게 생각하지 않겠지?
"으음, 비아. 한 가지 물어볼 게 있는데."
"말씀하십시오."
"그러니까 그게, 그대는 질투라는 감정을 어찌 생각하지?"
"질투라……. 다른 사람을 공연히 미워하고 깎아내리는 감정 말입니까?"
그건 맞지만. 보통 질투라 하면 연인 사이부터 들먹이지 않나?
"내 말은, 연인 사이의 질투를 어찌 생각하느냐고."
"그거야 당연히, 하등의 쓸모도 없는 감정으로 생각합니다만."
"으음, 그런가."
"예. 먹고살기 바쁜 세상에 그딴 일에 뭐하러 허비를 하겠습니까? 차라리 속 편하게 잠이나 자는 게 더 도움 됩니다."
끄응. 이건 포기해야겠군. 질투하기를 기다리다가 나만 속 터질 가능성이 다분해. 하지만 볼턴 같은 바람둥이가 그리 말했다면 영 쓸모없는 말은 아닌 것 같은데. 할 수 없지. 일단 그녀의 마음이 먼저다. 그녀에게 나를 조금이라도 사랑하는 감정이 생긴다면 실험을 해 볼 수 있겠지.
"비아, 피곤하면 들어갈까?"
"아직 조금만 더 있겠습니다. 이곳에 있으면 마음이 편하지 않습니까?"

"그렇지."

확실히 편하고 좋다. 하지만 빨리 그녀를 안고 싶은데. 문제는 그녀가 순순히 안겨 줄 리가 없다는 점이고 아무래도 한동안은 밤이 괴로울 것 같은 당연한 예감에 절로 한숨을 내쉬다가 그녀의 말에 미간을 찌푸렸다.

"그런데 정말 그녀에게 안 가도 되겠습니까?"

안 간다니까 왜 자꾸 그녀를 신경 쓰는 건지. 질투라면 더할 나위 없이 좋겠지만 그럴 리는 없고.

"그녀는 신경 쓰지 마라."

"어차피 황궁까지 들였지 않습니까? 변한 이유를 알려면 자주 찾아가는 게 좋습니다."

누가 그걸 모르나? 내키지가 않으니 문제지. 게다가 꼭 그렇게까지 할 필요는 없다. 정말 속내가 있고 누군가와 연계가 있다면 알아서 드러낼 것이다. 여차하면 핑계거리를 잡아 다시 내보내면 되고.

그러고 보니 정말 이상하군. 왜 갑자기 변한 거지? 지금 생각해 보면 과거의 모습은 절대 거짓으로 꾸민 것이 아니었다. 그런데 지금은 달라도 너무 다르지 않은가. 또 처음 만났을 때도 마찬가지로 내게 의도적으로 접근했다고 볼 수는 없다.

사냥을 나간 것이지만 함정에 빠진 상태였고 암살자를 피해 제법 거리가 떨어진 곳까지 벗어났기 때문이다. 평민인 그녀가 그런 상황까지 모두 알고 접근할 수는 없다. 게다가 나를 치료해 주면서도 이렇다 할 말 한마디조차 하지 않았다.

또 보상을 해 준다고 했을 때도 거부했고 그 이후로 몇 번 찾아갔을 때는 부담스러워했으며 찾아오지 말기를 부탁했었다. 그때 그 표정은 분명 거짓이 아니었다. 뭐랄까. 그녀는 혼자 조용히 사색을 즐

『거기 안쪽으로 보면 고정시킨 고리가 있어. 그거 풀고 지퍼를 내리면 돼.』

"지퍼?"

『응. 그거 비아가 만든 거야. 벗고 입기 편하다고 하던데?』

세 놈의 말에 몸에 밀착한 드레스를 더듬어 고리를 풀고 작은 손잡이를 잡아 내리자 정말 순식간에 허리까지 내려간다. 대단하군. 이것도 다른 차원에서 알아온 건가? 이런 식이면 남자들 바지도 일일이 단추를 풀고 잠글 필요도 없을 텐데 왜 남자들은 이런 게 없는지.

궁중 의상을 만드는 이들에게 지시를 내려야겠다는 태평한 생각을 하며 조심스럽게 드레스를 벗겨내고 속치마와 얇은 속바지까지 단숨에 벗긴 것까지는 좋았다. 하지만 곧바로 눈을 사로잡는 그녀의 모습에 꿀꺽하고 목울대가 울릴 정도로 침을 삼킬 뿐이었다.

조막만 한 얼굴. 새하얗고 보드라우면서도 탄력 있는 살결. 검고 고운 눈썹 밑으로 길고 풍성한 속눈썹. 그리고 곧은 코와 붉은 입술. 한 손에 다 잡힐 듯 가늘고 매끈한 목을 타고 내려오며 시야를 가득 채우는 숨 막히는 굴곡은 저절로 탄성이 나올 만큼 치명적인 유혹이다.

"이런 젠장."

이 모습을 보고 참으라니. 무슨 수로! 제기랄. 울고 싶다.

『뭐해? 그 위에 것도 벗겨 줘야지.』

뭐? 남은 건 속옷뿐인데 이걸 벗기라니. 이것들이 누구 죽일 일 있나? 아무리 그런 쪽으로는 무지한 정령이라 해도 그렇지 너무도 태연하게 고개를 끄덕이며 동조하는 놈들을 보며 헛웃음을 흘리고 침의를 들었다. 하지만 곧바로 흘러나오는 말에 뚝 멈출 수밖에 없었다.

『비아는 갑갑하면 싫어해. 아침에 짜증낸단 말이야.』

"으음, 그래서 이걸 벗기라고?"

지금도 못 참을 것 같은데 이것마저 벗기면 나더러 어쩌라고. 설마 하는 심정으로 되물어도 당연하다는 듯이 고개를 끄덕이는 세 놈을 보고 침을 꿀꺽 삼키고 가슴을 가린 속옷을 향해 손을 뻗었다. 그런데 왜 이렇게 떨리는 건지.

암살자를 만났을 때보다 더 긴장되는 마음에 몇 번이나 심호흡을 한 끝에야 조심스럽게 속옷을 풀어낼 수 있었다. 그와 동시에 봉긋이 솟아오르는 탐스러운 모양새에 순간적으로 피가 코로 몰리는 것 같아 눈을 돌리고 다급하게 침의를 입혔다.

무슨 정신으로 침의를 입힌 건지, 제대로 입히기나 한 것인지 확인도 하지 않고 시트로 그녀의 몸을 가린 후에야 깊게 한숨을 내쉬고 나 또한 침의로 갈아입었다. 아무래도 오늘 잠자는 건 포기해야겠고 조심스럽게 옆자리에 누워 팔베개를 하고 그녀를 품 안으로 끌어당겨 안았다.

"끄응, 죽겠군."

끈 하나만 풀면 다 벗겨지는 데다 짧아 허벅지 부분도 가리지 못한 탓에 무의식적으로 몸부림을 친 그녀의 다리가 내 다리 사이에 파고드는 통에 온몸이 뻣뻣하게 굳어 버렸다. 게다가 자극적인 체향에 달콤한 숨결, 보드랍고 말랑한 가슴이 고스란히 느껴지다니. 정말이지 죽을 맛이다.

『우린 어디서 자?』

"끝에 아무 데서나 자. 정령이 잠은 무슨."

나도 못 자는 상황에.

『쳇, 아직 힘이 완전히 회복된 게 아니란 말이야.』

그거야 네놈들 사정이고.

"그런데 비아는 왜 속옷을 안 입고 자는 거지?"

그러고 보니 어제도 안 입은 것 같던데. 너무 긴장을 해서 의식하지 못했지만 탄력 있으면서도 착 감기는 살결이 그대로 손바닥에 느껴지는 통에 화들짝 놀라 떨어졌었다.

『그거야 잘 때는 편하게 자는 걸 좋아하니까.』

『잘 때는 갑갑하게 조이면 혈액순환이 안 돼서 몸에 안 좋다던데?』

확실히 틀린 말은 아니군. 문제는 내가 견디지 못한다고. 내일부터 연회라 조금이라도 자 두는 게 좋겠지만 이래서야 도저히 무리다. 목덜미 밑으로 느껴지는 숨결도 문제지만 아차 하는 사이에 손이 마음대로 움직이려는 통에 정말 돌아 버리겠다.

그렇다고 확 덤벼들 수도 없고. 색색 숨을 내뱉으며 태평하게 잠든 그녀를 잠시 원망하다가 시간이 흐를수록 점점 더 뻐근해져 이제는 고통마저 느껴지는 하반신에 줄기차게 침음만 쏟아냈다.

"끄응."

아직 아침이 되려면 멀었는데 그때까지 어찌 참아야 할지. 차라리 미친 척하고 확 덮쳐? 아니지. 소중한 그녀를 그리 막 대할 수는 없다. 하지만 살짝 맛만 보는 건 괜찮을 것 같은데. 옷을 갈아입히는데도 태평하게 잘 정도면 깰 가능성도 없겠고 살짝만, 괜찮지 않을까?

아니야. 비아가 문제가 아니라 내가 문제다. 과연 그 상태에서 미쳐 날뛰는 욕망을 억제할 수 있을지 자신할 수가 없잖은가. 아마도 무조건 덤벼들지 싶다. 바지 같은 잠옷을 입은 어젯밤도 참느라고 고역이었는데. 오늘은 정말 아니다.

아차, 하는 순간 정신이 홀라당 가출해 버리면 그때는 정말 그녀의 신용을 잃어버리게 될 것이다. 그럼 그녀가 떠날지도 모른다. 아니 계약을 빌미로 무조건 떠나겠지. 그렇다면 결론은 나왔군. 여차하면 허벅지를 쥐어뜯어서라도 죽을 각오로 참을 수밖에.

그래, 참자. 참는 것쯤이야. 나중에 허락 떨어지면 밤새도록 가질 수 있을 것이다. 그렇게 결론도 내렸겠다, 자꾸만 마음대로 그녀의 몸을 더듬으려는 손을 꼬집어 가며 필사적으로 잠을 청하려고 노력했다. 하지만 빌어먹게도 갈수록 말똥해지는 정신이라니.

“끙, 미치겠군.”

『에이 씨, 차라리 그냥 덮쳐! 끙끙거리는 소리 때문에 잠을 못 자겠다고!』

닥쳐! 나도 최선을 다하는 중이란 말이다.

긴 건지 내 목덜미에 고개를 파묻고 웃음을 터트리는 황제의 태도에 슬쩍 밀어내고 얼굴을 마주했다.

"그만 웃으시고. 아론, 아침 인사 안 해 주십니까?"

이왕이면 할 건 하자고. 좋은 건 자주해야 한다.

"응? 아! 당연히 해야지!"

대답과 동시에 초췌한 얼굴이 환하게 펴지며 순식간에 내 몸을 침대 위로 떠민다. 그러고는 엄청난 기세로 부딪혀 오는 입술에 기꺼이 혀를 내밀어 환영해 주었다. 격한 만큼 짜릿한 흥분에 누르는 체중까지 더해지자 숨쉬기가 곤란할 지경이었다.

"으응. 천천히."

겹쳐진 체온에 입안을 가로질러 몸 곳곳으로 퍼져 나가는 열기가 뜨거워 간신히 말을 내뱉자 그제야 속도를 줄여 부드럽게 파고들어 온다. 조급했던 처음과는 달리 마치 조금이라도 힘을 주면 부서질세라 부드럽게 자극하는 혀를 내가 먼저 휘감았다.

생생한 점막의 감촉을 고스란히 느낄 수 있을 만큼 조심스럽게 입천장을 훑고 고인 타액까지 남김없이 교환하고 빨아들인다. 느릿하다가도 어느 순간 강하게 집착하고 다시 닿았다 떨어져 가며 여운을 남기는 통에 온몸이 나른해지는 게. 좋다. 응. 상당히 좋아.

그래도 그렇지. 한 번으로 끝날 거라고는 생각도 안 했다만 이래도 되나 몰라. 하긴 뭐 이 정도는 계약에 어긋나는 것도 아니고 기분이 좋으면 그만. 그렇게 결론도 내렸겠다, 잠시 머릿속을 채우던 상념을 떨쳐내고 나른한 기분에 몸을 맡겼다.

몇 번이고 이어지고 떨어지기를 반복한 끝에 귓가에 와 닿는 뜨거운 숨결. 안 그래도 예민한 귀가 거친 숨결로 인해 달아오르고, 그와 함께 파고드는 뜨거운 혀로 인해 정신을 차릴 수도 없을 만큼 등줄기를 타고 저릿한 전율이 치솟았다.

열기가 동반되는, 전신의 말초신경이 극도로 예민해지는 느낌이라고 해야 할까. 감각을 예민하게 세울 때하고 느낌이 같으면서도 전혀 다르다. 곤란해. 이거 의외로 기분이 너무 좋아서 문제군. 내가 이렇게 예민했나? 이 이상 하면 위험할 것 같은데 멈추자니 아쉽고.

어찌해야 할지 고민하는 사이 작은 자극에도 움찔거리는 내 몸의 변화를 알았는지 한참을 귓속까지 배회한 혀가 빠져나가고 한껏 예민해진 목을 쓸어 가며 강하게 빨아들이는 저릿한 통증에 호흡이 끊어질 듯 가빠졌다.

와, 더럽게 기분 좋네. 마음 같아서는 이대로 쭉 계속하고 싶지만 그리했다가는 무슨 일이 벌어질지 몰라 간신히 이성을 유지하는 걸로 참아냈다. 인간의 삼대욕구를 이겨내다니. 내가 생각해도 참 장한 것 같아 머릿속에서 기가 차다는 듯 혀를 차는 샤이탄도 무시하고 황제를 밀어냈다.

"하아, 이 이상은 안 됩니다."

"조금만 더. 응?"

안 된다니까 그러네. 그리고 어딜 은근슬쩍 더듬어?

"아론, 손 치우는 게 좋겠습니다만?"

"이런, 내 손이 언제 그리 간 거지?"

능청스럽게 반문하며 가슴에서 슬쩍 손을 떼는 황제를 힐끔 노려보고 자리에서 일어나자 곧바로 불퉁해지며 허리를 끌어안아 온다.

"그대는 너무 냉정해."

"냉정한 게 아니고 지금도 많이 허용한 겁니다."

"기분 좋았잖아?"

물론 좋았다. 그것도 무진장.

"비아, 더 기분 좋게 해 줄 수도 있는데?"

"여기서 더 말입니까?"

"예예, 어련하시려고. 그보다 왔으면 사용법이나 가르쳐 주십시오."

"사용법이라니?"

몰라서 물어? 공간 사용법. 내 귀중한 금고 말이지.

"아아, 공간 말이구나. 그거야 간단하지. 네가 허공 아무 곳에나 마나를 주입하면 된다. 그럼 공간이 생기는데?"

마나만 주입하라니. 황당하다 못해 엄청 싱거운 것 같지만 명색이 주신이 사기 칠 리는 없고. 속는 셈 치고 해 보자는 생각에 손을 뻗어 허공에 대고 마나를 주입했다. 순간 손바닥에 느껴지는 물컹한 느낌? 이것 봐라?

"어떠냐? 파동이 느껴지지?"

"호오, 놀랍군. 그럼 이 안에 손을 넣으면 되는 겁니까?"

"그렇지! 후후, 우리 딸은 누구 닮아서 이리도 똑똑할까?"

이 주책바가지 영감탱이. 바보도 알 일을 시도 때도 없이 호들갑은. 차라리 상대를 말자 싶어 드레스 룸으로 들어가 깊숙한 서랍장 안에 넣어 놓은 마법 주머니를 들고 다시 나왔다. 지금까지 모아 놓은 재산 전부가 들었다.

"이걸 넣으면 또 생긴단 말이지?"

"그렇다니까. 아빠는 딸한테 거짓말 안 해요."

그래도 만일을 위해 시험 삼아 금화 한 개 넣어 보고 난 후에 몽땅 넣어야지. 해서 아빠를 못 믿니 어쩌니 투덜거리는 영감은 깔끔하게 무시하고 금화 한 개만 꺼내 공간 안에 넣었다.

그리고 시키는 대로 머릿속으로 금화를 떠올리며 다시 공간 안에 손을 넣자 곧바로 손바닥에 금화가 잡힌다. 그걸 꺼내고 은근히 떨리는 마음에 다시 손을 넣자. 이럴 수가! 정말이었다니. 또 나오잖아?

"영감."

"응?"

"진작 이러면 좀 좋습니까?"

"쯧쯧, 어째 갈수록 속물같이 변하는지. 그래도 마음에 들어서 다행이구나. 비아, 아빠가 제일 좋지?"

헛소리는. 그래도 이번에는 확실히 나쁘지 않네.

"뭐 좋습니다. 이걸로 그동안의 일을 용서해 드리지요. 그럼 이제 가 보십시오."

"벌써? 딸, 너무한다? 실속만 챙기고 아빠 내쫓다니. 이러는 게 어디 있어!"

여기 영감 눈앞에 있네?

"대신 자주 와도 뭐라 안 할 테니까 오늘은 그만 가십시오. 며칠간은 저녁 연회도 있고 하루 종일 일정이 빠듯하단 말입니다."

"칫, 그런 게 중요해, 아빠가 중요해?"

당연히 일이지. 그걸 말이라고 하나? 그런데 그리 말했다가는 또 삐칠 것 같고.

"영감이 훨씬 중요합니다만 내가 황궁에 얌전히 남는 걸 원하신다면 조용히 가시는 걸 권하겠습니다."

"너무해. 대신, 아빠 볼에 뽀뽀해 주면 얌전히 가마. 응?"

차마 영감에 신이라 확 팰 수도 없고. 씩 웃는 영감의 행동에 한숨을 내쉬고 고개를 끄덕였다. 그게 뭐가 어렵다고. 내 허락이 떨어지자마자 기다렸다는 듯 불쑥 다가오는 영감의 볼에 쪽 소리가 나게 입을 맞추자 그제야 헤벌쭉 풀어진 얼굴로 손을 파닥파닥 흔들며 사라진다.

"쯧, 미테라 대신관이 저 꼴을 봤어야 하는데."

『그래도 인간들은 신을 경외한다.』

그러니까 내 말이. 경외할 신이 없어서 자신들은 거들떠도 안 보는 영감을 경외하느냐고.

『주신의 본모습을 몰라서 그렇겠지.』

모르긴 뭘 몰라. 이번 신탁으로 다 알았을 텐데.

『그건 그렇군. 그보다 주인아, 서둘러야 하지 않나?』

"아! 맞다."

이러고 있을 시간이 없다. 아침에 그 여자도 찾아올 테고 연회장 준비가 잘되는지 둘러봐야 하고 할 일이 태산이다. 그전에 일단 이건 집어넣고. 마법주머니 중 황후궁에서 떼어낸 보석만 모아 놓은 주머니를 공간 안에 넣고 다음으로 100개씩 따로 담은 금화와 다른 돈들을 몽땅 공간 안에 넣었다.

저기서 하나씩 꺼내 써도 또 생긴단 말이지? 딱히 귀찮게 위험수당 챙길 필요도 없고 완벽하다. 물론 굳이 준다면 공짜는 마다하지 않겠지만. 이래저래 좋아지는 기분에 작게 흥얼거리며 자리에서 일어날 때였다.

"황후마마께 고합니다. 제1기사단 단장님과 그란디아 공녀께서 들었습니다."

밖에서 대기하는 시녀에게 두 사람을 응접실로 안내하라 이러고 흐트러진 부분이 없는지 다듬었다. 곧바로 나가려던 발을 멈칫 멈추고 허전함에 고개를 갸웃거리다가 이내 세 놈의 부재를 알아채고 다시 침대 쪽으로 다가갔다.

"이것들이, 언제까지 잘 생각이야? 안 일어나?"

『우웅. 비아, 조금만 더.』

『자기야, 어제 황제 때문에 잠도 못 잤단 말이야. 그러니까 조금만 더.』

그거야 네놈들 사정이고. 명색이 정령왕이라는 놈들이 잠이라니.

손가락으로 아무리 흔들어도 잠에 취해 비실거리는 세 놈을 보며 한숨을 내쉬고 잠든 그대로 어깨에 올린 채 침실을 나가 옆에 있는 응접실로 들어갔다. 문을 열자마자 자리에서 일어나 환하게 미소 짓는 두 사람의 모습에 나 또한 미미하게 입가를 끌어 올리며 반겼다.

"제국의 고귀한 밤과 부활의 달이신 황후마마를 뵙습니다."

"어서 오세요, 오라버니. 왔구나, 헤스티아."

상석에 앉자 두 사람도 자리에 앉았다. 미리 준비한 듯 곧바로 문이 열리고 르네가 들어와 테이블 위로 찻잔을 내려놓았다. 따뜻한 차를 한 모금 마신 후에야 두 사람을 돌아보고 입을 열었다.

"아버지는 중앙궁으로 가셨습니까?"

"예, 마마. 이곳에 먼저 들르시려는 걸 폐하께서 급히 오시라고 하셔서 바로 가셨습니다. 나중 오찬 때 뵐 수 있을 것입니다."

가만 오찬에 황제와 나, 후궁인 그녀도 참석할 테고 직계 황족인 대공하고 아버지를 비롯해 두 명의 공작도 참석하겠군. 그럼 그 느끼한 인간을 또 봐야 하는 건가? 짜증나.

"헤스티아, 한동안은 연회다 뭐다 바빠서 신경을 못 써 준다. 그래도 각별히 신경 쓰라 했으니 있는 동안은 편하게 지내면 된다."

"예, 마마. 이리 신경 써 주셔서 감읍합니다."

"가족끼리 있을 때는 편하게 언니라고 불러. 오라버니도 편하게 말씀하세요."

"저, 정말요?"

그게 뭐가 어렵다고. 공석이나 다른 이들 앞에서 그리 말하면 예법에 어긋나겠지만 사적으로는 괜찮다. 게다가 애정을 갈구하는 어린아이를 굳이 딱딱하게 대할 필요는 없겠지. 받아들이기로 했으면 깔끔하게 가자고. 그런 생각에 헤스티아를 보자 하얀 얼굴이 붉게 물들어 환하게 웃는 모습에 피식 웃고 말았다. 내심 기대도 안 했나 보군. 하긴 내가 좀 살벌하게 나가긴 했지.

"그보다 오라버니, 라치아노 백작의 최근 근황을 조사해 주세요."

"라치아노 백작이라면 최근 조사한 게 있다. 오늘 당장 필요하나?"

"아닙니다. 연회가 모두 끝나는 대로 주시면 됩니다. 그리고 라트라반 후작영애와 에리오스 백작영애 평판은 어떻습니까?"

"글쎄. 사교계는 잘 나가지를 않아서. 그래도 두 가문의 가주들 평판은 귀족으로서 나쁘지 않다. 오히려 좋은 편이지. 그런데 그 두 영애는 왜?"

"헤스티아도 있고 말벗으로 부를까 합니다. 또 황궁 밖을 나가지 못하니 이런저런 소식도 들어야 하지 않겠습니까? 두 사람이라면 제법 영향력도 있고 성격도 마음에 들었습니다."

내 말로 쓰기는 적당하다. 같은 계파라는 것도 있지만 개인적으로 판단했을 때도 귀족 영애로서 부족함이 없었다. 무엇보다 두 사람 다 오라버니들한테 마음이 있는 것 같거든. 이참에 가까이 불러 지켜봐야지. 그리고 여차하면 엮어 버리는 것도 나쁘지 않고. 안 그랬다가는 목석같은 두 인간 장가가기는 글러 먹었다.

"저, 언니. 어제 주신께서 축복을 내려주셨잖아요? 또 신탁도 있고."

"그렇지. 그런데 왜?"

"그게 그러니까, 언니는 만나 보셨어요? 왠지 언니라면 만나실 수 있을 것 같아서요. 이 대륙을 만든 주신이시지만 언니를 딸이라 하셨잖아요?"

그래서 상당히 피곤하다만. 뭐 이번에는 예쁜 짓을 했으니 넘어가고.

"좀 전에도 만났다. 그리고 오라버니도 만났지."

"우와! 진짜요? 오라버니, 왜 말씀 안 해 주셨어요?"
그게 뭐 자랑할 일이라고.
『인간한테는 자랑할 일 맞다, 주인아. 큰 영광이지.』
영광은 개뿔.
"어떠셨어요? 정말 막 광채가 나고 위엄이 느껴져요?"
"누가? 영감이?"
"에, 영감이요?"
"아니, 그러니까 주신이 광채가 나고 위엄이 느껴지느냐, 이걸 묻는다면……."
전혀 아니다. 광채는 무슨. 주책바가지 영감탱이만 있지. 그리 말하고 싶지만 시온이 어색하게 웃으며 눈짓하는 통에 나 또한 어색하게 웃으며 맞장구를 쳤다.
"응. 보통은 그래. 그런데 워낙 소탈한 걸 좋아하시는 분이시라 현신을 했을 때는 그런 걸 감추고 나타나지."
"아! 그렇구나. 역시 멋진 분이신 것 같아요!"
아무리 착각은 자유라지만 이대로 놔둬도 되나 몰라. 하긴 앞으로 황후궁에 있으면 보게 될 건 뻔하고 굳이 입 아프게 설명해 가며 꿈 많은 소녀의 환상을 깰 필요는 없을 것이다. 어차피 곧 깨질 텐데 뭘.
"황후마마께 고합니다. 제1후궁마마님이 알현을 청하셨습니다."
드디어 왔군.
"알현실로 안내하라."
문밖의 기척이 멀어지는 소리에 나직하게 혀를 차고 걱정스럽게 바라보는 두 사람을 돌아봤다.
"혼자 만나지 마라. 내가 같이 있겠다."
"세 놈도 있고 아센도 있으니 걱정하지 마세요, 오라버니. 그보다 헤스티아, 만약을 위해 말하는데 황궁에 있다가 후궁을 만나면 조심해라. 지금은 뭐라 말할 수는 없지만 그저 상태가 안 좋다는 것만 알고 있어라. 괜히 어울리다가 휘말리지 말고."

"예, 조심할게요."

헤스티아의 대답을 끝으로 자리에서 일어나 시온에게 그녀를 침실까지 안내해 주라고 하고 응접실을 나와 알현실로 향했다. 문밖에서 내 등장을 알리니 안에서 잠시 부산스러운 움직임이 느껴졌지만 모르는 척 안으로 들어가자 황급히 고개를 숙이는 그녀를 보며 상석에 앉았다.

"제국의 고귀한 밤과 부활의 달이신 황후마마께 제1후궁 이벨린이 인사 올립니다."

"앉으시게."

내 말에 고운 미간을 확 찌푸리던 그녀가 시선을 느낀 듯 황급히 고개를 조아리며 주먹을 꽉 끌어 쥐고 자리에 앉았다. 그 모습에 슬쩍 입가를 끌어 올렸다. 내가 말을 높여 주지 않으니 자존심이 상했을 테지. 뭐 너그러운 마음으로 이해는 해.

하지만 그건 그녀가 감당해야 할 문제인데 어쩌라고. 예비 황후로서 황후궁에 살 때와는 엄연히 다르다. 정식으로 즉위식을 치른 황후는 황제와 동급의 위치라 아무리 같은 지아비를 모시는 후궁이라 하나 말을 높이지는 않는다.

고위귀족들에게도 마찬가지고. 예를 갖춰 주는 것은 황족의 혈통뿐이다. 즉 재수 없는 대공에게는 예의상 반존대를 해야겠지. 아무튼 그만큼 황후와 후궁의 격차는 크기 때문이다. 물론 예의상 높여 주는 게 여러모로 좋겠지만 내가 왜?

누군가 내 위에 서는 것도 싫지만 굳이 그럴 필요는 없지 않나. 권력은 휘두르라고 있는 것이고 권력을 쥐고도 우뚝 서지 못하는 것만큼 멍청한 건 없다고 생각한다. 하물며 약육강식이 뚜렷한 귀족 사회에서 권력은 곧 목숨으로 직결되지.

정치판에서는 더러운 술수가 넘치는 만큼 자기의 위치를 제대로 파악하고 이용할 줄 알아야 한다. 그리고 난 귀족들의 밥이 되는 건 사절이다. 무엇보다 존중은 상대의 가치에 따라 결정되는 것이다. 굳이 주제도 모르는 정신병자를 존중해 줄 필요는 없지.

뭐 본인은 상당히 기분이 나쁜 것 같지만 나하고는 상관없는 일이고. 자꾸만 올라가려는 입가에 난감한 마음마저 들 때 문이 열리고 르네가 차를 들고 들어와 재빨리 표정을 수습했다. 테이블 위로 차가 놓이고 르네를 물린 후 그녀를 향해 빙긋 웃자 대놓고 떨떠름한 표정이다.

쯧쯧, 황궁이라는 거대한 사슬에 잡혀 먹기 딱 좋은 먹잇감이군. 저리도 표정 관리를 못 해서야 여우들이 판을 치는 이곳에서 어찌 버티려고 그러는지. 딱히 나하고는 상관없지만. 거참 다른 의미로 난감하네. 이러다 재미 드는 거 아닌지 몰라.

『어지간히 해라, 주인아. 진짜 변태 같다.』

괜찮아. 놀리는 재미가 쏠쏠하잖아? 이렇게라도 스트레스 풀어야지.

"그래, 간밤에는 편히 보냈나? 잠자리가 바뀌어 불편했을 터인데."

"아, 아닙니다, 황후마마. 편하게 지냈습니다."

그럴 리가. 밤새도록 이를 바득바득 간 것 같은 얼굴인데. 화장으로 가린다고 퀭한 눈가가 사라지는 건 아니지.

"그렇다니 다행이군. 나야 이미 결혼 전부터 황후궁에서 생활했으니 괜찮았지만 그대는 낯설까 염려했다네. 황궁은 지나치게 화려하지 않은가? 평민이라 화려함에 오히려 주눅이 들까 걱정도 했지."

사실은 아주 늘어져라 자는 바람에 걱정을 한 적도 없고 걱정할 일은 더더욱 없다만. 말끝에 눈웃음까지 쳐 가며 그녀를 보자 순간적으로 종잇장 구겨지듯 와락 얼굴을 일그러뜨렸던 그녀가 황급히 고개를 숙이며 어눌하게 답해 왔다.

“거, 걱정해 주셔서 감사합니다, 황후마마.”

“이런, 그럴 때는 감사가 아니라 감읍이라 해야 하네. 아, 그러고 보니 아직 그대는 예법을 모르지. 미안하게 됐군. 그래도 이제 같은 처지니 이 사람이 그대를 걱정하지 않으면 누가 하겠나? 물론 그대와 이 사람의 처지가 하늘과 땅 차이라 하지만 폐하를 지아비로 모신 건 같지.”

『약 올리는 방법도 가지가지다.』

이 정도로 약은 무슨. 이제 시작인데.

“그래서 말인데, 한동안 그대가 이해를 해 주시게.”

“예? 이해라니, 무엇을…….”

“쯧쯧, 폐하께 아무리 가 보라고 하셔도 도통 떨어지기 싫다고 고집을 피우시니 나로서도 어쩔 수가 없다네. 그러니 한동안 그대를 찾지 못한다 하더라도 그대가 너그러이 이해를 하시게나. 워낙 이 사람을 사랑하시니 억지로 등을 떠밀지도 못하겠군. 그대라면 이런 내 마음을 이해하리라 믿네.”

즉, 내가 보내 주지 않는 이상은 후궁을 찾을 일이 없다는 말이다. 그리고 그녀 또한 그걸 알아들었는지 이를 빠득 가는 소리가 들렸지만 아무것도 못 들은 척 태연하게 차를 마시며 히죽 웃었다. 그런 나와는 달리 한참을 고개 숙이고 있던 그녀가 분기를 가라앉혔는지 생긋 웃으며 옆자리에 놓아 둔 작은 상자를 내 앞으로 내밀었다.

“이게 뭔가?”

“신첩이 한때는 평민이었다고는 하나 약초와 찻잎에 해박한 지식을 가지고 있습니다. 이건 신첩이 우연히 얻게 된 아주 진귀한 찻잎으로 황후마마께 선물로 드리고자 가지고 왔습니다."

"호오, 그래? 잠시 봐도 되겠나?"

"예, 황후마마. 저녁에 잠들기 전 차를 우려내 드시면 숙면을 취할 수 있게 도움을 줄 것입니다."

글쎄. 과연 그럴지 모르겠군. 언제 화를 냈느냐는 듯 번들거리는 눈을 하고 생글생글 웃는 그녀의 태도에 속으로 피식 웃으며 상자를 열었다. 그 안에 든 사각으로 된 병을 꺼내 뚜껑을 열자 순간적으로 확 풍기는 시원한 향에 짐짓 놀랐다가 모습을 감춘 채 작게 속삭이는 실피드의 말을 듣고 입가를 비죽 끌어 올렸다.

『먹지 마, 비아. 그거 정신을 엉망으로 만드는 환각초야.』

마약 같은 종류라는 말이군. 이것 봐라? 멍청한 줄은 익히 알았지만 이 정도일 줄이야. 황제와 황후궁에 진상되고 납품하는 건 모두 검시를 거친다는 걸 모르는 건가? 아니면 진귀한 것이라 아무도 모를 거라고 생각했나? 쯧쯧, 저 똥만 찬 머리를 어찌해야 할지.

『정말 답이 안 나올 정도로 멍청한 여자군.』

그렇지? 이러니까 자꾸 놀리고 싶잖아.

"저, 마음에 드시는지……."

"향이 좋군. 내 그대의 성의를 봐서라도 자기 전에 꼭 우려내 마셔야겠네."

내 대답에 지극히 만족한 듯 입가를 바들바들 떨면서도 환하게 웃는 그녀를 보며 답하듯 진한 웃음을 흘렸다. 주제도 모르고 기어오르는 건 철저하게 밟아 줘야지.

목적은 무사히 달성했다 싶은지 지극히 흡족한 미소를 짓는 모습에 속으로 피식 웃으며 자리에서 일어나는 그녀를 저지했다.

"그럼 소첩은 이만."

"잠시 기다리시게. 곧 메시리아 남작이 올 터이니 같이 가는 게 좋겠군."

"메시리아 남작이라면……."

"어제 잠시 그대에게 예법을 가르쳐 준 남작으로 오래전부터 황궁예법을 가르쳐 왔지. 귀족이라면 어릴 때부터 황궁 연회와 행사에 참여해야 하니 기본적인 예법을 익혀 왔겠지만 그대는 다르지 않나? 내 그래서 특별히 남작에게 그대의 예법을 도맡아 가르치라 했으니 부담 갖지 말고 제대로 배우도록 하시게."

지극히 당연한 말을 했는데도 자존심이 상한 듯 입을 꾹 다무는 그녀의 태도에 속으로 혀를 찰 때 때마침 메시리아 남작이 들었다.

"제국의 고귀한 밤과 부활의 달이신 황후마마와 제1후궁마마님께 엘리제 디 메시리아가 인사 올립니다."

"어서 오게, 메시리아 남작. 안 그래도 자네가 오기를 기다렸네. 자리에 앉게."

"예, 황후마마."

메시리아 남작이 자리에 앉고 잠시 틈을 둘 때 다시 한 번 문이 열리고 남작 앞에 차가 놓였다. 잠시 허락을 구한 남작이 차를 한 모금 마시고야 내게 고개를 조아리며 서류뭉치를 꺼내 내밀었다.

"연회에 들어간 물품 목록과 방향, 선례의 예산목록과 현재의 목록을 정리한 서류입니다, 황후마마."

"내 곧 검토하고 수결하지. 그래, 연회 준비는 잘되고 있나?"

"예, 황후마마. 연회 전에 마무리를 지을 수 있을 것입니다."

그러니까 우리 쪽은 베르나르 후작부인, 라트라반 후작부인이고 저쪽은 로카스 후작부인에 듀렌 후작부인이지. 가만, 원래 황궁에 안주인이 없으면 가장 높은 신분의 부인이 나올 텐데. 우리 쪽이야 그란디아 공작가뿐이라 그렇다 치고 저쪽에는 왜 공작부인들이 안 나왔지?

"남작, 휴스튼 공작부인하고 로제르타 공작부인은 무엇을 하고?"

"원래는 공작부인들이 도와야 마땅하오나 이쪽에서 두 분 후작부인들이 나서니 그쪽에서도 그리하기로 동의했습니다."

"흠, 곱게 받아들였나?"

"그럴 리가 있겠습니까. 한동안 그 때문에 소소한 의견 차이가 있었습니다만 황제 폐하께서 소신에게 총괄을 맡기시면서 그리 정하셨습니다."

역시 말씽이 있었군. 하긴 황궁 연회를 주최한다는 건 곧 지위를 나타내는 것이다. 당연히 공작부인들이 물러서지 않았겠지. 그런 데다 이젠 황궁의 안주인이 채워진 상황이니 그마저도 안 될 것이고.

"황후마마, 마땅한 분들을 염두에 두셨습니까?"

"아아, 이미 생각해 둔 이들이 있지."

라트라반 후작부인을 하자면 당연히 베르나르 후작부인도 빼놓을 수는 없고 거기에 에리오스 백작부인을 거둘 생각이다. 그러면서 라치아노 백작부인과의 자리도 마련해야겠지.

"이벨린, 그대는 정했나?"

"예? 무엇을."

답답하기는. 대화를 들어 보면 모르나? 일일이 설명하는 것도 짜증나는군.

"앞으로 그대가 주최하는 연회도 있을 게 아닌가? 그대도 도와줄 부인들이 있어야지. 공작부인들부터 백작부인들까지 마음에 드는 이가 있으면 정해 두시게."

"아, 소첩이 마음대로 정해도 되는 것입니까?"

"그대가 주최하는 연회라면 그대의 결정을 간섭하지는 않을 생각이네."

그 전에 말씀드려야지요."

괜히 숨겼다가 나중에 알면 감당이 안 될 것 같거든. 게다가 눈치는 빨라서 별일 없다고 해 봐야 믿을 것 같지도 않고 보나마나 직성이 풀릴 때까지 옆에서 닦달할 것이다. 그 생각만으로도 피곤해지는 것 같아 한숨을 내쉬자 때마침 마차가 멈춰 서 시온의 손을 잡고 내렸다.

"왜 아무도 안 보이지?"

다들 어디 가고?

"모두 연회장 안에 있는 것 같습니다, 황후마마."

이상하군. 한창 바쁠 때라 사람이 많이 투입됐을 텐데. 게다가 각자 데리고 온 기사들이라도 있을 게 아닌가. 그런데 어째서 이리도 조용해? 텅텅 비어 있는 입구에 고개를 갸웃거리다 시온과 뒤로 줄줄이 뒤따라오는 이들을 대동한 채 연회장으로 향하고 얼마 지나지 않아서야 그 이유를 알 수 있었다.

연회장 입구에 모여 웅성거리던 이들이 내 등장에 화들짝 놀라 부복하는 모습을 내려다보고는 조용히 하라 명하고 조금 열린 연회장 안에서 들려오는 소리에 귀를 기울였다. 진정하라 말리는 이는 남작이고 앙칼지게 씩씩거리는 여자는 그녀군.

그리고 그 옆에서 그녀의 편을 들고 나서는 이들은 로카스 후작부인하고 듀렌 후작부인이겠고. 그럼 당하는 이는 베르나르 후작부인하고 라트라반 후작부인인가. 감히 내 편을 무시하고 있다는 건가. 이것들이 죽고 싶어 환장했군.

"문을 열어라."

"예, 황후마마. 제국의 고귀한 밤과 부활의 달이신 황후마마 드십니다!"

내 등장과 함께 문이 열리고 안으로 들어가자 화들짝 놀란 이들이 깊숙이 고개를 숙이는 모습에 입가를 삐뚜름하게 올리고 상석으로 갔다. 시녀장이 황급히 대령한 의자에 앉아 여전히 고개를 숙이고 있는 이들을 돌아보며 몸을 일으키라 허락하자 천천히 몸을 바로 하는 모습에 얼굴을 굳히고 입을 열었다.

"이곳은 황제 폐하께서 머무시는 중앙궁이네. 그것도 타국 사절단까지 제국을 방문한 이때에 알 만한 이들이 언성을 높이고 싸우다니, 그대들이 제정신인가?"

"송구합니다, 황후마마."

일제히 머리를 조아리는 이들을 돌아보고 마지막으로 그녀를 보자 움찔거리며 슬쩍 고개를 숙인다. 그 모습에 미간을 찌푸리고 메시리아 남작을 불렀다.

"메시리아 남작, 무슨 일이 있었는지 처음부터 소상히 말하라."

"예, 황후마마. 처음에 후궁마마께서 라트라반 후작부인과 베르나르 후작부인께 앞으로는 후궁마마께서 주관하시는 연회를 도우라 명하셨습니다."

얼씨구? 감히 내가 찍은 상대들을 끌어안으려고 했다고? 그것도 후궁이 고위귀족인 후작부인들한테 부탁도 아니고 명령을 했다니. 주제를 몰라도 너무 모르는군.

"지금 명령을 했다고 했나, 남작?"

"황후마마! 소첩은 명령한 것이 아닙니다."

끼어들지 마, 이것아. 아직 네 차례가 아니다만.

"그대에게 묻지 않았네, 이벨린 후궁. 내 허락 없이 함부로 나서서는 안 된다는 것도 모르는가?"

"하, 하지만 소첩은."

"조용히 하라고 했네."

어디서 되지도 않은 변명을 하려고? 눈을 앙칼지게 치뜨고 남작을 노려보는 그녀의 태도에 표정을 굳히고 말을 자르자 입술을 질끈 깨물며 분에 겨워 파들파들 떨어 댄다. 그러든지 말든지 무시하고 다시 남작을 향해 입을 열었다.

"남작은 계속 고하라."

"예, 황후마마. 후궁마마의 명에 두 분 후작부인께서 황후마마를 도와야 하니 다른 분을 알아봐 달라고 했습니다. 그러자 후궁마마께서 감히 명을 어기느냐며 역정을 내셨습니다."

가관이군. 후궁이 무슨 벼슬인 줄 아나? 도대체 저 여자는 아군을 만들 생각이 있는 거야, 없는 거야. 아무리 봐도 멍청하다고 광고하는 것 같지 않은가. 저리 천방지축 날뛰다가는 황궁에서 살아남기는 커녕 며칠도 안 돼서 배척당하겠군.

"그래서?"

"로카스 후작부인과 듀렌 후작부인께서 격을 높이고 싶다면 공작부인들이 더 나을 것이라 하셨고 그 말씀에 후궁마마께서 격을 논하시며 두 분 후작부인들을 모욕하셨습니다."

"남작! 황후마마, 소첩은 저들을 모욕한 적이 없습니다. 남작이 헛소리를 하는 것입니다. 오히려 소첩이 저들에게 모욕을 당했습니다!"

시끄럽군. 이미 말만 들어도 상황이 뻔히 짐작되는 마당에 헛소리는. 날뛰어 봐야 자신만 손해라는 걸 정말 모르는 건가?

"남작이 후궁을 모함한단 말인가?"

"그렇습니다, 황후마마! 모욕을 당한 것은 소첩입니다."

"그래? 그렇다면 그대가 직접 말해 보게."

"예? 무, 무엇을……."

뭘 그리 당황하는지. 이리 나올 거라는 걸 예상도 못 한 건가? 이거야 원 상대할 가치도 없으니 오히려 맥이 빠진다.

"그대가 진정 모욕을 당했다면 내 저들을 엄히 다스릴 것이네. 그러나 그전에 그대가 모르는 게 있는 것 같군. 이 제국의 주인이 누구인가?"

"그, 그야 황제 폐하와 황후마마십니다."

"그리고 황궁에서 고위귀족에게 당당하게 명령할 수 있는 것 또한 주인들이지. 그대는 분명 귀족들의 우위에 있으나 황가의 일원이되 정식 일원이 아닌 이상 귀족을 선별해 도움을 청할 수는 있어도 명은 내릴 수 없네. 또한, 고위귀족은 황제 폐하와 황후인 내 명령이 아닌 이상은 명분을 들먹여 거절할 수도 있고. 정녕 그 사실을 몰랐는가?"

내 물음에 얼굴이 와락 일그러지는 그녀를 보며 웃음이 나오려는 걸 한숨으로 대신했다. 여기서 웃으면 말 그대로 그녀의 설 자리가 너무 빨리 사라질 테니까. 하긴 모르는 게 당연하겠지. 그저 황궁에만 들어오면 만사가 풀리는 줄 알았을 것이다.

거기다 황제의 사랑을 받고 후계만 낳으면 황후 자리도 노릴 수 있을 것이라 허망한 희망도 품었을 테고. 평민의 삶에 비해 황궁에서의 삶은 화려하게만 보였을 테니까. 이 화려함 속에 치명적인 독이 있다는 걸 멍청한 여자가 알 리가 있나.

"몰랐던 것 같군. 그럼 기회를 줄 테니 말해 보게. 이곳에는 귀가 많아 그대가 했던 말에 대한 사실 여부를 따져 줄 이들은 많을 것이네. 그러니 그대가 진정 모욕을 당했다면 이 자리에서 다시 한 번 두 후작부인에게 했던 말을 해 보게. 내 판단하고 저들의 죄를 물을 것이네."

『쯧쯧, 아예 궁지로 몰아가는군.』

어허, 그리 말하면 섭섭하지. 엄연히 기회를 줬다만.

『그게 무슨 기회냐, 주인아. 안 주는 것만도 못하다.』

내 뒤에서 느껴지는 시온의 시선, 은은하게 미소를 짓고 있는 두 사람이 보내는 시선에 힐끔힐끔 노려보는 그녀의 시선까지.

주목받는 건 내가 워낙 잘났으니 그러려니 한다만. 뭘 그렇게들 보는지. 갈수록 인기가 넘쳐서 탈이라는 싱거운 생각을 하자마자 머릿속으로 진득한 한숨을 내쉬는 샤이탄의 헛소리도 들어가며 찻잔을 내려놓고 어색한 침묵을 깼다.

"여기 있는 후궁을 위해 메시리아 남작은 따로 일을 맡겼으니 이번 연회 준비는 온전히 자네들에게 맡기겠네. 자네들이라면 차질 없이 잘 해낼 테지."

"맡겨만 주십시오, 황후마마."

"신들이 조금도 부족함 없이 준비를 하겠습니다."

"고맙네. 내 이번 연회가 끝나면 모두 궁으로 초대를 해서 감사를 표함세."

"감사라니 당치도 않습니다, 황후마마. 언제든지 필요하시면 신들에게 명을 내리십시오."

시종일관 입가에 미미한 웃음을 달고 대답하는 베르나르 후작부인과 라트라반 후작부인에 반해 대공 쪽 두 명은 어색하게 웃으며 열심히 수긍만 한다. 여기서 대공 쪽 인물은 둘밖에 없으니 끼어들기 난감하겠지. 아니 대화에 끼어들지도 못하고 입만 꾹 다물고 있는 그녀까지 셋인가.

두 후작부인을 모욕한 일로 오늘 저녁 연회에서 바로 편이 갈릴 것이다. 황제파로서는 내가 있는 이상 무지한 그녀를 끌어안을 이유는 없을 테고 대공 쪽에서는 무지해도 후궁이라는 입장이 있어 끌어안으려 들 테지. 그건 곧 그녀가 황제의 적으로 돌아선다는 걸 의미하고. 멍청하기는.

"황후, 짐이 피곤해서 그러니 차 다 마셨으면 빨리 갑시다."

“폐하, 그리 피곤하시면 먼저 가십시오.”

“그대가 무릎베개를 해 줘야지 편히 잘 거 아니오? 그러니 빨리 갑시다.”

이 양반이 진짜. 죄다 경악하는 모습은 보이지도 않는지 이젠 마주 잡은 손을 흔들어 가며 재촉하는 그의 태도에 절로 흘러나오려는 한숨을 간신히 삼키고 자리에서 일어났다. 더 있다가는 이 인간이 무슨 말을 할지 몰라.

“이만 가 봐야겠군. 메시리아 남작은 그녀를 봐 주고 모두 수고 좀 해 주게.”

일제히 예를 차리며 고개를 숙이는 이들을 지나쳐 어느새 싱글벙글 웃으며 내 손을 꼭 잡은 그를 따라 연회장을 나왔다. 그런 우리 뒤로 느껴지는 매서운 시선이 누구 것인지는 뻔하다. 후궁이라 하나 그에게 단 한 번도 눈길을 받지 못했으니 원망하고 있을 테지. 그런데 왜 나를 원망해? 하려면 황제인 그를 원망해야지.

『그거야 주인 때문에 황제가 변했다고 생각해서겠지.』

하긴 뭐 틀린 말은 아니지만 엄연히 따지면 주제파악을 못 한 스스로를 탓해야지.

“한 번쯤 봐 주지 그랬습니까?”

그랬다면 저리 노려보지는 않았을 텐데. 하긴 뭐 노려본다고 간지럽지도 않지만 내 말에 뚱한 표정으로 바뀌더니 곧바로 화제를 돌린다.

“그런 건 신경 쓰지 마시오. 그보다 아침에 그녀가 왔다고 들었는데 혹 특별한 일은 없었소?”

“있었습니다만. 집무실로 가서 말씀드리겠습니다.”

시온이야 알고 있는 사실이라도 뒤로 줄줄이 따라오는 시녀들과 시종들, 기사들까지. 귀가 많아 입을 다물자 그도 고개를 끄덕이며 내 걸음에 속도를 맞춘다. 그렇게 이런저런 실없는 이야기를 나누며 시온까지 대동하고 집무실 안으로 들어간 것까지는 좋은데.

"오셨습니까, 황후마마."

"어찌 두 분이 일을 하고 계십니까?"

"그것이, 폐하께서 급한 일이 있다고 나가시는 바람에."

아버지하고 디온이 그가 할 일을 하고 있었다? 기가 막히는군. 급한 일이 연회장에 쳐들어와서 투정부리는 건가? 농땡이 피우려고 웃기지도 않는 핑계를 댔다 싶어 그를 보자 어색하게 웃으며 슬쩍 시선을 피한다. 정말이지 못 말리겠다.

그러면서도 잡은 손은 절대 안 놓겠다는 듯 힘을 주며 일인용 소파가 아닌 두 사람이 앉아 있는 길고 넓은 소파 쪽에 나를 데려가 앉힌다. 졸지에 자리까지 뺏긴 두 사람이 황당하다는 얼굴로 보든지 말든지 씩 웃는 그를 보며 이번에는 흘러나오는 한숨을 막을 생각도 안 하고 내쉬었다.

"할 말이 있습니다."

내 말에 어정쩡하게 서 있던 아버지와 오라버니들이 자리에 앉고 그도 이상한 걸 눈치챈 듯 표정을 굳혔다.

"오늘 아침 후궁이 인사를 왔었습니다. 선물이랍시고 약초 찻잎을 가지고 왔습니다만 실피드 말로는 그 안에 소량의 환각초가 들었다고 합니다."

"뭐!"

"그, 그게 무슨! 환각초라니!"

놀란 마음은 이해하지만 소리를 빽 지를 것까지는 없다고 보는데. 귀청 떨어지는 건 고사하고 내 어깨를 아프도록 잡고 전신을 살피는 황제나 재빨리 눈동자를 굴려 가며 나를 훑어 내리는 두 사람의 시선에 진정하라는 의미로 양손을 들었다. 이러다 당장에라도 튀어나갈 것 같다. 될 수 있으면 일 크게 만들지 말자고.

"비아, 괜찮나? 설마 마신 건 아니지?"

"안 마셨습니다. 그러니 일단 진정 좀 하십시오."

"무사해서 다행이다."

눈이 마주치자 어색하게 웃는 시온을 빼고는 하얗게 질린 얼굴로 땅이 꺼져라 안도의 한숨을 내쉬는 세 사람을 보며 피식 웃을 때 갑작스럽게 그가 자리에서 벌떡 일어났다.

"감히! 이따위 짓을 하다니 당장 죽여 버리겠다."

"안 됩니다."

"왜! 그녀는 그대를 죽이려고 했다. 그런데 왜 말리는 거지?"

마약 좀 한다고 안 죽습니다. 그리 말해 봐야 화만 부추길 것 같아 당장에라도 튀어나갈 듯 기세를 피어 올리는 그의 손을 잡고 힘을 주어 잡아당겼다. 마지못해 앉는 그의 표정이나 세 사람의 표정에 불만이 가득이다. 왜 말리느냐 이거겠지.

"잊으셨습니까? 그녀가 갑자기 변한 이유도 알아야 하고 누구와 연계를 맺고 있는지도 알아내려면 조금 더 기다리십시오."

조금만 있으면 알아서 다른 고기까지 물고 올 텐데 그녀 하나만 처리하기에는 아깝다. 그런데 이 인간들은 그쪽으로는 전혀 관심이 없는 것 같다.

"그런 거 몰라도 된다. 신경에 거슬리는 것들은 그 즉시 치워 버리는 게 나아."

"폐하 말씀이 맞습니다, 황후마마. 후궁이 된 첫날부터 간 크게 이런 짓을 벌인 여자가 또 무슨 짓을 할지 모릅니다."

"그렇습니다. 이참에 내보내는 게 안전할 것입니다."

"조금 시일이 걸리더라도 어차피 대공 쪽 인물들은 처리를 해야 합니다. 그러니 후궁은 바로 처리를 해도 상관없지 않습니까?"

어차피 하던 일이라 한 말이건만 일 좀 도와달라는 게 그리도 경악할 일인가? 입만 떡 벌리고 굳어 있는 세 사람을 보며 다시 한 번 더 다그치자 어색하게 고개를 끄덕이고 서류로 시선을 돌린다.

"비아, 사랑한다."

"알았으니까 주무십시오. 지금 당장 안 자면 일어나겠습니다."

"잔다. 지금 자고 있다."

자고 있다면서 대답은. 눈을 감고 몸을 옆으로 눕더니 내 배에 얼굴을 비비적거린다. 간지러운데. 그 말 했다가는 또 대화가 이어질 것 같아 그저 부드럽게 머리만 쓰다듬기를 얼마. 실실 웃던 얼굴이 조용해지고 숨소리도 고르게 변하면서 진짜 잠들었다. 정말 피곤하긴 했나 보다.

"아버지는 바쁘지 않으십니까?"

"바쁘기는 하지만……."

이 인간이 붙잡았다는 말이군.

"가족끼리 있을 때는 편하게 말씀하세요, 아버지."

"으응. 그래, 알았다."

"그런데 비아, 그러니까 그게……."

뭐야? 무슨 말을 하려고 저리도 머뭇거리는 거야? 막상 말을 쉽게 잇지 못하는 디온의 표정도 그렇고 두 사람도 표정이 이상하다. 뭐냐고.

"뭡니까? 편하게 말씀하세요."

"그, 폐하와 밤을 보낸 거니?"

밤을 보내? 아아, 그러니까 섹스를 했는지 궁금하다는 건가. 그런데 그게 왜 궁금해? 당연히 안 한 걸 알면서.

"부부관계를 묻는 것이라면 안 했습니다. 푹 잔 기억밖에 없습니다만 왜 그러십니까?"

"아, 거기 목에……."

목? 그러고 보니 아침에 이 인간이 쪽쪽 빨아 대는 통에 붉게 자국이 남았다. 그런데 이게 뭐?

"이런 건 신경 쓰지 마십시오. 그보다 일은 제가 같이 할 테니 아버지는 그만 가 보셔도 됩니다."

"아니, 괜찮다. 어차피 오찬에 참석해야 할 테니 같이 하자."

그래 주면 일이 더 빨리 끝날 테지만.

"괜찮으시겠습니까?"

"당연히 괜찮지. 내 일이야 보좌관에게 맡겨 놓고 왔으니 걱정하지 마라. 이렇게라도 다 같이 있으니 좋구나."

"그럼 사양하지 않겠습니다. 오찬 전까지 폐하께서 수결할 것만 빼고 다 처리하도록 하죠."

"이, 이걸 다?"

다 해야지 그럼? 보나마나 이 인간 오늘밤도 제대로 못 잘 것 같은데 일거리라도 줄여 주면 마음이 편하기도 하고. 그런 의미로 설마 하는 표정으로 보는 세 사람을 향해 싱긋 웃으며 단호하게 대답했다.

"예. 이왕 하시는 거 폐하께서 수결하실 것도 꼼꼼히 살피셔야 합니다."

"으응, 그래."

"좋습니다. 아버지, 오라버니들, 열심히 해 주세요."

응원 차원으로 싱긋 웃었지만 빨리해, 라는 의미를 담아 세 사람을 보자 어색하게 웃으며 서류로 시선을 돌린다. 그런 세 사람의 입에서 동시다발로 한숨이 터져 나왔지만 그러든지 말든지 나 또한 서류를 들고 일을 시작했다.

후계자로서 교육과 이사로서 지냈던 몇 년이 도움이 된 것도 있지만 거기나 여기나 해야 할 일은 크게 다르지 않아 일 처리는 생각보다 더 빨라졌다. 오류 부분은 잡아내고 시정해야 할 부분, 첨가해야 할 부분은 따로 메모지에 기입해 그가 처리해야 할 서류에 끼워 넣었다.

그렇게 빡빡하게 세 사람을 몰아붙인 덕분에 시간 안에 그가 수결해야 할 서류만을 따로 분류해 놓고 모든 일을 끝마칠 수 있었다. 그때까지 길지 않은 시간이지만 푹 잠든 덕분인지 한결 혈색이 편안해진 그를 깨워 황제의 침실에서 옷을 갈아입고 서둘러 오찬 장소로 향했다.

가는 내내 헤벌쭉 풀어진 얼굴로 손을 잡고 싱글벙글 웃는 황제 때문에 보는 이들마다 경악하는 통에 짧은 소란이 있었지만 나름대로 즐거운 분위기를 유지하며 오찬 장소에 도착한 것까지는 좋았다. 재수 없는 두 인간을 만나기 전까지는. 왜 저것들이 같이 있는 거야?

18장.
귀찮지만 재미는 쏠쏠하다

대공하고 후궁이라. 작당하기에는 딱 알맞은 조합이군. 뭐 진짜 작당을 했는지 안 했는지는 지켜보면 알 것이고 두 사람과 점점 가까워질수록 기세가 험악해지는 네 사람을 향해 슬쩍 눈치를 주고 나서 빙긋이 웃으며 입을 열었다.

"먼저 와 있었군요."

"오셨습니까, 황제 폐하, 황후마마."

저 재수 없는 태연한 낯짝 좀 보라지. 주는 거 없이 미운 놈이 있다더니 대공이 딱 그 짝이다. 하긴 저런 놈들은 질리도록 봐 왔지. 시커먼 속내를 위선적인 가면으로 숨기고 어떻게 하면 이용해 먹을까 궁리하는 놈들. 저런 놈들의 눈빛은 보면 알 수밖에 없다. 진득하게 따라붙는 시선이 소름 끼치도록 기분 나쁘거든.

"두 사람이 같이 왔나 보군."

"오다가 만났습니다, 폐하."

그런 것치고는 둘 사이의 분위기가 이상하지만 이 자리에서 물을 것도 아닌 이상 관두고. 나를 보며 싱긋 웃는 대공을 향해 나 또한 웃음으로 화답하고 자연스럽게 그에게로 시선을 돌렸다.

"폐하, 귀빈들이 기다리겠습니다."

"알겠소. 아, 그렇지. 대공이 후궁을 에스코트해 주면 되겠군."

"하오나 폐하의 후궁이신데……."

"상관없다. 들어갑시다, 황후. 공작도 들어가지."

시종장이 고하는 소리와 함께 우리가 선두로 나란히 들어가고 뒤로 대공하고 그녀가, 다음으로 아버지가 뒤따라 들어왔다. 일제히 예를 차리는 이들을 보며 제일 상석 정중앙에 우리가 나란히 앉고 그녀와 대공, 아버지와 공작들 순으로 자리를 잡고 앉았다.

곧바로 기다렸다는 듯 요리들이 하나둘 나오기 시작하고 얼마 지나지 않아 넓은 테이블 가득 화려한 요리들이 가득 채워졌다. 그러고도 고급 와인과 다양한 과실주까지 나오자 그제야 그가 사절단을 돌아보며 입을 열었다.

"모두 빠짐없이 오찬에 참석해 주어 고맙네. 며칠간 따로 연회가 있을 것이나 이 자리는 우리 바이에르 제국을 방문한 그대들만을 위한 자리이니 편하게 즐겨 주면 좋겠군."

하나같이 인물이 출중하다. 제국의 황제와 황후의 즉위식이나 국혼에는 반드시 각 나라의 직계혈통이 참석해야 하기에 오늘 이 자리에는 황족이나 왕족만이 참석했다. 물론 우리 쪽의 공작들은 대접하는 차원에서 참석하는 것이다.

"감읍합니다, 황제 폐하. 앞으로도 우리 라키아 제국은 바이에르 제국과의 친선과 교류를 유지할 수 있도록 노력할 것입니다."

"짐 또한 라키아 제국과의 사이에 마찰이 생기길 원하지 않네, 황자. 그러니 앞으로도 좋은 관계를 갖도록 하지."

"예, 황제 폐하. 반드시 그리할 것입니다."

밝은 갈색머리에 하늘색에 가까운 눈동자라. 이미지가 좀 유약해 보이기는 해도 라키아 제국 황제의 사랑을 받는 황자라지? 그 때문에 황태자와 마찰이 있는 것 같고. 아무래도 신경을 써야겠어. 그쪽 사정도 안 좋다면 지금이 적기다 싶어 손을 쓸지도 모르고.

만약 그렇게 된다면 우리 쪽에 덤터기를 씌울 가능성도 있다. 조심해서 나쁠 것도 없고 우리 싸움에 제삼자까지 끼어드는 꼴은 용납할 수 없잖은가. 그러니 귀찮기는 해도 머무는 동안 최대한 보호는 해야겠다 싶어 황자를 보자 시선이 마주친 순간 움찔거리는 모습에 싱긋 웃었다. 안 잡아먹어.

"사바나 제국 또한 바이에르 제국과의 평화를 유지할 것이며 제국 간의 교류가 활발히 이어지기를 바라고 있습니다."

"물론이네, 하인 왕. 앞으로도 좋은 관계를 유지하도록 하지."

"예, 폐하."

하인 왕이라는 사내, 볼수록 특이하다. 좀처럼 표정이 드러나지 않는 것도 그렇고 젊은 나이에 무력도 강하다고 했다. 만약 기회가 된다면 아센하고 붙여 보고 싶지만 아무래도 무리일 것 같아 속으로 아쉬움에 혀를 차고 다음으로 말을 꺼내는 독립국 히덴 왕국의 왕자를 바라봤다.

"히덴 왕국의 태자이자 다음 대 왕으로서 이후로도 바이에르 제국과 원만한 관계를 이어 가기를 바라고 있습니다, 폐하."

히덴 왕국은 지리상 대륙의 꼬리에 붙어 있는 위치지만 침묵의 바다에 둘러싸인 곳으로 해전에 강하다고 했다. 뭐 사실인지 아닌지는 모르겠지만 바다를 통해 적이 들어오면 그때마다 침묵의 바다가 요동치며 히덴 왕국을 지켰다는데 뭔 뜬구름 잡는 소린지.

어쨌든 여러 조건으로 보아 전쟁을 일으켜 잡아먹기에는 골치 아픈 곳이라 지금껏 독립국으로 인정을 해 주고 있는 것이다. 바다에서 나는 산물에 대한 무역의 반 이상은 저들에게서 나오는 것으로

아니고. 노려보는 눈길에도 태연하게 포도주를 마시자 그가 이것저것 잔뜩 가져와 내 접시에 올려놓고 또다시 싱글벙글 웃는다.

조금 전까지도 황제로서 느껴지던 위엄이 온데간데없이 사라지다니 정말이지 못 말리겠다. 그래도 싫지 않다는 게 더 이상한 일이라 피식 웃고 그가 주는 대로 세 놈을 먹여 가며 나도 먹기 시작했다. 이쯤 되면 포기해야 정상이건만 안타깝게도 눈치라고는 쥐뿔도 없는 데다 끈질기기는 또 얼마나 끈질긴지.

"외람되오나 폐하, 간곡한 청이 있습니다."

"청이라. 무엇이지?"

"왕께서 소녀를 예뻐하고 귀히 여기시어 소녀가 루비아 왕국을 떠나 본 것은 이번이 처음입니다. 해서 바이에르 제국을 방문한 차에 폐하께서 허락하신다면 한동안 궁에서 머물고자 합니다."

뭐냐, 저 당당함은. 아직도 정신을 못 차렸군. 상태가 안 좋은 것들이 왜 이리도 많은지.

"한동안이라. 그래, 얼마간 머물고 싶지?"

"폐하께서 허락만 하신다면 오래도록 머물며 폐하께 도움이 되고 싶습니다."

도움은 무슨. 민폐나 끼치지 마라.

"황후, 그대 생각은 어떻소? 그대가 허락하면 짐도 허락하리다."

그렇단 말이지. 마음 같아서는 당장 꺼져, 하고 싶지만. 저런 것도 한 나라의 왕녀라고 매몰차게 대접할 수는 없다. 뭐 지켜보다가 사고 치면 확 내쳐 버리면 그만이고.

"그동안 루비아 왕국하고 큰 문제없이 지내 오지 않았습니까? 특별한 말썽만 일으키지 않는다면 왕녀의 체류를 반대하지 않습니다."

"알겠소. 황후 뜻대로 하리다. 왕녀, 체류를 허락하겠다."

"감읍합니다, 폐하."

어이, 허락은 내가 했다만 왜 나한테는 인사 안 해? 저게 재롱떠는 게 귀여워서 봐줄까 했더니. 황당한 것도 잠시, 뒤이어서 자신만만하게 웃으며 하는 말에 절로 미간이 찌푸려졌다.

"허면, 소녀는 어디서 머물러야 할지……. 앞으로 폐하를 모시려면 중앙궁에 거처를 마련하고 싶습니다."

저거 뭐라는 거냐?

『중앙궁에 머물겠다고 했다.』

그거야 들었고. 속국도 아닌 독립국 왕녀 주제에 황제가 머무는 중앙궁에 거처를 정하고 싶다고? 거참 적당히 까불면 좀 좋아. 꼭 주제를 모르는 것들이 있다. 그것도 꼭 성냥개비같이 생긴 게 꼴값은.

『적당히 해라, 적당히.』

알아. 안다니까. 그냥 경고만 할 테니 걱정하지 마라. 물론 저게 어찌 나오는지에 따라 달라지겠지만.

경고만 하자. 경고만. 애써 그리 생각하고 결론을 내리려는데 순간적으로 나를 향해 짓는 비웃음에 그 생각이 싹 사라졌다. 좋아. 그렇게 나오겠다 이거지? 그럼 뭐 어울려 주지.

"폐하, 허락해 주실 것이라 믿고 있습니다."

속국의 사절단도 개별적인 궁에 머무는 판에 독립국 왕녀가 중앙궁에 머물겠다는 말을 저리도 당당하게 할 줄이야. 왕녀라는 게 기본적인 상식도 없는 건 고사하고 뭔가 더 있다. 그게 아니고는 저리도 당당할 수는 없지. 딱 보아하니 금방 알 수 있을 듯한데. 굳은 표정의 그가 입을 열려는 찰나 손을 들어 저지하고 내가 먼저 입을 열었다.

"루비아 왕녀."

"예, 황후마마."

내 부름에 찰나간 입가를 씰룩거린 왕녀가 화사하게 웃으며 공손히 대답하는 모습에 보란 듯이 피식 웃자 순식간에 표정이 굳어 버린다. 아니 저건 썩은 건가. 정말이지 주제도 모르고 까부는 것들이 왜 이리도 많은지 모르겠다. 내가 심심할까 걱정되어서 이리 톡톡 튀어나오는 거라면 이해는 되지만.

"내 궁금한 것이 있네, 루비아 왕녀. 루비아 왕국은 독립국이 아니었나?"

"맞습니다, 황후마마. 저희 루비아 왕국은 비록 산세가 험준하나 많은 광산이 있어 자원이 풍부한 곳입니다."

그걸 말하는 게 아니다만.

"그대의 왕국에 대해서는 굳이 입 아프게 설명하지 않아도 이미 알고 있네. 헌데 우리 바이에르 제국에 속한 왕국도 아닌 독립국에서 온 왕녀가 황제 폐하께서 계신 중앙궁에 머물겠다고 한 것인가?"

"그건, 앞으로 소녀가 폐하께 도움을 드리면 저희 왕국과의 사이가 돈독해질 것이기에 그리 청한 것입니다."

얼씨구? 이거 가만 보니 처음부터 그의 여자 자리를 꿰찰 목적이었군. 거참 무지하면 당당하다더니. 어쩌면 이리도 똑같은지 모르겠지만 주제를 모르고 날뛴다면 두고두고 밟아 주면 그만이지.

"호오, 돈독이라. 좋은 말이군. 그리고 바이에르 제국과 루비아 왕국 사이가 좋아지려면 방법은 딱 하나뿐이지. 루비아 왕국을 우리 바이에르 제국에 복속시키는 것. 왕녀의 말은 그럴 의향이 있다는 것이네. 안 그런가?"

"그, 그건 소녀와 폐하께서 가까워지면 그리되지 않겠습니까? 사람 앞일은 모르는 것입니다, 황후마마."

그러니까 그의 옆자리를 차지하고 말겠다는 말인가. 깜찍하기는. 더불어 나를 겨냥하며 비웃음 짓는 폼이 내 자리까지 노리나 보군.

도대체 뭘 믿고? 미치겠네. 이런 것들을 상대해야 하다니. 다른 이들의 황당하다는 시선은 그렇다 치고 아버지하고 그의 기세가 점점 서늘하게 내려앉는 건 곤란하다.

이러다 사고 칠지도. 이건 내 밥인데 두 사람이 끼어들면 안 되지. 해서 아버지에게 눈짓을 주고 슬쩍 그의 손을 잡아 나서지 못하게 저지하자 왜 말리느냐는 듯 뚱해지는 모습에 헛웃음을 흘렸다. 귀엽기는 하다만 이건 내 거란 말입니다.

그러니 그의 투정쯤이야 깔끔하게 무시. 일제히 내 다음 말을 기다리는 이들을 돌아보며 마지막으로 오만하게 고개를 치켜들고 화사하게 웃는 왕녀를 향해 또다시 피식 웃었다. 재롱도 가지가지라더니. 가소롭다, 이것아.

“왕녀가 그리 말하니 뜻대로만 되면 참으로 좋을 일이군. 그래, 어떤 식으로 폐하께 도움이 될 수 있을지 궁금하네.”

“예로부터 나라 간에 유대를 맺는 일은 오로지 하나뿐이지 않습니까? 소녀도 루비아 왕국과 바이에르 제국을 위해 폐하의 곁을 지켜드리고 싶습니다.”

“흠, 그 말은 후궁이 되어 루비아 왕국을 우리 바이에르 제국에 복속시키겠다는 것인가?”

“예, 황후마마. 바이에르 제국으로서는 아무런 힘을 들이지 않고도 저희 루비아 왕국을 손안에 넣을 수 있습니다. 손해 보는 일은 조금도 없지 않습니까?”

그렇지. 손해 볼 건 전혀 없지. 왕녀 하나 건사하고 루비아 왕국을 통째로 속국으로 만든다면 오히려 이득이지. 문제는 왕녀의 뻔뻔한 발언에 몇몇 독립국이 당황했고 라키아 제국 측과 사바나 제국 측의 기세까지 험악해졌다는 것이다.

저들 입장에서는 안 그래도 거대한 영토를 소유한 바이에르 제국이 못마땅한데 또다시 왕국이 복속되는 걸 원치 않을 것이다. 하물며 자원이 풍부한 곳이라면 더 그럴 테지. 뭐 그거야 저것들 사정이고. 나로서는 새로 생긴 장난감을 갖고 놀 의무가 있다.

『인간은 장난감이 아니다, 주인아.』

닥치세요.

"폐하, 루비아 왕녀의 말대로만 된다면 제국으로서는 반길 일이 아닙니까."

"그렇습니다, 폐하. 루비아 왕국의 자원은 풍부해 제국의 앞날에도 좋을 것입니다."

"황후마마께서도 제국의 국모로서 그 부분은 이해하시지 않겠습니까? 이 모든 일은 제국을 위한 것입니다."

이것들 봐라. 고작 독립국의 왕녀 주제에 뻣뻣하게 고개를 들고 있음에도 지적하지 않은 이유가 따로 있었나? 설마 작당이라도 했다든지. 뭐 그거야 차차 알아보면 될 테고. 나를 향해 싱긋 웃는 대공을 향해 나 또한 웃음으로 화답하고 휴스튼 공작하고 로제르타 공작을 바라보며 입을 열었다.

"공작들의 말도 일리가 있네. 왕녀의 말대로만 되면 우리 바이에르 제국은 손해 볼 것이 전혀 없는 것도 사실이고. 헌데 그 말에 책임은 질 수 있는 것인가? 왕녀의 독단이 아닌 루비아 왕국의 왕의 결정인지를 묻는 것이네."

"당연하지 않겠습니까? 왕께서는 소녀가 원하는 건 무엇이든 들어주십니다. 이번에도 소녀의 뜻대로 하라 하셨습니다."

쯧쯧, 누가 저리 막무가내로 키웠나 했더니 그 아비였군.

"폐하, 왕녀의 말을 들으셨습니까? 후궁으로 들이면 루비아 왕국을 통째로 복속시킨다고 합니다."

"들었소. 그래서 어쩌란 말이오?"

삐쳤군. 단단히 삐쳤어.

"두 공작들도 오로지 제국의 번영을 위해 찬성을 하고 있으니 후궁으로 들이시는 게 어떻겠습니까?"

"싫소."

어허, 너무 그렇게 단호하게 말하면 안 되지. 뭐 예쁘기는 하다만.

"폐하, 그래도 생각을 한 번 해 보십시오."

"싫소. 절대 싫소. 내가 왜 저런 걸 후궁으로 들인단 말이오?"

저런 거라니. 아무리 싫어도 이리 말할 줄이야. 아니 오히려 내가 후궁으로 들이라 할까 봐 불안한 얼굴이다. 하여간 갈수록 귀여운 짓만 하지. 마음 같아서는 시원하게 웃음이라도 터트리고 싶지만 얼굴이 빨갛게 달아올라 부들부들 떠는 왕녀와 '폐하!' 만을 외치는 두 공작을 보자 차마 웃지는 못하겠다. 물론 갈굴 방법은 많지.

"폐하, 아무리 싫다고는 해도 당사자가 보는 앞에서 그리 말씀하시면 실례입니다."

"상관없소. 제국의 주인인 짐이 왕국의 하찮은 왕녀 눈치를 볼 필요는 없지."

그럼 당연하지.

"지당하신 말씀이십니다. 허나 국익을 위해서는 한 번 더 재고를 해 보십시오. 다소 철이 없고 예의가 없는 점이 흠이지만 그것쯤이야 국익을 위해서라면 눈감아 줄 수 있지 않습니까? 그리고 저래 보여도 왕국의 꽃이라는데 하다못해 위신은 세워 주셔야지요."

『정말 주인은 남 신경 긁는 데 천부적인 재능이 있는 것 같다.』

응. 나도 인정해. 하도 저런 것들을 많이 겪었거든.

"싫소. 짐은 황후만 볼 것이오."

당연히 그래야 하는 게 맞지만 당사자들 있는 곳에서 그리 말하면 안 될 텐데. 사납게 일그러지는 후궁이나 한소리 듣고도 황제의 거절은 예상하지 못했다는 듯 붉게 칠한 입술을 잘근잘근 씹어 대는 왕녀를 보며 절로 터져 나오려는 웃음을 갈무리하고 태연하게 말했다.

"루비아 왕녀, 어지간하면 들어주고는 싶으나 폐하께서 이리도 강경하게 싫다고 하시니 어찌해야 할지 모르겠군. 아, 그럼 이러는 게 어떻겠나? 대공께서도 아직 혼처가 정해지지 않았으니 왕녀와 대공이 성혼을 해도 될 것 같은데. 안 그렇습니까, 폐하?"

내 말에 시종일관 여유롭게 웃던 대공의 얼굴이 확 찌푸려지고 두 공작도 덩달아 찌푸려진 얼굴로 말하려는 찰나 그가 먼저 반색하며 대답했다.

"그거 좋은 생각이오, 황후. 대공도 반려를 들여야 하고 루비아 왕국은 우리 바이에르 제국에 복속되기를 원하니 이것만큼 좋은 조건도 없는 것 같소. 그란디아 공작의 생각은 어떤가?"

"신도 찬성입니다, 폐하. 대공께서도 이제 성혼식을 치러야 하지 않습니까. 루비아 왕녀라면 짝으로 손색이 없을 것입니다."

정확히는 끼리끼리 만나는 거지. 물론 여기까지가 우리 쪽 결론이고 이제 반론을 해야지? 아니나 다를까, 대공, 왕녀, 공작들 순으로 빠르게 말을 쏟아낸다.

"송구하오나 폐하, 신은 아직 성혼 생각이 없습니다."

"폐하, 소녀는 폐하의 곁에 있고 싶은 것이지 대공 전하 곁에 있고 싶은 것이 아닙니다."

"폐하, 루비아 왕국을 복속시키려면 루비아 왕녀의 의견도 들어주는 것이 마땅하다 생각합니다."

"그렇습니다, 폐하. 가문끼리 연을 맺는 것이 아니지 않습니까? 비록 복속시킨다 하나 오랫동안 독립국을 지켜 왔던 왕국의 왕녀입니다. 그러니 왕녀의 의견도 누구보다 중요할 것입니다."

점점 더 수상해. 이렇게 나온단 말이지.

"왕녀의 의견이 중요하다는 말이군. 황후, 어찌 생각하시오?"

"틀린 말은 아니라고 생각합니다. 허나, 조금 말에 어폐가 있는 것도 사실입니다."

"무엇이 말이오, 황후?"

알면서 뭘 물어보는 건지. 반짝반짝 빛나는 장난기에 속으로 피식 웃음을 흘리고 말을 이었다.

"바이에르 제국은 대륙에서 가장 강하다고 자부하고 있습니다. 헌데, 고작 작은 영토를 얻고자 고귀한 태양의 의견을 묵살하고 하찮은 왕녀의 의견을 수렴해야 한다는 건 제국의 위엄과 자부심이 깎이는 일이 아닙니까? 공작들이 충심으로 하는 말인 건 알겠으나 자칫 오해를 부를 수도 있는 말입니다."

"짐도 그런 생각을 하고 있었소. 어찌해서 제국의 중추인 공작들이 왕녀를 저리 싸고도는지 의아하던 참이었지."

그가 말끝에 표정을 굳히고 공작들을 바라보자 미세하게 움찔거리는 반응이 되돌아오는 것만 봐도 확실하다. 뇌물이라도 받아 처먹었겠지. 왕녀가 후궁으로 들어와 만약 황제의 사랑이라도 받는다면 자신들의 계획에 도움도 될 테고.

"폐하, 신들은 폐하의 의견을 묵살하고자 그런 것이 아닙니다. 오로지 제국의 번영을 위한 충심에서 그러한 것이니 부디 곡해는 하지 말아 주십시오."

"신들이 어찌 태양의 위엄을 꺾겠습니까. 곡해입니다."

곡해는 무슨 얼어 죽을. 그와 내가 동시에 입가를 비죽 끌어 올리고 시선을 맞춘 채 빙긋 웃었다. 아무리 생각해도 그와 나는 쿵짝이 잘 맞는 것 같다.

"경들이 그렇다면 그런 것이겠지. 안 그렇소, 황후?"

"예, 폐하. 제국의 공작들이 어찌 불손한 마음을 품었겠습니까. 단순히 실언을 한 것일 터이니 너무 마음 쓰지 마십시오."

"황후는 마음이 너무 착해서 탈이오."

응. 내가 생각해도 그래.

『헛소리.』

『그건 아니라고 봐.』

『응. 우리 자기가 절대 착한 성격은 아니지.』

『그래도 괜찮아, 비아. 우리 비아는 아름다우니까.』

네놈들은 닥치고들 있어.

"허면 공작들의 의견과 왕녀의 의견도 수렴해 결정을 보는 것이 어떻겠습니까?"

"어찌 말이오?"

"대공께서 성혼 생각이 없으시다니 억지로 권해 드리는 것도 문제가 있고, 왕녀 또한 폐하의 곁에 있고 싶다고 강하게 어필을 하였으니 기회를 주는 것이 마땅할 것입니다."

내 말에 그의 미간이 확 찌푸려지고 반면 대공과 두 공작, 왕녀의 얼굴은 환하게 펴진다. 그런데 아직 안 끝났다만, 착각들은 하지 말지 그래?

"허나, 대공과 왕녀의 의견을 수렴하면서 정작 지엄하신 태양의 의견을 꺾는 불충을 저지를 수도 없고……."

일부러 말끝을 흐리며 장내를 슥 돌아보자 하나같이 긴장한 듯 집중하는 모습에 슬쩍 웃으며 왕녀를 향해 입을 열었다.

"루비아 왕녀, 폐하께서 강경히 싫다고 하시니 나로서는 억지로 후궁으로 들이라 하지는 못하겠군. 그러나 기회를 주기로 한 이상 왕녀의 노력을 가상히 여겨 폐하께 다가가는 것은 말리지 않겠네. 명색이 루비아 왕국의 꽃인데 앞으로 좀 더 분발하면 사내의 마음

정도야 쉽게 잡지 않겠나?"

문제는 그가 잡혀 줄 생각이 전혀 없다는 것이지만 그거야 내 알 바 아니고. 너무 그렇게 노려보지는 말라고. 나는 분명히 기회를 줬다만?

"주신 기회 감사히 받겠습니다, 황후마마."

"그래야지. 열심히 하게, 왕녀."

"예, 황후마마."

아직 안심하지 마. 내가 좀 질기거든.

"헌데 그걸 아는가, 왕녀? 루비아 왕국이 독립국으로 남아 있는 것이 결코 침범하지 못해서가 아니네. 험준한 산세가 루비아 왕국 입장에서는 견고한 성벽이 되어 주고 있다 생각하겠지만 굳이 침범하고자 한다면 걸림돌이 되는 것도 아니라는 말이네. 그저 역대 몇몇 황제들께서 피를 좋아하지 않았을 뿐이지. 하지만 모두 같은 마음은 아니라네."

마음만 먹으면 얼마든지 침범할 수 있으니 알아서 기어, 라는 의미로 몸 안의 기세를 서서히 피어 올려 몸에 두르고 왕녀를 향해 씩 웃자 왜 세 놈이 부르르 떠는 거냐? 뭐야? 지금 내 예쁜 웃음을 보고 경기한 건 아니겠지?

『으으, 방금 소름 돋았어.』

『자기야, 제발 그런 웃음은 짓지 마. 살 떨리잖아.』

『괜찮아. 그래도 비아는 아름다우니까.』

『헛소리. 정말 예쁘면 저놈들이 저런 반응을 보일 것 같지는 않다, 주인아. 그러니 착각에서 깨어나라.』

이것들이 확! 팰 수도 없고. 차라리 관심을 끄자는 생각에 왕녀를 보자 그래도 영 멍청이는 아닌 듯 하얗게 질린 채 시선을 피한다. 그 모습에 피식 웃고 기세를 안으로 갈무리한 후 다시 능청스럽게 말을 이었다.

"이런, 쓸데없이 말이 새 버렸군. 왕녀에게 기회는 주겠으나 폐하께서 거절하시니 중앙궁에 머무를 수는 없네. 시골에서 왔으니 제도의 화려함에 취한 건 이해하나 아직 왕녀는 자격이 안 되지 않나? 아무쪼록 지금 지내는 궁에서 즐겁게 지내게."

주제넘게 까불지 말고. 멍청한 머리로 용케도 알아들었는지 분에 겨워 얼굴이 머리카락 색하고 똑같이 변한 왕녀와 다른 의미로 표정이 굳은 몇몇을 빼고는 여기저기 비웃음소리가 작게 터져 나왔다. 물론 그는 대놓고 웃었다. 눈치 없이.

그나저나 대공이나 공작들이야 뭐든지 마음에 안 들 테고 하인 왕이야 원래 표정이 없으니 그러려니 하지만. 후궁인 그녀는 왜 굳어 있는 거지? 아아, 그의 말 때문인가. 거참 새삼스럽지도 않은 것을. 아직도 꿈을 못 깬 건 고사하고 저러다 오찬 내내 한마디도 못 할 기세다.

반면 라키아 제국 황자나 독립국들도 속으로는 부지런히 잔머리를 굴리고 있을 것이다. 혹시라도 바이에르 제국이 전쟁을 생각하고 있는 건 아닌지 신경이 쓰일 테지. 이해는 한다만 경고차원으로 한 말이었으니 굳이 설명을 할 필요도 없어 옆에서 싱글벙글 웃는 그와 마주 보고 웃자 맑은 목소리가 울렸다.

"소넨 왕국의 제1왕녀 루비체 아나샤 루 소넨이 황제 폐하와 황후마마의 국혼과 즉위식을 다시 한 번 감축 드립니다. 저희 소넨 왕국은 앞으로도 바이에르 제국에 충성을 다할 것을 맹세하는 바입니다."

"오랜만이군, 소넨 왕녀."

오랜만? 그전에도 만났다는 건가 싶어 그를 보자 내 의문을 이해한 듯 싱긋 웃으며 설명을 곁들인다.

"소넨 왕녀가 어릴 때 국왕이 데리고 건국제에 참석했던 적이 있었소. 그때는 어린 꼬마였는데 많이 자랐군."

"그렇습니까? 반갑네, 소넨 왕녀. 제국에 머무는 동안 황후궁에 자주 들르게. 왕녀라면 좋은 말벗이 될 것 같으니."

"영광입니다, 황후마마."

볼수록 특이한 색깔이네. 즉위식 때도 놀랐지만 연한 연두색 머리카락에 연두색 눈동자라니. 봄의 새싹 같은 싱그러운 스타일이다. 얼굴도 오밀조밀 예쁘게 생겼고. 오히려 루비아 왕녀보다 훨씬 낫군.

게다가 별다른 내색 없이 차분한 성격도 마음에 들어 미미하게 고개를 끄덕이자 소넨 왕녀 다음으로 속국들의 인사가 이어졌다. 그중에서 소넨 왕녀만큼 딱히 마음에 드는 이들은 없었지만 속국인 이상 대접을 달리해야겠기에 모두 황후궁에 초대를 하고야 길고 긴 오찬은 비로소 끝이 났다. 지친다고 해야 할지.

『지치긴. 즐거워했으면서.』

어허, 내가 언제? 그런 적 없다만.

『심보가 고약하다.』

닥치라니까. 자꾸 까불면 다른 검으로 수련하는 수가 있다? 그렇게 되면 세상 구경 못 할 텐데 괜찮겠나?

『주인아.』

왜?

『주인은 참, 여러모로 완벽하다.』

응. 내가 생각해도 그래.

⚜⚜⚜

"쯧, 또 보석인가."

"마음에 안 들어?"

아니 뭐 굳이 마음에 안 드는 건 아닌데 인간들이 센스가 없잖아. 제국 내 귀족들 선물도 죄다 보석으로 장식한 것들이었는데 타국 사절단마저 선물이라고 들고 온 게 모조리 보석을 가공한 폐물이나 단검이라니. 차라리 장검으로 주면 쓸모나 있지.

이런 고민을 하는 날이 올 줄이야. 황후궁에서 떼어낸 보석만 해도 엄청 많은데 또다시 보석만 왕창 받으니 처치곤란이다. 그나마 값비싸고 특이한 향유나 금가루를 섞은 목욕제 같은 실속 있는 것도 많이 들어왔고 원석도 있어서 다행이지만.

그러고 보니 약초하고 차도 있었다. 지방 가난한 귀족 중에서 마땅히 바칠 만한 게 없어 들고 왔던 걸로 기억한다. 그러면서 당장에라도 울 것 같은 얼굴로 고개만 푹 숙이고 말을 시켜도 간신히 대답만 하고 돌아갔다. 쯧쯧, 배포들이 없어.

어차피 차나 약초 같은 걸로 환심을 사지는 못할 거라는 걸 알고 포기한 얼굴이었다. 뭐 이해는 한다만 나를 뭐로 보고? 아무리 내가 값나가는 게 좋다지만 그건 있는 놈들한테만 그리 받는 것이지 가난한 이들을 상대로 물욕을 부리지는 않는다.

『그건 맞다. 주인이 그 정도로 뻔뻔하지는 않지.』

그렇지? 이 자식, 제법 바른 말도 할 줄 아는구나.

『난 틀린 말은 한 적이 없다! 완벽하다고 몇 번을 말했나?』

아, 그래. 너 잘났다.

"오라버니, 황궁 내에 목걸이 같은 걸 만드는 곳이 있습니까?"

"있다. 솜씨도 뛰어나지. 그런데 왜? 이것들 맡기게?"

"예, 이대로 사용하기에는 영 마음에 안 들어서요."

지나치게 화려하다. 무슨 정신으로 목걸이를 이런 식으로 만들었는지는 모르겠지만 주렁주렁 달린 건 질색이다. 내 취향에 맡게 디자인해서 목걸이, 귀걸이, 팔찌 세트로 만들어야겠다. 가만 이것들 죄다 만들어서 하나씩 선물할까? 나도 연회 때마다 바꿔서 해야 할 테고.

헤스티아도 주고 르네하고 마리나 시녀장도 하나씩 주고. 작은 보석으로는 황후궁 시녀들도 팔찌 하나씩 주면 되겠지. 자고로 사람을 부리려면 보석이나 재물만큼 좋은 것도 없고. 이왕이면 남성용으로도 만들어서 황제, 아버지, 오라버니들, 아센, 발론, 황후궁에 배치된 기사들도 줘야겠군.

지금 보석 세트에 달린 보석만 해도 대충 수백 개는 족히 넘으니까. 일단 가공하지 않은 원석은 보관하고 개수에 맡게 디자인하면 되겠지. 주신 영감이 준 공간이 있으니 시녀들이나 기사들 것은 하나만 만들어도 또 생겨 부담도 없을 테니까. 그러고 보면 영감이 정말 기특한 생각을 했단 말이야.

"오라버니, 내일 보석 세공업자 좀 불러 주세요."

"그래, 알았다. 내일 오후로 하면 되겠지?"

"예. 오전에는 시공업자를 만나야 합니다."

어차피 오늘 중으로 사절단 인사도 모두 끝날 것이다. 그렇게 되면 지금까지 받은 보석들도 정리를 해야겠지.

"황후마마께 고합니다. 히덴 왕국의 태자께서 드셨습니다."

"안으로 모셔라."

대답과 동시에 디온이 자리에서 일어나 내 등 뒤로 서고 테이블 위에 있던 보석 상자들을 밑으로 내려놓자 때마침 문이 열리고 히덴 왕국 태자가 들어왔다.

"히덴 왕국의 태자 누르안이 바이에르 제국의 고귀한 밤과 부활의 달이신 황후마마께 인사 올립니다."

"어서 오세요, 히덴 태자. 앉으세요."

오찬이나 연회같이 공식적인 자리에서는 명확한 하대를 함으로 위치상 우위를 나타내지만 개인적인 만남에서는 존중해 준다는 의미로 존대로 해 주면 된다. 해서 적절히 섞어 반존대를 해 준 것인데 뭘 놀라? 내가 그리 오만하게 보이던?

『오만한 걸로 치면 주인을 따를 자가 없지.』

닥치라니까.

"태자, 오찬 때 마음이 상한 건 아니지요?"

"아, 아닙니다, 황후마마. 그럴 리가 있겠습니까."

"히덴 왕께서 최근 들어 통보도 없이 종종 무역세를 올리려고 하니 폐하께서 기분이 상하신 것 같군요. 엄연히 따지면 관례에도 어긋나는 것이 아닙니까? 폐하께는 이 사람이 잘 말씀 드릴 테니 태자가 돌아가면 히덴 왕과 잘 마무리를 했으면 합니다. 자칫 작은 욕심으로 좋은 관계가 틀어지면 손해가 아닙니까?"

뻔대 봐야 세력이 약한 쪽이 지는 것은 당연하다. 태자의 얼굴이 살짝 굳어졌지만 이미 예상하고 있던 부분인지 곧바로 수긍하며 답해 왔다.

"문제가 없도록 조치를 취하겠습니다, 황후마마."

"그래야지요. 이 사람은 신을 모시는 히덴 왕국과 틀어지고 싶지 않아요. 그러고 보니 침묵의 신을 섬긴다고 했던가요?"

"예, 황후마마. 저희 왕국은 삼면이 침묵의 바다를 끼고 있고 그 안에서 나는 자원이 풍부합니다. 해서 오래전 왕국을 건설할 당시부터 침묵의 신을 섬기고 있습니다."

"그렇군요. 헌데 어째서 침묵의 바다라고 지은 것인지 궁금하군요."

"평소에는 바다가 풍랑도 없고 아무런 변화도 없기 때문입니다.

예전에는 간혹 해적들이 침묵의 바다를 가르고는 했습니다만 그때마다 바다가 요동치며 저희 왕국을 지켜 왔습니다."

그럼 그 헛소문이 사실이었나? 황당하군. 바다가 적군 아군을 어찌 구분하고 지킨다는 거야?

『신인데 모를 리가 있나. 그리고 인간들 말은 다 믿을 수 없다.』

그건 그래.

『조금 황당하다, 그렇지?』

『응. 침묵의 신이 변덕이 얼마나 심한데.』

『맞아. 해적들이 분탕질을 치니까 단순히 짜증나서 그리했겠지.』

침묵의 신이 변덕이 심하다고? 아니 그보다 이 대륙에 신이 몇 명이야?

『많지는 않다. 주신께서 제일 먼저 만드신 게 천공의 신인 누르티아 님, 그리고 다음으로 침묵의 신, 행운의 신, 죽음의 신이 있지. 참고로 사바나 제국이 행운의 신을 섬긴다.』

영감까지 다섯이면 많은 것 같은데. 아니지. 지구의 종교에 비하자면 확실히 많지는 않을지도.

"이건 황후마마의 즉위식 선물로 약소하지만 준비했습니다. 받아주십시오."

"이게 무엇이지요?"

작은 상자로 봐서는 또 보석이겠지만 예의상 묻는 말에 굉장히 뿌듯해하며 열어 보라는 태자의 표정에 내심 기대를 갖고 작은 상자를 열었다. 그런데 구슬? 아니 구슬이라고 하기에는 안에서 반짝반짝 찰랑거리는 물?

『와, 이거 오랜만이네? 그런데 색깔이 조금 탁해.』

『인간이 구할 수 있는 건 이런 것밖에 없어.』

『그건 그렇지만 너무 비교되잖아.』

뭔 소리냐고, 이것들아. 나도 좀 알아듣게 말해.

『란이라는 것이다, 주인아.』

"란?"

"이걸 아십니까?"

아니 너한테 말한 게 아니다만. 야, 빨리 설명해.

『쯧쯧, 란은 바다의 신이라는 보석이자 보석이 아니다.』

뭔 뚱딴지같은 소리야? 알아듣게 말하라고.

『쉽게 말해 침묵의 바다에서만 나는 것으로 인간들은 보석으로 알지만 사실은 단순한 보석이 아니라 물속에서도 숨을 쉴 수 있게 해 주는 진귀한 것이다.』

와, 대박. 그럼 세 놈이 했던 말은 뭐냐?

『저놈들 말대로 색깔이 탁한 걸 봐서는 해저 깊은 곳에서 나는 것은 아닌 것 같군. 저 정도면 고작해야 반나절 정도 숨을 쉴 수 있을 것 같은데?』

에게? 고작 반나절? 쳇, 괜히 좋아했나. 그런데 저 자식은 고작 이걸 주면서 뿌듯해한 건가? 거참 영감한테 말해서 진짜배기로 가져다 달라고 해야지.

"히덴 태자, 이건 침묵의 바다에서만 나는 보석이라지요?"

"그렇습니다, 황후마마. 아주 진귀한 것으로 값을 따질 수도 없습니다."

놀고 있네. 그래 봐야 반나절짜리라는데 값은 개뿔. 그리 말하고 싶기는 하지만 굳이 보석이 아니라는 걸 알려 줄 필요는 없어 흐뭇하게 웃으며 고개를 끄덕였다.

"고맙군요. 헌데 이리 귀한 걸 받아도 될지……."

"처음부터 황후마마께 드리고자 준비한 것입니다. 부담 없이 받아 주십시오."

웃기는군. 고작 반나절짜리로 부담을 느낄 리가 없잖은가. 하긴 뭐 이놈은 모르니까 저런 말을 하는 것일 테니 서비스 차원으로 굉장히 기쁘다는 듯 웃으며 답했다.

"그리 말하니 받겠습니다. 황궁에 지내다 불편한 게 있으면 언제든지 말해 주세요."

"예, 황후마마. 그럼 저는 그만 물러가고 저녁 연회에서 뵙겠습니다."

히덴 태자가 물러가고 문이 닫히자마자 한숨을 내쉬며 미간을 찌푸리자 디온이 옆자리에 앉았다.

"이게 침묵의 바다에서만 나는 란이라고?"

"그렇다고 하네요. 오라버니가 알기로도 이게 보석입니까?"

"그렇지. 나도 실제로 보는 건 처음이다. 알다시피 침묵의 바다는 쉽게 들어갈 수 있는 게 아니라서 히덴 왕국에서도 이게 귀한 보석으로 통한다더군. 아마 이거 하나에 값이 어지간한 저택 한 채 값이지?"

진짜? 말도 안 돼. 고작 반나절짜리가 저택 한 채 값이라니.

"기가 막히는군. 오라버니, 이게 뭔지 아십니까? 이건 보석이 아니랍니다."

"그게 무슨 말이야? 보석이 아니라니."

"인간들은 보석으로 알고 있습니다만 사실은 이걸 가지고 있으면 물속에서도 반나절 가량 숨을 쉴 수 있다고 합니다. 그리고 진짜 귀한 건 그보다 더 오래 숨을 쉴 수 있겠죠. 그렇지?"

『응. 맞아, 자기야. 나도 예전에 침묵의 바다에 갔다가 침묵의 신이 가지고 있는 걸 딱 한 번 봤는데 그건 진짜 색깔이 얼마나 예쁘고 영롱한지 몰라.』

그렇단 말이지. 좋았어. 연회 끝나고 영감 오면 구해 달라고 해야지. 침묵의 신도 영감이 요구하면 하나쯤이야 공짜로 주겠지.
“오라버니는 보석이 아니라는 걸 비밀로 해 주세요. 그러고 보니 헤스티아는 아직 소넨 왕녀하고 있습니까?”
“아마 지금쯤 정원에 있을 것 같군. 과일 구경하고 그쪽으로 간다고 했으니까.”
“그럼 우리도 정원으로 나가죠.”
“아직 세 곳이 남았는데?”
라키아하고 사바나는 제국이니 마지막쯤에 오는 게 맞는데.
“루비아 왕녀는 어찌 안 옵니까?”
“글쎄. 원래대로라면 벌써 왔어야 했는데. 설마 중앙궁에 갔나?”
벌써부터? 라고 하고는 싶지만 왠지 그럴 것 같아 미미하게 미간을 찌푸리자 디온이 한숨을 내쉬며 중얼거렸다.
“폐하께서 피곤하시겠군.”
“쉽게 만날 수는 없을 겁니다.”
“왕녀를 봐서는 그것도 아닐 것 같다. 그러게 허락하지 말지 그랬어?”
그래야 건수를 잡을 테니까. 뭐 심심하기도 하고.
“폐하께서 어련히 알아서 안 하겠습니까? 우리는 정원이나 나가죠.”
“다른 이들은?”
“정원으로 오라고 하면 됩니다.”
어차피 개인적으로 선물을 주러 오는 것뿐인데 굳이 따로 만날 필요는 없겠지. 무엇보다 갑갑한 곳보다는 탁 트인 정원이 훨씬 낫다 싶어 망설임 없이 자리에서 일어나 디온을 데리고 알현실을 나왔다.
시녀장에게 손님이 오면 정원으로 안내하라 지시하고 르네와 마리나를 대동하고 정원으로 나가자 티타임을 즐기고 있던 두 사람이 환하게 웃으며 자리에서 일어난다. 15살 헤스티아와 16살 소넨 왕녀라. 지내는 동안 말벗이나 하라고 했지만 생각했던 것보다 잘 어울리나 보군.

"즐거운 시간을 방해한 건 아니지?"

"방해라니 아닙니다, 황후마마."

"정원이 너무 아름다워 시간 가는 줄 몰랐습니다."

"다행이군. 오라버니도 앉으세요."

내 뒤로 서서 자리를 잡는 디온의 손을 잡아끌어 앉히고 새로 나온 차를 마시며 실피드가 일으켜 주는 선선한 바람에 몸을 맡기고 만족스럽게 웃었다. 확실히 밖으로 나오기는 잘한 것 같지만 두 아이를 보니 새삼 어리다는 생각이 들어 피식 웃고 말았다.

아무것도 아닌 일에도 뭐가 그리도 즐거운지 재잘거리는 헤스티아와 소넨 왕녀, 흐뭇하게 바라보는 디온 오라버니까지 포함해 나름대로 편안한 시간을 보낼 때였다. 시녀장의 안내를 받아 정원으로 들어서는 두 사람에 나를 뺀 세 사람이 자리에서 일어났다.

"사바나 제국의 왕 하인이 바이에르 제국의 고귀한 밤과 부활의 달이신 황후마마께 인사 올립니다."

"라키아 제국의 헤르스 2황자가 바이에르 제국의 고귀한 밤과 부활의 달이신 황후마마께 인사 올립니다."

"어서들 오세요. 갑갑한 실내보다는 정원이 좋을 것 같아 이리로 모시라 했는데 괜찮습니까?"

설사 안 괜찮아도 신경 쓰지 않겠지만 다행히 두 사람도 알현실보다는 이곳이 마음에 든 듯 오찬 때와는 달리 다소 긴장이 풀어진 얼굴로 답했다. 그런 두 사람을 보며 미미하게 고개를 끄덕이고 디온하고 헤스티아를 소개시켰다.

"소넨 왕녀는 오찬 때 봤으니 알겠고 이분은 내 작은 오라버니이

자 제1기사단의 부단장인 그란디아 공자이고 그리고 이 아이는 여동생인 그란디아 공녀입니다."

"가르디온 리센 폰 그란디아가 하인 왕과 라키아 2황자님께 인사 올립니다."

"헤스티아 쥬덴 폰 그란디아가 하인 왕과 라키아 2황자님께 인사 올립니다."

"반갑소, 공자, 공녀. 사바나 제국의 왕 하인이라 하오."

"반갑습니다, 라키아 제국의 2황자 헤르스라 합니다."

각자 소개를 끝나고 자리에 앉자 시녀장과 시녀들이 다가와 테이블 가득 각종 진귀한 과일과 차, 조각 케익을 올려놨다. 시녀들이 물러나자 하인 왕이 품 안에서 화려한 금장 장식을 한 검은 바탕의 작은 보석함을 꺼내 내미는 모습에 절로 찌푸려지려는 미간을 곧게 펴고 빙긋 웃었다. 젠장, 또 보석이군.

"태양의 빛이라는 보석입니다. 사막에서만 나는 광물로 일반적인 보석과는 조금 다르지만 오랜 세월 사막의 열기만을 흡수한 것으로 예로부터 행운을 상징하는 보석입니다."

"아, 잠시 봐도 될까요?"

하인 왕을 향해 다시 한 번 미소 짓고 조심스럽게 상자를 열자 다른 것과는 달리 원석 그대로인 아기 주먹만 한 크기의 검붉은 덩어리에 나직하게 감탄을 쏟아냈다. 루비나 레드 다이아몬드하고는 색깔이 확연히 다르다. 어떻게 이런 색상의 보석이 있었지?

"색깔이 신기하고 아름답군요. 황금색은 그렇다 치고 검은색이 섞였는데도 탁하지 않고 오히려 영롱하고 아름답습니다."

"태양의 빛이 가진 고유한 색입니다, 황후마마."

"너무 마음에 들어요. 고맙게 받겠습니다, 하인 왕."

지금까지 받은 잡다한 보석세트보다 더 마음에 드는 선물이라 만족해하며 웃자 내심 걱정했던 듯 하인 왕의 얼굴이 풀어졌다. 그리고 곧바로 2황자가 빙긋 웃으며 제법 크기가 있고 붉은 바탕에 화려한 금장 장식을 한 보석함을 내밀었다.

"황후마마의 즉위식 선물로 준비했습니다."

굉장히 자신 있는 얼굴인데, 도대체 뭐가 들었기에? 보석함만 봐서는 모르겠고 하인 왕에게 했듯이 2황자에게도 빙긋 웃으며 보석함을 열자 여기저기 또 한 번 감탄사가 쏟아져 나왔다. 뚜껑을 열면 살짝 올라오게 장식한 듯 정교하게 만든 새 한 마리가 날개를 쫙 펴며 올라오고 맑은 음이 흘러나왔다.

그렇다는 건 오르골이라는 건데. 당황스럽다. 응. 심히 당황스러워. 뚜껑 안쪽에는 거울이 달려 있고, 바닥도 붉은색에 한쪽에는 반지와 보석들을 담아둘 수 있는 공간도 따로 있다. 문제는 새 몸통 전체에 색을 달리한 자잘한 보석들이 빼곡하게 박혀 있다는 것이다. 미친. 고작 오르골에 얼마나 투자를 한 거야? 자랑이라도 하고 싶은 건가?

"마음에 드십니까?"

"누가 만들었는지 참으로 정교하게 잘 만들었습니다. 고맙게 받겠습니다, 헤르스 2황자."

사실은 하인 왕이 준 태양의 빛인가 하는 이 원석이 제일 마음에 들지만 뭐 치렁치렁한 목걸이보다는 훨씬 마음에 들어 싱긋 웃어 주자 2황자 얼굴이 안심한 듯 부드럽게 풀어졌다.

"과일들 들어 보세요. 익숙하지 않은 몇 가지는 대륙에서 구할 수 없는 것들로 신의 축복을 받은 과일입니다."

물론 뻥이지만. 내 말에 두 사람이 신기한 눈으로 과일을 보다가 먹기 시작하고 이내 두 눈을 약간 크게 뜨며 놀라움을 드러내는 모습에 나직하게 웃음을 터트렸다. 실제 세 놈이 키운 과일은 일반적인 과일에 비해 당도와 수분이 수배나 될 정도로 맛이 기가 막힌다. 다만 모양새가 그렇게 좋지만은 않아서 그렇지.

"과일도 그렇고 마알렌드가 참으로 아름답습니다. 거의 멸종됐다 들었는데 황후마마께서 키우셨습니까?"

"그저 축복이지요."

정확히는 세 놈을 부려 먹은 것이지만 내 대답에 감탄을 쏟아내다가 2황자가 힐끔 내 눈치를 살피며 입을 열었다.

"즉위식 때 그란디아 공작가에 축복이 쏟아지는 걸 보고 놀랐습니다. 저희 라키아 제국에서도 한때는 주신을 섬겼으나 도통 인간들의 일에는 관심이 없으신 것 같았는데, 황후마마께서 주신의 신탁을 받으셨다 들었습니다."

그 빌어먹을 신탁. 생각하니 또 쪽팔려.

"그랬지요."

"저기, 외람된 질문을 드려도 되겠습니까?"

외람되면 안 해도 된다만 대외적인 이미지가 뭔지.

"무엇이지요, 2황자?"

"황후마마께서 주신의 따님이시라 들었습니다. 사실입니까?"

응. 그것도 상당히 골치 아픈 아버지로 신탁에서 그 팔불출 기를 유감없이 발휘했지. 솔직한 마음 같아서는 아니라고 부정하고 싶지만. 그리 말했다가는 또 영감탱이가 삐질 테고 어색하게 웃는 디온하고 왠지 뿌듯해 보이는 헤스티아를 빼고는 표정 없는 하인 왕까지 부담스럽게 바라보는 시선에 절로 흘러나오려는 한숨을 삼키고 웃었다.

"신탁을 들었는지 모르겠지만 이 사람이 그분의 딸이 맞습니다. 상당히 유별난 분이시지요."

그것도 골치 아플 정도로 유별나지. 내 대답에 일제히 나직한 탄성을 쏟아내는 이들을 보며 어색하게 웃자 2황자가 다시 질문할 듯 입을 열었다. 하지만 곧바로 큰 소리와 함께 성큼 다가오는 인물에 일제히 자리에서 일어났다.

"황후!"

또 왔습니까? 이제 좀 있으면 석찬에서 볼 텐데 뭐하러 온 건지. 나를 보자마자 환하게 웃으며 성큼 다가와 와락 끌어안는 그의 행동에 진득한 한숨을 내쉬자 내 얼굴을 잡고 다른 이들이야 보든지 말든지 쪽쪽 입을 맞추고야 떨어진다.

"황후, 보고 싶었소."

"그렇습니까?"

"황후, 짐이 온 것이 반갑지 않은 것이오?"

뚱해지지 말라니까. 너 때문이 아니거든?

"아닙니다. 그럴 리가 있겠습니까."

확실히 그만 왔다면 반갑지 않을 리가 없다. 나 좋다는데 싫을 이유는 더더욱 없고. 헌데 저건 왜 달고 오는데? 그의 뒤를 힐끔 보자 드레스 자락을 잡고 뛰다시피 다가오는 루비아 왕녀의 모습에 절로 미간이 찌푸려졌다. 저건 교육도 못 받았나? 왜 저 모양이야?

다른 이들 다 봤는데 언제 뛰었느냐는 듯 뒤늦게 드레스 자락을 정리하고 오만하게 턱을 치켜들며 다가오던 왕녀가 나를 끌어안은 황제를 보고 당장에라도 눈에서 불똥이 튈 듯 노려본다. 뭐? 어쩌라고? 원래대로라면 제국 사절단의 인사가 있기 전에 루비아 왕녀도 인사를 왔어야 했다. 그런데 이제 와 놓고 뭐가 저리도 당당한지.

"어머, 황후마마께서도 계셨습니까?"

인사는 고사하고 말하는 꼬락서니 봐라. 이게 아직 덜 당했군. 이왕이면 연회에서 건수 잡고 확실히 밟아 주려고 했는데 왜 못 참고 스스로 기어와? 설마 이거 마조히즘 환자?

『마조히즘이 뭐냐, 주인아?』

너도 모르는 게 있군.

『난 완벽하다! 그저 주인이 이상한 소리를 한 것이지.』

곧 죽어도 너 잘났다. 뭐 설명을 하자면 육체적 또는 정신적 학대를 받고 고통을 받는 것으로 성적 만족을 느끼는 거지. 상태가 심한 경우 변태라고도 부른다만. 반대로 학대하고 고통을 주는 것으로 성적 만족을 느끼는 쪽은 사디즘, 또는 사디스트라고 한다.

『그럼 주인은 사디스트군.』

그런가? 딱히 생각을 안 해 봤는데. 저건 확실히 그쪽 성향이 있을지도. 아니면 괴롭혀 달라고 저리 안달할 이유가 없을 테니까. 응. 변태였어.

눈빛으로는 나를 노려보면서 은근슬쩍 내 몸을 끌어안은 그의 곁으로 다가오려는 왕녀를 향해 입가를 비죽 끌어 올리고 입을 열었다. 주제를 모르는 것들은 존대해 줄 가치도 없지.

"왕녀, 안타깝게도 머리가 나쁜 것 같군. 황후궁에 황후가 있는 것이 당연하지 않나?"

"그, 그렇군요."

거참 스스로 당하고 싶어서 와 놓고 이만한 일에 일그러지면 어쩌자는 건지. 게다가 은근슬쩍 극존칭을 빼 버리네? 아니 그보다 왜 저걸 달고 온 건가 싶어 슬쩍 미간을 찌푸리고 내 목덜미와 어깨에 얼굴을 비비적거리는 그의 귓가에 나직하게 속삭였다.

"폐하, 언제부터 붉은 꼬리를 달고 다니신 것입니까?"

이왕이면 꼬리는 떼 버리고 오지.

"큭큭. 달고 다닌 적 없소, 황후. 붉은 꼬리라면 짐은 질색이라오."

"후, 알았으니 일단 앉으십시오. 우리만 있는 자리가 아니지 않습니까?"

떨어지기 싫다고 목덜미에 쪽쪽 입을 맞추는 황제를 떼어내고 그의 손을 잡고 자리에 앉혔다. 헤스티아와 소넨 왕녀가 있는 쪽이자 디온이 앉았던 자리로. 덕분에 불여우가 그의 옆에 앉으려던 게 무산되고 이를 바득 가는 소리가 들렸지만 알 게 뭐야.

그의 옆으로 내가 앉고 내 옆으로 자연스럽게 하인 왕, 2황자가 자리하자 잠시간 뒤통수를 노려보던 불여우가 빙 둘러 우리 맞은편 쪽에 위치한 자리에 앉으며 입가를 파들파들 떨어 댄다. 그러든지 말든지 내 알 바 아니고.

"이분은 내 큰 오라버니로 제1기사단 단장을 맡고 있습니다. 시온 오라버니, 알고 계시겠지만 정식으로 소개시켜 드리지요. 사바나 제국의 하인 왕이시고, 라키아 제국의 2황자님, 소넨 왕국의 루비체 왕녀입니다."

"칼류시온 바틀란 폰 그란디아가 하인 왕과 라키아 2황자님, 소넨 왕녀께 인사 올립니다."

"소문은 익히 들었소. 사바나 제국의 왕 하인이라 하오."

"반갑습니다, 라키아 제국의 2황자 헤르스라 합니다."

"루비체 아나샤 루 소넨이 그란디아 공자님께 인사 올립니다."

차례대로 서로를 소개하는 이들을 바라보며 흐뭇하게 웃고 슬쩍 불여우를 보자 얼굴이 볼만하게 일그러져 있다. 자신은 소개도 안 시키니 자존심이 상했을 테지. 게다가 다른 이들 또한 은근히 무시하고 있으니 더 그럴 것이다. 그러게 얌전히 찌그러져 있으면 좀 좋아.

왜 자꾸 주제도 모르고 덤비는지. 입술을 잘근잘근 씹던 불여우가 이내 표정을 수습하고 내가 아닌 헤스티아를 보며 입가를 비죽 끌어올린다. 얼씨구? 황후인 나는 벅차니까 내 동생을 건드려 보겠다는 건가. 쯧쯧, 최악의 선택을 하는군.

"그런데 당신은 누구시죠? 오찬 때 뵌 분이 아닌 걸로 봐서는 이 자리에 있을 위치는 아닌 것 같은데."

"아, 저는 헤스티아 쥬덴 폰 그란디아라고 합니다, 루비아 왕녀. 늦었지만 인사 올립니다."

제법이군. 잠깐 당황하기는 했지만 당당하게 미소를 짓고 자신을 소개하는 헤스티아를 보며 흡족하게 웃으며 돌아올 루비아 왕녀의 인사를 기다렸다. 헌데 마땅히 같은 인사를 건네야 함에도 저 태도는 뭐란 말인가.

"아, 그대가 그란디아 공녀로군요. 황후마마와 전혀 닮지 않았네요?"

얼씨구? 기가 막히는군.

『솔직하게 말해 봐라, 주인아. 저 멍청한 여자가 정말 황제한테 다가가도 괜찮나?』

상관없다. 좀 피곤하기는 하겠지만 어차피 받아 주지도 않을 텐데 뭘.

『황제가 불쌍하군.』

넌 닥치고. 이쯤에서 적당히 밟아 주는 게 좋겠다 싶어 입을 열려는 찰나 그가 더 빨랐다.

"루비아 왕녀, 주제넘는 것도 정도가 있다."

이런, 그가 나서면 내가 밟을 수가 없는데. 그는 그렇다 치고 우리 뒤로 나란히 선 시온과 디온이 풍기는 기세 또한 점점 더 험악해지는 통에 난감하다. 난감해. 그냥 이쯤에서 내보내 버릴까?

"폐하? 소녀가 무엇을 잘못했습니까?"

"몰라서 묻나?"

모르니까 묻겠지. 딱 보면 답이 나오잖아? 사치나 부릴 줄 알지 머리에 든 게 없다고 봐야지. 아니면 나를 깔아뭉개고자 헤스티아를 무시하는 것일 테고.

"소녀는 그저 반가운 마음에……. 다른 뜻은 없었습니다. 곡해하지 마십시오, 폐하."

반갑기는 지랄. 한소리 하고 싶지만 그가 나섰으니 지켜보자는 생각에 느긋하게 차를 마셨다. 알아서 지지고 볶든지. 세상에서 제일 재미있는 게 싸움구경, 불구경이라는데. 물론 내 입맛에는 직접 밟는 게 더 재미있지만.

"짐이 황후가 허락했기에 오만방자하게 굴어도 이해를 하고 넘어가려고 했다. 헌데 주제파악은 고사하고 예법을 배웠는지도 의심스럽군."

"그, 그게 무슨 말씀이십니까?"

"일국의 왕녀라 하나 그대는 그란디아 공녀와 같은 위치다. 사절단으로 오면서 기본 상식조차 모르는 건가? 감히, 공녀가 예를 차렸는데 예도 차리지 않는 그 오만함은 뭐지?"

멍청해서 그래. 꼴에 왕국의 꽃으로 받들어 모시는 인간들만 보고 자랐으니 철딱서니라고는 없이 자란 건 당연하고. 후궁이 되어 루비아 왕국을 통째로 복속시키는 데 큰 역할을 할 거라 자부하고 있었으니 오만하게 구는 게 당연하다 생각했을 것이다. 그 결정에 대공하고 귀족파도 거들고 나섰을 테고.

"소녀가 잠시, 잊었습니다. 루엔시아 리나리 윌 루비아가 그란디아 공녀께 인사 올립니다."

저러다 경기할라. 파르르 떨리는 얼굴 근육 위로 억지로 미소를 짓고는 일어나 헤스티아를 향해 예를 차리는 모습에 피식 웃자 곧바로 매섭게 쏘아본다. 뭐? 어쩌라고?

"그 건방진 눈빛은 뭐지? 감히, 짐의 반려이자 이 제국의 안주인에게 그따위 눈빛이라니. 죽고 싶나?"

"소, 송구합니다, 폐하."

이런, 너무 기가 죽으면 안 되는데. 연회에서 좀 까불어 줘야 나도 재미있지. 뭐 저 성격이라면 이대로 물러서지는 않을 것 같지만 그래도 예의상 말리는 흉내라도 내자 싶어 그를 향해 입을 열었다.

"적당히 하십시오, 폐하. 아직 철이 없어 그렇습니다."

"하지만 황후, 저건 철이 없는 게 아니오. 이번에는 황후가 뭐라 하든 그냥 넘어가지 않을 것이오. 루비아 왕녀, 앞으로 한 번만 더 이따위로 주제넘은 짓을 할 경우 그 즉시 루비아 왕국으로 돌아가야 할 것이다. 그리고 허락 없이 중앙궁에 들어오지 마라. 이 제국의 심장에 멋대로 들어올 자격은 없다."

백번 맞는 말이지만. 과연 불여우가 알아들을지. 아니나 다를까.

"하오나 폐하! 소녀는 폐하를 위해 루비아 왕국을 복속시키고자 하는 것입니다. 그런데 소녀를 어찌 이리 대하십니까? 모두 폐하를 위해서입니다."

"웃기지도 않는군. 짐을 위해서다?"

"그렇습니다, 폐하. 이는 모두 폐하를 위해서입니다. 소녀가 후궁이 되면 루비아 왕국을 힘들이지 않고 복속시킬 수 있지 않습니까? 모든 귀족들이 찬성하고 나설 것입니다. 부디 현명한 결단을 내려 주십시오."

정확히는 대공을 따르는 계파겠지. 빌어먹을 것들, 최단시간 안에 말끔히 청소를 하든지 해야지 저런 것들이 자꾸 늘어나는 것도 귀찮다. 문제는 계약서가 조금 걸린단 말이야? 젠장, 몰라. 그건 나중에 생각하고.

아무리 생각해도 이건 상대하기 귀찮다. 이왕 이리된 거 이익이나 올리고 이쯤에서 해결 보는 게 좋겠다 싶어 한층 더 싸늘해진 그가 말하기 전 손을 잡아 진정시키고 내가 먼저 입을 열었다.

"루비아 왕녀, 내가 노력을 가상히 여겨 기회를 준 것은 기억하는가?"

"예, 황후마마."

대답은 잘하지.

"기억을 한다면서 왕녀의 철없음이 그 기회를 버리고 있으니 안타깝군. 참으로 안타까워."

"그게 무슨……."

"모르는 것인가?"

"모, 모릅니다, 황후마마."

모르긴 뭘 몰라? 그리 나오면 내가 조용히 넘어갈 줄 알고? 가소롭다, 이것아.

"왕녀가 모른다니 귀찮지만 하나하나 설명을 해야겠군. 감히, 소국의 왕녀 주제에 중앙궁에 허락도 없이 들어가 이 제국의 태양을 귀찮게 한 것과 황후궁에 멋대로 들어와 주인인 내게 인사조차 하지 않고 불경하게 눈을 치켜떴지. 또한, 내 사랑스러운 여동생을 업신여기고 함부로 말을 낮췄으며 자신보다 높은 위치에 있는 이들에게 인사조차 건네지 않았다. 이런, 막상 말을 꺼내고 보니 흠잡을 게 너무 많아서 봐주는 것도 힘이 들 지경이군."

"봐줄 필요 없소, 황후. 짐은 황후의 말만 들으리다."

어느새 싸늘함은 흔적도 없이 사라지고 내 손을 꼭 잡은 채 싱글벙글 웃는 그를 보며 피식 웃고 다시 왕녀를 향해 고개를 돌렸다. 고개를 푹 숙이고 부들부들 떨고 있는 걸 봐서는 어지간히 분한 것 같은데. 아직 멀었다. 밟히고 싶다는데 밟아 줘야지.

"내가 봐주는 것도 한계가 있다. 그리고 왕녀가 뭔가 착각을 하는 것 같은데, 후궁을 들이고 말고는 폐하가 아닌 내가 결정하는 사항이지. 설사 폐하가 그대를 후궁으로 들인다고 하셔도 내가 허락하지 않으면 들일 수 없다. 설마, 명색이 왕녀인데 이 같은 사실을 모른다고는 하지 않겠지?”

모르면 바보고. 어디 반론을 펼쳐 보라는 의미로 느긋하게 대답을 기다리자 한참이나 고개를 숙이고 있던 불여우가 고개를 들고 순간 눈을 번뜩이더니 이내 표정을 수습하고 웃는다. 누가 덜떨어진 불여우 아니랄까 봐 여우 짓 하는 거 봐라.

“황후마마, 소녀는 바이에르 제국을 위해 제 왕국을 바치려는 것입니다. 그런데 황후마마께서 반대하시면 귀족들이 수긍하겠습니까? 제국의 국모가 투기에 눈이 멀었다, 말이 많을 것입니다. 그런 일이 없으려면 부디 좋은 선택을 하셔야지요?”

『와, 재수 없어. 저거 뭐야?』

『감히, 비아한테 저따위 말을 하다니. 못생긴 게!』

솔직히 못생긴 건 아니다. 그저 주제를 모르는 거지.

『자기야, 저런 말을 듣고도 참을 거야? 자기답지 않아.』

그럴 리가. 내가 그리 착해 보이던? 물론 내가 성격이 좋긴 하지만.

『헛소리.』

닥치라니까.

“지금 왕녀의 말은 감히 이 제국의 황후인 나를 협박하는 걸로 들리는군.”

“그럴 리가 있겠습니까, 황후마마. 소녀는 그저 사실을 말씀드린 것뿐입니다.”

얼씨구? 뺀질거리는 게 고작 이런 걸로 협박이라니. 가소롭다, 이것아. 지금부터 진정한 협박의 진수를 보여 주지.

“호오, 그렇단 말이지. 하지만 내 귀에는 주제넘게 까부는 걸로 들리는데. 그럼 이러면 되겠군. 내 기분이 상해 도저히 그냥은 못 넘어가겠고 이참에 루비아 왕국을 이 대륙에서 지워 버리는 게 좋겠어. 그때는 폐하께서 끔찍이 싫어하는 왕녀를 후궁으로 들이지 않아도 되고 그런 터무니없는 말도 나오지 않을 테지. 본시 두려움과 공포는 그 어떤 감정보다 우월하지 않나?"

"무, 무슨! 지금 전쟁이라도 하시겠다는 말씀입니까?"

전쟁은 무슨. 굳이 내 군사들 피 흘리게 하지 않고도 얼마든지 손을 쓸 수 있다. 물론 진짜로 할 건 아니지만.

"전쟁이라……. 하겠다면 어쩔 거지?"

"무슨 말도 안 되는! 폐하께서 허락하실 것 같습니까? 폐하! 지금 황후마마께서 하신 말씀을 들으셨습니까? 황제께서 계신 자리에서 저리 위험한 발언을 하시다니 이는 폐하를 무시하는 처사입니다! 소녀는 폐하께 도움을 드리고자 하는데 어찌 저런 말씀을 하신단 말입니까? 소녀 억울합니다, 폐하!"

시끄러워. 거 되게 찡찡거리네. 앙칼지게 목소리를 높이는 통에 골까지 흔들리는 것 같아 짜증스레 미간을 찌푸리고 귀를 후비적거리자 그가 불여우를 노려보다가 내 귓불에 짧게 입을 맞추고 빙긋 웃는다.

"황후, 루비아 왕국을 지워 버리길 원하오? 황후가 원한다면 짐이 그리하리다."

"폐하! 어, 어찌 소녀에게……."

"닥쳐라. 너 따위에게 선택권은 없다. 감히 하찮은 왕국 따위로 짐과 황후를 농락하려 하다니. 황후에게 취한 행동만으로도 이 자리에서 죄를 물어 마땅하고 허락받지 않고 황제의 집무실에 쳐들어와 천박한 짓을 했으니 그 또한 죄를 물어 마땅하다."

기가 막히는군. 집무실까지 쳐들어갔단 말인가? 와, 무지하면 당당하다더니 설마 그렇게까지 할 줄이야.

"황후, 어찌하기를 원하오?"

충격에 새하얗게 질린 그녀는 깔끔하게 무시하고 조금 전과는 달리 다정하게 묻는 그를 향해 싱긋 웃고 긴장한 채 굳어 있는 하인 왕과 2황자를 향해 입을 열었다.

"하인 왕, 그리고 헤르스 황자. 먼저 불미스러운 일로 즐거운 시간을 방해한 것은 사과하겠습니다."

"아닙니다, 황후마마."

"황후마마께서 사과하실 일이 아니라고 생각합니다."

"그리 말해 주니 고맙습니다. 그럼 그대들에게 질문을 하지요. 이 사람이 루비아 왕국을 지워 버린다면 그대들은 어찌할 생각입니까?"

너희끼리 뭉쳐서 덤벼들 것이냐 외면할 것이냐를 묻는 것이고 두 사람도 의중을 파악한 듯 단호한 얼굴로 답해 왔다.

"루비아 왕녀의 오만이 하늘을 찔러 황제 폐하와 황후마마께 크나큰 무례를 범하였으니 그에 대한 대가를 치르는 것은 당연한 일입니다. 그러니 저희 사바나 제국은 이 일에 관여하지 않을 것입니다."

"저희 라키아 제국 또한 이 일에 관여하지 않을 것입니다. 황후마마 뜻대로 하십시오."

하긴 저런 대답이 나올 건 이미 예상했다. 일단 주신의 딸로 알려졌고 여신의 가호를 받는 바이에르 제국이니 다른 말은 못 할 테니까. 나름 흡족한 대답에 미미하게 고개를 끄덕이고 이제는 하얗다 못해 파랗게 질려 가는 불여우를 향해 씩 웃었다.

"두 제국은 루비아 왕국을 버렸군. 그리고 왕녀가 모르는 게 있다. 나는 내 백성들의 피를 흘리지 않고도 루비아 왕국쯤은 가볍게 지울 수 있지. 왜? 못 할 것 같나?"

"마, 말도 안 돼."

당연히 말도 안 되지. 인간인 내가 그런 일을 어찌한다고. 하지만 굳이 내가 아니더라도 가볍게 해치울 수 있는 든든한 영감이 있거든. 더불어 세 놈도. 그런 의미로 보란 듯이 비웃음을 흘리며 테이블에 앉아 불여우만 노려보는 세 놈의 머리를 톡톡 두드렸다.

"본신으로 돌아와."

내 말이 떨어짐과 동시에 공중으로 떠오른 세 놈이 순식간에 몸을 키우더니 곧바로 앞다투어 내 목을 끌어안고 오두방정을 떨어 댄다. 피곤해.

"자기야!"

"좀 비켜! 내가 안을 거야!"

"역시 커지니까 너무 좋아, 비아. 비아도 내 아름다운 모습이 보고 싶었지?"

아니 전혀.

"이것들이, 당장 안 떨어져? 비아는 내 반려다."

"치사하게 이럴 거야? 밤에도 옆에 못 오게 했잖아!"

"맞아. 너무 욕심부리면 안 되는 거야. 비아는 모두에게 사랑받아야 해."

"주신 영감이 집착하지 말라고 했잖아!"

"이건 집착하고 달라. 비아를 안을 수 있는 건 나뿐이다."

분위기 깨는 건 고사하고 정신 사납다고 이것들아. 바락바락 대드는 세 놈에 내 허리를 끌어안고 으르릉거리는 그의 태도까지. 사방에서 들려오는 소리에 지끈거리는 관자놀이를 꾹꾹 누르며 진득한 한숨을 내쉬고 가볍게 테이블을 두드렸다. 그와 동시에 소음이 뚝 끊긴 것에 그제야 만족하며 일제히 경악한 채 바라보는 이들을 향해 고개를 돌렸다.

"잠시 소란이 있었지만 딱히 신경 쓸 건 없습니다. 특별히 여러분께 이들을 소개하죠. 보셨다시피 이 녀석들은 인간이 아닙니다. 자연의 축복 정령왕들이지요."

"맙소사! 그 책에 나오는 정령 말입니까? 그것도 왕이라니."

"정령들은 사라졌다고 들었습니다. 그런데 어찌……."

그야 내가 가출하는 바람에 이 세계에 마나가 부족해져 죄다 정령계로 들어갔기 때문이지. 믿을 수 없다는 듯 경악하는 이들을 돌아보며 입가를 비죽 끌어 올리고 세 놈을 향해 물었다.

"너희들, 왕국 하나를 지상에서 지워 버리는 방법으로 뭐가 좋지?"

"자기가 한마디만 하면 주신 영감이 다 해 줄 텐데 꼭 방법이 필요해?"

아니. 굳이 필요한 건 아니다만 진짜 지울 생각은 없어서 말이야. 이것들은 가만 보면 아무 생각이 없는 것 같아. 정말 자연의 정령왕들이 맞아?

『안타까운 일이지.』

그러게 심히 안타깝네.

"나도 그러고는 싶은데 너무 싱거운 건 싫다."

"그래? 그럼 내가 모조리 가루로 만들어 날려 버릴까? 힘을 무리하게 쓰긴 해야겠지만 말만 해. 비아가 원하는 건 모두 들어줄 테니까."

"아니야. 내가 물에 잠기게 할게, 자기야. 날짜만 조절하면 아주 싱거울 거 같은데."

"그것보다는 땅속에 묻어 버리면 돼. 다시는 못 나오게 건물 자체를 묻어 버리자!"

거참 아무리 내가 물었다지만 정말 답이 안 나온다.

『원래가 단순한 놈들이다. 아무 생각이 없지.』

확실히 그런 것 같다. 뭐 그래도 이놈들 말 덕분에 불여우는 기절하기 직전이고 뻣뻣하게 굳은 2황자나 하인 왕을 보더라도 경고가 됐을 테니 목적은 달성한 건가. 그럼 이제 다음 단계로 넘어가야지.

"루비아 왕녀, 내가 주신의 딸이라는 사실을 제외하더라도 정령왕의 힘은 상상을 초월하지. 감히 인간이 대응할 수 있는 힘이 아니다. 그래서 이 녀석들을 시켜 루비아 왕국을 지상에서 지워 버릴 생각인데, 왕녀는 어찌 생각하나?"

사람이 물으면 대답을 해야지 왜 입만 뻐끔거리고 있어?

『지나치게 충격이 커서 말이 안 나오는 것 같다, 주인아. 보통 인간의 반응이다.』

그런가. 뭐 그러든지 말든지 내 알 바는 아니고 귓구멍만 똑바로 뚫려 있으면 돼.

"루비아 왕녀, 나는 주제를 모르는 인간들을 경멸한다. 솔직한 마음으로는 지금 당장 루비아 왕국 자체를 지워 버리고는 싶으나 한낱 주제도 모르는 계집 하나 때문에 죄 없는 백성들의 아까운 목숨을 빼앗는 건 내키지가 않아. 전쟁을 선호하는 편이 아니라서. 그러니 마지막 기회를 주지."

"기, 기회라 하시면……."

"그전에, 휴스튼 공작하고 로제르타 공작, 그 위로 대공하고 어떤 거래를 한 거지?"

내 물음에 화들짝 놀라 두 눈을 휘둥그레 뜨는 불여우를 보며 피식 웃었다. 설마 모를 거로 생각한 건가? 어이없군.

"조사하면 다 나온다. 그러니 나를 상대로 거짓을 입에 담을 생각은 추호도 하지 마라. 내 기분 여하에 따라 처벌이 달라진다는 것쯤은 아무리 멍청해도 알고 있겠지?"

"다, 다른 거 없습니다! 그, 그저 소녀가 후궁이 될 수 있도록 도와준다고 했습니다."

"그래서? 뇌물은 얼마나 바쳤지?"

"그, 그건……."

푼돈으로 움직일 인간들이 아니니 많은 금액을 바쳤겠지. 뒷거래까지 했을 테고.

"너무 많아 계산이 어렵나? 그럼 질문을 바꾸지. 뇌물을 바치고 후궁이 된 후에 또 다른 거래가 있을 예정인가?"

"자, 잘 모르겠습니다. 후궁이 된 후에 다시 이야기를 하자고 해서."

멍청하기는. 하긴 멍청하니 이용이나 당하겠지만.

"거래 서류는?"

"거, 거처에."

"시온 오라버니, 들었습니까? 지금 당장 그 서류를 찾아오세요. 만약 왕녀 일행이 반항할 시 모조리 죽여도 상관없습니다."

"예, 황후마마."

시온이 황급히 정원을 빠져나가고 기사들이 그 뒤를 따라 움직이는 모습을 보다가 차를 새로 내오라 하고 그에게로 시선을 돌렸다.

"폐하, 어찌 그리 보십니까?"

"그대가 너무 사랑스러워 눈을 못 떼겠소."

"그럼 계속 보고 계십시오. 말릴 생각은 없습니다."

"큭큭, 사랑하오, 비아."

또 시작이다. 도대체 뭐가 그리 웃기다고? 내 목덜미에 고개를 파묻고 큭큭 웃어 대는 그의 행동에 나직하게 혀를 차고 실피드에게 손짓했다. 순간 몸을 휘감는 선선한 바람에 만족스럽게 고개를 끄덕이고 어색한 공기가 흐르든지 말든지 느긋하게 기다린 지 얼마 후, 시온이 서류를 찾은 듯 다가왔다.

"두 공작하고 루비아 왕녀가 거래한 서류입니다, 황후마마."

"수고했습니다, 오라버니."

시온에게 서류를 받아 펼치자 역시나 예상대로군. 많이도 가져다 바쳤다. 그런데 이건 뭐지? 원석에 황금은 알겠는데 마정석은 뭐야?

『마력이 담긴 돌을 말한다. 그걸로 인간들이 마법을 사용하지. 그런데 루비아 왕국에 마정석이 있었나? 하나의 값어치가 상당할 텐데.』

그거야 나중에 알아보면 되고.

"상상했던 것보다 더 많은 뇌물을 바쳤군. 제정신이 아니야."

"소, 소녀는 그저 바이에르 제국을 위해서."

"그따위 되지도 않은 변명은 치워라. 마음 같아서는 당장 이 자리에서 처벌을 하고 싶으나 기회를 주기로 했으니 한 달 기한을 주지."

"기한이라 하시면……."

"지금 당장 루비아 왕국으로 돌아가라. 만약 그 안에 내가 만족할 만한 사죄와 답변을 한다면 한 번은 용서하고 넘어갈 것이고 불만족스러운 답을 한다면 그 즉시 루비아 왕국을 지상에서 지워 버릴 것이다. 알겠나?"

후궁이 되겠다는 헛된 꿈은 버리고 알아서 속국으로 기어 들어오라는 말을 못 알아들을 사람은 아무도 없을 것이다. 더불어 왕이 직접 싹싹 빌어야겠지.

"오라버니, 왕녀 일행을 당장 황궁에서 내치세요. 더 이상 얼굴 마주하는 것도 역겹습니다."

내 말이 끝남과 동시에 시온이 기사들을 불러 창백하게 질려 휘청거리는 불여우를 잡아끌다시피 빠르게 사라졌다. 멍청한 것. 협박을 하려면 이 정도는 해야지. 이제 낚싯대를 던졌으니 먹이를 낚아채는 일만 남았나. 그리고 이걸 빌미로 탐욕스러운 두 공작한테도 그물을 쳐 놔야겠다.

19장.
본격적으로 편 가르기

“이게 전부 신관들 비리입니까?”

“그렇지. 신관이란 것들이 더럽고 추악한 짓은 다하고 있더군.”

기가 막힐 지경이다. 이 많은 게 전부 비리에 대한 서류라고? 족히 수십 장은 될 것 같은데.

“이것도 중요한 것만 간추린 것으로 잡다한 것까지 포함하면 이것보다 더 많다.”

“진작 치우지 이대로 뒀습니까?”

“나도 그러고는 싶은데 당장은 무리다. 증거를 모으기까지 시일이 걸린 데다 손을 대려고 해도 귀족파 수작에 선황제가 신권을 황권과 비등하게 올려놓은 상태지. 황궁에 배치되는 신관 자리를 두고도 재물을 요구할 정도로 이미 그들의 권력은 뿌리 깊게 박혀 있다.”

말도 안 돼. 황당해도 정도가 있다지만 이건 심하다. 도대체 선황제는 머리를 폼으로 달고 다녔나? 명색이 황제이면서 신권을 키우면 어쩌자는 건지. 등신 아니야? 멍청한 인간 하나 때문에 우리만 고생이군. 그나저나 확실히 상황이 좋지만은 않네.

증거물을 가지고는 있지만 지금 상황에서 섣불리 손을 대면 귀족파와 신관들의 반발이 거세질 건 뻔하다. 귀족파는 신관들과 작당을 해서 뇌물을 받아먹었을 테고 더불어 황권이 올라서는 걸 막을 수 있으니 적극적으로 대응할 것이다. 애꿎은 희생양만 늘어날 게 아닌가.

"쯧, 쓰레기들 하는 짓은 다 똑같군."

"당장은 강압적으로 손을 대지는 못한다. 저쪽에서 먼저 사고를 쳐 주면 일이 쉬워지겠지만 그전까지는 하나씩 조용히 손을 보는 수밖에 없다. 문제는 원로원 측이 대신관을 제거할 생각을 하고 있다는 건데 대신관도 이미 눈치채고 있더군."

"흠, 대신관과 원로원 측이 대립하고 있습니까?"

"그렇지. 지금 대신관이 신관들 중 신성력이 가장 강하다. 그런 만큼 지지를 많이 받고 있어 원로원 측은 처음 대신관에 올랐을 때부터 경계를 했다더군."

하여간 그놈의 권력이 뭐라고 추잡하기는.

"답은 하나군요. 대신관을 제거하고 말 잘 듣는 꼭두각시를 세우겠지요."

"맞다. 원로원 측에서 내세운 게 카멜이라는 자로 윈프레드 남작가의 사생아지. 어릴 때 신전에 버려져 자랐고 야비하고 야망도 있어 원로원 측의 꼭두각시로는 적합한 자다."

그럼 일단 대신관을 보호해야 하는 건가. 쯧, 마음에 안 들어. 그냥 확 쓸어버리고 싶은데 그리했다가는 혼란이 일어날 테고 가장 좋은 방법은 저쪽에서 손을 쓸 수 있게 만드는 것이다. 그렇게 해서 확실히 옭아맬 증거까지 몽땅 들이밀어 처리를 해야겠지.

"우선 대신관을 황궁에 잡아 둬야겠습니다."

"그리하면 좋지만 저들이 수긍하겠나? 저들은 연회가 끝나는 대로 대신관을 순례를 핑계로 내보낼 생각이다."

"어차피 저들이 덤벼들게 만들어야 하지 않습니까? 황권을 내세우면 신권으로 누르려고 하겠지요. 때마침 미테라 대신전도 참석하니 이용하면 편할 겁니다. 뭐 오래 끌어 봐야 좋을 것도 없고 손쓸 수밖에 없도록 박박 긁어 보죠."

"크크, 재미있겠군."

당연하지. 내가 남 신경 긁는 건 잘하거든.

『확실히, 주인은 천부적인 재능이 있다.』

응. 인정은 하는데 너 지금 비꼬는 건 아니지?

『비꼬는 거 맞다.』

아, 그래. 너 잘났다.

"이왕이면 원로원 한둘은 본보기로 제거하는 게 좋겠습니다."

"원로원 주변은 성기사들이 철통같이 지키고 있다."

"괜찮습니다. 아센이라면 아무리 철통같이 지켜도 만족스런 성과를 거둘 것입니다. 그렇지, 아센?"

"예, 주군."

아센이라면 믿을 만하지. 하루가 다르게 무섭도록 실력이 늘고 있거든. 덕분에 내 실력도 꾸준히 늘고 있잖은가. 그러고 보니 아센 마력 한쪽을 잃었지? 아무래도 영감 오면 고칠 수 있는지 물어봐야겠다.

"그런데 혈랑들은 잘 자라고 있습니까?"

"잘 지내고 있다. 밤에 조금 칭얼대는 건 있어도 잘 먹고 잘 자는 편이라는군."

"연회가 끝나면 황후궁에서 키우겠습니다. 어차피 아론도 매일 황후궁에 올 테니 그리하도록 하죠."

"그러는 게 좋겠다. 이러다 주인 얼굴도 모르겠군."

그러게. 연회가 끝나면 본격적으로 내정을 봐야겠지만 데리고 있으려면 조금이라도 신경을 써야겠지. 그런 생각에 미미하게 고개를 끄덕이고 대신관을 비롯해 오늘 참석하는 원로원, 카멜이라는 자에 대해서까지 상세하게 적혀 있는 프로필과 비리를 꼼꼼히 읽었다.

그와 의논해 제거할 대상을 따로 선별해 놓고 두 공작과 깊이 연관되어 있는 원로들도 따로 구분했다. 문제는 지금까지 그가 모아 놓은 증거만 보더라도 겉으로 드러난 일에 대공은 직접적인 연관이 하나도 없다는 점이다. 이대로 밀어붙여 봐야 대공을 잡을 증거가 부족하다는 말이다.

"거참, 신기하네. 내가 봤을 때는 허술하던데."

익히 눈치는 채고 있었지만 이 정도면 정말 재수 없다. 사내새끼가 뭐 이래? 만약 일이 잘못되더라도 자신만 쏙 빠지겠다는 게 아니고 뭐란 말인가. 적어도 자신을 따르는 이들이라면 목적이야 어떻든 책임질 부분은 책임을 지는 게 도리건만. 하여간, 재수 없는 놈이군.

"뭐가 말이지?"

"대공 말입니다. 혼자만 살 궁리를 해 놨지 않습니까?"

"어릴 때부터 그랬다. 직접적으로 나서지 않고 다른 사람을 이용하지. 겉으로 깨끗한 척은 다하지만 그 속은 간사하고 추악한 놈이다."

동감. 딱 봐도 알 수 있을 정도던데 뭘. 그런데 거기에 이용당하는 인간들은 뭐란 말인가. 공작들이야 같은 목표를 가지고 있다지만 멍청한 인간들도 많다 싶어 나직하게 혀를 차고 다시 서류에 집중했다. 그렇게 모든 서류를 훑어갈 때쯤 노크 소리가 들리고 들어오는 세 사람에 자연스럽게 얼굴이 풀어졌다.

"만찬 시간입니다, 폐하."

"벌써 그리됐나?"

"예, 모두 기다리고 있습니다."

"오늘 일은 모두 끝났으니 두 사람도 가서 식사하고 준비하라. 우리도 갑시다, 비아."

그가 내미는 손을 잡고 자리에서 일어나 드레스를 추스르고 그의 옷차림도 흐트러진 부분이 없는지 매만졌다. 그런 내 정수리에 쪽 입을 맞춘 그가 싱글벙글 웃는 모습에 덩달아 피식 웃고 말았다.

"표정 관리 좀 하십시오. 잔뜩 풀어져서 어쩌자는 겁니까?"

"하지만 그게 내 뜻대로 안 된다. 그대만 보면 자연스럽게 풀어져. 이건 모두 그대 때문이다."

그걸 말이라고 하는지. 황당한 것도 잠시 재빨리 입술에 쪽 입을 맞추고 태연하게 손을 내미는 행동에 헛웃음을 흘리고 집무실을 나와 만찬 장소로 향했다. 입구에 도착하고 호명과 함께 입장하자 일제히 자리에서 일어나 예를 차리는 이들을 돌아보고 상석에 나란히 앉았다.

"빠짐없이 참석한 것 같군. 모두 국혼 준비와 즉위식 준비를 하느라 고생들이 많았다. 이 자리는 그대들의 노고를 치하하고자 준비한 자리이니 편히 즐겨 주기를 바란다."

"감읍합니다, 폐하."

어디 보자. 후궁인 그녀와 대공, 아버지, 두 공작. 그 옆에 있는 이가 모스텔 대신전의 대신관. 그리고 탐욕적이게 생긴 늙은이들이 원로들일 테고 끝자리에 앉은 번들거리는 눈빛의 젊은 놈이 카멜이라는 자군. 대신관을 빼고는 하나같이 참 눈빛이 재수 없다.

반면 미테라 대신전은 아직 체계가 잡히지 않은 듯 대신관을 비롯해 신관들이 모두 젊은 사람들이다. 긴장한 것도 그렇고 눈빛도 동글동글한 게 순진해 보이고. 하긴 그동안 영감한테 푸대접만 받았으니 당연한가. 그런데 왜 나를 보고 헤벌쭉 풀어져?

『주인이 주신 영감 딸이니 얼굴만 봐도 좋나 보군.』

그런 거냐? 너 참 똑똑해서 좋겠다. 그런 생각을 하자마자 이제는 자동으로 버럭 소리를 지르는 샤이탄은 무시하고 힐끔힐끔 눈치를 살피는 모스텔 대신전 측을 보다가 아무 생각 없이 웃고 있는 미테라 대신전 쪽을 보며 나지막이 한숨을 내쉬고 입을 열었다.

"모스텔 대신관."

"예, 황후마마."

"모스텔 대신전에서 황궁에 배치한 신관이 몇 명인가?"

"큰 문제가 생기지 않는 이상은 꾸준하게 두 명씩 배치하고 있습니다."

그렇지. 두 명이다. 그런데 고작 두 명 보내 놓고 기부금을 달라고 요구하다니 날도둑놈들. 정확히는 저 늙은 원로들이 문제지만.

"왜 그러시는지……. 혹 저희 신관이 실수를 하였습니까?"

"실수라니, 그럴 리가 있는가. 그저 두 명의 신관을 보내 놓고 매달 모스텔 대신전으로 빠져나가는 기부금이 상당하여 의문이 들어 묻는 것이네. 아, 그러고 보니 치료를 하면 치료비도 따로 받는다고 하던데."

신을 모시는 신관들이 돈이나 밝히다니. 이해할 수 없다는 듯 슬쩍 미간을 찌푸리고 말끝을 흐리자 대신관은 나직하게 한숨을 내쉬는 걸로 반응을 끝냈지만 늙은이들이 다급하게 변명을 늘어놓는다.

"황후마마, 신전에 기부를 하는 건 오래전부터 행해 오던 일입니다. 그리고 기부금은 모두 가난한 백성들을 위해 다시 풀려 나가고 있으니 걱정하지 마십시오."

"그렇습니다. 황후마마께서는 백성들의 삶을 모르시어 이해가 안 되시겠지만 백성들의 삶이 그리 풍족한 것은 아닙니다. 저희 신관들이 아니면 그나마도 유지할 수 없는 게 현실입니다, 황후마마."

웃기지도 않는군. 그래서 치료해 준답시고 백성들을 핍박하고 터무니없는 돈을 뜯어 가나? 어이가 없어서. 이것들이 나를 아주 바보로 아는 건가? 그렇다면 어디까지 기어오르나 보자 싶어 실컷 변명해 보라는 의미로 느긋하게 고개를 끄덕이며 호응하자 늙은이들 얼굴이 탐욕으로 번들거리며 앞다투어 말을 쏟아낸다.

"황후마마, 저희 신관들은 백성들을 보살필 때 모두 황제 폐하의 은혜를 마음 깊이 새기고 있습니다. 또한 기부금을 풀 때도 폐하께서 베풀어 주신 은혜라는 걸 밝히고 있으니 백성들의 칭송도 끊이지 않습니다."

"호오, 그래?"

"예, 황후마마. 저희는 폐하께서 베풀어 주신 은혜를 한시도 잊지 않으려고 노력하고 있습니다. 비록 매달 많은 금액이 기부금으로 온다고는 하나 그보다 더 많은 백성들의 삶을 돌아보자면 실상 부족한 것도 사실입니다."

"기부금이 많으면 많을수록 백성들의 삶이 윤택해지지 않겠습니까? 그리고 황궁에 배치한 신관들이 치료비를 받는 것은 감사의 뜻으로 주는 것을 거절하지 않는 것이지, 강압적으로 요구한 적은 맹세코 없습니다, 황후마마."

그래서 기부금을 더 늘려 달라? 하도 황당하니 웃음밖에 안 나오는군.

"그대들이 그리도 백성들을 생각한다니 이 제국의 국모로서 참으로 고마운 일이네. 헌데 한 가지만 물어도 되겠나?"

"말씀하십시오, 황후마마."

"백성들을 돌본다니 고마운 일이나 아직 제도에 천민지구가 남아 있지 않나? 그들도 돌보고 있는 것인가?"

"천민, 말씀이십니까?"

왜? 천민은 백성도 아니냐? 천민이라는 말만으로도 똥 씹은 상으로 변해 가는 늙은이들을 보며 절로 찌푸려지려는 미간을 곧게 펴고 고개를 끄덕였다.

“예. 그들도 돌보고 있습니다. 저희 신관들이 아니면 그들을 누가 돌보겠습니까? 하오나 약간의 문제가 있습니다. 사실 기부금은 정해져 있고 천민은 많아 모두 돌본다는 건 애초에 무리가 있습니다.”

“그렇습니다, 황후마마. 좀 더 기부금이 늘면 모를까, 지금은 무리입니다.”

거참 모든 말이 기부금을 더 달라는 결론으로 닿는군. 저것도 재주라면 재주다.

“그럼 기부금을 늘리면 천민은 제대로 돌볼 수 있는가?”

“저희가 최선을 다해 돌볼 것입니다.”

지랄하네. 다 늙어서 무슨 부귀영화를 누리자고 저 지랄인지 속으로 혀를 차고 대신관을 향해 고개를 돌렸다.

“대신관, 그대도 그리 생각하는가?”

“황후마마, 기부금이 많으면 더 많은 백성들을 돌볼 수 있는 건 사실입니다. 하지만 지금 기부금도 충분히 과할 정도이니 굳이 더 늘리실 필요는 없을 것 같습니다.”

그렇지. 누구 좋으라고 늘려 줘? 미친 것도 아니고 밑 빠진 독에 물을 부을 수는 없지.

“대신관! 지금 무슨 소리를 하시는가? 황후마마께서 늘려 주신다고 하면 감읍하다 고개를 조아려야지!”

얼씨구? 나는 늘려 준다고 안 했다만.

“황후마마, 사실을 말씀드리자면 대신관은 백성들을 돌본 적이 거의 없습니다. 해서 그 실태를 모르는 것이니 신경 쓰지 마십시오.”

“대신관은 백성들을 돌보지 않는다는 말인가?”

"그렇습니다, 황후마마. 그동안은 신전을 대표하는 대신관이라 제대로 수행하지 못해도 흠이 될까 참고 넘어갔습니다만 아무래도 대신관은 수행이 더 필요한 것 같습니다."

그 핑계로 순례를 내보내겠다는 말이군. 누구 마음대로? 어림없다.

『다 늙어서 더럽게 욕심이 많군.』

그렇지. 저런 것들은 살아 있을 가치가 없다. 뭐 이만하면 헛소리도 들어 줄 만큼 들어 줬고 이제 슬슬 약 좀 올려 볼까? 늙은이들 반응이야 뻔하고 속으로 피식 웃으며 슬쩍 그의 손을 잡자 눈치 빠르게 씩 웃는다.

"황후, 저들이 참으로 백성들을 많이 아끼는 것 같소. 그렇지 않소?"

"신첩도 그리 느꼈습니다. 백성들을 저리도 아낀다니 참으로 고마운 일이 아닙니까."

"그래서 말인데, 포상이라도 해야 하는 건 아닌지 모르겠소."

포상이라는 말에 대신관이 슬쩍 얼굴을 굳히고 늙은이들은 주름진 얼굴로 반색하며 웃는다. 어지간히 기대가 되는 것 같은데 어쩌나? 네놈들이 생각하는 포상이 아니라서 말이지. 우리 상황을 바꿔서 지금부터 재미나게 놀아 보자고.

"포상이라니 좋은 생각입니다. 뭐가 좋을지는 차차 생각해 보고 일단 식사부터 하시지요, 폐하."

"알겠소, 황후."

마음 같아서는 이 자리에서 처리하고 싶지만 일단은 참아야 한다. 짜증나지만 어쩔 수 없다. 신전을 건드리면 귀족파가 반발하고 나설 테고 하루도 조용할 날이 없을 것이다. 어쩌면 무지한 백성들을 선동해 지랄을 떨지도 모르고. 그러니 당장은 무리.

그럼 뭐가 좋을까. 어떤 식으로 눌러야 저 추악한 늙은이들을 꼼짝달싹도 못 하게 할 수 있지? 이왕이면 기부금도 끊어 버리면 좋겠는데. 그러자면 꼬투리를 잡아 한꺼번에 굴비 엮듯이 줄줄이 엮어 버리는 게 가장 좋은 방법이지만. 쯧, 당장은 안 되겠지?

지금은 증거를 들이밀기에도 딱히 좋은 상황은 아니다. 그럴 여건이 만들어진다면 몰라도. 거참 증거를 가지고도 소용이 없다니 짜증난다. 이걸 단번에 확 뒤엎어 버릴 좀 더 확실한 방법이 있으면 좋겠는데. 빼도 박도 못하게 확실한 꼬투리를 잡을 건수로. 생각을 해 보자. 뭐가 있을까?

『바보 주인아, 주신이나 누르티아 님께 도움을 요청하면 되지 않나?』

영감은 사고 칠 가능성이 더 높으니 빼고 누르티아 님이 도와준다면 좋겠지만 확실하지 않다. 인간들을 신경도 안 쓰는 영감하고 다르잖아. 가만, 아니지? 들어줄 수밖에 없도록 협박을 할까? 가출한다고.

『그걸 지금 말이라고 하는 건가? 신을 상대로 협박이라니. 정신 차려라, 주인아.』

뭐 어때서? 내가 마나의 문인 이상 이 대륙의 운명과 함께 하는데 그 정도 협박할 자격은 충분하잖아? 좀 미안하기는 하지만 어차피 진짜로 가출할 것도 아니고 요구만 한다는데 괜찮지 않나 싶어 대수롭지 않게 생각할 때였다. 머릿속으로 진득한 한숨 소리와 함께 들려오는 목소리에 어색하게 웃고 말았다.

『사랑하는 비아, 굳이 협박하지 않아도 들어줄 수 있단다. 내가 뭘 해 주면 되니?』

이런, 듣고 있었습니까?

『후후, 우리 비아 일인데 당연하지.』

뭐가 당연합니까? 도청은 불법입니다, 라는 생각을 하자마자 불쑥 끼어드는 목소리에 절로 미간을 찌푸렸다.

『딸! 아빠도 있어요.』

영감은 빠져.

『너무한다, 딸.』

너무하긴 개뿔. 영감은 연회 끝나고 보고 이왕 이렇게 된 거 마침 잘됐다. 단번에 때려잡아 줄줄이 엮을 좋은 생각이 났거든. 그러니 누르티아 님이 도움 좀 주셔야겠습니다. 대신관을 뺀 나머지 놈들 신성력을 회수해 갈 수는 없습니까?

『원로들 신성력을 말이니?』

저 늙어 빠진 원로들하고 끝에 앉은 재수 없이 생긴 저 카멜이라는 놈도 포함입니다. 이참에 신전 물갈이를 할 생각이니 반드시 들어주셔야 합니다. 썩은 건 제거해야지요.

『알았다. 인간들 일에 크게 개입하는 것도 아니니 그리하마. 그런데 늙은 인간이라 신성력을 회수하면 육체가 견디지 못할 텐데.』

그러니까 신성력으로 육체를 유지하고 있다는 건가? 그럼 지금 당장은 안 되겠군. 쓰러지기라도 하면 갈굴 수가 없지. 그럼 조금 있다가 제가 말씀드릴 때 죽지 않을 정도로만 해 주십시오.

『그리하마.』

누르티아 님의 대답을 끝으로 만족스럽게 웃자 고기를 작게 썰어 내 입가에 가져다 댄 그가 귓가에 나만이 들을 수 있는 목소리로 속삭였다.

"누구와 이야기하는 중이오? 주신?"

하여간 눈치는 귀신같이 빠르지.

"누르티아 님입니다. 그보다 잠시 후 장단 좀 맞춰 주십시오."

"알겠소."

아주 신났다. 내 목덜미에 얼굴을 파묻고 나직하게 웃음을 터트리는 그를 떼어내자 또다시 고기를 포크로 찍어 내 입 앞에 들이민다. 내가 어린아이도 아니고 뭐하자는 건지. 안 먹었다가는 끝까지 들고 있을 것 같아 마지못해 받아먹자 싱글벙글 웃으며 이것저것 골고루 먹이기 시작한다.

덕분에 식사 내내 매섭게 꽂히는 시선들에 속이 불편했지만 앙칼진 그녀의 시선과 진득하게 따라붙는 대공의 시선에 입가를 비죽 끌어 올리고 보란 듯이 받아먹었다. 더불어 그에게도 먹여 주는 것으로 누구는 헤벌쭉 풀어지고 누구들은 짜증이 한껏 치솟는 만족한 결과를 낳고야 대충 식사가 끝이 났다. 그럼 배도 채웠겠다, 이제 슬슬 시작해 볼까.

"미테라 대신관, 소문으로 듣자 하니 오랫동안 방치되어 신전 보수가 필요하다고 들었네."

"아닙니다, 황후마마. 저희 미테라 대신전은 태초의 숲에 있어 처음 지었던 그 모습 그대로를 유지하고 있습니다. 누가 그런 소리를 했는지는 모르나 주신의 신성력을 담은 신전에 문제라니 터무니없는 소문입니다."

그렇겠지. 신전 건물은 신성력을 담아 벽에 금은커녕 먼지조차 안 묻는다고 들었다. 그럼에도 그리 말한 건 기부금 좀 주려는 의도인데 저리 정색하고 답할 줄이야. 순진하기는. 뭐 그게 아니더라도 방법은 많으니까 상관없지만.

"그렇다니 다행이군. 감히 누가 주신을 모시는 미테라 대신전을 모함했는지는 모르나 만약 또 한 번 그런 소리가 들리면 엄히 다스릴 테니 걱정하지 말게."

"감읍합니다, 황후마마."

뭘 그렇게 감격까지야. 하나같이 눈빛이 초롱초롱해져 감격하는 미테라 대신전 측을 보며 피식 웃었다. 어째 강아지들 같군.

"미테라 대신관, 하나만 묻지. 그대는 신권의 강화를 어찌 생각하나?"

"예?"

"쯧, 신권이 황권을 넘어서거나 비등해지는 것을 어찌 생각하는지 묻는 것이네."

"황후마마, 권력이란 탐하면 탐할수록 영혼이 악에 물든다고 했습니다. 하물며 신을 모시는 신관들이 어찌 권력을 탐하겠습니까. 이 제국이 굳건히 서고 백성들의 삶이 윤택해지려면 황권이 우선시되는 것이 마땅할 것입니다. 저희 미테라 신관들은 주신을 받들며 황권을 보필하고 백성을 보살피는 일에 사명을 다할 것입니다."

그렇지. 신관이라 하면 저리해야 마땅하지. 추호도 거짓이 없다는 표정으로 단호하게 말하는 대신관과 고개를 끄덕이며 수긍하는 순진한 신관들을 보며 만족스럽게 웃고 고개를 돌렸다. 미테라 대신전 측과는 달리 모스텔 대신전 측은 아주 그냥 똥 씹은 상이다. 마음에 안 들 테지.

누구는 기부금을 더 뜯어내려고 눈이 벌게져서 설치는데 누구는 도 닦는 소리나 하고 있으니 얼마나 짜증이 날까. 이해해. 너그러운 마음으로 이해하고말고. 그래서 이왕이면 줄줄이 엮어 볼 생각이다. 저 늙은이들이 찌그러질 생각을 하니 절로 웃음이 나오려는 걸 삼키고 태연하게 입을 열었다.

"폐하, 미테라 대신전의 마음가짐이 참으로 대견하지 않습니까?"

"짐도 그리 느꼈소, 황후. 대신관도 신관들도 눈빛이 맑은 것이 마음에 드는군."

"예, 신첩도 그렇습니다. 하지만 큰 행사가 아니면 자주 볼 수 없을 것 같아 한편으로는 아쉽기만 합니다."

"이런, 아쉽다니. 황후가 원하는 일인데 자주 보는 방향으로 하면 되지 않소? 별것도 아닌 일에 속상해하면 짐이 안타까워 견디지를 못하오. 그러니 원하는 게 있으면 무엇이든 말만 하시오. 짐이 모두 들어주리다."

뭘 그렇게까지. 장단 맞추라고 했다고 아주 작정을 하고 느끼한 말을 쏟아내는 그를 보며 헛웃음이 흘러나올 것 같아 황급히 표정을 수습했다. 거참 저래도 밉지가 않으니 이것도 문제인가.

"그리 말씀해 주시니 감읍합니다, 폐하. 하지만 그전에 모스텔 대신전에 포상을 해 주신다는 말씀을 하시지 않았습니까?"

"그렇소. 저들의 노고를 포상해 줄까 하오. 황후는 뭐가 좋겠소?"

"흠, 마땅히 떠오르는 것은 없고……."

일부러 말끝을 흐리며 모스텔 대신전 측을 바라보자 하나같이 추악한 얼굴이 기대에 찌들어 있다. 그 모습에 속으로 피식 웃고 지금껏 한마디도 못 하고 있는 그녀 쪽으로 시선을 돌렸다.

"이벨린 후궁, 그대는 좋은 생각이 있으신가?"

"예? 아, 저는 그러니까 그게……."

저 멍청한 반응하고는. 황가의 일원으로 살려면 누구보다 당당해야 하건만 당황을 숨기지도 못하고 더듬더듬 말하는 꼴을 보니 귀족들의 밥으로 전락하기 딱 좋은 먹잇감이다. 하긴 뭐 원래가 그랬지.

"너무 그리 어려워할 필요는 없네. 앞으로 황가의 일원으로 살아가려면 신전 측과도 원만하게 지내야지. 그래서 말인데 그대는 저들에게 어떤 포상을 해 주면 좋겠나?"

"그건, 기부금이 좋지 않겠습니까? 백성들에게 돌아간다니 기부금을 좀 더 늘려 주시면 황제 폐하와 황후마마에 대한 칭송도 높아질 것입니다."

지랄하네. 등신도 아니고 눈치라고는 쥐뿔도 없다. 아니 저 늙은

이들 탐욕스러운 표정을 보고도 저리 말하다니. 게다가 기부금은 국고도 아니고 황실 재산에서 나가는 것이다. 그런데 그걸 저것들한테 퍼 주라니 그것도 황가의 일원인 후궁이. 미친.

욕이 절로 나올 것 같아 속으로 혀를 차고 입가를 비죽 끌어 올렸다. 반색하는 원로원과 카멜이라는 자, 두 공작들이야 익히 예상한 반응이고 대공은 의외로 슬쩍 스치고 지나간 비웃음 외에는 시종일관 무표정이다. 그리고 뭐 나머지야 잔뜩 찌푸리고 있다. 어이없겠지.

"폐하, 후궁의 말을 들었습니까? 기부금을 늘려 주라 합니다."

"들었소, 황후. 하지만 기부금은 황실 재산에서 빠져나가는 것이오. 이 이상 늘리는 건 문제가 있을 것 같소."

"신첩의 생각도 그렇습니다. 그리고 저리 갸륵한 마음을 가진 원로들에게 재물로 포상하는 것도 예의가 아닌 것 같습니다."

"황후도 그리 생각했소? 짐도 같은 생각이오. 기부금을 늘리면 그만큼 저들의 노고도 극심할 터인데 포상이 아니지 않소? 양심상 여기서 더 고생하라 할 수는 없지."

그럼 당연하지. 저것들한테 재물을 줄 바에야 천민지구에 왕창 풀어 버리는 게 백번 옳은 일이라 미미하게 고개를 끄덕이자 표정들이 가관이다. 그녀는 잔뜩 당황한 표정으로 얼굴을 붉혔고 두 공작과 원로들은 대놓고 미간을 찌푸렸다. 그걸 전부 살펴보며 태연하게 말을 이었다.

"폐하, 이렇게 하는 것이 어떻겠습니까? 모스텔 대신전이 그동안 참으로 노고가 많았고 포상도 해 주기로 했으니 이참에 휴식을 취할 수 있도록 해 주는 것이 좋겠습니다."

"휴식?"

"예. 나이가 든 원로들까지 나서 백성들을 보살피는데 어찌 어찌

이 이상 고생을 시키겠습니까? 앞으로 황궁에 배치하는 신관들은 미테라 대신전에 맡기고 모스텔 대신전은 백성들을 보살피는 일에 전념을 다하도록 하는 것이 좋겠습니다."

그래야 신전 끄나풀을 싹둑 잘라낼 수 있지. 물론 여기까지가 내 주장이고.

"폐하! 말도 안 되는 일입니다. 황궁에 배치되는 신관은 오로지 폐하와 황후마마를 위해서 존재합니다. 그만큼 막중한 책임이 따르지 않습니까? 그런데 지금껏 제대로 된 검증도 거치지 않은 미테라 대신전에 맡기다니 절대 있을 수 없는 일입니다."

"그렇습니다, 폐하! 모스텔 대신전은 건국 당시부터 고귀한 핏줄들을 모셔 왔고 지금껏 단 한 번도 말썽이 없었습니다. 그 점을 유념해 주십시오, 폐하."

두 공작이 똥줄이 탔군.

"원로들의 생각도 그러한가?"

"황공하오나 그렇습니다, 폐하. 황후마마께서 저희 신관들을 걱정하시어 그런 말씀을 하신 것은 알고 있으나 어찌 편하고자 책임을 회피하겠습니까. 지금까지 그랬듯이 황궁에 배치하는 신관은 저희 모스텔 대신전에서 보내겠습니다."

얼씨구? 대놓고 통보하네? 뭐 그렇게 나오기를 기다리고 있었지만.

"황후, 저들의 말에도 일리가 있는 것 같소."

"예, 틀린 말은 아닙니다. 하지만 이 제국에 주신을 모시기로 한 이상 미테라 대신전에도 기회를 주는 것이 마땅할 것입니다. 사실 그동안 모스텔 대신전만이 고생을 했으니 이참에 쉬게 해 주는 게 좋을 것 같습니다."

"황후마마! 저희들은 휴식을 취하지 않아도 괜찮습니다."

내가 안 괜찮아.

"그 마음은 알겠으나 신경이 쓰이는군. 아, 그러고 보니 아까 휴스튼 공작이 그랬지. 검증을 거치지 않았다고. 이번 기회에 미테라 대신전이 신성력을 얼마나 가지고 있는지 시험을 해 보는 것도 좋겠군. 폐하, 허락하시겠습니까?"

"그거 좋은 생각이오. 검증이 제대로 되면 모스텔 대신전도 막중한 의무에서 벗어나 휴식을 취할 테고 미테라 대신전도 책임의 의무를 배울 수 있겠지."

그의 말에 수긍하며 고개를 끄덕이고 미테라 대신전 쪽을 바라보자 대신관이 고개를 살짝 숙이고 손바닥이 위로 향하게 한 후 축원을 올렸다. 물론 그 사이 영감한테 저들을 도와달라는 말을 해 놓은 후라 걱정은 안 했다.

다만 영감의 과함에 다시 한 번 혀를 찼을 뿐이다. 도움을 줘도 적당히 줘야지. 대신관의 손바닥에서 은빛의 신비로운 기운을 담은 빛이 쏟아져 나오며 일순 장내가 눈이 부실 정도로 환해졌으니.

막상 신성력을 보인 대신관이 더 놀란 듯 두 눈이 휘둥그레진 모습에 속으로 혀를 차고 당황과 경외가 어우러진 시선으로 축원을 올리는 다른 신관들을 지켜봤다. 물론 상황은 똑같았다. 다만 대신관보다는 약하다는 것만 다를 뿐.

"대단하군. 신관들의 신성력도 대단하지만 대신관의 신성력은 정말 놀라울 정도가 아닌가. 안 그렇소, 황후?"

"예, 신첩도 놀랐습니다. 어떤가? 휴스튼 공작. 이만하면 검증은 충분히 거쳤다고 생각하는데?"

"하, 하오나 황후마마. 바이에르 제국은 누르티아 님의 가호를 받고 있습니다. 헌데 모스텔 대신전을 몰아내고 미테라 대신전을 황궁에 들인다는 것은 누르티아 님을 배척하는 것이 아닙니까?"

"신의 생각도 같습니다, 황후마마. 아무리 주신께서 이 대륙의 절대적인 주인이시라 하나 바이에르 제국만큼은 건국 초부터 누르티아 님을 섬겨 왔습니다. 갑자기 바꾸는 것은 자칫 누르티아 님을 배척하는 것이 될 수도 있으니 이대로 모스텔 대신전에서 맡는 것이 옳다고 생각합니다."

이젠 하다하다 안 되니까 누르티아 님을 걸고넘어지겠다는 건가. 뭐 좋아. 이 정도야 예상했던 일이고 수긍하듯 고개를 끄덕이며 대공에게로 시선을 돌렸다.

"대공의 생각도 그렇습니까?"

"황후마마와 폐하께서 결정하실 일입니다. 신의 의견은 중요하지 않다고 생각합니다."

입에 발린 헛소리는 치우고.

"그래도 말씀해 보세요. 대공도 황족이니 의견을 낼 수 있습니다."

"그럼, 신의 생각을 말씀드리겠습니다. 아무래도 오랜 관례를 바꾸는 것은 혼란이 있을 수 있으니 이대로도 나쁘지 않다고 생각합니다, 황후마마."

"공작들의 말도 일리가 있고 대공의 말도 옳습니다. 혼란은 좋을 것이 없지요."

내 말에 굳은 얼굴들이 스르르 풀어지는 모습에 절로 실소를 흘렸다. 아직 안 끝났다만 벌써 안도하면 안 되는데 말이지. 나를 겪어 보고도 아직도 모르는군.

"그란디아 공작의 생각은 어떻습니까?"

"황후마마, 신의 생각은 다릅니다. 누르티아 님도 엄연히 따지면 주신의 밑에 계시는 분이시니 이 정도로 배척했다 여기시지는 않을 것입니다. 또한 주신께서 이 제국에 축복을 내리셨으니 미테라 대신전에도 기회를 주는 것이 마땅하다 생각합니다."
"흠, 그런가? 폐하의 생각은 어떻습니까?"
"짐도 그란디아 공작과 같은 생각이오, 황후. 앞으로 미테라 대신전과도 원만한 관계를 유지해야 하는데 기회조차 박탈하는 건 잘못인 것 같소. 무엇보다 대신관과 신관들의 신성력에 놀라움을 금치 못할 정도가 아니오? 저리도 강한 능력이라면 응당 황궁을 위해 일해야지."
말끝에 장난스럽게 눈을 반짝이는 그를 보며 나 또한 입가에 미소를 짓고 뭐라 반문하려고 손을 드는 원로들을 못 본 척 입을 열었다.
"그럼, 양쪽 의견을 모두 받아들여 신성력이 강한 쪽을 택하는 게 좋겠습니다. 진정 황제 폐하와 이 사람을 위한다면 더 강한 쪽에 맡기는 것이 당연하지 않습니까?"
"황후 말이 모두 맞소. 우선 신성력부터 알아보는 게 좋겠군."
"예. 폐하께서도 허락을 하셨으니 대신관부터 신성력을 발현해 보게."
"예, 황후마마."
대신관이 손바닥을 위로 향하게 하고 축원을 올리자 순간적으로 강한 금빛이 쏟아져 나오며 장내를 환하게 만들었다. 미테라 대신관보다는 조금 약한 정도이지만 역시 대신관답다고 해야 할지. 내심 감탄하다가 만족스러운 탄성을 자아내는 원로들과 두 공작을 보며 헛웃음을 흘렸다.
잡아먹으려고 덤벼들 때는 언제고? 꼭 불리할 때는 이 지랄이다. 하여간 재수 없는 것들. 잘 먹은 밥이 역류하는 기분에 나직하게 혀를 차고 대신관 다음으로 손바닥을 뒤집는 원로 늙은이를 보며 재빨리 입을 열어 막고 머릿속으로는 누르티아 님을 찾았다.
"잠시만 기다리게. 대신관의 신성력은 역시 놀라울 정도군. 그럼 이제 원로들 차례인가? 번거롭게 한 명씩 하지 말고 한꺼번에 하지."

누르티아 님, 살아 움직일 불씨만 남겨 놓고 싹 회수하십시오.

『그리하마.』

미테라 대신전과는 달리 한꺼번에 하라니 불만인 듯 얼굴을 일그러트린 원로들과 카멜이라는 자가 일제히 손바닥을 위로 향하게 하고 축원을 올렸다. 그 순간 원로들과 카멜의 얼굴이 기괴하게 일그러졌다.

신성력을 회수한 덕분인지 늙은이들 얼굴에 잠깐 사이에 주름이는 데다 신성력이라고 해 봐야 손바닥에서 빛무리가 5센티 정도 올라오고 마는 모습에 터져 나오려는 웃음을 갈무리하고 짜증스레 물었다.

"지금 뭣들 하는 건가? 안 하나?"

"그, 그것이……."

"황후, 저 손바닥에 조금 느껴지는 빛이 신성력 아니오?"

미치겠다. 대놓고 웃을 수도 없고 자꾸만 실룩거리는 입가를 간신히 추스르고 태연하게 답했다.

"설마 그렇겠습니까? 대신전의 원로들입니다. 수습 신관도 저보다는 더 강할 텐데 원로들과 차기 대신관 후보라는 자가 저리 미약한 신성력을 가질 리가 있습니까. 아마도 실수한 것일 테지요."

"그렇겠지. 뭣들 하나? 짐과 황후가 기다리고 있다. 당장 신성력을 보이라."

글쎄. 보일 수 있을까. 안 될 텐데.

『저 상태에서 신성력을 계속 발현하면 수명이 단축된단다, 비아.』

그렇다고 해도 상관은 없습니다. 어차피 죽을 인간들인데 뭘. 다만 나중에 귀족파 몇 명쯤 같이 끌고 가야 할 터라 지금 죽으면 곤란하다. 해서 적잖이 당황한 대신관을 모르는 척하고 한 번 더 기회를 주고 끝내자 싶어 재촉하자 이젠 식은땀까지 줄줄 흘리며 당황하는 모습에 미간을 찌푸렸다.

"보아하니 신성력을 발현할 수 없나 보군. 그러한가?"

"황후마마! 이, 이것은 무언가 잘못됐습니다. 이럴 리가 없습니다!"

잘못은 무슨. 이게 정상이야. 쓰레기들한테 신성력이 가당키나 해?

"대신전의 원로들이 신성력을 발현시키지 못한다? 그럼, 지금까지 짐을 속였다는 것이군."

"아, 아닙니다, 폐하! 무언가, 무엇인가 잘못됐습니다!"

정상이라니까 그러네.

"닥쳐라! 감히, 짐을 속이고 지금껏 그 많은 기부금을 강탈해 온 것이란 말이지. 어이가 없군. 그렇다면 국혼에서 올렸던 축원도 모두 거짓이었나?"

"그런 것 같습니다. 그때 저들의 표정이 왜 그리도 안 좋았는지 이제야 이해가 됩니다. 폐하, 저들은 거짓으로 폐하의 눈을 가리고 황실 재산인 기부금을 강탈했습니다. 그래 놓고도 뻔뻔하게 백성들을 돌봤다고 하며 오히려 기부금을 더 요구하지 않았습니까? 신성력도 없는 거짓 신관이 백성들을 어찌 돌보았는지 기가 막힐 일입니다. 이는 명명백백 밝혀내야 할 것입니다."

"짐의 생각도 같소, 황후. 시종장, 기사들을 불러라."

시종장이 황급히 걸음을 옮기고 문이 열리며 밖에 대기하고 있던 기사들이 우르르 들어와 우리 옆쪽으로 한쪽 무릎을 꿇었다. 정적이 흐르는 가운데 그가 싸늘하게 얼굴을 굳히며 살기까지 흘리는 통에 장내가 긴장으로 물들어 가는 걸 여유롭게 지켜봤다.

"너희들은 당장 황궁에 배치된 신관들을 끌고 와라. 반항할 시 무력을 사용해도 좋다."

기사들이 물러나고 다시 장내를 돌아보는 그의 몸에서 흘러나오는 위압감에 미미하게 고개를 끄덕였다. 이렇게 보니 확실히 제국의 황제군. 평소 헤벌쭉 풀어진 얼굴만 보다가 색다른 기분이라고 해야 할지. 묘한 기분이네? 좀 멋있는 것 같기도 하고.

"모스텔 대신관."

"하명하십시오, 폐하."

"이게 어떻게 된 일이지? 입이 있으면 어디 변명을 해 보라."

"그것이, 저도 연유를 모르겠습니다."

저 바보가. 이럴 때는 저들이 거짓을 일삼았다, 이렇게 말하면 그만인데. 멍청하기는.

"모른다? 대신관이라는 자가 원로들이 신성력도 발현하지 못하는데도 몰랐단 말인가?"

"송구합니다, 폐하. 이번 일은 대신관으로서 책임을 질 것을 약조하겠습니다."

"당연히 그리해야지. 만약 황궁에 배치된 신관들도 신성력을 사용할 수 없다면 모스텔 대신전은 제국의 태양을 기만한 죄와 거짓으로 기부금을 강탈해 간 죄를 물어 엄히 다스릴 것이다. 또한, 대신관은 이에 책임을 물어 온전히 밝혀지기 전까지 황궁에 억류할 것이며 정식으로 조사원을 대신전에 보낼 것이니 그리 알라."

그의 기세가 워낙 흉흉한 탓에 원로들과 카멜이라는 자는 경기할 듯 하얗게 질려 있고, 대공이나 두 공작도 말 한마디 못 하고 입을 꾹 다물고 있었다. 그 모습에 속으로 피식 웃음을 흘리며 내 앞에 놓인 차를 마셨다. 그렇게 얼마나 기다렸을까. 밖이 소란스러워지며 기사들이 30대 후반쯤 보이는 신관 둘을 끌고 들어왔다.

"지금부터 질문을 할 것이다. 만약 거짓을 입에 담는다면 살아남지 못할 것이니 명심하라."

"며, 명심하겠습니다, 폐하."

"지금 이 자리에서 신성력을 발현하라."

갑작스러운 명에 당황스러운 듯 두 눈을 휘둥그레 뜬 두 신관이 잠시 머뭇거리다가 이내 긴장을 풀더니 손바닥을 위로 향하게 하고 축원을 올렸다. 그게 뭐 어려운 일인가 싶었겠지.

하지만 원로 늙은이들과 마찬가지로 고작 몇 센티 올라오는 게 전부인 신성력에 두 신관이 경악하고 장내에는 삼키지 못한 침음이 막무가내로 터져 나왔다. 황궁에 배치한 신관까지 신성력을 잃었으니 이젠 빼도 박도 못하는 것이다.

"기가 막히는군. 신성력도 없는 주제에 뻔뻔하게 황궁에 들어와 있었다니. 만약 짐이나 황후의 신상에 문제가 있었으면 어떻게 할 생각이었지?"

"폐하! 오, 오늘 아침까지만 해도 분명히 신성력을 사용할 수 있었습니다!"

"절대 거짓이 아닙니다, 폐하! 이건, 무언가가 잘못된 것입니다."

정상이라니까. 이것들이 짜증나게.

"닥쳐라. 이 자리에서 네놈들의 목을 모조리 쳐도 화가 풀리지 않는다."

"폐하, 잠시만 고정하십시오."

"하지만 황후, 저들의 행태가 괘씸하지 않소. 감히 짐을 속이고 기부금을 뜯어내다니. 만약 그대나 짐이 잘못됐으면 어쩔 뻔했소? 저들의 행태를 보자면 기부금으로 백성들을 돌봤다는 것도 거짓일 게 분명하오."

"알고 있습니다. 그리고 신첩도 괘씸하고 기가 막힐 지경입니다.

하지만 이럴 때일수록 확실하게 알아보셔야지요. 그래야 추후에 또 이 같은 일이 일어나지 않을 것입니다."

이것들 목만 쳐서는 안 되지. 이왕이면 신권을 끌어내리고 귀족파 몇 명도 끌고 죽어야 하지 않겠어? 더불어 그동안 강탈해 간 재물도 다시 돌려받고.

"그럼, 어찌하면 좋겠소, 황후?"

"정당하게 죄를 묻기 위해서는 재판에 회부하는 것이 좋겠습니다."

"재판?"

"예, 이 자리에서 목을 친다 한들 근본이 썩어 있으면 소용이 없습니다. 그동안 강탈해 간 기부금을 사사로이 사용했을 것이 아닙니까? 그러니 며칠간 연회가 끝날 때까지 이들을 구금하고 그 사이 신전에 조사원을 보내는 것이 좋겠습니다. 또한, 황궁 궁문에 임시 고발처를 만들어 백성들에게 그동안 신전의 행태가 어떠했는지 직접 듣는다면 그보다 더 확실한 것은 없지 않습니까?"

그리고 재판 때 비리까지 한꺼번에 더해서 터트려야지. 나름 만족스러운 결과에 흡족한 것도 잠시, 두 공작이 벌떡 일어나 열변을 토하는 모습에 미간을 찌푸렸다.

"폐하! 재판이라니 아니 됩니다. 신관들을 벌하는 것은 오로지 신전에서 할 수 있는 것이지, 멋대로 그 권한을 침범할 수는 없습니다."

"그렇습니다, 폐하. 비록 저들의 죄가 무겁다고는 하나 처벌만큼은 마땅히 신전에서 해야 합니다."

도둑이 제 발 저리는 꼴이라니. 재판에서 자신들이 연관되었다는 게 나올까 봐 두렵겠지. 어쩌면 오늘 이후 곧바로 희생양을 준비해 놓을 수도 있고. 뭐 상관없다. 일단 귀족파의 수족을 잘라내는 것만으로도 확실한 이득을 볼 수 있을 테니까.

"지금 그게 무슨 말인가? 그대들이 제정신이 아니고서야 어찌 그런 말을 하나! 저들이 기만한 상대는 이 제국의 태양이시다. 또한 그동안 황실 재산을 기부금 명목으로 뻔뻔하게 뜯어간 것만 해도 상상도 못 할 금액이건만 그대들은 지금 도적 떼들을 편드는 것인가!"

잘한다. 아버지도 화나니까 확 달라지네? 거참 색달라. 아니 지금 그런 게 중요한 게 아니고 이쯤에서 슬슬 정리를 해야겠다 싶어 입을 열려는 그의 손을 잡아 저지했다.

"휴스튼 공작, 로제르타 공작. 두 사람은 저들을 재판에 회부하는 것을 지나치게 반대하는군. 혹 저들과 연관이라도 있는 것인가?"

"아, 아닙니다, 황후마마."

"신들은 아무 연관이 없습니다. 그저 법도대로 하는 것이 옳다 싶어 드리는 말씀입니다."

"법도라. 물론 마땅히 지켜야지. 그러나 그란디아 공작의 말대로 상대가 이 제국의 태양이시네. 비록 신권과 황권이 분리되어 있다고 해도 모스텔 대신전이 이 제국에 있는 이상 태양이신 황제 폐하의 권속이라는 건 변함이 없는 사실이네. 법도를 똑바로 세우는 것 또한 태양께서 하실 일이지. 그럼에도 그대들이 반대한다면 의심을 할 수밖에 없군. 그러니 다시 한 번 묻겠네. 정녕 저들과 연관이 없는 것인가?"

"신들은 결백합니다, 황후마마."

결백은 개뿔.

"진정 결백하다면 재판을 막을 이유는 없겠군. 안 그렇습니까, 대공?"

"그렇습니다, 황후마마."

방금 이빨 가는 소리가 들린 듯한데. 쯧쯧, 이만한 일에 벌써부터 흐트러지면 안 되지. 아직 너희들 차례까지 가려면 멀었다고.

"그럼 결정이 나온 것 같군. 폐하, 더는 반대하는 이들은 없는 것 같습니다."

"그런 것 같소, 황후. 모두 들어라. 모스텔 대신전에 대한 조사가 끝나고 새로이 정비할 때까지 일절 기부는 없을 것이며 이 자리에 있는 모스텔 신관들은 신분고하를 막론하고 구금한다. 또한 대신전에도 통보해 일이 해결될 때까지 백성들의 출입을 금하고, 신관들도 대신전 밖을 벗어나지 못할 것이며 만약 반항할 시 그 자리에서 황명으로 즉결처형 할 것이다."

이로써 완벽한 그물은 준비됐고 재판 전까지 부지런히 움직여야 한다. 한동안 더럽게 바쁘겠지만 뭐 내가 바쁠 것도 아니니 상관없지. 게다가 이런 일이라면 오히려 즐거울 것이 뻔해 피식 웃으며 창백하게 질려 끌려 나가는 이들을 보며 입가를 삐뚜름하게 끌어 올렸다. 일이 아주 재미있게 돌아가는군.

"큭큭, 그것들 표정 봤나? 볼만하더군."

당연하지. 신성력으로 늙은 목숨 추하게 이어 가고 있었는데 그게 싹 회수됐으니 그럴 만도 하다. 아마 지금쯤 힘 하나 들어가지 않아 골골거리고 있을 테지.

"도대체 어찌하신 것입니까? 원로들이라면 몰라도 황궁에 배치된 신관들은 신성력을 사용할 수 있었습니다."

그런데 왜 갑자기 사라졌느냐고? 그야 누르티아 님이 도와주셨으니까.

"누르티아 님께 부탁했습니다. 그때에 맞춰 신성력을 회수하라고."

"아, 그러고 보니 누르티아 님과 대화를 했었지? 비아, 누르티아 님도 만났나?"

"예. 그때 영감하고 싸운 후에 찾아왔었습니다. 지금도 두 분은 제 일거수일투족을 보고 계신 것 같습니다만. 쯧, 도청까지 할 줄이야."

그거 불법인데. 마음대로 생각도 못 하게 됐잖아?

『어차피 신경도 안 쓰지 않나.』

그건 그래.

"일단 누르티아 님은 나중에 소개시켜 드리겠습니다. 그보다 아버지께서 한동안 바쁘게 움직이셔야겠습니다. 시일이 촉박하기는 하지만 연회가 모두 끝나는 대로 재판을 열 생각이니 준비를 해 주시고 그 전에 궁문 앞에 임시 고발처를 만들어 믿을 만한 이들로 배치하십시오. 억울한 이들은 알아서 고발할 테지만 그중에서 증인석에 세울 만한 이들도 골라내셔야 합니다. 아, 이왕이면 포상도 들먹이는 게 좋겠습니다. 자칫 신전 눈치를 볼 수도 있으니까요."

"그리고 대신관은 비밀리에 빼내 별궁에 데려다 놓고 황군을 보내 대신전의 출입을 엄금하고 확실한 조사팀을 보내게. 저들이 수를 쓰기 전에 오늘 밤이라도 들이닥쳐야지."

"분명 원로들이 귀족파와 거래한 서류가 있을 것입니다. 또 그동안 기부금을 강탈해 가 사사로이 사용했을 테니 숨겨 놓은 재산도 찾아내야 합니다."

"지금 바로 시작하겠습니다."

아버지가 비장한 표정으로 나가고 곧바로 시종장이 들어와 우리도 자리에서 일어났다. 집무실을 나와 황제의 침실로 들어가자 기다리고 있던 시녀들이 우르르 다가오는 모습에 질린 표정으로 끌려 다녔다.

앞으로도 계속 이런 일을 겪어야 한다니 벌써부터 질린다. 다 좋은데 꾸미는 건 질색이라고. 정말이지 마음 같아서는 드레스 하나만 입고 가고 싶지만 안 되겠지. 응. 안 될 거야. 누구보다 빛나는 존재가 돼야 할 테니 꾸밀 수밖에.

가만 보자. 첫째 날에는 황제가 주최하는 만찬 연회가 열릴 테고 둘째 날에는 황후가 연회를 주최하며 셋째 날에는 타국에서 온 귀빈들을 위한 만찬이 열린다. 또 넷째 날에는 신을 모시는 이들을 위한 연회.

즉, 신관들을 위한 연회이지만 원로들이 그 꼴이 됐으니 오로지 미테라 대신전을 위한 연회가 되는 건가. 그리고 마지막 다섯째 날은 귀족들을 위한 연회가 되겠지만 후궁이 들어온 이상 그녀가 주최하게 하는 것이 맞을 테지.

오늘 말해 직접 연회장을 꾸며 보라고 해야겠다. 과연 어떤 식으로 꾸밀지 궁금하기도 하고 누구를 대동할지도 알아 둬야 할 테니까. 뭐 보나마나 귀족파 후작부인들이나 공작부인들이겠지만 사실상 그렇게 되면 더 재미는 있다.

어쨌든 5일간 황궁에서 연회가 벌어지는 동안 제국 전체에 일주일간 축제가 열린다. 평소에는 거들떠도 안 보는 천민들에게 음식을 하사하고 죄수들에게도 음식이 내려지며 중죄를 짓지 않은 이들은 석방 처리된다.

한국에서 광복절이나 새로운 대통령이 취임했을 때처럼 선처를 베푸는 거지. 뭐 그래 봐야 허접한 죄를 진 죄인들만 풀려나겠지만 이래저래 며칠간은 정신이 없을 것 같아 한숨을 내쉬자 어느새 준비가 끝난 듯 그가 다가왔다.

“황후, 그대를 위해 준비했소. 취향에 맞았으면 좋겠군.”

“이게 무엇입니까?”

“열어 보시오.”

겉모양은 보석함 같은데. 보석이라고 하기에는 상자가 좀 많이 크다. 내심 기대로 눈을 빛내는 그를 한 번 보고 조심스럽게 상자를 열자 층층이 다섯 단계로 상자가 벌어지며 드러난 그 안에 든 내용물에 절로 입이 벌어졌다.

“그대가 화려한 걸 좋아하지 않는 것 같아서 우아한 멋만 살려 단조롭게 만들라고 지시했소. 마음에 드오?”

“예, 지금까지 받은 그 어떤 것보다 마음에 듭니다, 폐하.”

진심이다. 이곳의 보석 디자인은 무조건 큰 원석을 가공해 사용하거나 색색의 보석이 많이 달린 게 부를 상징하고 있어서 뭐랄까. 제 값을 못할 정도로 굉장히 촌스러웠다. 그런데 이건 대부분 다이아몬드로 만들었지만 디자인이 단조롭고 우아한 멋도 있다. 그것도 목걸이와 귀걸이, 팔찌 세트로 다섯 세트가 각각 다른 디자인이군.

“이거, 연회 날짜에 맞춘 것입니까?”

“그렇소. 하루하루 다르게 사용하면 될 거요.”

세심하기는. 안 그래 보이면서 가만 보면 은근히 세심하고 다정하다니까.

“마음에 드는 것 같아 다행이오. 그보다 오늘은 무엇으로 하고 싶소?”

“아무래도 의상에 맞추는 게 좋을 테니 이걸로 해야겠습니다.”

청록색과 진 골드 드레스이니 이게 낫겠지.

고른 목걸이는 백금을 얇게 링으로 만들어 거기에 자잘한 다이아몬드로 장식했고 중앙에 세 개의 추같이 늘어트려 황색에 가까운 오팔을 박아 놨다. 약간 보이는 가슴골까지 내려와 움직일 때마다 부딪히며 맑은 소리를 내는 것이 더 마음에 든다.

“이왕이면 폐하께서 직접 해 주시겠습니까?”

“영광이오, 황후.”

뭘 또 영광씩이나. 왜 선물 받은 나보다 자기가 더 좋아하는지. 싱글벙글 웃으며 다이아몬드와 오팔 세트로 된 목걸이를 채워 주고 귀걸이, 팔찌까지 채워 놓고야 또 좋다고 헤벌쭉 풀어진 얼굴로 입술에 쪽쪽. 덕분에 시녀들이 웃음을 참느라고 얼굴을 괴상하게 일그러뜨렸지만 뭐 좋으면 됐지.

덩달아 싱긋 웃으며 머리를 장식하는 걸로 마무리했다. 틀어 올린 머리에 이마를 살짝 덮는 식으로 둥글게 늘어트린 보석 줄을 뒤에 꽂은 부채꼴로 만든 비녀에 연결하는 걸로 드디어 끝! 마지막으로 부채까지 챙기고야 그의 손을 잡고 침실을 나와 기사들을 줄줄이 대동하고 연회장으로 향했다.

"제국의 찬란한 빛과 생명의 태양이신 황제 폐하와 고귀한 밤과 부활의 달이신 황후마마 드십니다!"

도무지 저 멘트는 적응이 안 되는군. 상당히 오글거린다고. 마음 같아서는 확 뜯어고치고 싶지만 차마 그리는 못 하겠고 애써 은은하게 미소를 짓고 연회장에 입장했다. 일제히 예를 차리는 이들을 지나쳐 제일 안쪽 단상에 도착하자 먼저 와 있던 시온과 디온이 다가오며 우리 뒤쪽으로 섰다.

"모두 고개를 들라."

어디 보자. 아버지는 바빠서 못 왔을 테고 대공에 그녀, 헤스티아도 보이고 사절단, 미테라 대신전 측도 모두 참석했군. 거기다 제도 귀족들하고 지방 귀족들까지 다 와서인지 어마어마한 넓이의 대연회장인데도 가득 찬 것 같은 느낌이다. 그래도 나름대로 깔끔하게 잘 꾸며 놨네.

"오늘 이 자리는 짐이 반려인 디아나 황후를 맞이하고 처음 주최하는 자리이다. 타국 사절단과 신관들도 모두 참석한 자리이니만큼 실수 없이 편히 즐기기를 바란다."

"감축 드립니다, 황제 폐하, 황후마마."

그의 말을 끝으로 다시 한 번 예를 차리는 이들을 돌아보고 그가 내미는 손을 잡고 홀 중앙으로 나갔다. 그런 우리의 움직임에 따라 일제히 뒷걸음질 치며 만든 공간 안으로 들어가 곧바로 흘러나오는 웅장하면서도 약간 느린 음악에 몸을 맡겼다. 이게 황족의 춤이란다.

거참 생각할수록 황당하지만 건국 초 음유시인이 누르티아 님의 가호를 받는 황족을 칭송해 만들었다나 뭐라나. 헛소리. 아무튼 이건 느릿하면서도 몸의 유려한 곡선을 살리면서 우아하게 추는 게 관건이다. 그리고 피나는 노력의 결과물을 지금 확인하고 있지.

"메시리아 남작의 칭찬이 자자하더니 짧은 사이 완벽하게 배웠군. 자랑스럽소, 황후."

뭘 이만한 걸로 자랑스럽기까지야.

"전 배우고자 마음먹으면 뭐든지 잘합니다."

"크큭, 그럴 것 같소."

아니 웃으라고 한 말이 아닌데. 사실이다. 무엇이든 배우고자 목표를 세우면 반드시 완벽하게 마스터를 하지 않고는 성격상 못 배긴다. 어정쩡한 건 내가 용납 못 하기 때문이다.

"오늘따라 그대가 더욱 아름답군."

그거야 익히 알고 있는 사실이지만.

"뭡니까?"

"응? 뭐가 말이오?"

"뭔가, 신첩에게 원하는 게 있는 것 같아서 드리는 말씀입니다."

그러니까 솔직하게 불어. 뭐냐고?

"말하면 들어줄 거요?"

"그야, 들어줄 수 있는 부분이라면 얼마든지 들어줄 수는 있습니다만…….”

왠지 그 이상을 요구할 것 같은 느낌이라 떨떠름하게 뒷말을 흐리자 오히려 그가 진득하게 한숨을 내쉬며 내 허리를 잡은 팔에 힘을 준다.

“황후. 아니, 비아.”

뭐야, 긴장되게. 목소리는 깔지 말고 말하지? 도대체 뭔데 조금 전까지도 싱글벙글 웃던 얼굴이 죽상이야. 아니 뭔가 애처롭다?

“비아, 사랑하는 비아.”

“그만 부르고 말씀을 하십시오.”

“그대를…… 싶소.”

뭘 하고 싶다고? 말을 하려면 제대로 해야지 입안에서 웅얼거리면 어떻게 알아들으라고.

“폐하, 잘 못 들었습니다. 뭐라고 하셨습니까?”

“아니오. 아무 말도 안 했소.”

했는데. 뭔지는 모르겠지만 더 이상 말할 생각이 없는 듯 나직하게 침음을 뱉더니 이내 얼굴에 미소를 드리우고 쪽 가볍게 입을 맞춘다. 이거야 원 아무리 봐도 상태가 안 좋아.

“폐하, 그러니 꼭 조울증 같습니다.”

“조울증?”

“감정기복이 심한 상태를 말합니다. 그거 오래 두면 병으로 발전할 수도 있으니 초기에 조속히 고치는 게 좋습니다.”

심하면 정신병 되기 때문에 나름 걱정해서 한 말이건만 내 말에 불퉁하게 토라진 표정으로 고개를 팩 돌린다. 그러고는 알아들을 수 없는 말로 중얼중얼. 뭘 어쩌라는 건지. 삐친 건가? 아니 왜? 내가 뭘 어쨌다고?

“그대는 너무 내 마음을 몰라. 어찌 그리 매정해?”

그러니까 내가 뭘?

"이리 아름답고 사랑스러운 모습을 보고만 있어야 하는 사내의 심정을 아느냐 말이야."

"도대체 말하고 싶으신 요점이 뭡니까?"

뭔지는 모르겠지만 확실하게 말하라는 의미로 빤히 바라보자 얼굴이 살짝 붉어지더니 헛기침을 연발한다. 그러고는 한다는 말이 기껏.

"그대를 사랑한다."

"알고 있습니다."

이미 몇 번이나 들은 말인데 새삼스럽게.

"정말 알고나 있는지. 끙, 답답하군. 그대는 매사에 똑똑하면서 왜 그런 쪽으로는 무딘 거지?"

그런 쪽? 무슨 쪽?

"하아, 관둡시다. 죽지는 않겠지."

지금 내 표정을 한마디로 표현하자면 물음표다. 뭐냐고 대체. 죽긴 누가 죽어? 도무지 알아들을 수 없는 말만 늘어놓으니 답답해도 내가 더 답답하건만 왜 자기가 더 답답하다는 표정인지 모르겠다. 차라리 속 시원하게 말하면 나도 속 시원하게 답할 텐데. 왜 저래? 표정은 왜 또 저렇고.

꼭 어린아이가 잘 먹는 간식 뺏긴 것 같은 표정? 거참 뭔지는 모르겠지만 달래 주지 않으면 안 될 분위기다. 안 그랬다가는 뚱한 표정이 좀처럼 가실 것 같지도 않고. 그런데 뭘 알아야 달래 주지. 그냥 칭찬 해 주면 되려나? 아니면 키스? 아니지. 키스는 여기서 하기에는 그렇고 뽀뽀가 좋겠군.

"폐하."

"뭐요?"

퉁명하기는. 확실히 삐쳤군. 그렇다면 최대한 상냥하게 달래 볼 수밖에.

"폐하, 고개 좀 숙여 보십시오."

내 말에 불퉁하던 표정에 살짝 금이 가고 순식간에 기대를 품은 눈동자를 빛내며 냅다 고개를 숙이는 그의 행동에 피식 웃고 입술 위로 쪽 입을 맞추자 심히 걱정될 정도로 헤벌쭉 풀어진다.

"그대는 정말, 왜 이리도 사랑스러운 거지? 하, 미치겠군."

아니 그렇다고 미치지는 말고.

입맞춤 후 싱글벙글 웃는 그의 손을 잡고 단상으로 돌아가려는데 그런 우리 앞으로 후궁인 그녀가 잔뜩 긴장한 채 다가오는 모습에 미미하게 미간을 찌푸렸다. 아니 얼굴이 살짝 붉어진 걸 보니 수줍어하는 건가?

"무슨 일이지?"

그러게. 무슨 일이야?

"저, 폐하, 소첩과도 춤을……."

추고 싶다고? 난 또 뭐라고. 그런데 여기서는 여자가 먼저 춤 신청을 하면 좀 그럴 텐데. 만약 상대가 거절하면 남자 쪽도 매너 없다는 소리를 듣지만 여자 쪽은 비웃음 당하기 때문이다. 그나마 다행히 목소리가 워낙 작아 다른 이들은 제대로 듣지 못한 것 같지만.

어느새 다가온 시온하고 디온은 눈썹을 꿈틀거리는 걸 보면 들은 것 같고 그는 뭐라 대답할지 바라보자 대놓고 미간을 잔뜩 찌푸리고 있는 걸 봐서는 뻔하다. 도대체 저 여자는 눈치라고는 없는지 절로 흘러나오는 한숨을 내쉬고 고개를 돌리자 그가 내 손을 꼭 잡아 왔다.

"춤은 다른 이와 추지."

아니 그건 아닌 것 같습니다만.

"예? 하지만 소첩은 폐하의 후궁인데."

그러니까 말이야. 황제의 후궁이 다른 이와 춤을 췄다가 큰일 나려고.

"아, 그랬었지."

마치 이제야 깨달았다는 듯 대답하며 고개까지 끄덕이는 그의 태연한 행동에 터져 나오려는 웃음을 꾹 눌러 참고 그녀를 보자 얼굴이 붉게 달아올랐다. 분할 테지.

"그럼 이참에 확실하게 말하겠다. 짐은 앞으로도 황후 이외에 다른 이와 춤을 추지 않을 생각이다. 그렇게 알아라."

통보군. 헛꿈 꾸지 말라는 통보. 할 말 다 했다는 듯 나를 보며 다정하게 웃은 그가 내 손을 꼭 잡고 단상으로 걸음을 옮기려고 했다. 하지만 곧바로 그의 옷자락을 꽉 잡는 그녀의 행동에 멈칫할 수밖에 없었다.

"뭐지?"

"폐하, 소첩에게 왜 이러시는지 모르겠습니다."

뭔 소리야? 뭘 모른다는 건지. 분한 듯 입술을 잘근잘근 깨물며 그를 올려다보는 걸 미미하게 미간을 찌푸리고 바라보자 잠시의 틈을 두고 다시 흘러나오는 말에 헛웃음을 흘렸다.

"소첩을, 사랑하시잖아요? 그래서 소첩을 후궁으로 들인 것이 아닌가요?"

그건 아닌데. 내가 들이라고 해서 들였는데. 그보다 지금 이 자리에서 그런 말을 묻다니 제정신인가? 무슨 좋은 소리를 들을 거라고. 오히려 망신이나 당하지 않으면 다행이다. 생각이라고는 없는 건지 황당한 표정을 고스란히 드러내는 그의 손을 꽉 잡으며 적당히 하라고 눈짓하자 곧바로 불퉁해진 표정이 되돌아온다. 너무 그렇게 대놓고 표정에 드러내지 말라고.

"짐이 그동안 사랑한다고 말한 적이 한 번이라도 있었나?"

"그건, 아니지만……."

"그런데 어째서 그런 착각을 하는 거지?"

"하지만 폐하, 소첩을 지켜 주고 싶다고 하셨잖아요? 싫다는 소첩을 황궁에 들인 것도 폐하시면서."

운다. 순식간에 눈물이 글썽글썽해져서 그의 옷자락을 꽉 잡는 그녀의 모습이 어지간히도 애처로워 보인다. 역시 외모의 중요성을 새삼 깨달았다고나 할까. 뭐라고 해야 할지. 지켜 주고 싶은 가녀라고 청초한 소녀? 그 예로 여기저기 작은 웅성거림 속의 말들도 안타깝다는 쪽이 태반이다.

황제의 사랑만 믿고 후궁이 됐을 텐데 냉대를 받니 어쩌니. 헛소리. 물론 반대되는 말도 비웃는 말들도 있었지만 확실히 사내들의 가슴을 울리기에는 적합한 듯 점차 커지는 웅성거림에 속으로 피식 웃었다. 그녀를 가까이에서 봤다면 절대 저런 소리는 못 할 것이다.

눈빛이 아주 그냥 더럽게 번들거리거든. 그도 그걸 알아차리고 불쾌한 심기를 드러내며 안 떨어지려고 손마디가 하얗게 불거지도록 악착같이 붙드는 그녀의 손을 떼어냈다. 하긴 모를 리가 없다. 태어난 순간부터 차기 황제로 자라며 온갖 인간 군상들을 만나 봤을 테니까.

"폐하?"

"짐을 속이려면 그 정도로는 부족하다."

그럼 당연하지. 하지만 여기서 그리 말하면 안 될 텐데. 아니나 다를까 기어코 그녀의 눈에 고여 있던 눈물이 후두둑 떨어지고 가녀린 몸이 충격이라도 받은 듯 휘청거린다. 나름대로 열심히 한다만 3급 연기자를 보는 기분이야. 그럼 이쯤에서 장단 좀 맞춰 줄 겸 자애로운 황후 흉내를 내 볼까?

"폐하, 말씀이 심하셨습니다. 다른 이도 아닌 폐하의 여인입니다. 황제이기 이전에 가정을 지키는 가장이니 자상하게 대해 주셔야지요."

"하지만 황후, 그대도 보지 않았소? 그녀는 감히 짐을 속이고 분위기를 조성하려고 했소."

물론 봤지만 그렇게 다 밝히면 어쩌라는 건지. 흠칫 놀란 그녀가 여전히 눈물을 뚝뚝 흘리면서 힐끔 그의 눈치를 살피는 모습에 절로 흘러나오려는 조소를 삼키고 부드럽게 웃으며 입을 열었다.

"이번에는 폐하께서 심하셨습니다. 이벨린, 이해를 해 주시게. 폐하께서 요즘 심기가 불편하시어 괜한 말씀을 하신 것이네."

"아, 아닙니다, 황후마마. 소첩이 오히려 송구합니다."

그걸 알면 눈빛이나 수습부터 하지. 가소롭다니까 이것아.

"그리 말해 주니 고맙군. 그래도 미안하니 그대에게 기회를 주겠네."

"예? 기회라니요?"

"그대도 알다시피 며칠간 연회가 있지 않나? 그 연회의 주최와 목적도 구분되어 있지. 그래서 그대에게도 기회를 줄까 하는데, 마지막 날 귀족들을 위한 연회를 그대가 주최해 보겠는가? 물론 연회장을 꾸미는 것도 그대가 다른 이들 도움을 받아 직접 해야지."

"아! 소첩이 해도 될지 모르겠습니다."

지랄하네. 좋으면 좋다고 해라. 어쭙잖게 내숭은.

"그대도 황가의 일원이니 당연하지 않나? 열심히 해 보시게나."

"예, 황후마마. 소첩, 최선을 다하겠습니다."

"그리 말하니 마음이 놓이는군. 그럼 연회를 즐기시게."

할 말도 다 했겠다, 미련 없이 그의 손을 잡고 단상으로 올라가자 그런 우리 뒤로 시온과 디온이 따라붙는다. 그리고 분위기도 원하는 대로 단번에 바뀌었다. 대부분 그녀에게 몰리던 동정표가 자애로운 황후를 찬양하는 분위기로. 물론 우리 황제파 쪽에서 나오는 소리지만 자애는 개뿔.

역시 신의 딸이라느니 후궁과의 사이가 좋은 것 같다는 되지도 않는 헛소리까지 들리는 것 같지만 그녀에게 갈 동정표를 잘라낸 걸로 대충 넘어가고 단상에 앉았다. 그런 우리를 왜인지 뜨거운 눈길로 보는 헤스티아와 소넨 왕녀를 보며 피식 웃고 손짓하자 둘이 동시에 환하게 웃으며 다가온다. 귀엽기는.

"제국의 찬란한 태양과 고귀한 달을 뵙습니다."

"어서 와라, 헤스티아 공녀. 소넨 왕녀."

"둘이 많이 친해진 것 같구나."

"예, 황후마마. 사실, 루비체 왕녀께 소녀가 많은 것을 배우고 있습니다."

"아닙니다, 소녀가 오히려 공녀께 도움을 많이 받고 있습니다."

아직 어려서 그런가. 순진하게 서로를 향해 호감을 숨기지도 않고 칭찬을 하는 두 사람을 보며 그와 내가 흐뭇한 미소를 짓고 있자 또 다시 일단의 무리가 다가왔다. 우리 황제파인 베르나르 후작가와 라트라반 후작가 식구들이다. 하나같이 만면에 미소를 짓고 약식의 예를 차리는 그들을 보며 나 또한 미소로 화답했다.

"폐하, 그란디아 공작 각하께서는 어찌 참석을 안 하십니까?"

"보고 드릴 것도 있어 기다렸는데 아직 보이지 않으십니다."

아버지는 지금 한창 정신이 하나도 없을 텐데. 어차피 이들에게도 지시를 내려야 할 테니 자리를 피해 줘야겠다 싶어 그를 향해 입을 열려고 할 때였다. 휴스튼 공작과 로제르타 공작이 굳은 얼굴로 다가왔다.

"제국의 찬란한 태양과 고귀한 달을 뵙습니다."

"휴스튼 공작, 로제르타 공작, 짐에게 할 말이 있는 건가?"

"예, 폐하. 묻고 싶은 것이 있습니다."

"묻고 싶은 것이라. 무엇이지?"

"루비아 왕국 사절단을 내치셨다고 들었습니다."

왜 그리했느냐 묻는 것일 테다. 어쩌면 내 결정에 흠을 잡으려고 알면서도 말을 꺼냈을 수도 있지만 표정을 봐서는 상세하게는 모르는 것 같군. 아직 서로 연락을 안 한 건가? 하긴 갑작스럽게 내쳐진 데다 고작 몇 시간이 흘렀으니 모르는 게 당연하다. 그저 트집을 잡아 볼 생각일 것이다. 어리석기는.

"짐의 결정에는 아무런 문제도 없다. 또한 번복하는 일도 없을 것이다."

"폐하, 어찌 신들이 태양의 결정을 번복하라 하겠습니까? 그저 신들은 걱정을 할 뿐입니다."

"지금껏 루비아 왕국과의 교류에 아무런 문제가 없었습니다. 루비아 왕국에서 나는 광물의 수가 많지 않습니까? 그런데 이런 일이 터졌으니 문제가 생길까 하여 드리는 말씀입니다."

"무엇보다 루비아 왕녀가 후궁으로 들어오는 걸 조건으로 루비아 왕국을 바이에르 제국에 복속시키겠다 하지 않았습니까? 그런데 어찌 그 같은 결정을 하시었는지 신들이 납득할 수 있게 말씀해 주십시오."

얼씨구? 이것들 봐라. 가당찮게 뻣뻣하게 고개를 드는 꼴도 웃기는데 일부러 목소리까지 높인다. 다른 이들도 다 들어라 이거겠지. 그 가소로운 꼴에 피식 웃자 순간적으로 두 공작의 눈빛이 매섭게 빛난다.

그러든지 말든지 느긋하게 입매를 끌어올리고 주변의 반응을 살폈다. 귀족파는 아예 편파적으로 두 공작을 지지하며 수군거리고 황제파도 적잖이 놀란 듯 당황한다. 뭐 이런 반응이야 당연한가. 후궁으로만 들이면 루비아 왕국을 복속시킬 수 있는데 어째서 내쳤는지 이해는 안 될 것이다.

"두 공작은 지금 짐에게 도전하는 것인가?"

"폐하, 신들은 그것이 아니오라……."

"그것이 아니면 무엇이지? 오찬에서 왕녀가 왕국의 복속을 내걸고 예법도 무시하고 건방지게 행동한 것은 신경도 안 쓰나 보군. 그러고 보니 왕녀가 재미있는 사실을 털어놓았지. 안 그렇소, 황후?"

그렇다마다. 입가를 삐뚜름하게 올린 그의 말에 두 공작이 흠칫하는 걸 보고 나 또한 살며시 웃으며 답했다.

"예, 참으로 놀랄 만한 말을 했습니다. 솔직히 고이 묻어 두고 가고 싶었으나 두 공작이 이리 나오니 궁금증은 풀어 줘야 하지 않겠습니까?"

"짐의 생각도 같소, 황후. 휴스튼 공작, 로제르타 공작. 짐이 왜 루비아 왕녀를 내쳤는지 정녕 모르나?"

"폐하, 신들은 그저 바이에르 제국의 국익을 위해……."

"호오, 국익이라. 그 때문에 왕녀가 예의도 차리지 않고 천박하게 행동하는 걸 대수롭지 않게 지켜본 건가? 하지만 아무리 국익이 중요해도 하찮은 왕녀 주제에 이 제국의 가장 고귀한 황후에게 적의를 드러내고 인사조차 하지 않는다는 건 너무 심하지 않나? 그것뿐이 아니다. 허락도 받지 않고 감히 황제의 집무실에 쳐들어와 천박하게 몸으로 유혹했지. 얼마나 우리 바이에르 제국을 무시했으면 고작 왕녀 주제에 그리했는지 마음 같아서는 그 천박한 가슴을 열어 간덩이 크기를 보고 싶었다."

즉 죽이려다 살려 보냈다는 말이다. 그에 두 공작이 조금 질린 얼굴로 반박하려는 걸 내가 먼저 입을 열었다.

"휴스튼 공작, 로제르타 공작. 루비아 왕녀가 그리 천박하게 행동하고도 고개를 빳빳하게 든 이유가 궁금하지 않나?"

"아, 아닙니다, 황후마마. 신들은 왕녀가 그렇게까지 한 줄은 몰랐습니다."

"그저 충심에 물은 것이니 마음 쓰지 마십시오. 신들은 그만……."

물러가겠다고 말하려는 두 공작의 말을 손을 들어 막았다. 뇌물을 받아먹은 걸 들켰다는 걸 뒤늦게 알아차리고 빠져나가려고 했겠지만 누구 마음대로? 시비를 걸었으면 결판도 지어야지. 물론 당장 이 자리에서 결판 지을 건 아니지만 웅성거리는 이들을 가라앉힐 필요는 있다. 해서 불안하게 눈동자를 굴리며 오도 가도 못하는 두 공작을 향해 미미하게 걸치고 있던 웃음을 싹 지우고 표정을 싸늘하게 굳혔다.

"참으로 실망스럽네, 휴스튼 공작, 로제르타 공작. 명색이 바이에르 제국을 받치는 기둥들이 한낱 철없는 계집의 말에 넘어가 뇌물을 받았다니. 그대들이 진정 이 제국의 기둥들이 맞는지도 의심스러워."

"아, 아닙니다, 황후마마! 신들은 오로지 제국의 이익을 위해 그리한 것입니다."

"그렇습니다, 황후마마. 신들이 어찌 사사로이 이익을 챙기겠습니까. 절대 불손한 마음을 품은 적은 없었습니다."

지랄하네. 말은 잘하지. 그래 봐야 이미 여론은 우리 쪽으로 기울었고 이제 싸움 좀 붙여 볼까 싶어 후작들을 보며 슬쩍 눈짓하자 기가 막히게 알아듣고 표정을 굳히며 목소리를 높인다.

"황후마마, 진정 그것이 사실입니까? 두 공작 각하께서 뇌물을 받았다니. 만약 그렇다면 이 무슨 망신이란 말입니까? 제국의 위상이 깎이는 일입니다!"

"이럴 수는 없습니다, 폐하! 뇌물이라니, 이는 황제 폐하와 황후 마마를 무시하는 처사이자 루비아 왕국 측에서 우리 바이에르 제국을 얼마나 업신여기겠습니까? 두 번 다시 이 같은 일이 없도록 이번 일은 명명백백 밝혀내야 할 일입니다."

그렇지. 물론 여기까지가 두 후작의 발언이고. 두 공작이 분노에 시뻘겋게 달아오른 얼굴로 두 후작을 노려볼 때 귀족파 후작들이 우르르 몰려와 두 후작을 공격하기 시작한다. 그리고 황제파 역시 우르르 몰려와 반대되는 의견을 쏟아낸다. 바라던 바지만 왈왈 멍멍 짖어 대는 꼴이 완전히 개판이군.

"말을 삼가시오! 공작 각하들께서 아니라고 했다면 아닌 것이오!"

"왕녀의 말만 믿고 감히 공작 각하들께 이 무슨 무례한 발언이오!"

"그럼 왕녀가 없는 말을 지어내기라도 했단 말이오? 뇌물을 받았으니 줬다고 한 것이지!"

"그렇소이다. 왕국의 왕녀가 지어낸 말이라기에는 그 무게가 다르지 않소? 이는 명백히 밝혀야 할 일입니다."

"폐하! 공작 각하들께서는 바이에르 제국을 위해 그리한 것입니다! 확실히 확인되지 않은 사실로 핍박할 수는 없습니다."

핍박이라. 여기서 증거를 들이밀면 뭐라고 할지 참 볼만하겠군. 하지만 당장은 아니다. 고작 이걸로 두 공작을 엮기에는 약하다. 그래도 일단 받은 뇌물은 도로 토해내게 해야 하지 않겠어? 그런 생각에 여전히 반론을 펼치는 두 파벌의 행태를 보던 그와 내가 서로 시선을 맞췄다가 그가 먼저 입을 열었다.

"조용히 하라. 타국 귀빈들 앞에서 이게 무슨 짓들이지?"

그의 싸늘한 경고에 조금 전까지도 언성을 높이고 반론을 펼치던 이들이 동시에 입을 꾹 다물자 음악마저 끊겨 찰나간 조용한 정적이 흘렀다.

"두 공작의 말대로 루비아 왕녀는 왕국의 복속을 놓고 후궁이 되기를 원했다. 그러나 그 오만한 행태가 참으로 추악하여 말로 다하지 못할 정도인 데다 뻔뻔하게 두 공작을 들먹이더군."

"폐하! 신들은……."

"아직 짐의 말이 안 끝났으니 조용히 하라."

싸늘하다 못해 사나운 그의 기세에 두 공작이 움찔거리며 입을 다물자 그런 두 사람을 노려보며 다시 말을 잇는 동안 슬그머니 시선을 돌려 대공을 살폈다. 표정이 싸늘하게 굳은 게 당연하게도 이 상황이 마음에 안 드는 것 같다.

"왕녀의 말을 모두 믿는 것은 아니다. 두 공작 말대로 충심에서 그리했을 수도 있지. 그러나 한낱 소국의 왕녀의 입에서 뇌물을 바치고 후궁이 되는 걸 도와주기로 했다는 말이 나왔다는 것만으로도 공작들의 처신에는 분명한 문제가 있다. 그것은 인정하나?"

"인정합니다, 폐하."

순순히 인정하며 고개를 조아리는 두 공작의 태도에 입가를 삐뚜름하게 올렸다. 이 상황에서 더 버텨 봐야 좋을 게 없으니 일단은 인정하고 본 것이겠지만 그 말 한마디엔 뇌물을 받았다는 뜻도 포함되어 있어 목적은 달성했다. 그럼 이제 마무리만 남았군.

"바이에르는 대륙에서 가장 강대한 제국이다. 또한, 짐은 누르티아 님의 가호를 받고 있고 황후는 주신의 딸로서 축복을 받은 고귀한 이다. 그런데 루비아 왕녀는 짐과 황후를 무시했으며 두 공작은 그런 왕녀에게 흠이 잡혔지. 이러한 상황에서 짐이 루비아 왕녀를 후궁으로 받아들인다면 이는 분명 제국의 위상을 깎는 일이다. 그렇기에 루비아 왕국에 경고를 했다."

경고라는 말에 그 자리에 있던 몇몇을 빼고는 하나같이 움찔거리며 다음 말을 기다렸고, 그는 나를 돌아봤다.

"폐하의 말씀대로 왕녀의 오만함이 지나쳐 경고했네. 한 달 기한 안에 루비아 왕국이 이 사람이 원하는 결과를 가져오지 않을 시 대륙에서 왕국 자체를 지워 버린다고 했네."

이미 예상한 반응이지만 경악할 것까지야. 뭐 당연하겠지만. 지금 저들은 전쟁을 떠올리고 있을 것이다. 제국으로서는 왕국 하나쯤 쓸어버리는 건 문제가 없다. 다만 타국 사절단이 있는 곳에서 그런 말을 한 것이 걸릴 것이다. 혹시 저들이 합심할까 걱정도 될 테고.

"그대들이 무슨 생각을 하고 있는지 알고 있네. 그러나 제국의 군사와 백성들의 피를 흘리지 않고도 왕국 하나쯤이야 가볍게 지상에서 지워 버릴 수 있으니 괜한 걱정은 하지 않아도 될 것이네. 이 대륙의 주인인 주신과 누르티아 님의 가호를 받는 이 사람과 폐하께서 그 정도도 못 한대서야 말이 안 되지 않나?"

말끝에 진득하게 웃으며 경악해 입만 떡 벌리는 좌중을 돌아봤다. 재수 없을 정도로 오만한 말일 테지만 아무도 뭐라 반박하지는 않았다. 세 놈의 존재를 모른다고 해도 마찬가지다. 우선 드러난 사실만으로도 확실하잖아?

그가 누르티아 님의 가호를 받고 있는 건 익히 알고 있을 것이고 내 경우 또한 신탁에서 영감이 팔불출 끼를 유감없이 드러낸 걸 알 만한 이들은 모두 알 테니 반박하려고 해도 못 할 것이다. 그런 그들을 돌아보며 다시 한 번 확고하게 말했다.

"조만간 만족한 결과가 나올 것이니 그대들은 기다리면 될 것이야. 그러나 그 전에 휴스튼 공작, 로제르타 공작."

"예, 황후마마."

"두 번 다시 이 같은 일은 없어야 할 것이네. 명색이 공작의 위치에 있으면서 고작 재물에 눈이 멀어 주제도 모르는 어린 계집에게 휘둘리면 되겠는가? 앞으로는 조심하게. 두 번은 없다네."

한 번만 더 이런 말이 나오면 그때는 경고가 두 공작에게 돌아간다는 걸 모르지는 않을 것이라 여기저기 헛숨을 삼키는 소리들이 들린다. 그리고 두 공작은 어지간히 자존심이 상한 듯 대답을 하면서도 끌어 쥐고 있는 주먹이 파르르 떨리고 있었지만 깔끔하게 무시하자 그가 입을 열어 분위기를 바꿨다.

"이제 궁금증은 풀렸을 테니 그만 연회를 즐기라."

글쎄. 죽상인 귀족파 입장에서 즐기기에는 틀려먹은 것 같은데. 그거야 내 알 바 아니고 어느새 싱글벙글 웃으며 내 입술에 쪽 입을 맞추는 그의 태도에 헛웃음을 흘렸다.

⚜⚜⚜

"폐하, 경들과 말씀 나누고 계십시오. 신첩은 부인들과 따로 있겠습니다."

"황후, 같이 있어도 되지 않소?"

상관은 없지만 사교계도 축소된 정치판이 아닌가. 그가 일을 하는 동안 나 또한 부인들을 상대해야만 한다. 그걸 모르는 것도 아니면서 뭐가 그리 불만인지 마음에 안 든다는 표정으로 내 손을 꽉 잡는다. 뭘 어쩌라고?

"짐의 곁에만 있으시오, 황후."

"폐하, 잠시면 됩니다. 사절단과도 인사를 하셔야지요? 그러니 말씀들 나누십시오."

말끝에 당장 손을 놓으라는 의미로 힐끔 내리자 불퉁한 표정으로 마지못해 놔준다.

"멀리 가면 안 되오, 황후. 짐의 눈에 보이는 곳에 있으시오."

거참 뭘 저리도 안절부절못하는 건지. 초조하다 못해 왠지 간절하게 바라보는 그를 향해 헛웃음을 흘리고 고개를 끄덕였다. 그제야 마주 웃어 오는 그를 등지고 단상을 내려가 조금 떨어지자 그런 내 주변으로 후작부인들과 헤스티아, 소넨 왕녀가 가까이 다가왔다. 하나같이 슬쩍 웃음을 걸치고 있는 걸 보니 무슨 생각하는지 알 만하다.

"황후마마, 폐하께서 황후마마를 극진히 생각하시는 것 같습니다."

"정말 놀라울 정도이지 않습니까? 좀처럼 표정에 감정을 드러내지 않으셨던 분이 황후마마께는 모든 감정을 드러내십니다. 보는 저희가 흐뭇합니다, 황후마마."

"그런가? 나로서는 첫 만남부터 웃는 모습만 봐서 그런지 모르겠군."

계약서 쓸 때도 아주 숨이 넘어가라 웃었지. 뽀뽀라고 부르기에는 민망한 그때도 그랬고. 그러고 보니 내 앞에서는 항상 웃었구나. 처음에 가면을 쓴 모습을 보이기는 했지만 그것도 잠깐일 뿐 그 이후로 내 앞에서는 항상 편안해 보였다.

"그러고 보니 연회에서 처음 만나신 게 아니신 것 같습니다."

"아아, 사실은 그전부터 알고 지냈네. 폐하께서 종종 찾아오시고 같이 축제도 즐기고 했었지."

사실은 갑자기 찾아온 것인 데다 즐긴 거라고는 배 터지게 먹은 기억밖에 없지만 내 말에 무슨 대단한 걸 깨달았다는 듯 감탄한다. 그게 그렇게 놀랄 일인가?

"어쩐지 발표 날 폐하께서 오로지 황후마마만 보고 계셔서 이상하다 여겼습니다."

"그렇다 뿐입니까? 그때 폐하의 온전한 미소를 처음 보지 않았습니까? 그렇게 다정하신 모습이라니 얼마나 놀랐는지 모릅니다."

"후후, 그러게요. 두 분만큼 잘 어울리시는 분들도 없으신데 신들의 사랑까지 받으니 제국의 축복이고 광영이지요. 안 그래요, 헤스티아 공녀?"

"예, 두 분이 함께 계실 때면 절로 웃음이 나올 만큼 사이가 좋으십니다."

볼을 발갛게 붉히며 대답하는 헤스티아의 말에 웃음을 터트리는 그녀들과 덩달아 미소 짓다가 매섭게 꽂히는 시선이 느껴져 장내를 돌아봤다. 하나같이 나를 힐끔거리며 움직임 하나에도 신경을 곤두세우는 이들 중에서도 유독 날카로운 시선들이 있다.

뻔히 예상할 수 있는 이들이라 딱히 당황스럽지도 않다. 내가 꼴도 보기 싫을 테지. 이해는 해. 너그럽게 이해는 한다만 명색이 후궁으로 황제의 사랑을 구한다는 여자가 대놓고 귀족파 부인들하고 있을 줄이야. 도무지 정신을 못 차리는군.

아니 뻔히 지켜보고도 저러고 싶을까? 쯧쯧, 저 머릿속에는 똥만 찼지 싶다. 하긴 황제파가 상대를 안 해 주니 그녀로서도 어쩔 수 없을 테다. 뭐 그런 생각까지 할 머리가 있는지는 의문이지만.

그리고 대공. 원로들을 처리한 데다 두 공작이 경고까지 받았으니 이미 나와 귀족파 사이는 대적할 적으로 분류됐을 것이다. 이번 일로 황제를 죽이고 가당찮게 나를 이용하려는 생각 자체를 바꿨을 테지.

뭐 상관은 없다. 저런 것들은 오래 상대해 봐야 피곤하기만 하고 최대한 빨리 치울 수밖에. 그건 그렇고 저 여자도 어지간하다. 입장할 때부터 죽일 듯이 노려보더니 헤스티아와 같이 있으니 더 심해지는 것 같아 피식 웃으며 헤스티아와 소넨 왕녀를 돌아봤다.

“헤스티아, 소넨 왕녀와 잠시 자리를 피해 주겠니? 조심하고.”

아까부터 포엥마 그 여자가 아주 죽일 듯이 노려보고 있거든. 보나마나 헤스티아한테 접근할 것이라 슬쩍 시선을 주며 말하자 눈치를 챈 듯 찰나간 씁쓸한 표정을 짓던 헤스티아가 이내 단호하게 답했다.

“예, 황후마마. 말씀들 나누십시오.”

“그만 물러가겠습니다, 황후마마.”

아직 어린아이는 추악한 정치싸움을 모르는 것도 좋지만 헤스티아를 떨어뜨려 놔야 저 여자가 접근할 것이다. 어차피 바로 빼내면 되니까. 해서 두 사람을 보내고 후작부인들을 데리고 보란 듯이 황제파 귀족들이 모여 있는 곳으로 향하자 반응은 딱 두 가지로 나뉜다.

귀족파는 짜증스레 미간을 찌푸렸고 황제파는 기다렸다는 듯 반색하며 다가왔다. 이로써 대공의 헛된 계획이 완전히 틀어진 걸 저들도 알게 될 것이다. 뭐 어차피 원로 늙은이들을 처리할 때부터 틀어졌다는 걸 알았을 테지만 오늘 두 공작이 경고까지 받았으니 이젠 전력을 다해 부딪쳐 오겠지. 물론 바라던 바다.

“고귀한 달이신 황후마마를 뵙습니다.”

약식의 예와 함께 서로 안부를 묻는 말이 오고 가고 귀족파 쪽을 바라보자 포엥마 그 여자와 그 오라비인 후작이 헤스티아에게 접근하는 게 보인다. 그 모습에 슬쩍 미간을 찌푸릴 때 베르나르 후작부인이 걱정스럽게 말해 왔다.

“저대로 둬도 괜찮으시겠습니까? 아직 공녀가 어려 두 사람을 상대하기에는 버거울 것입니다.”

그렇겠지. 게다가 어린 만큼 아직 마음도 여리고.

"그래서 말인데, 자네들에게 부탁할 것이 있네."

"부탁이라니요, 하명만 하십시오, 황후마마."

"그리 말해 주니 고맙네. 다름이 아니라 헤스티아가 한동안 황후궁에 머무는 것은 다들 알고 있을 테고 내가 무엇 때문에 그리했는지도 알 것이네."

내 말에 부인들과 영애들이 일제히 고개를 끄덕이며 대답했다. 하긴 모를 리가 없지.

"자네들이 헤스티아를 보호해 줬으면 해. 저쪽에서도 포엥마의 이용가치가 떨어졌겠지만 내가 그 아이를 보호하고 있는 이상 표적이 될 것이야. 게다가 오늘 공작들하고 모스텔 대신전 원로들을 잡은 탓에 지금 신경을 곤두세우고 있을 터라 더 조심해야 하네."

"예? 그게 무슨 말씀이십니까? 원로들을 잡았다니……."

"아아, 아직 자네들은 모르겠군. 갑자기 늙은이들 신성력이 모두 사라져 버렸지. 황궁에 배치된 신관마저도. 자세한 점은 폐하께서 부군들한테 말씀을 했을 테니 집에 돌아가면 물어보고 며칠간 연회가 끝나면 재판이 있을 거라는 것만 알아 두게."

"세상에. 어찌 그런 일이……."

"그럼 지금까지 신성력도 없으면서 그리 큰소리쳤단 말입니까?"

"말도 안 됩니다. 그랬다가는 금방 들통 날 터인데요? 그런데 왜 갑자기 신성력이 사라진 것일까요?"

"설마, 황후마마께서……."

여기저기 웅성웅성 의아함을 토해내던 이들을 끝으로 말을 다 잇지 못하고 얼버무리는 라트라반 후작부인을 보며 씩 웃었다. 그것만으로도 충분히 짐작한 듯 여기저기 나직한 감탄사가 쏟아져 나오는 모습에 피식 웃으며 다시 말을 이었다.

"저쪽에서는 어떻게든 반격하려 들 것이네. 그러니 말 한 마디 소홀히 듣지 말고 참고할 만한 일이 있으면 내게 곧바로 고하게. 낮에도 마찬가지야. 그리고 며칠간 연회 동안 헤스티아를 부탁하겠네."

"걱정하지 마십시오, 황후마마. 신들이 책임지고 보호하겠습니다."

그녀들의 대답에 미미하게 고개를 끄덕이고 안심했다. 같이 참석한다고 해도 헤스티아를 내내 내가 끼고 있을 수는 없으니 저들은 어떻게든 접근하려고 할 것이다. 하지만 이들이 보호하면 안심할 수 있지.

"아, 그러고 보니 마지막 연회 준비는 후궁이 할 것이네."

"예, 그래서 신들은 빠질까 합니다."

"보십시오. 지금도 공작부인들 옆에 있지 않습니까? 도무지 이해를 못 하겠습니다."

"그러게 말입니다. 폐하의 사랑을 원하시는 분이 대적하는 이들과 어울리다니요. 설마 평민이라 계파 구분도 못 하시는 것일까요?"

아마 그럴걸? 아니면 애초에 귀족파 쪽과 연계가 되어 있든지.

"폐하께서 왜 후궁으로 들이셨는지 모르겠습니다. 평민이라 하나 너무 무지하지 않습니까?"

"그러고 보니 정말 이상합니다. 폐하께서 무시하는 걸로 봐서는 마음이 있으신 것도 아니지 않습니까? 황후마마께서는 혹 아십니까?"

"아아, 알다마다. 후궁으로 들이지 않으시려는 걸 이 사람이 들이라 했지."

뭐 본인은 주제도 모르고 황후가 되기를 바란 것 같지만 내 말에 얼떨떨한 얼굴로 변하는 부인들과 영애들의 모습에 피식 웃고 말을 덧붙였다.

"그렇게들 놀랄 것 없네. 뭔가 알아보기 위함이니 오래가지는 않을 것이야."

조만간 상황 봐서 처리할 생각이거든. 굳이 더 말하지 않아도 알아들은 듯 일제히 웃음을 흘리는 이들을 돌아보며 수긍하듯 작게 고개를 끄덕일 때 에리오스 백작부인이 황급히 말을 꺼냈다.

"황후마마, 아무래도 지금 가 보셔야 할 것 같습니다."

"저런, 옆에 소넨 왕녀도 있는데 저게 무슨 짓일까요?"

"대책이 없는 사람입니다."

그러게? 저렇게까지 나올 줄은 몰랐는데. 헤스티아의 손목을 잡은 포엥마 부인이 억지로 잡아끌며 앙칼지게 노려보는 행태를 보자니 상황은 대충 짐작이 간다. 어미로 다가갔다가 뜻대로 되지 않아 강제로라도 끌고 가려는 것일 테다.

그녀가 헤스티아를 딸로서 귀히 여기고 있을 거라고는 생각하지 않는다. 헤스티아의 말을 들어 보자면 그녀의 집착은 모두 아버지를 향한 것일 테니까. 딸이라기보다는 현재 헤스티아가 황후궁에 머물고 있으니 이용할 생각이겠지.

헤스티아를 이용해 나를 죽이려는 거라든지. 뭐 헤스티아 또한 어미에 대해 알고 있기에 선택을 했을 것이고. 그럼 이쯤에서 가 봐야 하나 아니면 좀 더 지켜보다가 망신을 줘야 하나 고민한 것도 잠시 성큼 다가가는 시온을 보며 입가를 비죽 끌어 올리고 천천히 다가갔다.

그런 내 뒤로 우르르 따라오는 이들을 이끌고 향하자 점점 말소리가 크게 들린다. 역시 예상대로 안 가려고 버티는 헤스티아와 그런 헤스티아를 노려보며 강제로 끌고 가려는 여자. 그리고 사라진 후작 대신 언제 왔는지 마르센이 버티고 있고 시온이 헤스티아의 어깨를 잡고 노려보고 있다.

"그 손 당장 놓으십시오."

"공자는 빠지세요. 헤스티아는 내 딸입니다. 어미로서 딸과 함께 간다는데 공자가 왜 나서는 것이지요?"

"제 여동생입니다. 그리고 이미 부인과는 인연이 끊어졌습니다."

당연하지. 물론 저 여자는 인정하지 않겠지만.

"하! 누구 마음대로 인연을 끊는다는 말이지요? 공자, 상황이 바뀌었다고 해서 주제넘은 짓은 하지 마세요. 그 누구도 감히 내 딸과의 인연을 끊을 수는 없습니다."

글쎄 과연 그럴까. 아무래도 헤스티아의 착한 성격만 믿고 그러는 것 같은데 뒤통수 맞으면 어쩌려고. 조만간 그리될 테지만. 비죽 입가를 끌어 올리고, 힐끔힐끔 나를 보며 슬쩍 물러나는 귀족파 여인들의 행태는 아랑곳없이 조금 떨어진 거리에서 대치 상황을 지켜봤다. 시온이 알아서 할 테고 나는 결정적인 상황에서 참여하면 그만이다.

"헤스티아가 원하지 않는다면 어쩔 것입니까?"

"그럴 리가 없는데 내가 왜 걱정하나요? 헤스티아는 은혜도 모르는 냉정한 공자들과는 다르답니다."

은혜도 모른다니. 웃기지도 않는군.

"부인이 어떻게 생각하든 상관없습니다. 뻔뻔한 부인의 성격은 이미 겪을 대로 겪어 봤으니 굳이 신경 쓰고 싶지도 않습니다. 그러나 헤스티아는 그란디아 공작가의 공녀이고 황후마마와 우리 형제의 소중한 여동생입니다. 부인께서는 이미 그 자격을 잃었으니, 진정 헤스티아를 위한다면 물러날 줄도 알아야 하지 않겠습니까?"

백번 옳은 말. 어미로서 진정 딸을 위한다면 그리해야 마땅하다. 문제는 백날 말해도 소귀에 경 읽기라는 것이다. 아니나 다를까. 옆모습만으로도 비웃음을 짓는다는 걸 알아차릴 만큼 목소리가 앙칼지게 갈라져 흘러나왔다.

"공자가 건방지게 나설 자리가 아닙니다. 누가 모를 줄 아나요? 공자나 공작님은 내 아이를 사랑할 사람들이 아닙니다. 특히 세 사람이 끔찍이 아끼는 분은 더하시겠지요."

그게 나라는 건가? 아닌데. 저리 귀여운 아이라면 충분히 아끼고 사랑해 줄 수 있다. 내가 또 추한 것과는 달리 순수한 아이들한테는 약하거든.

"말씀 삼가시는 게 좋을 겁니다."

"공자야말로 똑바로 들어요. 난 어미로서 이 아이를 지킬 의무가 있습니다. 내 아이를 이용하게 둘 것 같나요?"

누가 할 소리를 누가 하는 건지. 어이없음에 헛웃음을 흘린 것도 잠시, 시온이 뭐라 하기도 전에 이번에는 헤스티아를 직접 공략할 생각인 듯 다정한 가면을 뒤집어쓴다.

"헤스티아, 엄마하고 가자. 아니 잠시 이야기만 하는 건 괜찮지 않니? 이 엄마가 너에게 해를 입힐 리는 없잖니? 예전처럼 너는 엄마 말만 들으면 돼. 우리 헤스티아는 착하니 그렇게 해 줄 거지?"

정말이지 가지가지 한다. 얼마나 헤스티아를 어수룩하게 봤으면 저따위로 말하는 건지. 이쯤에서 내쫓는 게 낫겠다 싶어 발을 떼려고 할 때 음울하지만 단호한 목소리가 흘러나왔다.

"전 가지 않아요."

"너, 너……. 지금 이 엄마를 거스르겠다는 거니?"

"거스르는 게 아니에요. 이렇게 몰아간 게 어머니 자신이라는 걸 정말 모르시는 건가요?"

"하, 헤스티아, 너야말로 아직 어려서 모르는 것 같구나. 엄마는 너를 위해서 무엇이든 해 줄 수 있지만 저들은 달라. 저들이 너를 진심으로 사랑할 것 같니? 네 아버지가 너를 어찌 보는지 몰라? 너를 진심으로 아끼고 사랑해 줄 수 있는 사람은 엄마뿐이다."

헛소리. 정말 그런 마음으로 사랑했다면 헤스티아가 제 어미를 버리는 선택을 하지는 않았을 거다. 어떻게든 내게 어미를 살리고자 애원했다면 몰라.

“어머니가 뭐라 하시든 제 생각은 변하지 않아요. 어머니 또한 마찬가지니까요. 전 그란디아 공녀로서 포엥마 후작가와는 아무런 연관도 없습니다. 미세한 연결 고리마저 잘라낸 게 바로 어머니시면서 언제까지 저를 이용할 생각이시죠?”

제법이군. 마냥 순수하지만은 않다는 건가. 상황이 어찌 돌아가는지는 알고 있는 걸 보면. 그녀 역시 헤스티아가 저런 말을 할 줄은 몰랐다는 듯 충격 받은 얼굴로 비틀거리는 걸 마르셴이 다급하게 붙잡고 눈을 매섭게 뜬다. 이래서 유전자는 신비롭다니까. 제 어미하고 똑같잖아? 저 새끼는 아무리 봐도 고추는 떼고 나왔어야 했는데. 쯧쯧, 안타깝군.

“헤스티아! 너 어머니께 무슨 말버릇이야? 네가 뭘 모르는 것 같은데 너 지금 이러면 안 돼, 헤스티아.”

“제가 할 말이에요, 오라버니. 언제까지 어머니 품에서 꼭두각시처럼 움직일 건가요? 그런다고 어머니가 진정으로 사랑해 주실 것 같나요? 정신 차리세요, 오라버니. 어머니는 지금껏 단 한 번도 우리를 진정으로 사랑하신 적이 없어요. 아버지를 잡기 위한 하나의 도구였을 뿐이죠.”

“아, 아니야, 헤스티아. 네가 착각한 거야. 어머니가 그럴 리가 없잖아?”

“오라버니는 끝까지 그리 믿고 싶겠지요. 어머니를 가장 닮은 분이니까요. 하지만 현실을 부정한다고 해서 사라지는 건 아니에요. 지금까지는 그걸 인정하기 싫어서 보고도 못 본 척, 듣고도 듣지 않은 척 부정했지만 이젠 그렇게 하고 싶지 않아요. 아무리 부정해 봐야 변하는 건 없으니까요. 오히려 상처만 쌓일 뿐이죠."

저런 생각을 하고 있었나? 어쩐지 그때 어린 나이에 보일 표정이 아니더라니 모르는 게 아니었다. 알고도 모르는 척하고 싶었겠지. 아직 성인도 안 된 아이가 저런 말을 할 정도라면 도대체 저 여자는 자식을 어찌 대했다는 거야? 기가 막히는군.

"전 딸을 이용하려는 어머니보다 감정 그대로 드러내는 아버지를 사랑하고 시온 오라버니와 디온 오라버니의 사랑을 믿어요. 그리고 언니를 좋아해요. 그동안 어머니가 한 짓의 대가를 제가 치러야 한다고 해도 할 수만 있다면 닮고 싶어요. 그러니 더 이상 저를 끌어들여 이용할 생각이라면 포기하세요."

이 정도면 알 만큼 알았으니 나 또한 제대로 해 줘야겠지. 다른 이들이 모두 보는 앞에서 이런 말을 한다는 건 그만큼 헤스티아의 생각이 확고하다는 것이겠지만 그만큼 두렵기도 할 것이다. 사람들의 비웃음도 동정도 견딜 수 있는 나이는 아니니까.

그 예로 여전히 그녀에게 꽉 잡혀 있는 손이 잘게 떨리는 것만 봐도 긴장하고 있는 게 눈에 훤히 보인다. 저 작은 머리로 무슨 생각을 하고 있는지 훤히 알 수 있을 정도라 쓴웃음을 흘리고 태연하게 다가갔다. 그런 내 움직임에 일제히 허리를 숙이며 자리를 피해 주는 이들을 돌아보고 입술을 질끈 깨무는 그녀를 향해 대놓고 미간을 찌푸렸다.

"지금 뭐하는 거지? 포엥마 부인, 그 손 놓는 게 좋겠군. 헤스티아 팔목이 빨갛지 않나?"

"황후마마, 아무리 황후마마라고 하셔도 어미와 딸 문제에 끼어들 수는 없습니다."

거참 저 멍청함은 도무지 나아질 기미가 없다. 내가 이미 포엥마를 완벽하게 적으로 돌린 상황에서 무슨 좋은 소리를 들을 거라고 뻔뻔하게 대거리야? 뭐 바라던 바지만.

"어미와 딸이라. 물론 그랬지. 얼마 전까지는. 하지만 이젠 아니지 않나?"

"그게, 무슨 말씀이십니까?"

"몰라서 묻나? 쯧쯧, 내 익히 그 머리를 의심하기는 했지만 참으로 볼 때마다 놀랍군."

어떻게 저리 멍청하지 라는 표정으로 고개를 설레설레 내젓자 여기저기 작게 비웃음이 터져 나왔다. 그 반응에 얼굴을 시뻘겋게 물들인 그녀가 뭐라 말하려는 걸 내가 먼저 웃음기를 싹 지우고 입을 열었다.

"포엠마 부인, 그대의 멍청한 머리를 탓하고 싶지는 않네. 타고난 걸 고치기에는 무리겠지. 하지만 나는 내 경고를 무시하는 이를 아주 싫어한다네. 그러니 당장 그 손을 놓는 게 좋겠군. 아니면, 내 직접 그 손목을 잘라 주어야 놓을 텐가?"

서늘한 목소리와 함께 그녀와 마르센을 향해 살기를 피워 올리자 하얗게 질린 얼굴로 화들짝 놀라 떨어지며 몇 발짝 물러난다. 그 모습에 언제 살기를 피웠느냐는 듯 싱긋 웃으며 헤스티아를 향해 고개를 돌렸다.

"헤스티아."

내 부름에 긴장이 풀린 듯 조금 전까지도 당당하게 말했던 게 거짓말처럼 두 눈에 물기가 어리는 모습에 안심하라는 듯 웃으며 손짓하자 곧바로 울먹울먹 드레스를 잡고 도도도 뛰어와 폭삭 안긴다. 그러고는 훌쩍훌쩍 울음을 터트리는 모습에 나직하게 한숨을 내쉬었다.

왜 갑자기 이렇게 된 건지는 모르겠지만 안타깝게도 애들 달래는 재주는 없는데 말이지. 뭘 어떻게 해야 할지를 몰라 굳어 있다가 어색하게 등을 토닥토닥 두드리자 어째 울음소리가 더 커지는 거냐? 이것 참, 육아법을 배우든지 해야겠군.

강한서로 33년을 살았던 내 눈에는 15살이라고는 하나 어린아이로만 보이니 이것도 난감한 일이라 그저 등을 토닥이며 착하다, 착하다만 반복했다. 그런 내 뒤로 익숙한 체취가 느껴지고 돌린 시선에 언제 왔는지 부드럽게 웃고 있는 그가 보였다.

"황후, 무슨 일이오? 어째서 공녀가 울고 있소?"

알면서 왜 묻는지는 뻔하고 내 대답 역시 뻔하다.

"폐하, 포엠마 부인이 신첩의 사랑하는 동생을 울렸습니다."

고자질은 절대 치사한 게 아니야. 응. 이건 지극히 당연한 거야.

『억지로 납득하지 마라, 주인아. 고자질은 어린아이들이나 하는 짓이다.』

야야.

내가 뭐 못 할 말 했나? 거참 반응 한 번 한결같네. 뭐 그리 대단한 말 했다고 여전히 품에 있는 헤스티아는 훌쩍임을 뚝 멈추고 다른 사람은 멍청하게 나만 본다. 그리고 그는 입가를 실룩실룩. 딱 봐도 알겠군. 웃고 싶은데 참고 있겠지.

"큼, 황후. 속이, 많이 상했겠소."

아니 뭐 상한 건 아니지만 차라리 웃든가. 억지로 참으니 부자연스럽다는 걸 말해 줘야 하나 말아야 하나 고민한 것도 잠시 뒤에서 내 허리를 꽉 끌어안더니 목덜미에 고개를 파묻는다. 그러고는 바들바들. 다행히 소리는 안 낸다만. 뭐가 그리 웃기다고? 쯧쯧, 차라리 내가 하고 말지.

"시온 오라버니, 잠시 헤스티아 데려가서 바람 좀 쐬고 오세요. 헤스티아, 걱정하지 말고 오라버니와 다녀오렴."

"예, 황후마마."

시온이 다가와 헤스티아의 손을 잡고 연회장을 빠져나가고 그때까지도 내 목덜미에 얼굴을 파묻고 있던 그가 고개를 들었다. 이제 진정이 된 건가? 그럼 다행이지만 이미 분위기는 다 깨졌다고, 이 양반아. 하긴 뭐 상관은 없지만.

"황후, 괜찮소?"

당연히 괜찮지. 하지만.

"괜찮지 않습니다, 폐하. 한때의 정을 생각해 어지간하면 좋게 넘어가고자 했습니다만 더는 안 될 것 같습니다. 위치가 바뀌었다면 그 주제를 알아야 하지 않겠습니까? 헌데도 신첩과 오라버니를 핍박하니 아무리 생각해도 포엥마 부인은 그것을 모르는 것 같아 안타깝습니다."

안타깝기는 개뿔. 그 말을 믿을 사람은 이 자리에 아무도 없을 테지만 황제파, 귀족파 할 것 없이 흥미롭게 바라보는 눈길에 들으란 듯이 한숨을 내쉬었다. 그런 내 어깨를 보호하듯 감싼 그의 입에서 덤덤한 목소리가 한기를 담고 흘러나왔다.

"라이오네 이루나 론 포엥마, 지난번에도 그러더니 짐의 말이 우습게 들리나?"

"아, 아닙니다, 황제 폐하."

"대답은 잘하는군. 한때는 그란디아 공작가의 사람이었기에 짐이 용서를 해 주고 넘어간 것인데 매번 말썽만 일으키지 않나? 황제인 짐의 말에 토를 달더니, 이젠 감히 제국의 국모인 황후를 핍박까지 한단 말이지. 목숨이 몇 개라도 되나 보군. 아니면 진정 미치기라도 한 것인가?"

미치기야 진작 미쳤지. 제정신이면 그 어린 핏덩이한테 그런 짓은 못 할 테니까.

"아닙니다, 폐하! 핍박이라니, 그런 적이 없습니다!"

"그럼 지금 짐의 사랑스러운 황후가 거짓을 입에 담았다는 말인가?"

"그, 그건……."

난감할 테다. 변명을 하자니 지켜보는 눈이 많고 그렇다고 황후가 거짓말을 했다고 말하는 것도 죄가 될 것이다. 멍청하기는 해도 그 정도 생각은 있는 듯 입술만 질끈 깨물고 고개를 푹 숙이는 그녀의 태도에 그가 다시 입을 열려는 찰나 생각지도 못한 목소리가 끼어들었다.

"폐하, 신이 한 말씀 올려도 되겠습니까?"

"말해 보라, 대공."

"오늘은 폐하의 국혼과 황후마마의 즉위식을 위한 연회이지 않습니까? 비록 포엠마 부인의 무도함이 지나친 것은 사실이나 특별한 날이니만큼 황후마마를 위해서라도 한 번 더 아량을 베푸시는 게 좋을 것 같습니다."

얼씨구? 이것 봐라. 쓸모없다고 버린 줄 알았더니 아직은 이용가치가 있나 보네. 뒤쪽에 빠져 주둥이만 놀리던 대공이 직접 나선 걸 보니. 하긴 저런 것도 이용가치는 있을지도.

"황후를 위해서 아량을 베풀라?"

"그렇습니다, 폐하. 황후마마께서는 주신의 가호를 받는 고귀한 분이 아니십니까? 그만큼 심성도 고우실 터인데 오늘 같이 기쁜 날에 피를 흘리면 마음이 편치 않을 것입니다. 아니 그렇습니까, 황후마마?"

도발이군. 그건 곧 나를 이용할 생각을 버렸다는 것이고 어쩌면 내게 경고를 하는 것일 수도 있다. 뭐가 어찌 됐든 심성이 고운 황후의 면모를 보이려면 용서하고 넘어가라 이건가 본데. 그러지 뭐. 어차피 오늘만 날이 아니니까. 고작 그녀 하나만 잡아서야 이쪽이 오히려 손해다. 잡으려면 제대로 잡아야지.

"대공의 말도 일리가 있습니다. 오늘 같은 날 굳이 피를 흘릴 필요는 없지요."

"그래서 이대로 넘어갈 생각이오?"

그럴 리가. 제대로 앙심 품고 있는 데다 오늘 일까지 더해 보나마나 나를 암살하려고 시도할 것이다. 하도 멍청한 여자라서 그러고도 남거든. 그때 기다렸다는 듯 반역죄로 포엥마 후작가 전체를 잡으면 그만이다.

황제와 황후를 암살할 시 그 죄는 명백히 반역죄에 포함되거든. 조금만 더 참으면 알아서 큰 놈으로 낚을 수 있는데 굳이 잔챙이에 만족할 필요는 없지 않나. 해서 불만인 듯 바라보는 그를 향해 싱긋 웃었다.

"폐하, 한 번 더 아량을 베풀고 넘어가시지요?"

"하지만 황후, 매번 용서만 해 주니 저리 주제도 모르지 않소?"

알아. 아니까 넘어가야지. 물론 곱게 넘어갈 생각은 없다.

"아무래도 대공이 포엥마 부인을 많이 아끼는 듯하니 어쩌겠습니까? 마음 넓은 신첩이 한 번 더 용서를 해야지요."

"그게 무슨 말이오? 대공이 포엥마 부인을?"

"예. 그렇지 않고서야 이보다 큰일에도 조용히 계시던 분이 이리 직접 나서서 감싸주지는 않을 것입니다. 다른 사람 부탁도 아니고 대공이 그리 말하시니 들어줘야지요."

밑밥이야. 딱 좋잖아? 포엥마로 대공을 잡지는 못할 테지만 신경을 건드리는 역할은 할 수 있다. 그것도 딱 짜증나는 수준으로 깔짝깔짝. 그러다 짜증나면 일을 좀 더 앞당길 것이다. 대충 예상되는 상황에 그에게 눈빛으로 뜻을 전하자 용케도 알아듣고 눈을 반짝반짝 빛낸다. 역시 잘 통한다니까. 척하면 착 하고 알아듣네.

"이런, 몰랐군. 대공이 저리 신경 쓰고 있었다면 한 번은 더 넘어가 줘야지. 허나, 아무리 대공이 부탁했기로서니 이대로 넘어가기에는 내키지가 않는데……."

일부러 말끝을 흐리며 심각하게 고민하는 척을 하는 그를 보고 힐끔 눈동자만 돌려 대공을 보자 표정이 볼만하게 일그러졌다. 짜증날 테지. 그와 내가 속을 일부러 뒤집고 있다는 걸 모르는 사람이 없을 게 아닌가. 그러게 거머리 빨판 같은 놈이 왜 나서? 재수 없게.

"폐하, 정 내키지 않으시면 대공의 입장도 있으니 간단한 벌로 대신하시지요."

"간단한 벌이 무엇이오?"

"이번 연회에 포엥마 후작가는 일절 참석하지 못하는 걸로 하면 되지 않겠습니까?"

"하지만 그건 벌이 너무 가볍지 않소?"

눈빛에 장난기가 가득한 걸 보니 진짜 그리 생각하는 건 아닐 것이다. 안 그래도 그란디아 공작가에서 내쳐진 데다 아버지가 압박까지 가하고 있지. 그런 상황에서 귀족들이 모두 모인 황궁 연회를 통해 재기 좀 하려고 버둥댔을 텐데 그마저도 못 하게 생겼으니 절대 가벼운 건 아니다. 하지만 그리 말할 수는 없으니까.

"지은 죄에 비해 벌이 가볍기는 하지만 대공의 입장도 생각해 주셔야지요. 신첩은 그것만으로도 마음을 풀 수 있으니 허락해 주십시오, 폐하."

"그대는 너무 마음이 여려서 탈이오, 황후."

응. 내가 또 여린 부분도 있어.

『그건 진짜 아닌 것 같다, 주인아.』

어허, 모르는 소리. 너는 도대체 네 주인을 뭐로 아는 거냐?

『오만하고 뻔뻔하고 골치 아픈 주인?』

내일부터 다른 검으로 수련을.

『그렇지만 그 모든 단점을 덮을 수 있을 만큼 완벽한 주인이다.』

역시 수련은 너로 해야겠다. 앞으로도 잘 해 보자, 샤이탄.

『후우, 잘났다, 주인아.』

그거야 익히 알고 있는 사실이고 검 주제에 한숨 쉬지 말라니까.

"라이오네 이루나 론 포엥마는 들어라. 이번에는 용서하지 않으려고 했으나 자애로운 황후가 아량을 베풀기를 바라고 대공의 부탁도 있으니 이번 한 번은 더 넘어가겠다. 단, 포엥마 후작가에 적을 두고 있는 이들은 신분고하를 막론하고 일주일간 저택에서 벗어나서는 안 된다. 이를 어길 시 황명을 거역한 죄를 물어 엄히 다스릴 것이다. 알겠나?"

"명심하겠습니다, 폐하."

연회가 5일인데 일주일 저택 출입 엄금이라. 그것도 포엥마 전체가. 뭐 상관없다.

"황후와 대공에게 감사를 표하라."

죽을 맛이겠군. 바들바들 떨리는 몸에 드레스 자락을 얼마나 세게 쥐었는지 손마디가 하얗게 질려 있었다. 짜증나서 돌아 버릴 테지. 이해해.

"고귀한 달이신 황후마마께서 베풀어 주신 은혜, 가슴 깊이 새기겠습니다."

글쎄. 원한을 깊이 새기겠다는 말로 들린다만.

"대공 전하의 은혜 또한 잊지 않겠습니다."

저러다 이빨 상할라. 이를 악물고 말하는 게 뻔히 보였지만 일부러 모르는 척 싱긋 웃자 잠깐 마주친 눈을 황급히 내리깐다. 잘 선택했어. 저 멍청한 머리로 표정관리를 제대로 할 수는 없을 테니까.

"그만 아들 데리고 물러가라. 그리고 가르디온, 포엥마 후작을 찾아 지금 당장 황궁에서 내보내고 일주일간 후작가를 감시할 이들을 배치시켜라."

감시까지 할 줄은 몰랐다는 듯 고개를 번쩍 들어 올렸던 그녀가 다시 황급히 고개를 숙이고 마르센의 손을 잡고 몸을 돌렸다. 그런 둘의 뒤로 여기저기 비웃음소리와 수군거리는 소리가 연회장을 빠져나갈 때까지 들려왔으니 둘의 표정이 어떠할지 뻔하다.

독기로 시퍼렇게 날이 서 있지 않을까. 뭐 원하던 바지만. 생각 외로 손을 쓰는 게 너무 느리거든. 이참에 확실히 빨라질 터라 만족하며 그를 보자 미처 반응할 틈도 없이 내 입술에 쪽. 그러고는 싱글벙글. 하여간 못 말리겠군.

표정이 이리 삽시간에 변하는 것도 재주다 싶어 피식 웃고 대공 쪽으로 고개를 돌리자 일그러진 얼굴을 펴고 웃음을 흘린다. 그런데 어째 눈으로 살인이라도 할 것 같네? 그런다고 주눅 들 것도 아니고 당당하게 받아치며 싱긋 웃자 미미하게 미간이 일그러진다.

"대공, 이제 만족하십니까?"

원하는 대로 해 줬잖아? 그렇다고 감사 인사를 바라는 건 아니지만 언제 기분이 상했느냐는 듯 눈을 휘며 말하는 꼴 좀 보라지. 확실히 재수 없군.

"신이 만족하고 말고가 어디 있겠습니까. 그저 신은 황후마마와 황제 폐하를 위해 그리한 것입니다."

"그래요. 대공이 그렇다고 하면 그런 것일 테지요."

어차피 그 말을 곧이곧대로 믿을 정도로 어리석지도 않고 대수롭지 않게 고개를 끄덕이며 연회를 즐기라 한 후 그의 손을 잡고 자리를 옮겼다. 그런 우리 뒤로 우르르 따라오는 황제파를 이끌고 단상 가까이 가자 황급히 다가오는 아버지를 보며 걸음을 멈췄다.

"언제 오셨습니까?"

"지금 막 왔습니다."

"일은 어찌 됐나?"

"두 후작에게 지시를 하고 왔습니다."

어쩐지. 후작들이 안 보이더라니. 그가 보냈나 보군.

"지금 가 보시겠습니까?"

"아아, 그래야 할 것 같네. 공작이 연회를 마무리해 주게."

"여긴 걱정하지 마십시오. 황후마마, 내일 궁에 찾아뵙겠습니다."

"예, 아버지. 내일 뵙겠습니다."

못내 아쉬움이 남는 듯 나를 보는 아버지를 향해 빙긋 웃고 뒤를 돌아 황제파 귀족들을 돌아봤다. 그들에게 헤스티아가 오면 보호해 달라는 말을 다시 한 번 하고 그와 함께 조용히 연회장을 빠져나와 중앙궁 후원 쪽에 대기해 놓은 마차에 올랐다.

"따라붙는군."

그가 미미하게 미간을 찌푸리며 하는 말에 고개를 끄덕이고 아센을 불렀다. 보나마나 두 공작이 지시를 했을 것이다. 그의 비밀 호위들인 묘인족과는 다른 기운이나 확실히 뛰어나다. 그렇다고 못 잡아낼 정도는 아니지만.

"아센, 될 수 있으면 생포하고 여차하면 죽여."

"예, 주군."

대답이 떨어짐과 동시에 모습을 감추자마자 순식간에 마차에서 멀어지는 기척에 혀를 내둘렀다. 볼수록 신기하단 말이야. 마차 문이 꽉 닫힌 상태인데 어디서 나타나고 어디로 빠져나가느냐고. 아무리 그림자족이라지만 뭐 이런 황당한 경우가.

"볼 때마다 놀랍군."

"그러게 말입니다. 한쪽 마력을 잃었는데도 실력이 하루가 다르게 늘어납니다."

"한쪽 마력을 잃었다니?"

"아아, 자세한 사정은 모르겠고 인간들에게 잡혀 한쪽 눈에 인장을 새겼던 것 같습니다. 그걸 스스로 파괴하고 제가 있는 별채로 숨어든 걸 치료한 것이지요."

그리고 무전취식하며 눌러앉았지. 뭐 덕분에 일꾼 하나 더 생겨서 실컷 부려 먹고는 있지만.

『그림자족이 스스로 주인을 정하고 따르는 건 처음이다. 감사해라, 주인아.』

넌 닥치라니까.

"흠, 한쪽 마력만으로도 저 정도 실력이라니 대단하군. 그런데 잃은 마력을 되살릴 수는 없나?"

"그건 모르겠습니다. 엘라임도 잃은 마력을 되살리지는 못한다고 해서 영감 오면 물어볼 생각입니다."

만약 마력을 되찾는다면 그때는 진짜 괴물이 될지도 모르겠지만 치료할 수 있으면 해야겠지.

"혈랑족이 그림자족과 비등한 실력이라는데 두 놈도 빨리 자랐으면 좋겠군."

"아직 핏덩이나 마찬가지인데 벌써 그런 생각이십니까?"

"그대도 궁금하지 않나?"

물론 궁금하지만. 가만 아센이 현재 한쪽 마력을 잃은 상태니까 두 놈이 더 강해지는 건가? 그건 별로 마음에 안 드네. 아무래도 더 오래 데리고 있던 놈이니까 그런가. 영감을 닦달해서라도 반드시 고쳐야겠다.

"비아, 피곤하지는 않나?"

"피곤하기는 합니다만."

뭐야, 그 기대를 담은 눈은? 왠지 엉뚱한 말이 튀어나올 것 같아 말끝을 흐리며 떨떠름하게 바라보자 침을 꿀꺽 삼킨 그가 내게로 손을 뻗었다. 그때 서서히 마차의 속도가 줄어들었고, 밖에서 들리는 기사의 말에 순식간에 불퉁해진 그가 알아들을 수 없는 말로 투덜거린다. 뭐냐고?

"뭡니까?"

"아니다. 일단 내리지."

아닌 게 아닌 것 같은데. 뭐 말하기 싫다면 억지로 다그칠 생각은 없지만 신경 쓰이게 얼굴 가득 불만을 담고 있는 모습에 마차에서 내리자마자 한숨을 내쉬고 그의 손을 잡았다. 움찔 떨며 바라보는 그에게 고개를 숙이게 하자 기다렸다는 듯 냅다 숙이는 모습에 헛웃음을 흘리고 입술에 쪽. 좋단다.

"이제 기분이 풀렸습니까?"

"큭큭, 정말 못 당하겠군."

뭔지는 모르겠지만 풀린 것 같아 다행이다 싶어 피식 웃으며 손을 잡고 다른 궁들에 비해 유독 작고 조금 초라한 궁 안으로 들어가자 책을 읽고 있던 대신관이 자리에서 일어나 예를 차렸다. 그런 그를 자리에 앉게 하고 우리 또한 자리에 앉아 내온 차로 목을 축이고 입을 열었다.

"대신관, 그대를 이곳에 머물게 한 이유를 아는가?"

"그전에 한 가지 여쭤도 되겠습니까?"

"그러시게."

"원로원과 신관들의 신성력을 회수한 것이 황후마마십니까?"

눈치는 빨라서. 하긴 어쩌면 당연할 수도 있겠네.

"정확히는 이 사람이 회수한 것이 아니네. 누르티아 님께 부탁했지."

"누, 누르티아 님과 직접 대화를 나누셨습니까?"

뭘 그리 경악해? 우리가 들어올 때도 무표정하게 있더니 누르티아 님 얘길 꺼내자마자 두 눈이 휘둥그레진다. 하여간 미테라 대신전이나 눈앞의 대신관이나 특이한 신관들이군.

『저 반응이 당연하다, 주인아.』

그런가. 그럼 이야기도 빠르겠군. 어차피 대신관도 원하는 일일 테니까 바로 본론으로 들어가자 싶어 그를 바라보자 미미하게 고개를 끄덕인다.

"대신관도 신탁에 대해 들었을 터인데. 황후는 주신뿐만 아니라 누르티아 님도 만나고 싶다면 언제든지 만날 수 있다. 지금도 두 분은 지켜보고 계시지."

"그건 폐하도 마찬가지가 아닙니까? 별로 대단한 건 아닙니다."

평범한 사람들은 경악해야 마땅한 일이지만 우린 아니다. 해서 별로 대수롭지도 않다는 듯 싱긋 웃으며 대신관을 보자 조금 전과는 확연히 다른 경외의 시선으로 봐 온다. 표정만 봐도 목적은 달성했군.

"길게 이야기할 것 없이 바로 본론을 말하지. 대신관, 모스텔 대신전의 부패를 그대도 알고 있을 테지?"

"예, 알고 있습니다. 대신관인 제가 어찌 모르겠습니까."

알면서도 귀족파를 등에 업은 원로들의 힘이 막강해 손을 대지 못했을 것이다. 허수아비나 마찬가지인 대신관 혼자서는 엄두도 안 났을 테니까. 이해 못 하는 바는 아니라 쓴웃음을 흘리는 대신관을 향해 단호하게 말했다.

"그대의 처지를 모르는 것도 아니고 이해도 할 수 있네. 혼자서는 역부족이었을 테지. 하지만 그렇다고 해서 그대의 책임이 사라지는 것은 아니네."

"현재 바이에르 제국은 신전의 힘이 황권의 힘과 비등하다. 모두 귀족파와 원로들 때문이지. 그 때문에 오랫동안 황실 재산을 강탈해 갔고 백성들을 보살펴야 마땅함에도 오히려 백성들을 핍박했다. 지금 백성들의 원성이 얼마나 높은지는 그대도 알지 않나?"

"예, 그 때문에 미테라 대신전으로 백성들이 몰려드는 것도 알고 있습니다."

그렇지. 적어도 미테라 대신전은 백성들에게 금품을 요구하며 치료를 해 주지는 않으니까. 반면 모스텔 대신전은 기도를 올리러 가는 것도 일정 금액을 내야지만 가능하다고 들었다. 미친놈들.

"그래서 짐이 그대에게 제안을 할까 해. 그전에 한 가지 확인할 게 있는데, 신성력이 사라진 신관은 파문 처리한다고 들었다. 맞나?"

"예, 신성력이 사라졌다면 그건 곧 누르티아 님께 버림받은 것을 의미하기에 신관으로서의 이름을 내려놓고 평민으로 강등하게 됩니다. 두 분께서는 그것을 원하십니까?"

"그들은 사라져야 한다. 짐은 이번에 모스텔 대신전을 말끔하게 정리하고 신권의 힘을 눌러 다시는 황권에 반하는 일이 없도록 할 것이다. 그러니 그대는 재판 날 그들을 파문시켜라. 그럼 나머지는 황후와 짐이 처리하도록 하지."

"신권을 황권에 복속시키실 생각이십니까?"

"완전한 복속을 원하지는 않는다. 단, 신전 또한 황명에 거역하지 못하도록 해야겠지."

그게 복속하고 뭐가 다르다는 건지 속으로 피식 웃으며 대신관을 바라보자 한참의 생각 끝에 나직하게 한숨을 내쉰다.

"따르겠습니다."

"생각보다 더 쉽게 결정하는군."

그러게. 신권을 지키고자 최소한 반항은 할 줄 알았더니.

"누르티아 님과 주신께 사랑을 받는 두 분에게 반했다가는 저 또한 버림을 받지 않겠습니까? 설사 그게 아니더라도 어차피 신성력이 사라진 순간부터 그들의 파문은 정해져 있습니다. 그러니 뜻대로 하십시오."

"잘 생각했다. 그대가 파문시키면 평민으로서 죄를 물어 처벌할 것이다. 그때까지 그대는 이곳에서 조용히 지내도록. 황후, 우린 그만 갑시다."

"예, 폐하. 아, 대신관, 모든 게 정리되면 누르티아 님을 소개시켜 주겠네."

포상으로. 그러니 말 잘 들으라는 의미로 싱긋 웃자 믿을 수 없다는 듯 우리를 따라 벌떡 일어난다.

"저, 정말이십니까? 정말, 누르티아 님이 현신하신 모습을 뵐 수 있습니까?"

거참 속고만 살았나?

"이 사람은 거짓말은 안 하네. 그러니 괜한 걱정하지 말고 편히 쉬게나."

『그렇지. 주인은 거짓말은 안 한다. 단지 사기를 쳐서 문제지.』

응. 그건 인정해.

20장.
딱히 수당은 필요 없지만

여름이라 다소 덥기는 하지만 실피드 덕분에 나른한 오후를 만끽할 수 있어 확실히 나쁘지 않다. 아까부터 쉴 새 없이 투덜거리는 금색 두더지만 아니라면. 거참 시끄럽네.

『아씨! 내가 왜 땅을 파고 있어야 하는 거냐고!』

몰라서 물어?

“너 땅 전문이잖아?”

『아, 그렇지.』

저 단순한 놈. 쯧쯧, 저걸 어디다 써. 단순무식한 노동에나 제격이지.

“잔소리하지 말고 정해 준 위치까지 정확하게 파.”

『쳇, 비아는 나만 부려 먹어.』

무슨 소리. 기초 공사 다 하면 엘라임은 물 채워야 하고 실피드는 매번 정화시켜야지. 절대 혼자만 고생시키는 게 아니다, 라는 의미로 또다시 투덜거리는 노아스의 머리를 손가락으로 쓰다듬자 단순한 놈답게 헤실헤실 풀어진 얼굴로 열심히 땅을 파기 시작한다.

물론 손짓으로 휘휘 하는 게 전부지만. 덕분에 하얗게 질려 저절로 땅이 파이는 기괴한 현상을 멍하니 보고 있는 인부들을 제외하고는 딱히 걸리는 것도 없어 느긋하게 휴식을 취했다. 그러고 보니 오늘이 마지막 연회였지. 그녀가 준비하는 날이기도 하고.

첫날 대공을 도발한 덕분인지 아니면 신관 늙은이들을 잡아 둔 덕분인지 지난 며칠간 연회는 언제 터져도 전혀 이상할 것 없을 만큼 팽팽하게 긴장감이 맴돌았다. 뭐 그래 봐야 함부로 시비를 걸지는 못했지만. 그의 정보원의 보고로는 그들의 움직임이 빨라졌다니 뭔가 대책을 세우고 있을 테지.

하긴 연회가 끝나고 바로 재판이 열릴 예정이니 정신이 없을 것이다. 일단 재판 때 원로원들 처리하고 아버지가 조사해 온 재산 목록대로 회수해야만 한다. 오랜 세월 긁어모은 것이니 아마도 상당할 것이다. 물론 그것도 귀족파에서 일부 회수했다는 가정하에.

지금쯤 한창 움직일 텐데 어느 선까지 갔는지는 아버지가 와 봐야 알 것 같아 미미하게 고개를 끄덕일 때였다. 마침 정원 입구 쪽에서 들려오는 몇몇의 기척에 고개를 돌리자 그와 아버지, 오라버니들까지 보인다. 아무래도 양반은 안 될 것 같군.

"어서들 오십시오."

"비아, 보고 싶었다. 그대는 안 보고 싶었나?"

고작 몇 시간 안 봤습니다만. 누가 보면 이산가족 상봉이라도 한 줄 알겠네.

"보고 싶었습니다."

다른 대답을 했다가는 뚱해질 게 뻔해 성의 없는 답변이라도 내놓자 그것만으로도 좋은지 덥석 끌어안고 쪽쪽거리는 그를 진정시키고 세 사람도 앉게 했다.

"어떻게 됐습니까?"

"예상대로 정리가 빠른 걸 보니 이미 희생양도 정해 둔 것 같습니다."

그렇겠지. 걸리는 일이 있다고는 해도 원로들 신성력이 사라진 데다 이미 만천하에 소문이 파다한 상태라 저들도 버릴 수밖에 없을 것이다. 과연 원로 늙은이들이 어찌 나올지는 모르겠지만. 만약 그 또한 조건을 걸고 입을 맞췄다면 쓸모없는 것들만 잡게 된다. 쯧, 별로 마음에 안 들어.

"고발은 건진 게 있습니까?"

"헛소리를 하는 몇몇은 빼고 제법 됩니다. 그중에서 가장 큰 피해자들은 따로 보호를 하고 있으니 저들도 당장 손을 대지는 못할 겁니다."

"그쪽도 방해공작이 심한 것 같다. 협박에 이미 다친 백성들도 있고."

백성들한테 위해까지 가한다고? 미쳤군. 그것들이 지금 막 나가자는 건가?

"그 때문에 잠시 주춤했습니다만 일가족까지 보호해 주는 걸로 해서 다시 고발이 이어지고 있습니다."

"그럼 저쪽에서 내세우는 희생양은 알아봤습니까?"

"일단 멜린 자작, 윌스트 자작, 윈프레드 남작, 펠런 남작, 슈만 남작은 정해진 것 같다."

고작 백작들 지시나 받는 자작 둘에 남작들이라. 그것도 세도 없는 걸로 잘도 골랐다. 윈프레드 남작가야 카멜이라는 자의 집안이라 연관을 지은 것 같고 나머지도 하나같이 세가 약하고 별 볼 일이 없는 가문이다.

"힘없는 집안만 올렸군요."

"그렇지. 현재 그들은 다리만 걸치고 있으니 희생시켜도 저들로서는 손해 볼 게 없다."

약아빠진 놈들. 허접한 귀족가만 희생양으로 내세워 자신들은 빠져나가겠다는 말인가? 뭐 이미 예상했던 부분이라 딱히 놀랍지도 않다.

"문제는 라치아노 백작도 희생될 가능성이 있다는 것입니다."

"그게 무슨 말씀이십니까? 라치아노 백작가는 함부로 내세울 수 없을 텐데요?"

"그대가 관심을 보인 것 때문에 저들이 선수 쳐서 제거하려는 것일 테지."

이런. 그럴 가능성이 있어서 며칠간 연회 동안 일부러 대면하지 않았는데 벌써 신경을 곤두세우고 있단 말이지. 고작 인사 와서 관심을 보인 거 가지고? 하여간 더럽게 날을 세우는 놈들이군.

"라치아노 백작도 외궁에 머물고 있을 테지요?"

"예, 만나 보시렵니까?"

만나야지. 귀족파에 두기에는 아까운 사람이기도 하고 그대로 당하게 둘 수는 없지.

"차라리 잘됐습니다. 이 기회에 백작을 끌어들이지요."

"안 그래도 백작을 개인적으로 불렀다. 식사 후에 그대도 같이 보도록 하지."

"라치아노 백작가에도 사람을 보내는 게 좋겠습니다. 저쪽에서 백작을 희생시키려고 한다면 조작도 하겠지요. 우리가 먼저 증거를 잡아채야 합니다."

"걱정하지 마라. 만약을 위해 백작가에 정보원과 비밀 호위도 잠입시켜 놨다. 물론 외궁 라치아노 백작가가 머무는 곳도 철통같이 지키고 있고."

역시 일 처리 하나는 완벽하군. 그나저나 피라미들은 대충 정리하면 그만이지만 이상하네. 황궁에 들어온 순간부터 암살을 시도할 줄 알았던 포엠마가 이상하게 조용하단 말이야. 게다가 첫날 연회에서 그리 쫓겨난 데다 지금도 구금 상태일 텐데 왜 조용하지? 슬슬 덤빌 때가 됐는데 설마 신의 딸이라고 겁먹은 건가?

아니지. 그것들 기세로 봐서는 그런 걸 따질 정신머리도 없을 텐데 뭘. 아니면 설마 아센 때문에 섣불리 덤비지 못하는 건가. 게다가 실력 좋은 제1기사단도 지키고 있으니 확실히 암살은 어려울지도.

“그럼 곤란한데.”

“응? 뭐가 말이지?”

“포엠마 후작가 말입니다. 조용한 걸 보면 겁을 먹은 것 같은데, 질질 끌어 봐야 좋을 것도 없고 아무래도 미끼가 돼야겠습니다.”

“미끼라니. 설마 직접 나설 생각인가?”

당연하지. 피라미 몇 명 잡아서 뭐하게? 이왕 낚시를 하려면 대어를 낚아야지. 그리고 내가 직접 미끼가 된다면 귀족파가 알아서 덤벼들 것이다. 어떻게 보면 황제인 그보다 내가 더 골치가 아플 테니까. 일단 성공만 하면 몇 마리 더 추가할 수 있을 테고.

“비아, 그대가 강한 건 알아. 하지만 절대 반대다. 너무 위험해.”

“신의 생각도 같습니다, 황후마마. 그것만은 절대 안 됩니다.”

“너무 위험합니다.”

“다시 생각해 주십시오.”

거참 별것도 아닌 걸로 뭘 그리들 흥분하는 건지. 심각하게 얼굴을 굳히는 네 사람을 돌아보고 나지막이 한숨을 내쉬었다. 누가 보면 내가 죽으러 가는 줄 알겠네.

“제가 나서지 않으면 언제까지고 이 상태에서 미적거릴 겁니다. 그러니 반대하지 마십시오.”

“비아, 그렇게까지 안 해도 방법은 얼마든지 있다.”

물론 있겠지. 하지만 시간이 걸리잖아? 처음에야 수당 때문에 깔짝깔짝 긁어 대는 것도 반겼지만 지금은 딱히 그럴 필요도 없고 귀찮은 것들은 빨리빨리 해결을 보는 게 좋다. 문제는 이 네 사람인데. 전혀 포기할 얼굴들이 아니군. 골치야.

"좋습니다. 그럼 말 나온 김에 오늘 같이 나가죠."

"나가다니, 어딜?"

"오늘이 마지막 연회고 후궁이 주최하지 않습니까? 참석만 했다가 우리는 제도로 나가는 겁니다. 그럼 저들이 접근해 오지 않겠습니까?"

더불어 우리에게도 기회고.

"물론 그렇겠지만."

"걱정하지 마십시오. 우리만 가는 게 아니고 두 분 오라버니도 있고 아센에 세 놈도 있습니다. 그리고 폐하의 호위들도 있지 않습니까?"

그만하면 군대가 쳐들어와도 문제없을 텐데 무슨 걱정이 저리도 많은 건지. 여전히 불만 가득한 네 사람을 무시하고 자리에서 일어났다.

"그럼 그렇게 알고 아버지는 연회 마무리 좀 해 주세요."

"신도 같이……."

가고 싶다고? 그럼 연회 마무리는 누가 하고 황제파는 누가 보호하라고? 뻔히 알면서 뭘까, 저 절절한 표정은. 누가 보면 내가 아버지를 버린 줄 알 것 같은 표정이라 헛웃음을 흘리고 나직하게 웃음을 터트리는 그의 옆구리를 쿡 찔렀다.

"아버지, 귀족파 정리하고 나면 그때 단둘이 데이트하죠. 그러니 그때까지는 아버지가 수고 좀 해 주세요."

아무래도 그걸 원하는 것 같아 싱긋 웃으면서 말하자 순식간에 얼굴이 활짝 펴지는 아버지와는 달리 왜 세 사람이 난리야?

"단둘이 데이트라니 말도 안 돼! 나도 아직 안 해 봤다, 비아."

"신은 마마를 호위할 의무가 있습니다."

"신도 마찬가지입니다. 굳이 아버지하고만 단둘이 하실 필요는 없습니다."

그러니까 단둘이 데이트는 안 된다고? 하지만 그리 말하면 안 될 분위기인데. 차마 그를 향해 노려보지는 못하고 두 아들을 향해 서늘하게 기운을 내뿜는 아버지를 보며 피식 웃고 정원을 빠져나오자 어느새 그가 내 옆으로 다가오며 손을 꽉 잡는다.

그런 우리 뒤로 세 사람이 각자의 의견을 피력하는 것 같지만 무시. 하나같이 뭔 시샘들이 저리도 많은지. 고개를 내젓고 시녀장에게 시공업자들 식사를 준비하라 지시한 후에야 식당으로 향하자 어느새 세 놈도 재빨리 따라붙으며 어깨 위로 올라온다.

"땅은 다 팠나?"

『응! 다 팠어. 이제 벽하고 바닥만 만들면 돼.』

누가 땅의 정령왕 아니랄까 봐. 그 넓은 면적을 고작 30분도 안 돼서 다 팠다니 대단하군.

"수고했다, 노아스. 앞으로도 말 잘 들어라?"

『응! 필요한 거 있으면 말만해! 내가 다 해 줄게.』

말은 잘하지. 매번 시키면 투덜거리면서. 그래도 덕분에 공사 기간이 짧을 것 같아 만족스럽게 웃으며 노아스 머리를 톡톡 두드리고 식당 안으로 들어갔다. 이미 기다리고 있던 헤스티아와 소넨 왕녀가 자리에서 일어나며 환하게 웃는 모습에 피식 웃고 말았다.

어려서 그런가. 아니면 친구를 처음 만들어서 그런가. 뭔 할 말이 그리 많아 하루 종일 붙어 있는 건지. 쉬지도 않고 수다를 떨어 대는 두 사람에 다소 질린 마음으로 고개를 내저을 때 불쑥 나타나 등 뒤에서 끌어안는 누군가에 진득한 한숨을 내쉬었다.

“또 왔습니까?”

“딸, 아빠 반갑지 않아?”

하루에 몇 번씩 쳐들어오는데 반갑기는 개뿔. 아무리 자주 놀러오라고 했다지만 이리 자주 올 줄이야. 이미 만성이 된 듯 태연하게 앉아서 고개를 숙이는 그를 제외하고는 하나같이 벌떡 일어나며 예를 차린다. 물론 그러든지 말든지 영감은 신경도 안 쓴다만.

“헛소리는 그만하시고 오신 김에 식사나 하십시오.”

“쳇, 살가운 소리 한마디쯤 해 주면 어때서.”

헛소리는 치우라니까.

“아, 그렇지. 마침 부탁할 게 있었는데 잘 왔습니다.”

“부탁? 딸이 원하면 아빠가 뭐든지 해 주지. 왜? 누가 내 딸 괴롭혔어? 아빠가 확 소멸시켜 줄까?”

정말이지 뭔 말을 못하겠다. 명색이 주신이면서 인간 목숨을 파리 목숨 취급하면 어쩌자는 건지. 고개를 내젓는 그와 주신이 나타나든지 말든지 식사 삼매경에 빠진 아센이나 어색하게 웃는 아버지와 오라버니들은 익히 봤으니 그렇다 치고. 하얗게 질려 딸꾹질까지 해대는 두 아이를 저대로 두다가는 식사도 못 하겠다 싶어 목을 축이고 입을 열었다.

“뭐 비슷하기는 한데 소멸까지는 필요 없고 경고만 하면 됩니다.”

“경고? 아아, 루비아 왕국 말이구나.”

“어차피 우리 바이에르 제국에 복속될 테니 인명 피해가 없는 선에서 경고를 하는 게 좋겠습니다. 복속되기 전까지 비 좀 뿌리고 천둥번개 좀 치고 날벼락 좀 내리면 긴장하지 않겠습니까?”

“쯧, 고작 그걸로 만족할 수 있어? 내 딸은 누구 닮아서 이리 착해?”

그건 아니라고 보는데.

『헛소리. 주신 영감이 갈수록 상태가 안 좋아지는군.』

그건 그래.

⚜⚜⚜

"역시 내 딸이구나. 어찌 이리도 아름다운지. 누굴 닮아서 이리 예뻐?"

어쩌라고. 설마 영감 닮아서 예쁘다는 말이 듣고 싶은 건 아니지? 묻고 싶지만 딱 표정이 그걸 원하는 것 같아 헛웃음을 흘렸다. 아버지가 이 모습을 못 봐서 다행이다. 지난 며칠간 내 딸, 내 예쁜 딸, 깜찍하고 사랑스러운 딸, 자신을 닮아서 더 예쁜 딸 등등.

오죽했으면 뻔뻔한 내가 다 민망할 정도였다. 불쑥불쑥 나타나 얼굴에 금칠을 할 기세로 찬양을 해 대는 통에 아버지가 삐쳐서 뚱한 표정으로 바라봤었다. 분명히 유전학적으로 자신의 딸인데 영감이 헛소리를 늘어놓으니 불통해지는 게 당연하다.

하물며 아버지 또한 영감하고 맞먹을 수준의 팔불출이라 영감이 다녀가면 꼭 듣고 싶어 한다. 대놓고 바라지는 않지만 눈빛이 딱 그래. 자신을 닮은 딸이라는 말을 듣고 싶다는 눈빛. 게다가 두 오라버니들까지 가세하지, 매끼 식사 때마다 내가 다른 사람을 챙기면 황제가 질투하지, 세 놈은 시도 때도 없이 먹을 타령하지.

『주인도 참, 피곤하게 산다.』

내 말이 그 말이야. 이래저래 부려 먹는 건 좋은데 뭐든지 과한 건 안 좋단 말이다. 이거야 원, 강한서일 때는 사랑이 메말라서 탈이더니 이곳으로 와서는 넘쳐서 탈이군. 뭐 나쁘지는 않지만. 일단 아버지도 없겠다, 원하는 대답 좀 안 했다고 불퉁해지기 시작하는 영감부터 달래보자 싶어 싱긋 웃었다.

"영감을 닮아서 그렇습니다."

"그렇지?"

"영감 딸인데 당연합니다."

좋단다. 언제 불퉁했느냐는 듯 헤벌쭉 풀어진 얼굴로 열심히 고개까지 끄덕이는 영감을 보고 피식 웃다가 문득 든 의문에 대수롭지 않게 물었다.

"그런데 영감, 얼굴은 젊은 모습인데 안 어울리게 수염은 왜 기르는 겁니까?"

차라리 주름이 자글자글하다면 이해나 하지만 그것도 아니고 새파랗게 젊은 얼굴에 신선 같은 백발의 수염이라니 안 어울린다고. 그래서 한 말이건만. 뭐지? 무슨 대단한 충격이라도 받은 듯 비틀거리는 영감에 당황한 것도 잠시 세 놈이 하는 말에 고개를 갸웃거렸다.

『헉! 비아!』

『맙소사, 자기야.』

『그건 아니야, 비아.』

뭐냐고. 내가 뭐 실수했어?

『글쎄. 주신 영감이나 저놈들이 이상한 게 하루 이틀이 아니라서 모르겠군.』

그건 그래. 결코 정상은 아니지. 새삼 깨달은 사실에 미미하게 고개를 끄덕이자 이제는 울 것 같은 얼굴로 중얼거린다.

"너무해, 딸."

"응? 내가 뭘?"

"어떻게 그런 말을 할 수가 있어! 딸이 기르라고 했으면서. 이 모습이 제일 멋지다며?"

"허, 내가?"

언제?

"그래서 열심히 가꿨는데 이제 와서 안 어울린다고 하면 아빠보고 어쩌라고."

『맞아, 비아. 그때 비아가 수염 기른 모습이 멋지다고 했어.』

『응, 자기야. 나도 들었는데?』

『나도 들었어! 그 말 하자마자 그때부터 계속 저 모습으로 있었는데?』

세 놈까지 증언을 하는 걸 보면 내가 기르라고 했나 보다. 배꼽까지 내려오는 신선 수염을. 그럼 실수한 건가? 아니 그보다 도대체 나는 무슨 생각으로 기르라고 한 거지?

『주인의 성격으로 봤을 때 골탕 먹이려고 한 것 같군. 절대 멋있어서 기르라고 한 것 같지는 않다.』

설마 그럴 리가 싶지만 아무래도 샤이탄 말이 맞는 것 같아 어색하게 웃고 이제는 아주 테이블에 얼굴을 묻고 엎드리는 영감 곁으로 다가갔다. 이것 참, 달래기는 해야겠는데 이제 와서 수염이 멋지다고 해 봐야 씨알도 안 먹힐 것 같고. 역시 그 방법이 최고겠지?

"고개 좀 들어 보십시오."

"싫어. 아빠 화났어, 딸."

화난 게 아니라 삐쳤겠지. 입은 삐뚤어져도 말은 바로 해야지, 이 양반아. 그리 말하고 싶지만 저 밴댕이 소갈딱지 같은 영감을 상대로 차마 그리 말은 못 하겠고 짜게 식은 세 놈의 눈빛과 비슷한 눈으로 보며 슬쩍 목을 가다듬었다.

"아빠."

"헉! 딸! 너 지금, 아빠라고 한 것이야?"

역시 효과 제대로다. 좀 아니 상당히 많이 오글거리지만 단순한 한마디로 고개를 번쩍 들어 올리고 두 눈을 휘둥그레 뜨는 모습에 피식 웃고 말았다. 하여간 못 말리겠군.

"응. 아빠. 좀 전에 한 말은 농담입니다, 농담. 지금 모습이 얼마나 잘 어울리고 멋진데. 그러니까 계속 그 상태로 있어도 됩니다만. 아빠?"

"내 딸이 원한다면 그리하마! 내 그리하고말고!"

이걸로 간단하게 해결. 단순한 영감의 머리에 조의를 표하며 여전히 짜게 식은 눈으로 영감을 보는 세 놈을 어깨 위로 올렸다. 오늘의 드레스는 앞부분만 붉은색, 전체를 감싼 건 짙은 보라색으로 지나치게 화려하지만 얼굴이 받쳐 줘서인지 아주 마음에 든다. 새하얀 살결이 더욱 돋보이거든.

"확실히 이 얼굴은 뭐든지 잘 어울리지."

『더 말하는 것도 지친다.』

인정할 건 인정해. 그게 좋은 습관이다.

"내 얼굴 예쁘지 않나?"

"당연하지! 누구 딸인데."

그래, 그래. 영감 딸이지.

『응응! 진짜 예뻐! 비아가 최고야.』

『확실히 오늘은 더 아름다운 것 같아, 자기야.』

『나하고 나란히 서면 더 빛이 날 텐데. 비아, 내가 에스코트해 줄까?』

거절한다.

"저는 그만 가 봐야 하니까 영감은 돌아가십시오."

"왜 또 그리 불러?"

그럼 계속 부르라고? 그 오글거리는 말을? 됐다, 그래. 기분 풀었으면 됐지 욕심내지 말라고.

"나중에 또 불러 주겠습니다. 아, 그보다 침묵의 신한테 부탁 좀 해 주십시오."

"무슨 부탁? 아, 혹시 란 때문이냐?"

"예. 그거 진짜 좋은 걸로 하나만 달라고 하십시오."

"그거야 네가 직접 말해도 냉큼 줄 텐데 뭘 부탁씩이나."

그런 거야? 하지만 한 번도 못 봤는데. 물론 가출하기 전이라면 모르겠지만.

"그 침묵의 신은 어디 있습니까?"

"그놈이야 침묵의 바다 밑에서 놀고 있겠지."

이 영감탱이가 진짜. 그럼 나보고 침묵의 바다까지 가라는 거야, 뭐야?

"제가 거길 못 가니까 받아 오라고 하는 거 아닙니까?"

"그냥 신명을 부르면 좋다고 올 텐데? 아, 딸 기억 잃었지."

그렇게 중요한 건 잊지 말라고. 아니 그보다 좋다고 온다고? 침묵의 신이라며? 그럼 근엄해야 하는 거 아닌가. 어째 묘하게 불안하다? 야, 샤이탄, 뭐 아는 거 없어?

『나도 태초에 보고 제대로 못 봐서 모르겠다, 주인아. 그런데 듣기로는 침묵의 신이라지만 침묵과는 거리가 멀었던 걸로 기억한다.』

그런데 왜 침묵의 신인데?

『그거야 모르지. 주신 영감이 저 모양인데 멀쩡한 신이 있을 것 같나? 그나마 누르티아 님이 가장 정상이다. 다른 신은 기대 안 하는 게 좋다, 주인아.』

갑자기 부르기 싫어지는군. 아무래도 좀 더 생각을 해 봐야겠어. 고작 란 하나 얻자고 이상한 게 달라붙으면 피곤하지. 응. 이 이상 늘어나는 건 절대 사절이다.

"신명 가르쳐 줄까?"

"아니 생각 좀 해 봐야겠습니다. 영감도 그만 가 보십시오."
"알았다. 딸, 아빠 필요하면 꼭 불러."
어차피 불법도청할 거면서. 대충 알았다고 대답하고 침실을 나오자 옷 갈아입는 사이 대기하고 있던 시온 오라버니가 빙긋 웃으며 손을 내민다.
"헤스티아는 호위 붙여서 보냈습니까?"
"걱정하지 마십시오. 아무도 접근하지 못하도록 철통같이 호위하라 했습니다."
그럼 다행이고.
"만약을 위해 오늘밤은 기사들을 더 배치하는 게 좋겠습니다."
"예, 일단 기사들을 데리고 나가지는 않을 테니 그리하겠습니다."
오라버니의 대답에 고개를 끄덕이고 마차에 오르자 곧바로 문이 닫히며 출발했다. 오늘은 어차피 얼굴만 비추고 나오면 되고 라치아노 백작가는 불참할 것이다. 오늘 백작을 개인 접견한 걸 저들도 알 테니 반드시 걸고 넘어갈 테지. 그래서 일단 빼돌리기는 했는데.
아무래도 증거만 확보되면 재판 때 아예 우리 쪽으로 앉히는 게 좋을지도. 게다가 백작도 황제파로 돌아오기로 했으니 문제는 없을 것이다. 뭐 한동안 계속 공격이 이어지겠지만 그 정도는 백작도 감당할 테니까. 아니면 아예 대놓고 보호해도 상관없다.
대충 뭐가 좋을지 이런저런 생각을 하다 보니 어느새 도착한 듯 마차가 멈추고 문이 열렸다. 무심코 내밀어진 손을 잡았다가 익숙한 느낌에 고개를 들자 착실하게 마중까지 나온 듯 환하게 웃는 그를 향해 피식 웃음을 흘렸다. 하여간 그 사이를 못 참고 나오지?
"시간 맞춰 갈 텐데 뭐 하러 나오셨습니까?"
"그대가 오는데 마중을 나오는 게 당연하지 않소?"
"일은 다 하셨습니까?"

"쯧, 안 그래도 황후궁으로 가려고 했는데 디온이 잡는 통에 못 간 거요. 뭔 고집이 저리도 센지."

조금은 질린 얼굴로 고개를 내젓는 그를 보며 절로 흘러나오려는 한숨을 삼켰다. 디온 오라버니보다 자신이 더 고집이 세다는 걸 진정 모르고 저런 소리를 하는 건가? 모른다면 심히 안타까운데. 어이가 없다는 듯 헛웃음을 흘리는 디온 오라버니는 보이지도 않는지 싱글벙글 웃으며 볼에 쪽 입을 맞춘다. 고생이 많습니다, 오라버니.

"오늘따라 더욱 아름답소, 황후."

"폐하께서도 오늘따라 참 멋진 것 같습니다."

"정말이오?"

응. 정말이다. 인간이 좀 잘났어야지. 막말로 후광이 비치는 외모라니 상식을 뛰어넘는 얼굴이 아니고 뭐란 말인가. 확실히 비정상적이다. 뭐 판타지 세계라서 가능하다면 말이 되지만.

"그런데 춤도 안 추고 바로 나올 거요?"

"아무리 그래도 첫 춤은 춰야지요."

우리가 스타트를 끊어 줘야 귀족들이 출 테니까. 원래 정상적으로 하자면 연회를 주관하는 그녀와 춤을 추는 게 맞지만 그가 그럴 리는 없고 대충 한 곡만 추고 나오면 되겠지 싶어 대수롭지 않게 대답할 때 연회장 앞에 도착했다.

"제국의 찬란한 빛과 생명의 태양이신 황제 폐하와 고귀한 밤과 부활의 달이신 황후마마 드십니다!"

정말이지 도무지 저 멘트는 적응이 안 되는군. 아니 적응하는 날이 올까 싶어 나직하게 혀를 차고 연회장을 가로질러 상석 단상으로 올라갔다. 잠시의 틈을 두고 고개를 들라는 허락에 오늘도 역시나 황제파와 귀족파가 딱 나뉘어져 있다.

물론 그녀는 귀족파 쪽에 붙어 있고 아버지는 황제파 쪽 선두에 있다. 그런데 어째 연회장이 이 꼴이지? 보기만 해도 끔찍한 레이스 이중커튼에 레이스 테이블보라니. 그녀도 레이스에 한이 맺혔나?
게다가 연한 파스텔톤으로 아늑하고 우아하게 꾸몄던 분위기와는 달리 강렬한 붉은 계통에 금빛 찬란한 레이스를 사용해서인지 지나치게 화려하다. 공작부인들하고 같이 꾸며 놓고 왜 이 모양인지. 절로 흘러나오려는 한숨을 삼키자 그가 잔을 들어 올리며 입을 열었다.
"오늘의 연회 주최는 제1후궁이 한 것이니 소개말은 후궁이 하도록 하지."
"감읍합니다, 폐하."
기회를 주는 게 어지간히 좋은가 보다. 감격했다는 듯 환하게 웃는 그녀에게 진실을 말해 줘야 하나 말아야 하나. 잠시간 고민 같지도 않은 걸 생각하다가 입을 다물었다. 굳이 입 아프게 말해 줄 필요는 없지.
"오늘은 연회를 장식하는 마지막 날이니 만큼 뜻 깊은 자리가 될 것 같습니다. 오늘 연회의 주최자로서 성심을 다해 준비했으니 모두 즐거운 마음으로 연회를 즐겨 주세요."
그녀의 간단한 인사말이 끝나고 잔을 들어 올리자 장내에 있는 이들이 일제히 잔을 든다. 가볍게 입만 축이고 시종장에게 잔을 넘기자 기다렸다는 듯 그녀가 수줍게 웃으며 다가왔다. 주최자랍시고 또 춤 신청을 하려는 것 같은데 소용없다니까 그러네.
하여간 말귀도 참 더럽게 못 알아듣는다 싶어 피식 웃다가 내 손을 꼭 잡는 그와 함께 단상을 내려오며 그녀에게 싱긋 웃고 홀 중앙으로 향했다. 자연스럽게 공간을 만들어 주는 이들에게 또 한 번 예의적인 웃음을 지어 주고 곧바로 흘러나오는 음악에 맞춰 여유롭게 움직였다.

물론 그 사이에 그의 적극적인 애정표현에 일일이 화답해 가면서. 덕분에 춤을 추는 내내 그녀의 노려보는 시선이 떠나지를 않았지만 알 게 뭐야. 그럴수록 더 놀리고 싶은 걸 알기나 할까. 뭐 신경 쓸 가치도 없지만.

"오늘 이 모습을 오래 못 본다는 게 아쉽군. 그대의 매력은 넘쳐서 탈이오."

고맙긴 한데 입맛은 왜 다시는 건지.

"그보다 갑갑하지 않습니까? 나간 김에 실컷 놀고 오는 것도 나쁘지 않을 겁니다."

"그거야 당연하지. 그대와 함께라면 어디든 나쁠 리가 없소, 황후."

그러면서 다시 한 번 쪽! 입을 맞춤과 동시에 음악이 끝이 나고 한 발 물러나 드레스 자락을 잡으며 예를 차렸다. 그러고는 다시 그의 손을 잡고 황제파 쪽으로 다가가자 아버지를 비롯해 우르르 몰려오는 이들에게 일부러 소리를 낮추지 않고 말했다. 이미 아버지에게 말은 다 들었을 테다.

"우리는 이만 가 봐야겠군. 후궁이 주최하는 연회라 하지만 제대로 모를 테니 마무리는 공작이 해 주게."

"예, 폐하. 걱정하지 마십시오. 신이 차질 없이 마무리하겠습니다."

"헤스티아를 잘 부탁하네."

"예, 황후마마."

아버지와 헤스티아에게 인사를 한 후 모두의 배웅을 받으며 오라버니들만 대동하고 보란 듯이 중앙을 가로질러 연회장을 빠져나갔다. 뒤로 연회장 문이 닫히고 그의 침실로 가기 위해 복도를 가로지르는데 뒤에서 그를 부르는 소리에 멈칫 뒤돌아봤다.

"폐하!"

"무슨 일이지?"

"폐하, 어디를 가시는지……. 오늘은 소첩이 주관하는 연회이지 않습니까?"

그래서 어쩌라고? 곁에 있어 달라는 건가.

"그래서?"

"예? 아, 아니 오늘만큼은 폐하께서 곁에 있어 주시면……."

"바쁘다."

단 한마디로 할 말 다했다는 듯 내 손을 잡고 다시 몸을 돌리는 그로 인해 미련 없이 그 자리를 떠나려고 했다. 구슬프게 들리는 그녀의 목소리만 아니었다면.

"폐하, 소첩에게 어찌 이러시나요? 소첩을 이리 대하시려고 황궁에 들이신 겁니까?"

피곤한 성격인 건 그렇다 치고 정말 이해를 못 하겠네? 그가 딱 싫어할 성격인 걸 봐서는 확실히 과거 그가 말하던 인물과는 다른 사람이라는 건데. 그게 가능해?

『아주 가능성이 희박한 건 아니다, 주인아. 그러지 말고 주신 영감한테 물어봐라.』

맞아. 영감이 있는데 왜 그동안 그 생각을 못 했지?

"황궁에만 들어오면 다 되는 거 아니었나?"

"그게 무슨……."

"무슨 생각인지 황궁에 들어오고 싶어 안달하기에 데리고 온 것뿐이다."

"아, 아닙니다! 소첩은 그저 폐하를 사랑해서 황궁에 들어온 것입니다. 아시지 않습니까? 폐하께서도 소첩을 사랑하시면서 어찌……."

아니라니까. 오늘은 마음 넓게 넘어가 주려고 했더니 정말 짜증나서 더는 못 들어 주겠네.

"이벨린, 그동안 폐하께서 하신 말씀을 못 들었나?"

"무엇을……."

"흠, 할 수 없지. 폐하께 직접 물어봐 줄 테니 이번에는 제발 그 머릿속에 똑똑히 새겨 두시게. 아무리 머리가 뒤떨어진다 하나 한두 번도 아니고 매번 같은 말을 반복할 수는 없지 않나? 아아, 그렇다고 너무 낙심하지는 말게. 배운 게 없는 평민이니 많이 배운 이 사람이 이해를 해야겠지."

내가 또 이해심은 많거든.

『남 신경 긁으면서 할 말은 아니라고 본다, 주인아.』

그런가? 그럼 말고.

"폐하, 이 자리에서 확실히 말씀해 주십시오. 폐하의 마음 말입니다."

"알지 않소? 짐은 오로지 아름다운 황후뿐이오. 원한다면 이 자리에서 몇 번이고 말해 주리다."

한 번이면 돼. 안 그래도 하루에 몇 번이나 듣는 데다 밤에도 아침에도 눈만 마주쳤다 하면 고백인데 또 들으라고? 그냥 놀러나 갑시다.

"이벨린, 들었는가? 어지간하면 이제 그만 착각에서 벗어나시게. 혼자 하는 사랑이야 말릴 재간이 없지만 같은 여자로서 심히 안타까워 충고하는 것이니 기분 나빠하지 말고."

"황후, 고귀한 그대가 신경 쓸 가치도 없는 상대요. 그러니 그만하고 갑시다. 빨리 그대와 단둘이 있고 싶소."

물론 환영이다. 그런데 가만 보면 이 인간도 참 남의 속을 잘 긁어. 그것도 박박. 아주 그냥 개무시를 하는군.

『주인하고 운명으로 맺어진 반려가 확실하다. 아니면 저리도 똑같을 리 없지. 다른 인간들이 불쌍하군.』

아무래도 다른 검을 준비하는 게.

『내가 누누이 말했지 않나? 주인은 뭘 해도 완벽하다.』

당연하지.

⚜⚜⚜

황제의 침실로 들어오자마자 그에게 잡혀 딥키스 한 번 진하게 하고 간단하게 씻은 후 르네가 미리 준비해 놓은 바지로 갈아입었다. 구두도 편한 걸로 갈아 신고 머리는 하나로 질끈 묶은 후 색상을 바꿔 주는 마법 귀걸이까지 했다.

둘 다 갈색 머리카락에 갈색 눈동자. 아무런 문양도 없는 편안 슈트 차림. 이만하면 완벽하다 싶어 그와 시선을 마주하고 피식 웃으며 손을 잡고 나오자 비슷한 차림으로 검을 찬 오라버니들이 반색하며 다가왔다.

"마차는?"

"평범한 걸로 준비했습니다."

"그리고 이미 꼬리도 따라붙었습니다."

그렇겠지. 황금 같은 이 기회를 놓치면 바보다. 어차피 원하던 바라 고개를 끄덕이고 황궁 복도를 가로질러 중앙궁을 나가 대기해놓은 마차에 올랐다.

작은 겉모습과는 달리 마법을 걸어 놓은 듯 네 명이 타고도 넉넉한 크기와 흔들림 없는 안정감에 내심 감탄하며 한참을 달린 끝에 마차가 멈춘 곳은 광장 입구였다.

"그대의 예상대로 될 것 같군. 최소 두 곳은 되겠는데."

"그러게 말입니다. 이왕이면 큰놈으로 걸렸으면 좋겠습니다만."

아무래도 그건 무리겠지. 워낙 약아빠진 놈들이라 쉽게 걸려들지는 않을 테다. 기껏 해야 버릴 패들을 사용했겠지.

"어디일 것 같습니까?"

"글쎄. 원로원 늙은이들이 저리됐으니 제노겔 백작이나 포엥마후작쯤 되겠군."

역시 그렇겠지. 제노겔이야 이미 오래전부터 말썽이었으니 데리고 있어 봐야 손해일 것이다. 게다가 포엥마야 뭐 말할 것도 없고.

"제 생각도 같습니다. 그럼 슬슬 움직여 보죠."

"내 옆에만 꼭 붙어 있어라, 비아. 그리고 다른 사람들한테 절대 웃어 주지 말고."

내가 뭘 그리 웃는다고 매번 저러는지. 확답을 듣겠다는 듯 표정을 굳히는 그를 향해 절로 흘러나오려는 한숨을 삼키고 고개를 끄덕였다. 그러자 곧바로 부드럽게 풀어진 얼굴로 내 손을 꼭 잡고 장사치와 사람들로 빼곡한 광장 안으로 들어간다.

"비아, 우리 저거 먹자."

또 시작이다. 이 인간이 축제의 의미를 모르는 거 아니야?

"식사한 지 얼마나 됐다고 또 먹습니까?"

"비아, 축제 때야 먹어 볼 수 있는 것들이 많다. 또 축제는 먹는 재미를 빼놓을 수는 없지."

어련하시겠습니까. 말린다고 들을 사람도 아니고 반색하며 수긍하는 세 놈의 기세에 마음대로 하라는 의미로 어깨를 으쓱거리자 어지간히 기분 좋은 듯 흥얼거린다. 그리고 뭐 지난번과 마찬가지로 노점상마다 들러 투어를 시작했다. 음식 투어. 먹기 싫다는 오라버니들까지 억지로.

덕분에 배가 빵빵하도록 먹고 더 이상 먹거리가 없을 때야 멈춘 것까지는 좋은데. 이건 아니지. 음식 투어더니 이제는 서커스? 미치겠군. 우리는 지금 미끼 역할을 하러 나왔다고, 이 양반아. 생각은 하고 있는 거야?

"아론, 이건 다음에 보고 조용한 곳으로 가죠."

"벌써? 비아, 이왕 나온 거 재미있게 놀다가 가자. 서두를 건 없잖아?"

물론 없지만. 따라오는 놈들이 불쌍해서 그렇지. 기회만 엿보고 있을 텐데 얼마나 기가 막힐까. 황제와 황후가 달랑 두 사람만 호위로 데리고 나와서 기껏 한다는 게 싸구려 먹거리 투어라니. 나라도 황당하겠다 싶어 나직하게 혀를 차고 다시 입을 열었다.

하지만 더 이상 말을 듣지 않겠다는 듯 커다란 손으로 입을 틀어막고 막무가내로 끌고 가는 통에 마지못해 따라가서 제일 먼저 본 건 동물 쇼다. 유치하기는. 그래도 뭐 귀엽기는 하네. 생전 처음 보는 동물들에 신기하기도 하고 광대들이 벌이는 쇼도 나름대로 유쾌했다.

"이번에는 저기 가자."

"응? 가는 건 문제가 아닌데 어째 분위기가 좀 그렇지 않습니까?"

마법등인 조명 색상도 좀 그렇고 천막인데도 뭔가 상당히 끈적거린다고 해야 할지. 떨떠름하게 멈춰 서자 그도 모르는 듯 고개를 갸웃거린다.

"그렇군. 조금 그런 분위기지?"

"예. 오라버니들은 저기가 뭐하는 곳인지 알고 있습니까?"

"잘 모르겠습니다."

"들어가 보면 알겠지."

딱히 들어가고 싶지 않아서 그러는데. 미처 말하기도 전에 또다시 손이 잡혀 천막으로 다가가자 화장을 짙게 한 남자가 음흉하게 웃으며 각자 번호표를 건넨다. 그걸 들고 천막 안으로 들어가자 약간 어둡고 붉은 조명에 겨우 자리를 찾아 착석한 것까지는 좋았다. 내 이럴 줄 알았지.

"아론, 이게 그리 보고 싶었습니까?"

"아, 아니다! 저런 천박한 걸 보고 싶을 리가 없지 않나?"

당황하기는. 하긴 그럴 만도 하다. 남녀노소 다 같이 즐기는 축제에 이런 걸 할 줄은 상상도 못 했다. 무대 위로 화려한 미남 미녀들이 쭉 줄을 지어 나오는데 복장이라고 해 봐야 손바닥만 한 크기의 작은 천 조각이 앞부분 그것도 밑에만 가린 게 전부다.

즉, 커다란 가슴은 그대로 노출. 남자들은 좋겠군. 공짜로 구경하고. 물론 여자 손님도 많은 것 같지만 여기저기 휘파람 소리에 노골적으로 침 삼키는 소리, 여자들의 감탄사까지 더해 난리가 났다.

"으음, 그만 나가시는 게 좋겠습니다."

"두 분이 볼 만한 게 아닙니다."

왜? 미성년자도 아니고 의외로 재미있을 것 같은데.

"이왕 들어온 거 조금만 더 보고 가죠."

"비, 비아, 저런 건 볼 필요 없다. 괜히 눈만 버려."

"괜찮습니다. 저도 성교육쯤은 받았습니다. 그러니 걱정하지 마십시오."

설마 이 자리에서 바로 하지는 않을 거 아니야? 이런 진귀한 걸 자주 구경할 수 있는 것도 아니고 이왕 들어온 거 제대로 보고 가야지. 이런 건 처음이란 말이다.

"성교육?"

"별거 없습니다. 저쪽 세계에서는 일정한 나이가 되면 남녀의 성에 대해서 교육을 시켜서 신체변화와 그에 따른 올바른 관계 등등을 가르칩니다."

"설마, 거기에서는 성에 대해 개방적인가?"

"그건 아닙니다. 뭐 요즘 애들은 일찍부터 그런다고들 합니다만 저야 그런 쪽에는 관심이 없어서 모르겠습니다."

33년 동안 모태솔로인 데다 흔한 남자친구는커녕 입맞춤도 안 해 봤다. 그럴 시간도 없었지만 딱히 해 보고 싶은 마음도 없었다. 그래서 대수롭지 않게 대답한 것인데. 뭘까, 이 반응은. 그와 오라버니들이 동시에 한숨을 내쉬는 모습에 고개를 갸웃거리자 피식 웃는다.

그 사이 무대에서는 연극이 펼쳐지고 있었는데 그 내용이 성인을 위한 것인지 틈만 나면 달라붙고 진득하게 키스하고 삽입까지는 아니더라도 대놓고 섹스하는 모습까지 취하는 통에 넓은 천막 안이 후끈 달아올랐다. 와, 괴상한 포즈도 있어. 저게 가능해?

『가능하니까 하겠지. 인간의 신체는 유연하다.』

그런가.

"아무래도 그것 같습니다."

"그거라니요?"

"불법 노예 매매를 하지 못하게 하는 대신 원한다면 저들이 정식으로 공연을 하고 손님들이 경매를 통해 하룻밤에서 며칠간 몸을 살 수 있도록 허가를 했습니다."

그런 걸 허가했다고?

"그거 매춘 아닙니까?"

"저들의 수입이 일정치 않은 데다 일시적으로 공연을 하고 옮겨 다니는 이들이라 정착을 할 수도 없어서 저런 방법으로 수입을 벌어들이는 것입니다."

"아마 이곳에 있는 이들 대부분 그 목적으로 왔을 겁니다."

놀라워라. 신세계군. 몸을 파는 이들이라고는 하나 몸도 잘빠졌고 얼굴도 예쁘다. 그중 여자만큼이나 예쁜 얼굴의 남자와 남자가 포즈를 취하는 것도 있는 걸 보면 동성 쪽으로도 개방적인 것 같고. 하긴 원하는 스타일은 각기 다르니까.

워낙 그런 쪽으로 담백하다 보니 딱히 거부감도 없어 그저 신기한 구경거리에 빤히 바라보고 있자 어느덧 화려하다면 화려한 공연이 끝이 나고 사회자가 나와 경매를 시작하는 모습에 우리는 조용히 천막을 빠져나왔다. 그런데 이 인간들 뭐야?

"목석입니까?"

"목석이라니?"

"저런 걸 보면 보통 남자들은 반응하지 않습니까?"

"나는 그대 외에는 관심 없다. 그보다 그대야말로 괜찮나?"

뭐가?

"갈 길이 먼 것 같군."

뭔 소리야. 이왕이면 알아듣게 하면 좋으련만 늘어져라 한숨을 내쉬는 그를 끌고 복잡한 제도 광장을 빠져 나와 한적한 길로 들어서며 어둑한 골목을 찾아 들어가고야 서서히 속도를 늦추었다. 본의 아니게 몇 시간을 기다리게 했으니 이제 인내심이 바닥날 때가 됐는데.

빨리 덤비라는 의미로 발을 멈추고 그의 옷을 다듬어 주는 척하자 여기저기 숨어 있던 기척들이 움직임을 보이는 순간 한꺼번에 모습을 드러냈다. 그에 검을 빼어 들려는 오라버니들을 말리고 느긋하게 그에게 기대 입을 열었다.

"아센, 생포할 수 있는 놈은 잡아."

"너희들도 마찬가지다."

말이 떨어지자마자 아센하고 그의 호위들이 빠르게 움직이기 시작하고 날아오는 단검과 화살에 실피드가 막을 만들어 우리 네 사람을 감쌌다. 막에 부딪혀 허무하게 튕겨나가는 무기들에 당황한 듯 잠시 소란이 있었지만 곧바로 사방에서 비명소리가 터져 나왔다.

"흠, 세 곳인가? 예상이 벗어났군."

그러게. 한 곳은 익숙한 무리다. 포엥마 후작가의 암살단. 그리고 한 곳은 제노겔 백작이 보낸 무리일 테고 나머지 하나는 뭐지? 저들 중 실력이 가장 뛰어난 것 같은데. 뭐 그래 봐야 아센에 비해 턱없이 약하지만. 생각보다 인원이 많기는 하지만 아센하고 그의 호위 다섯이면 저들은 충분히 제압할 터라 느긋하게 기다리자니 하품만 나온다. 노는 것도 피곤하군.

"비아, 피곤하나?"

"누우면 바로 잠들 것 같습니다."

"그래? 업어 줄까?"

못 참을 정도도 아니고 그렇게까지 할 필요는 없는데.

"제가 업겠습니다."

"아닙니다, 저한테 업히십시오."

아니 필요 없다니까 그러네.

"왜 너희들이 업어? 업어도 내가 업어야지."

"폐하를 생각해서 제가 업겠다는 겁니다."

"업고 싶으면 솔직하게 말해라."

"큼, 아닙니다."

"아니기는. 내 반려니 내가 업는다. 두 사람은 빠져."

이 사람들이 뭐하자는 건지. 아무리 그래도 이런 상황에서 태평하게 입씨름이라니. 서로 업겠다고 고집을 피우는 것도 모자라 이젠 앞다투어 등을 내미는 세 사람을 보고 진득하게 한숨을 내쉬고 시선을 돌렸다. 차라리 이쪽이 더 재미있을지도.

모습을 드러내지도 않은 채 순식간에 적을 제압해 나가는 아센의 빠른 움직임에 나직하게 감탄을 쏟아냈다. 모습을 볼 수 없으니 반격도 못 할 것이다. 게다가 기척 또한 완벽하게 감춘다. 현재 저들의 심정은 귀신이 곡할 노릇일 테니 얼마나 기가 막힐까.

검이 한 번 움직일 때마다 뼈까지 통째로 서걱 썰어 대는 깔끔한 동작이 나무랄 곳이 없다. 정말이지 저 정도면 완벽하군. 하루가 다르게 강해지고 있다는 건 알고 있었지만 저건 거의 괴물 수준이다.

시작한 지 얼마나 됐다고 벌써 반 이상이 쓰러지다니. 그의 호위들인 묘인족도 빠르기가 일품인 데다 군더더기라고는 전혀 없는 걸 봐서는 샤이탄의 말이 맞는 것 같다. 암살에 제격이라고 했지.

"실피드, 두 놈 도망간다. 잡아 와."

『알았어, 비아. 기절시켜 오면 되지?』

"응. 그리고 죽은 놈들 뒤처리도 해."

이만하면 대충 상황 정리는 끝난 것 같고 도망치는 두 사람은 실피드에게 잡아오라 시켜 놓고 다시 시선을 돌렸다가 여전히 입씨름 중인 세 사람을 말렸다.

"그만들 하시고. 시온 오라버니, 기사단에 연락하세요."

"이미 지시했습니다."

"벌써 끝난 건가?"

"예, 팔다리가 잘렸기는 해도 죽은 놈은 몇 놈 없습니다. 그리고 도망친 두 놈은 저기 마침 오는군요."

바람을 타고. 기절한 듯 축 늘어져 실피드의 손길에 공중에 둥둥 떠서 날아오는 두 놈을 바닥에 내려놓을 때 마침 말발굽 소리가 요란하게 들려오고 기사들이 들이닥쳤다.

"살아 있는 놈들만 끌고 가라. 자살하지 못하게 하고."

그의 명에 기사들이 일사불란하게 움직이며 살아 있는 놈들을 하나씩 들고 사라지자 나머지는 실피드가 투명한 구에 감싸 저 멀리 날려 버린다. 그와 동시에 엘라임이 핏자국을 지우고 주변을 말끔하게 정리한 후 그의 손을 잡고 걸음을 옮겼다. 이걸로 낚시는 성공했는데.

그런데 너무 싱거운 거 아닌가? 이럴 줄 알았으면 차라리 직접 한바탕 뛸 것을. 가만히 있으니 괜히 잠만 오고 또다시 입을 가리고 하품을 하자 그가 멈칫하더니 내 앞에 등을 내민다. 업히라 이거지? 뭐 그렇게 소원이라면 업혀야지.

해서 기다렸다는 듯 냉큼 업히자 나직하게 웃음을 터트린 그가 엉덩이를 단단히 받치고 느긋하게 걷기 시작한다. 그런 우리 뒤로 오라버니들의 투덜거림이 들려왔지만 의외로 편안한 기분에 머리를 기대고 눈을 감자 잠이 솔솔 쏟아지는 게. 아니 그전에 확실히 할 건 하고.

"아론, 세 곳입니다. 한 곳당 수당 200골드."

"푸후훗, 큭큭."

웃을 일이 아니라고. 영감이 공간을 만들어 준 덕분에 딱히 수당은 필요 없지만 굳이 공짜를 마다할 이유는 없잖은가. 오히려 기쁜 마음으로 환영한다.

"도합 600골드. 잊지 마십시오."

계산은 철저하게.

21장.
그녀

이게 뭐야. 짜증나게 이게 뭐냐고! 내가 주인공인데 어째서 이렇게 된 거야? 나를 사랑한 적 없다니. 신경 쓸 가치도 없다니! 고작 그따위 여자 때문에. 이렇게 예쁜 은발에 푸른 눈동자를 가진 나를 두고 흔해 빠진 그런 여자뿐이라고?

거짓말. 분명히 이벨린을 사랑했으면서. 그게 아니면 황태자가 다 쓰러져 가는 움막까지 매번 찾아올 리가 없잖아. 게다가 이벨린을 볼 때면 웃었다. 암살자가 찾아왔을 때는 진심으로 걱정했고 넓은 집까지 구해 이사시켜 놓고 그 모든 게 거짓이라고?

말도 안 돼. 거짓이 아니었다. 평민인 이벨린을 상대로 황태자가 뭘 얻을 게 있다고 거짓으로 다가오겠는가. 귀족이라면 이익이라도 있다지만 그것도 아니지 않나. 정말 거짓이라면 몇 년간이나 만남을 지속할 리가 없다. 그런데 왜 갑자기 변한 거야?

설마 이벨린과 내 영혼이 바뀐 걸 알고 있나? 만약 그래서 저리 변한 거라면……. 아니야. 그럴 리가 없다. 내가 조심하느라고 얼마나 속이 터졌는데. 게다가 바뀌고 나서도 별다른 말이 없었다. 정말 눈치를 챘다면 후궁으로 들이지도 않았겠지.

황궁에 들어오기 몇 개월 전에 이미 이 육체는 내가 차지하고 있었지만 그때도 몰랐지 않나. 그럼 결론은 하나다. 그 여자 때문이다. 갑자기 나타나서 나를 밀어내고 황후 자리에 오른 재수 없이 오만한 계집.

"그 계집을 닮아서 더 재수 없어."

그리고 실피드까지 뺏어 갔다. 짜증나. 계약하려고 했는데 뭐 주인? 웃기고 있네. 내가 주인공인데 어째서 그 여자가 다 가져간 거야. 이럴 수는 없다. 그 여자와 달리 나는 특별히 선택된 사람이지 않나. 소설에나 있을 법한 세계로 차원이동까지 했는데 이게 뭐야.

들어오려면 귀족 아가씨 몸에 들어오면 좀 좋아. 왜 하필 아무것도 가진 것 없는 등신 같은 평민 계집이냐고. 얼굴만 예쁘면 뭐해. 가진 게 없으면 가지려고 노력이라도 해야지! 꼴에 자존심만 높아서는 스스로 굴러오는 떡까지 내치는 멍청한 년.

답답한 것도 정도가 있지 몇 년이나 이 몸속에 있으면서 뜻대로 할 수 없어 얼마나 이를 갈았는지 모른다. 이제야 겨우 내 차지가 돼서 황궁까지 들어왔는데 왜 이 모양이냐고. 짜증나. 듣고 있어? 이게 다 멍청한 너 때문이야.

진작 몸으로라도 유혹해 아이를 가졌으면 내가 이런 취급을 받지는 않았을 거 아니야. 후궁 따위가 아닌 황후가 될 수 있었다고. 등신 같은 년. 너 때문에 되는 게 하나도 없어. 차라리 영원히 사라져 버려!

"짜증나."

뭘 어떻게 해야 하지? 환각제를 먹긴 먹는 것 같은데. 아직 효과가 나려면 멀었고 그때까지 기다리기에는 불안하다. 차라리 그냥 죽여 버릴까? 하지만 그 사람이 아직 기다리라고 했는데. 아니야. 내가 한 줄만 모르면 그만 아닌가?

『그래 봐야 소용없어. 황후마마는 신의 딸이야. 너하고는 달라.』

지랄하네. 다르긴 뭘 달라, 이년아. 신의 딸? 웃기는 소리. 소문도 안 들었어? 신의 딸이 아니라 백치였다고. 그런 게 무슨 신의 딸이야. 그리고 신은 무슨. 개수작을 부려서 다른 사람을 속이고 황제인 그도 속였겠지. 마법이 있는 세계인데 그 정도야 쉽지 않아?

『너 정말 구제불능이구나.』

닥쳐, 등신아. 네가 뭘 알아. 백치였던 황후하고 달리 나는 선택받은 사람이야. 결국 네 몸을 내가 차지한 것도 운명이고. 등신. 멍청한 네가 뭘 알겠어?

『후회할 거야.』

후회라고?

"풋, 내가?"

웃기지 마. 나한테 몸이나 뺏긴 너 따위가 뭘 알아? 그리고 이게 다 누구 때문인데. 멍청한 네년 때문이거든? 짜증나니까 조용히 닥치고 영원히 사라져 버려. 어디서 걸려도 꼭 이런 거지같은 년한테 걸려서는 재수 없게.

생각할수록 짜증이 치밀어 차마 입 밖에 꺼내지 못할 욕만 속으로 잔뜩 늘어놓다가 힐끔힐끔 쳐다보는 시선에 마지못해 표정을 풀며 한숨을 내쉬었다. 지금은 이런 년이 중요한 게 아니다. 생각을 해 보자. 대체 어디서부터 잘못된 걸까?

정말 황제가 눈치라도 챈 거라면. 아니다. 그럴 가능성은 없어. 역시 그 재수 없는 여자 때문이겠지. 그렇다면 어떻게든 황제를 내게로 되돌려야 한다. 분명히 그 여자가 수작을 부린 것 같은데 이대로 있다가는 후계자는커녕 아무것도 못 할지도 모른다.

자칫하다가는 다시 평민으로 쫓겨날지도 모르고. 그건 절대 안 돼! 어떻게 다시 잡은 기회인데 아무것도 가진 게 없는 평민이라니. 이런 화려한 외모로 왜 그리 살아야 하는 건데? 내가 뭐가 부족해서?

싫다. 거지처럼 사는 건 딱 질색이라고. 그러자면 사사건건 방해하는 황후부터 처리해야 한다. 그 여자가 있는 이상은 황후 자리는 꿈도 못 꾼다. 그렇게 되면 후계자도 못 보겠지. 하지만 무슨 수로? 그 여자 곁에는 실피드가 붙어 있다.

게다가 황후궁은 기사들이 철통같이 지키고 있고. 암살자를 보내려고 해도 아는 것도 없으니 뭘 어떻게 해야 할지. 생각할수록 짜증만 치밀어 입술만 잘근잘근 깨물 때 갑작스럽게 끼어든 목소리에 화들짝 놀라 뒤돌아봤다. 대공?

"여기서 무얼 하고 계십니까, 후궁마마."

"아, 대공 전하. 별일 아닙니다."

"폐하께서는 어디 가셨습니까? 춤만 추고 바로 나가시는 것 같던데."

"예? 아, 그것이 바쁜 일이 있다고 하시어 오늘은 제게 맡기고 가셨습니다."

"그렇군요. 그래도 오늘 같은 날은 후궁마마 곁을 지켜 주셔야 하는데, 이리 아름다운 분을 두고 그냥 가실 줄은 몰랐습니다."

안타깝다는 듯 미간을 찌푸리고 나직하게 혀를 차는 대공을 멍하니 바라보자 시선이 마주치는 순간 눈매를 휘며 웃는 모습에 얼굴로 열이 몰리는 것 같아 다급하게 고개를 돌렸다. 대공. 황제의 유일한 형제이자 세력도 강하다고 했다.

이렇게 가까이에서 보니 황제보다는 조금 못하지만 정말 잘생겼는데. 게다가 적통황자라고 했었지. 그럼 혹시 대공이 그 사람을 보낸 거 아닐까? 에이 설마. 그랬다면 진작 말을 했겠지. 그런 말은 전혀 없었다.

그저 황궁에 들어가 몇 가지 일만 해 주면 된다고 했다. 그렇게만 해 주면 내가 갖고 싶은 건 모두 해 준다고 했다. 문제는 그 사람을 누가 보냈는지 아직도 모른다는 건데. 만약에 이 사람이 보냈다면 내게는 큰 도움이 될 것이다.

나 하나쯤은 충분히 지켜 줄 수 있을 테니까. 황제가 안 된다면 이 사람을 이용해도 되고. 그럼 넌지시 떠볼까? 하지만 만약 아니라고 하면 어쩌지? 차라리 단도직입적으로 도와달라고 할까. 듣기로는 황제와 비등한 세력을 갖췄다고 했다. 그건 곧 황제가 될 수도 있다는 말이잖아?

정말 그런 생각을 가지고 있다면 나 또한 줄을 잘 서야 한다. 멍청하게 있다가 당할 수는 없지. 그렇다고 선뜻 말을 꺼내기에도 내키지 않고. 어떻게 해야 할지 복잡한 머릿속에 속으로 끙끙 앓을 때 내 앞으로 불쑥 내미는 손에 고개를 번쩍 들어 올렸다.

"복도에서 이럴 게 아니라 잠시 이야기 좀 하시겠습니까?"

"예? 아, 예."

"그럼 제가 에스코트 하겠습니다."

황제와 달리 다정하게 웃으며 정중하고 부드럽게 손을 잡아끄는 대공의 행동에 멍한 정신으로 따라가자 얼마 가지 않아 어떤 곳으로 들어갔다. 응접실로 보이는 듯한 곳으로 들어가 자리에 앉자 긴장으로 심장이 오그라드는 것 같아 깊게 호흡을 가다듬었다.

"너무 그리 긴장하실 필요는 없으십니다. 전 후궁마마 편이니 편하게 대해 주십시오."

"제 편이라니요?"

"당연하지 않습니까? 폐하께서 진정 사랑하는 분은 황후마마가 아니라 후궁마마인 걸로 알고 있습니다. 지금 폐하의 행동이 섭섭하시겠지만 따로 생각하는 게 있으실 테니 이해를 하십시오."

다른 생각이 있다고? 그 말은 황제의 행동이 무언가 계획된 거란 말이야? 그걸 이 사람은 알고 있고? 그래서 저리 냉정하게 대하는 것이라면.

"저기, 대공 전하. 혹 폐하께서 무슨 말씀이라도 하셨나요?"

"이런, 아무것도 모르십니까?"

"무엇을……."

"폐하께서는 처음 후궁마마를 황궁에 들이시려고 할 때 황후로 맞이하신다고 말씀하셨습니다."

역시 그렇지. 그가 나를 버릴 리가 없다. 그런데 왜 후궁으로 들인 걸까?

"평민이라는 이유로 귀족들의 반대가 심했지요. 그런데도 폐하께서는 뜻을 굽히지 않았습니다. 하지만 안타깝게도 그란디아 공작 때문에 폐하께서는 한 발 물러날 수밖에 없었습니다."

"그란디아 공작이라면 황후의 아버지 아닌가요?"

"예, 맞습니다. 후궁마마께서는 모르시겠지만 그란디아 공작의 세력이 강합니다. 선황제 때부터 황제의 권위에 도전을 하기도 하고 강한 세력으로 귀족들을 휘어잡고 있으니 폐하께서도 어쩔 수 없었을 것입니다."

뭐야. 그럼 내가 후궁으로 밀려난 게 그 사람 때문이란 말이야? 자기 딸을 황후에 앉히려고 황제인 그를 협박이라도 한 건가?

"솔직히 이런 말씀 뜬소문이기는 합니다만, 지금의 황후마마를 의심하는 이들이 많습니다."

"의심이요?"

"예, 들으셨는지 모르겠습니다만 실제 황후마마는 백치였지요. 어릴 때 사고로 죽었다는 말도 있었습니다. 그런데 멀쩡히 살아 있을 뿐만 아니라 그란디아 공작이 무슨 수를 쓴 건지 황후를 맞이할 시기에 맞춰 백치를 정신 차리게 하고 황후로 올린 겁니다. 하지만 오히려 그 점이 이상하지 않습니까? 백치로 소문나 사교계에 모습을 드러내지도 않던 공녀가 하루아침에 제정신이 돌아오고 황후 자리까지 오른 게 말입니다."

확실히 이상하다. 죽었다는 소문도 있었다니. 아니 땐 굴뚝에 연기 날 일은 없잖아? 설사 살아 있다고 해도 어떻게 황후를 뽑는 시기에 백치에서 깨어날 수 있겠어? 아예 백치라는 사실을 숨겼다면 몰라도 불가능한 일이다.

그럼 뭘까? 설마, 그란디아 공작이 딸을 바꿔치기라도 한 건가? 하지만 그게 가능해? 아무리 사교계에 모습을 드러내지 않았다고 해도 얼굴을 아는 사람은 있을 텐데. 아우, 짜증나. 뭐가 어떻게 돌아가는 거야?

"그럼 저기, 신탁이 내려왔다는 건 무슨 말인가요? 그것도 그란디아 공작이 꾸민 건가요?"

"설마 그렇게까지 했겠습니까? 신을 이용했다가는 신벌을 받을 겁니다."

신벌이라니. 조작이 아니었단 말이야? 그럼 진짜 신의 딸이라고?

"하지만 상대가 누르티아 님이 아니라 인간들의 일에 개입하지 않는 주신이라면 가능성이 전혀 없지는 않습니다. 사실, 신탁은 신전과 작당만 하면 그만이고 축복이야 마법으로 꾸며낼 수 있지요. 물론 저는 신탁이 사실이라 믿고 싶습니다. 아무리 욕심이 많은 인간이라 하나 설마 그렇게까지 하겠습니까."

멍청하기는. 이런 상황에서 믿기는 뭘 믿어. 보나마나 그란디아 공작하고 재수 없는 년이 짜고 꾸몄겠지. 그게 아니라면 내가 황후가 됐을 테니까. 그래, 이제야 의문점이 이해가 간다. 나를 사랑했던 황제가 갑자기 변한 이유가 그거였어.

그란디아 공작이 협박을 한 데다 신탁까지 조작하니 어쩔 수 없이 그 여자를 받아들이고 사랑하는 척하는 것이겠지. 그게 아니라면 말이 안 돼. 아마도 나를 냉정하게 대하는 것도 어쩔 수 없었을 테니까. 절대 그의 본심이 아니다.

"폐하의 형제로서 걱정이 됩니다. 진정 사랑하는 분께 냉정해야 하니 얼마나 마음이 아프시겠습니까? 후궁마마께서도 섭섭하시겠지만 폐하를 이해해 주십시오. 아마 황후마마가 계시는 동안은 폐하께서도 황제시라 하나 마음대로 못 할 것입니다."

"그럼, 만약에 황후가 없으면 어떻게 되나요?"

"그때는 폐하께서도 자유로워지시겠지요. 하지만 황후마마가 지금 자리를 놓으려고 할지……."

당연히 안 놓으려고 하겠지. 거짓으로 신탁까지 꾸몄는데 이제 와서 그 자리에서 물러날 리가 없다. 게다가 사사건건 나를 무시하는 걸 봐서는 내가 신경이 쓰일 것이다. 그건 곧 황제인 그가 나를 사랑하고 있다는 말이고.

어떻게든 거치적거리는 나를 없애려고 할 것이다. 그 전에 내가 먼저 손을 써야 한다. 이대로 있다가 오히려 내가 당할 수도 있다. 그 사이 그 여자가 임신이라도 해서 후계라도 본다면 그때는 정말 큰일 날 테니까. 그럼 어쩌지?

대공한테 부탁하기에는 난감하고 아직 온전히 믿기에는 어딘가 좀 찝찝하다. 고작 며칠 되지는 않았지만 귀족들이라는 게 하나같이 웃으면서 비꼬는 말들만 해 댔다. 일일이 받아칠 수도 없고 참느라고 돌아 버리는 줄 알았다. 문제는 현재 내 처지로 누구도 믿을 수 없는 상황이라는 것이다.

대공의 다정한 얼굴도 가면일지도 모르지 않는가. 정말이지 모든 상황이 짜증난다. 이럴 때 확실하게 내 편이 돼 줄 사람이 있으면 좋겠는데 그조차도 뜻대로 안 되고. 역시 그 사람이 오면 독약을 구해 달라고 하는 게 가장 안전하겠지? 당장 오늘 밤에라도 연락이 되면 좋을 텐데. 아무래도 불안해. 서둘러야겠어.

"대공 전하, 오늘 여러 말씀 감사합니다. 덕분에 위안이 됐습니다."

"그렇다면 다행입니다. 앞으로도 제 도움이 필요하시면 언제든지 말씀하십시오. 전 후궁마마를 지지하고 있으니 무엇이든 돕겠습니다."

"말씀만으로도 감사합니다, 전하."

"별 말씀을. 이제 그만 연회장으로 돌아가시지요. 오늘은 후궁마마께서 주관하는 연회가 아닙니까? 지지해 주는 이들은 많으니 당당하게 행동하십시오. 후궁마마는 그럴 자격이 충분하십니다."

맞아. 나는 이 세계에서 선택받은 사람이다. 위축될 필요는 없지. 누구보다 당당하게 그 여자를 치우고 황후의 자리에 오를 것이다. 그때는 그도 아무 걱정 없이 마음껏 사랑해 주겠지. 정말 꿈에도 그리던 새로운 인생을 사는 것이다. 그러자면 이용할 수 있는 건 모두 이용해야 한다. 눈앞의 이 멍청한 남자부터.

22장.
가지치기

닷새간의 연회와 일주일간의 축제가 완전히 끝이 났다. 그리고 오늘 드디어 원로 늙은이들을 잡는 날이다. 더불어 연회 마지막 날 습격한 놈들도 잡을 수 있다. 내 수당 600골드를 벌게 해 준 예쁜 놈들. 이틀간 고문해서 알아낸다고 했는데 어떻게 됐을지 모르겠군.

하도 정신이 없는 것 같아서 묻지도 못했다. 하긴 어제 잠깐 들른 아버지 얼굴을 보니 핼쑥한 게 장난이 아니더라. 사건은 빵빵 터지지 제대로 잠도 못 잤을 테니 피곤할 것이다. 뭐 재판 전에 확실히 알아내서 보고하기로 했으니 지금은 기다리면 되겠고.

신전을 덮쳐 나머지 증거들도 수집한 덕분에 문제가 발생할 일도 없다. 지금쯤 포엥마 후작가는 똥줄이 타고 있을지도. 그 생각만으로도 비죽 웃음을 흘리다가 거울을 통해 의아하게 바라보는 르네와 마리나를 보고 싱긋 웃고 말았다.

"오늘은 재판 날이니 가볍게 해."

"예, 황후마마."

그런데 이 인간은 씻으러 가서 왜 안 나와? 욕탕에 빠진 건 아닐 테고. 핼쑥한 얼굴로 비틀비틀 욕실로 들어가던 모습이 떠올라 답지 않게 신경이 쓰인다. 도대체 밤마다 뭘 하기에 아침만 되면 저 꼴인지.

나직하게 혀를 차자 역시 양반은 못 되는 듯 욕실 문이 열리고 가운만을 걸친 채 나오는 그를 향해 미미하게 미간을 찌푸렸다. 나도 확실한 이유나 좀 알자. 왜 매번 원망이 서리서리 맺힌 눈빛을 받아야 하는 건데?

“도대체 뭡니까?”

“뭘?”

“그 눈빛 말입니다. 제게 불만이라도 있으십니까?”

“말하면 알아?”

그러니까 알아줄 테니 말을 하라고 이 사람아.

『주인도 알지 않나? 안고 싶은데 못 안아서 그렇겠지.』

그거야 알아. 알긴 아는데 그게 그렇게 원망할 일이냐?

『쯧쯧, 남자와 여자는 다르다. 여자와 달리 남자는 욕정을 풀지 않으면 병이 될 수도 있다, 주인아.』

그러냐? 그런데 너 말이다. 검 주제에 그런 건 어떻게 아는 거야? 라고 물어 봤자 대답이야 뻔하다.

『나는 모든 면에서 완벽하다!』

아, 그래. 인정해. 너 잘났다니까? 그러니 1절만 하면 좋으련만. 또다시 잔소리를 폭탄으로 쏟아 내는 샤이탄에 진득한 한숨을 내쉬었다. 이거야 원 상전을 모시고 사는 것도 아니고 이게 무슨 짓인지 모르겠군.

어쨌든 생각은 해 봐야 할 문제인 것 같기는 하다. 저대로 둘 수는 없지 않나. 일단 그가 원하는 상대가 나로 한정되어 있는 건 사실이다. 즉 내가 안기지 않는 이상은 저 상태를 계속 봐야 한다는 건데.

은근 골치 아플지도.

그러고 보니 어디서 들은 바가 있다. 남성은 인간의 가장 기본적인 욕구 중 하나인 성욕이 10대 후반에서 20대 초반에 가장 왕성하다고 했다. 또 뭐라더라. 공복일 때 성욕이 높아진다고 하던가. 지금껏 섹스는 종의 보존쯤으로만 생각했는데 내가 틀린 건가?

그게 그렇게 하고 싶다니 도무지 이해를 못 하겠군. 솔직히 성욕이라고 해 봐야 호르몬 과다 분비가 아닌가. 게다가 충분히 억제할 수 있을 텐데. 역시 아직은 어려서 그렇겠지. 그가 20대 초반이고 지금껏 여자를 안은 적도 없는 순수 총각이라고 했으니 확실히 가능성이 있다.

그렇게 생각하면 좀 불쌍한 것 같기도 하네. 마음만 먹으면 모든 여자를 끼고 살 수 있는 황제가 동정이라니. 아니 그런데 지금까지 그런 쪽에는 관심도 없다가 왜 지금에서야 저리 안달이냐고. 사춘기가 이제야 온 건가?

『제발 생각을 이상한 쪽으로 몰아가지 마라, 주인아. 황제가 저러는 것도 주인을 사랑해서 그런 거 아니냐? 사내가 사랑하는 상대를 안고 싶은 건 당연한 이치다.』

뭘 또 이치씩이나. 그리 대수롭지 않게 반응하고 싶지만 확실히 이건 문제가 있는 것 같다. 저 인간 저러다가 쓰러지는 거 아닌지. 낮에는 잠시 눈을 붙이는지 조금 혈색이 돌아오기는 하지만 아침에는 계속 저 상태다.

같이 잠든 후부터 저랬지. 마치 저혈압 환자처럼. 골치야. 게다가 얼굴도 표가 날 정도로 핼쑥해졌고. 물론 그렇다고 저 미친 미모가 사라지는 건 아니지만. 오히려 더 날카로워졌다. 눈빛만 마주쳐도 카리스마가 절로 느껴질 정도니 따지고 보면 딱히 나쁜 건 아니다.

문제는 정말 저 상태가 오래가면 절대 안 될 것 같다는 건데. 거참 이럴 때는 뭘 어떻게 해야 하는 거야. 다른 여자를 안으면 어느 정도 성욕과 더불어 스트레스가 풀리겠지만 그가 원하는 상대가 나라는 게 문제다.

그리고 그가 다른 여자를 안는 건 좀 내키지가 않는다. 왠지 그 생각을 하면 뭐랄까. 짜증이 난다고 해야 할지. 내가 가지기에는 부담스럽고 그렇다고 남을 주는 건 더 싫은 기분. 그런 거 보면 나도 참 좋은 성격은 아닌 것 같군. 심보가 고약할지도.

『이제라도 알아서 다행이다, 주인아.』

닥치라니까. 나도 내 성격 정도는 알고 있다고. 정말이지 별 희한한 걸로 속을 썩이는군. 그렇다고 저대로 둘 수도 없고 별수 없이 한숨을 내쉬고 여전히 원망을 서리서리 담고 바라보는 그를 향해 다가갔다.

어느새 원망은 싹 가시고 기대를 담은 두 눈이 초롱초롱 빛나는 모습에 피식 웃음을 터트리고 그의 가운 자락을 잡아당겨 입을 맞췄다. 보드라운 입술이 맞닿은 순간 살짝 입을 벌리자 목 안에서 울리는 듯한 나직한 신음 소리와 함께 곧바로 입안으로 거칠게 파고들어 온다.

하여간 성질도 급하지. 막힌 숨을 토해 낼 시간도 없이 진득하게 혀를 얽고 잘근잘근 깨물더니 혀 밑동까지 세심하게 핥아 간다. 부드럽고 자극적이고 뇌 속까지 저릿해지는 느낌. 확실히 기분 좋다. 하루 종일 하고 싶을 만큼.

온몸을 파르르 떨며 더 해 달라는 의미로 목에 팔을 감고 매달리자 나직한 웃음소리가 들리고 좀 전보다 더 깊게, 더 진득하게 파고들며 점차 격렬해져 갔다. 숨 쉬는 건 고사하고 갈수록 거칠어지는 키스에 온몸이 흐물흐물 녹아내릴 지경이다.

위험해. 이거 너무 위험하다고. 이러다가는 내가 먼저 덤벼들 것 같은 불안감에 등을 두드리자 그제야 입안을 휘젓던 두툼한 혀가 쏙 빠져나가고 흘러내린 타액을 부드럽게 훔치며 마지막으로 경쾌하게 쪽! 그러고도 아쉬운지 또다시 와락 끌어안고 진득한 한숨인지 신음인지 모를 소리를 토해 내며 속삭인다.

"그대는 어찌 이리도 사랑스러워. 정말이지 내 인내심에 찬사를 보내고 싶군."

여전히 이해가 되는 건 아니지만 한편으로는 동의한다. 그런 의미로 미미하게 고개를 끄덕이고 품에서 빠져나와 싱긋 웃어 준 후에야 입을 열었다.

"아론, 이왕 참은 거 계속 참으십시오."

아직까지 동의는 해도 굳이 이해를 할 필요는 없을 것 같거든.

"너무한다, 비아."

너무하긴 개뿔. 애초에 계약에도 명시했는데 뭘.

"비아, 내가 불쌍하지도 않나? 나 이러다가 죽을지도 몰라."

"그 정도로 안 죽습니다. 그러니 쓸데없는 말씀은 그만하시고 빨리 준비나 하십시오."

재판도 해야 하고 내정도 봐야 하고 바쁘단 말이다. 해서 재촉한 것뿐인데 뭐냐, 축 처진 귀하고 꼬리가 보이는 저 환상은. 거참 아무리 불쌍하게 봐도 소용없다고. 안 되는 건 안 되는 일이라 헛웃음을 흘리고 몸을 돌리자 다시 뒤에서 끌어안아 왔다. 그만 좀 가자고.

"가기 싫다. 하루 종일 그대만 꼭 끌어안고 있으면 좋겠는데. 안 되겠지?"

"안 됩니다."

당연한 걸 왜 물어? 입 아프게.

"빨리 하십시오. 조금 있으면 아버지하고 오라버니들이 올 겁니다."

오늘같이 신나는 날 제대로 준비를 하고 가야지? 그런 의미로 여전히 투덜거리는 그를 떼어 내고 내가 직접 옷시중까지 들어 주자 그제야 싱글벙글 웃는 그를 보며 헛웃음을 흘렸다. 이거야 원 미운 다섯 살이다.

"그런데 준비는 다 하셨습니까?"

"걱정하지 마라. 이미 완벽하게 준비했다."

"다행입니다. 이참에 확실히 청소를 해 버리죠."

그래 봐야 잔챙이들이겠지만. 그래도 돈줄인 신전과의 관계를 끊어 버렸으니 저쪽에는 타격이 클 것이다. 오늘을 시작으로 야금야금 먹어 치워야겠지. 나중에 처참하게 일그러질 대공을 생각만 해도 절로 좋아지는 기분에 히죽 웃었다.

그런 나를 의아하게 바라보는 그에게 고개를 내젓고 아직까지도 비몽사몽 잠에 취한 세 놈을 어깨 위에 올린 채 침실을 나와 식당으로 향했다. 식당이 가까워지자 음식 냄새를 맡고 벌떡 일어나 방정을 떨어 대는 세 놈에 혀를 차고 식사를 시작했다.

이런저런 이야기를 하며 느긋하게 식사를 마치고 정원으로 나오자 때마침 세 사람이 밝은 얼굴로 다가오는 모습에 입가를 허물어트렸다. 새삼 많은 것이 변했다는 걸 깨달았다. 이젠 진짜 저들을 가족으로 받아들인 것이다. 다만 문제라면 다소 과한 팔불출들이라는 건데. 뭐 나쁘지는 않지.

"황제 폐하와 황후마마를 뵙습니다."

"어서 오세요. 식사는 하셨습니까?"

"예. 오늘은 바쁠 것 같아 일찍부터 서둘렀습니다."

덤으로 상당히 기분도 좋은 것 같다. 하긴 골칫거리를 처벌하는 날이니 당연하겠지.

"그보다 어찌 됐습니까?"

"신관들은 여전히 발뺌하고 있습니다만 이미 재판에 대한 준비와 증인들은 모두 준비해 놓은 상태입니다. 그리고 예상대로 이번 일에 가담한 자들은 포엥마 후작가와 제노겔 백작가, 한곳은 신관들이 자주 이용했던 암살단입니다. 그놈들 말로는 이미 국혼 전에 의뢰를 받았다고 합니다."

그러니까 기회만 엿보고 있었다는 말이군. 쯧쯧, 어쩜 그리들 멍청한지. 신관들이야 이미 진실을 털어놔도 살아남을 수 없다는 걸 알기에 저리 버티는 것이겠고. 그도 아니면 대공이 살려 줄지도 모른다고 생각할지도. 한마디로 헛짓거리다.

"대공이 포엥마와 제노겔을 버릴 생각이군."

"어차피 별 쓸모도 없지 않습니까. 한 번 쓰고 버릴 패로는 적당하지요."

"그렇겠지. 약삭빠른 놈이 서류를 남기지는 않았을 테니 또 기회를 노려야 하는 건가."

"그래야 할 겁니다. 서류가 있더라도 버릴 패 중에 하나로 나오겠지요."

어차피 이 정도로 잡을 수 있을 거라는 기대도 안 했다. 일단은 차근차근 수족을 제거해야겠지. 그러다 보면 저쪽에서도 확실히 강경책을 들고 나올 테고 그때 기회를 놓치지 않고 잡으면 그만이다. 그때까지는 슬슬 압박해 가는 것도 나쁘지 않으리라.

상대가 스스로 무리수를 두게 만든다면 일은 훨씬 수월해질 테니까. 더불어 재미도 있고 사이사이 약도 올리면 더 빨라질지도 모른다. 그런 생각에 미미하게 미소 짓다가 아버지가 건네는 서류로 시선을 돌렸다.

"이건 라치아노 백작가 집무실에서 나온 서류입니다. 엄중하게 경비를 섰는데도 서류를 넣어 놓은 걸 보면 아무래도 첩자를 심어 놓은 것 같습니다. 그리고 이것 또한 라치아노 백작가가 외궁에 배정받은 처소에서 나왔습니다. 우선 저쪽에서 눈치채지 못하도록 비밀리에 서류만 빼돌려 놓은 상태니 나중에 이 문제를 걸고넘어질 겁니다."

거참 약삭빠르네. 예상은 하고 있었지만 벌써 손을 썼을 줄이야. 게다가 의심도 많고 결단력도 있다. 확실히 인정하기는 한다만 라치아노는 제노겔 백작가와는 격이 다르지 않은가. 고작 내가 관심을 보이고 개인 접견을 했다고 해서 바로 버릴 패로 삼다니.

결단력이 남다르다고 해야 할지 쥐새끼처럼 겁이 많다고 해야 할지. 이래저래 재수 없는 놈이다. 하긴 대공 같은 인간은 자신 외에는 남을 못 믿지. 멍청한 놈. 그래서야 진정으로 사람들 위에 군림할 수는 없다. 그저 탐욕에 찌든 쓰레기들만 끌어모을 뿐이지.

"모든 책임을 라치아노 백작가로 돌려놨군. 직인까지 도용할 정도면 오래전부터 심어 놨다는 것이고."

"라치아노 백작이 대공파로 돌아섰을 때부터 손을 써 놨을지도 모르지요."

"황후마마 말씀이 맞습니다. 이미 그쪽은 오래전부터 준비를 해 왔을 겁니다. 그런 것치고는 너무 쉽게 버리는 경향이 있습니다만 애초에 대공은 라치아노 백작을 의지대로 부리지는 못했을 것입니다. 이용하기에는 지나치게 고지식한 면이 있지 않습니까."

"그럴 테지. 쯧, 멍청한 놈. 예나 지금이나 변함이 없군."

내 말이 그 말이야. 뭐 어쨌든 재미있는 일이 벌어지는 건 확실하다. 멍청하게 서류를 빼돌린 줄도 모르고 쇼를 벌일 놈들을 생각하자니 웃음이 나와 피식 웃자 네 사람도 같은 생각인 듯 덩달아 웃는다.

"어차피 큰놈을 잡지는 못할 테니 이참에 대공 약이나 실컷 올리죠.”

그놈 화병 좀 생기게. 내 말에 씩 웃은 그가 시원스레 즉답을 내놓는다.

“그거 재미있겠군.”

그렇지?

『누가 성격 나쁜 부부 아니랄까 봐. 쯧쯧.』

뭘 이 정도로.

⚜⚜⚜

황궁의 다른 건물에 비해 다소 어두운 색채로 꾸며진 법정을 둘러보며 만족스럽게 입가를 끌어 올렸다. 얼핏 봐서는 지구의 법원과 같다. 제일 상석에 나란히 앉은 우리는 마치 판사 같다. 한 단계 밑에 앉은 후궁과 대공은 황족의 위치로 참석했을 것이다.

다만 다른 건 엄청나게 크고 넓다는 것과 양쪽으로 계파를 나눠 대립하는 구조로 되어 있어 확실히 선을 긋고 있다는 점이다. 왼쪽이 황제파, 오른쪽이 대공파. 상석과 가까운 순서부터 고위귀족들이고 입구 쪽으로 갈수록 격이 낮다.

게다가 공식 재판에는 배심원과 비슷한 의미로 추려 낸 평민과 지방 귀족의 성인이 된 자녀들과 부인도 모두 참석하기 때문에 오늘 이곳에서 이름이 오르내리는 이들은 대대적인 망신살을 뻗칠 것이다. 물론 그중 몇몇을 빼고는 죄다 살아남지 못할 테지만.

그리고 또 하나. 라치아노 백작이 현재 앉아 있는 위치다. 선대 황제 때 대공파로 돌아섰던 라치아노 백작이 현재 황제파 쪽에 앉아 있으니 이미 답은 나와 있지 않은가. 덕분에 아까부터 대공파 귀족들의 기세가 흉흉하다. 미친놈들. 버릴 때는 언제고 이제 와서 지랄인지.

“쯧, 하나같이 뻔뻔하기는.”

“뭐가 말이오?”

귀도 밝아요. 혼자서 작게 중얼거리는 걸 어떻게 알아듣고?

“별거 아닙니다. 그저 귀족파 분위기가 마음에 안 든 것뿐입니다.”

“그럴 만도 하지. 지금 심정이야 오죽하겠소?”

그러게. 짜증이 치밀어 화병 나기 직전일 테다. 그 생각만으로도 흘러나오는 조소에 다시 기분이 풀어지려 할 때였다. 아버지가 우리 앞으로 나오자 웅성거리던 소음이 뚝 끊기고 무거운 정적이 흘렀다.

“지금부터 황실을 기만한 모스텔 대신전에 대한 재판을 시작하겠습니다.”

아버지의 말이 끝나자마자 법정의 문이 열리고 대신관을 필두로 고작 며칠 사이에 폭삭 늙어 버린 원로원들과 카멜이라는 자, 황궁에 배치된 신관들이 줄지어 들어왔다. 가운데 넓은 공간에 일제히 무릎을 꿇는 이들을 보며 아버지가 다시 말을 이었다.

“바이에르 제국은 건국 초부터 천공의 여신인 누르티아 님의 가호를 받아 왔습니다. 누르티아 님의 은혜로 신성력을 하사받은 신관들은 황실과 백성들을 위해 그 힘을 사용해야 함이 마땅하며 사사로운 이익과 욕심을 채워서는 안 됩니다.”

당연한 말씀. 신의 선택을 받고 신성력을 사용할 수 있게 된 것만으로도 감사하지는 못할망정 사리사욕이라니. 썩을 놈들.

“그러나 모스텔 대신전은 누르티아 님의 은혜를 망각하고 사사로운 이익과 욕심에 눈이 멀어 백성들을 핍박했으며, 귀족들과 결탁해 이 제국의 드높은 태양의 눈과 귀를 가리고 기부금 명목으로 황실 재산을 강탈해 왔습니다.”

여기까지는 귀족, 평민 할 것 없이 모두 아는 사실이다. 그래서인지 딱히 놀라는 사람은 없었다. 연관된 이들은 슬쩍 시선을 피하고 상관없는 이들은 눈살을 찌푸렸으며 백성들의 기세는 흉흉해진 것뿐이다. 문제는 지금부터다.

"또한, 신을 모시는 신관들이 치료비 명목으로 어린아이와 여인들을 강제로 취하는 천박한 짓거리를 일삼았으며 협박과 폭력에 목숨을 끊은 백성들도 있습니다. 무엇보다 이들은 이미 누르티아 님에게 버림을 받았음에도 버젓이 황궁에 거주하며 기부금을 요구하는 등 황실을 기만했습니다. 이에 모스텔 대신전에 대한 재판을 열게 되었습니다."

장내가 술렁술렁 소란스러워졌다. 누르티아 님께 버림을 받았다는 건 신성력을 상실했다는 걸 의미하기 때문이다. 알 만한 이들은 다 알고 있었겠지만 귀족의 일가족들이나 평민들은 상상도 못 했을 테지. 하긴 간덩이가 배 밖에 나오지 않는 이상은 상상도 못 할 일이다.

뭐, 이제 판은 마련됐고 즐기는 것만 남은 건가. 대공파 귀족들 표정이 썩어 갈 걸 생각하자 벌써부터 좋아지는 기분에 씩 올라가는 입꼬리를 간신히 추스르고 있을 때 아버지가 장내를 조용히 시키고 대신관을 호명했다.

"직책과 이름을 말하시오."

"모스텔 대신전의 대신관으로 정식 신관이 될 때 하사받은 이름은 에시리온입니다. 그 이전의 이름은 이미 버린 지 오래입니다."

"좋습니다. 그 이름을 인정하며 오늘 재판에서 사실만을 고할 것을 맹세합니까?"

"누르티아 님께 바친 제 생명을 걸고 맹세합니다."

색다르네. 지구의 재판과 비슷하면서 뭔가 여기가 더 거창해. 뭘 저리 진지하게 생명까지 건다는 건지. 거짓말이 아니라는 것을 아니까 더 황당하다.

"먼저 질문하겠습니다. 신관으로 이름을 받을 때 엄격히 맹세를 한다고 들었습니다. 맞습니까?"

"예, 맞습니다. 신관이 되기 위해서는 누르티아 님을 섬기는 데 소홀함이 없어야 하며 신성력에 상관없이 신관으로서 평생을 살아가야 합니다. 그렇기에 정식 이름을 받을 때 그 이전의 신분과 가족, 이름은 모두 버리게 되어 있으며 순례와 치료 목적이 아닌 이상 외부와는 일절 단절하는 것을 맹세하게 됩니다."

그건 또 처음 알았네. 완전히 신부잖아. 그럼 뭐야. 저것들은 맹세를 하고도 뻔뻔하게 귀족들하고 결탁하고 사욕을 챙겼다는 건가. 하긴 뭐 새삼스러울 것도 없지만.

"그렇다면 모든 신관들이 신성력이 있습니까?"

"처음부터 있는 건 아닙니다. 대신전 건물이 신성력으로 감싸여 있고 기도실에도 마찬가지입니다. 거기서 열심히 수행을 하는 정도나 누르티아 님의 은혜에 따라 신성력에 차이가 있습니다."

"그럼 신관이면서 신성력이 없으면 어떻게 됩니까?"

"신관의 신성력이 사라졌다는 건 누르티아 님께 버림을 받았다는 증거입니다. 그런 이들은 이전 신분과 상관없이 이름을 내려놓고 신전에서 내쳐지며 평민으로 돌아갑니다. 그리고 이 또한 이름을 받을 때 맹세했던 일로 모르는 신관들은 없습니다."

즉 신관이 되기 전에 귀족이었다 해도 신전에서 내쳐지는 순간 평민이 된다는 말이다. 그만큼 엄격하다는 건데. 쯧쯧, 그러면 뭐해. 힘이 없으니 저 모양 저 꼴이 나지.

"지금까지 대신관의 설명을 들었다시피 신성력을 상실한 신관은 있을 수 없습니다. 그러니 죄의 유무에 앞서 이 자리에 있는 신관들의 신성력부터 확인하겠습니다."

이왕지사 망한 거 한 번 더 망해라, 이 뜻이다. 게다가 만인이 보는 앞에서 확인을 시켜야지 대신관이 휩쓸리지 않을 수 있다. 그래봐야 신성력이 완전히 사라지지는 않겠지만. 이참에 대신전 정리하는 벌이나 내리면 되겠지. 누이 좋고 매부 좋고 도랑 치고 가재 잡고 좋잖아?

그런 생각에 미미하게 입가를 끌어 올리며 신성력을 발현하는 대신관을 내려다봤다. 여기까지는 전혀 문제가 없다. 다음으로 원로들 차례가 돌아오자 또다시 장내가 소란스러워졌다. 신성력을 보이기는커녕 죄다 고개만 처박고 있으니 당연한 반응이다.

"지금 보셨다시피 이들은 신성력이 없습니다. 그건 곧 누르티아님께 버림받았다는 증거입니다."

"저런 파렴치한!"

"신성력도 없으면서 신관 행세를 해 왔다니!"

"용서할 수 없습니다! 황제 폐하와 황후마마를 기만하고 백성들을 핍박한 죄를 물어야 합니다!"

그거야 당연하지만. 웅성웅성. 시끌벅적. 난리가 났다. 침음을 내뱉는 대공파부터 알면서도 언성을 높이며 지탄하는 황제파. 아무것도 모르고 경악하는 무리들. 분위기가 점점 더 고조될 때까지 일부러 시간을 끈 아버지가 다시 장내를 진정시키고 입을 열었다.

"대신관, 신성력이 사라진 신관에 대한 처벌은 그대에게 있다고 들었습니다. 오늘 이 자리에서 저들에 대한 처벌을 해 주시겠소?"

"예. 먼저 모스텔 대신전의 대신관으로서 불미스러운 일에 책임을 통감하는 바이며 맹세에 따라 처벌하겠습니다. 모스텔 대신전 원로원 12명과 상급 신관 3명은 이 시간 이후로 이름을 반납하며 모스텔 대신전과는 아무런 연관도 없다는 것을 확실하게 밝히는 바입니다."

쓸데없이 사설이 길긴 했지만 이것으로 저놈들은 평민이 되었다. 즉 신권과 상관없이 처벌을 할 수 있다는 것이고. 그럼 이제 몰이사냥만 하면 되겠군. 그나저나 참 개판 오 분 전이다. 여자 셋만 모여도 접시가 깨진다는데 이거야 원, 각 계급의 사람들을 잔뜩 섞어 놓으니 완전히 시장판이다.

하긴 오죽할까. 귀족이라는 것들이 다섯만 모여도 음모 하나가 뚝딱 탄생하는 마당에 파벌을 나눈 수백 명의 귀족이 한자리에 모여 있으니 불 보듯 뻔하다. 이해는 해. 이해는 한다만 너무 시끄럽다고 이것들아.

점점 더 고조되는 분위기에 짜증스레 미간을 찌푸리자 결국 이를 알아챈 아버지가 한 소리를 했고 소음이 뚝 끊겼다. 그제야 만족하며 입가를 끌어 올린 것도 잠시 매섭게 꽂히는 시선에 슬쩍 눈동자만 굴려 보자 역시나 대공이다. 지금 이 자리가 너무 마음에 안 드는 것 같은데. 어쩌나. 그럴수록 즐거움만 무럭무럭 솟아나네?

『주인 성격은 확실히 문제가 있다.』

알아. 이래 보여도 나 자신을 내가 더 잘 안단 말이지.

『알면 좀 좋은 방향으로 바꿀 생각은 없나?』

응. 전혀 없어.

『말을 말자.』

그러니까 포기하면 편할 텐데 뭐하러 매번 잔소리인지. 또다시 버럭버럭 소리를 질러 대는 샤이탄을 무시하며 장내로 시선을 돌렸다.

"지금부터 평민인 죄인들에 대해 제국 법을 기준으로 재판을 시작하겠습니다. 다시 한 번 죄상을 밝히자면 죄인들은 모스텔 대신전의 원로원과 상급 신관들로서의 맹세를 어기고 신성력을 상실해 놓고도 그것을 숨겼습니다. 그뿐만 아니라 귀족들과 결탁해 백성들을 핍박, 폭력, 강탈했고, 어린아이와 아녀자를 강간한 일이 부지기수며 황제 폐하와 황후마마를 기만하고 매달 황실재산을 기부금 명목으로 빼돌려 사사로운 이익을 챙겼습니다. 이에 죄를 묻는 바이며 증거 서류를 첨부하고 증인들을 출석할 수 있게 허락해 주십시오, 폐하."

"허락한다."

아까부터 미미하게 실룩거리는 입가를 봐서는 웃고 싶은 걸 참고 있는 것 같은데. 기다렸다는 듯 냉큼 대답하고 내 손을 꽉 잡아 오는 행동만 봐도 그의 기분이 고스란히 묻어 나올 정도지 않은가. 물론 나 또한 마찬가지지만.

저쪽의 수는 이미 짐작하고 있는 상황이고 어차피 큰놈은 잡지도 못한다. 그래도 가지치기하고 재산을 몰수하는 것만으로도 엄청난 이익이지. 거기다 재판 후에 루비아 왕녀 문제로 두 공작 놈한테도 뇌물을 돌려받고 용서해 주는 대가로 또 받아 낼 생각이다.

증거를 들이미는데 제 놈들이 어쩔 거야. 이왕이면 밑바닥까지 쪽쪽 빨아먹어야지. 연타로 얻어맞은 놈들 반응이야 뻔하다. 생각만으로도 즐거워지는 기분에 대공 쪽으로 시선을 돌리자 때마침 보고 있었던 듯 시선이 딱 마주쳤다. 그리고 보란 듯이 씨익.

순간적으로 얼굴이 확 일그러졌다가 황급히 수습하고 고개를 돌리는 대공을 보며 비죽 입가를 끌어 올렸다. 이제 시작인데 벌써부터 썩어 가면 어쩌자는 건지. 씹고 뜯고 맛보고 즐기려면 아직 멀었다니까 그러네.

『어째 갈수록 유치해지는 것 같다, 주인아.』

뭘 이 정도로. 괜찮아. 원래 저런 놈들을 상대하려면 같이 유치해져도 되는 거야.

"제국 법에서 가장 큰 죄는 역모이며 두 번째로 무거운 죄는 국고를 강탈하는 것입니다. 죄인들은 황실재산을 강탈하여 두 번째로 무거운 죄를 지었으며, 그에 더하여 수십 가지 악행을 저질렀습니다. 따라서 죄인들에게 그에 준하는 죄를 물어 처벌하는 것이 마땅할 것입니다."

즉 반올림해서 역모 죄로 묻겠다는 말이다. 그건 곧 이 자리에 있는 이들만 처벌하는 게 아니라 가족, 방계 할 것 없이 모조리 씨를 말려 버리겠다는 말이고. 그러니 이들이 경악하는 건 당연하다.

오죽할까. 넓은 마음으로 이해해. 당연한 반응이겠지. 하지만 아무리 그래도 그렇지 너무 놀라는 거 아니야? 거참 웃기는 놈들이네. 이런 결과가 나올 거라는 걸 예상하지 못한 건가? 그럼 진짜 멍청한 놈들이다. 기회를 잡은 우리가 가볍게 넘어갈 리가 없잖은가.

아마도 대공 쪽이 선수 쳐서 대략적으로 이야기를 끝낸 상태였을 것이다. 신성력이 사라진 인간은 보통 인간보다 약하기도 하고 지은 죄 때문이라도 사형은 정해져 있다. 어차피 살아남지 못할 거 늙은 몸만 조용히 죽어 주면 가족들 안위는 보장해 준다고 약속을 했을 것이다.

아무리 추악한 놈들이라 해도 핏줄의 안위는 생각할 게 아닌가. 괜히 물고 늘어져 봐야 대공파 놈들만 불리할 테니 조건부 입막음을 해 놨을 것이다. 그래서 저리 자기 일처럼 바락바락 반론을 제기하는 것일 테고. 한마디로 꼴값들 떨고 있다.

"역모 죄라니요! 역심을 품은 것도 아니지 않습니까? 있을 수 없는 일입니다!"

"맞습니다! 죄인들이 크나큰 죄를 지었다고는 하나 그건 개인이 어리석은 욕심에서 벌인 짓이지 가족들까지 죄를 물어야 한다는 것은 말도 안 되는 일입니다!"

"그렇습니다. 죄의 무게가 너무 과하지 않습니까!"

"폐하, 비록 죄인들이라 하나 저들의 가족도 폐하의 백성입니다! 아무 죄 없는 백성들까지 죽일 수는 없습니다!"

이거야 원, 너무 빤히 보이는 수작질이라 웃음밖에 안 나오는군. 언제부터 백성들의 안위를 살폈다고? 하나둘 목소리를 높이더니 이제는 숫제 개떼처럼 덤벼드는 이들의 태도에 겉으로는 나직하게 혀를 차며 속으로 실소를 흘렸다.

코미디가 따로 없다. 누가 들으면 청렴결백 충신인 줄 알겠네. 황당한 것도 정도가 있지. 삐뚜름하게 올라가는 입가를 갈무리하고 고개를 돌리자 그도 어이없다는 얼굴로 삐딱하게 대공파 쪽을 바라보고 있다. 그와 동시에 황제파 쪽에서 터져 나오는 고성. 완전 개판이다.

"그걸 지금 말이라고 하시오! 제국의 태양을 기만하고 황실재산을 강탈한 게 역심이 아니고 뭐란 말이오!"

"옳습니다! 황제 폐하와 황후마마를 업신여기고 그 같은 대죄를 저질렀다는 건 곧 역심을 품은 것과 같습니다."

"어디 죄가 그뿐입니까? 죄인들로 인해 수많은 백성들이 핍박을 받았습니다. 그들의 고통은 어찌 보상받는단 말입니까!"

"애초에 죄인들은 신전에 들 때 했던 맹세도 어겼거니와 사사로이 사욕을 챙겼습니다. 죄인들로 인해 그 일가족이 배불리 지냈다면 그 대가를 돌려받는 것이 마땅하지 않습니까? 그들이 편히 지내는 동안 백성들은 피눈물을 흘렸다는 걸 명심하셔야 할 겁니다."

"그렇습니다! 죄의 무게가 있는데 저들에게만 묻는다는 것은 말도 안 되는 일입니다!"

말이야 백번 옳다만 너무 시끄럽다고. 거참 아직 심문도 안 했는데 벌써부터 열기가 장난이 아니군.

"모두 정숙하시오!"

결국 아버지한테 한 소리 듣고 일제히 입을 꾹 다문다. 잠시간 정적이 흐르자 그제야 만족한 듯 죄인들을 향해 아버지가 다가가며 입을 열었다. 어차피 예상하지 못한 반응도 아니고 심문은 이제부터 시작이지 않은가. 솔직히 이 정도는 돼야 재미도 있고. 다만 우리가 나서려면 아직 멀었다는 건데. 진짜 심심하다.

『벌써부터 안달이냐? 참고 구경이나 해라.』

안달 안 했거든? 그냥 입이 근질거린단 말이다.

"죄인들에게 묻겠다. 앞서 열거한 죄를 모두 인정하는가?"

그럴 리가. 아니나 다를까 하나같이 대공파 쪽을 힐끔거리던 놈들이 사색이 된 얼굴로 강력하게 부인한다. 인정한 순간 가족들의 목숨까지 죽어 나갈 판이니 당연할 테지.

"역심이라니요! 가당치도 않습니다!"

"맹세를 어기고 사사로이 욕심을 부린 건 인정합니다. 하지만 추호도 역심을 품은 적은 없습니다!"

"신성력이 사라진 것도 며칠 전 갑작스럽게 벌어진 일이지 절대 거짓으로 신관 행세를 한 적도 없습니다!"

"폐하! 그동안 지은 죄를 깊이 반성하고 있습니다! 모두 과한 욕심에서 비롯된 것이니 이 미천한 것들에게만 죄를 물어 주십시오!"

얼씨구. 생각할수록 웃기는 놈들이네. 애초에 신관은 사사로이 가정을 만들지 못한다. 외부와 단절하는 걸 맹세하지 않았나. 그런데 저놈들은 다 만들었다는 거지. 물론 비밀리에 숨겨 두고 있었지만 일단 다 알아냈다고.

그래 놓고 뭘 저리 당당한 건지. 아니 뻔뻔한 것이겠지만. 꼴에 사내라고 계집질하는 꼴이라니 웃기지도 않아. 더럽고 추악한 놈들일수록 탐욕도 많고 음심도 넘친다더니 딱 저놈들을 두고 하는 말이네.

"죄는 인정해도 역심은 인정하지 못한단 말이군."

그래 봐야 달라질 것도 없지만.

"좋습니다. 죄인들의 강력한 부인도 있고 하니 보다 정확한 판결을 위해 증인들을 출석시키겠습니다."

기다렸다는 듯 곧바로 문이 열리고 줄줄이 들어오는 증인들이 비어 있는 증인석을 가득 채우고 앉았다. 하나같이 죄인들을 바라보는 눈빛이 흉흉하다. 원한이 서리서리 맺혔다고 해야 하나. 하긴 가장 큰 피해를 입어 악만 남은 이들만 골랐으니 당연하겠지.

"증인, 신분과 이름을 말하시오."

"평민인 베켄이라 합니다."

"증인은 진실만을 말할 것을 맹세합니까?"

"예, 비천한 목숨을 걸고 맹세합니다."

이를 바득바득 갈며 대답한 베켄이라는 사내가 죄인들을 노려보던 눈길을 거두고 깊게 호흡을 가다듬었다.

"증인, 죄인들을 알고 있습니까?"

"예, 알고 있습니다."

"좋습니다. 그럼 그동안 죄인들에게 입은 피해는 무엇입니까?"

"저는 몇 개월 전까지만 해도 제도 내 시장에서 제법 큰 채소상을 하고 있었습니다. 그러던 중 갑자기 어린 자식이 병이 나 모스텔 대신전을 찾아 치료를 부탁한 적이 있습니다. 그때 저들이 요구한 치료비는 제가 일 년간 쉬지도 않고 일을 해야 벌어들일 수 있는 금액이었고 무리를 해서라도 치료하고 싶은 마음에 그 값을 치렀습니다. 하지만 그 이후에 저에 대해 이것저것 묻기 시작하더니 일주일 후 치료가 잘됐는지 봐 준다며 가게로 찾아왔습니다."

직접 찾아갔다고? 그것도 좋은 뜻으로? 그럴 리가.

"그런데 신관이 왔다 간 후에 건강했던 제 자식은 다시 앓아누웠습니다. 그때 당시 치료비를 치를 만한 형편이 안 되어 급히 의원을 찾아가자 독에 당했다며 해독약을 구하기가 어렵다고 했습니다."

뭐야 그 말은. 설마 저놈들이 독까지 쓴 건가? 하지만 아무리 그래도 그렇지 어떻게 그런 일을. 설마 하는 마음에 고개를 푹 숙이는 죄인들을 보고 사내를 보자 답이 나왔다. 설마가 사람 잡는다더니. 진짜 제대로 미친놈들이었네.

"저놈들이! 저 죽일 놈들이 독까지 써서 치료비를 요구했습니다. 터무니없는 치료비에 이자까지 늘어나 가게를 빼앗아 가고 그것도 모자라 제 아내를 강제로 끌고 간 놈들입니다!"

"그럼 아내분과 자식은 어찌 됐습니까?"

"가게까지 뺏기고 길바닥에 나앉자 저놈들은 더 이상 아이를 치료해 주지 않았습니다. 그래서 결국 아이는 죽고 아내도 강간과 폭력에 견디다 못해 자살했습니다. 저것들이, 쓰레기만도 못한 저놈들 때문에!"

뭐 이런 개새끼들이 다 있어. 짜증나는데 저것들 그냥 이 자리에서 쳐 죽일까. 아니지. 이왕이면 가장 비참하게 보내 버려야지. 젠장. 그래도 직성이 안 풀릴 것 같아. 그놈의 권력이 뭔지. 힘없는 사람만 불쌍한 건 어디 가나 똑같군. 거참 기분 더럽네.

"좋습니다. 그럼 증인은 그때 치료한 신관과 가게로 찾아왔던 신관들을 기억합니까?"

"예, 기억하고 있습니다. 저 카멜이라는 자와 그 밑에 있는 상급신관, 중급신관들 모두 기억하고 있습니다."

"알겠습니다. 증인은 자리에 착석하십시오. 지금 들으신 바와 같이 증인의 증언이 사실이라는 걸 입증하기 위해 증거자료를 제출하겠습니다."

그러면서 몸을 돌려 단상으로 다가온 아버지가 우리에게 서류 하나를 내밀었다. 다름 아닌 가게 문서다. 상단 명의로 되어 있는 문서. 그렇다는 건 이 상단 또한 저놈들의 자금원이라는 것이겠지. 그 이외에도 몇 개가 더 있지만.

"서류상으로 봤을 때는 처음부터 상단 소유로 되어 있군."

"그렇습니다, 폐하. 죄인들은 주도면밀하게 처음부터 강탈한 증거를 남기지 않았습니다만, 이미 증인의 지인들과 주변 인물들의 확실한 증언도 있습니다. 또한, 증인 외에도 이 같은 사례가 수차례 있었고 강탈한 재산들은 죄인들이 사사로이 운영하는 상단과 그 일가족, 방계들이 관리하고 있다는 걸 확인했습니다."

"신관이라는 것들이 맹세를 어기고 부정한 짓거리를 한 것도 모자라 독수에 강간, 폭력, 백성들의 재산을 강탈해 사욕을 챙겼다? 이 점에 대해서 경들의 말을 듣고 싶은데."

즉 입이 있으면 반론을 해 보라는 말이지만 글쎄, 이 상황에서 입 잘못 놀렸다가는 큰일 나지. 그래도 눈치는 있는지 좀 전까지도 개떼처럼 언성을 높이던 대공파가 쥐 죽은 듯 조용하다. 그런 그들을 보며 입가를 삐뚜름하게 올린 그가 아버지를 향해 눈짓하자 다음 증인이 자리에서 일어났다. 이번에는 제법 예쁘장한 젊은 여인이다.

"증인, 신분과 이름을 말하시오."

"평민은 엘샤라고 합니다."

"증인은 진실만을 말할 것을 맹세합니까?"

"예, 제 목숨을 걸고 맹세합니다."

역시나 원한이 맺힌 눈빛이군. 무슨 짓을 했는지 대충 예상이 간다. 힘없는 평민이면서 저런 외모를 가졌다면 뻔하다. 하여간 추잡한 놈들.

"그럼 묻겠습니다. 죄인들이 증인에게 해를 입힌 사실이 있다면 이 자리에서 확실하게 밝혀 주십시오."

"저희 집은 대대로 약초상을 운영해 왔습니다. 병든 부모님과 어린 동생들과 함께 살다 보니 생활이 빠듯했지만 그래도 가족들의 웃음을 보고 희망을 얻고 살았습니다. 그런데 저놈들이 다 망쳤습니다. 말도 안 되는 치료비를 요구하고 그것도 모자라 저를 겁탈하고 어린 두 동생은 노예로 팔려고 했습니다."

『와, 인간들은 왜 저렇게 추악한 거야?』

인간이니까. 그 한 마디로 답이 나와.

『정말 싫다. 끔찍하지 않아?』

『그러게. 냄새도 완전 썩었어!』

추악한 욕심에 더러운 죄까지 덕지덕지 두르고 있을 테니 당연하다. 정말이지 인간의 밑바닥을 보는 기분이군.

"정확히 저들이 무엇을 요구했습니까?"

"처음에는 부모님의 치료비로 터무니없는 금액을 요구하더니 제가 사정사정하자 제 몸을 빌미로 치료비를 받지 않겠다고 했습니다. 그리고 그때부터 그들은 틈만 나면 저를 불러내 유린하고 짓밟았습니다. 정말 죽고 싶었지만 차마 부모님과 동생들 때문에 죽을 수도 없었습니다. 그렇게 마지못해 살게 된 지 두 달이 지났을 때 저놈들이 가게로 찾아왔습니다."

"무엇 때문입니까?"

"제 몸을 빌미로 치료비를 받지 않겠다고 했으면서 그런 말을 한 적이 없다며, 말리는 아버지와 어머니를 폭행하고 가게 문서를 뺏어 갔습니다. 그래 놓고도 이자가 쌓였다며 어린 두 동생을 노예로 팔려고 했습니다."

졌다. 쓰레기도 재활용할 가치가 있건만 저것들은 뭐냐.

『길바닥에 굴러다니는 쓰레기도 저것들보다는 낫겠군.』

내 말이 그 말이야. 완전히 답도 안 나오는 놈들이잖아. 정말이지 저렇게까지 썩기도 힘들 것 같은데.

"그동안 이 같은 불이익을 당하면서 왜 말하지 않은 겁니까?"

"누구한테요? 누구한테 말해야 합니까? 저놈들뿐만 아니라 귀족한테도 제 몸을 상납한 놈들입니다! 말하는 순간 제 가족들을 죽이겠다는 놈들한테 무슨 말을 합니까? 다 한통속인데 누구한테요!"

틀린 말은 아니다. 경찰서나 파출소가 있는 것도 아니라 어디 마땅하게 하소연할 곳도 없는 데다 애초에 귀족들과 결탁해서 그런 짓까지 벌였다면 억울해도 말 한마디 못했겠지. 괜히 말했다가 빌미 잡혀서 목숨만 날아갈 수도 있고.

확실히 이런 걸 보면 시대가 뒤떨어졌단 말이야. 하긴 노예가 있고 인간 취급도 못 받는 천민도 있는 곳인데 오죽할까. 그렇다고 알면서도 그냥 넘어가기에는 문제가 있고. 아무래도 정식으로 신고센터를 하나 만들어야겠군.

정신 똑바르고 강단도 있는 이들로 배치해서 아버지나 우리에게 직접적으로 보고를 하도록 하는 것도 나쁘지 않겠지. 그리되면 백성들도 안심할 수 있고 귀족들도 함부로 헛짓거리는 못 할 테다. 문제는 내 일거리가 늘어난다는 것이고 더 큰 문제는 귀족들의 반발을 예상해야 한다는 것이다.

그건 그것대로 짜증난다. 하지만 현실이 그렇잖은가. 귀족이라는 것들은 오랜 세월 자부심과 오만에 찌들어 있어 평민은 그저 발밑의 하찮은 존재로 볼 거란 말이야. 사실 계급층이 뚜렷한 이상 당연한 현실이고 나 또한 마찬가지로 권력을 중요시 여기고 이용하며 휘두르지 않나.

솔직히 남 말할 처지는 아니다만 그래도 나는 황후고 저것들은 귀족이잖아? 꼭대기에 있으면 위치에 맞게 행동해야겠지. 사실 썩은 부위가 극심하기도 하고 적절한 선에서 진행시키면 될 것이다. 그렇게 결론도 나왔겠다, 대충 머릿속으로 계획을 세우며 슬쩍 장내를 돌아봤다.

죄다 표정이 안 좋다. 그도 그럴 것이 앞서 증언했던 이들과 마찬가지로 이후로도 이어지는 증언은 하나같이 혀를 내두를 정도였으니까. 재산을 뺏고 어린아이, 여인 할 것 없이 강간, 성상납, 협박, 폭력이 이루어진 건 예사고 살인도 있다.

인간이 어디까지 악해질 수 있는지를 보여 주는 게 아니고 뭐란 말인가. 정말 저것들이 인간인지 의심스럽다. 마음 같아서는 이 자리에서 쳐 죽이고 싶지만 차마 그리할 수는 없고 짜증스레 미간을 찌푸리자 만만찮게 표정이 안 좋은 그가 걱정스레 물어 왔다.

"황후, 괜찮소?"

당연히 괜찮다, 라고 대답하는 게 맞겠지만. 힐끔힐끔 우리 눈치를 살피는 대공파를 보며 입가를 삐뚜름하게 올렸다가 들으란 듯이 목소리를 낮추지 않고 대답했다.

"송구하오나 괜찮지 않습니다, 폐하. 쓰레기보다 못한 것들과 한 하늘 아래 숨을 쉬고 있다는 사실만으로도 끔찍합니다."

"짐의 생각도 같소, 황후. 감히 황제인 짐의 눈을 속이고 버러지만도 못한 악행을 일삼아 오다니. 구족을 멸해도 성이 차지 않을 것 같소."

그의 말에 새파랗게 질리는 죄인들과 경악하는 대공파를 보며 그들이 미처 반론을 제기하기도 전에 재빨리 말을 이었다.

"폐하, 그 전에 죄인들과 결탁해 똑같이 쓰레기 짓을 한 귀족들을 밝혀내는 것이 우선입니다. 귀족이면서 백성들의 귀감이 되지는 못할망정 말 못 하는 짐승도 하지 않는 짓을 했다면 더 강경하게 처벌해야 하지 않겠습니까? 그래야 이 같은 일이 두 번 다시는 일어나지 않을 것입니다."

즉 네놈들은 역모 죄에서 못 벗어난다는 것이지. 그런 의미를 담아 그를 보며 눈을 빛내자 살짝 입꼬리를 말아 올린다. 똑같은 생각을 하고 있을 테지.

"비아, 이제 슬슬 우리 차례다. 기대되지 않나?"

난 또 뭔 소리를 하려고 귓속말까지 하나 했더니. 그런 당연한 말씀을.

"무척 기대됩니다."

『이번에는 딱히 말리고 싶지도 않군. 마음대로 해라, 주인아.』

응. 안 그래도 그럴 참이었어.

"지금 제출한 증거는 죄인들이 귀족들과 내통한 서류이며 죄인들과 연관이 있는 모든 사업체 또한 정식으로 조사할 것을 요청하는 바입니다."

그야 당연히 허락해야 하는데. 뭐냐, 저것들? 아주 난리가 났다.

"말도 안 됩니다. 지금 그걸 말이라고 하십니까!"

"어허! 말이 안 될 건 또 뭐란 말이오! 의심스럽다면 조사를 하는 것이 마땅합니다!"

"죄인들이 저지른 흉악한 일을 밝히는 것입니다. 사소한 연관이라도 있다면 반드시 밝혀내야 합니다!"

그럼 당연하지. 그런데 이것들은 지극히 당연한 걸 그리 생각 안 한다는 게 문제지.

"안 됩니다, 폐하! 이 자리는 죄인들의 죄를 판단하는 자리가 아닙니까? 그런데 고작 연관이 있다고 해서 조사하다니, 이는 죄인들의 죄와 아무런 연관이 없습니다!"

"그렇습니다! 이는 말이 안 되는 것입니다. 그동안 모스텔 대신전이 오랜 역사를 이어 오는 동안 조금씩 연관을 맺은 것은 당연한 일이 아닙니까? 그렇다면 모든 사람을 다 조사해야 한다는 말과도 같습니다!"

"폐하! 지금 의장께서는 제도뿐만 아니라 바이에르 제국 전체를 조사하겠다는 발언을 하신 것이나 마찬가지입니다. 이는 죄인들이 신관으로서 자격을 잃은 것과 당시에 지은 죄를 판단하는 자리니만큼 그에 대한 처벌만이 합당하다 생각합니다."

합당은 개뿔.

『인간들은 역시 시끄럽다.』

정확히는 살려고 발악하는 거지. 잘못하다가는 목이 댕강 날아갈 판인데 이 정도쯤이야 뭐.

"말이 되는 소리를 하시오! 연관이 있는지 없는지 루카인 백작이 어찌 안단 말이오? 혹 백작도 연관되어 있는 것이 아니오?"

"말을 삼가시오, 발랭 백작! 지금 이 사람을 어찌 보고 그따위 망발이오!"

"망발은 백작이 하고 있지 않소? 뭐 찔리는 것이라도 있소이까?"

당연히 있겠지. 있어도 많이 있을 테다. 다만 저것들은 약삭빠르게 빠져나갔을 테지만.

"이익! 말을 삼가라 하지 않았나!"

"삼가야 할 건 백작이오! 잘못이 없다면 더 당당해야 하지 않소이까?"

"맞습니다, 폐하. 솔직히 반대하는 것이 더 이상합니다. 지은 죄가 없다면 반대할 이유도 없습니다. 그런데 저리들 강경하게 반대하고 나서는 이유가 무엇인지, 심히 의심스럽습니다."

그거야 옳은 말이지만 정말이지 가관이다. 먹이 하나를 두고 개떼처럼 덤벼드는 것 같군. 거참 알다가도 모르겠네. 이 정도는 충분히 예상했을 텐데 저 발악은 뭐란 말인가. 기회를 잡은 우리가 고작 피라미만 잡고 넘어가지는 않을 거 아니야?

하긴 뭐 이해 못 할 건 없지만 잘못하다가는 줄줄이 굴비 엮듯이 엮일 수도 있으니 반론을 제기하는 것이야 당연하다. 그렇다고 곱게 넘어갈 생각은 없고. 아론이라면 이미 조사를 했을 것 같은 생각이 미치자 그를 힐끔 보며 귓가에 작게 속삭였다.

"어떻게 됐습니까?"

"뭘 말이오?"

알면서 묻기는.

"사업체 조사 말입니다."

"아아, 직접적인 연관이 있는 곳은 이미 며칠 전에 끝냈소. 나머지는 오늘 재판이 시작하기 직전에 다 잡아들이라 했으니 그놈들이 가지고 있던 자료들도 지금쯤 다 수거했겠군."

역시 빠르네. 하긴 확실한 자금력이 될 텐데 제일 먼저 손을 써야지. 재판 때 맞춰서 했다면 아직은 저 인간들도 모르는 사실일 테고 제법 시간이 흘렀으니 마무리도 됐을 테다. 그럼 뭐 느긋하게 가면 되겠군.

"조용히 하시오! 죄인들과 그들이 사사로이 연관이 있는지 없는지 판단하는 것은 황제 폐하께서 하실 일입니다. 또한 연관이 없다면 고작 조사하는 것을 이렇듯 막을 이유는 더더욱 없습니다."

"하지만 의장!"

또 무슨 개소리를 하려고. 결국 보다 못한 그가 벼락같은 호통을 내지르자 일순 왁자지껄 소란스럽던 장내가 찬물을 끼얹은 듯 조용해졌다. 이제야 살겠네. 젠장. 귀가 다 멍멍해.

"지금부터 짐의 허락 없이 입을 여는 자들은 그 즉시 죄인들과 결탁한 것으로 알고 처벌하겠다."

볼만하다. 하나같이 할 말은 무진장 많은데 차마 말은 못 하고 와락 일그러지는 표정들이라니. 속으로 만족스럽게 웃고 쭈욱 장내를 돌아봤다가 그에게로 시선을 돌렸다.

"죄의 유무는 짐이 판단할 일. 죄인들은 오랫동안 모스텔 대신전의 신관과 원로로서 자리를 지켜 왔고, 그사이에 행한 수많은 죄악은 말로 다하지 못할 정도며 이 자리에서 밝혀지지 않은 죄악 또한 많을 것이다. 그에 동조한 자들도 있을 것은 자명한 일, 그들에게 죄를 묻지 않는다면 온전한 판결이라 볼 수 없다. 해서 황제로서 명한다. 지금 즉시 증인들이 증언한 것과 증거를 토대로 죄인들의 일가족과 죄인들과 조금이라도 연관된 자들은 모조리 잡아들이라!"

쿠쿵! 효과음이 있다면 이런 소리가 날 타이밍이다. 정말 대공파 쪽 얼굴이 벼락 맞은 얼굴이거든. 물론 일가족은 이미 잡아들인 지 오래지만 공식적인 명령은 아니었으니까. 이것으로 빼도 박도 못할 테다.

그나저나 참 극명하게 대조되는 반응이네. 에시리온 대신관은 모든 것을 달관한 듯 눈을 감고 있고 황제파는 그야말로 웃고는 싶은데 차마 웃을 수는 없어 실룩거리는 얼굴이 경련을 일으킬 정도다. 그리고 대공파야 뭐 초상집 분위기지.

"그럼 지금부터 죄인들과 내통한 귀족들에 대한 죄상을 밝히겠습니다. 먼저 커클렌더스 로틴 데 멜린 자작입니다."

이름이 호명되자마자 법정 문이 열리고 멜린 자작이 담담한 모습으로 들어왔다. 저건 이미 죽음을 받아들이겠다는 표정이군. 그건 곧 대공파와 거래를 끝냈다는 것이고. 보나마나 어린 딸과 부인을 지켜 준다는 약속하에 덤터기를 썼을 테다.

귀족이라고 해서 다 같은 귀족은 아니니까. 힘이 약하면 더 빨리 먹히는 게 귀족이다. 그런 의미로 신분은 자작이라 하나 가문의 힘이 전혀 없는 멜린 자작을 희생으로 삼기에는 제격이지. 하지만 과연 뜻대로 될까 모르겠네.

"커클렌더스 로틴 데 멜린 자작, 황제 폐하와 황후마마께서 참석하신 재판입니다. 진실만을 말할 것을 맹세합니까?"

"예, 맹세합니다."

"좋습니다. 멜린 자작은 증거서류에도 있다시피 죄인들과 결탁하여 사사로이 이익을 챙긴 것으로 나와 있습니다. 이에 멜린 자작은 그 죄를 인정하는지, 인정한다면 죄인들을 만나게 된 경위와 그동안 죄인들과 있었던 일을 상세히 말하시오."

"먼저 커클렌더스 로틴 데 멜린은 죄를 인정하는 바입니다. 죄인들과는 치료차 만나면서 우연찮은 기회로 뜻이 맞아 같이 일을 도모하게 되었습니다. 죄인들의 뒤를 봐준 것이 저를 비롯해 몇 명이 더 있습니다. 그를 증명할 서류도 이미 제출했습니다."

얼씨구. 아예 가짜 서류까지 만들어 제출했단 말이지. 거참 헛짓거리를 야무지게 했네. 그래 봐야 이미 진짜배기 서류는 우리한테 들어왔는데 말이야. 나름대로 머리를 굴리기는 했다만 가소롭다, 이것들아. 하긴 그걸 모르니 저러는 것이겠지만.

멜린 자작 이후로 불려 온 윌스트 자작, 윈프레드 남작, 펠런 남작, 슈만 남작 또한 대답은 한결같았다. 그 모습들을 심드렁하게 보고 있던 것도 잠시. 우리 쪽으로 고개를 돌린 아버지에게 눈짓하자 슬쩍 웃는 모습에 우리 또한 씩 웃음을 머금었다.

"좋습니다. 그럼 마지막으로 묻겠습니다. 지금까지 증언한 말이 모두 사실입니까?"

"맹세코 사실입니다."

"황제 폐하와 황후마마께서 보고 계신 이 자리에서 어찌 거짓을 입에 담겠습니까. 모두 진실입니다."

말은 잘해요. 그렇게 죽고 싶다니 죽여 주는 거야 문제가 없지만 저들이 원하는 대로만 일을 풀어 나갈 수는 없지.

"진실이라니 더는 묻지 않겠습니다. 그런데 이상한 일이 아닙니까? 신전에서 나온 증거서류에는 이들 이외에도 연관된 이들이 더 있었습니다. 그래서 그 증거서류를 제출하는 바입니다."

늙은이들 신성력을 뺏고 바로 일을 추진했으니 이들이 경악하는 건 당연하다. 물론 그래 봐야 직접적인 계약을 하지 않은 고위직은 한 놈도 못 잡겠지만.

황군이 신전에 들이닥칠 때 저들도 움직였을 테니 나머지도 최대한 빼돌렸을 테다. 거기서 미처 빼돌리지 못한 걸 우리가 수거한 것이고. 그래도 백작 두 놈에 제법 재력을 갖춘 남작 두 놈은 더 쳐낼 수 있으니 이번 재판으로 확실히 저들의 세를 줄일 수는 있다. 그리고 암살로 세 놈을 더 잡을 수 있고.

이래저래 남는 장사라는 생각에 흡족해하며 아버지가 넘긴 서류를 찬찬히 훑었다. 예상대로 마리드 백작, 프로티아 백작, 엔리시크 남작, 폴란 남작의 이름이 들어 있다. 다만 뜻밖의 수확은 벤보우 자작이다. 자작이 아도라 후작의 가까운 방계였지. 잘하면 더 건질 게 있을지도.

"감히, 귀족이란 것들이 황제인 짐의 눈을 속이고 신관과 결탁해 신권을 키운 것도 모자라 백성들을 핍박했다니. 하나같이 썩어 빠졌군. 제1기사단 단장은 황명을 받으라."

"하명하십시오, 폐하!"

"멜린 자작, 윌스트 자작, 윈프레드 남작, 펠런 남작, 슈만 남작, 마리드 백작, 프로티아 백작, 벤보우 자작, 엔리시크 남작, 폴란 남작. 지금 즉시 제1기사단과 황군을 이끌고 호명한 이들의 가택과 모든 사업체를 조사, 감시하고 그 일가족을 모조리 구금하라!"

오, 카리스마 작렬. 마음 같아서는 박수라도 쳐 주고 싶지만 이 정도도 예상하지 못한 멍청이들을 보자니 우습지도 않다. 얼마나 멍청하면 저런 반응이야. 자신의 이름이 호명될 때마다 하얗게 질리는 것에 입가를 삐뚜름하게 올렸다.

정말이지 이번에는 비명까지 난리가 났다. 뒤에 호명된 놈들의 가족들은 이 자리에 참석하고 있거든. 들이닥친 기사들이 뒤에 앉아 있던 가족들을 막무가내로 끌고 가고 또 방금 증언한 귀족 다섯 놈은 그걸 말리고 대공파는 반항하고 황제파는 몰아붙이고. 이런 빌어먹을. 정신이 하나도 없네.

"아, 안 돼! 이놈들 무슨 짓이냐!"

"이 무슨 경우란 말입니까? 재고해 주십시오, 폐하!"

"폐하! 이럴 수는 없습니다! 어찌 서류 하나로 죄 없는 이들을 잡아들인단 말입니까!"

"황명을 거두어 주십시오!"

"그저 거래를 한 것으로 일가족을 구금하다니 있을 수 없는 일입니다!"

이후로도 줄줄이 쏟아 내듯 항의하는 말은 대부분 재고해 달라, 황명을 거두어 달라, 핍박이다, 등등 재수 없는 발언들이고, 그에 또 황제파는 감히 황명을 거역하느냐며 한통속이니 어쩌니 바락바락 소리를 질러 대는 통에 한마디로 개판이 되었다. 결국 또다시 그가 법정 전체를 압박하는 살기를 내뿜고야 조용해졌다.

"듣고 있자니 도를 넘어서는군. 네놈들이 언제부터 황명에 토를 달게 되었지? 네놈들의 의견이 황제인 짐의 명령보다 우선이라 생각하나?"

놈이란다. 법정에서 대놓고 놈 발언을 할 정도라면 화가 단단히 났군.

"죄가 없다면 곱게 풀려날 것이고 죄가 있다면 합당한 벌을 받으면 된다. 그런데도 불만이라면 기회를 주지. 짐은 이 재판이 몇 날 며칠을 가게 되더라도 네놈들의 구린 구석을 낱낱이 파헤쳐 줄 각오가 되어 있으니 어디 다시 한 번 말해 보라."

그리 말하면 반박할 수 있을 리가 없다. 파헤칠수록 불리하다는 걸 모르는 멍청이는 없을 테니까. 아니나 다를까. 하나같이 일그러진 얼굴로 입만 벙긋거리는 모양새에 여전히 진득한 살기를 뿜어내는 그의 손을 잡으며 입을 열었다.

"폐하, 진정하십시오. 이 자리에는 쓰레기만 있는 게 아닙니다. 나약한 여인들도 있으니 진노를 거두어 주십시오."

대공파야 하얗게 질려서 뒤지든지 말든지 상관없다만 황제파 여인들은 무슨 죄야.

"이런. 황후, 미안하오. 괜찮은 것이오?"

"신첩이야 괜찮습니다. 다만 귀족들에게 실망이 이만저만이 아닙니다. 황권을 세우는 것은 그 무엇보다 중요한 것이거늘, 귀족이면서 탐욕에 눈이 멀어 신권을 키우고 백성들을 핍박한 것도 모자라 황실재산을 강탈하다니요. 겁을 상실한 것도 정도가 있지, 참으로 구역질이 치밀지 않습니까? 바이에르 제국의 앞날을 위해서라도 오늘 썩은 부위는 확실히 잘라 내셔야 합니다."

얼씨구. 방귀 뀐 놈이 성낸다더니. 내가 한마디 할 때마다 눈에 쌍심지를 켜고 노려보는 시선들이 잘하면 살인이라도 할 태세다. 뭐 그러든지 말든지 상관없고. 진득하게 꽂히는 시선들을 느긋하게 즐기며 할 말은 다 했다.

"당연히 그럴 것이오. 황후와 백성들을 위해서라도 반드시 그리 해야지. 의장! 재판을 속행하라."

"예, 폐하. 증거자료를 보셨다시피 앞서 호명한 이들은 죄인들과 동조하여 신권을 강화시키는 데 일조하였으며 황실재산을 강탈해 사사로이 이익을 챙긴 것뿐만 아니라 매달 뒤를 봐주는 조건으로 죄인들에게 상납을 받아 왔습니다. 또한 상호 간의 거래 물품 중 법으로 금지된 것도 부지기수입니다. 이에 제국의 법을 바로 세우기 위해서라도 이들에게 최고형이 합당하다고 여기는 바입니다.”

단호하게 힘이 실린 아버지의 말에 죄인들의 얼굴이 하얗게 질리다 못해 이제는 파래지고 있었다. 당장에라도 숨이 넘어갈 듯 헐떡이는 꼴이 저러다 정말 죽는 건 아니지 걱정이다. 아직 죽으면 안 되잖아? 네놈들은 공개처형감이라고.

그래야 백성들 원한이 풀리고 덤으로 우리는 칭송받지. 문제는 호명된 귀족들이 하나같이 억울하다 외치는 데다 그들을 옹호하는 대공파 때문에 또 한바탕 난리가 나면서 순식간에 아수라장으로 변해 버렸다는 것이다.

그래 봐야 이미 기사들의 손에 억압당해 죄인들 앞에 무릎을 꿇은 상태지만. 정말이지 저 주둥이들을 죄다 꿰매 버리고 싶군. 너무 시끄럽다고. 이래서야 끝도 없을 것 같아 지끈거리는 관자놀이를 꾹꾹 누르자 그가 다시 한 번 호통을 치며 소란을 잠재웠다.

그 순간 앞서 희생양으로 나왔던 펠런 남작이 억압하는 기사들을 뿌리치려고 난리를 피웠다. 그와 시선을 맞췄다가 슬쩍 눈짓을 해서 풀어 주게 했다. 기다렸다는 듯 우리 앞으로 달려와 납작 엎드리는 모습에 속으로 진득한 웃음을 흘렸다. 그래, 이걸 기다렸다고.

“폐하! 신은 억울합니다! 신은 그저 협박에 못 이겨 시키는 대로 했을 뿐입니다!”

“닥쳐라!”

“협박이라니! 거짓으로 죄를 묻으려 하지 마라!”

펠런 남작의 말에 슈바렌 백작의 노성이 터져 나왔다. 딱 보니 저

놈이군.

"이야기가 다르지 않소! 내 가족들은 살려 준다며! 네놈이 그리 말하지 않았느냐!"

"저, 저 미친놈이. 폐하! 저놈은 죄인입니다. 미친놈의 말을 들어 무엇을 하겠습니까? 듣지 마십시오!"

쯧쯧, 어쩌면 이리도 예상에서 한 치도 안 벗어나는 건지. 이리될 줄 알고 처음부터 강수를 두기는 했다만. 거참 일이 너무 뜻대로 풀려도 황당하네. 조금 전까지도 보호하려고 목에 핏대를 세우고 난리를 피우던 이들이 이제는 잡아먹으려고 덤벼든다.

하긴 잘못하다가는 제 놈들마저 끌려들 판이니 오죽할까. 여기서 만약 앞서 증언한 다섯 놈이 머리가 좋아 서류를 작성해 놨다면 물귀신 작전이 통할 거고 힘이 없어 그것마저 못했다면 억울한 다섯 놈만 죽게 되겠지.

하지만 확실히 이익은 있다. 증거가 없어 싸잡아 죽이지는 못해도 한동안 정치판에서 발언권은 사라지게 된다. 아마 스스로도 몸을 사릴 것이다. 게다가 명색이 귀족이면서 설마 하니 증거 하나쯤이야 안 남겼을라고? 불안하기는 하지만 설마. 바보가 아닌 이상에야 남겼을 테다.

"짐의 말이 우습나 보군. 마지막으로 경고한다. 이후로 발언권을 얻지 않고 법정을 소란스럽게 할 시 엄중한 처벌을 내릴 것이다."

그의 경고에 또다시 소란이 잦아들었다. 그는 씩씩거리며 대공파를 노려보는 펠런 남작을 내려다봤다.

"말해 보라. 조금 전의 증언은 거짓이란 말인가?"

"그, 그렇습니다, 폐하. 신이 마지못해 거짓을 아뢰었습니다."

"진실만을 말해야 하는 법정에서 거짓을 말했다? 그 이유가 협박과 관련이 있나?"

"예, 폐하. 펠런 남작가는 중앙귀족이기는 하나 세가 약하여 작은 사업체 두개를 꾸려 나가고 있는 게 전부로 매달 상납을 맞춰야 하는 것도 빠듯한 실정이었습니다."

그렇지. 중앙귀족치고는 힘이 너무 없어 오히려 지방 귀족보다 못한 실정이다. 그래서 희생양으로 선택됐을 테지만. 그나저나 상납이라고? 같은 파벌끼리도 뜯어먹은 거야? 대단하네.

"누구한테 상납을 했단 말이지?"

"펠런 남작가는 실상 어디에도 속해 있지 않았으나 몇 해 전 갑작스럽게 슈바렌 백작에게 빚을 지게 되었고, 그 빚을 갚는다는 명목으로 슈바렌 백작가의 산하로 들어가게 되었습니다. 그때부터 백작이 매달 상납금을 요구해 왔습니다. 그것을 제대로 맞추지 못해 빚만 더 늘어나는 꼴이 되면서 어쩔 수 없이 백작이 시키는 더러운 일을 도맡아 해야 했습니다. 그러던 중 얼마 전 제 딸이 납치를 당했다가 돌아온 적이 있습니다."

"납치?"

"예, 슈바렌 백작은 신을 협박하기 위해서 딸아이를 납치하였고 이후 안전도 책임질 수 없는 상황으로 몰아갔습니다. 백작은 제게 가문을 지키고 빚을 탕감받고 싶으면 이번 일에 스스로 나서 죄를 시인하고 죽으라 했습니다. 폐하! 협박에 의한 것이라 하나 신이 저지른 죄를 인정하고 어떤 벌이라도 달게 받겠습니다. 그러나 제 아내와 딸아이는 아무것도 모릅니다. 부디 불쌍히 여기시어 아내와 딸아이 목숨만은 살려 주십시오! 모든 벌은 신이 받겠습니다!"

악인도 피붙이는 중요하다 이건가. 펠런 남작의 이야기가 계속될수록 슈바렌 백작의 얼굴이 볼만하게 일그러졌다. 중간중간 벌떡 일어나려는 걸 양옆에서 잡고 있지 않았다면 아마도 고래고래 소리를 질렀을 테다. 그랬다면 죄가 추가될 텐데 아쉽게 됐군.

“지금 한 말을 증명할 수 있나? 있다면 가족들을 평민으로 강등시키되 목숨만은 살려 주겠다.”

“아! 이, 있습니다! 평소 백작의 추악한 성격을 알기에 서류로 약속 증표를 남겨 달라고 했습니다만 그것도 가족들의 목숨을 위협하는 통에 받지 못했습니다. 하지만 그보다 더 확실한 증거가 있습니다.”

그러면서 말끝에 하얗게 질린 슈바렌 백작을 보며 기괴하게 입가를 끌어 올린 펠런 남작이 다시 우리를 향해 목소리를 높였다.

“백작이 찾아왔을 때 비밀리에 영상구로 그 모습을 담았습니다.”

“거짓말! 너, 너 이놈!”

영상구? 그건 또 뭐야?

『마법용품이다. 멀리 떨어진 상대와 대화를 나눌 수 있고 그 이외에도 담고 싶은 모습을 담을 수도 있다. 아마 그 안에 두 놈이 만나는 걸 담았다면 그 내용까지도 있을 것 같군.』

그거 전화기나 비디오 같은 건가? 신기하네. 마법용품 중에 그런 것도 있었어? 가만, 그럼 그걸로 대공이나 두 공작 놈이 만나는 것도 찍을 수 있었던 거잖아? 왜 진작 말을 안 했어?

『주인이 안 물어봤지 않나?』

그거야 그렇지만. 쳇, 할 말이 없네. 뭐 그건 나중 문제고 인내력이 바닥났는지 악을 쓰는 슈바렌 백작을 기사들이 억압하고 중앙에 무릎을 꿇렸다. 그 때문에 뒤쪽에 있던 백작부인과 그 자식들은 울음바다. 이로써 또 한 놈 성공.

그럼 지금까지 몇 놈이야? 원로원 늙은이들 12명에 신관 3명. 귀족은 앞서 증언한 다섯 명, 뒤에 증거서류에서 나온 다섯 명. 거기다 슈바렌 백작. 영상구를 가져오게 했으니 확실하게 가택 조사를 할 이유는 성립됐고 백작가에서 나올 서류가 또 있을 것이다.

그리고 이 재판이 끝나는 대로 황제 내외 암살 건으로 세 놈을 더 잡을 생각이다. 포엥마 후작가, 제노겔 백작가, 카시스 백작가. 바로 이 자리에서 끝을 보는 것도 나쁘지 않지. 몰아붙일 때는 확실하게 벼랑 끝까지 몰아내야 저놈들이 들고 일어날 테니까.

그때는 재판도 필요 없고 한 번에 때려잡으면 된다. 어쨌든 힘이 있고 없고를 떠나서 오늘 이 자리에서 떨어져 나간 대공파 세력은 상당수다. 그리고 그것들이 끌어모은 재산은 모두 황실재산으로 충당. 거기에서 백성들이 빼앗긴 가게를 돌려주면 칭송은 높아질 테지.

이 정도면 대박 장사 아니야? 그래서인지 자꾸만 입꼬리가 승천하려는 걸 간신히 억누르고 슬쩍 대공 쪽으로 고개를 돌렸다. 곧바로 시선이 딱 부딪히는 것에 미간을 확 구긴 놈과는 달리 보란 듯이 씨익 웃는 걸로 화답했다.

그러자 더 사정없이 구겨지는 미간에 살기까지 흘리는 꼴이라니. 그 뺀질거리는 가면은 어디다 두고? 하긴 그럴 만도 하다. 쯧쯧, 약오르지? 짜증나서 돌아 버리겠지? 알아. 그 심정. 나도 웃고는 싶은데 웃으면 안 될 타이밍이라 지금 얼마나 짜증나는데. 그런 의미로 이해해.

『짜증의 의미가 다르다, 주인아.』

괜찮아. 괜찮아.

잠시 슈바렌 백작의 소란이 있었지만 수차례 황명과 경고를 어긴 죄를 물어 이 자리에서 즉결처형 당하고 싶은지 묻는 그의 말 덕분에 법정은 소강상태에 접어들었다.

"슈바렌 백작에 대한 처분은 영상구와 증거물들이 도착하는 대로 하겠다. 그 이외에 다른 이들은 할 말이 없나? 만약 이 자리에서 이

실직고한다면 펠런 남작과 마찬가지로 가족의 목숨은 살려 주겠다. 그러나 끝까지 버틴다면 그동안의 죄를 일가족 모두에게 묻겠다."

이쯤 되면 말이 필요 없다. 애초에 희생양 다섯 명은 가족들을 살리고자 죄를 뒤집어쓴 것이나 마찬가지가 아닌가. 더 버틸 이유가 없는 것이다. 물론 중간에 반발하는 대공파가 있었지만 깔끔하게 무시하고 다시 번복되는 증언이 시작됐다.

나머지 넷도 펠런 남작하고 크게 다른 건 없었다. 비슷한 방식으로 가족들을 인질로 협박하거나 과거에 지은 죄로 협박하는 등. 시키는 대로 할 수밖에 없도록 몰아간 덕분에 어쩔 수 없이 희생양으로 나선 것이다.

다만 아쉬운 건 펠런 남작처럼 약삭빠르게 증거를 남긴 사람이 없어서 여기서 더 건질 건 없었다는 것인데. 하여간 멍청하기는. 그나마 다행이라면 증거는 없어도 죄인들이 강경하게 주장한 탓에 저들도 한동안은 근신처분을 면하지는 못할 것이고 뇌물 받은 놈들은 도로 토해 내야 하게 되었다.

그리고 백성들의 증언으로 백작 몇몇이 성상납을 받았다는 추잡한 죄를 물을 수 있게 된 것으로 대략적인 혼란은 가라앉았다. 덕분에 황제파는 파죽지세 기세를 높여 가고 있었고, 대공파는 분노에 이를 바득바득 가는 중에 각 가문으로 감사 나갔던 기사들이 속속들이 서류철을 들고 들어왔다.

한 번씩 문이 열릴 때마다 움찔움찔 경련하는 놈들을 지켜보며 모든 증거가 모일 때까지 재판은 소강상태 그대로 이어졌다. 물론 중간에 두 공작이 휴식을 청했지만 그것도 한 마디로 기각. 휴식 시간을 줬다가 무슨 짓을 하려고?

보나마나 각 가문에 연락해 방비를 하려 할 테지. 뻔한 수에 넘어갈 이유도 없고 매섭게 꽂히는 살기도 무시해 버렸다. 어떤 처벌을 줘야 할지 의견을 묻는 그의 귓가에 답을 해 주면서 몰래 키득거린 것도 잠시. 드디어 전부 모인 증거물에 모두의 이목이 집중됐다.

"이 증거들은 호명된 각 가문의 가택과 사업체에서 나온 것으로 보시다시피 살인청부, 법으로 금지한 불법적인 거래, 계약서들이 있으며 직접적으로 신관들과 거래한 내역서, 계약서, 죄인들의 일가족이 운영하는 상단들을 통해 매달 상납을 받은 서류 또한 있습니다. 그리고 이것은 펠런 남작이 말했던 영상구입니다."

뭐야. 비디오 같은 건 아니라도 제법 클 줄 알았더니 사내 주먹만 한 구슬이잖아? 저기에 뭘 담는다는 건지. 의아한 마음에 아버지 손에 들린 영상구를 보고 있는데 곧 빛이 팍 터져 나오며 마치 홀로그램처럼 나타나는 영상에 입이 떡 벌어졌다.

와우, 대박. 시대는 뒤떨어졌으면서 이상한 곳에서 발달했네. 거참 마법이라는 게 이런 것도 가능했단 말이지. 이제 와서 뭣하지만 새삼 대단하다는 생각을 하며 영상구를 바라보자 펠런 남작의 말이 사실이라는 것이 오래지 않아 확인됐다.

슈바렌 백작이 펠런 남작의 가족들 목숨을 두고 협박한 점, 죄를 뒤집어쓰고 자백하면 빚을 탕감해 주겠다는 말까지. 고스란히 담긴 영상에 펠런 남작은 차마 소리는 내지 못하겠는지 입을 길쭉하게 찢으며 웃음을 내비쳤고 슈바렌 백작은 참담하게 얼굴을 일그러트렸다. 그러고 보면 백작도 멍청이군.

"폐하, 펠런 남작의 말이 사실인 것을 증명하였습니다. 이에 슈바렌 백작을 조사할 수 있도록 허락해 주십시오."

"허락한다. 지금 즉시 백작의 일가족을 구금하고 기사단은 황군을 이끌고 백작가로 가서 백작에 대한 모든 것을 알아오되 만약 반항하는 이가 있다면 그 자리에서 참수하라!"

그의 명이 떨어지자마자 대기하고 있던 기사들 중 한 명이 법정을 나가고 이 자리에 있던 슈바렌 백작가의 가족들도 끌려 나가며 여기저기 침음성이 동시다발로 터져 나왔다. 당연히 대공파 쪽에서만.

"슈바렌 백작에 대해서는 잠시 판결을 미루고 먼저 신관을 사칭한 죄인들에 대해 판결하겠다. 그동안 기부금 명목으로 강탈해 간 황실재산이 상상을 초월할 정도다. 이에 죄인들의 모든 재산은 황실재산으로 압수할 것을 명하고 오늘 이 자리에 나온 증인들의 사업체도 돌려줄 것이다. 죄인들은 수많은 악행을 저질러 온 것이 확인된 바 일주일 후 공개처형 때까지 처형장에 감금할 것이며 처형장은 백성들에게 공개한다."

즉 일주일 후 처형 때까지 기다릴 필요 없이 지금부터 가서 화풀이하라는 말이다. 그래야 백성들 원성도 줄고 저 썩어 빠진 놈들 죽기 직전까지 괴롭힐 수 있지. 물론 그러자면 일주일은 버틸 신성력은 조금 돌려줘야겠지만. 다 늙어 빠졌는데 돌팔매 맞고 뒤지면 곤란하다고. 개처럼 얻어터지더라도 이왕이면 공개처형 때까지는 살아남아야지.

어쨌든 그거야 누르티아 님이 알아서 해 주실 거고 사업체를 돌려받을 수 있다는 사실에 감격하며 울음을 터트리는 증인들의 모습에 마음이 조금 무거워졌다. 작은 가게라도 저들한테는 유일한 생계수단일 테니 당연하겠지.

"또한, 신전에 들 때 맹세를 어기고 가정을 이룬 것도 모자라 백성들을 핍박한 끝에 호의호식했으니 이에 직계, 방계 할 것 없이 죄인들과 피가 조금이라도 섞였다면 모두 내일 아침 참수형에 처한다!"

지금껏 참담한 얼굴로 있던 죄인들이 일제히 경악해서 큰 소리로 외치기 시작했다. 그들이 하는 말에 대공파 쪽에서 화들짝 놀라 다시 반발했다. 이거야 원 다람쥐 쳇바퀴 도는 것도 아니고 뭐란 말인가.

"폐하! 가족들은 죄가 없습니다! 살려 주십시오!"

"모두 저놈들이 시킨 것입니다. 저놈들만 아니었다면 그런 일까지 하지 않았을 겁니다, 폐하!"

"닥쳐라! 이놈들이 보자 보자 하니 웃기지도 않는구나."

"우리가 시켰다니. 이놈들이 감히 누구를 모함하는 것이야?"

모함은 개뿔.

"이 악마 같은 놈들. 네놈들이 시켰지 않았느냐? 이게 모두 네놈들 때문이다!"

"네놈들이 매달 그리 많은 상납을 요구하지 않았다면 우리도 그런 짓까지는 하지 않았다!"

"저, 저놈들이. 폐하! 신들은 모르는 사실입니다. 증거가 없지 않습니까? 부디 죄인들의 말을 귀담아듣지 마십시오. 죄다 미친놈들입니다!"

"그렇습니다, 폐하! 증거도 없이 신들을 모함하는 저놈들을 속히 처벌하셔야 합니다!"

진심으로 짜증난다. 그래, 그놈의 증거가 문제지. 짜증나지만 별수 있나. 이미 중요한 건 죄다 빼돌렸을 것이고 설사 있다고 해도 그 이상은 찾기 어려울 것이다. 후작 이상들이 이만한 일에 증거물을 남기는 멍청한 짓은 안 하기 때문이다.

저를 밀어 주는 놈들까지 이용해 먹는 대공은 당연히 말할 것도 없고. 짜증나지만 혹시라도 나오는 게 있나 싶어 제 놈들끼리 싸우는 꼴을 한참이나 지켜보다가 그가 화를 못 이겨 호통을 치는 걸로 사태는 중단됐다.

어차피 한쪽은 죽어라 악담을 퍼붓고 한쪽은 증거 들먹이며 발뺌하기 바쁘니 나올 것도 없다. 결국에는 고래고래 악을 쓰는 죄인들이 끌려 나갔다. 그사이 신관들 신성력에 대해서는 누르티아 님께 부탁도 하면서 하나는 일단락되는 걸로 잠깐 숨은 돌리는 것 같았다.

"멜린 자작, 윌스트 자작, 윈프레드 남작, 펠런 남작, 슈만 남작은 그 직위를 파해 평민으로 강등시키고 그동안 저지른 악행을 물어 내일 아침 참수형에 처한다. 그러나 진실을 실토한 점과 협박에 의해 저지른 죄과를 조금은 인정하는 바, 일가족은 평민으로 강등시켜 목숨은 살려 주되 제도에서 내칠 것이며 그들이 살아갈 일정 재산을 뺀 모든 재산은 황실로 압수한다."

평민으로의 강등에 재산까지 몰수당하고 제도에서 내쳐지게 됐지만 일단 가족들을 살렸다는 것에 안도한 것 같다. 불평불만 없이 고개를 조아리고 조용히 기사들에 의해 끌려가는 다섯 명을 보고 나머지 다섯을 내려다봤다.

이놈들은 앞서 희생양 다섯하고는 엄연히 다르다. 신전과 직접적으로 거래를 한 데다 집 안에서 쏟아진 증거들만으로도 죄를 면치 못하지. 게다가 눈앞에서 가족들이 잡혀 갔으니 제정신을 유지하는 것도 무리일 테다.

"마리드 백작, 프로티아 백작, 벤보우 자작, 엔리시크 남작, 폴란 남작은 신전과 결탁한 직접적인 증거뿐만 아니라 그 이외에도 법으로 금한 거래를 비롯한 수많은 죄악이 드러났다. 이에 전 재산을 몰수하며 직위를 파해 평민으로 강등시킨다. 또한 모든 귀족들의 본보기로 삼아 죄인들과 그 직계들은 공개처형 하고 방계들은 내일 아침 참수형에 처한다. 그러니 이 판결에 부당하다 생각되면 지금 말하라. 단, 죄인들과 작당해 옹호하는 것이라면 짐은 이 재판을 끝낼 생각이 없다."

그건 곧 끝까지 물고 늘어지겠다는 말이다. 그걸 알아듣지 못하는 놈들은 없을 것이다. 아니나 다를까 슬그머니 외면하는 대공파의 행태에 코웃음을 쳤다. 하여간 저놈들은 의리라고는 쥐뿔도 없다. 약아빠진 놈들.

쯧쯧, 저런 것들을 믿은 건가? 설마 이리 간단하게 자신들을 버릴 거라고는 생각하지 못한 건지 분통을 터트리며 악을 쓰는 다섯 명을 기사들이 질질 끌고 나가자 비로소 조용한 정적이 찾아왔다. 아니 싸늘한 정적이라고 해야겠군.

하나같이 표정이 흉신악살보다 더 더럽거든. 뭐 이것으로 대략 해결 봤고 이제 남은 건 슈바렌 백작가와 거기서 나올 증거물로 잡을 건수. 그리고 암살 건으로 세 놈만 잡으면 된다. 그 전에 대신전 청소부터 해야겠지.

"대신관은 들어라. 죄인들과 달리 신성력을 확인했고 그동안 제도에 있는 날보다 순례에 나가 있던 때가 더 많았던 사실을 인정하는 바 이 이상 죄를 묻지는 않겠다. 그러나 대신관으로서 모스텔 대신전을 제대로 관리하지 못해 백성들과 황실에 크나큰 잘못을 저질렀으니 이에 대한 책임은 져야 할 것이다."

"누르티아 님께 맹세하는 바, 모스텔 대신전의 대신관으로서 책임을 지겠습니다."

"좋다. 제국의 황제로서 명령하겠다. 지금 당장 증인들을 데리고 가서 성상납을 받고 과한 치료비를 요구하며 협박, 폭력, 상납을 요구한 신관들을 찾아내 신전에서 제명하고 황실로 넘기라."

그 이후에 신성력은 수거하고 쓱싹 하면 되는 거지. 그럼 나머지 청소야 힘이 없는 대신관이라도 알아서 할 수 있을 것이다. 황제와 황후가 뒤에 버티고 있는데 제 놈들이 반항을 할 거야 어쩔 거야. 어차피 원로원이 빠진 이상 잔챙이들뿐이다.

그 정도면 혼자서도 얼마든지 가능하겠지 싶어 조용히 예를 차리고 증인들을 대동한 채 법정을 빠져나가는 대신관을 보다가 이내 시선을 돌렸다. 어쨌든 이걸로 모스텔 신전은 대충 해결을 본 것 같은데. 거참 이상하단 말이야? 뭐지, 이놈들?

아무리 정신 못 차리게 밀어붙였다고는 해도 이 정도에서 물러날 놈들이 아니잖아? 그런데 왜 어울리지 않게 침묵시위인지. 그런 생각을 하자마자 대공파 쪽에서 눈빛을 주고받더니 발언권을 요청하는 것에 기다렸다는 듯 입가를 끌어 올렸다. 그렇게 나와야지.

"폐하, 죄인들과 연관이 있는 이들을 모두 조사하신다면 라치아노 백작도 심문해야 합니다."

"신도 생각이 같습니다, 폐하. 라치아노 백작이 신관들과 내통한 사실은 공공연하게 알려진 사실입니다. 비록 소문이라 하나 확인할 가치는 있다고 생각합니다."

더 정확히는 네놈들이 만들어 낸 소문이겠지. 뭐 이 정도야 이미 예상하고 저놈들이 몰래 넣어 놓은 가짜 서류까지 다 챙겨 놨으니 상관은 없다만. 정말이지 가지가지 한다.

"소문이라. 그런 소문이 퍼져 있던가? 황후는 들어 봤소?"

"신첩도 들어 보지는 못했습니다. 하지만 그 소문이 사실이라면 확실히 알아내는 것이 좋겠습니다."

"알겠소, 황후. 그럼 라치아노 백작가도 수색하면 되겠군."

"폐하, 좀 더 명확하게 하기 위해서는 라치아노 백작가뿐만 아니라 지금 머무르는 외궁 처소도 수색하심이 마땅할 것입니다."

"맞습니다. 국혼과 연회로 인해 궁에 들어온 지 열흘이지 않습니까? 그사이 죄인들과 무슨 작당을 했을지 모르는 일입니다."

작당은 무슨. 참 귀엽게들 논다. 마음 같아서는 이쯤에서 제 놈들이 넣어 놓은 서류를 꺼내 들고 헛짓거리 하지 말라고 하고 싶지만. 그러면 재미가 없지. 해서 곱게 넘어가겠다는데 오히려 대공파 쪽이 당황하는 얼굴들이다.

하긴 당연한 반응이기는 하다만. 대공파로 돌아섰던 라치아노 백작이 현재 앉아 있는 위치가 황제파가 아닌가. 그건 곧 우리의 비호를 받게 됐다는 걸 의미하는 것이다. 그런데 이리 쉽게 수색하라 명령할 줄은 짐작하지 못했나 보다.

의중을 알아내려고 살피는 몇 놈에 이미 대충 파악한 듯 얼굴이 무섭도록 굳어지는 대공과 두 공작들에 얼떨떨한 표정의 나머지까지. 그런 그들을 지켜보며 삐뚜름하게 입가를 끌어 올릴 때 문이 열리고 슈바렌 백작가에 갔던 기사가 들어왔다.

그와 동시에 장내에 긴장감이 흐르고 아버지의 손을 거쳐 우리에게 넘어온 서류 더미를 차례대로 읽어 가며 미미하게 미간을 찌푸렸다. 역시 쉽게 잡힐 것 같지는 않더라니. 예상대로 여기저기 상납을 잔뜩 하기는 했는데 계약서류는 단순한 상단 거래나 자금 조달로 작성해 놨다.

즉 이것만으로는 확실하게 잡지는 못한다. 물론 이것만 봤을 때 그렇다는 것이고 천만다행으로 슈바렌 백작가가 운영하는 상단에서 가져온 서류들이 발목을 제대로 잡았다. 아주 그냥 태반이 불법이군.

여기다 물가조작, 협박, 납치, 폭력, 증거조작, 신관들과 결탁, 황제를 기만한 죄까지 물으면 더 볼 것도 없이 공개처형감인데. 그래도 궁지에 몰리면 슈바렌 백작도 한 놈은 물고 늘어질 줄 알았더니 입만 꾹 다물고 있다. 이런 도움도 안 되는 빌어먹을 놈을 봤나. 이왕 죽을 거 물귀신 작전을 쓰면 좀 좋아.

절로 튀어나오려는 욕지거리를 목 안으로 꾹 삼키고 마지막 서류 한 장까지 모두 보고서 다시 아버지에게로 돌려주자 곧 그 서류 더미는 양쪽 파벌 모두에게 확인을 받기 위해 사람들의 손을 거치기 시작했다. 장내는 잠시 싸늘한 침묵이 내려앉았다. 그런 반면 반응은 확실하다.

황제파는 대놓고 얼굴 가득 비웃음을 짓고 대공파는 싸한 침묵 속에서 간간이 침음을 토해 내는 것만 봐도 알 수 있었다. 여기서 인정하지 못하는 사람은 유일하게 바닥에 무릎을 꿇고 있는 슈바렌 백작 단 한 명뿐이었다. 그래 봐야 살아남을 수는 없겠지만.

오히려 고위귀족이기에 슈바렌 백작은 앞서 처벌받은 이들보다 더 무거운 형벌을 받아야 한다. 그걸 이들 또한 모두 알기에 차마 반박조차 못 하는 것이고. 그럼 이제 슬슬 나머지도 준비할 겸 그의 귓가에 소리가 새어 나가지 않을 정도로 작게 속삭였다.

"폐하, 이쯤에서 보내는 게 좋겠습니다. 굳이 기다릴 필요는 없지 않습니까?"

시간 아깝게.

"안 그래도 그리할 생각이오. 두 군데는 이미 시간 맞춰 보냈으니 한 곳만 황후가 해결하시오."

"예. 아센, 듣기만 해라. 지금 당장 포엥마 후작가로 가서 증거가 될 수 있는 건 모두 가져와."

작게 대답함과 동시에 기척이 멀어지는 빠른 움직임에 새삼 감탄 한 번 하고 그와 시선을 마주한 채 슬쩍 미소 지었다. 이미 증인은 세 집안에서 모두 잡아 놓은 상태지만 그래도 확실한 증거까지 있으면 좋잖은가.

아마 지금쯤 오라버니들이 기사단과 황군을 이끌고 세 가문에 들이닥쳤을 테다. 슈바렌 백작과 라치아노 백작 일을 해결 보는 대로 바로 처리를 해야겠지. 그럼 이제 그 꼴도 보기 싫은 것들을 안 봐도 되는 건가. 생각만 해도 속이 뻥 뚫리는 기분이군.

"드레이크 코너 드 슈바렌."

"폐하, 신은!"

"조용히 하라. 정말이지 기가 막히는군. 고위귀족이면서 귀감이 되지는 못할망정 법이란 법은 다 어기고 추악한 짓은 도맡아 했다니. 어찌 이리도 뻔뻔할 수 있는지 참으로 놀라울 지경이야. 안 그렇소, 황후?"

그렇다마다. 이젠 일일이 입에 담기도 짜증난다.

"아무래도 귀족 전체에 감사를 실시하든지 해야지 이래서야 끝이 없겠습니다."

물론 진짜 할 건 아니지만. 얼씨구? 게거품 무는 꼴들 좀 보라지.

"황후마마! 감사라니요!"

"아무리 황후마마시라 하셔도 그럴 수는 없습니다!"

알아. 안다니까? 약 좀 올리려고 해 본 말인데 뭘 저리 과민반응인지. 고맙잖아?

"이런, 너무 괘씸해서 던져 본 농이었는데 뭘 그리들 놀라는지 모르겠네. 경들도 보셨다시피 오늘 귀족들의 행태가 어떠했나? 쓰레기만도 못한 놈들이었네. 제 놈들이 제국의 태양을 기만하고 백성들을 핍박한 것만 봐도 그러하이. 역심을 품지 않았다면 그리는 못하지. 가만, 그러고 보니 경들이 죄인들을 구제하고자 애를 쓴 이유가 궁금하군. 그럴 리야 없겠지만 혹 특별한 이유라도 있는가?"

"그, 그건 확실하지 않을 때라."

"그저, 모르고 한 것입니다."

모르기는 개뿔. 이 안에 있는 사람은 다 알고 있다. 머리에 똥만 찬 멍청한 한 명만 빼고.

"그랬을 테지. 경들이 생각이 있다면 죄인들과 결탁을 했을까? 그럴 리가 없지. 안 그런가?"

"그렇습니다, 황후마마."

"그렇지. 여기서 더 썩기야 하려고. 아, 그러고 보니 이상합니다, 폐하."

"무엇이 말이오?"

"오늘 신전의 비리와 관련된 이들이 한쪽에서만 나왔지 않습니까? 어찌 이런 일이 있는지, 참으로 우연이지 않습니까."

난 아무것도 몰라서. 그런 의미로 고개를 갸웃거리며 분노에 일그러진 대공파 쪽을 보다가 그를 보자 그가 입가를 경련하듯 바들바들 떨어 댄다. 웃고는 싶은데 차마 웃을 수는 없나 보다.

"큼, 황후, 우연일 것이오. 세상에는 우연한 일이 참으로 많지 않소?"

"그렇겠지요? 신첩도 그리 생각합니다. 대공께서도 그리 생각하시지요?"

"예, 황후마마. 신도 그리 생각합니다."

그래야지. 그런데 말이다. 이빨 가는 소리가 다 들린다만? 빠드득 빠드득 아주 야무지게도 가는구나. 저 소리가 이리도 좋은 울림으로 들릴 날이 있을 줄이야. 자꾸만 느슨하게 풀어지려는 입가를 굳힐 때 법정 문이 열리는 모습에 애써 입가를 굳히고 그를 향해 눈짓했다.

"모두 슈바렌 백작의 죄를 봤을 테니 더 이상 입에 담지는 않겠다. 귀족의 권위가 높고 그 신분이 높을수록 영광이 따를 것이나 그 책임과 무게 또한 막중하다. 그러니 그 죄에 책임을 엎어 판결하겠다. 드레이크 코너 드 슈바렌은 이 시간 이후 그 직위를 파하고 평민으로 강등시키되 죄인과 직계 혈족은 공개처형 하며 방계 혈족은 내일 아침 참수한다. 또한, 신권과 공모해 황권에 타격을 입힌 죄를 물어 모든 영지와 재산은 황실재산으로 몰수한다."

"아, 안 돼. 대공 전하! 신을 이리 버리시렵니까. 이대로는 못 갑니다!"

쯧쯧, 아예 대놓고 대공을 찾는군. 그래 봐야 저놈이 구명해 줄 것도 아닌데 말이야. 아니나 다를까. 자신이 거론되자 대공은 기분이 상한 듯 짜증스레 미간을 찌푸리고 고개를 돌려 외면해 버렸다. 문이 닫히기 직전까지 백작의 분통 터지는 소리만이 길게 울렸다.

솔직한 마음으로는 대공을 더 건드리고 싶지만 어느새 우리 앞으로 내밀어진 라치아노 백작가의 외궁 처소에서 가져온 서류에 그와 시선을 맞추고 슬쩍 눈짓했다. 영지에서 올라온 안건들이나 일반적인 기사들의 훈련 일정표다. 물론 전혀 문제 될 건 없는 서류들이지.

그러나 저들은 그리 생각하지 않을 테다. 오늘 재판이 벌어지기 직전 새벽에 넣어 뒀던 가짜 증거서류라고 생각하고 있을 터. 일부러 미간을 잔뜩 찌푸린 채 심각한 표정으로 서류를 내려다보며 시간을 끌기 시작하고 한참 만에 또다시 문이 열렸다.

"폐하, 라치아노 백작가 집무실과 백작의 침실을 뒤져 찾아온 서류들이라고 합니다."

당연히 문제 없는 걸로 말이지. 물론 그걸 알고 있는 건 우리뿐이고 기다렸다는 듯 득달같이 달려드는 대공파 쪽을 보며 속으로 조소를 흘렸다.

"거 보십시오, 폐하! 저리 증거가 나왔지 않습니까? 소문은 기정사실이었습니다."

"그렇습니다, 폐하! 증거가 나온 이상 라치아노 백작가도 엄중한 처벌을 받아야 합니다."

쯧쯧, 저 불쌍한 놈들을 어찌할꼬. 너무 불쌍해서 눈물이 다 나려고 하네.

『좋으면 차라리 웃어라. 헛소리는 안 좋다, 주인아.』

그렇다고 진짜 웃을 수는 없잖아? 나중에 다 끝내고 축배를 들어야지. 그런 생각에 입가를 굳히고 그를 보자 의아한 듯 고개를 갸웃거리고 있다. 정말 이해가 안 된다는 듯이.

거참 볼수록 놀랍네. 얼굴 잘났지 몸 잘빠졌지 남 약 올리는 것도 잘하지 눈치 빠르지. 어디 그것만 있나? 카리스마 있지 행동력 있지 연기 잘하지. 가만 보면 정말 잘나긴 했다.

"증거라. 이걸 증거라고 할 수는 있는 거요, 황후?"

"사실은 신첩도 이해가 안 가기는 매한가지입니다. 도대체 무슨 증거를 말하는 것인지 도통 알 수가 없습니다."

일 잘하고 있다고 칭찬하면 모를까. 실실 나오려는 웃음을 삼키고 대공파 쪽을 돌아보자 뺏뺏하게 굳은 몇몇을 빼고는 하나같이 당황한 빛이 역력하다. 저 멍청한 것들은 이미 일이 틀어진 걸 짐작조차 못하나 보다.

쯧쯧, 저래 가지고 귀족이랍시고 목에 힘이나 주고 다녔겠지. 다음에는 네놈들 목도 댕강 잘라 줄 테니 기다려라. 서류 더미를 다시 아버지에게 돌려주자 그걸 황제파 쪽으로는 대강 훑어보게 하고 대공파 쪽으로는 상세하게 내밀었다.

"이, 이게 무슨."

"말도 안 돼! 이 서류가 아닙니다, 폐하! 분명 신전과 결탁했다는 증거서류를……."

"리튼 백작! 그 입 다무시오!"

잘들 한다. 어차피 다 알고 있는데 수작질은. 뭐 할 수 없지. 오늘 이 자리에서 잡을 수 있는 놈들도 아니고 일부러 못 들은 척 그를 보자 미미하게 고개를 끄덕이고 입을 열었다.

"이상한 일이군. 이게 어디 봐서 증거서류라는 것이지? 실제 그런 소문이 돌고 있는 게 확실한가?"

"폐하, 소문이지 않습니까? 말 만들어 내기 좋아하는 이들이 헛소문을 퍼트린 것이겠지요."

"그렇다면 더 말이 안 되오, 황후. 확실하지도 않은 헛소문을 감히 재판을 하는 이 자리에서 언급했다는 것이 아니오?"

그렇지. 대처하겠답시고 함정 파 놓은 곳에 제 놈들이 빠진 격이지만.

"그 부분에 대해서는 두 백작도 잘못을 인정하고 있을 것입니다. 안 그런가, 루카인 백작, 리튼 백작?"

"그, 그렇습니다, 황후마마."

"신들은 그저, 제국의 앞날을 걱정하는 마음에 확인하는 것이 좋다 여겨 드린 말씀입니다."

어련할까. 곧 죽어도 주둥이는 나불거릴 놈들이다.

"폐하, 두 백작도 충심에서 그리 말한 것이니 이쯤에서 넘어가시지요."

"알겠소. 황후가 그리 말하니 짐도 넘어가리다."

"아, 그러고 보니 아도라 후작, 벤보우 자작이 후작의 가까운 방계가 아니었나?"

"그, 그것이. 황후마마! 벤보우 자작은 방계가 맞습니다만 그자는 이미 오래전에 가문에서 축출당한 자입니다. 그러니 아도라 후작가와는 아무런 연관도 없습니다."

지랄하네. 벤보우 자작이 지금 한 말을 들었다면 죽어서도 원통해서 눈을 못 감겠다. 엮이지 않으려고 발악을 하지? 하긴 저놈들의 뻔뻔한 행태가 한두 번도 아니고 다음으로 넘어가자는 의미로 눈짓하자 살짝 입꼬리만 올린 그가 입을 열었다.

"오늘의 일로 짐은 실망이 크다. 경고하건대 만약 이 같은 경우가 또 한 번 적발될 시 그때는 끝까지 파고들어 근본적인 싹을 잘라 낼 것이다. 의장, 재판을 마무리하라."

“예, 폐하. 신전의 비리와 귀족들의 죄과를 기록에 남기는 것으로 재판을 끝내겠습니다.”

이것으로 1차 재판은 끝난 건가. 속은 통쾌하다만 이것도 지겹군. 벌써 몇 시간째 이러고 있는 건지. 일제히 굳은 얼굴로 긴장을 푸는 이들을 슥 둘러보고 아까부터 배고프다고 칭얼거리는 세 놈의 머리를 쓰다듬었다. 조금만 참아. 아직 안 끝났다고.

“폐하, 1차 재판이 끝났으니 다음 재판으로 넘어가겠습니다. 죄인들을 끌고 오라!”

재판이 또 있다는 건 생각지도 못한 듯 두 눈을 휘둥그레 뜨는 이들은 무시하고 곧바로 문이 열리며 포박이 된 채로 줄줄이 들어서는 죄인들의 모습에 입가를 삐뚜름하게 끌어 올렸다. 죄인들 중 가장 앞에서 매서운 눈길로 노려보는 포엥마 후작가.

어서 와, 많이 기다렸지?

곤란해. 정말 곤란하다고. 입꼬리가 바들바들 떨리는 게 웃고 싶다. 시원하게 웃음이라도 터트리고 싶을 정도로 기분이 너무 좋잖아? 그동안 깔짝깔짝 긁어 대다가 한 방에 시원하게 긁은 것처럼 속이 뻥 뚫리는 쾌감이다. 거참 이러니까 내가 진짜 변태 같네.

『이제라도 알아서 다행이다, 주인아.』

닥치라니까.

“폐하! 신들이 무엇을 잘못했기에 이러시는 것입니까? 이리 부당한 대우를 받을 잘못은 저지르지 않았습니다.”

“아무리 황명이라 하나 이럴 수는 없습니다, 폐하.”

“폐하, 신은 억울합니다!”

억울하기는 개뿔. 네놈들한테 당한 사람들이 더 억울하다. 하여간 저 멍청한 것들은 도무지 분위기 파악을 못 하는군. 알았다면 개소리보다는 엎드려 싹싹 빌었을 텐데. 그래야 조금이라도 살아날 가능성이 있잖은가. 물론 그렇다고 살려 줄 건 아니지만.

그나마 포엣마는 눈치가 좀 있는 것 같다. 하긴 포박당한 채로 끌려온 데다 오래전부터 그란디아 공작가가 기회만 엿보고 있었다는 걸 저것들도 알고 있을 테니 눈치를 챘겠지. 게다가 나 또한 사교계에서 대놓고 배척하기도 했고.

조금이라도 생각하는 머리가 있다면 알고 있을 테다. 그래서 저것들이 말 한마디 안 하고 줄기차게 나만 노려보고 있잖아? 거참 저 흉흉한 눈빛 좀 봐라. 잡혀 올 때 어지간히 반항을 했는지 흐트러진 옷차림에 눈동자는 하나같이 시뻘겋게 핏줄이 터져 완전 호러다.

"지금 억울하다 했나? 역시 뻔뻔하군."

내 말이 그거야. 뻔뻔한 것도 정도가 있지. 확연한 비웃음을 담은 그의 말에 와락 얼굴을 일그러트리며 또다시 항변하려는 제노겔 백작을 보고 재빨리 입을 열었다.

"포엣마 후작, 그리고 포엣마 부인. 다른 이들이야 워낙 머리가 뒤떨어지고 눈치도 없으니 그렇다 치더라도 그대들은 이유를 알 것 같은데, 아닌가?"

이미 죽을 자리를 찾아왔다는 것쯤은 알고 있잖아? 그런 의미로 물은 걸 뻔히 알아차린 두 사람이 이를 악물고 노려보는 시선에 고개를 크게 끄덕이며 긍정했다.

"아아, 그러고 보니 그대들도 만만찮게 머리에 든 게 없었지. 이런, 미안하네. 내가 가끔가다 이리 실수를 하는군."

"황후, 죄인들에게 사과할 필요는 없소. 하물며 당장 이 자리에서 찢어 죽여도 시원찮은 것들이 아니요? 신경 쓰지 마시오."

응. 신경 안 써.

"폐하! 이 무슨, 신들을 이리 모욕하는 이유가 뭐란 말입니까!"

"신들이 무엇을 잘못했습니까? 억울합니다!"

"이럴 수는 없습니다, 폐하!"

있다니까 그러네.

"폐하, 아무래도 죄인들의 뻔뻔함이 도를 넘어선 것 같습니다."

"그런 것 같소, 황후. 모른다면 알게 해 줘야지. 포엥마, 제노겔, 카시스. 네놈들이 저지른 일을 정녕 몰라서 묻나? 감히 이 제국의 주인인 황제와 황후를 죽이려고 해 놓고 모른다?"

정확히는 모를 것이라 생각하고 싶었을 테지. 그동안 내색 한 번 하지 않았고 그때 보낸 암살자들도 증발해 버렸으니까. 고작 며칠이지만 불안감에 발을 동동 굴렀을 테다. 이해해. 굳이 이해 못 할 건 없다만.

아무래도 대공파 저것들은 머리가 없나 보다. 대놓고 흠칫 놀라면서 자꾸 눈치를 살피면 어쩌자는 건지. 저래서야 저놈들이 시켰다는 걸 아예 알리는 꼴이 아니고 뭐란 말인가.

차라리 대공이나 두 공작처럼 뻔뻔하게 고개를 쳐들고 있든가. 아예 광고하는 것도 아니고 뭐하자는 건지 모르겠다. 하여간 저놈들 머릿속에 뭐가 들었는지 궁금하군. 필시 똥만 찼을 거야.

"폐하! 제국의 주인을 암살했다는 건 반역입니다!"

"아닙니다, 폐하! 신들은 맹세코 그런 적이 없습니다!"

"신들이 어찌 감히 역심을 품겠습니까? 신들은 아닙니다, 폐하!"

"억울합니다, 폐하! 누군가 신들을 모함한 것입니다!"

어쩌면 이리도 레퍼토리가 똑같은지. 침묵을 지키는 대공파는 놔두더라도 불같이 화를 내는 황제파와 바락바락 악을 쓰며 무죄를 주장하는 죄인들 때문에 또다시 왁자지껄 개판으로 변해 가는 법정이다. 정말이지 한숨밖에 안 나오는군.

재판 내내 봤던 모습이라 슬슬 지겹기도 하고 어차피 포엥마는 공개처형 전에 개별적으로 만나 볼 생각이라 아버지에게 눈짓하자 곧 바로 고개를 끄덕인다. 그런 아버지의 눈짓에 기사 하나가 법정을 조용히 빠져나가고 잠시 후 또 한 무리가 줄줄이 들어섰다.

그 모습을 물끄러미 보다가 아직도 상황파악이 안 된 듯 무죄만을 주장하는 제노겔 백작가와 카시스 백작가를 내려다보며 피식 웃음을 머금었다. 저들을 봤다면 저런 개소리는 안 할 텐데 말이야. 결국 아버지에게 호통을 듣고 입을 꾹 다문 이들이 그제야 증인들을 돌아보고는 얼굴이 흙빛이 되었다.

"증인들은 차례로 나와 신분을 밝히라."

"저는, 포엥마 후작가가 비밀리에 소유하고 있는 암살단 단원으로 황제 폐하와 황후마마를 암살하라는 명을 받고 연회 마지막 날 제도로 나오신 두 분을 습격했습니다."

"그 사실을 증명할 수는 있나?"

"암살단을 나타내는 이 문양이 증명입니다."

말이 끝나자마자 조금의 주저함도 없이 팔뚝을 내보이는 사내의 행동에 포엥마를 제외한 모두의 시선이 쏠렸다. 팔뚝에 선명하게 찍힌 삼각 점 사이로 작은 곡도가 그려진 문신.

저게 포엥마가 소유한 암살단의 문양이라는 걸 아마도 이 자리에서 모르는 사람을 없을 것이다. 그동안 온갖 더러운 일은 다 했던 인간들인데 모를 리가 있나. 하여간 미친 것들.

"저희는 조금 다른 명령입니다. 카시스 백작은 다른 두 곳이 황제 폐하와 황후마마 암살에 실수할 경우 포엥마와 제노겔의 흔적을 남겨 둔 후 뒤처리를 하라고 했습니다."

즉 만약의 경우 포엥마와 제노겔에게 모든 책임을 묻겠다는 말이다. 애초에 두 곳은 버릴 패였으니까 상관도 없었을 테고 그건 곧 어떠한 경우라도 빠져나갈 구멍 또한 만들어 놨다고 봐야 한다. 하긴 약아빠진 놈들이 청부한 사실을 서류로 남기지는 않았을 것이다.

뭐 처음부터 기대도 안 했긴 했다만 저것들이 워낙 멍청해야지. 이용당하는 줄도 모르고 불 속에 뛰어들 정도니 오죽할까. 그런데 저것들은 상상도 못 했나 보다. 뒤통수 맞은 표정으로 카시스 백작하고 공작들을 노려보는 폼만 봐도 그래. 정말이지 답이 안 나오는 인간들이군.

"저희 암살단은 두 개의 청부를 받고 연회 마지막 날 제도로 나오신 황제 폐하와 황후마마를 암살하고자 습격했습니다."

"두 개라니. 어디어디지?"

"하나는 제노겔 백작가, 하나는 그 이전에 신전 원로원이 청부한 것입니다."

얼씨구? 그 늙은이들이 돌았군.

"이, 이놈! 거짓말하지 마라. 나는 너 같은 놈 모른다! 감히 누구 사주를 받고 나를 모함하는 것이냐? 어서 사실대로 고하지 못할까! 폐하! 신은 아닙니다. 신은 결백합니다. 믿어 주십시오!"

그리 말해 봐야 누가 믿는다고. 곧 죽어도 무죄를 외치는 제노겔 백작의 행태에 그의 명령으로 기사가 뒷목을 내리치고야 장내는 순식간에 조용해졌다. 어차피 형식적인 재판이라 굳이 시끄러운 발악은 들을 필요가 없기 때문이다.

그 덕분에 다른 죄인들까지 겁을 먹고 입을 꾹 다물어 비로소 조용한 침묵 속에서 재판이 계속됐다. 기사들이 두 집안에서 털어 온 서류와 그사이 아센이 가져온 포엠마 비리 서류까지 더해 차마 입에 담기도 추잡한 모든 죄상이 속속들이 드러났다.

다만 아쉬운 점은 대공파 다른 누구와도 아무런 접점도 없었다는 건데. 하긴, 당연한가. 애초에 버릴 패였으니 설사 있었어도 이미 암살을 청부하기 전에 빼돌렸을 것이다. 만약을 위해 뒤통수치는 전담

반도 만든 놈들이 자신들의 비리를 그대로 둘 리가 없잖은가.

설사 진짜 암살에 성공했더라도 이놈들은 소모품에 지나지 않는다. 뭐 예상 못 한 것도 아니지만 새삼 놀랐다고 해야 할지. 모든 죄상이 드러나 자신들이 걸릴 게 전혀 없다는 걸 알고부터 당당하게 죄인들을 바라보는 대공파의 행태에 헛웃음을 흘렸다. 비단 나만 기가 막힌 게 아닌가 보다.

"이놈들! 이 천벌받을 놈들. 네놈들이 그러고도 사람이냐? 우리에게 암살을 지시한 게 네놈들이라는 걸 세상이 다 알고 있다!"

"닥치지 못할까! 폐하, 반역죄인입니다. 속히 판결을 내려 주십시오!"

"두고 보자, 이놈들. 네놈들이라고 언제까지 그 자리에 있을 것 같으냐? 자리보장? 웃기지 마라! 네놈들도 이용물에 지나지 않는다. 네놈들도 곧 버림받아 내 꼴이 날 것이다. 내 죽어서도 그리 저주할 것이다! 저주할 것이야!"

오오, 저주라. 좋은데? 그래야지. 죽을 때가 되어서야 뭘 좀 아네. 악에 받쳐 바락바락 저주를 쏟아 내는 카시스 백작의 행동에 대공파의 당당하다 못해 오만하던 얼굴이 와락 일그러지고 또다시 장내는 개판으로 변했다.

그러든지 말든지 느긋하게 그 사태를 관망하다가 매섭게 꽂히는 시선에 고개를 돌리자 역시나 대공이다. 거참 눈길 한번 뜨겁네. 아주 그냥 찢어발길 태세다. 하긴 지금 심정이야 오죽할까. 충분히 이해한다는 의미로 싱긋 웃으며 손을 흔들자 흉흉한 얼굴이 기괴하게 일그러진다.

"폐하, 죄인들의 수많은 죄과와 제국의 주인을 암살하려 한 죄를 물어 판결을 내려 주십시오."

판결이라고 해 봐야 명백한 반역죄가 드러난 이상 결과는 뻔하다.

"포엥마 후작가, 제노겔 백작가, 카시스 백작가의 모든 재산은 황실로 몰수하고 이 시간 이후로 직위를 파하며 제국의 가장 하찮은 노예로 강등시킨다. 또한 반역의 죄를 물어 법도대로 죄인들의 피 한 방울도 남기는 것을 허락하지 않을 것이며 공개처형 날까지 열 가지의 형벌을 내린다."

쯧쯧, 곱게 죽기는 글렀구나. 반역죄니 당연하겠지만. 어쨌든 이걸로 드디어 꼴도 보기 싫은 포엥마를 치우게 된 건가. 덤으로 카시스에 제노겔까지 치웠으니 이것으로 대공파의 세력은 대폭 깎이게 됐다. 게다가 신전이 그리 됐으니 자금줄까지 날아가 버렸지.

이런 상황에서 저놈들이 얌전히 당하고 있을 것 같지는 않고 역시 예상대로 움직이려 할 것이다. 문제는 그게 언제가 될지 모른다는 건데. 워낙 소심한 인간들이라 이것저것 재느라고 시일 다 잡아먹는 건 아닌지 몰라.

아니지. 저것들은 그럴 가능성이 다분해. 워낙 모자란 놈들이잖아? 아무래도 그럴 빌미를 확실히 심어 줘야겠군. 뭐 방법이야 많다. 대충 뭐가 좋을지 머릿속으로 수십 가지 계책을 떠올렸다가 추려 내기를 반복하고 있을 때 뒤에서부터 죄인들이 끌려 나갔다. 온갖 저주란 저주는 다 퍼부으면서.

그리고 마지막으로 제일 앞에 있던 포엥마 차례가 왔다. 지금까지 이만 빠득빠득 갈던 그가 기사들의 손아귀에서 벗어나려고 힘껏 몸부림쳤다. 하지만 쉽게 풀려날 리가 있나. 이도 저도 못 하고 오로지 나를 향해 살벌한 눈빛만 쏘아 대다가 결국 그의 호통을 듣고 말 그대로 개처럼 끌려 나가야 했다.

『에? 어쩐 일이야?』

밑도 끝도 없이 뭐가?

『아니, 비아 저것들 싫어하잖아? 그런데 왜 그냥 보내?』

『맞아. 자기 성격에 그냥 보낼 리가 없는데.』

그거야 내가 워낙 착해서.

『헛소리 작작해라, 주인아.』

아, 그래.

"어차피 나중에 찾아갈 거야."

이 자리에 우리만 있는 게 아니잖아? 소문을 퍼트릴 평민들도 있다고. 황후인 내가 곧 죽을 것들 붙잡고 약이나 올리는 모습을 보여줄 수는 없지.

『아까 약 올린 건 뭐냐?』

에이, 그 정도야 뭐 애교 수준이고. 재판을 끝낸다는 아버지의 말에 그제야 하나같이 긴장을 풀고 안도의 한숨을 내쉬는 모습에 슬쩍 입가를 끌어 올렸다.

"모두 물러가고, 대공하고 공작들은 할 말이 있으니 남으라."

그의 말에 힐끔거리던 사람들이 일제히 예를 갖추고 물러났다. 곧바로 다가오는 아버지에게 작게 귓속말로 지시한 후에 우리도 자리에서 일어나 굳은 얼굴로 서 있는 세 사람을 향해 다가갔다.

"휴스튼 공작, 로제르타 공작, 짐이 왜 남으라 한 것인지 알고 있나?"

"모르겠습니다, 폐하."

"모른다? 그래도 그대들은 믿었는데 참으로 실망이군. 명색이 바이에르 제국의 기둥이라 하는 공작들이 이리도 짐을 실망시킬 줄은 몰랐다."

"그게 무슨……."

멍청하기는. 전혀 짐작조차 못하는군. 또 무슨 일을 벌일지 예상이 안 되는 듯 미간을 좁히는 세 사람을 향해 대놓고 표정을 구기며 그가 손에 들고 있는 서류를 내밀었다. 루비아 왕녀를 후궁으로 들인다는 약조와 함께 받은 뇌물 증거문서를 보고 순식간에 낯빛이 창백하게 변하는 두 사람과 짜증스레 미간을 구기는 대공을 보며 슬그머니 올라가려는 입가를 굳히고 한숨을 내쉬었다.

"지난번에 강경하게 주장한 것도 있고 내심 믿었는데 어찌 이리 배신할 수가 있나? 두 사람한테는 실망이 크네. 그래서 이것 또한 재판에 회부하려다가 그래도 공작인 그대들에게는 기회를 주는 것이 마땅하다 여겨 따로 남으라 한 것인데. 이에 대해 할 말은 있는가?"

어디 그 잘난 주둥이 또 나불거려 보라는 의미로 이를 악물고 침묵하는 대공을 힐끔거리고 두 사람을 보자 아무런 말도 못 하고 고개를 푹 숙인다. 눈앞에 증거가 뻔히 있으니 더 이상 발뺌도 못할 테지. 여차하면 다른 귀족들 앞에 터트려 버릴 수도 있다는 걸 알기에 더 그럴 것이다. 그러게 작작 좀 해먹지.

"왜 말을 못 하지? 진정 재판에 회부해야 그 입을 열 생각인가?"

"송구합니다, 폐하, 황후마마."

"신들은 그저, 바이에르 제국을 위해 루비아 왕국을 복속시키고자 그리했습니다."

"맹세코 신들이 먼저 요구한 것은 아닙니다. 루비아 왕녀가 한사코 떠미는 바람에."

마지못해 그리했다? 놀고 있네. 하여간 이놈들은 물에 빠져도 주둥이만 둥둥 뜨지 싶다.

"그래서 또 한 번 믿어 달라는 말인가?"

"그렇습니다, 황후마마."

"추후에는 두 번 다시 이러한 일이 없을 것입니다."

쯧쯧, 개소리를 인간의 말로 들어야 한다니. 이것도 한두 번이지 짜증나네. 하긴 뭐 이리 나올 거라는 것쯤은 예상했고 어차피 벌을 줄 것도 아닌 이상 목적만 달성하면 그만이라 나직하게 혀를 차고 그를 향해 말했다.

"폐하, 공작들도 반성하는 것 같으니 이번에는 아량을 베푸시지요?"

"하지만 황후, 제국의 공작이면서 한낱 왕국과 거래하고 뇌물을 받았다는 건 결코 가볍게 넘어갈 수 없는 문제요. 지위가 높을수록 그 처벌 또한 엄격해야 한다는 걸 알지 않소?"

"알고 있습니다. 하지만 폐하, 이례라는 것이 있지 않습니까? 대공을 봐서라도 이번은 넘어가시지요."

"대공을 봐서라니?"

알면서 묻는 저 태연함 봐라. 정말 연기자 해도 손색이 없을 정도로 잔뜩 찌푸려진 대공과 나를 번갈아 보는 그의 의문을 담은 표정에 터져 나오려는 웃음을 삼키고 말을 이었다.

"휴스튼 공작은 대공의 외가가 아닙니까? 그리고 로제르타 공작도 평소 대공을 따르고 있습니다. 그런 두 사람이 탐욕을 못 이겨 저지른 한순간의 실수로 큰 벌을 받는다면 대공께서도 마음이 편치 않을 것입니다."

"허나, 법도상 그리하면 안 되는데. 황후가 그리 간곡하게 부탁하니 이 일을 어찌해야 할지."

『정말 죽이 척척 맞는군.』

그렇지? 우리가 한마디씩 할 때마다 바들바들 떠는 꼴들 좀 보라지. 어지간히 억울한 듯 핏줄이 불거질 정도로 말아 쥔 주먹하며 차마 성질대로 하지 못해 터지는 울화통이 고스란히 표정에 묻어날 정도다. 거참 고소해라.

"그럼 이렇게 하시지요. 두 사람이 받은 뇌물을 정확하게 수거하고 일정 이상 재산을 박탈해 국고로 들이는 걸로 마무리하면 될 것 같습니다. 그러면 우리도 이 일을 다른 귀족들에게 알리지 않고 덮을 수 있을 테고 대공과 두 사람한테도 크게 피해가 가지 않을 것입니다."

"그거 좋은 생각이오, 황후. 그리만 되면 대공을 봐서라도 한 번은 눈감아 줄 수도 있지. 그래, 경들 생각은 어떤가? 지금 황후가 말한 대로 할 것인가, 아니면 정식으로 이번 일을 재판에 회부해 판결을 받을 생각인가?"

양자택일이라. 물어보나 마나 대답이야 뻔하다. 정식으로 재판에 회부했다가는 대대적인 망신을 당할 것이고 잘못하다가는 다른 문제들까지 줄줄이 엮일 위험성도 있는 상황이지 않은가. 확실한 증거가 있는 이상 빠져나가지는 못하지. 더불어 우리는 두 놈의 재산 중 일부를 빼돌릴 수 있으니 금상첨화.

"황후마마의 말씀대로 하겠습니다, 폐하."

"황제 폐하와 황후마마의 은혜에 감읍하며 받아들이겠습니다."

그리 감읍하면 인상은 좀 풀지. 바들바들 떨리는 입가와 주먹을 보자니 참으로 불쌍할 지경이지만 모르는 척 대공을 향해 싱긋 웃었다. 곧바로 미간을 확 구겼다가 재빨리 풀고 어색하게 웃는 대공을 외면하며 그를 향해 고개를 돌렸다.

"좋다. 사흘 후까지 받은 뇌물을 가져오고 재산형에 대해서는 내 황후와 의논해서 내일 통보하겠다. 그러나 추후 또다시 이 같은 일이 있을 경우에는 이렇듯 쉽게 넘어가지 않을 것이다. 그 점 명심하고 그만 물러가라."

기다렸다는 듯 예를 차리고 물러나는 세 사람을 보다가 문이 닫히고 나자 그와 시선을 마주하며 씩 웃음을 머금었다. 웃고 싶은 걸 참느라고 혼났네.

"고생 많았다, 비아."

"아론도 고생 많았습니다. 후후, 그래도 기분은 좋으시지요?"

"당연하지 않나? 추악한 놈들일수록 불린 재산은 많지. 거기다 피해를 입은 백성들에게 재산을 돌려주고 신전까지 정리한 덕분에 백성들의 신망도 더 두터워졌고 대공파 세력도 쳐냈으니 이래저래 수확이 많은 날이다."

확실히 예상했던 것보다 더 많은 수확이 있었다. 게다가 오늘 일로 저놈들이 어찌 나올지 뻔히 예상되기도 하고 어쩌면 머지않은 시일 내로 일이 터질지도 모르겠군. 물론 그 전에 모조리 엎어야겠지만.

"그런데 그란디아 공작은 어디 갔지?"

"아아, 영상구를 세 개만 가져와 달라고 했습니다."

"그건 왜?"

"저놈들이 오늘 된통 당했는데 그냥 넘어가겠습니까?"

그럴 리가 없지. 저런 놈들 행동 패턴은 뻔하다.

"오늘 일로 한동안 자중할 테지만 그사이 반역을 준비할 가능성도 있다는 말이군."

"가능성이 아닙니다. 쓸모없는 것들도 포함됐지만 대공파 자금줄이나 마찬가지인 신전하고 슈바렌 백작가를 포함한 다섯 곳이 이렇게 되어 저놈들한테도 타격이 클 겁니다. 게다가 대대적인 망신을 당했으니 어떻게든 무리수를 두려고 할 테지요."

"그렇다면 오늘 처리한 가문의 기사들부터 수습해야겠군."

역시 척 하면 착 하고 알아듣네.

"저들도 발 빠르게 움직일 테니 우리도 황궁에 기사단 하나를 더 만들어야 합니다. 일단 최대한 수습할 수 있을 만큼 하고 어느 정도 여유를 줘야겠지요."

"움직일 시간을 줘서 급습하겠다는 말인가?"

"예. 이왕이면 오늘 일로 우리가 조금 풀어졌다는 걸 보여 주는 것도 나쁘지 않습니다. 원래 멍청한 것들이 생각하는 건 뻔하지 않습니까? 여차하면 그리 몰아가면 그만입니다. 그리고 뒤로는 한 번에 처리할 수 있는 증거를 잡아야지요."

너무 몰아붙이기만 하면 오히려 꽁꽁 숨어 버린다고. 그러니까 이쯤에서 숨통을 풀어 줘야 저놈들이 방심하고 일을 도모하지. 우리는 그저 때가 됐을 때 낚아채면 그만이라 만족스럽게 입가를 끌어 올리자 그가 갑작스럽게 와락 끌어안았다. 이 인간이 갑자기 왜 이래?

"뭡니까?"

"비아, 주신께도 누르티아 님께도 감사해야겠다."

뜬금없이 무슨 소리야?

"이리도 똑똑하고 사랑스러운 그대를 내게 보내 주지 않았나? 나로서는 영원을 두고 감사할 일이다."

난 또 뭔 소리라고.

"계속 감사하십시오. 그런 의미라면 말리지 않습니다."

말릴 이유는 더더욱 없고. 해서 한 말이건만 또 터졌다. 저러다 숨넘어가는 건 아닐지 걱정될 정도로 웃어 대는 그를 짜게 식은 눈으로 보다가 곧 문이 열리고 들어오는 아버지를 보며 재빨리 세 놈을 데리고 다가갔다.

"실피드, 엘라임, 노아스. 잘 들어? 지금부터 영상구 하나씩 들고 각자 대공하고 휴스튼 공작, 로제르타 공작을 맡아서 감시해."

『에? 우리가?』

"응. 대공 옆에는 확인되지 않은 이종족이 있다니까 너희가 아니면 들킬 가능성이 있어서 그래."

『뭘 찍으면 되는데?』

그걸 몰라서 물어? 도대체 지금까지 뭘 들은 거야? 정말이지 이것들을 붙잡고 내가 뭔 일을 한다고. 먹을 거나 밝히는 한심한 세 놈을 보다가 진득하게 한숨을 내쉬고 처음부터 차근차근 설명했다.

그제야 알아들은 듯 힘차게 고개를 끄덕였다. 자기들 덩치하고 비슷한 크기의 영상구를 가뿐하게 들고 사라지는 세 놈의 모습에 피어오르는 불안감을 애써 무시하고 고개를 내저었다. 명색이 정령왕들인데 들키지는 않을 테지.

"쯧, 불안하네."

"걱정하지 마라. 이종족도 저들이 모습을 드러내지 않는 이상은 알아차리지는 못한다."

그거야 그렇지만. 워낙 천방지축 까부는 놈들이라. 하긴 뭐 이미 일은 시켰고 그래도 저놈들 외에는 방도가 없으니 믿고 기다릴 수밖에.

"지금쯤 마무리가 한창이겠군. 공작, 후작들에게도 지시를 했나?"

"예. 지시를 내려놓고 오는 길입니다. 신도 지금 가 봐야 할 것 같습니다만 두 분은 바로 황후궁으로 가실 생각이십니까?"

"그래야지. 그보다 비아, 만나 볼 생각인가? 포엥마 말이다."

"예, 한 번은 만나 봐야 할 것 같습니다."

할 말도 있고.

『할 말이 아니라 약 올리는 것이겠지. 말을 바로 해라, 주인아.』

무슨 소리. 내가 그렇게 유치하게 보여?

『보인다.』

아, 그래.

23장.

한바탕했으니 여유 좀 가지겠다는데

나한테 불만 가진 인간들이 왜 이렇게 많아? 뭐? 내가 뭘 어쨌다고? 나같이 착하고 경우 바른 인간이 세상에 어디 있다고 하나같이 못 잡아먹어서 난리인지.

『아무리 생각해도 그건 아니다, 주인아. 헛소리도 정도껏 해야지 그러다 병 된다.』

꼭 한마디도 안 지지? 응? 그냥 그러려니 넘어가면 안 되는 거냐? 매사에 잔소리를 퍼부어야 직성이 풀리느냐고.

『다 주인 정신 차리라고 하는 충고다.』

그러세요. 잘나서 좋겠습니다.

『난 원래 잘났다!』

그래그래, 알고 있어. 그러니 소리 좀 어지간히 질러. 우선은 눈앞에서 새침하게 흘겨보는 이것부터 치우자고.

“이벨린, 예까지 어쩐 일이신가? 이 사람이 지금 바빠 그러니 할 말이 있다면 빨리 하시게.”

“소첩은 그저 잠시 산책을 하다가 황후마마께서 보이시기에 예를 갖춘 것뿐입니다.”

그렇다고 하기에는 눈매가 샐쭉하니 이상하다만. 게다가 여기는 라즐라 궁과는 한참이나 떨어져 있는 황후궁 앞인데 산책을 왔다고? 그럴 리가. 뭔가 할 말이 있어 온 것이겠지. 아니면 동태를 살핀다거나. 그도 아니면 연계한 놈이 뭔가를 시켰다거나.

뭐가 어찌 됐든 도무지 이해를 못 하겠네. 이건 생각이라는 게 없는 건가. 아니면 아예 머릿속이 텅텅 비었나. 재판 과정을 다 지켜봤으면 한동안은 죽은 척 엎드리고 있을 것이지. 바들바들 떨면서도 쓸데없이 허세는. 하긴 워낙 멍청해서 사리 분간도 못 하지.

“산책이라. 그렇군. 산책을 참 멀리도 왔어.”

“그게, 소첩이 걷는 걸 좋아해서.”

“아아, 알겠네. 하지만 앞으로는 황후궁 근처는 피하는 게 좋겠군. 여기는 아무나 들어오는 곳이 아니라서 말이야. 그래도 오늘은 특별히 봐주고 넘어갈 테니 열심히 걸어서 산책하고 기회가 된다면 다음에 보지.”

한동안 공식적인 일이 없어 볼 일이 없겠지만. 그사이 저게 변한 이유를 알아내면 그만이다 싶어 미련 없이 몸을 돌리자 다급한 목소리가 붙잡는다. 뭘 어쩌라고?

“또 뭔가?”

“저기, 지난번 소첩이 드린 차는 다 드셨습니까? 모자라면 소첩이 더 준비를 하겠습니다.”

얼씨구. 준 지 얼마나 됐다고 벌써? 얼마나 애가 탔으면. 쯧쯧, 그리 죽고 싶다는데 소원은 들어줘야지.

“내 안 그래도 그대에게 부탁을 하려던 참인데 미안해서 말을 못 했네. 헌데 그대가 먼저 말해 주니 부탁 좀 해야겠군. 차를 좀 더 구해 줄 수 있는가?”

“아! 소첩이 바로 준비를 하겠습니다, 황후마마.”

“그럼 내일 가져다주시게.”

“예, 황후마마. 소첩만 믿으시어요.”

미쳤냐? 믿을 게 없어서 너 같은 정신병자를 믿게. 그리 말하고 싶지만 싱긋 웃는 웃음으로 대신하고 그대로 마차로 다가갔다.

아버지나 오라버니들은 포엥마 그 여자를 만날 필요가 없다며 한사코 말렸지만 그럴 수는 없지. 너무 간단하게 보내는 건 예의가 아니라고.

해서 여전히 걱정을 가득 담고 말리고 싶어 하는 디온 오라버니는 깔끔하게 무시하고 마차에 올랐다. 어쩔 수 없이 함께 올라탄 오라버니와 함께 감옥으로 향했다. 이왕이면 공개처형장도 한 번 들르고 싶지만 거기는 지금 황군에 분노한 백성들이 바글바글하다니 패스.

아마 지금쯤 온갖 악담과 돌팔매질을 당하고 있지 싶다. 그래 봐야 누르티아 님 덕분에 죽지도 못하겠지만. 나머지는 오늘 아침에 모조리 정리됐고 이젠 정말 공개처형만 남은 것이다. 게다가 이번 일로 수입이 엄청나게 짭짤했다.

털어 내다 보니까 끝도 없이 나오더라. 그놈들이 그 정도이면 도대체 대공이나 공작들은 어느 정도일지 상상이 안 되는군. 하긴 뭐 많으면 많을수록 좋다만.

아버지나 아론은 벌써부터 비어 있는 자리에 앉힐 귀족들을 선별하는 것 같다. 그리고 나중에 모든 정리를 끝낸 후에는 황제파 중에서도 쓸모없는 쓰레기들도 추려 내야겠지. 아무것도 안 하고 큰소리만 치는 것들은 필요 없거든. 게다가 그놈들 또한 대공파 못지않게 뒤가 구린 놈들이라 그쪽까지 제거해야 비로소 깨끗해질 것이다.

어쨌든 이것으로 대공파는 한동안 몸을 사릴 테니 그사이 황제파는 힘을 더 갖출 수 있게 됐다. 문제는 저것들이 마냥 당하고만 있을 건 아니라는 건데. 뭐 세 놈을 붙여 놨으니 성과는 있을 테지. 그때는 기회를 봐서 먼저 선수 치면 우리 쪽 피해는 최소화할 수 있을 것이다.

여차하면 세 놈 시켜서 그 세 사람만 잡아 버려도 되고. 이런저런 생각에 빠져 있는 와중에도 마차는 달려 목적지에 도달했다. 마차가 속도를 줄이고 이내 멈추자 드레스를 추스르고 오라버니 손을 잡고 내렸다. 감옥이라더니 황궁에 이런 곳이 있었나?

"아직 고문한 건 아니지요?"

"그 여자만 기다리라 했고 다른 사람들은 이미 어제부터 하고 있습니다. 그나저나 정말 괜찮겠습니까? 만나 봐야 좋은 소리는 못 들을 텐데."

"그래도 한 번은 만나야지요."

내가 직접 당한 건 아니지만 나를 위해 만든 육체를 그리 만들고 내 가족들을 힘들게 했으며 헤스티아 그 어린 것의 마음에도 상처를 줬잖은가. 그냥은 못 죽이지.

쯧쯧, 멍청한 마르센. 그러게 정신을 차렸으면 목숨은 건졌을 게 아닌가. 어디 닮을 게 없어서 멍청한 제 어미를 닮은 건지. 헤스티아를 생각하면 마르센이라도 살려 주고는 싶지만 아버지가 워낙 강경하게 나오셔서 어쩔 수가 없다. 하긴 오라버니들도 마르센은 신경도 안 쓰더라만. 좀 닮았어야지.

외관도 머리카락이 비슷한 것 외에는 그란디아 핏줄의 생김새는 전혀 섞여 있지 않은 데다 성격마저 그 모양이니 애초에 살아남기는 글렀다고 봐야겠지. 어느새 몇 개의 문을 거쳐 그 여자가 있는 곳에 도착했는지 안쪽에서 들려오는 악에 받친 소리에 혀를 내둘렀다.

"헤스티아! 그 아이를 당장 데리고 와! 이놈들!"

내 이럴 줄 알았다. 끝까지 물고 늘어지지. 헤스티아가 절대 감옥

근처도 못 오도록 해 놓기를 잘했군. 어제부터 표정도 어둡고 안절부절못하는 게 신경 쓰이지만 소녠 왕녀가 옆에 있어서 그나마 괜찮을 테다. 이제 와서 살려 줄 수는 없잖은가.

이럴 때는 그냥 모르는 척하는 게 낫겠다 싶어 이내 생각을 떨쳐 내고 마지막 문을 열었다. 간수들이 화들짝 놀라 바닥에 납작 엎드리는 모습에 일어나라 말하고 어느새 찢어지는 소음도 끊긴 창살 안을 바라봤다. 쯧쯧, 그 꼴이 나고도 눈빛만은 더럽게 흉흉하네. 무섭게 말이야.

“이보게들, 잠시 자리를 피해 주게.”

“예, 예? 하, 하오나 죄인이 제정신이 아니라서 황후마마께 누가 될 터인데.”

“그 점이라면 걱정 말게. 오라버니가 계시는데 무슨 걱정인가.”

“아! 명을 받들겠습니다, 황후마마!”

곧바로 안심했다는 듯 두 명의 간수가 잽싸게 사라지자 오라버니가 창살에서 손을 뻗어도 닫지 않을 거리에 가져다 둔 의자에 앉아 바들바들 떨며 죽일 듯이 노려보는 여자를 쳐다봤다. 치욕스럽겠지. 그 심정 이해해. 정말 꼴이 엉망이군.

다른 쪽에서 끊임없이 들리는 찢어지는 비명에 피 냄새, 벌레에 쥐의 시체 비슷한 것까지. 한데 어우러진 곳에서 뒹굴고 있으니 드레스는 다 찢겨 너덜거리고 간수한테 몇 대 맞은 듯 얼굴도 퉁퉁 부어 시퍼런 멍투성이다. 쯧, 얼마나 지랄을 떨었으면 고문도 하기 전에 저 꼴이야?

“너, 너 이년! 이 찢어 죽일 년! 죽여 버리겠다! 악!”

깜짝이야? 뭔 목청이 저리도 좋은지. 귀를 후비적거리는 잠깐 사이 언제 감옥 안으로 들어간 건지 창살을 붙잡고 바락바락 악을 쓰는 여자의 뒤에서 한 손으로 목을 꽉 움켜쥔 아센을 보며 고개를 내저었다. 하여간 저 좁은 창살 안으로 어떻게 들어가는 거야?

"아센, 더러운 오물은 손으로 만지는 게 아니다. 에비, 병 옮으면 어쩌려고?"

게다가 간단하게 죽는 건 안 된단 말이다. 해서 놔 달라고 하자 어지간히 마음에 안 드는 듯 불퉁한 얼굴을 하고는 곧바로 몸을 숨긴다. 새파랗게 질렸던 얼굴에 혈색이 돌아오자마자 또다시 노려보는 행태에 나직하게 혀를 차고 입을 열었다.

"포엥마 부인, 지금 처지가 참으로 안타깝게 됐군. 그러게 어찌 그런 천벌받을 짓을 했나?"

"너 때문이다. 내가 이리된 건 모두 네년 때문이다!"

"그럴 리가. 이런 걸 두고 자업자득이라고 하지."

"이익! 착각하지 마라. 내가 이대로 죽을 것 같으냐? 웃기지 마라! 네년을 죽어서도 저주할 것이야!"

저 꼴을 하고도 남 탓은. 아직 정신을 덜 차렸군. 하긴 뭐 전혀 틀린 말도 아니지만. 울컥해서 앞으로 나서려는 오라버니를 말리고 한동안 지랄 발광을 해 대는 꼴을 가만히 지켜보자 얼마 지나지 않아 지친 듯 헉헉거리는 모습에 그제야 씩 웃으며 입을 열었다.

"다 끝났나? 쯧쯧, 불쌍해서 어찌할꼬. 머리가 나쁜지는 익히 알고는 있었지만 이 정도로 나쁠 줄이야. 흠, 그나저나 냄새가 고약하군. 하긴 쓰레기들만 가둔 곳이니 오죽할까 싶지만."

"너, 너! 너 이년!"

"아아, 광분하지 말게. 꼭 광견병 걸린 미치광이 같아 보기가 좀 그래. 그나저나 불쌍해서 기회를 주고자 왔더니 아무래도 그럴 필요가 없을 것 같군."

"기, 기회라니. 무슨?"

얼씨구? 그걸 또 믿는다고? 야야, 멍청한 건 익히 알았지만 진짜 단순하네. 하지만 나쁘지는 않아. 저리 나와 줘야지. 열 가지 형벌이 지독하다는데 중간에 자살이라도 하면 곤란하다. 무엇보다 마지막에 뒤통수는 한 대 더 쳐야 직성이 풀릴 것 같거든.

“뭐 이왕 이 더러운 곳까지 왔으니 아무리 괘씸해도 기회는 줘야겠지? 나는 자네와는 달리 고귀한 핏줄에 황후가 아닌가? 자애로운 황후로서 자네의 이런 꼴을 보니 심히 가슴이 아프네.”

“너, 너! 닥치고 기회가 뭔지나 말해!”

“이런, 그리 나오면 안 되지. 자네는 내게 엎드려 빌어야 하는 처지인데 그리 큰소리를 쳐도 되나? 에이, 그러지 말게. 자네의 그 하찮은 목숨이 살 수 있는 기회를 저버리는 어리석은 짓을 하면 쓰나? 아무리 머리가 나빠도 사태는 제대로 파악해야지?”

“끄으으. 아아악!”

저런. 저러다 거품 물고 넘어갈라. 거품만 안 물었지 온몸이 바들바들 경련하는 게 꼭 간질병 환자 같네.

“거참, 사람 성질하고는. 기회를 주면 될 거 아닌가? 내 특별히 자네 목숨만은 살려 달라는 부탁을 받아서 말이야. 그래서 기회를 줄까 해. 앞으로 공개처형까지 6일, 그때까지 버텨서 살아남아라. 그리하면 내 자네의 목숨만은 살려 주지.”

“혀, 형벌을 받으라는.”

“그래야 핑계거리가 생기지 않겠나? 형벌 받는 도중 안타깝게도 죽었다고 해야지 자네를 빼돌릴 수 있지. 뭐 내키지 않는다면 관두게. 기회를 찬다면 자네의 복이 고작 그것뿐이겠지. 그럼 할 말도 다 했고 나는 그만 가 봐야겠군.”

어차피 대답이야 뻔할 테지만 일부러 미련 두지 않고 자리에서 일어나자 화들짝 놀라 다급하게 붙잡는다.

“머, 멈춰라! 정말, 정말 살려 줄 것이냐? 황후 자리를 걸고 약속할 것인지 물었다!"

그럴 리가. 내가 미쳤니?

"약속하지. 나는 한 입으로 두말은 안 한다네. 신용사회가 아닌가? 믿게나."

믿으면 복이 온다잖아.

『헛소리.』

괜찮아. 저건 멍청해서 믿는다니까. 그럼 된 거지 뭐.

⚜⚜⚜

"황후마마께 고합니다. 제1후궁마마께서 알현을 청하셨습니다."

뭐? 이렇게 이른 아침에 찾아왔다고? 거참 아무리 내가 오라고 했기로서니 아침 댓바람부터 찾아올 줄이야. 어지간히 죽이고 싶은가 보다. 정말이지 웃기지도 않는군.

"알현실로 안내하고 검시관을 준비시켜라."

"예, 황후마마."

시녀가 나가고 책상 위로 잔뜩 쌓인 서류를 한쪽으로 정리했다. 처리한 서류는 따로 구분해 놓은 후 자리에서 일어나려다가 멈칫거렸다. 이벨린이 아침 댓바람부터 찾아온 이유야 뻔하다. 아무래도 더 지켜볼 필요는 없을 것 같은데.

빙의를 의심할 정도로 그녀의 성격이 확 바뀌었다고 했지. 또 그녀의 뒤에 누군가 있다고 해도 대공파 중에 하나라는 건 충분히 짐작할 수 있는 일이다. 그리고 지금 대공파는 기세가 한풀 꺾여 몸을 사리고 있지 않은가.

물론 몸을 사리면서 복수할 궁리도 겸하고 있겠지만. 어쨌든 그녀처럼 멍청한 여자를 이용하려고 했다고 해도 증거서류를 남기지는 않았을 것이다. 고작 푼돈 얼마 던져 주고 충분히 발을 뺄 구석을 만들어 놓고 이용하겠지.

"흐음, 그럼 어쩐다?"

그냥 이쯤에서 정리해 버려? 솔직히 대공파나 이벨린이나 나를 죽이는 게 목적일 테고 어차피 대공파의 움직임까지 예상하고 낚싯줄까지 던져 놓은 상황이지 않은가.

굳이 신경이나 긁고 큰일을 벌일 주제도 못 되는 멍청한 건 당장 치워버려도 계획에는 아무런 문제도 없을 것이다. 문제는 이벨린을 그냥 처리하기에는 왠지 아깝다는 건데.

이미 환각초가 들어 있는 차를 내게 건넸다는 것만 해도 충분히 황후 암살에 반역죄를 물을 증거는 확보했지만 딱 까놓고 너무 싱겁잖아? 그보다 뭔가 더 극적인 방법이 좋겠는데. 뭐가 있을까? 이벨린을 처리하면서 대공파를 잡을 수 있는 방법이.

『그 여자가 이상하게 변한 걸 말하는 거라면 주신 영감한테 말하면 되지 않나?』

그거야 당연한 거고. 내 말은 이벨린만 처리하기에는 너무 아깝단 말이다. 그렇다고 증거를 남기지 않았을 게 뻔한 마당에 같이 물고 늘어질 수도 없다. 가만, 내가 지금 영감 딸이라는 신탁을 받았는데도 대공파는 안 믿고 있지?

『그것도 루비아 왕국에서 연락이 오면 믿을 수밖에 없다, 주인아.』

물론 그렇겠지. 하지만 그러자면 더 극적으로 몰아가는 것도 나쁘지 않잖아? 어차피 그때 알게 될 거라면 더더욱 나쁘지 않다. 이왕이면 한 번보다는 두 번이 더 효과적이지 않은가. 예를 들어 내가 진짜 신탁의 주인이라는 걸 확인시키는 것을.

그렇게 되면 대공이나 공작들은 이미 발을 빼기에는 늦었으니 제쳐 두더라도 다른 것들은 반드시 내 눈치를 살필 것이다. 이번 재판으로 제법 가지를 많이 쳐냈다고는 해도 아직은 대공파 실세들은 그대로 버티고 있는 것도 걸리고.

눈앞에서 확실히 확인을 시킨다면 어느 쪽이 이익인지 따져 보기 시작하겠지. 뭐 보나 마나 뻔하겠지만. 원래 권력은 이동하는 법이고 여신의 가호를 받는 황제와 주신의 딸인 황후를 상대로 승산이 없다는 것을 제 놈들도 알 것이다. 배신자는 어디에도 있기 마련이지 않은가.

그런 놈들은 적당히 맞춰서 받아들이면 그만이다. 솔직히 다 죽여 버리면 그것도 문제이기도 하고 상종 못할 간악한 놈들만 아니라면 적당히 섞여 있는 것도 나쁘지 않다. 무엇보다 대공파를 안에서부터 와해시킬 수 있다는 점이 가장 마음에 들지만.

"확실히 나쁘지 않네."

왜 진작 이 생각을 못했지? 인간들 일은 인간들이 해결해야 하는 게 맞겠지만 이벨린 같은 경우는 특이 케이스니까 영감 도움을 받아도 되겠지. 어부지리로 얻을 것도 많고 루비아 왕국도 도움을 받았으니까. 이미 한 번 받았는데 두 번이라고 못 받을까.

아무래도 후궁이 가는 대로 영감한테 물어봐야겠군. 덤으로 아센 눈도 치료하고. 그렇게 결론도 나왔겠다, 가뿐한 마음으로 집무실을 나와 문을 잠그고 알현실로 가려고 몸을 돌리자 뒤로 급한 걸음과 함께 시온 오라버니가 다가왔다.

"배치는 모두 끝났습니까?"

"인원도 많고 며칠은 더 걸릴 것 같습니다. 그보다 황후마마께서 디온한테 한 말씀 하시지요?"

"아아, 아직도 고집을 피우십니까?"

"예. 아무래도 새로운 기사단을 맡으면 황후마마를 지킬 수 없다며 저리 고집을 피우고 있습니다."

어차피 안정되면 번갈아 가면서 오면 되는데 하여간 별 쓸데없는 데에서 고집을 부리는 건지. 지금 상황에서 디온 오라버니 외에는 달리 방도가 없는 것이 사실이다. 시온 오라버니한테는 못 미치지만 다른 기사들과 비교해 수준 차이가 있기 때문이다.

게다가 이번에 죽어 나간 죄인들의 각 가문에서 오갈 데 없는 기사들의 수가 무시하지 못할 수준이어서 하나로 뭉치면 무력이 상당하다. 우리 쪽에서 발 빠르게 움직여 뛰어난 기사들은 이미 거의 다 빼돌렸지만 대공 쪽으로 넘어간 기사들도 많다.

물론 각 가문으로 뿔뿔이 흩어지는 걸로 위장하고 있지만 그 속내야 뻔하다. 그래서 기사단을 하나 더 만들어 제1기사단 부단장을 맡고 있는 디온 오라버니한테 맡기고 부단장을 라트라반 후작가 차남에게 맡기려고 했더니 별 시답잖은 걸로 고집은.

"디온 오라버니한테는 제가 말하겠습니다."

"예. 그보다 알현실에 후궁이 들었다고 들었습니다."

"안 그래도 그 문제로 잠시 후 드릴 말씀이 있습니다. 폐하께도 전하셔서 집무실로 오시라고 해 주세요. 후궁은 혼자 만나겠습니다."

"예, 황후마마."

오라버니를 보내고 알현실 안으로 들어가자 이벨린이 황급히 자리에서 일어나 예를 차린다. 그런데 어찌 아직도 예법이 저리 엉성한지. 쯧쯧, 발전이 없다.

"기다리게 해서 미안하네. 내정 업무로 바빠서 좀처럼 시간 내기가 힘들군."

"아닙니다, 황후마마. 오히려 소첩이 바쁜 시간을 방해한 건 아닌지 모르겠습니다."

말은 잘한다. 그나마 어제보다는 표정이 안정된 것 같지만. 하긴 저 속이야 뻔하다.

"방해라니, 그럴 리가 있는가? 이 사람이 부탁하는 처지이니 오히려 이리 잊지 않고 찾아와 준 것에 감사하네. 그래, 차는 준비해 왔는가?"

"예, 황후마마. 이번에는 조금 넉넉하게 준비했습니다."

그만큼 넉넉하게 약도 집어넣었고?

"고맙네. 내 보답으로 조만간 좋은 선물을 하지."

"예? 서, 선물이요?"

"이 사람을 이리 챙겨 주는데 선물을 하는 것이 당연하지 않나? 내 이벨린의 마음은 항상 고맙게 생각한다네."

그러니까 받은 만큼, 아니 그 이상으로 되돌려 주마. 그런 생각에 싱긋 웃자 저것 봐라, 도무지 분위기 파악이라고는 못 하지. 내가 저 멍청한 걸 붙잡고 뭐하는 짓인지. 선물이라는 말에 어지간히 좋은 듯 활짝 웃는 모습에 속으로 혀를 차고 곧바로 자리에서 일어났다.

"마음 같아서는 그대가 가져온 차로 대접하고 싶은데."

죽어도 먹기 싫지? 일부러 말끝을 흐리며 이벨린을 보자 화들짝 놀라 한사코 거절하는 꼴에 삐뚜름하게 올라가려는 입가를 내리고 미안한 듯 말했다.

"미안하네. 차는 다음에 마시지. 아무래도 사절단 배웅을 앞두고 이것저것 할 일이 많아서 그만 가 봐야겠군."

"소첩은 괜찮습니다."

"그리 말해 주니 고맙네. 그럼 며칠 내로 뜻깊은 선물을 준비할 터이니 받아 주면 고맙겠네."

"굳이 안 그러셔도 되는데."

얼씨구? 좋으면 좋다고 그냥 말을 해라. 어울리지도 않게 내숭은.

“그럴 수야 없지. 너무 마음 쓰지 말게.”

“황후마마께서 그리 말씀하시니 소첩 감사히 받겠습니다.”

그래야지. 그게 설사 지옥행 티켓이라도 말이야. 그나저나 볼수록 놀랍다. 선물 하나에 긴장마저 다 풀린 건지 환하게 밝아진 얼굴로 사뿐사뿐 가벼운 걸음으로 알현실을 나가는 그녀를 보고 문이 닫힘과 동시에 피식 웃음을 흘렸다.

『정말 멍청한 여자군.』

그러게. 저 정도면 답도 안 나올 지경이다. 하긴 뭐 내가 상관할 일도 아니고. 알현실을 나와 이벨린이 준 차를 검시관에게 맡기라 하고 집무실로 향했다. 문을 열고 들어가자마자 영감부터 부른 것까지는 좋은데.

“딸! 아빠 감동이야. 내 귀엽고 깜찍하고 예쁘고 사랑스러운 딸이 먼저 아빠를 불러 주다니. 이 아빠는 감동이구나.”

그야 귀엽고 깜찍하고 예쁘고 사랑스러운 내가 부탁할 게 있어서 불렀습니다만. 저 방정맞은 성격은 도저히 못 고치는 건가?

『포기해라. 포기하면 편하다.』

응. 나도 이미 포기했어. 그런데 말이다. 어째 득도한 고승 같다. 포기하면 편하다니. 고개를 내젓고 무슨 말이냐고 닦달하는 샤이탄은 깔끔하게 무시했다. 계속해서 달라붙는 영감을 떼어 내려던 찰나 문이 벌컥 열리고 그와 아버지, 오라버니들까지 줄줄이 들어왔다.

“다들 앉으십시오. 드릴 말씀이 있습니다.”

이제는 하도 봐서인지 익숙한 얼굴로 영감한테 일제히 인사를 끝낸 사람들이 각자 자리에 앉는 것을 보고 입을 열었다.

“우선 루비아 왕국 상황은 어떻게 됐습니까?”

“그쪽 간세의 말로는 왕국 전체에 들리도록 신탁을 내린 데다 날씨가 잠잠할 날이 없으니 서두르는 것 같더군.”

"백성들 사이에는 이미 왕국에 반하는 말까지 나오고 있다고 하니 아마 조만간 루비아 왕이 직접 찾아올 겁니다."

당연한 결말이군.

"그럼 그건 넘어가고 이제 슬슬 이벨린을 정리할까 합니다. 하지만 그전에 폐하께서 하신 말씀도 있고 갑자기 변한 것에는 이유가 있다 싶어 그 이유부터 알아내는 게 우선일 것 같습니다."

"어떻게 알아낸단 말이지?"

그야 영감이 있잖아?

"영감은 알고 있을 것 같습니다만. 후궁이 왜 그리 이상하게 변했습니까?"

"모르는데?"

"허, 주신인데 모른다니 영감이 모르면 누가 알고 있다고?"

"내가 그런 하찮은 걸 신경 쓸 틈이 어디 있어? 아빠는 내 딸만 보기도 바빠."

아, 그러세요. 어련하시겠습니까.

"그럼 알아낼 수는 있는 겁니까?"

"알아내는 거야 문제가 없다만 귀찮게 꼭 그리해야 하는 것이냐? 그냥 소멸시키지?"

그걸 지금 말이라고 하는 건지. 하여간 명색이 주신이면서 인간 알기를 뭣 같이 안다니까. 그렇다고 나한테만은 팔불출이다 못해 극진할 지경인데 차마 뭐라 할 수도 없고. 나뿐만 아니라 어느새 다들 익숙한지 하나같이 어색한 얼굴로 웃는 모습에 절로 한숨을 내쉬었다.

"귀찮아도 할 수 없습니다. 우선 제가 궁금하기도 하니 왜 갑자기 변했는지 알아봐 주십시오. 그리고 아센 눈, 치료할 수 있습니까?"

"마력을 돌려 달라는 말이냐?"

"예."

"그야 일도 아니지. 저놈이야 내 딸을 지키는 놈인데 돌려주고말고."

영 믿음이 안 가서 그렇지 이런 걸 보면 확실히 신은 신이네. 아니 잠깐만. 고칠 수 있으면서 지금까지 왜 안 고쳐 준 거야?

『뻔하지 않나? 주인 일이 아니라서 신경도 안 썼을 테지.』

역시 그렇겠지.

"그럼 영감은 아센 눈 고치고 후궁의 일 좀 알아봐 주십시오. 그리고 이벨린의 상황에 따라 달라지겠지만 제가 신탁의 주인이자 영감의 딸이라는 걸 귀족들 보는 앞에서 확인을 시킬 생각입니다."

"확인을? 왜 갑자기."

"모두 눈치채셨겠지만 지금 기사들을 끌어모으고 있는 것도 그렇고 대공 쪽에서 할 반격이라면 뻔하지 않습니까? 미리 세 놈을 붙여놓기는 했습니다만 이왕이면 저놈들 스스로 무너지게 하는 것도 나쁘지 않습니다. 그렇게 되면 우리는 뒤처리만 하면 되니 피 한 방울 흘리지 않고 정리할 수 있겠지요. 물론 그 전에 세 놈이 증거만 확보하면 대공이나 공작들을 잡아들여도 상관없습니다. 어차피 모조리 죽이면 그 이후에 일감만 늘어날 테니까요."

"그렇겠지. 비록 죽어 마땅한 놈들이라 하나 저놈들이 다 죽어 버리면 빈자리를 채우는 것만으로도 보통 일이 아니다. 그렇다고 아무에게나 맡길 수도 없고. 나는 그대의 의견에 찬성이다."

아론의 말에 아버지도 오라버니들도 고개를 끄덕이고 그 이외의 세부사항에 대해 몇 가지 더 의논하고야 가기 싫어하는 네 사람을 내정을 봐야 한다는 핑계로 모조리 내쫓았다. 덕분에 한바탕 일었던 소란이 끝나고 비로소 조용해진 건 좋은데.

"아, 그러고 보니 조만간 정령계 문이 열릴 것 같구나."

이게 무슨 뚱딴지같은 소리야?

"정령계? 아직 마나가 그리 많은 건 아니잖습니까?"

"이 정도면 그놈들도 소멸할 일은 없을 테니 걱정 없다. 그보다 내가 그리 비밀을 지키라 했건만, 아 글쎄! 누르티아 그 녀석이 다 말해 버렸지 뭐냐? 쯧쯧, 앞으로 그놈들 들러붙을 거 생각하니 벌써부터 골치가 아프다."

이런 빌어먹을. 영감보다는 내가 더 골치 아프거든! 젠장. 지금도 많다고.

⚜⚜⚜

이것 참 기분이 묘하네. 별의별 걸 다 본 데다 정령의 신들도 본 마당에 눈 치료쯤이야 아무것도 아닌데 말이다. 어떻게 내 눈에 영감의 힘이 아센의 눈동자로 스며드는 게 보이느냐고? 그것도 색상도 달리해서. 설마 나도 괴물로 진화하고 있는 건가?

『말이 되는 소리를 해라.』

물론 말이 안 되겠지. 하지만 안 보여야 마땅한 게 보이잖아. 무섭게.

"거참 볼수록 신기하네. 아센, 어때? 불편하지는 않고?"

"예, 주군. 감사합니다, 주신이시여."

"감사하면 앞으로도 내 딸이나 지극정성으로 잘 모셔라. 스스로 주인으로 모시면 배신 안 하는 종족이라 내 딸 옆에 둔다만 만약에라도 실수하면 죽을 줄 알아."

영감 무서워서라도 아무도 배신 안 해.

"걱정하지 마십시오."

"쓸데없는 소리는 그만하고 후궁이 왜 변했는지 알아보십시오.

알아내는 대로 바로 말해 주고.”

“알았다. 빨리 다녀오마.”

아니 굳이 빨리 올 필요는 없는데. 미처 대답도 하기 전에 사라지는 영감의 행동력에 나직하게 혀를 차고 준비를 서둘렀다. 원래대로라면 오늘 사절단이 돌아간 후에 귀족들도 출궁을 해야 하지만 그가 출궁 허가를 내리지 않았을 것이다.

그 때문에 대공 쪽이 또다시 신경을 곤두세우는 것 같지만 그거야 내 알 바 아니고. 적어도 며칠 내로 루비아 왕국 쪽에서 연락이 올 테고 속국으로 복속시키는 입장이라 왕이 직접 움직일 것이다. 그러자면 지방 귀족들도 다 있어야지.

처음에는 그 먼 곳에서 온다고 해서 몇 달은 걸릴 줄 알았더니 마법진으로 이동한다고 한다. 국경지대에 도착해서 검사 절차를 받고, 중간에 한 곳만 거치면 되어 금방 도착할 수 있다고 한다. 하여간 신기한 세상이야. 이런 점은 지구보다 훨씬 좋네.

어쨌든 영감이 알아오면 루비아 왕국 전에 이벨린부터 해결을 봐야겠지. 그리고 또 헤스티아도 공작가로 돌려보내야 한다. 내심 면회를 가고 싶어 하는 눈치지만 절대 안 될 말이다. 어린 나이에 그런 거 봐서 좋을 것도 없고 괜히 상처만 받을 테니까.

“쯧, 하여간 꼬맹이가 신경 쓰이게.”

젠장. 몰라. 어차피 살려 줄 것도 아닌데 신경 끊는 게 좋겠다 싶어 잡념을 떨쳐 내고 시급한 서류만을 급하게 끝내 놓고 자리에서 일어났다. 그대로 집무실을 나와 문을 잠그고 돌아서자 때마침 그와 오라버니들이 다가오는 모습에 속으로 혀를 내둘렀다.

후광이 번쩍거리는 아론이나 날카로운 조각 미남 같은 오라버니들 얼굴을 보니 새삼 참 잘생긴 것 같아 눈은 호강한다만 저 얼굴들이 왜 내 앞에만 서면 바보처럼 헤벌쭉 풀어지는 건지. 이걸 좋아해야 하는 거야, 바보 같다고 해야 하는 거야.

"황후!"

"황후마마!"

나 귀 안 먹었다. 살살 말해도 다 알아듣는다고 이 인간들아.

"어차피 나갈 텐데 뭐하러 오셨습니까?"

"무슨 말을 그리 섭섭하게 하오? 부인을 에스코트하는 건 남편의 의무요. 그대만 원한다면 평생 업고 다닐 수도 있소."

미치셨습니까? 한동안 잠잠하더니 왜 또 기름칠을 하고 있어?

"큭큭, 그대는 가끔씩 표정에 생각이 다 드러나는 거 알고 있소?"

"그러게 적당히 하십시오."

안 그러면 나도 모르게 박박 긁을지도 모른다고.

"그런데 아센은 치료했소?"

"예. 말끔하게 치료했습니다."

덤으로 괴상한 것도 눈으로 봐 버렸지만. 이러다가 나 정말 이상하게 변하는 건 아닌지 몰라. 예를 들어 괴물로 진화한다든가. 왠지 소름 끼치는 생각에 몸을 부르르 떨자 세 쌍의 눈동자가 의아하게 바라보는 것에 고개를 내젓고 그의 손을 잡았다.

"아참, 황후. 책 좋아하오?"

"책이라면 좋아합니다만."

"다행이군. 내가 추천하고 싶은 책이 있는데 오늘 일정이 끝나면 꼭, 반드시 읽어 주면 고맙겠소."

읽는 거야 문제가 없지만. 뭐지? 갑자기 책 추천이라니? 게다가 입가에 머무르는 저 웃음의 의미는 뭐란 말인가. 분명 뭔가 의도하는 게 있는 것 같은데 슬그머니 회피하는 걸 봐서는 물어봐야 대답은 해 줄 것 같지도 않다. 대수롭지 않게 넘기고 황후궁을 나가려고 할 때였다.

"우왁! 거기 잡아!"

"꺅! 저쪽이에요!"

"윽, 조그만 것들이 왜 이렇게 빨라!"

이게 뭔 난리야? 황후궁에서 저리 소란을 피우다니. 기사들하고 시녀들 목소리가 섞인 것 같은데? 이것들이 하나같이 미친 건가 싶어 다들 멀뚱히 서서 눈만 깜빡거리다가 소리가 난 방향인 정원으로 향하자 한마디로 가관이다.

"저거, 혈랑들 아닙니까?"

"혈랑이 맞소. 며칠 사이 또 컸군."

아니 종족 자체가 성장이 빠르다니까 그렇다 치고 저게 무슨 짓이냐고? 혈랑 두 마리가 정신없이 도망 다니고 기사들은 잡으러 다니고 시녀들은 꺅꺅거리고. 이게 뭔 난장판인지. 기가 막힌 마음에 관자놀이를 꾹꾹 누르자 그사이 시온 오라버니가 기사들을 한마디로 제압하면서 일대 소란이 끝이 났다.

"왜 혈랑들이 밖에 나와 있지?"

"그것이, 시녀들 말로는 목욕을 시키려고 하니 도망을 쳤다고 합니다."

골치 아픈 늑대들이군. 규정대로라면 소란 죄를 물어야겠지만 혈랑의 존재 자체가 워낙 희귀하다 보니 저들의 심정도 이해는 한다. 해서 표정을 굳히고 한 소리 하려는 아론을 막고 저 멀리서 쭈그려 앉은 채 눈치를 살피는 혈랑들을 향해 손짓했다.

그러면서도 솔직히 정말 올까 했다. 그런데 기가 막히게도 온다. 뭐가 그리 좋은지 꼬리를 사정없이 흔들며 쏜살같이 달려와 품에 안기는 빨간 털 뭉치 두 개를 보며 헛웃음을 흘렸다. 아직은 어려도 주인은 알아본다는 건가.

"하루 두 번 보는 게 전부인데 기억하나 보군."

"그러게 말입니다. 아, 그러고 보니 이 녀석들 이름을 안 지어 준 것 같은데."

"그대가 지어 주면 되지 않소?"

"흠, 이름이라."

뭐가 좋을까? 사람 이름이면 몰라도 늑대 이름이라니. 귀찮아.

"이 녀석은 일랑, 이 녀석은 이랑입니다. 분간이 될지 모르겠지만."

"이름인가?"

"예. 부르기 쉽고 간단하잖습니까? 너희들도 마음에 들지?"

굳이 대답을 바라고 한 말은 아니건만. 아직 1차 성장도 하지 못한 새끼들이 말귀는 다 알아듣는 듯 고양이나 낼 법한 가르릉거리는 소리를 내며 품 안으로 더 파고드는 꼴이 제법 귀엽다. 그런데 이렇게 작은 놈들이 2차 성장까지 마치면 아센만큼 강해진다니 신기하네.

"폐하, 황후마마. 이제 그만 가셔야 합니다."

"황후, 이만 갑시다."

"예. 일랑, 이랑. 나중에 놀아 줄 테니까 얌전히 목욕하고 기다려라."

알아들은 건지 못 알아들은 건지. 바닥에 내려 주자 마치 애교라도 부리듯이 발라당 드러누워 낑낑거리는 털 뭉치 두 마리를 보고 피식 웃으며 그의 손을 잡고 마차로 향했다. 그래도 또 도망치지 않는 걸 보면 확실히 알아들은 것 같아 흡족하게 고개를 끄덕이고 마차에 오른 것까지는 좋은데.

"무슨 짓입니까?"

"내가 뭘?"

몰라서 묻나? 맞은편에도 의자가 있건만 나를 달랑 들어 자신의 무릎 위에 앉히고 목덜미에 쪽쪽.

"간지럽습니다."

"무드 없기는."

헛소리는. 무드가 돈 벌어 줄 것도 아니고 허리를 감은 팔을 풀어 내려고 하자 더 억세게 조여드는 통에 결국 포기했다. 포기 안 하고 버틸 수가 없는데 어쩌라고.

도대체 무슨 인간이 이리도 엉겨 붙는 걸 좋아하는 건지. 내가 포기하자마자 기분이 좋은 듯 나직하게 웃음을 터트리며 목덜미를 지나 귓불까지 잘근잘근 씹어 대는 행동에 움찔!

뭔가, 기분이 상당히 이상하다고 해야 할지, 간지럽다고 해야 할지. 뒷목이 싸한 느낌에 기어코 한 소리를 하려던 찰나 갑자기 모습을 드러낸 영감 때문에 입을 다물었다.

"쯧쯧, 야 이놈아, 안 떨어지냐?"

내 말이 그 말이야. 좀 떨어져 주면 좋으련만. 이제는 영감이 있든지 말든지 상관도 없다는 듯 허리를 감은 팔에 단단히 힘을 주고 버틴다. 절대 안 떨어지겠다는 뜻이다.

"그보다 알아봤습니까?"

"아, 그게 참, 이런 경우는 나도 처음이라 당황스럽구나."

"뭔데 그러십니까?"

"그 이벨린이라는 인간 몸 안에 다른 인간이 들어 있었다. 그런데 그 인간 기운이 이질적인 걸 봐서는 이 세계의 것이 아니야."

"허, 진짜 빙의였어?"

가만 내가 건너올 때 외에는 차원이 안 열렸잖아? 그럼 뭐야. 세 놈이 말한 시기도 비슷하고 설마 내가 올 때 딸려 온 건가? 그런데 일반 영혼은 차원을 넘지 못한다고 했는데.

『주인의 영향일 수도 있다. 그때 같이 딸려 온 거라면 아무래도 주인이 넘어오면서 그 영혼도 보호되면서 넘어온 것이겠지.』

역시 그런가.

“그럼 원래 이벨린은 죽은 겁니까?”

“아직은 살아 있다.”

“아직?”

“소멸 직전의 상태에 놓였더구나. 의식도 거의 없어서 일단 영혼을 깨워 놓기는 했다만 스스로 살고자 하는 의지가 없었다.”

맙소사. 어떻게 이런 일이. 그럼 나를 따라온 이세계 영혼이 이벨린을 밀어내고 몸을 차지하고 있다는 말이잖아? 그것도 진짜 이벨린은 소멸 직전이고? 정말이지 기가 막히는군. 갑자기 바뀐 이유가 그 때문이라니. 황당한 것도 정도가 있지 뭐 이런 경우가 다 있나 그래.

나직하게 혀를 찬 것도 잠시 어느새 허리를 감은 팔에 힘이 풀린 걸 의식하고 뒤를 돌아보자 아론도 표정이 좋지만은 않다. 그러고 보니 아론은 이벨린을 좋아했잖아?

어째 기분이 뭔가 상당히 꺼림칙하네. 떨떠름한 것 같기도 하고 은근히 짜증이 나는 것 같기도 한 것이. 어차피 나하고 딱히 상관도 없는데 확 그냥 소멸당하게 놔두면 안 되겠지?

『마음을 넓게 쓰라, 주인아.』

말이 그렇다는 거지 누가 뭐래?

⚜⚜⚜

사절단을 무사히 배웅하고 귀족들은 여인들까지 모조리 대회의장으로 모이라 해 놓기는 했다만 아까부터 이상하게 심란하고 짜증이 나네. 그것도 상당히. 거참 그러니까 더 이해가 안 간다고. 내가 왜?

이유가 없잖은가. 도대체 뭣 때문에 이런 기분인지를 모르겠다는 거지.

『쯧쯧, 주인은 이상한 곳에서 둔하다. 알고는 있나?』

자네는 닥치게나.

『딸, 그 인간 때문이냐? 기분 나쁘면 아빠가 소멸시켜 줄까?』

아니 뭐 그걸 원하는 건 아니고. 게다가 소멸시켰다간 아론이 뭐라고 생각하겠어? 그래도 명색이 좋아했던 여자를 내가 소멸시켜 봐. 좋게 보지는 않을 거 아니야. 물론 아론이 어떻게 생각하든지 딱히 상관은 없다만.

『신경 쓰고 있으면서 헛소리는.』

아니거든!

『됐고. 지난번에 황제 말을 제대로 들은 거냐? 좋아하는 건 아니라고 했지 않나?』

야야, 남자가 여자를 지켜 주고 싶다는데 그게 좋아하는 게 아니고 뭐야? 싫어하는 여자를 지킬 이유는 없잖아? 또 알고 지낸 세월만 몇 년이다. 나를 끌어들이면서까지 그녀를 보호하려고 했을 정도인데 그 마음이야 뻔하지.

『엄연히 다르다, 주인아.』

『딸, 그건 아닌 것 같은데? 저놈이 감히 예쁘고 귀엽고 깜찍하고 사랑스러운 내 딸을 두고 다른 마음은 못 품어.』

아니 굳이 품어도 상관은 없는데.

『진짜 상관없나?』

음, 아니. 상관이 있을 것 같다. 일단 그 생각을 하니까 짜증 지수가 높아져. 이거야 원 확실히 문제가 있군. 내가 미친 건가. 왜 그런 쓸데없는 데 감정을 허비하는 거지? 뭔가 팍! 떠오를 것 같은데 도통 모르겠네. 젠장. 차라리 대공파 상대하면서 머리 굴리는 게 훨씬 편할 것 같다.

"황후, 왜 그러시오?"

"뭐, 별일 아닙니다."

"그렇다면 다행이지만 마차에서부터 표정이 안 좋은 것 같소."

쳇, 남이야 안 좋든 말든 무슨 상관이라고.

『유치하기는.』

닥쳐. 그보다 영감, 정말 두 영혼들을 무사히 분리할 수 있습니까?

『당연하지. 이 아빠가 못하는 게 어디 있어? 아빠는 뭐든지 잘해.』

어련하시려고. 딱히 틀린 말은 아니라서 인정해 준다만 이후로도 쓸데없는 자랑에 나를 찬양하는 것까지 더해서 쉴 새 없이 떠들어댄다. 결국 먼저 대회의장으로 보내고 나서야 조용해졌다. 그에 만족하고 나지막이 한숨을 내쉰 것도 잠시, 집무실에 도착하자마자 무섭게 끌어안는 아론의 태도에 두 눈을 휘둥그레 떴다.

"뭡니까, 갑자기?"

"말해라, 비아. 왜 기분이 나쁜 거지?"

"제가 언제 말입니까?"

"지금 나쁘지 않나? 아까부터 내 시선을 자꾸 피하는 것도 그렇고."

내가 그랬던가? 기억에 없는데. 그리 말해 봐야 씨알도 안 먹힐 것 같은 아론의 굳은 얼굴에 어색하게 웃으며 품 안에서 빠져나왔다. 자리에 앉자마자 또다시 닦달하는 아론과 오라버니들의 표정에 잠시 심각하게 고민 좀 했다.

아주 잠시만. 하긴 내 성격에 이런 건 어울리지 않는다. 그냥 딱 까놓고 물어보면 되잖아? 큰일도 아니고 쓸데없는 일에 뭐하러 머리 아프게 끙끙거려. 그거야말로 심력낭비다 싶어 고개를 두어 번 끄덕이고 입을 열었다.

"아론, 진짜 이벨린 말입니다. 확 소멸시켜도 됩니까?"

『그게 아니지 않나?』

아, 실수. 그걸 물으려던 게 아닌데. 당황스러움에 눈동자만 데굴데굴 굴려 아론을 보자 제법 놀란 표정이다. 기분 나쁘게. 하긴 뭐 따지고 보면 기분이 나쁠 수도 있겠지.

다른 영혼이 들어오기 전에는 확실히 사이도 좋았던 상대니까. 해서 나름대로 결정을 내리고 다시 입을 열려는데 갑자기 불쑥 다가오는 얼굴에 기겁하고 물러났다. 뭐야?

"비아, 그대 설마……."

설마 뭐?

"질투하나?"

질투라니. 그 부부 사이나 사랑하는 이성 간에 하는 그거를 내가 한다고?

"그런가? 질투라. 흠, 심란하고 짜증났던 게 그 때문이군."

어라? 그럼 뭐야. 내가 이벨린을 질투한다는 거잖아? 그건 곧 내가 아론을 좋아한다는 말? 그것도 질투할 정도로?

"허, 말도 안 돼. 우앗! 갑자기 뭡니까?"

이 인간이 허리 부러뜨릴 일 있나? 갑자기 왜 끌어안고 난리야? 게다가 저 해맑은 웃음은 또 뭐냐고. 부담스럽게.

"폐하, 놔주십시오. 그러다 황후마마 숨 막히겠습니다."

내 말이 그 말이야. 숨도 막히고 허리도 아픈데 언제까지 끌어안고 있을 건지. 빨리 떨어지라는 의미로 등을 쿵쿵 두드리자 그제야 떨어지며 싱글벙글 웃는다. 그만 좀 웃지. 바보 같다고, 이 양반아.

"비아, 그대가 질투를 할 줄은."

"멈추십시오. 거기서 한 마디만 더 하시면 저 그냥 갑니다."

나도 아직 생각이 정리가 안 됐다고. 내가 질투라니? 이런 빌어먹을!

"칫, 너무한다. 이제야 기껏 마음을 확인하나 했는데."

"싱거운 말씀은 그만하시고, 두 영혼을 분리시킨 후에 어떻게 하실 생각이십니까?"

"글쎄. 우선 다른 영혼이 들어와서 죄를 지은 것이니 분리를 시킨다면 진짜 이벨린에게 죄를 묻기에는 조금 난감하군. 그래서 말인데 황궁에서 내보내고 지방으로 추방시켰으면 한다."

추방이라. 하긴 그 방법이 가장 좋을지도. 일단 다른 영혼을 내보내면 다시 볼 일은 없을 테고 그럼 자연스럽게 신경도 끊을 수 있지. 솔직히 소멸시키기에는 좀 찝찝하잖아.

"좋습니다. 그럼 일단 가 보죠. 중요한 건 영감의 현신이니까 그녀 문제야 천천히 생각해도 될 겁니다."

문제는 영감이 또 쓸데없는 짓을 하는 건 아닌지 하는 것이다. 그 생각만으로도 골치가 아픈 것 같아 관자놀이를 꾹꾹 누르자 그런 내 손을 꼭 잡고 그 위에 입술을 쪽. 그래 놓고 좋단다. 뭐 나도 굳이 싫은 건 아니다만 계약까지 해 놓고 이래도 되나 몰라. 이거 계약 위반이잖아?

그렇다고 위반할 시 불이익이 있는 것도 아니지만 뭐랄까. 확실히 나쁘지는 않아. 그런데 질투는 인정하고 아론을 좋게 보는 것도 인정은 하는데 사랑은 아닌 것 같단 말이야. 하긴 그것도 확실하지가 않네. 사랑을 해 봤어야 뚜렷한 감정을 알지.

모르는 상태에서 백날 고민해 봐야 답도 안 나올 것 같고 우선은 닥친 일이나 해결하자는 생각에 상념을 떨쳐 내고 대회의장으로 향했다. 영혼을 분리시키면서 영감을 현신하게 하는 게 목적이니까.

그렇게 되면 황제파야 뭐 말할 것도 없고 대공 쪽도 흔들릴 것이다.

그 이후엔 자체적으로 내란이 일어날 것이고 약삭빠른 놈들은 우리 쪽으로 비밀리에 접촉을 해 올 테지. 그럼 그놈들은 받아들이는 것으로 대공의 뒤통수를 칠 수 있게 된다. 즉, 피 한 방울 안 흘리고도 얼마든지 승기를 잡을 수 있다.

"안이 생각보다 조용하군."

"상황을 모르니 서로 눈치만 보고 있을 겁니다."

"큭큭, 상황이 재미있게 돌아가겠어."

그렇지. 재미있게 돌아갈 것이다. 귀족들 경악하는 꼴을 상상만 해도 즐거운 것 같아 입가를 삐뚜름하게 올렸다가 회의장 문이 열림과 동시에 표정을 수습했다.

일제히 일어나 예를 갖추는 귀족들을 지나쳐 제일 상석 자리에 앉자마자 대공과 두 공작을 감시하던 세 놈이 쏜살같이 다가와 얼굴을 비비적거린다. 정신없다고 이것들아.

"오늘 이 자리에 모두 모이라 한 것은 황후를 암살하려는 시도가 또 있었기 때문이다."

그의 말에 황제파뿐만 아니라 대공파도 술렁거린다. 하긴 재판 끝난 지 얼마나 됐다고 또 암살자를 보낼 리가 없으니 저들로서도 억울할 테다. 환각제는 저 멍청한 여자 혼자 저지른 일일 것이다. 대공이나 공작이 검시관을 모를 리는 없을 테니까 뻔히 들통 날 일을 사주하지는 않을 테지.

"의장, 검시관을 부르라."

"예, 폐하. 검시관은 들라."

아버지의 말에 문 양옆을 지키던 기사들이 문을 열자 미리 대기해 있던 검시관이 상자 두 개를 들고 들어왔다. 그리고 당연하게도 그 상자에 경악한 사람은 딱 한 명뿐이다. 쯧쯧, 저걸 어째.

"검시관, 손에 들고 있는 것이 무엇인지 설명하라."

"예. 모두 아시다시피 황제 폐하와 황후마마께 진상되는 모든 것은 검시를 거치게 됩니다. 그 결과 이것은 파루투라는 진귀한 차로 혈액을 맑게 하는 데 아주 탁월한 효과가 있습니다. 그러나 작은 상자에는 소량의 환각초가 섞여 있었고 조금 더 큰 상자에는 대량의 환각초가 섞여 있었습니다."

"맙소사! 환각초라니. 그것은 정신을 나가게 하는 게 아닌가?"

"그렇습니다. 환각초는 장기간 복용하거나 한꺼번에 많이 복용할 시 온전한 정신을 유지할 수 없으며 다양한 형태의 환상을 만들어 내는 아주 위험한 것입니다."

그렇지. 마약을 왜 금하는데, 다 그만한 이유가 있다니까.

"도대체 누구입니까?! 감히 누가 그런 위험한 걸 진상했단 말입니까?"

"이는 반드시 밝혀내야 합니다!"

그야 당연하고 누구인지는 뻔하잖아? 다른 사람 다 어리둥절 경악하는 와중에 혼자 부들부들 경기 일으키고 있는 저 멍청이.

"이벨린, 이 사람에게 할 말은 없는가?"

"소, 소첩은, 모르, 모르는……."

뭔 소리야? 아무리 무서워도 그렇지. 어지간하면 버벅거리지 말고 말해 주면 좋으련만 애초에 무리인 것 같다. 그러게 저 보리쌀만 한 간덩이로 잘도 그런 짓을 했다 싶어 헛웃음을 흘리자 그가 진득하게 살기를 흘리며 명령한다.

"제1기사단장은 들어라. 후궁 이벨린을 앞으로 끌어내라."

와, 목소리가 아주 그냥 서늘하다 못해 등줄기로 오싹 소름이 돋을 지경이네.

"예, 폐하."

"폐하! 소, 소첩은 모르는 일입니다! 폐하!"

끝까지 멍청하기는. 이미 기록에 증인들도 수두룩한데 잡아뗀다고 죄가 없어지나? 하여간 어떤 멍청이가 들어왔는지 이제는 내가 더 궁금할 지경이다. 그러자면 빨리빨리 넘어가자고.

"이벨린, 더 이상 잡아떼도 소용없네. 그러나 그 전에 내 한 가지는 묻지. 그대는 누구인가?"

"무, 무슨?"

"이벨린의 몸을 차지하고 멍청한 짓만 골라서 하는 그대는 누구인지 물었네."

이해해. 아무도 모를 거라 생각했을 테니 경악할 만하지. 더불어 하나같이 어리둥절한 얼굴로 하얗게 질렸다가 파랗게 질려 가는 그녀와 나를 번갈아 보는 귀족들을 보고 피식 웃으며 다시 입을 열었다.

"모두 이러한 경우는 처음이기에 많이 놀랐겠지만 지금 후궁 이벨린의 몸 안에는 가짜 이벨린이 있네. 그리고 지금 저 육체를 움직이는 건 가짜 이벨린이지."

"세상에! 어떻게 그런 일이."

"황후마마, 진정 그런 일이 가능하단 말씀이십니까?"

"이 사람도 놀랐네만 주신께서 직접 말씀하셨으니 사실이네. 그래서 이 사람이 이번 일을 확실하게 밝히고자 주신께 현신해 달라 부탁을 드렸네."

이번에도 이해해. 한 육체에 두 명의 영혼이 들어간 것보다 자그마치 신의 현신이라는 데 경악하는 게 당연하고말고. 일제히 입만 떡 벌리고 굳은 이들을 돌아보고 그를 향해 싱긋 웃은 후 영감을 부른 것까지는 정말 좋았는데 말이다.

"딸! 아빠 왔어요."

그냥 꺼져.

"왜 빨리 안 부르고 그래? 아빠는 벌써 기다리고 있었는데."

"골치야."

"큭큭, 하루 이틀이 아니지 않소. 좋게 봐주시오."

그러니까 더 문제지. 그나마 다행인지 불행인지 절대 인간이 가질 수 없는 광채에 신성력까지 온몸에 두르고 나타난 덕분에 주책바가지 영감탱이라도 신으로 믿어 주는 분위기다. 영감의 신성력을 접하자마자 모두들 일제히 맞춘 듯이 벌떡 일어나 바닥에 납작 엎드리고 있거든.

"영, 아니 아버지."

"왜 그러느냐, 내 귀엽고 예쁘고 깜찍하고 사랑스러운 딸아?"

"귀엽고 예쁘고 깜찍하고 사랑스러운 딸이 부탁할 게 있습니다만."

"말만 해라, 딸. 말 안 듣는 것들이 있는 것이야? 아빠가 다 소멸시켜 줄까?"

그래 주면 나야 편하지만 심심한 건 고사하고 평판이 나빠지기 때문에 안 될 말이고. 소멸이라는 말에 대다수가 움찔, 화들짝, 흠칫거리는 꼴을 만족스럽게 바라보며 말했다.

"아직까지 소멸시킬 인간은 없습니다. 그래도 혹 모르니 영 괘씸한 것들이 있으면 말씀드리지요."

"이 자리에도 영혼까지 소멸해야 할 것들이 저리도 많은데 내 딸은 누굴 닮아서 이리도 착한 것이야?"

"끄응, 아버지 닮아서 그렇겠지요. 그보다 이벨린의 몸 안에 들어간 영혼을 분리시켜 주십시오. 그리고 저 육체를 차지한 영혼의 진짜 육체를 만들 수 있습니까?"

"당연하지. 인간의 영혼은 각자의 기운과 색이 있다. 거기에 저

안에 들어가 있는 영혼이 떠올린 모습만 만들면 그만이라 간단하긴 한데 어쩌려고?"

그야 어떻게 생겼는지 궁금하니까. 그리고 아직 뒷일을 결정하지 않았기 때문에 겸사겸사 보는 것도 나쁘지 않겠다 싶어 영감한테 부탁하자 이내 이벨린을 향해 다가간다.

"사, 살려 주세요! 나, 나는 이 세계 사람이 아니야! 나는 선택받은 사람이란 말이야!"

곧 죽어도 헛소리군. 부들부들 떨면서도 도망치려고 엉덩이를 미적거리며 물러나는 이벨린의 행동에 영감이 짜증스레 손가락을 까딱거렸다. 그것만으로도 움직임이 뻣뻣하게 굳어 버리는 모습에 감탄사를 흘리며 바라보다가 이벨린의 머리 위에 영감 손이 올라가는 순간 나도 덩달아 뻣뻣하게 굳어 버렸다.

"아론, 아무래도 제가 이상해진 것 같습니다."

"그게 무슨 말이오?"

들리고 보인다고. 미치겠군. 공포 영화 실사판도 아니고 돌겠네.

"안 들립니까? 저게 안 보입니까?"

"아아, 비명이라면 확실히 들리오. 그런데 보이지는 않소."

"문제는 다른 사람은 못 듣고 있다는 겁니다."

"그렇군. 그럼 우리만 듣는 건가?"

그게 문제가 아니야. 나는 지금 보고 있다니까? 영감이 손을 올리자마자 신성력이 이벨린의 머릿속으로 들어가고 눈 깜짝할 사이 딸려 나온다. 뭐가? 이벨린 안에 있는 가짜 영혼이. 끼야아악! 찢어지는 비명을 지르면서 뭉크의 절규를 연상시키는 모습으로.

진짜 돌아 버리겠다. 정말 괴물로 진화하고 있는 걸 심각하게 고민해 봐야 하는 건 아닌지. 나름 진지하게 생각한 것도 잠시 완전히 빨려나온 영혼이 영감의 손안에서 꿈틀거리더니 서서히 그 형태를 찾아간다. 그리고 완전히 그 형태를 완성했을 때는 두 눈을 크게 떴다.

"하, 이건 또 뭐야."

"강한서."

나도 모르게 나간 이름을 듣고 화들짝 놀라 두 눈을 크게 뜨는 얼굴에 절로 실소가 흘러나왔다.

"어, 어떻게 나를……."

아느냐고? 어이없네. 황당하네. 돌아 버리겠네. 난데없이 뒤통수를 후려 맞은 기분이라 다 똑같은 말밖에 안 떠오른다. 이게 도대체 무슨 일이야? 아니 이럴 수도 있는 건가. 왜 저게 지금 내 눈앞에 있는 건데? 거참 황당한 것도 정도가 있지. 뭔 이런 개떡 같은 악연이 다 있느냐고.

"황후, 혹 아는 계집이요?"

알지. 딱 한 번 본 게 전부이지만 잊을 수가 없는 얼굴이다.

"그러고 보니 그대와 어딘가가 닮은 것 같군. 물론 그대와 비교도 안 되지만."

그거야 당연하고.

"정말 알고 있소?"

"예. 악연이지요."

정말 질긴 악연이다. 그것 이외에 뭐라 표현을 할까. 와, 사람이 너무 기가 막히니 머리 회전이 안 되네. 뭐 이런 황당한 경우가 다 있어?

"황후?"

"잠시만 계십시오. 머릿속 정리 좀 해야겠습니다."

그러니까 내가 이 세계로 넘어오면서 다른 영혼도 아니고 저게 딸려 왔다는 거지? 평민 주제에 가장 고귀한 존재가 될 거라고 정신병자처럼 헛소리 지껄인 게 저거라고? 저거 원래 정신병이 있었던가? 하긴 지금 그게 중요한 게 아니지.

거참 생각할수록 황당하네. 사람 앞날은 모른다더니 상황이 이리 급변할 수도 있군. 나 죽이고 제 놈들끼리 잘 먹고 잘 사는 줄 알았더니 이거 완전히 입장이 바뀐 거잖아? 이 정도면 확실히 대반전이다.

기껏 남의 인생 대신 살아 주고도 뒤통수 맞아 죽은 나는 황후가 됐고, 약혼자까지 끼고 오만하게 비웃던 저건 죄인 신분으로 내 앞에 무릎을 꿇고 있는 상황이란 말이지. 와, 기분 참 묘하다. 통쾌할 것까지는 없다만 우습긴 하네.

그럼 뭐야? 내가 죽으면서 저것도 죽었다는 건가? 설마 내가 죽고 무슨 일이라도 있었나? 손녀밖에 모르던 영감이 허술하게 죽도록 방치하지는 않았을 텐데. 아니면 영감탱이도 죽으면서 폭삭 망했나? 그럴 리가. 대기업이 쉽게 망할 일은 없지.

『뭘 그리 고민하는 것이냐, 주인아? 그냥 물어봐라.』

그렇군.

"거기 너."

진짜 그사이 무슨 일이라도 있었나. 대답은 고사하고 잔뜩 웅크리고 바들바들 떨어 대는 꼴에 짜증스레 미간을 찌푸리자 그가 협박을 하고 나서야 주춤거리며 고개를 들어 올린다. 그런데 완전히 새파랗게 질렸군. 가만, 그러고 보니 우리 입장이 변했지? 이거 상황이 재미있게 돌아가네.

"강한서, 나를 본 적이 있을 텐데?"

와, 내 이름을 내가 부르려니 기분 참 묘하다. 하긴 따지고 보면 내 이름도 아니었지만.

"무, 무슨."

"강호그룹 늙은 회장의 친손녀, 나이 33세, 약혼자 있고 다른 사람이 인생을 대신 살아 준 덕분에 그 나이 먹도록 팔자 편하게 살았음. 이래도 모르겠나?"

"서, 설마!"

응. 그 설마가 맞다만. 저러다 눈 튀어나올라. 뭐 이해는 한다만 그렇다고 주제를 잊으면 곤란한데 말이야. 경악한 얼굴이 서서히 일그러지더니 곧 흉흉하게 노려본다. 할 수만 있다면 나를 잡아 죽이고 싶다는 얼굴이다. 멍청하긴. 저거 정말 상황파악 못 하는군.

"너, 너! 네가 왜 여기에 있어!"

"닥쳐라! 감히 누구에게 망발이냐!"

"하지만 저년은! 악!"

기어코 한 대 맞는군. 쯧쯧, 저 꼴 날 줄 알았다. 상황파악을 저리 못 해서야. 그러고 보니 이상하네? 초등학교 때 유학 가서 뉴욕지사까지 맡아 일했으면 저것도 사람 상대하는 건 이골이 났을 텐데 왜 저렇게 멍청해? 설마 돈으로 학벌을 산 건가?

"허, 영감탱이 친손녀라고 그렇게 끼고 돌더니. 너, 솔직히 말해봐. 멍청한 머리 감추려고 돈으로 학벌 샀지?"

"아, 아니야!"

아니긴 개뿔. 움찔한 거 다 봤는데. 그리고 얼굴도 시뻘겋게 달아올랐다만. 저거 진짜였군. 기가 막혀서. 영감탱이는 그걸 알려나? 하긴 모를 리가 없다. 그래도 친손녀라고 나한테 넘겨줄 수는 없으니 끼고 돌았겠지. 게다가 번듯한 약혼자까지 있으니 그쪽을 이용해도 그만이고.

"쯧쯧, 강호그룹도 끝났군."

"황후, 짐에게도 말을 해 주시오. 저걸 어찌 아는 거요?"

어련히 알아서 말해 줄까. 더는 못 참겠다는 듯 닦달을 해 대는 아론 때문에 할 수 없이 저쪽 세계에서의 일을 간략하게 설명하자 양쪽으로 기세가 엄청나게 살벌해졌다. 덕분에 여기저기 심약한 인간들만 움찔, 흠칫 난리가 났다.

"일단 진정하십시오. 이미 끝난 일입니다."

"끝나다니? 저기 버젓이 그 죄악이 있지 않소?"

"딸, 저건 그냥 소멸시키자."

"그게 좋겠소. 감히 은혜도 모르는 것들은 살려 줄 가치도 없지."

나도 그러고는 싶은데. 글쎄. 굳이 그럴 필요가 있나 싶다. 죽이는 건 너무 간단하잖아? 23년간 그 개고생을 했는데 저것도 딱 그만큼은 고생을 해 봐야지. 우선 그전에 궁금증은 해결하자 싶어 어떻게 죽었는지 물었는데도 마치 철천지원수를 대하듯 노려보기만 하는 작태에 실소를 흘렸다.

그래 봐야 저만 손해라는 걸 모르는 건가. 하여간 멍청하기는. 결국은 그가 살벌한 경고를 하고 뒤에 선 오라버니에게 또다시 한 대 얻어터지고야 기세가 팍 꺾여 바들바들 떨어 대는 꼴에 나직하게 혀를 찼다. 저 꼴을 보니까 정말 죽일 맛도 안 난다.

"말해라. 너도 죽은 건가? 영감은?"

"야, 약혼자와 결혼하고 하, 할아버지는……."

짜증나는군. 뭘 저리 버벅대는지. 그러니까 쭉 들어 본 결론은 내가 죽자마자 약혼자하고 결혼을 했다. 그런 후에 영감이 병으로 죽고 주주총회가 열렸는데 신랑 앞으로 모든 지분이 넘어갔다. 그래도 사랑하는 사람이라 상관없다고 생각했는데 갑자기 납치를 당해서 깨어나 보니 이벨린의 몸속이었다는 말이군.

"네 남편 짓이군."

"아, 아니야! 그럴 리가 없어!"

없기는 개뿔. 조금만 생각하면 답이 나오잖아? 영감탱이가 나를 이용한 것도 모자라 멍청한 손녀딸 대신 약혼자도 이용할 생각이었겠지만 오히려 역으로 당한 거지. 하긴, 눈이 삔 것도 아니고 머리에 든 것 없이 사치나 부리는 멍청한 계집을 진정으로 사랑했을 리는 없다. 뭐 저년은 끝까지 믿고 싶어 하는 것 같지만.

그나저나 저걸 어쩐다? 궁금증은 다 해결했고 이제 결정을 해야 할 것 같은데. 그냥 속 시원하게 죽여 버리면 끝나는 일이지만 관두자. 죽일 가치도 없다. 그보다 이 상황부터 해결해야겠군. 지금 회의장은 말 그대로 충격의 도가니다.

두 영혼이 한 육체를 차지하고 있는 모습을 본 데다가 신이 현신까지 한 상황이지 않은가. 가짜는 그렇다 치고 진짜 이벨린은 아직 정신을 못 차린 상태다. 살고자 하는 의지도 없다더니 그 때문인가. 아무래도 진짜 이벨린에 대한 처분은 뒤로 미뤄야겠군.

아론에게 눈짓해 아직까지 바닥에 납작 엎드리고 있는 귀족들을 자리에 앉게 하고 장내를 쭉 돌아보자 하나같이 얼굴이 하얗게 질렸다. 영감이 소멸을 들먹인 효과도 있을 테고 과연 대공파에서 몇 놈이나 넘어오게 될지 이거 은근히 기대되네.

"황후, 그래서 저건 어찌 처리할 거요? 짐의 생각으로는 고문 후 공개처형을 시키는 게 마땅할 것 같은데."

"신의 생각도 같습니다, 황후마마. 다른 사람의 육체를 차지한 것도 모자라 헛된 망상에 빠져 감히 주제도 모르고 황후마마께 해를 입히려고 했습니다. 이는 곧 반역죄에 속하니 그에 따른 합당한 처벌이 있어야 할 것입니다."

"그냥 소멸시키자니까."

이보세요들.

"사, 살려. 살려 주세요. 죽고 싶지 않아. 이렇게 죽고 싶지는 않아!"

걱정하지 마. 안 죽여. 내가 너 같은 거 죽여서 무슨 이득이 있다고?

"마음 같아서는 세상에 해악만 끼치는 정신병자인 너를 죽이고 싶으나 이 세계 인간이 아닌 점을 참작해 기회를 줄 것이다. 그러나 앞으로는 평생 바이에르 제국에 속하지 못할 것이고 모든 불이익은 개인이 감당해야 하며 이 시간 이후로 황궁 밖으로 내치겠다."

"아, 안 돼. 이대로, 이대로 어떻게 살라고."

그거야 네가 알아서 할 문제지. 죽이지 않는 것만으로도 감사하지는 못할망정 뭔 헛소리야? 하긴 뭐 내가 죽이지 않아도 살아남지는 못할 것이다. 하다못해 제국에 속한다면 신분이라도 보장받아 일이라도 할 수 있다지만 그것도 안 되니까 무리.

하물며 힘이 없으면 살아남기 정말 각박한 곳이지 않은가. 기껏 살아남는다고 해도 신분이 보장되지 않는 이상은 평민으로도 살아갈 수 없을 테니 천민보다 못한 삶을 살지도 모른다. 뭐 그러든지 말든지 나하고는 상관없고.

완전히 정신이라도 나간 듯 멍하니 중얼중얼거리는 강한서를 기사들을 시켜 내보내고 영감한테 다시 한 번 진짜 이벨린을 깨우라 했다.

다행히 신성력 탓에 얼마 지나지 않아 정신을 차린 이벨린이 몸을 일으키고도 한동안 상황파악이 안 되는 듯 혼이 빠진 표정이다. 그에 디온 오라버니가 몸을 흔들자 그제야 두 눈에 초점이 돌아오며 황급히 바닥에 고개를 조아린다.

"제국의 빛나는 태양이신 황제 폐하와 고귀한 달이신 황후마마께 죄인 이벨린이 인사 올립니다."

죄인이라. 그러니까 저 여자가 아론이 좋아하고 지켜 주고 싶어 했던 진짜 이벨린이란 말이지? 거참 기분이 묘하네. 딱 까놓고 진짜 이벨린이 죄를 지은 것도 아니고 오히려 불쌍하다면 불쌍한 처지인데.

상황은 이해하지만 왠지 좀 그래? 꺼림칙하다고 해야 할지. 그렇다고 속 좁게 죄를 짓지도 않은 이벨린을 벌할 수도 없고 어찌해야 할지 아론을 힐끔거리자 곧바로 시선을 맞춰 오며 귓가에 작게 속삭인다.

"나는 신경 쓰지 말고 그대가 원하는 대로 하시오."

정말 그래도 돼? 지켜 주고 싶다며?

"이미 그녀와 내 인연은 끊어졌소. 내겐 그대만 있으면 돼."

왠지 좀 느끼하지만 기분은 좋네. 뭐 아론도 저리 말하고 마음 편하게 정리를 해 보자 싶어 여전히 엎드린 이벨린을 향해 입을 열었다.

"고개를 들라."

"황후마마, 죄인에게 어찌 하늘을 우러러보라 하십니까. 감히 청하옵건대 소녀를 죽여 주십시오."

와, 너도 참 세상 고달프게 산다. 대충 어떤 성격인지 알겠군. 더불어 아론이 왜 그런 말을 했던 건지도 이해가 된다. 보아하니 아론이 알던 성격하고 다르지는 않은 것 같네. 해서 마음의 결정을 내리고 명령이라는 말로 고개를 들게 했다.

"이벨린, 육체를 뺏겨 의지와 상관없이 죄를 지은 것이라 사실상 그대에게 죄를 묻고 싶지는 않다. 대신 그대에게도 공평하게 기회를 주지. 이대로 폐하의 후궁으로서 황궁에 남기를 원한다면 그리해 줄 것이고 떠나기를 바란다면 그 또한 들어줄 것이다. 그러니 원하는 바를 말하라."

"황후마마, 비록 소녀가 지은 죄는 아니라 하나 육체를 뺏겨 폐하와 황후마마께 크나큰 죄를 지었으니 소녀가 마땅히 그 대가를 치러야 한다고 생각합니다. 그러니 부디 소녀에게 죽음을 내려 주십시오."

아, 정말 피곤한 성격이네. 안 죽인다니까. 너 죽이면 내가 악녀가 될 것 같다고. 그래서 안 죽이겠다는데 쓸데없는 고집은. 그나저나 말투로 보나 가짜가 차지했을 때와는 달리 풍기는 기품으로 보나 평민은 아닌 것 같은데? 하지만 귀족이 산중에서 약초나 캐고 살지는 않을 테고 물어봐야 답도 안 줄 것 같아 영감한테 넌지시 알아보라고 하고 이벨린을 향해 물었다.

"이벨린, 혹 그대는 귀족인가?"

"소녀는, 평민입니다."

이미 눈치 깠어. 중간에 한 템포 쉬었잖아. 확실히 뭔가 있군. 그리 생각하자마자 영감이 곧바로 말해 준다. 아니 이럴 때는 고해바친다고 해야겠지.

"저거 거짓말이다, 딸. 평민은 아니고 몰락귀족인 것 같구나."

"어, 어떻게……."

그야 영감은 신이니까. 내 머릿속도 훤히 읽는 마당에 다른 인간 머리야 훤하지.

"그대가 정신을 잃고 있어 몰랐겠군. 이분은 대륙의 주인이신 주신이시네."

"아! 미, 미천한 인간이 대륙의 주인이신 창조주께 인사 올립니다."

주신인 걸 알자마자 황급히 바닥에 엎드리는 그녀의 태도에 무심하게 고개를 끄덕이다가 이내 콧방귀를 뀌며 들은 척도 안 하는 영감의 태도에 헛웃음을 흘렸다. 뭘 바라겠어. 포기하면 편하다니까.

"이벨린, 무슨 사정이 있는지는 모르나 주신께서 계신 자리니 거짓을 말하지 말고 정식으로 그대를 소개하라."

"소녀는, 지금은 사라지고 없는 밀리언 백작가 여식으로 이벨린

로세르나 드 밀리언이라 합니다."

밀리언 백작가? 그런 곳도 있었나 싶어 아론을 보자 놀란 듯 두 눈이 휘둥그레진다. 비단 아론뿐만이 아니다. 아버지하고 몇몇 귀족들도 놀란 듯 술렁거리는 것에 그를 향해 물었다.

"폐하, 밀리언 백작가를 알고 있습니까?"

"선황제 시절 모함을 받아 재산을 몰수당하고 백작하고 그 후계자는 그 자리에서 참수형을 당했지만 남은 가족은 평민으로 강등당했었소. 그러나 3년 후 누명이 풀려 다시 재산을 돌려주고 귀족이 된 걸로 알고 있소. 그때 재조사를 맡았던 게 그란디아 공작인 걸로 알고 있는데."

"예, 폐하. 그때 에리오스 백작이 밀리언 백작과 친분이 있어 다시 재조사를 부탁했었습니다. 신 또한 밀리언 백작의 성품을 아는지라 의심스러운 면이 있어 추적하던 끝에 누명을 벗길 수 있었습니다."

쯧, 이벨린도 팔자가 박복하군. 누명을 벗으면 뭐해. 이미 아버지하고 오라버니까지 죽은 마당에. 가만, 그런데 재산을 돌려받았으면서 왜 약초나 캐고 산 거지?

"이벨린, 재산을 돌려받지 못한 건가?"

"재산은 돌려받았습니다, 황후마마. 그러나 곧바로 귀족들이 아버지가 생전에 빚을 졌다며 모두 뺏어 갔습니다."

미친. 뭐 그런 개종자들이 다 있어? 정말이지 기가 막히는군.

"그 뻔뻔하고 추악한 놈들이 누군가?"

말만 해. 아주 그냥 죽여 줄 테니까. 그런 마음으로 장내를 쭉 둘러보자 몇몇이 눈에 띄게 움찔거리며 시선을 회피한다. 오호라, 네 놈들이구나.

"이미 지난 일입니다. 어머니와 가족들을 모두 잃은 지금 재산이 다 무슨 소용이 있겠습니까. 소녀는 이대로 지난 일은 묻어 두고 싶습니다."

아우, 답답해. 묻어 둘 게 따로 있지. 원수들을 감싸면 어쩌자는 건지. 진득한 한숨을 내쉬고 다시 입을 열려는 찰나 아론이 손을 꼭 잡아 오며 고개를 내젓는다. 그냥 넘어가라 이거겠지. 하긴 본인이 묻어 둔다는데 굳이 내가 나서서 피를 볼 필요는 없다만.

그래도 짜증나잖아. 젠장. 모르겠다. 떼죽음도 있었고 공개처형까지 앞두고 있는 상황이 아닌가. 아무리 좋은 의도라 하나 이 이상 피를 흘리는 것도 문제가 있는 것 같아 일단은 넘어가자 싶어 말을 돌렸다.

"피해자인 그대가 죄를 묻어 두고 싶다면 더 묻지는 않겠네. 그러나 잘못된 판결로 그리 억울한 일을 당한 이상 황실 입장에서 보상은 해 주는 것이 마땅할 터이니 그대가 원하는 것을 말해 보라. 단, 죽음을 청하는 것은 안 된다."

"하오면 소녀는 제도를 떠나 조용히 살고 싶습니다. 그 이상은 바라는 것이 없습니다, 황후마마."

여기 천연기념물이 있었네. 아론이 왜 지켜 주고 싶다 했는지 확실히 알겠다. 욕심이 없어도 어찌 저리도 없는지. 고개를 내젓고 그와 잠시간 의논한 끝에 결정을 내렸다.

"이벨린 로세르나 드 밀리언은 명을 받으라. 과거 폐하께서 구명의 은혜를 입은 적도 있고, 억울한 일도 많이 겪은 그대를 특별히 생각하여 후궁의 지위는 폐하되 밀리언 백작가를 정식으로 인정하며 비덴 영지를 하사하고 기사 일백 명을 내린다. 이는 황제 폐하와 황후인 이 사람의 뜻이니 반드시 명을 따라야 할 것이다."

"하, 하오나 황후마마. 소녀는 사내가 아닌 여인입니다. 영지라니 부디 거두어 주십시오."

"크지 않은 영지이네. 또한 여인이면 어떤가? 배필을 만나 후계를 볼 때까지 그대가 제대로 다스리면 그만이지. 안 그렇습니까, 폐하?"

"그렇소, 황후. 그녀라면 백성들을 더 생각하는 좋은 영주가 될 것이오."

"폐하께서 하신 말씀을 들었을 테니 부디 실망시키지 말고 열심히 살게."

이런 보상이 있을 거라고는 생각지도 못한 듯 아무런 말도 잇지 못하고 눈물만 하염없이 흘리는 모습에 괜스레 마음이 착잡해졌다. 거참 조금 전까지만 해도 찝찝했는데 말이야. 하긴 뭐 답답할 정도로 착하니까 봐줘야지 어쩌겠어. 어쨌든 이걸로 또 한 건 해결했고.

이젠 귀족 놈들이 스스로 굴러 들어오기만 기다리면 되는 건가. 쯧쯧, 대공이랑 공작 놈들 불쌍해서 어째. 네놈들은 이제 죽었다. 몇 놈만 넘어오면 그 어깨 위에 있는 물건을 댕강 잘라 줄 테니까 목 씻고 기다려라. 하지만 그전에 이왕 깔아 놓은 밑밥 좀 더 확실하게 깔자고.

"아, 그리고 그대들도 알아 둘 게 있네. 여기 계신 주신께서 워낙이 사람을 사랑하시어 수시로 현신하실 것이네. 그러니 간혹 마주하더라도 놀라지는 말게. 그럼 아버지도 한 말씀 하십시오."

"쯧, 다른 말은 필요 없다. 내 딸을 따르는 것들은 살 것이고 아닌 것들은 영혼까지 소멸시킬 테니 그렇게 알아."

어련하시려고. 그래도 뭐 덕분에 한결 더 쉬워지겠군. 벌써 몇몇은 눈빛부터 달라졌거든. 하긴 제 놈들도 목숨은 귀할 테니 당연한 반응이다. 일사천리로 해결된 일에 지극히 만족하며 더 이상 어두워질 수 없을 만큼 침통한 표정의 대공을 보며 입가를 끌어 올렸다. 아주 죽을상이구나. 거참 고소해라.

24장.
기다리는 틈틈이

보면 볼수록 신기하네. 같은 얼굴인데 이렇게 분위기가 달라질 수도 있다니. 하긴 기품은 타고나는 것이지. 아무리 어릴 때 집안이 망했다지만 명색이 귀족인데 그 머리 빈 멍청한 것하고 같을 리가 있나. 그나저나 생각할수록 어이없다. 설마 그게 따라왔을 줄이야.

『그런 건 죽여도 되는데, 가만 보면 주인도 가끔은 착해 보일 때가 있다.』

야야, 이왕이면 그냥 착하다고 해. 가끔은 뭐야?

『헛소리는 안 좋다, 주인아.』

아, 그래. 하긴 뭐 틀린 말은 아니라 딱히 할 말은 없다만.

그보다 이 인간들 아직 준비가 안 된 건가? 고작 기사 백 명 보내는데 뭐가 이렇게 오래 걸리는지 아까부터 보내오는 저 시선이 정말이지 부담스러워서 미치겠다.

딱 까놓고 아론이야 나를 사랑한다니 그렇다 치더라도 이벨린은 아론을 좋아했을 거 아니야? 아무리 상대가 황후라고 해도 저 꺼림칙한 눈빛은 뭐냐고. 하다못해 연적을 바라보는 눈빛이라면 이해라도 하겠지만 저 반응은 도무지 이해를 못하겠네.

『아무래도 주인이 좋은 것 같다. 이상한 여자군.』

내 말이 그 말이야. 저게 왜 나하고 눈만 마주치면 수줍게 얼굴을 붉히는 건데?

"이벨린, 혹 이 사람한테 할 말이라도 있나? 있으면 부담 갖지 말고 편하게 말하지."

"아, 소녀가 한 말씀 올려도 되겠습니까?"

올려. 뭐라 안 할 테니까 마음 놓고 올려. 자꾸 힐끔거리는 시선이 더 부담스럽다고. 그래서 허락하는 의미로 고개를 끄덕이자 또다시 하얀 볼을 탐스럽게 물들이고 배시시 웃는다. 소름 돋아. 뭘 어쩌라는 거냐.

"다름이 아니오라, 그저 이렇게 황후마마를 직접 뵈옵고 대화를 나눌 수 있다는 것이 꿈만 같습니다."

뭘 이 정도로. 대화 나누는 게 대수라고 저런 반응인가 싶다가도 이내 고개를 끄덕였다. 육체를 뺏기고 그 안에서 소멸 직전까지 갔으니 오죽할까. 게다가 육체까지 되찾고 백작가까지 되살렸으니 지금 이벨린 심정이야 벅차고도 남을 것이다.

물론 나를 보면서 수줍어하는 저 표정은 도무지 적응이 안 되지만 그래도 이해한다는 의미로 맞장구쳐 줄 때 드디어 기다리고 기다리던 그가 반색하며 다가왔다. 오라버니들과 아버지까지 줄줄이 달고서.

"황후, 많이 기다렸소?"

"예, 많이 기다렸습니다."

부담스러워 죽는 줄 알았다고. 그런 의미로 슬쩍 노려보자 나직하게 웃음을 터트린 그가 내 옆자리에 앉아 드러난 목덜미에 고개를 파묻고 쪽쪽. 이 인간은 왜 이렇게 목덜미에 집착하는지 몰라. 하긴 뭐 내가 목이 또 매끈하게 잘빠지기는 했다만.

『꼭 결론은 자랑으로 가는군.』

너만 할까? 그러니 곱게 닥치게나.

"미안하오. 챙길 것이 많아서."

"뭘 챙겼습니까?"

"아아, 그런 게 있소. 나중에 보면 알 거요. 그보다 이벨린, 기사들과 마차를 준비했다. 그 외에 필요한 것도 준비했으니 바로 출발하면 된다."

백작가에 대한 보상 차원으로 자금도 넉넉하게 준비했다는 말이다. 그에 이벨린이 순식간에 눈시울을 붉히며 자리에서 일어나고 우리를 향해 극진히 예를 차렸다.

"소녀 이벨린 로세르나 드 밀리언은 황제 폐하와 황후마마께서 베풀어 주신 은혜를 결코 잊지 않겠습니다. 목숨이 다하는 그날까지 충심을 다할 것입니다."

"열심히 살게, 이벨린. 백작가를 부흥시키려면 좋은 인연도 만나기를 바라네."

"짐이나 황후의 탄신일은 이미 지났고 건국제 때나 볼 수 있겠군."

왠지 아쉬움이 묻어 나오는 목소리 같은데. 아님 말고. 정작 슬픈 건 이벨린인 듯 기어코 눈물을 뚝뚝 떨어뜨리는 그녀를 달래 마차가 있는 곳까지 갔다. 그곳에는 마차 한 대에 짐마차 두 대, 시녀 몇 명과 기사들 백 명까지 늘어서 있어 제법 위용이 있는 모습이 보였다.

저 정도면 도적 떼를 만나도 거뜬하겠다는 생각에 수긍한 것도 잠시 또다시 눈물을 흩뿌리는 그녀 때문에 당황했다. 차라리 적대하는 게 낫지 질질 짜는 여자를 달래는 재주는 없는 걸 어쩌라고. 그런 나를 대신해 그가 일사천리로 그녀를 보내 버리자 그제야 진득한 한숨을 내쉬었다.

"드디어 갔군."

"고생했소. 그만 들어갑시다."

당연히 들어가야지. 할 일이 얼마나 많은데. 그런데 이 인간은 왜 따라와?

"집무실에 안 가십니까?"

"가고 있잖소?"

아니 내 집무실 말고 댁 집무실에 안 가느냐고? 일 안 해? 바보가 아닌 이상에야 내 눈빛이 뭘 말하는지는 뻔히 알 테고. 뭐냐, 설명을 하라는 식으로 빤히 보자 슬그머니 시선을 피하며 다짜고짜 손을 움켜쥐고 빠르게 걸음을 옮긴다.

물론 내 집무실로. 이 인간을 누가 말려. 결국 포기하고 집무실로 들어가자마자 뒤따라온 네 사람은 무시하고 책상 가득 쌓인 서류를 노려보며 부지런히 손을 놀렸다. 대공파를 잡은 덕분에 빌어먹게도 일이 두 배로 늘어났다.

그만큼 숨겨 놓은 재산이 많아서 배도 불리기는 했지만. 젠장. 이놈의 일은 내 팔자에서 떨어지지를 않는다 싶어 나직하게 혀를 차고 내정부터 처리를 끝낸 후 이번에 압수한 영지와 재산 목록을 살피고 일차적으로 분배했다. 그래야 나중에 일이 편해지거든.

이번 일에 크게 공을 세운 그란디아 공작가와 두 후작가, 그들의 지시를 받고 움직였던 에리오스를 비롯한 백작가 몇 곳까지 더해서 포상이 이루어질 것이다. 물론 대공까지 완전히 쓸어버린 후가 되겠지만.

그리고 제도 내에 고발센터를 만드는 일에 드는 절차와 필요한 것들을 대충 정리하고 황제파 부인들의 티타임 초대에 필요한 것까지 마무리를 짓자 어깨가 다 뻐근할 정도다. 고작 몇 시간 앉아 있었는데 이 정도라니.

요즘 단련을 조금 게을리해서 그런가. 내일은 그가 문어 다리로 압박하면서 달라붙든지 말든지 수련을 해야겠다는 생각을 하며 자리에서 일어나 뻐근한 몸을 풀어 주자 여러 쌍의 눈동자가 끈질기게 따라붙는다. 뭐? 어쩌라고?

"많이 피곤하나?"

아니 뭐 딱히 피곤한 건 아니지만. 그런데 이 인간들이 왜 아직도 여기에 있는 거야? 설마 몇 시간을 내내 지키고 앉아 있었나? 미치겠네. 스토커야?

"일 안 보십니까?"

"보고 있지 않나?"

그러니까 내 말은 황제가 왜 황후 집무실에서 일을 보고 있느냐고?

"일은 집무실에서 보셔야 할 것 같습니다만."

"괜찮다. 이렇듯 그대와 함께 시간을 보낼 수 있는데 불편한 것쯤이야 감수해야지."

그냥 감수하지 마. 그리고 불편한 사람이야 일일이 서류 날라야 하는 시종장하고 오라버니들인 것 같은데 무슨 헛소리야. 탁자 위에 가득 쌓인 서류를 보자니 아까 챙겼다는 게 저거였군. 하긴 아버지나 오라버니들 표정을 봐서는 오히려 이 상황을 더 좋아하는 것 같지만.

"그런데 일은 끝났나?"

"예. 제 할 일은 다 끝냈습니다만 폐하께서는 다하셨습니까?"

"당연하지. 이 정도야 금방이다."

그러면서 자랑스럽게 웃는 표정에 칭찬이라도 해 주고 싶지만 차마 못하겠다. 서류를 정리하던 세 사람이 움직임을 딱 멈추고 기가 막힌다는 표정으로 아론을 노려보는 폼을 보았기 때문이다. 그 심정 알 만하다.

"자기 일은 자기가 하십시오."

"비아, 그건 모르는 소리다. 확실한 인력을 그대로 두는 건 낭비지 않나? 나는 그저 적절하게 인력을 이용하는 것뿐이다."

"예예, 어련하시겠습니까. 그래도 아버지는 빠십시오. 안 그래도 바쁜 분을 왜 붙들고 부려 먹습니까? 그리고 아버지도 단호하게 거절하십시오. 버릇됩니다."

앞으로 두고두고 고생이 될까 걱정된 나머지 한 말이건만 가만 보면 아버지나 오라버니들도 고생을 사서 하는 스타일 같다.

"괜찮습니다. 이렇게라도 다 같이 모여 있으니 좋지 않습니까?"

"거봐, 괜찮다고 하잖아? 내가 강제한 건 아니다."

누가 말려. 차라리 말을 말자 싶어 고개를 내젓고 어느새 정리된 탁자 위에 놓인 차를 마시며 입을 열었다.

"고발센터에 배치할 이들은 뽑았습니까?"

"아아, 에리오스 백작을 책임자로 하고 몇몇을 더 뽑았다. 기사단도 따로 만들었고 건물이 완공되는 대로 바로 배치할 수 있도록 했다."

"에리오스 백작이라면 믿을 수 있지요. 그런데 아버지, 알아봐 달라는 건 어찌 됐습니까?"

"올던 백작이 다스리는 영지 내에 문제점이라면 이미 상세히 보고 받았습니다. 마마께서 하신 말씀대로 그쪽은 농경이 발달해서인지 토질은 좋습니다만 지반이 약하고 지대의 단점 때문에 매년 재해를 피해 가지 못하는 것 같습니다."

역시 그런가. 직접 가 보지는 못해서 정확한 건 모르겠지만 매년 수해를 입는 데다 그 때문에 땅이 갈라지고 무너지는 현상들이 있다기에 대충 예상은 하고 있었다. 저쪽에 있을 때 건축 때문에 상당한 골머리를 썩기도 했고. 그게 돈은 되는데 말썽은 진짜 많은 쪽이라.

"그런데 토질이나 지반을 조사하는 방법 말이야. 그것도 저쪽 세계에서 사용하는 방법인가?"

"과거에는 그런 방법을 사용했습니다만 그것도 발전이 되면서 기계로 더 정확하게 측정하게 됐지요. 약한 지반 위에 건물을 세워 보십시오. 지진 한 번 일어나면 쫄딱 망합니다."

그건 그렇고 어쩐다. 올던 백작을 제도로 불러들이려면 뭔가 해주긴 해야겠는데. 설사 그게 아니더라도 해결할 방법이 있으면서 그대로 방치하는 건 성격에 맞지 않는다. 문제는 악조건이란 말이지. 이거 생각보다 골치 아프네.

지형적 조건도 안 좋고 농경지가 발달한 곳이라 토질은 좋은 반면 건물을 세우기에는 마땅치 않다. 기상재해의 피해는 다 보는 곳이라 해도 무방할 정도잖아. 물론 여름인 빛의 달에만 그렇다지만 매년 그런 피해를 입는다는 건 확실히 손해다.

여름 농사는 아예 망치는 거잖아? 그렇다고 이런 문제로 영감한테 부탁하는 것도 내키지 않는다. 인간들 일은 인간들이 해결해야지. 뭐 나 또한 도움을 받기는 했지만. 어쨌든 여러 조사나 건축기술은 제쳐 두더라도 지반의 특성상 댐을 건설한다는 건 터무니없다.

콘크리트도 없는데 무슨. 그렇다고 가격이 엄청난 대리석이나 철을 이용한다는 건 더더욱 말이 안 되고. 그럼 역시 가장 고전적인 방법을 사용해야 하는 건가. 가만, 그럼 매년 그 많은 물이 어디로 빠져나가는 거야? 주변에 바다가 있다는 소리는 못 들었는데.

"혹 영지 주변으로 강이나 바다가 있습니까?"

"내륙이라 바다는 없고 작은 강이 몇 개 있지만 거기도 매년 물이 넘쳐서 주변에 피해가 막심하다. 그리고 약 반나절 못 되는 거리에 헤른강이 있지."

반나절씩이나? 그러니 매년 홍수에 허덕이지. 골치야. 내가 왜 이런 고민까지 해야 하느냐고.

"흠, 그럼 일단 헤른강까지 연결하는 것이 문제인데."
"그게 가능한가?"
"일단 수로를 연결하면 가능합니다만 만약 시작한다면 대대적인 공사가 되겠지요. 우선 수로 넓이는 최소 이십 미터나 이십오 미터는 잡아야 하는데. 인력이야 각 지역의 천민들이나 평민들에게 정당한 임금을 지급하고 임시로 숙소를 마련해 주면 얼마든지 충당 가능합니다. 문제는 수로를 깊게 파고 연결만 하는 게 전부가 아니라는 것이지요."
토질의 특성상 구덩이만 판다고 일이 해결되는 건 아니니까. 수로를 만들고 지반이 무너지지 않도록 바닥에는 큰 돌을 깔고 사이사이 작은 돌로 평평하게 하고 외벽도 그보다 이어서 엮은 나무에 돌과 진흙으로 물이 새어 나가는 걸 막아야 한다.
그도 아니면 부대 자루에 흙하고 모래를 담고 벽을 만드는 방법도 있다. 그리고도 무너질 것을 대비해 일정 이상 넓이를 갖춰야 하는 데다 나무로 엮는 게 더 안전하겠지만. 문제는 이곳에 익숙한 부대 자루가 없다는 것이다.
그 비슷한 게 있는 건 알지만 정확한 용도를 모르겠다. 아무래도 그건 따로 알아보면 되겠고. 황제와 황후가 백성들을 위해 나선다는데 반대할 인간도 없을 테고 정당한 임금을 주고 일을 시키게 되면 백성들도 불만이 없을 테다.
해서 대충 결론도 나왔겠다, 기대로 반짝반짝 부담스럽게 바라보는 네 쌍의 눈동자에 헛웃음을 흘리고 아버지가 내미는 지도까지 펼쳐 놓고 차근차근 설명했다. 그곳과 이곳의 명칭이 달라서 설명하는데 다소 오래 걸리기는 했지만 일단 다들 수긍하는 걸 보니 넘어가도 될 것 같다.
"그럼 다음 문제로 넘어가죠."

"또 있나?"

"뭡니까, 그 표정은? 저 좋으라고 합니까? 제국이 발전하라고 하는 거지?"

"아무 말도 안 했다."

그런데 왜 표정이 그 모양이야? 꼭 맛있는 간식이라도 뺏긴 것처럼 불퉁해서는. 도대체 원하는 게 뭔지 말을 하든가. 아까부터 내 손만 꽉 잡고 있으면 어쩌자는 건지.

"집중하십시오. 수로 공사가 들어가면 그 부분에 대해서는 올던 백작과 상의하도록 하고 제도 내에 있는 천민들도 보낼 겁니다. 숙식과 임금까지 지급한다면 서로 갈려고 할 테니 걱정하지 마십시오. 물론 그 전에 치료하고 제대로 먹여야 할 일도 하겠지요. 그리고 천민 구역을 갈아엎을까 생각 중입니다."

"천민 구역을?"

"예. 명색이 신들의 사랑을 받는 제국에 천민이라니 말이나 되는 일입니까? 이참에 천민의 신분도 없애고 그 자리에 복합 상가를 곁들인 다세대 주택을 지을까 합니다."

"그게 뭡니까?"

"복합 상가란 쉽게 말해서 여러 가지 상점이나 식당이 한 건물 안에 있는 겁니다. 재주가 있는 사람을 썩힐 필요는 없지 않습니까? 또 나중에 수로 공사를 끝내고 돌아온 천민들과 가난한 평민들의 일자리를 마련해 주는 것이지요."

그것만으로도 제국은 발전할 것이다. 덤으로 우리에 대한 칭송도 높아지고 이래저래 완벽하지.

"그리고 다세대 주택이란 역시 한 건물에 여러 가구가 함께 사는 것으로 원칙상으로 4층 이상은 못 짓게 되어 있습니다만 그거야 저쪽 법이니 상관없고. 5층 정도로 해서 아카데미 기숙사처럼 잠만 잘

수 있게 방을 만드는 겁니다. 씻을 수 있도록 공동 목욕탕을 만들고 식당도 마찬가지로 공동 식당을 만드는 거죠. 즉, 잠을 잘 집은 제공해도 씻고 먹는 건 스스로 벌어서 해야 합니다."

일이야 하려고 마음만 먹으면 무슨 일이든 할 수 있다. 목욕탕 때밀이도 할 수 있고 공사판을 갈 수도 있고 귀족가에 취직할 수도 있으며 수로 공사 하며 벌어들인 자금으로 장사도 할 수 있다. 하다못해 청소부를 할 수도 있잖은가.

내가 해 줄 수 있는 건 천민이라는 신분을 없애고 좋은 환경을 만들어 주는 것이지 그 이상은 자신들이 알아서 할 일이다. 물론 그러자면 여러 가지 직업 또한 만들어 두는 것도 좋겠지.

생각난 김에 해결 보자고 종이에 배운 것 없이 무지한 이들이 할 수 있는 직업들을 생각나는 대로 적고 다른 종이에는 대략적인 건물의 구도를 그려 넣자 대충 완성이 됐다. 꼭 아파트 단지 같은 느낌으로.

"이게 다세대 주택이라는 거요? 몇 개나 되는군."

"예, 방이 작긴 하지만 한 방을 두 개로 나누면 천민들뿐만 아니라 가난한 평민 4인 가족도 살 수 있지요. 그리고 각 층에 공동 식당과 샤워장을 하나씩 두면 됩니다. 여기에 아이들이 놀 수 있는 놀이터나 정원까지 있으면 주거환경이 완벽하게 갖춰지지요. 물론 정원을 가꾸는 건 세 놈 시킬 겁니다."

"그럼 이건 뭡니까? 옆에는 아카데미도 있는 것 같습니다."

"아, 그건 대형 목욕탕입니다. 남탕 여탕 구분해서 따로 건물을 만들어야지요. 그리고 상가나 목욕탕, 주택 내 식당을 운영하는 이들에게는 세금을 받을 생각입니다. 물론 안정되면 다른 이들에게도 적은 세금을 받아야 공평하겠지요. 또 아카데미는 규모가 작더라도 반드시 필요한 겁니다. 뭘 배워야 먹고 살 거 아닙니까."

"그렇지. 배우지 않고는 일자리도 구하기 어렵다."

내 말이 그 말이야. 하다못해 기초적인 수학 공식만 알아도 굳이 막노동하지 않고 상단에 취직할 수 있다. 그리고 평민이나 천민들이라고 재주가 떨어지라는 법은 없으니까. 그중에서도 특출 난 이들이 있기 마련이고 그들 또한 나중에 다 부려 먹을 수 있는 인력이 되기 마련이다.

그때까지 투자한다고 생각하면 그만이지. 영감이 만들어 준 공간도 있겠다, 굳이 그게 아니더라도 이번에는 수입도 짭짤하다. 게다가 대공과 나머지들까지 잡으면 최소한 세 배는 더 불어날 것이다. 거참 생각만 해도 기분이 좋네.

"그나저나 특이한 직업들이 많습니다."

"그렇군. 그곳에는 이런 직업도 있는 건가?"

"예. 실용적이지 않습니까?"

"확실히 그래. 이대로만 실현된다면 황권의 위신 또한 높아지겠군."

그렇지. 신분제가 엄격하게 살아 있는 이상 귀족들이 위기의식을 느낄 이유도 없을 테고 백성들은 배곯지 않으며 그와 나는 칭송을 받는 것과 동시에 위신도 세운다. 이래저래 좋은 일에 흡족하게 웃으며 신기해하는 네 사람과 좀 더 세부적인 상의 끝에 비로소 모든 일을 끝마쳤다.

대신관의 말로는 대신전뿐만 아니라 각 신전에도 고발처를 만들어 신관들의 비리를 막겠다고 했으니 거기도 대략적인 문제는 해결됐다. 루비아 왕국에서도 조만간 올 테니 상관없고. 나머지 세부적인 공사는 차차 해결하면 될 테니 이젠 정말 공개처형하고 대공 처리만 남았군.

"다들 동의하신 것 같으니 폐하께서는 공표를 하시고 아버지는 그에 필요한 업자들을 구해 주십시오. 아, 천민들 치료는 누르티아 님께 부탁할 테니 걱정하지 마십시오."
"알겠습니다."
"그럼 이제 다 끝난 거지?"
물론 끝나기는 했지만 뭐냐고 아까부터. 이상하게 초조한 것 같기도 하고 눈치를 살피는 것 같기도 하고. 할 말 있으면 하라는 의미로 빤히 보자 작게 헛기침을 하더니 뒤쪽에서 무언가를 꺼내 쑥 내민다. 책?
"이건 뭡니까?"
"내가 추천해 주는 책이다. 반드시 꼭 읽고 느낌을 말해 주면 좋겠군."
그거야 어렵지는 않지만 도대체 무슨 책인데 이리도 강조를 하는 건지. 일반 책보다 다소 얇은 책에 고개를 갸웃거리며 제목을 보자 어째 제목이.
"인연을 넘어선 운명? 제목으로 봐서는 철학책 같은 겁니까?"
"아, 아니 그게 아니고. 그 작가가 사람의 심리에 대해 잘 썼다고 하더군. 그러니까 일단 읽어 봐라."
굳이 할 일도 없으니 읽는 거야 문제없지만 왜 저리 간절한 표정인지. 덩달아 세 사람까지 잔뜩 긴장한 얼굴에 고개를 갸웃거리고 책을 펼쳤다. 저녁 식사 시간까지 한 시간 남짓 남았으니 속독으로 읽어 치우지 뭐.
그런 생각에 빠르게 읽기 시작한 것까지는 좋은데. 점점 갈수록 지루함에 미간이 찌푸려지고 중간에 몇 번이나 집어던지고 싶은 걸 참아야 했다. 마지막까지 다 읽었을 때 비로소 책을 탁 소리가 나도록 테이블 위로 던져 버렸다. 한계다.
"재미가, 없나? 뭐 느낀 거라든지."
"없습니다."

“하나도?”

“뭘 느끼라는 것인지 모르겠습니다. 도대체 이런 걸 왜 읽으라고 한 겁니까? 주인공들이 온갖 인연 다 만나고 시행착오 끝에 진실 된 사랑을 만난다는 내용을 강조한 건 알겠습니다만 제가 봤을 때는 그냥 난잡합니다.”

거미줄도 아니고 뭔 인간 군상들은 다 만나는지. 게다가 여주인공도 남주인공도 이기적인 데다 지조라고는 개뿔이나 약에 쓸려고 해도 없고 뭔 놈의 오해는 또 그리도 자주 하고 별 거지 같은 이유로 싸우는지. 두 주인공들한테 얽혀서 피해 보는 인간들은 무슨 죄야?

“저기, 그래도 둘이 진실 된 사랑을 한다던데?”

“아론도 봤습니까?”

“내가 그런 유치한 걸 왜 봐?”

그럼 나는 왜 보라는 건데? 황당한 마음에 실소를 흘리자 아차 하는 얼굴로 어색하게 웃으며 다른 책을 꺼낸다. 이건 또 뭐야?

“건강한 육체?”

“큼! 그러니까 다음 단계라고 하더군.”

다음 단계라니. 설마 이것 외에도 또 있는 건가 싶어 뚫어질 기세로 쳐다보자 슬그머니 시선을 피하더니 뒤쪽에서 뭔가를 잔뜩 들고 와서 테이블 위에 올려놓는다. 참고로 다 책이다. 그런데 어째 가면 갈수록 제목의 농도가 짙어지는 것 같은데.

“달빛의 유혹, 진정한 사랑은 육체와 정신의 결합이다, 치명적인 향기, 사랑의 결실, 정원에서 하룻밤, 그녀의 사생활, 어두운 밤 침실에서, 살색의 향연.”

얼씨구, 그림도 있네? 그것도 성인 25금은 될 것 같은 수준으로. 그러니까 이 인간이 지금 이런 걸 나보고 읽으라는 거지? 역사도 아니고 철학도 아니고 하다못해 종교도 교육도 아닌 성인소설을? 제

목을 언급할 때마다 나보다 자신들이 더 움찔거리면서 나보고 읽으라고?

정말이지 알다가도 모르겠네. 하나같이 얼굴은 발갛게 물들이고 시선을 회피하는 걸 봐서는 자신들도 민망하고 황당한 건 인식하는 것 같은데. 그런데도 내 앞에 이런 걸 내밀었다는 건 뭔가를 얻고 싶은 게 있다는 것이고. 그게 뭐지? 성인소설을 읽으면서 뭘 얻는단 말인가.

이걸로 인간의 삼대욕구인 성욕을 파헤쳐서 논문을 쓰려는 것도 아닐 테고 새삼 뒤늦게 사춘기가 찾아와서 호기심이 생긴 것은 더더욱 아닐 것이다. 책 제목도 그렇고 나를 개입시켜서 알아내고자 하는 문제라면. 설마 이 인간 섹스하고 싶다는 간접 표현인가? 그건 곧 나를 상대로?

"흐응, 아론?"

"왜, 왜 그러오?"

"그게 그리 하고 싶습니까?"

"뭘. 크음! 아, 아니 내 뜻은 그게 아니라 그대가 그런 쪽으로는 너무 몰라서 좀 알았으면 하는 마음에."

딱히 알고 싶은 마음은 없는데? 왠지 그리 말하면 울 것 같다. 딱 표정이 그래. 책 더미를 쌓아 놓을 때부터 아버지나 오라버니들은 시종일관 고개만 푹 숙이고 있고. 거참 아주 귀엽게들 논다.

"뭐 정성을 생각해서라도 읽어 보죠."

"정말?!"

그렇다니까 뭘 그렇게 놀라? 안 그래도 내심 궁금하기는 했다. 그때 축제에서 그런 장면을 봐서인지 신기하기도 하고 이것도 지식의 일종인데 알아 둬서 나쁠 것도 없겠다 싶어 대답한 것이다. 그런데 아주 세상을 다 얻은 것처럼 좋아하는군. 도무지 이해할 수가 없네.

"그렇게 많이 쌓였습니까? 남자들은 혼자서도 풀 수 있다고 들었습니다만."

"내가 원하는 건 그게 아니지 않나!"

깜짝이야. 아니면 말지, 왜 성질이야?

⚜⚜⚜

"드디어 오늘 일도 끝인가."

뻐근해. 이제 바쁜 일은 없다 싶었는데 어째 더 바빠진 것 같은지 작게 투덜거리며 뻐근한 어깨와 목을 풀자 남작이 들어와 나직하게 웃음을 터트린다.

"이게 마지막 서류네. 이것만 전해 주고 자네도 그만 쉬어."

"예, 황후마마. 나머지 정리는 소신이 하겠습니다."

"그래 주겠나? 그럼 부탁 좀 하지."

나는 지금부터 또 할 일이 있거든. 해서 미안한 마음이야 굴뚝같지만 어차피 간단한 정리 외에는 없을 터라 부담 없이 남작에게 맡기고 집무실을 나와 침실로 향했다. 르네와 마리나의 시중을 받으며 활동하기 편안한 이브닝드레스로 갈아입고 소파에 털썩 앉았다.

그런 내 행동에 두 사람이 잔소리를 퍼부었지만 만사가 귀찮아서 대충 흘려듣고 탁자 한쪽에 쌓아 놓은 책 더미를 노려보며 나직하게 한숨을 내쉬었다. 골치야. 어제 식후에 한 권 더 보고 역시나 지루함에 하품만 몇 번이나 했었지. 로맨스 소설은 다 이런가?

뭔 놈의 이야기가 내내 지지고 볶고 싸우고 화해하고 또 오해하고 사랑타령 하고. 다른 것도 그럴까 봐 읽을 엄두도 못 냈다. 게다가 오늘은 올던 백작하고 만나서 장장 두 시간 가까이 상의하고 또 실현 가능성 있는 설계와 공사에 대한 추후 문제 등을 처리하느라 바빴지.

뭐 덕분에 올던 백작을 우리 쪽으로 무사히 끌어들였으니 확실한 성과도 있었다. 거기다 천민구역 공사 설계에 들어가고 누르티아 님을 현신시키지 않고도 천민들의 치료가 무사히 이루어진 덕에 며칠 잘만 먹이면 바로 출발도 할 수 있을 것이다.

문제는 내가 너무 바쁘다는 거. 그렇다고 이제 와서 입 밖에 낸 걸 물릴 수도 없고. 몸이 열 개라도 부족할 지경이다. 그렇다고 책 읽는 걸 마냥 미룰 수가 없는데. 돌겠네. 아무리 봐도 이걸 읽는다고 그쪽으로 관심이 생길 것 같지는 않은데 왜 자꾸 눈치를 주는지 알다가도 모르겠다.

"끙, 피곤해."

"많이 피곤하시면 지금 마사지라도 해 드릴까요?"

"아니 그건 식후에 해야지 숙면을 취할 수 있어. 아, 오늘 폐하께서는 조금 늦을 거야. 맞춰서 식사 준비하라고 해. 그리고 나는 차나 한 잔 주고."

"예. 그런데 황후마마, 정말 그거 읽으실 생각이세요?"

응. 안 읽으면 그 인간 삐칠지도 몰라. 어젯밤부터 시작해서 오늘도 얼마나 힐끔거리던지. 표정만 봐서는 민망함에 묻지는 못하겠고 눈치만 살피는 것 같더라만. 하여간 그게 그리도 하고 싶을까? 사내는 짐승에 비유한다더니 그래서 그런가.

하지만 아무리 그래도 그렇지. 나로서는 도무지 이해할 수가 없다. 지금까지 한 번도 해 본 적이 없다며? 그럼 순진한 동정일 텐데 늦바람 난 것도 아니고 뭐냐고. 가만 보면 도무지 파악이 불가능한 인간이다. 어떨 때는 능글맞다가도 또 귀엽게도 보이고 얼굴이 빨갛게 물드는 걸 보면 순진하기도 하고.

"설마, 다중인격?"

『제발 생각을 엉뚱한 곳으로 연결 짓지 마라, 주인아. 그럴 때 보면 한숨밖에 안 나온다.』

그러니까 내가 누누이 말하잖아? 검 주제에 한숨 쉬지 말라고.

"칫, 그게 그렇게 좋은가?"

"모, 몰라서 그러세요. 좋습니다. 그건 아주, 많이 좋고 바람직한 일로…… 그러니까 그게 건강에도 좋다고 말씀을 드리는……."

뭔 소리야? 말을 하려면 제대로 해야지. 홍당무처럼 붉어진 얼굴로 횡설수설하는 르네를 빤히 바라보자 옆에 있는 마리나가 덩달아 붉어진 얼굴로 슬금슬금 방을 나간다. 어째 도망가는 것 같다? 아니 그게 중요한 게 아니고.

"설마, 르네 그런 것도 해 봤어?"

"무, 무슨 말씀이세요! 소신은 아직 남자 손도 못 잡아 봤단 말입니다!"

"알았다. 아니면 말지 왜 흥분을 하고 그래?"

"아니, 그게 흥분한 게 아니라. 그러니까 그게, 소신 같은 경우야 궁녀고 또 나이도 있고 인물도 별로라 인기가 없어서 그렇지만 황후마마께서는 아니시잖아요?"

뭐가 아닌데? 도대체 무슨 소린지 도통 알아들을 수가 있나.

"뭘 설명하고 싶은지 모르겠으니까 천천히 말해 봐."

"그게 그러니까 황후마마께서는 젊고 아름다우시잖아요?"

그거야 당연하지. 그런데 그게 뭐?

"으음, 그러니까 소신이 듣기로는 그런 걸 하면 더 건강해지고. 에 또, 피부도 더 고와지고 기분도 하늘을 날아가는 것 같다고."

"누가?"

"예?"

누가 과학적 근거도 없는 그런 헛소리를 했느냐고? 거참 기가 막혀서. 섹스를 하면 건강해지고 피부가 고와져? 건강해지는 것이야 호르몬 분비라든지 굳이 따지고 든다면 전혀 말이 안 되는 건 아니겠지만 섹스 때문에 피부가 고와진다는 건 살다 살다 처음 들어 봤다.

"누가 그런 헛소리를 한 거야?"

"그, 그런 사람이! 아니 그런 분이 계십니다. 그러니까 절대! 절대로 나쁜 게 아닙니다, 황후마마. 정말, 정말 기분이 좋다고 했습니다. 하늘을 막, 날아다니는 기분이라고."

하늘을 막 날아다니는 기분이 어떤 기분인데? 그리 묻고 싶지만 관두자. 더 물었다가는 울 것 같다. 그나저나 어떤 인간이 르네한테 말도 안 되는 주입을 시킨 거야? 그런 쪽으로는 담백한 아버지나 나보다도 더 숙맥인 오라버니들은 아니겠고 역시 아론이겠지.

"이젠 하다 하다 별짓을 다 하는군. 르네, 대충 알아들었으니까 그만 나가 봐."

도대체 이 인간이 무슨 짓을 꾸미고 다니는 거야. 더 들어 봐야 내가 더 골치 아플 것 같아서 나가 봐도 된다고 했지만 민망하긴 많이 민망했나 보다. 기다렸다는 듯 빨개진 얼굴로 순식간에 사라지는 르네를 보고 헛웃음을 흘리고 책을 펼쳤다.

어쩐지 오늘따라 이상하다 했어. 하루에 한 번씩은 꼭 황후궁에 들르던 아버지는 보이지도 않고 호위를 맡은 오라버니까지 내 옆에는 오려고도 하지 않았는지 이제야 대충 알겠군. 보나마나 아론한테 이상한 교육을 받았을 테다.

그래서 낮에도 나만 보면 화들짝 놀라 도망치지. 그렇다고 멀리 도망치는 것도 아니고 가까운 데서 힐끔힐끔 눈치나 살피다가 눈만 마주치면 화들짝 놀라는 꼴들하고는. 우습지도 않다고 이 인간들아. 가만 보면 진짜 순진해?

"쯧쯧, 그나저나 이 인간이 아주 작정을 한 것 같은데."

『노력이 가상한데 어지간하면 받아 줘라. 기분이 좋다고 하잖나?』
기분이 좋은지 안 좋은지 네가 어떻게 알아?
『많이 봤다. 그런 건 인간이나 이종족이나 똑같다. 싫어하는 인간은 없더군.』
그래? 그게 그렇게 기분 좋은가. 거참 도무지 이해가 안 되는데. 강한서로 33년을 살면서 한 번도 그런 쪽에 호기심은커녕 관심을 둔 적이 없었단 말이다. 하긴 뭐 워낙 먹고살기 바빴으니까 그럴 수도 있지만. 이곳에 와서도 마찬가지다. 뭐 약간 호기심은 생겼지만.
『주인이 비정상이다. 인간이든 동물이든 종족번식에 대한 본능은 당연한 거 아니냐?』
그게 당연한 거였냐? 글쎄. 딱히 그런 건 아닌 것 같은데. 과거라면 몰라도 오히려 충동이나 욕구에 가깝지. 그래서 쓰레기들이 많이 생기는 것이고 힘이 약하다는 이유로 피해자도 많이 발생하는 것이다. 그런 고로 강제로 덤벼드는 놈들은 상종을 안 해야지.
『왜 또 엉뚱한 곳으로 빠지는 거냐?』
"그러게. 아, 그렇지. 아센, 너는 해 봤나?"
뭐야? 해 봤느냐고 묻는데 왜 대답이 없어? 평소라면 부르는 즉시 튀어나올 텐데. 움찔하는 기척만 보이고 묵묵히 침묵을 지키는 태도에 고개를 갸웃거리자 그제야 마지못해 답한다.
"안 해 봤습니다."
"그 말 하는 게 그렇게 어렵냐? 그래서 하고는 싶고?"
"아닙니다."
"진짜?"
즉답이 안 돌아오는 걸 보니 하고는 싶은 것 같은데 빼지 말고 솔직하게 불지? 그런 의미로 눈을 가늘게 뜨고 기척이 느껴지는 곳을 바라보자 한참을 뜸을 들인 후에야 답한다. 거봐 내 말이 맞네.

"호기심은, 있습니다."

"호기심이라. 그렇군."

언제 한번 그림자족을 찾아봐야겠다. 아센도 장가는 보내야지. 안 그래도 그림자족이 거의 멸족이나 마찬가지라는데 종족번식이 가장 시급한 데가 아닌가. 여차하면 그것도 영감한테 부탁하지 뭐. 그나저나 책을 읽기는 해야겠는데.

그가 오늘은 일이 많아서 평소보다 늦는다고 했다. 황제 집무실로 쫓겨나면서 식사 때 외에는 못 본다고 한참이나 투덜거렸다. 달랜다고 고생한 걸 생각하면 차라리 모조리 읽어 치우자 싶다. 그래야 내 일이 편하다.

그런 생각에 마리나가 가져다준 차를 홀짝거리며 속독으로 읽기 시작했다. 중간에 마리나한테도 물으려다가 눈이 마주치자마자 쏜살같이 도망치는 바람에 못 물었다. 하나같이 반응이 어쩌면 저리도 똑같은지.

헛웃음을 흘리고 착실하게 단계를 밟아 가면서 독서 삼매경에 빠졌다. 그리고 시간이 얼마나 지났는지는 모르겠지만 3권을 읽고 난 소감은 딱 하나다. 확실히 단계를 밟아서인지 갈수록 선정적이라는 것. 문제는 내용은 하나도 볼 게 없다는 거지만.

그래도 나름대로 호기심도 충족시키고 감탄도 해 가면서 4권까지 읽고 나자 고하는 소리와 함께 문이 벌컥 열리고 그가 들어왔다. 얼굴에 화사한 웃음꽃이 만발한 채로 거의 뛰다시피 달려와 답삭 엉겨 붙어서 쪽쪽.

"아론, 그만 좀 떨어지십시오."

"비아, 너무한다. 오늘은 종일 떨어져 있었지 않나? 보고 싶어 죽는 줄 알았다."

식사 때마다 봤다만? 그리 말해 봐야 소용이 없을 것 같다. 한번

붙으면 질기도록 안 떨어지거든. 해서 포기하고 만족할 때까지 기다리자 기다렸다는 듯 싱글벙글 웃더니 달랑 들어 올려 무릎 위에 앉힌다. 그러고는 허리를 바짝 끌어당기며 진한 딥키스.

이런 걸 보고 진득한 욕망이 불타오르는 눈이라고 하나 보다. 책에서 그러더라고. 비유법이겠지만, 푸른 눈동자가 불꽃처럼 타오르는 것 같다고 하더니 정말 그리 보인다. 안 그래도 화사한 금색 눈동자가 이글이글 타오르거든.

아차 하는 순간 통째로 잡아먹히겠군. 그래도 뭐 나쁘지는 않아. 아니 오히려 만족스러운가. 내 입안을 제집처럼 들쑤시고 다니는 통에 다소 숨이 좀 막히기는 했지만 확실히 기분은 좋다. 그러고 보면 책이 영 거짓말을 하는 건 아니네.

좀 전에 봤던 책에는 성감대하고 남녀의 신체에 대해서도 나와 있던데. 두툼한 혀가 입천장을 훑을 때면 움찔, 부르르 떨리는 것도 성감대여서일 테고. 그럼 아론도 성감대가 있는 건가? 아니 있겠지. 남자가 더 예민하다고 그러던데.

어째 은근히 궁금하다? 슬쩍 알아볼까? 그런데 무슨 방법으로? 그냥 더듬으면 되는 건가. 아니 잠깐만. 굳이 그래야 할 필요는 없지 않나? 내가 뭐가 아쉬워서. 하고 싶은 건 이 인간이지 내가 아니란 말이다. 그러니까 굳이 알 필요는 없는데.

젠장. 이놈의 빌어먹을 호기심이 한번 발동되니까 곤란하네. 책에서는 남자가 느끼는 얼굴에 더 흥분이 된다고 했다. 그럼 아론은? 저 아름다운 얼굴이 느끼면. 와, 상상이 안 돼. 지금도 봐. 가만 보면 위험한 인간이라니까.

살짝 내리깔린 그윽한 눈빛이나 파르르 떨리는 길고 풍성한 금색 속눈썹. 살짝 좁혀진 미간. 지금도 이런데 느끼면 어떻게 될지 궁금하다. 섹시해지려나. 아니면 짐승처럼 나른해지려나. 그것도 아니면 수줍게 얼굴을 붉힐지도.

어떤 반응이 나와도 확실히 눈요기는 되겠다 싶어 별의별 반응을 다 떠올리자 불시에 따끔거리는 통증이 느껴질 정도로 혀를 꽉 깨문다. 하여간 귀신같이도 알아차린다. 해서 배시시 눈웃음을 치며 그의 목을 잡고 매달리자 잠시 숨 고를 틈을 주고 다시 진득하게 얽혀온다.

그러는 사이에도 요망한 손이 등줄기를 훑고 옆구리를 살짝살짝 스치듯 건드려 주기까지. 이 이상 나가면 정말 이상해질 것 같아 살짝 힘주어 가슴을 밀어내자 마지못해 떨어지며 목덜미에 쪽쪽. 이젠 아주 자동이군. 그보다 어쩌지.

낚시질하는 상대를 앞에 두고 덥석 미끼를 물 수는 없는 노릇이고. 호기심만 채우고 쏙 빠져나갈 수 있는 방법이라면. 있었네. 은근슬쩍 알아볼 방법이. 다행히도 영 없는 건 아니라 만족스럽게 입꼬리를 올리고 아론을 보며 입을 열었다. 좋은 말로 할 때 협조 좀 해.

"아론, 오늘은 특별히 제가 옷시중을 들어 드리겠습니다."

"어, 그대가 직접?"

"예. 뭐 문제 있습니까?"

"아니 그건 아니지만. 갑자기 그러니까."

무서워서. 입안에서 꿍얼거리는 발음이었지만 똑똑히 들었다. 귀엽기는. 안 잡아먹어, 이 인간아.

"부인으로서 한 번쯤은 해 줘야 할 것 같아서 말씀드렸습니다만 싫으면 관두십시오."

나로서는 아쉬울 것 하나도 없다는 태도로 고개를 돌리자 화들짝 놀라 다급하게 대답한다.

"아니다! 그대가 해 준다면 나야 좋지."

"그렇다니 다행입니다. 그럼 드레스 룸으로 가시지요."

"어, 그래."

어지간하면 불경한 눈초리는 치워 주지? 이러니까 내가 꼭 순진한 처녀 덮치는 치한 같잖아. 딱히 틀린 말은 아닌 것 같지만 무슨 꿍꿍인가 싶어 계속해서 힐끔거리는 그의 시선을 무시하고 손을 잡은 채 드레스 룸으로 끌고 들어갔다.

매일 이곳에서 잠들다 보니 드레스 룸 한편은 이미 그의 옷으로 빼곡하다. 그중에서 저녁 식사 자리에 흠이 되지 않을 선에서 비교적 간소한 복장을 꺼내 놓고 입고 있는 화려한 정복을 벗기려고 손을 뻗자, 뭐냐? 나 손 깨끗해.

"왜 피합니까?"

"아, 그게 나도 모르게. 저기, 비아. 옷은 내가 벗겠다."

"아닙니다. 제가 해 드리지요."

"아니 내가 벗을 테니까."

"제가 해 드리겠습니다. 그러니 얌전히 계십시오."

한 번만 더 반항하면 성질내는 수가 있다만. 용케도 알아차린 건지 아니면 더 이상 고집 피워 봐야 소용없다는 걸 알았는지 나직하게 침음을 뱉으며 얌전히 몸을 맡긴다. 물론 하나씩 벗겨질 때마다 흠칫 굳는다거나 묘한 침음을 토해 내기는 했지만 깔끔하게 무시.

나름대로 만족해하며 드디어 바지 하나와 드레스 셔츠 한 장만을 남았을 때 그의 반응을 살피며 단추를 풀었다. 책에서는 이런 경우 천천히 해야지 남자 쪽에서 달아오른다고 했다.

뭐 내가 봤을 때는 이미 달아오른 것 같지만. 단추 하나가 풀릴 때마다 움찔거리면서 슬그머니 시선을 피하는 모습에 은근슬쩍 옆구리를 쓸자 효과 한번 빠르다.

"으읏! 비, 비아?"

진짜 느끼네. 옆구리가 성감대구나. 헤에, 키스 때하고는 미묘하게 다른 것 같고. 뭐랄까. 나른한 짐승이 귀엽게 당황하는 모습? 나쁘지 않아. 그나저나 아무리 봐도 근육 하나는 기가 막히게 잘빠졌단 말이야. 그런 의미로 셔츠를 벗기는 척 넓은 가슴팍을 슬며시 쓸고 지나가자 움찔, 파르르 떨면서 이를 악물고 한 발짝 물러난다.

"가만히 좀 있으십시오."

"하, 하지만 내 인내심에도 한계가 있는데 도발은 좀 문제가."

"어허, 얌전히 있으라니까요. 금방 끝납니다."

자꾸 쩨쩨하게 이럴 거야? 얌전히 있으면 좀 좋아. 왜 자꾸 반항인지. 미처 말릴 틈도 없이 바지를 확 끌어내렸다가 바로 눈앞에 보이는 속옷 한 장에 나도 모르게 긴장했다. 하지만 재빨리 커다란 손으로 가리는 통에 아쉽게도 자세히는 못 봤다.

"상당히, 크군요. 불편하겠습니다."

『주인아 제발, 그건 아니지.』

내가 뭘? 속옷에 가려졌는데도 크잖아? 걸을 때 불편할 것 같아서 한 말인데.

"으으, 비아! 제발 좀! 나머지는 내가 할 테니까 당장 나가!"

"어어? 자, 잠깐만!"

아직 다 확인 못 했는데?! 더 뭐라 할 틈도 없이 신속 정확하게 드레스 룸 밖으로 쫓겨난 것도 모자라 찰칵 문까지 잠겼다. 그리고 곧바로 안에서 터져 나오는 괴성에 움찔거리며 몇 발짝 물러날 수밖에 없었다. 뭐냐고.

"젠장! 비아-!"

『쯧쯧, 아주 처절하군.』

야, 샤이탄. 나 뭔가 되게 잘못한 것 같다?

⚜⚜⚜

"벌써 내일인가."

어찌 보면 그 여자도 대단하다. 역모 죄를 저지른 죄인에게 행해지는 고문은 인간이 참을 수준이 아니라는데 어떻게 그걸 버티나 그래. 하긴 끝까지 버티면 살려 준다고 했으니까 복수하려는 독기 하나로 질기게 버텼을 테지. 뭐 그 심정은 충분히 이해한다만.

"안타까워서 어째."

그래 봐야 결국에는 죽을 텐데. 아니 딱 까놓고 살려 준다는 자체가 말이 안 되잖아? 내가 석가모니도 아니고 온갖 더러운 짓은 다 한 그 여자를 용서할 수는 없지. 괜히 선심 베풀었다가 또 무슨 짓을 할지도 모르고.

그러니 어지간하면 고문 받는 사이에 죽어 버리면 편하련만 뭔 놈의 목숨이 그리도 질긴지. 참 여러모로 독한 여자라는 생각에 나직하게 혀를 차고 다시 서류로 시선을 돌렸다가 이내 멈칫거렸다. 거참 이거 은근히 신경 쓰이네.

"쯧, 사내가 쪼잔하게."

『그러게 적당히 하지 그랬나? 주인이 잘못했다.』

야야, 엄연히 따져 보면 아론이 먼저 시작한 거야? 내 호기심을 발동시킨 게 아론이라고. 솔직히 그런 책만 가져다주지 않았다면 호기심 생길 이유도 없었다. 그리고 고작 그 정도로 며칠씩 삐치는 건 좀 심하지 않아?

『정말이지 답이 없군. 삐친 게 아니고 한계까지 와서 자꾸 피하는 거 아니냐?』

무슨 한계?

『인내심 말이다. 인내심!』

깜짝이야. 왜 소리는 지르고 그래?

『주인이 지르게 만들지 않나? 생각해 봐라. 황제하고 주인은 계약을 했다. 이런 상황에서 황제가 못 참고 덤벼들면 주인은 어찌할 생각이냐?』

그야, 계약 파기?

『그러니까! 주인 성격에 허락받지 않고 했다가 계약 파기하고 훌라당 날라 버리면 황제만 손해이지 않느냐 말이다. 그러니 저리 끙끙거리면서도 참는 거 아니냐?』

뭘 그렇게까지. 내가 벌여 놓은 일이 있는데 책임감 없이 그냥 튈 마음은 없다. 일을 시작했으면 확실히 마무리도 지어야지.

『조금 전에는 계약 파기한다며?』

그야 그렇지만. 애초에 시작하지 않았다면 몰라도 시작한 이상 공과 사는 구분해야 하지 않겠어? 그 정도는 기본이라고.

『말이나 못하면.』

시끄럽고. 그러니까 네 말은 아론이 자칫 인내심 바닥나서 덤벼들까 봐 매끼 식사 때마다 쪼르르 찾아오던 것도 아침 한 번으로 확 줄고 키스도 줄고, 밤에 잘 때도 문어처럼 엉겨 붙지 않고 뚝 떨어져서 잔단 말이지?

『당연하지 않나?』

당연한 거였냐? 거참 그게 그렇게 참기가 힘든가? 도무지 이해를 못 하겠네.

『남자와 여자는 다르다. 그리고 사랑하는 상대와 같이 있으면 더 참기 힘든 게 당연하지.』

그러냐. 그런데 볼수록 놀랍다만. 너는 검 주제에 뭐가 그렇게 아는 게 많아? 그것도 쓸데없는 잡학상식만.

『잡학상식이라니! 나는 완벽하다!』

예예. 너 잘난 거 알고 있으니까 1절만 하고. 어쨌든 뭔가 해결을 보기는 봐야겠는데. 뭘 어떤 식으로? 아론이 원하는 건 나하고의 섹스. 나는 그저 호기심 이상? 이하? 아니 이하는 아닌 것 같고 단순한 호기심 수준은 넘은 것 같다.

아론의 느끼는 표정이 좋았거든. 그렇다고 허락하면 또 내가 손해일 것 같단 말이야. 솔직히 말해서 들어줄 이유가 없잖아? 그런데 문제는 아론의 행동이 확 바뀌면서 기분이 묘하게 짜증난다는 사실이다. 응. 상당히 짜증나.

키스가 준 것도 그렇고 안 그래도 천방지축 세 놈이 없어서 허전한 마당에 식사도 힐끔힐끔 눈치만 살피는 오라버니하고 아센하고 셋이서만 하자니 입맛까지 뚝 떨어진다고나 할까.

무엇보다 아론 품에 안겨서 자던 습관이 들어 버렸는지 멀찍이 떨어져서 등 돌리는 꼴만 봐도 괜히 울컥한단 말이야. 물론 한 번 잠들면 살기가 아닌 이상에야 업어 가도 모르지만.

『쯧쯧, 황제가 불쌍하지도 않나? 요즘 아주 얼굴이 표가 나게 해쓱해졌다만.』

좀 그렇지? 요즘 들어 심하게 표가 나기는 하더라.

『알면 좀 받아 줘라. 주인도 황제가 싫은 건 아니지 않나?』

물론 그렇지만 아무리 생각해도 내가 손해일 것 같아서. 그렇다고 마냥 저대로 두자니 신경 쓰이고.

"아, 젠장. 머리 아파."

조금만 더 하면 끝나는데 이래서야 일도 손에 안 잡힐 것 같다. 차라리 바람이나 쐬자 싶어 자리에서 일어나 뻐근한 목을 풀고 집무실을 나갔는데. 뭘 그리 놀라는지 문밖에 있던 오라버니가 깜짝 놀라 황급히 시선을 피하는 모습에 나직하게 혀를 차자 작게 헛기침만 연발한다. 알아. 부끄럽지? 이해해.

"어디, 나가십니까?"

"바람 좀 쐬려고 나갑니다만. 어째 요 며칠 황후궁이 어수선한 것 같지 않습니까?"

"그, 그렇습니까. 신은 잘 모르겠습니다."

시치미 떼기는. 요즘 식후에 산책만 나가면 여기저기 화들짝 놀라 나는 못 봤다는 듯이 자신들끼리 수군거린다. 주로 이런 내용으로.

"아! 어, 그러니까 너 그거 해 봤니?"

"뭐, 뭘?"

또 시작이다. 어쩌면 저리들 연기를 못할까. 아주 그냥 글을 읽네, 읽어.

"그러니까 그게, 나, 남자하고 그거 있잖아."

"어어? 아, 아니 해 본 건 아닌데. 듣기로는 굉장히 기분이 좋다네?"

"나도! 나도 그리 들었는데. 정말로, 굉장히 좋다고 하더라고."

놀고들 있네.

『쯧쯧, 애쓴다.』

그러게. 정말이지 애쓴다. 아니 저 정도면 필사적인가. 거참 웃기지도 않아. 상식적으로 말이 안 되잖아. 궁녀 신분이 처녀가 아니면 문제가 상당히 많아지는 데다 음담패설 또한 몰래 속닥거린다면 또 몰라도 공공연히 입에 올리는 것도 문제가 되기 때문이다.

그런데 요 며칠 황후궁 궁녀들이나 기사들은 내가 지나갈 때마다 모르는 척 수군거리고 있다. 그것도 수군거리는 수준이 아니라 마치 들으라는 듯이. 더 웃긴 건 이왕 하는 거 제대로 하면 좀 좋아. 왜 자기들이 더 부끄러워하느냐고. 저러다 얼굴 익을라.

덩달아 뒤따라오는 오라버니는 아까부터 고개만 푹 숙이고 있고. 죽을 맛일 테지. 저 인간들이 단체로 미친 게 아닌 이상 황제인 아론의 허락을 빙자한 강압적인 명령이 있었다는 건데. 모조리 물고를 낼 수도 없고. 도대체 이 인간은 어디까지 퍼트려 놓은 건지.

그저 기가 막혀서 헛웃음밖에 안 나온다. 그런데 더 황당한 건 아론이 부린 수작인 걸 알면서도 이상하게 귀가 솔깃하다는 것이다. 아무래도 이것이 바로 주입식 교육의 폐해인가. 무시하려고 해도 가는 곳마다 듣다 보니 자꾸만 호기심이 더해지네.

"이러다 일 치고 말지."

"예? 뭐라 하셨습니까?"

"아닙니다. 그보다 오라버니, 폐하께 연락하셔서 오늘은 빨리 들어오시라고 하십시오."

아무래도 담판을 지어야지 이대로는 안 되겠다.

"무슨 일이라도 있으십니까?"

"몰라서 묻습니까? 담판 지으려고 합니다."

"담판이요?"

"예. 안 그러면 기사들이나 시녀들이 불쌍해서요."

설마 정곡을 찌를 줄은 몰랐나? 아니 알고 있을 텐데. 괜히 헛기침한다고 감출 수 있는 게 아닌데 말이야. 얼굴뿐만 아니라 귓불에 목덜미까지 붉게 물들인 디온 오라버니가 연락을 취한다는 핑계로 황급히 자리를 뜨고 뒤에 남아 있던 기사들이 화들짝 놀라 먼 곳을 바라본다.

너희도 죽을 맛이겠지. 시녀들은 그렇다 치고 기사들은 뭔 죄야. 아무리 상전의 명령이라지만 할 짓이 아닐 테다. 그러니 내가 구제해 줄 수밖에. 이런 소문이 퍼져 나가 봐야 좋을 것도 없고 나 또한 아론이 싫지만은 않다. 솔직히 저리 좋다는데 싫을 리가 있나. 오히려 좋다. 그럼 됐지 뭐.

『잘 생각했다, 주인아. 이제 좀 편해지겠군.』

그래. 너도 복잡하고 짜증 섞인 내 머릿속 읽느라고 여러모로 고생이 많다. 하긴 뭐 애초에 고민할 거리도 아니었는지도 모르지. 권력이나 이익을 놓고 싸우는 것도 아닌데 고민은 무슨. 때론 간단하게 결정하는 것도 도움이 될 테다.

그렇게 결론을 내리자 그동안 골을 지끈거리게 했던 짜증이 한순간에 싹 사라지는 것 같아 나름대로 만족하며 여유롭게 산책을 마치고 집무실로 돌아왔다. 깨끗하게 비워진 머릿속 덕분에 남은 일도 집중해서 처리하자니 금방 끝이 났다.

진작 이럴 것을. 여느 때처럼 오라버니와 아센하고만 식사를 끝내고 침실로 돌아와 차를 마시고 있자니 다급하게 들리는 발소리와 함께 그가 상기된 표정으로 들어왔다. 기대하고 있는 건가? 아니 눈동자를 데굴데굴 굴리는 걸 봐서는 긴장한 것 같군. 하여간 귀엽기는.

"오늘 일은 다 마치고 오셨습니까?"

"당연하지. 완벽하게 끝내고 왔다. 그런데 저기, 비아? 오늘 담판을 짓는다고 했다던데?"

응. 지을 거야. 미적거리는 건 성격상 도저히 안 되겠거든. 하지만 그리 기대에 찬 눈으로 초롱초롱하게 바라보면 놀리고 싶어지는데.

"아론."

"으응?"

"우리 계약한 건 알고 있습니까?"

"그야 알고 있지만."

이거 엄연히 계약 위반이다? 그런 의미라는 걸 또 기가 막히게 알아듣고 기대로 초롱초롱 빛나던 눈이 축 처지는 모습에 속으로 피식 웃으며 말했다.

"해서 말입니다만, 계약을 파기……."

"안 돼!"

나 아직 말 안 끝났다만. 이거 은근히 재미있네. 잘하면 울겠다.

한번 울려 볼까?

『제발 주인아. 그만큼 했으면 됐다. 성격 안 좋은 거 티 내는 것도 아니고 뭐하는 거냐?』

쳇, 알았다고. 누가 뭐래?

"비아, 계약 파기만큼은 안 된다. 더 참고 기다리라면 얼마든지 기다릴 수 있어. 그러니까 다시 생각해 봐라."

아니 아직 말이 다 안 끝났다니까 왜 이래?

"비아, 사랑한다. 응? 그대 없으면 나보고 어찌 살라고?"

숨 쉬고 살면 되지. 그리 답해 주고 싶지만 관두자. 진짜 울겠다.

"아론, 아직 말 안 끝났습니다. 무슨 성격이 그리 급하십니까?"

"그, 그래?"

"예. 제가 드리고 싶은 말은 계약을 파기하지는 않겠다는 겁니다. 아론하고 그걸 하더라도."

"그 말은 설마, 지금 허락한 건가?!"

응. 마음을 좀 넓게 가지기로 했지. 내가 워낙 착해서.

『헛소리. 정확히는 호기심 충족이지.』

넌 곱게 닥치고.

"그래서 말입니다만 궁금한 게 있습니다."

"말만 해라. 뭐가 궁금하지?"

"아픕니까?"

"아니! 절대 안 아프다."

그걸 댁이 어떻게 알아? 여자도 아니면서.

"그럼 정말 기분이 좋습니까?"

"당연하지! 굉장히 기분이 좋다고 들었다."

그놈의 굉장히는 몇 번이나 듣는 건지. 하긴 하나같이 제대로 된 연애도 못 해 본 인간들이 하는 말이야 거기서 거기겠지만. 어차피 허락할 거 기분 좋게 하자 싶어 고개를 끄덕이자 그야말로 얼굴이 환한 햇살처럼 풀어진다. 그러고는 덥석 끌어안고 부비부비.

"그렇게 좋습니까?"

"좋다마다. 내가 얼마나 애가 탔는지 그대는 몰라. 지금 당장 그대를 안고 싶다."

"안 됩니다."

"왜?!"

깜짝이야. 아무리 급해도 그렇지 소리는 왜 질러?

"아론, 내일이 공개처형 날입니다. 이왕이면 몸과 마음을 깨끗이 하고 가지요."

"그런 게 어디 있어!"

여기 있습니다만?

"싫으면 관두십시오."

"끄으응, 알았다. 알았어. 하루쯤이야 더 참지."

진작 그럴 것이지. 그런 의미로.

"오늘은 목욕시중 들어 드리겠습니다."

"절대 안 돼-!"

치사하게. 마음의 준비도 할 겸 구경 좀 하려고 했더니 튕기기는. 고급인력이 해 주겠다는데 감사하지는 못할망정 어째 갈수록 반항이 거세지는지. 못내 아쉬운 눈길로 아래위를 쭉 훑어 내리자 벌떡 일어나 쏜살같이 드레스 룸으로 사라진다. 그러고는 어김없이 찰칵 잠기는 문.

"와, 내가 꼭 치한 같잖아."

너무하네.

25장.
인내의 끝은 달콤하리라

공개처형장에 들어가자마자 대공과 공작들에게 붙어 있던 세 놈이 쏜살같이 날아와 얼굴과 목덜미에 딱 달라붙어 한동안 난리를 피우는 통에 정신이 사나웠지만 오랜만에 보니 나름대로 반갑긴 하다. 성과도 순조로운 것 같고.

예상대로 야합을 가진 데다 영지에서 비밀리에 군사까지 훈련시키고 있다니 뻔하지 않은가. 마지막까지 몰린 놈들의 종착지야 반역뿐이다. 무엇보다 이미 약삭빠르게 떨어져 나올 놈들은 거의 떨어져 나왔거든.

얼마나 살고 싶었으면 애걸복걸하는 놈들도 있었고 골수 대공파 놈들의 비리를 알아서 가져오는 놈들도 있었으며 일부 재산까지 헌공한 놈들도 있었다. 하여간 밥맛 떨어지는 박쥐 새끼들이지만 덕분에 일이 한결 수월해진 건 사실이다.

나머지야 어차피 발을 빼기에는 늦은 놈들이라 이래 죽으나 저래 죽으나 똑같다 이거겠지. 이제 반역을 명확하게 입에 올리는 것만 영상구로 담으면 게임 끝이다. 이미 루비아 왕국에서 왕하고 공주도 출발했고 대공파만 쓸어버리면 싹 정리가 되는 거지.

게다가 높은 임금을 준다는 말에 지원하는 백성들이 많아 영지 공사도 천민구역 공사도 착착 진행되고 있고 천민들도 노약자를 빼고는 대다수 빠져나가 영지로 내려간 상황이다. 천민이 제도에만 있다고는 생각하지 않았지만 의외로 많아서 놀랐다.

보고로는 마차로 이동하는데도 피난민의 행렬 같다고 하더라만. 쯧쯧, 오죽했으면 행색이 그리 보일까. 뭐 넉넉한 식량과 자금은 모두 황실에서 대주어 가난한 백성들까지 앞다투어 지원하는 바람에 자재나 인력은 풍족할 지경이라 그나마 다행이다. 거참 기분이 묘하네. 일이 너무 착착 진행되니 뭔가가 싱거운 느낌이라고 해야 할지.

"이거야 원 잘 풀려도 탈이군."

"응? 뭐라고 했소, 황후?"

"아닙니다. 그보다 폐하, 표정 수습 좀 하십시오."

"뭐가 잘못됐소?"

응. 잘못돼도 한참 잘못됐다만. 아무리 죄인들이라지만 사람이 죽어 나가는 공개처형장에서 싱글벙글 웃는 황제라니. 그건 아니잖아? 도대체 이 인간이 왜 이래?

『오늘 주인을 안을 생각만 해도 기분이 좋은 걸 테지.』

아무리 그래도 그렇지, 이 정도면 심한데. 아까부터 아버지와 오라버니들이 눈치를 줘도 전혀 상관하지 않는다. 그 바람에 귀족들이 웅성거리고 있고 대공은 뭘 오해하고 있는지 아주 그냥 눈이 찢어질 태세로 노려보는 통에 따끔거릴 지경이란 말이다.

『주인이 이해해라. 오죽 좋으면 저러겠나?』

안 돼. 이 상태가 계속되면 백성들도 이상하게 볼 텐데. 그리되면 황제가 실성했다는 말도 나올 테고 그건 곧 내 얼굴에 먹칠하는 것과도 같다. 뭐 좀 심하게 넘겨짚는 것 같지만 알 게 뭐야. 나 바쁘다고. 후다닥 끝내고 가서 일해야 한단 말이다. 해서 여전히 시작할 생각은 안 하고 싱글벙글 히죽히죽 웃고만 있는 그의 옆구리를 꽉!

"읏! 황후, 갑자기 왜 꼬집는 거요?"

"표정 수습하지 않으면 오늘 밤 약속은 취소입니다."

"말도 안 돼. 그런 게 어디 있소?"

여기 있다니까 그러네. 그러니까 소원성취 하고 싶으면 당장 수습하라고. 그런 의미를 담아 지그시 노려보자 웃음을 뚝 멈추고 눈을 날카롭게 빛내며 손을 들어 올린다. 곧 죽어도 포기할 생각은 없나 보다. 진작 그럴 것이지.

곧이어 공개처형을 알리는 우렁찬 목소리가 들리고 죄인들이 줄줄이 끌려 나오기 시작하며 지축을 뒤흔들 정도로 함성이 울려 퍼지는 통에 귀가 다 멍멍할 지경이다. 하긴 제도의 백성들은 어린아이 빼고는 다 참석했을 테니 당연하겠지만.

"괜찮소? 보기 불편하면 지금이라도 일어납시다."

무슨 소리. 이제 와서 불편할 게 뭐가 있다고. 기껏 적응하고 있는데 생리적인 거부감이 든다고 피할 수는 없다. 뭐 딱히 거부감도 없지만.

"괜찮습니다. 어차피 빠질 수 있는 자리도 아니지 않습니까?"

"상관없소. 황후가 우선이지."

내가 괜찮다고. 하여간 내 성격쯤은 다 파악했을 텐데 어째 극성은 점점 더 심해지는지. 아주 여린 소녀 취급도 모자라 물가에 내놓은 어린아이 보듯 한다. 하루 이틀도 아니고 더 말해 봐야 입만 아플 건 뻔한 일이라 걱정스러운 시선도 깔끔하게 무시.

처형장으로 시선을 돌리자 그동안 얼마나 핍박을 받았는지 신관 놈들이 여기저기 쥐어 터진 것도 모자라 시커멓게 죽은 얼굴로 줄줄이 무릎을 꿇었다. 저 정도면 목이 잘리기도 전에 숨넘어갈 것 같은데 용케도 살아 있다. 그러고 보면 인간의 목숨만큼 질긴 것도 없지 싶다.

어쨌든 다시 한 번 죄인들의 죄상이 낱낱이 밝혀지며 군중들의 야유 소리와 저주, 악담이 쏟아졌다. 그가 손을 들어 올렸다가 내림과 동시에 댕강. 확실히 쇼킹하기는 하지만 그뿐인데. 그가 재빨리 커다란 손으로 내 눈을 가리는 통에 상세히는 못 봤다.

그리고 두 번째로 줄줄이 무릎을 꿇는 슈바렌 백작가를 포함한 다섯 가문. 꼴에 귀족들이라고 두 눈에 독기가 가득하다. 미친놈들. 제 놈들이 한 짓은 생각 안 하고 꼴에 억울한가 보네. 뻔뻔하기는. 그래 봐야 이제 와서 어쩔 거야.

귀족이라고 목이 튼튼한 것도 아니라 신관들과 마찬가지로 죄상이 밝혀지자마자 쉽게도 댕강 잘려 나갔다. 그리고 마지막으로 황제와 황후를 암살한 죄로 질질 개처럼 끌려 나오는 제노겔과 카시스, 포엥마 차례가 오고 이번에는 그의 손을 꼭 잡고 움직이지 못하게 했다.

"황후, 봐서 좋을 것도 없소."

"그래도 저것들은 봐야 합니다."

특히 포엥마 잡것들은. 그러니 방해하지 말라는 의미로 그를 보자 마지못해 한숨을 내쉬며 고개를 끄덕인다. 곧이어 죄인들의 수많은 죄상이 줄줄이 흘러나오고 끝에 황제와 황후를 암살하려고 했다는 죄목에서는 그야말로 야유와 저주가 정점을 찍었다. 우리가 좀 백성들한테 인기가 많거든.

이 자리에서 실감할 줄은 몰랐지만. 한목소리로 죽이라고 외치는 관중을 둘러보며 새삼 흡족해한 것도 잠시 거의 축 늘어진 카시스 백작가와 제노겔 백작가와는 달리 포엥마가 한껏 고개를 치켜드는 모습에 손을 들어 들끓는 좌중을 진정시켰다. 쯧, 짐작은 했다만 추잡할수록 정말 질기다.

"너, 너! 약속을 지켜라! 살려 준다고 하지 않았느냐!!"

"황후, 그런 약속을 했소?"

물론 그 비슷한 말을 하기는 했지만 내가 왜?

"전혀 모르는 말입니다. 죽음을 앞둔 죄인이 무슨 말인들 못 하겠습니까? 살고 싶어서 발악하는 것일 테지요."

"그렇군. 저것들이 아직도 정신을 못 차렸어."

그러게. 설마 하니 진짜 그걸 믿고 버틸 줄이야. 멍청한 것이야 익히 알고는 있었지만 독하다 해도 저 정도로 독한 것은 없지 싶다. 헤스티아가 참석하지 않은 게 다행이지.

"이 악독한 년! 풀어라! 당장 풀란 말이다! 저주할 것이다! 죽어서도 저주할 것이야! 아아악-!"

하든지 말든지. 알 게 뭐야. 그런 의미로 싱긋 웃자 독한 것이 눈도 좋지. 용케도 높은 자리에 있는 내 웃음을 본 듯 산발을 하고 미친 듯이 발버둥을 치며 악을 쓰는 그녀의 패악질에 관중들의 야유가 더 커지고 그가 짜증스레 명령했다.

"감히! 뭣들 하느냐? 당장 죄인들의 목을 쳐라!"

그의 명령이 떨어지자마자 세 가문의 피붙이들의 목이 모조리 잘려 나가고 어떻게든 살려고 버둥거리던 그녀는 건장한 사내 두 명이 힘으로 억누르고야 비명이 한순간에 끊어졌다. 그와 동시에 또 한 번 터지는 함성 소리.

평민들에게 귀족들의 죽음인 공개처형은 하나의 유흥거리라더니 그 말이 맞나 보다. 그동안 얼마나 핍박이 심했으면 저런 반응일까 싶어 착잡하면서도 씁쓸한 장면이라 우리는 미련 없이 자리에서 일어나 처형장을 빠져나와 황후궁으로 향했다.

물론 안 떨어지려고 칭얼거리는 세 놈은 달래서 떨어뜨려 놓고 그와 아버지, 오라버니들까지 데리고 황후궁 내 집무실로 들어가고야 진득한 한숨을 내쉬며 차로 목을 축이려는데 뭐냐고 진짜. 뭘 자꾸 힐끔거리는 건데?

"뭡니까? 하실 말씀들이 있으면 속 시원하게 하십시오."

"괜찮나?"

쯧, 도대체 같은 말을 몇 번이나 하는 건지.

"정말 괜찮습니다. 그보다 차 드시고 빨리 가서 일하십시오."

"그냥 오늘은 이곳에서 하고 싶은데. 어차피 얼마 안 남았고 왔다 갔다 하는 것보다는 여러모로 이득이다."

그야 물론 그렇지만 표정만 봐서는 마음이 콩밭에 가 있는 것 같은데. 저래서야 일이나 제대로 마무리할 수 있을지 몰라. 하긴 뭐 나도 은근히 기대하고 있는 중이지만.

"마음대로 하십시오."

"좋았어! 디온, 시종장을 시켜 일거리는 이쪽으로 가져오라고 해."

"예, 폐하."

신났네, 신났어. 저리도 좋을까. 순식간에 얼굴이 활짝 피어나며 꽃 미소를 남발하는 통에 고개를 슬며시 돌리고 자리로 돌아가 일을 시작했다. 딱히 인물을 따지고 보는 편은 아니지만 확실히 저 얼굴은 문제가 많아. 괜히 마음도 이상해지고.

차라리 신경 끄자 싶어 들락날락하는 것도 무시하고 한참 일에 몰두한 끝에 그 많은 서류를 다 처리하고 드디어 오늘의 일과를 끝낼 수 있었다. 그리고 기다렸다는 듯 자리에서 일어나는 네 사람을 대동하고 식당으로 향한 것까지는 좋았는데.

"딸!"

"한동안 못 온다면서요?"

"안 그래도 바로 가야 한다. 딸이 누르티아 녀석한테 한소리 해 주면 안 되겠느냐? 요즘 그 녀석 때문에 꼼짝도 못하겠구나. 아빠 힘들어."

힘들긴 개뿔. 오히려 잘됐는데 뭘.

"명색이 주신이면 일 좀 하십시오. 오죽했으면 억지로 잡아 두겠습니까?"

"칫, 딸이 몰라서 그래. 예전에는 그 녀석이 다 했단 말이다. 요즘 들어 게을러터져서는."

애초에 영감이 할 일이면서 뭘 잘했다고 칭얼거리는 건지. 이후로도 식사하는 내내 애새끼처럼 끝도 없이 칭얼대는 통에 몇 번이나 울컥 치밀어 오르는 짜증을 간신히 눌러야만 했다. 결국은 안 부리는 애교까지 남발해 가면서 겨우겨우 달래서 보냈다.

『그게 애교였냐?』

태클 걸지 마라. 나름대로 애교라고. 아빠 소리에 볼에 뽀뽀까지 해 줬는데 감사해야지.

『누구 하나 잡아먹을 듯 인상 빡 쓰고?』

괜찮아. 받는 영감이 좋아하면 됐지. 게다가 아버지하고 오라버니들까지 질투할 정도면 나름대로 먹힌 것도 같은데.

문제는 왜 쓸데없는 걸로 질투를 하는 건지 하나같이 뚱한 표정으로 갈구하는 시선에 결국은 한숨을 내쉬고 아버지와 오라버니들한테도 뽀뽀해 주는 걸로 무사히 마무리를 하고 침실로 돌아왔다.

"비아, 아무리 가족이라도 입맞춤은 내게만 해라."

이번에는 너 차례세요? 정말이지 지친다고 이것들아.

"끙, 별것도 아닌 걸로 뭘 따지십니까? 그냥 넘어가십시오."

"하지만 그대는 내 반려다. 나만 봐야지."

"예예, 알겠습니다. 알았으니까 1절만 하십시오. 그보다 같이 씻으시겠습니까?"

"가, 같이?"

뭘 놀라고 그래? 오늘 섹스하기로 했으면서 새삼스럽게 부끄러워하기는.

"신첩도 마음의 준비는 해야 할 것 같아서 그럽니다."

더불어 샅샅이 훑어보려고. 그래야 대충 예상은 할 수 있을 것 같아서 한 말이건만. 침음을 뱉으며 슬금슬금 뒷걸음질 치는 모습에 나직하게 혀를 차고 재빨리 도망치지 못하도록 옷깃을 잡아챘다.

"비아, 뭐하려고?"

"보면 모르십니까? 옷 벗기는 중입니다."

"아니 그건 아는데. 그건 내가 해야 할 일인데."

아무나 하면 어때서. 쩨쩨하게 굴지 말고 얌전히 좀 있으면 좀 좋아. 왜 쓸데없이 반항인지. 안 되겠다 싶어 그의 손을 잡아끌어 침대에 눕히고 손을 뻗은 것까지는 좋은데. 젠장. 뭐가 이렇게 복잡해!

"오늘따라 왜 복잡한 정복을 입고 있는 겁니까?"

"그야 공개처형 날이니까 어쩔 수 없었다. 그보다 비아, 내가 벗을 테니까 그대는 제발 그냥 씻고 나와. 응?"

"도망칠 생각은 아니시지요?"

"내가 더 원하는데 도망은 왜 쳐!"

아, 그랬지 참. 깜빡했다. 근래 이 인간이 나만 보면 도망을 치는 통에 잠시 헷갈렸네. 그런데 어째 뭔가 이상하다? 기분 탓인가. 뭔가 찝찝한 것 같기도 하고 이상한 것 같기도 한 것이. 뭐지? 거참 요상한 기분이네.

『쯧쯧, 내가 어쩌다 저런 주인을 만나서 이 고생인지 모르겠군.』

내가 할 소리다만. 그 생각을 하자마자 버럭버럭 소리를 지르는 샤이탄은 무시하고 드레스 룸으로 들어가 나이트가운만을 걸치고 나오자 얼굴을 발갛게 물들인 아론이 뭔가를 슥 내민다. 첫날밤 입었던 속살 다 비치는 침의다.

낮에 르네와 마리나가 역사적인 하룻밤이 어쩌고저쩌고하더니 준비한 것 같은데. 뭐 상관없겠지 싶어 그대로 욕실로 들어가 마른 꽃잎을 띄워 놓은 욕탕에서 머리부터 발끝까지 온몸을 노곤하게 풀어준 후 욕탕을 나왔다.

"흠, 이만하면 가슴도 빵빵하고 허리도 날씬하고 엉덩이도 탱글탱글하고 다리는 쫙 빠졌지. 아무리 봐도 완벽하단 말이야."

『그만해라. 여자면 여자답게 내숭을 떨어야지!』

내숭은 얼어 죽을. 그거 떨면 밥이 나와 돈이 나와? 헛소리는 집어치우고 이왕지사 할 거 완벽하게 준비하고 나가자 싶어 향긋한 향유도 바르고 속옷은 입지도 않은 채 야한 침의만 달랑 입고 내심 두근거리는 심장을 진정시키며 욕실을 나갔는데.

"저기, 아론? 코피 나고 있습니다만."

어지간하면 정신 차리고 좀 닦아 내지. 아직 책에서 배운 대로 포즈도 안 취했는데 왜 벌써 저래?

코피라니. 그것도 상당한 양이라 걱정스러운 마음에 수건을 들어 코피를 닦아 주자 화들짝 놀라 펄쩍 뛰어오른다. 나 전염병 환자 아니다만, 뭐냐고 이 인간아. 원하기에 기껏 하겠다는데 감사하지는 못할망정 도대체 뭐가 불만이야.

가만, 아니지? 이런 반응은 나 때문인가. 책에서도 그랬고 한참 혈기왕성한 아론의 나이로 봐도 이해할 수 있는 반응이다. 게다가 첫 경험을 앞두고 있으니 얼마나 긴장이 되겠어. 이해해. 내가 또 섹시하잖아?

쭉쭉 빵빵한 몸매를 앞에 두고 밋밋한 반응이면 그건 그것대로 기분이 나쁠 듯. 그러니 너그러운 마음으로 이해할 수는 있다만. 거참 기분이 묘하네. 원래는 여자 쪽이 긴장하는 거 아닌가? 책에서도 첫 경험에 자칫 근육이 굳어질 수 있다고도 했고.

하지만 나는 그냥 평소보다 심장박동이 약간 빠른 정도일 뿐 딱히 긴장은 안 되는데. 오히려 약간 흥분된다고 해야 할지. 기대감에 부풀었다고 해야 할지. 확실히 나쁜 기분은 아니다. 문제는 이 인간이지. 아주 그냥 얼굴 타오르겠네.

"정말 괜찮습니까?"

"그, 그럼 당연하지! 당장, 지금 당장 씻고 올 테니까 얌전히 기다리고 있어라, 비아."

뭐 기다리는 거야 일도 아니지만. 어째 이 인간 상당히 불안하다. 정말 괜찮은 거 확실해? 아닌 것 같은데. 도대체 뭘 저렇게 긴장한 건지. 복잡한 정복을 훌렁훌렁 잘도 벗어젖히는 모습에 속으로 내심 감탄하며 잘빠진 근육질 몸을 세심하게 훑어 내리는데 뭐냐고 또.

달랑 속옷 하나만 남겨 두고 왜 멈추는데? 이왕 벗기로 했으면 화끈하게 벗어야지! 간만 보여 주고 물리는 고약한 심보에 괜스레 울컥 치미는 짜증을 주체하지 못하고 노려보자 움찔거리며 한 발 물러난다. 그것도 모자라 침의를 들고 허둥지둥 욕실 안으로 도망치기까지. 말 그대로 도망을 쳤다.

"이런 젠장."

장난해? 하기 전에 구경 좀 하겠다는데 뭘 저렇게 비싸게 구느냐고! 확 성질나는데 덮칠까 보다.

『쯧쯧, 황제가 주인 머릿속을 못 보는 게 안타깝군.』

넌 닥치고. 어쩐다? 그냥 욕실로 확 밀고 들어가서 당당하게 봐?

『어차피 알게 될 텐데 뭘 그렇게 안달이냐?』

아니 안달한다기보다는 책에서 나온 그림하고 똑같이 생겼는지 궁금하잖아. 그리고 육체의 신비인가 성감인가 뭔가 하는 책에는 굵기나 길이 크기에 따라서 기분도 다르다고 했단 말이다. 게다가 감촉에 따른 지속 시간도 나왔지.

책에서는 무조건 크다고 좋은 것도 아니라고 했지만 그래도 대물이면 아플 텐데 마음의 준비는 하는 게 좋다고 본다. 뭐 그래 봐야 칼침 맞는 것보다야 안 아프겠지만. 아쉬워서 그런가. 어째 갈수록 궁금증만 커지네.

그렇다고 쳐들어갔다가 진짜 도망치기라도 하면 내가 곤란할 것 같고. 결국 기다리는 방법밖에 없다는 결론에 입맛을 다시고 침대에 비스듬히 누워 욕실 문만 뚫어져라 응시했다. 그러다가 아차 싶어 가슴의 굴곡이 더 도드라지게 보이도록 살짝 옆으로 몸을 돌렸다.

여자의 아름다움이 남자를 매혹시켜 애를 타게 만든다고 했지. 여기에 육감적인 몸매까지 더하면 게임 끝. 침의가 워낙 짧아 허벅지를 반만 가린 데다 속살까지 비치는 재질이라 딱히 여기서 더 손댈 건 없을 것 같고.

탱글탱글한 힙과 허리를 유려한 곡선으로 만드는 포즈라면 어렵지도 않다. 그럼 이제 남은 건 눈빛인가? 거참 그게 아리송하단 말이야. 유혹적이면서도 도발적이며 그윽한 눈빛이라니. 뭐야 그게. 아니 그런 눈빛이 실제 가능하긴 해?

『굳이 그렇게까지 안 해도 될 것 같다, 주인아.』

왜? 이왕지사 배운 거 써먹어야지.

『주인 마음은 알겠다만 황제를 봐서는 안 써먹는 게 좋을 것 같다.』

뭔 소리야?

『그냥 주인은 가만히만 있어도 유혹이 된다는 소리다.』

그래? 하긴 내가 또 유혹적이긴 하지. 뭐 하나 부족한 게 없잖아?

『후, 가끔 주인을 보면 한 대 패고 싶다.』
하극상이냐? 마음 같아서는 이걸 그냥 확 꺼내서 녹여 버리고 싶다만 마음 넓은 내가 참는다. 그나저나 왜 안 나와? 설마 물에 빠진 건 아닐 테고 씻는 데 왜 이렇게 오래 걸리는 거지? 들어가 볼까?
『얌전히 기다려라. 알아서 나오겠지.』
안 나오니까 그렇지. 긴장은커녕 누워 있으니까 이대로 잠들 것 같단 말이다. 안 그래도 머리만 붙이면 자는 스타일인데 아무리 비스듬히 누워 있다지만 이것도 곤욕이다. 자꾸 하품만 나오고 결국 눈앞까지 흐물흐물해지는 통에 벌떡 일어나자 때마침 욕실 문이 빼꼼 열린다. 그러고는 또다시 멈칫. 속 터져.
"뭐합니까?"
"어? 아, 그게 그러니까. 큼! 나간다. 지금 나가려고."
그럼 나와야지 왜 말만 하고 안 나오는 건지. 계속해서 미적거리는 행동에 보다 못해 벌떡 일어나 욕실로 다가가며 문을 벌컥 열어젖혔다.
"헉! 비아!"
봤다. 재빨리 가리기는 했지만 이번에는 똑똑히 봐 버렸다.
"엄청 크군요."
대물이십니다. 게다가 벌써 기립하고 있어. 설마 저기서 더 커지는 건 아니겠지? 그건 곤란할 것 같은데. 어째서 사내의 하반신을 팔뚝 내지 홍두깨에 비교하는지 알겠다. 그게 무슨 개소리인가 싶었는데. 진짜 대박.
"비아, 그만 보고 침대로 가자. 응?"
그야 당연히 가야지. 그런 의미로 하반신을 가린 그의 손목을 억지로 떼어 내 잡아끌며 침대로 척척 걸어가 나란히 앉았다. 그런데 이제부터 뭘 어찌해야 하는 거지? 침의를 벗기면 되는 건가.

『공, 책에서는 가만히 있으면 사내 쪽에서 알아서 한다고 하지 않았나? 그러니 제발 좀 가만히 있어라.』

아, 그랬지 참. 하지만 다른 책에서는 소극적인 여자는 매력이 없다고 했단 말이다. 그러니까 내가 적극적으로 나가는 게 맞는 것 같은데. 이쪽 말을 듣자니 저쪽이 걸리고 저쪽 말을 듣자니 이쪽이 걸린다. 이럴 때는 뭘 어찌해야 하는 거야?

고개만 갸웃거리며 골똘히 생각에 빠져 있자니 커다란 손이 슥 양쪽 어깨를 잡아 오며 조심스럽게 침대 위로 눕힌다. 다행히 그가 알아서 시작하는 건가 싶어 일단은 가만히 있자는 결론을 내린 것까지는 좋은데. 그만 좀 떨어라. 나까지 떨린다고.

하긴 뭐 이해는 해. 얇은 침의가 있다고는 해도 다 비치는데 긴장이 되겠지. 그러니까 후딱후딱 시작하면 좋으련만. 눈이 훤히 드러난 내 가슴에 잠시 머물렀다가 뭐가 그리도 부끄러운지 황급히 고개를 돌리는 걸 봐서는 아직 멀었군.

정말이지 속 터져서. 차라리 내가 깔아 버리고 덮치고 싶지만 어째서인지 기분이 나쁘지는 않다는 게 문제다. 얼굴도 모자라 귀와 목까지 빨갛게 달아오른 얼굴이 참 맛있게 보이는 건 내 시력에 문제가 있어서가 아닐 거야. 하여간, 명색이 황제이면서 순진하기는.

"비아, 그대를 오늘, 안아도 되는 거지?"

"안으십시오."

뭘 새삼스럽게 묻는 건지. 깔끔하게 답해 주자 침을 꼴깍 삼킨다. 그러고는 부들부들 떨리는 손을 들어 내 얼굴을 감싸고 입술을 덮쳐오는데, 거참 기분 묘하네. 처음 하는 키스도 아닌데 오늘따라 유독 그가 긴장한 탓인지 덩달아 긴장된다고나 할까.

혀가 얽히고 호흡이 섞이는 것만으로도 몸에 서서히 열기가 피어오르는 것만 해도 그렇고. 처음에는 떨림이 고스란히 느껴질 정도로 천천히 움직이더니 이내 아찔할 만큼 집요하게 탐해 오는 입술에 어느새 몽롱해진 머릿속을 잠식한 생각은 떨쳐 내고 그의 손에 몸을 맡겼다.

그런데 어째 갈수록 뱃속이 간질거리는 느낌인데. 아니 가슴 쪽인가. 뭔가 기묘한 느낌에 슬쩍 미간을 찌푸렸다가 갈수록 진득하게 얽혀 오는 질척이는 입맞춤에 모든 생각이 사라지고 있었다. 내가 지금 잡생각을 할 때가 아니지.

이왕지사 하는 거 화끈하게 즐기는 것도 나쁘지 않을 테다. 해서 그의 목을 잡은 손을 풀어내고 역동적인 등을 슥 손으로 훑어 내리며 입맛을 다셨다. 매번 느끼는 점이지만 몸매가 아주 그냥 예술이다. 문제는 침의가 거슬린다는 거다. 아무리 얇은 침의라도 상당히 거슬린다고.

손바닥에 착착 감기는 매끈한 근육질의 맛이 없잖아. 아슬아슬한 경계보다는 화끈한 게 좋은 법. 굵고 매끈하게 빠진 목부터 떡 벌어진 어깨를 지나 탄탄한 가슴, 잔근육이 기가 막힌 옆구리로 슬슬 이동하려는데.

"으읏! 비아, 제발 좀."

엉? 나 아무 짓도 안 했는데? 그냥 허리춤에 있는 침의 끈 좀 풀어보려는데 뭐냐고. 말 그대로 파드득 놀라 떨어지며 잔뜩 울상을 짓고 노려본다. 뭐야, 그 표정은. 내가 꼭 나쁜 짓 한 것 같잖아. 억울해도 내가 억울하건만 왜 자기가 노려보는 건지.

나직하게 혀를 차고 재빨리 손을 뻗어 허리춤을 더듬자 그가 끄응- 소리를 내며 내 귓불을 꽉 깨문다. 덕분에 순간적으로 소름이 돋으면서 움찔. 몸에 힘이 쫙 빠져나가는 것이 확실히 내 몸은 귀가 성감대인 것 같다.

"하아, 아론. 우선 침의 좀 벗으면 안 되겠습니까?"

매끈한 피부 좀 만져 보고 싶다니까. 그러니까 어지간하면 벗어 주면 좋으련만. 내가 뭘 못할 말 했나?

"젠장. 미치겠군."

작게 중얼거리며 눈을 꼭 감은 채 몇 번이나 심호흡을 하더니 단숨에 찢어발길 듯 침의를 벗어젖힌다. 오, 이게 바로 거친 남자의 야수본성?

『아니다!』

왜? 맞잖아? 책에서는 거칠게 옷을 쫙 찢어발기는 남자를 그리 표현하던데.

『틀려!』

아, 그래. 아니면 말고. 어찌됐든 예상대로 좋네. 좋아. 마음에 든다고. 새삼 느끼지만 정말 완벽한 몸매다. 역시 이런 몸은 직접 만져 봐야 감촉을 더 생생하게 느낄 수 있는 법. 망설임 없이 손을 뻗어 가슴을 쓸고 차진 복근을 지나 점점 밑으로 손을 내리자 머리 위로 신음 소리가 나지막이 흘러나왔다.

그리고 손끝에 닿는 뜨거운 상징. 하반신, 아랫도리, 홍두깨 등등. 다양한 이름으로 불리는 놈이 빳빳이 고개를 쳐들고 까딱거리는 모양새가 정말 그림하고 똑같이 생긴 것 같아 그 사실성에 감탄 한 번 하고 덥석. 드디어 잡았다, 요놈.

"윽! 비아! 으읏, 잠깐 손 좀."

"와, 진짜."

굵어. 이거 뭐야. 뜨겁네? 불거진 핏줄이 고스란히 느껴질 정도로 손바닥 안에서 꿈틀꿈틀. 약간 미끈거리는 것 같기도 하고. 어라? 점점 더 커진다. 신기한 마음에 두 손으로 꽉 잡고 슥슥 움직이자 머리 위로 신음이 점점 거칠어지더니. 어라?

"헐. 너무 빨라. 아론, 설마. 조루십니까?"

"아니다!"

아니긴 뭐가 아니야. 몇 번 만진 걸로 파정했으면서.

『끙. 주인아, 사내 기죽이는 발언은 하지 마라.』

하긴 이해는 해. 남자는 시각, 청각, 후각, 촉각에 성적인 자극을 받는다고 했으니까. 너무 의기소침하지 말라는 의미로 나름대로 정성을 들여 설명을 시작했다.

"걱정하지 마십시오, 아론. 보통 조루는 정신적인 영향이 있다고 합니다. 남성이 수의적 사정 능력이 부족하여 스스로 원하기도 전에 오르가슴 즉, 클라이맥스에 도달해 버리는 것으로 중추신경계와 말초신경계 조절 기능이 소실돼서 그렇다고 합니다만, 얼마든지 고칠 수 있다는 게 중요…… 으엑!"

뭐, 뭐야 갑자기 왜 이러는 건데? 얼마나 세게 잡았는지 어깨 빠지겠다고. 게다가 왜 노려보는 건지. 부들부들. 안면근육이 미세하게 떨리는 모습에 괜스레 긴장이 된다. 뭐야? 도대체 뭐냐고.

"닥쳐. 지금부터 짐승이 뭔지 제대로 보여 주지."

저기, 샤이탄. 나 뭔가 잘못했냐? 어째 건드리면 안 될 걸 건드린 것 같은 불안감이.

『내 그럴 줄 알았다. 그러게 적당히 하지.』

그러니까 내가 뭘?! 내가 뭘 어쨌는데 이 인간 눈이 맛이 갔느냐고. 불안해. 도망칠까.

『늦었다, 주인아. 포기해라.』

아, 그래.

도대체 이 불길함의 정체는 뭐지? 거참, 묘한 기분이네. 그나저나 이러다 얼굴 뚫리겠다. 입맛을 다시는 것도 모자라 나른하게 입술을 핥으면서 얼마나 집요하게 쳐다보는지. 어째 위험할지도. 나름대로 호흡 조절을 하는 것 같기는 하다만 딱히 효과는 없는 것 같고.

"저기, 아론? 일단 이성을 찾는 것이."

좋겠습니다만. 안타깝게도 씨알도 안 먹히는군. 눈이 맛이 갔어.

"닥치라고 했지?"

아, 예. 뭔지는 모르겠지만 일단은 조용히 닥치겠습니다. 안 그래도 상당히 곤란하거든요. 정말이다. 거참 이럴 때는 뭘 어찌 반응해야 하는 거야? 이거 은근히 당황스럽네. 이러다 실수하면 그건 그것대로 망신일 것 같고.

"충분히 이성적이다."

아닌 것 같으니까 문제지. 이 인간은 스스로 자각도 못 하는 건가.

"하아, 비아. 사랑한다."

이런 포즈로 할 말은 아니라고 보는데. 두 팔이 커다란 한 손에 잡혀서 머리 위로 고정된 것도 잠시 남은 한 손으로 얇디얇은 침의를 단숨에 좍 찢어발기는 통에 순식간에 넝마 차림으로 완벽한 나신 노출! 이라고 좋아할 때가 아닌 것 같지만. 감출 것도 없이 드러난 가슴에 그의 숨이 거칠어지더니 덮치듯 꽉 쥐어 오는 손길에 순간적으로 숨이 턱 막혔다.

그러고는 마치 달래듯이 주물럭주물럭. 이 인간이 왜 남의 가슴을 떡 주무르듯 하는 건지. 그렇다고 기분이 나쁘거나 한 건 아니지만. 그보다 뭔가 기분이 상당히 묘하다고 해야 하나. 심장박동도 빨라졌고. 곤란해. 그것도 많이 곤란하다.

미간을 살짝 좁히며 온몸을 뚫을 기세로 샅샅이 훑어 내리는 매서운 눈초리, 맹수처럼 으르릉거리며 당장에라도 물어뜯을 듯한 사나운 기세. 그 위압감에 몸이 움츠러들고 얼굴이 창백해졌다. 마치 육식동물 앞에 먹잇감으로 마주한 초식동물이라도 된 것 같은 느낌에 두려움부터 들었다.

라고, 책에서는 보통 이런 상황에서는 딱 이런 반응이 나온다는데. 어째서인지 똑같은 상황인데 코로 피가 쏠리는 거냐고. 외모가 비정상적이라는 건 익히 알고는 있었지만 이건 아니지. 젠장. 인상 쓴 얼굴도 예술이다.

이 인간 왜 이렇게 섹시하다니? 설마 자기도 코피 흘렸다고 나도 흘려 봐라, 뭐 이런 심보? 아니라면 오늘따라 왜 이렇게 페로몬을 남발하는 거냐고. 미치겠네. 난감해. 쪽팔리게 코피 터질 것 같아서 곤란하다고?!

『그렇지. 쯧쯧, 정상이 아닌 주인이 생각하는 거야 뻔하다.』

야야, 너는 도대체 네 주인을 뭐로 보는 거냐? 지극히 이성적이고 정상이거든!

『그래그래. 주인 잘났다.』

그거야 당연한 사실이고. 가만있자. 내가 이럴 때가 아니지. 짐승 버전의 사내의 앞에서는 청순가련형으로 가는 게 좋다고 했지? 내가 봤을 때는 청순가련이 아니고 청승가증 같더라만. 어쨌든, 책의 내용대로 하자면 섣부른 도발보다는 그게 좋다고 했다.

문제는 두 가지 유형의 청순가련형이 있다는 것이다. 하나는 수줍음과 부끄러움으로 온몸을 배배 꼬는 것이다. 이 부분에서 순간적으로 짜증나서 책을 찢어 버릴 뻔했다. 도대체 어디가 청순가련이야? 되지도 않은 앙탈이지. 결론은 마음에 안 들어서 패스.

또 하나는 초조한 듯 두 손을 가지런히 모으고 괜히 꼼지락꼼지락 해야 한다는데 두 손이 잡혀 있는 관계로 이것도 패스. 두 눈은 놀란 듯 두려운 듯 동그랗게 뜨고 불안하게 눈동자를 데굴데굴 굴려 주며 은근슬쩍 반응을 살펴 주는 게 좋다고 했는데. 어째 상당히 허술한 것 같은 느낌이라고 해야 할지. 설마 나도 그리해야 하나?

『하지 마!』

깜짝이야. 왜 네가 성질을 내고 그래?

『한번 된통 당해 봐야 정신을 차리지.』

뭔 소리야? 당하긴 뭘 당해? 이런 일은 한쪽만 일방적으로 하는 게 아니지. 둘이 동시에 즐겨야 제대로 즐긴다고 했다. 그러니 넌 닥치고 있으면 된다만. 뭐가 그리 기가 막힌 지 한숨 소리와 혀 차는 소리가 동시에 들리기에 슬쩍 미간을 찌푸렸다. 하지만 그것도 잠시 갑자기 목덜미를 와작 깨무는 느낌에 흠칫. 와, 대박. 진심으로 오싹 소름이 돋았다. 크게 아프지는 않지만 몸속까지 찌릿한 것이.

"읏, 아론. 제가 아무리 맛있어 보여도 먹지는 마십시오."

식인 취미 있는 남편은 더 곤란해. 그런 의미로 한 말이건만 나직하게 으르릉거리며 깨문 자국 위를 진득하게 핥아 오는 두툼하고 뜨거운 혀의 감촉에 순간 몸이 나른하게 풀어졌다. 어, 이거 좋다. 좋아. 응. 나쁘지 않아.

긴 목덜미를 따라 훑듯이 핥다가도 마치 자극을 주듯이 강하게 빨아들이는 통에 그때마다 움찔움찔. 뒤이어 나른하게 퍼져 신음을 내뱉자니 한참을 집요하게 괴롭히던 목덜미에서 벗어나 귓바퀴를 핥고 살짝살짝 깨물고 말린 혀가 안쪽까지 깊숙이 파고들었다.

"읏, 아론 잠깐만."

소름 돋는다고! 정말 장난 아니고 끝내주는 도발이다. 귓속을 질척하게 헤집는 진득한 혀 놀림에 뜨거운 숨결이라니. 덕분에 온몸이 저릿해지는 것 같아 움찔움찔! 그러고 보면 나 상당히 예민한 체질인가?

그건 아닌 것 같은데. 오히려 무디다면 몰라도. 아니면 성적인 감각만 발달한 케이스? 뭐가 어찌 됐든 나조차도 육체의 반응에 놀랄 지경인데 이 인간이 오죽할까. 뭐가 그리 좋은지 내 목덜미에 입술을 묻은 그가 큭큭 웃으며 몸을 들썩이기 시작한다.

"그대는 귀가 약하지."

응. 약해. 눈앞이 핑 도는 것이 확실히 귀가 취약점인 것 같다만. 그보다 귀 핥으면서 속삭이지 말라고. 안 그래도 코로 피가 쏠리는 통에 난감해 죽겠는데 목 안에서 울리는 듯한 나직한 웃음소리와 착 깔려 진득하게 옭아매는 듯한 목소리까지 들으니 미치겠다.

난생처음 그것을 한다는 과정을 두고 하는 전희라 그런지 더 흥분되는 느낌이랄까. 귓속을 제집 드나드는 것처럼 한참을 괴롭히고 자극한 끝에 이어지는 지독히도 단내 나는 유혹적인 키스. 진득한 혀가 느릿하게 파고들고 천천히 정말 소름이 오도도 돋을 만큼 천천히 입안을 헤집어 왔다.

입술부터 차례대로 먹어 치우듯이 치열 하나하나를 세심하게 핥고, 혀를 잘근잘근 깨물며 입천장을 쓸어내렸을 때는 답지 않게 부드럽고 자극적인 움직임에 순간적으로 뇌 속까지 저릿해지는 느낌이었다. 맙소사. 이 인간은 어째 갈수록 테크닉이 좋아지는 건지.

어느새 풀린 두 손을 목에 감아 당기며 매달리자 다시 한 번 입안에서 막힌 웃음소리가 들리고 좀 전보다 더 깊고 더 진득하게 파고들며 점차 거칠어졌다. 아주 혼을 빼려고 작정을 했는지 모조리 삼켜 버릴 듯한 격렬함에 온몸이 흐물흐물.

귓가에 울리는 자극을 더욱 부추기는 외설적인 소리를 들으며 뜨거운 호흡이 입술에 닿아 올 때마다 심장박동도 덩달아 빨라졌다. 그렇게 한참을 입술이 얼얼할 정도로 키스를 받다 보니 숨 쉬는 건 고사하고 당장에라도 숨이 꼴딱 넘어갈 것 같다. 그 지경까지 이르러서야 간신히 떨어져 나간 입술이 흘러내린 타액을 부드럽게 훔치며 마지막으로 쪽!

"기분 좋나?"

응. 좋아. 엄청 좋아. 그러니까 좀 더 밀어붙여! 그런 의미로 손으로 역동적인 등줄기를 훑으며 탄탄한 목덜미에 뜨거운 숨을 내뱉자 귓가로 거친 호흡 소리가 들려왔다. 그러고는 다시 입술 위로 가볍게 촉 입을 맞추더니 씨익. 어째 웃음이 상당히 사악해 보인다만.

안 그래도 페로몬 남발 중이면서 눈꼬리까지 휘며 나른하게 웃는 것도 모자라 새빨간 혀로 느릿하게 입술을 훑으며 풍성한 속눈썹 사이로 금안을 번뜩이는 모습은 아주 그냥 색기가 뚝뚝 떨어진다. 아무래도 이 인간이 내 코피 터트리는 게 목적인 것 같다.

『아니다!』

맞는데 뭘.

"비아, 사랑한다."

아, 예.

"오래 기다린 만큼 맛있게 먹어 주지."

차마 맛있게 드십시오. 라고는 못 하겠고. 새빨간 혀가 나른하게 입술을 핥으며 욕망 가득한 눈으로 내려다보는 시선에 몸이 절로 움찔 떨렸다. 아무래도 잠자리에서는 육체적인 것이나 체력 면으로 보자면 내가 을인 것 같다. 이거 진짜 위험한데. 젠장.

"하룻밤 정도는 거뜬하지?"

아니요. 아닙니다만?!

⚜⚜⚜

휘장 사이로 스며드는 빛에 눈을 뜨자 보이는 건 역시나 넓은 가슴팍. 그런데 어째 눈이 뻑뻑한 기분이지? 아니 눈뿐만이 아니라 온몸이 다 뻐근한 것 같은데. 삭신이 쑤시다고 해야 할지. 비몽사몽간에 사태를 파악하려고 한 것도 잠시.

『멍청이.』

이게 아침부터 하극상이야? 뭐가 또 마음에 안 들어서 눈 뜨자마자 지랄이세요?

『아침은 무슨. 오후다.』

뭔 소리야? 내가 알람시계가 없어도 기상 시간만큼은 칼 같은데. 거기까지 생각하다가 문득 떠오르는 어젯밤 일에 잠이 확 달아났다. 그러고 보니 나 어제 섹스했지? 그것도 밤이 새도록. 와, 대박. 진짜 했구나.

"헤에, 신기하네."

이런, 목소리가 완전 맛이 갔군. 하긴 밤새도록 시달렸으니 그럴 만도 하지만. 거참 생각할수록 기가 막힌다. 정말 짐승이었을 줄이야. 아니 어떻게 인간이 그리 돌변하나? 물론 기분은 좋았지만. 그래도 아침까지 하는 건 아니라고 봐.

온몸이 아픈 건 고사하고, 납치되면서 약품으로 기절했던 적은 있었지만 멀쩡한 정신으로 기절이라는 걸 해 보게 될 줄은 정말 몰랐다. 오죽했으면 기절을 다 했을까. 역시 남녀의 체력 차이는 못 넘는 건가 싶다.

아득해지는 의식 속에 짐승의 웃음소리를 끝으로 장렬하게 기절! 할 때까지만 해도 분명히 희미하게 날이 밝아 오는 걸 기억한 게 마지막인 것 같은데. 설마 이 인간 그 이후로도 한 건 아니겠지?

설마 그렇게까지 했을까 싶다가도 미친 듯이 몰아붙이던 한 마리 짐승을 생각하자면 충분히 그러고도 남을 것 같아 괘씸한 생각에 빠득 이를 갈다가 성질이 확 나서 가슴팍에 달린 작은 돌기를 콱 깨물었다.

"읏! 비아? 아파."

아프라고 깨물었다만. 나는 온몸이 두들겨 맞은 것처럼 쑤시거든?

"사랑해, 비아. 잘 잤어?"

"잘 잔 것 같습니까?"

"으음, 아니?"

알면 묻지를 말라는 의미로 한껏 눈을 치켜뜨고 노려보는데도 뭐가 그리 좋은지 싱글벙글 웃으면서 얼굴 구석구석 쪽쪽 입을 맞추고 난리를 피운 것도 모자라 진득하게 딥키스! 거참 하룻밤 사이 신색이 확 변했군.

소원 성취했다 이건가. 아침마다 피죽도 못 먹은 꼴에 원망이 서리서리 맺힌 시선으로 노려보더니 오늘은 아주 그냥 얼굴이 반질반질하다. 얼마나 혈색이 좋은지 파리가 앉으면 그대로 쭉 미끄러져 낙상하겠네.

"하아, 대체 얼마나 한 겁니까?"

"미안. 그래도 그대가 기절하고는 딱 한 번밖에 안 했다."

그게 자랑이냐? 내 그럴 줄 알았다. 기절한다고 물러날 기세가 아니었지. 쯧, 내가 다시는 짐승을 도발하는가 봐라. 매일 밤마다 이 지경이면 건강은커녕 일찍 복상사할지도.

『그래도 다시 할 생각이군.』

그야 나도 좋았으니까 별수 있나. 괴로운 만큼 지나치게 좋다 못해 정신이 홀라당 가출할 지경까지 갔는데 인정할 건 인정해야지. 뭐, 책에도 적당한 성생활은 건강의 기본이라고 나왔는데 굳이 마다할 이유도 없고.

또 참게 만들었다가 짐승으로 돌변하는 것보다는 적당히 조절하는 게 여러모로 좋다. 그러고 보면 하룻밤 사이에 참 많은 것을 깨달은 것 같지 않냐? 역시 아무리 똑똑해도 경험이 제일 중요한 것 같단 말이야.

『왜 결론이 그렇게 나는 거냐?』

시끄럽고. 시트도 뽀송뽀송한 걸 보면 깨끗한 걸로 갈아 놓은 것 같고 몸도 씻긴 것 같기는 한데. 아프다. 온몸이 쑤셔!

"끄응, 삭신이야."

"괜찮아?"

"첫 관계에 밤이 새도록 짐승한테 시달렸는데 괜찮을 것 같습니까?"

"미안."

미안하면 애초에 사과할 짓을 하지 말라고, 이 인간아. 그리고 정말 미안하면 눈치만 살펴야지, 뭐냐고? 그 헤벌쭉 바보 같은 웃음은.

"그리 좋습니까?"

"당연하지! 좋다. 그대가 미치도록 좋아."

아 예, 어련하실까. 하지만 좋은 건 좋은 거고 이럴 때 엘라임이 있으면 말끔하게 치료가 될 테지만 없는 관계로 별수 없다. 아직까지 홀라당 벗고 있는 몸이 신경 쓰이지만 괜찮겠지. 아무리 짐승이라고는 하나 또 덤벼들지는 않을 테니까.

"이대로는 도저히 오늘 일정을 소화할 수 없습니다. 그러니 당장 주무르세요. 마사지 좀 받아야겠습니다."

"걱정하지 마. 내가 시원하게 주물러 주지."

그러고는 벌떡 일어나 나를 편한 자세로 엎드리게 하고 다리 사이에 가두더니 머리부터 꾹꾹 지압하듯이 두피를 누른다. 뻐근한 뒷목과 결린 어깨, 팔과 손바닥까지 차례대로 내려오며 커다란 손이 뼈마디를 꾹꾹 누를 때마다 한숨이 절로 터져 나올 지경이다.

"하아, 좋다."

정말 장난 아니게 좋다. 앞으로도 종종 써먹어야지. 엄청 시원하네. 온몸이 노곤하게 풀리는 것이 마치 실컷 땀 빼고 뜨거운 온천탕 안에 들어간 느낌이라고나 할까. 거참 어째 하룻밤 사이에 폭삭 늙어 버린 기분이 드는 건지는 모르겠지만 착각으로 치부하자.

척추를 꾹꾹 누르는 손길에 신음과도 같은 한숨을 흘리며 몽롱해지는 눈을 멍하니 깜빡거리자니 잠이 솔솔 쏟아졌지만 안타깝게도 단숨에 달아났다. 뭐냐고 진짜. 엉덩이 사이에서 까딱거리면서 은근슬쩍 비비적거리는 놈의 정체는? 궁금해해봐야 뻔하다.

하여간 누가 짐승 아니랄까 봐. 밤이 새도록 날뛰어 놓고 그사이에 또 세우다니. 쯧, 갈수록 노골적이군. 그렇다고 넘어갈쏘냐? 어림없지. 이럴 때는 그저 모르는 척하는 게 정답이다. 내색이라도 했다가는 이때다 싶어 덤벼들고도 남을 인간이거든.

해서 모르는 척 외면하며 눈을 감고 있자니 갈수록 가관이다. 점점 숨이 거칠어지더니 노골적으로 비비고 뭐 마려운 강아지처럼 끙끙거리기까지. 그래도 손에 힘은 안 빼는 걸 봐서는 나름대로 노력은 하는 것 같다만 알 게 뭐야. 아무리 그래 봐야 당장은 무리라고.

"미치겠군."

누누이 말하지만 거기서 더 미치지는 말라니까.

"비아, 시원해?"

"시원하긴 합니다만. 아직 멀었습니다. 더 주무르세요."

"걱정하지 마라. 원한다면 하루 종일이라도 주물러 줄 수 있다."

말로만 그러지 말고 사심을 빼고 주무르면 좋으련만. 거참 재주도 다양하다. 어쩌면 이리도 골고루 하는지. 엉덩이와 허벅지 사이에 걸터앉은 채로 허리와 척추를 꾹꾹 누르면서 하반신은 꾸역꾸역 비비적거리고 입으로는 연방 뒷목을 쪽쪽 빨아 댄다.

그러고는 틈틈이 끙끙 앓는 소리를 내다가도 신음을 흘리고 또다시 끙끙. 도대체 뭐하자는 건지. 원하는 것이야 뻔하지만 이왕지사 무시하기로 한 거 갈수록 노골적으로 변해 가는 행동에도 꿋꿋하게 눈을 감고 버티자 이제는 아예 울려고 한다.
"저기, 비아? 비아, 자는 거 아니지?"
"자고 있습니다."
"대답하면서."
"잠꼬대 중입니다."
무시해. 자고로 잠꼬대는 무시하는 거야.
"끙, 비아. 나 좀 봐라. 응?"
싫다. 분명 부담스러운 눈일 게 뻔한데 뭐하러 봐. 그러니까 닥치고 주무르기나 하라는 의미로 노골적인 자극에도 꿋꿋하게 버티자니 인내심의 한계가 온 듯 씩씩거리면서 벌떡 일어난다. 그러고는 휙! 엎드려 있던 몸이 빈대떡 뒤집어지듯이 너무도 가볍게 뒤집어졌다.
"허, 갑자기 무슨 짓입니까?"
"내가 뭘?"
얼씨구? 뭐냐, 그 불퉁한 표정은. 뭘 잘했다고? 지금 설마 상대 안 해 줬다고 삐친 거?
"후, 어떤 짐승 때문에 밤이 새도록, 허리가 아작 나도록 시달린 탓에 지금 딱 죽을 맛입니다만 뭐 불만이라도 있습니까?"
있다고 하면 앞으로 국물도 없을 줄 알아. 그런 의미로 반듯하게 누운 상태로 팔짱까지 끼고 노려보자 움찔거리면서 슬그머니 시선을 피한다. 그러고는 우물우물.
"아, 아니 나는 앞에도 주물러 주려고."
"그렇습니까?"
"으응. 진짜야? 정말로 진짜라니까."
도저히 못 믿겠습니다만. 빳빳하게 기립한 채 까딱거리는 홍두깨 크기나 줄이고 그런 말을 해야 믿지. 기가 막힐 노릇이지만 그래도 심하게 했다는 자각은 있는지 울상을 지으면서도 쉽게 덤벼들지는 못하고 눈치만 살피는 모양새가 웃기기만 하다.

아무래도 내가 미쳤나 보다. 저런 짐승이 어디가 좋다고 이건 또 이거대로 귀엽게 보이는 건지. 나야말로 눈이 제대로 맛이 갔다 싶어 피식 웃자 이내 반색하며 꼬리를 흔들 기세로 쪽쪽 입을 맞추는 행동에 그의 엉덩이를 팡팡 두들겼다.

그것뿐이었다. 맹세코 그것뿐이었는데 어째서?! 그저 귀여워서 정말 무심코 한 행동이지 특별한 의미가 담겨 있지는 않았다고? 그런데 어쩌다가 이리 됐지? 귀여워서 고작 엉덩이 한 번 두들겨 준 것뿐인데.

도대체 무슨 오해를 한 건지 눈빛이 반짝 빛나더니 그대로 짐승으로 돌변! 마치 끙끙거리며 주인 눈치만 살피다가 맛있는 음식을 허락받고 눈이 뒤집혀 헥헥거리는 커다란 짐승처럼 덤벼들기 시작하는데 할 말을 잃었다.

정말이지 사람이 너무 기가 막히면 말도 안 나온다더니 내가 딱 그 꼴이다. 아마도 이 인간 딴에는 허락으로 받아들인 것 같다만. 아니거든?! 뒤늦게 정신 차리고 밀어내 봐야 애초에 짐승 체력을 이기지는 못하는 걸 어쩌라고.

깔끔하게 포기하고 하룻밤 사이 다 드러난 성감대를 집중 공격당해 거침없이 몰아치는 쾌감에 온몸을 맡겨 버렸다. 몸은 아픈데 기분은 또 더럽게 좋은 걸 어쩌겠어.

어차피 말리지도 못할 거 헉헉거리며 울긋불긋한 온몸에 영역 표시라도 하듯이 물고 빠는 짐승 품에 안겨서 또다시 기절하기 직전까지 가고야 비로소 풀려난 것까지는 좋은데.

여전히 만족이 안 되는 듯 입맛을 다시는 짐승 한 마리도 문제거니와 이놈의 홍두깨는 왜 줄어들지를 않는 건지. 이 무식한 놈. 차마 큰 짐승을 때리지는 못하겠고 또다시 은근슬쩍 비비적거리며 자신의 존재를 드러내는 작은 짐승을 꽉 움켜잡았다.

"으윽! 비, 비아. 그렇게 세게 잡으면 아파."

아프든지 말든지 알 게 뭐야.

"이놈의 자식, 너 때문이다."

너만 줄어들면 저 짐승이 날뛸 이유가 없잖아? 그런 의미로 괘씸한 놈을 한 손으로 꽉 틀어잡고 눈물을 찔끔찔끔 흘려 대는 머리통에 시원하게 딱밤!

"윽! 왜 때려?!"

"몰라서 묻습니까?"

"미, 미안. 끄응, 하지만 정말 아픈데."

어쩌라고?

"시끄럽습니다. 이제 움직일 힘도 없으니 빨리 씻기십시오. 일단 뭐라도 먹어야겠습니다."

"응! 사랑해, 비아."

"아, 예."

"하아, 정말 왜 이렇게 예뻐? 미치겠군."

여기서 더 미치는 건 곤란하다니까 그러네.

"저기, 비아? 한 번만. 딱 한 번만 더 하면 안 돼?"

이 짐승이 지금 뭐라니?

"이번에는 진짜 약속할 수 있다. 딱 한 번만 더 하자. 응?"

"아론."

"응?"

반색하지 마. 이번에는 궁디팡팡 안 해 줄 거야.

"딱 한 번 더 하고 평생 각방 쓰실 겁니까, 아니면 밤에 적당히 하실 겁니까?"

돌아올 대답이야 뻔하다만. 조금 전까지도 반색하던 얼굴이 충격이란 충격은 다 받은 듯 침통하게 일그러지는 모습에 헛웃음을 흘렸다.

"대답은?"

"밤에, 적당히."

좋아. 착하다. 그런 의미로 머리를 쓰다듬고 애처로운 눈빛으로 바라보는 시선도 깔끔하게 무시하며 욕실을 가리켰다. 그와 동시에 귀와 꼬리가 축 처지는 현상이 보인 것 같지만 착각이겠지. 더는 곤란하다고.

"앞으로 말 잘 들으면 가끔 서비스도 해 주겠습니다."

그러니 그 불퉁한 표정은 지워 주면 좋겠는데. 거참 확실히 말의 파급효과는 뛰어나다는 건가. 순식간에 귀를 쫑긋거리며 반짝반짝 눈을 빛내는 모습에 정말이지 웃음밖에 안 나온다. 내가 지금 인간을 상대하는 건지 정말 짐승을 상대하는 건지 모르겠다.

왠지 앞으로도 상당히 고단할 것 같은 불길한 예감이. 하긴 이제 와서 뭘 어쩌겠어. 이미 볼 장 다 봤는데 좋은 게 좋다고 스위치 잘못 누르면 맛이 가 버릴 위험성이 다분하지만 잘만 조련하면 괜찮지 않을까 싶다. 말 잘 듣는 짐승 한 마리 키운다고 생각하지 뭐.

26장.
마무리는 완벽하게

몇 시간 내내 한 자세를 유지하고 있던 탓에 뻐근해진 목을 풀고 굳은 손을 쥐었다가 펴기를 반복한 것도 잠시 제법 두께가 있는 서류 뭉치를 들고 들어오는 메시리아 남작을 보며 슬쩍 미간을 찌푸렸다. 내 팔자야.

상황도 처지도 모든 것이 다 바뀌었는데 어째 이놈의 일복은 차고도 넘치는지. 해도 해도 끝이 없다는 생각에 다소 질린 얼굴로 나직하게 한숨을 내쉬자 메시리아 남작이 어색하게 웃으며 탁자 위로 서류를 내려놓았다.

"이것이 마지막입니다."

그렇겠지. 평소보다 두 배 되는 일을 해치웠는데 또 있으면 아무리 나라도 무리라고.

"남작도 수고했네. 곧 수결해 줄 테니 나머지는 남작이 정리 좀 해 주고."

"예, 황후마마."

아무리 바빠도 일을 소홀히 할 수는 없다. 성격상 안 되는 걸 어쩌겠어. 그나마 남작이 일차적으로 오류를 잡아내고 깔끔하게 정리를 한 덕분에 꼼꼼히 훑어보고 수결만 하면 되기에 일은 한결 수월하다. 문제는 지금부터다.

오늘은 황제파 부인들과 영애들, 새로 영입한 라치아노 백작가, 올던 백작가까지 티타임에 초대한 날이라 그 수다들을 감당할 생각을 하니 벌써 골이 지끈거린다고나 할까. 이럴 줄 알았으면 차라리 영애들은 따로 부를 것을.

괜히 두 번 나누기 귀찮아서 한꺼번에 불렀더니 이거야 원 티 파티 수준을 넘어 거의 만찬 수준이 돼 버렸다. 그렇다고 이제 와서 물리기는 늦었다. 이참에 라트라반 후작 영애와 에리오스 백작 영애를 오라버니들 짝으로 지켜보려고 했더니 그조차도 불가능할 것 같아 나직하게 혀를 찼다.

"그러고 보니 헤스티아는 도착했나?"

"예, 이미 오셔서 준비하고 계십니다."

"곧 손님들이 도착하겠군. 헤스티아보고 대신 손님맞이 좀 하라고 하게."

아직은 어리지만 귀족영애로 교육을 받았으니 그 정도는 가능할 테다. 게다가 헤스티아가 영애들 중 가장 높은 신분이자 황후의 동생으로서 책임을 미리 배워 두는 것도 나쁘지 않겠지. 아직은 어려서 그런지 제대로 실감을 못 하는 것 같거든.

이제부터 슬슬 그란디아 공작가 안살림도 배워 가면 앞으로는 종종 불러서 일도 시킬 수 있을 것 같아 대충 생각을 정리하고 부지런히 손을 놀려 수결을 끝마쳤다. 이것으로 급한 일은 처리를 했고 계획한 일들도 순조롭게 진행되고 있어 문제는 없다.

아니 오히려 너무 잘 풀린다고 해야 할지. 선물 받은 것과 황후궁 건물에서 빼낸 보석 중에서 다이아몬드는 그와 가족들에게 선물하고 작은 것들은 세공업자에게 팔찌와 다양한 모양의 디자인을 건네주어 개수대로 만들어 오도록 했다. 그러고도 남은 것들은 몇 개의 상단에서 금화로 바꾸었다.

그것도 몇 번이나. 덕분에 금화가 풍족해졌다. 나조차도 기겁할 정도로 엄청난 금액이었다. 확실히 자금만 있다면 불가능한 게 없지. 아무리 생각해도 영감이 너무 예쁜 짓을 한 것 같아서 다음에 보면 좀 더 잘해 줄 생각이다.

『속 보인다, 주인아.』

어허, 무슨 소리. 잘해 주는 게 어디야? 내가 그런 마음을 먹었다는 것만으로도 영감은 좋아할 텐데 뭘. 어쨌든 천민구역도 그렇거니와 올던 백작가 영지 수로 공사도 몇 년이 걸릴 대규모 공사인데도 빵빵한 자금 덕분에 아주 그냥 일일 술술 풀리고 있는 건 사실이다.

노약자와 일을 하지 못하는 어린아이는 임시로 숙소를 마련해 주어 그곳에서 생활하도록 했고 천민구역은 제국 곳곳에서 모집한 시공업자들이 모여들어 대대적으로 갈아엎고 있다. 복합 상가와 다세대 아파트 단지 설계도를 보고 새로운 도전이라며 열광을 했다나 뭐라나.

하긴 틀린 말은 아니다. 그쪽에서야 흔해 빠졌지만 이쪽은 처음이니까 열광할 만하지. 그리고 영지로 몰려간 천민들과 평민들의 수만 해도 엄청난 인원이었다. 자금 아끼지 말고 풍족하게 먹이라 했으니 거기도 조만간 공사가 들어갈 것이다.

어쨌든 대략적인 큰 공사는 무리 없이 진행되고 있고 이제 남은 건 내일 도착할 루비아 왕과 사절단을 회유, 협박해서 복속시키고 대공파의 남은 놈들을 처리하는 것인데. 이미 비밀리에 넘어온 대공파 귀족들의 수만 해도 상당하다.

대공을 비롯해 두 공작, 후작들, 몇몇 백작가는 이미 발을 빼기에는 늦었다는 걸 알기에 그놈들은 끝까지 버리고 있지만 그래 봐야 끝은 뻔하다. 문제는 이것들이 눈치를 챘는지 아니면 영감 때문인지 섣불리 움직일 생각을 안 한단 말이야.

"하여간 간덩이만 작아서는."

『솔직히 인간이 신에게 덤비는 자체가 어리석다.』

그거야 그렇지만 마음에 안 들어. 후딱 끝내면 좀 좋아? 나 같으면 죽을 때 죽더라도 화끈하게 발악이라도 해 볼 텐데. 어차피 이래 죽으나 저래 죽으나 제 놈들의 마지막은 같다는 걸 알고 있을 게 아닌가. 그런데 뭣 때문에 질질 끌어 대는지. 짜증스럽게 혀를 차고 자리에서 일어나자 마침 남작이 들어왔다.

"황후마마, 부인들과 영애들이 도착했습니다."

"아, 그래? 수결을 끝냈으니 나머지는 부탁하네, 남작."

"맡겨 주십시오."

당연히 맡기고말고. 요즘 들어 남작을 너무 부려 먹는 것 같아 미안하기는 하지만 어쩔 수 없다. 고급인력을 썩힐 수는 없잖아? 여유로워지면 휴가라도 줘야겠다는 생각을 하며 미안한 마음은 고이 접고 집무실을 나와 침실로 들어가자 시녀들이 우르르 몰려드는 통에 진득한 한숨부터 내쉬었다.

누가 이 무시무시한 시녀군단 좀 말려 주면 좋으련만. 하루 이틀도 아니고 그냥 옷만 갈아입자고. 안타깝게도 그리 말해 봐야 씨알도 안 먹힐 테고 이끄는 대로 씻고 마사지하고 손발톱 가꾸고 화장하고 티 파티용 드레스로 갈아입고 보석 장신구로 마무리까지 했을 때는 정말이지 일이 미치도록 그리웠다. 차라리 일하는 게 좋아!

"손님들은?"

"그란디아 공녀께서 영접하고 계십니다."

"잘하고 있나?"

"예, 황후마마. 무리 없이 해 나가고 계십니다."

다행이네. 하긴 나 때문이라도 헤스티아에게 시비를 거는 정신 나간 것들은 없겠지만 잘하고 있다니 괜스레 기분이 좋아져 흡족하게 웃으며 침실을 나갔다. 오늘 티 파티가 열리는 정원 속 작은 정원이라는 곳으로 향하면서도 허전한 마음에 무심코 뒤를 돌아봤다가 그 이유를 알고야 헛웃음을 흘렸다.

벌써 만성이 된 건가. 바짝 붙어 졸졸 따라다니던 오라버니들이 없으니 허전하네. 아버지야 원래 바쁘니 그렇다 치고 디온은 새로 생긴 기사단 단장을 맡아 거기 정비하느라 정신이 없을 테고 시온은 지금쯤 오고 싶어도 못 오고 있을 것이다.

아론이 같이 일하자고 끈질기게 붙들고 있을 테니까. 그래야 일이 조금이라도 빨리 끝날 테니 잡고 늘어지겠지. 아마 지금쯤 속으로 오만 불평불만을 늘어놓고 있겠구나 싶어 나직하게 혀를 차고는 티 파티 장소에 도착했다. 그리고 일제히 일어나며 예를 차리는 이들을 향해 미소를 덧그렸다.

"바쁜 와중에 이리 모여 주니 고맙네. 오늘 이 자리를 마련한 것은 부인들과 영애들을 통해 세상 돌아가는 이야기도 들어 볼 겸 앞으로의 일을 의논하고자 함이니 큰 부담 가지지 말고 편하게 즐겨 주면 고맙겠네."

"감읍합니다, 황후마마."

그럼. 당연히 감읍해야지. 요즘 같으면 정말 몸이 열 개라도 부족하거든. 그 점에 대해서는 이들도 알고 있겠지만 그렇다고 내색할 수는 없는 노릇이라 여전히 긴장한 듯한 몇몇과 대놓고 호감을 보이는 듯한 이들, 얼굴을 붉히며 선망의 눈길을 보내는 이들의 면면을 훑어보며 빙긋 웃고는 시녀장을 돌아봤다.

"우선 간단한 요기부터 하지, 시녀장."

"예, 황후마마. 곧 올리겠습니다."

비교적 간단한 오찬을 겸한 티 파티라 정원 한쪽에 마련된 음식들이 차례대로 각자의 앞에 놓이고 도수가 약한 가벼운 와인과 음료도 곁들여졌다. 우선은 배도 채울 겸 긴장이나 풀어 주자는 생각에 이런저런 안부를 물은 덕분에 분위기는 풀렸는데. 뭐냐고? 아직도 뻣뻣하게 굳어 힐끔힐끔 눈치를 살피는 이들은 뭔지 모르겠네.

영감의 현신 이후로 나를 보는 시선들에 두려움이 섞였다더니 그 때문인가. 하긴 뭐 상식적이지 않으니 이해는 한다만, 나같이 올바르고 착한 성격이 어디 있다고.

『헛소리.』

알아. 나도 안다니까. 하지만 아무리 그래도 저건 좀 심하지 않나? 뭘 저리 괴물 보듯이 하는 건지. 간단히 배를 채우면서도 속으로 혀를 찼다. 아기자기한 모양새의 다양한 후식과 과일, 차가 들어오자 모인 이들의 면면을 돌아보고는 입을 열었다.

"그대들도 알다시피 그동안 많은 일이 있었고 몇 가지 일은 여전히 진행 중이네. 그리고 아직은 보는 시선이 있어 이 자리에 참석하지는 않았으나 몇몇 가문이 뜻을 함께하고자 넘어온 것은 알고 있을 테지?"

"예, 황후마마."

하긴 공공연한 비밀인데 모를 리가 없지. 나머지야 비밀리에 넘어온 것이라 참석하지 않았다지만 이 자리에 있는 라치아노 백작가는 이미 법정에서 황제파로 돌아섰다는 걸 보여 줬기에 당당하게 참석한 것이고 영지 수로 공사를 진행하는 올던 백작가도 마찬가지다.

사실 라치아노 백작가나 올던 백작가는 선황제 때 돌아선 것이고 평판도 좋아서 괜찮은데 문제는 다른 가문들이다. 살아남고자 약삭빠르게 갈아탄 놈들 대부분이 골수 귀족파에 속해 있던 이들이라 기존 황제파 가문들과는 오랜 앙숙으로 지내 왔다는 점이다.

뭐 이들도 바보가 아닌 이상은 대공파 처리를 목전에 두고 허튼짓이야 하지 않겠지만 묵은 감정이 있어 텃새까지 사라질지는 모르겠다. 귀족이라는 인간들이 자존심도 세고 어지간히 오만해야지. 그러니 미리 방지하자는 차원에서 경고는 해야 안전할 테다.

“어제의 적이 한순간에 동료가 되는 것은 비일비재한 일이 아닌가? 주제도 모르는 무도한 이들이야 죄를 물으면 그만이라지만 애초에 한 하늘을 섬기면서 파벌을 나눈다는 것 자체가 우스운 일이지. 또한, 과거의 죄를 묻고자 한다면 끝이 없을 터. 받아들이기로 한 이상 마음에 들지 않더라도 앞으로는 그대들이 너그러이 끌어안아야 할 것이네.”

“명심하겠습니다, 황후마마.”

마무리될 때까지 쓸데없이 분란 일으키지 말란 뜻을 못 알아듣는 이들은 없는 것 같아 흡족하게 웃으며 고개를 끄덕였다. 다른 이들이야 모르겠지만 인품이 있고 현명한 베르나르 후작부인이나 라트라반 후작부인이라면 알아서 잘 이끌어 갈 것이다.

어차피 이들은 훗날 대공파를 정리한 후에 공작가로 승격될 테니까. 거기다 에리오스 백작가도 후작가로 올라갈 테고 올곧은 에리오스 백작부인과 라치아노 백작부인이라면 보좌도 잘할 것이라 크게 걱정하지는 않아도 될 것 같아 시선을 돌려 조용히 자리를 지키는 올던 백작부인을 돌아봤다.

“올던 백작부인, 어떤가? 백작이야 영지 공사로 정신이 없을 테고 이제는 제도에 정착하는 것이?”

“예? 제도에 정착하라 하심은…….”

중앙귀족으로 올라오란 말인데 뭘 그리 놀라는지. 쓸 만한 이들은 옆에 붙들어 둬야지 종종 부려 먹을 수 있거든. 뭐 이런 문제는 보통 예민하게들 받아들이겠지만 두 후작부인들도 이미 알고 있던 사실이라 살짝 수긍하며 고개를 끄덕인다.

"언제까지 지방 영지에 있을 수는 없지 않나?"

"하오나 신이 결정할 수 없는 일이라."

"아아, 그 점에 대해서는 걱정하지 말게. 이미 올던 백작과 이야기를 끝낸 참이네. 여기 있는 이들 모두가 그렇듯 영지야 관리하는 이들을 두고 틈틈이 내려가 보면 될 일이 아닌가? 후작부인들이 정착할 수 있도록 여러모로 도움을 줄 것이니 걱정하지 말게. 이 사람도 백작부인이라면 잘할 것이라 믿네."

"신 충심을 다하여 황후마마의 감읍하신 말씀에 따를 것입니다."

그래야지. 어차피 이야기된 문제를 내가 생색낸 것이라 상당히 감격한 모습이 양심에 콕 찔리지만 이걸로 착한 일꾼 하나 획득했다. 그럼 된 거지 뭐.

"그나저나 그대들도 천민구역을 갈아엎고 있다는 걸 알고 있을 테지? 백성들 반응은 어떠한가?"

"그 점에 대해서는 신이 말씀 올리겠습니다. 처음에는 천민구역 범위가 넓어 우려의 목소리가 들렸습니다만 대대적인 공사가 들어가고부터는 직접 실감을 하는 것인지 폐하와 황후마마에 대한 칭송이 높아지고 있습니다."

"당연한 반응입니다. 이번 공사로 제도뿐만 아니라 인근 지역에서도 올 정도로 가난한 평민들의 일자리도 많이 확보됐으니 그들로서도 반길 수밖에 없을 것입니다."

"두 분의 말씀이 맞습니다. 사실 천민구역 때문에 외관상으로도 그렇고 냄새 때문에 골치가 아프지 않았습니까? 그 모든 게 해결이 되니 칭송은 당연하지요."

"그렇습니다. 신의 사랑과 축복을 받은 이 제국 수도에 천민구역이라니요? 부끄러운 일입니다."

"황후마마 덕분에 이제야말로 새로이 거듭나는 것이지요."

어쩌면 이리도 예상에서 벗어나지 않는 건지. 그리 잘 알면서 지금까지 왜 그대로 둔 건데? 하여간 기회만 잡았다 싶으면 아부하는 꼴들이라니. 두 후작부인의 말에 몇몇을 빼고는 기다렸다는 듯 앞다투어 쏟아 내는 말들에 속으로는 혀를 차면서도 겉으로는 고개를 끄덕여 만족하는 척하고는 적정한 선에서 말을 잘랐다.

"흠, 걱정했는데 다행이군. 천민의 신분을 없애는 것은 어떤가?"

"그 부분에서는 일부 평민들의 거부반응이 있었습니다만 그 또한 여론이 좋은 방향으로 흐르고 있어 오래가지 않을 것이니 걱정하지 마십시오."

"평민들이야 천민과 같은 취급을 받는다는 사실에 처음에는 거부한 것 같습니다만, 앞서 말씀드렸듯이 새로운 일자리도 그렇거니와 이번 영지 공사와 설계도 표지판을 크게 세워 둔 덕분에 새로 들어오는 시설들을 두고 오히려 부러워하는 방향으로 흘러가고 있습니다."

역시 효과는 확실하게 보는군. 하긴 복합 상가에 아파트 단지라니 신기할 테다.

"우선 일차적으로 돌아올 천민들을 위한 주거지를 마련해 주고 반응이 괜찮다 싶으면 그 일대로 주거공간을 완벽하게 갖춘 주택단지를 만들까 하네. 그리되면 가난하거나 집이 없는 평민들도 약간의 세금으로 편안한 생활을 할 수 있을 테지."

"그리하자면 자금이 끝도 없이 들 것입니다. 그래서 드리는 말씀입니다만 신도 힘을 보태고 싶습니다, 황후마마."

"신의 생각도 베르나르 후작부인과 같습니다. 그동안 귀족으로서 소임을 다했다고 생각했으나 이번 일로 얼마나 권위의식에 빠져 있었는지 뼈저리게 깨달았습니다. 모범이 되어야 할 귀족으로서 백성들을 돌봐야 하는 의무가 있다는 걸 알면서도 소홀히 한 것 같아 드리는 말씀입니다. 신들도 작은 힘이나마 도움이 될 수 있도록 허락해 주십시오."

"조금만 사치를 줄여도 백성들에게는 큰 힘이 될 것이니 신들도 참여할 수 있도록 허락해 주십시오, 황후마마."

"신의 뜻도 같습니다, 황후마마."

두 후작부인과 에리오스 백작부인, 라치아노 백작부인을 시작으로 몇몇 백작가가 당연한 듯 흔쾌히 수긍하고 나섰고 나머지는 얼떨결에 수긍하거나 내키지 않는 듯 어색하게 웃으며 마지못해 수긍하고 나섰다.

고위귀족들이 나서니 저들로서는 어쩔 수가 없을 것이다. 아마 지금쯤 속으로 얼마나 기부해야 할지 계산하기 바쁠 테지. 아니면 아까워서 발을 동동 구르고 있거나. 쯧쯧, 드레스에 주렁주렁 다는 보석 몇 개만 떼어 내도 충분하건만 멍청하기는.

저들의 생각이야 뻔하다. 기부라니 아깝기도 하거니와 귀족으로서 하찮게 여기는 평민들을 돕는다는 자체가 마음에 안 드는 것이겠지. 저런 고약한 심보를 보면 확 다 뺏어 버리고 싶지만 그래 봐야 결과는 최악이라 나름대로 안심하라는 의미로 자애로운 미소를 짓고 입을 열려는데.

『자애라는 뜻을 알고는 있는 것이냐, 주인아?』

이 자식이 방해하네. 좋은 말로 할 때 닥쳐라, 샤이탄.

"나쁜 일도 아니고 좋은 일이니만큼 그대들의 생각이 그렇다 하니 의견을 받아들이겠네. 그러나 황제와 황후로서 백성들을 보살피는 것은 지극히 당연한 일, 귀족들인 그대들에게 온전히 책임을 지울 생각은 없네. 제아무리 돌볼 의무가 있고 좋은 의도라 하나 남을 의식하고 하는 것은 안 하느니만 못하지 않나? 아까워하거나 마음에서 우러나오지 않는 기부라면 이미 좋은 취지와는 상관없이 강탈이 될 테지. 그러니 정 기부를 하고자 한다면 자신의 형편에 맞게 무리 없는 선에서 최소한의 정성만 보였으면 하네."

쉽게 말해 쓸데없이 기부 가지고 경쟁해서 나중에 가타부타 뒷말하지 말란 말이다. 그에 몇몇은 눈에 띄게 안도하고 나머지는 조용히 수긍하는 모습에 슬쩍 입꼬리를 끌어 올렸다.

이런다고 허영심 가득한 귀부인들의 경쟁이 사라지는 것은 아니겠지만 심하다 싶은 건 내 선에서 알아서 걸러 내고 돌려보내면 될 터라 곧바로 다른 주제로 대화를 돌렸다.

그리고 다시 한 번 절실하게 깨달았다. 나라는 인간은 역시 일 체질이라는 사실을. 정말이지 같은 여자로서 도무지 이해가 안 되는 걸 어쩌라고. 여자들의 수다는 국적 불문, 차원을 넘어서도 어쩌면 이리도 똑같은지. 빌어먹을, 이제는 머리에 쥐가 나려고 해. 그런데 이 짓을 한 달에 한 번씩은 해 줘야 한단 말이지. 암담하군.

『그냥 안 하면 안 되는 거냐?』

안 되니까 문제지.

『여자들은 도무지 이해를 못 하겠군.』

그러게. 나도 이해를 못 하겠네. 무슨 할 말들이 그리도 많은지 쉴 새 없이 쏟아지는 말, 말, 말. 누가 묻지도 않았건만 이웃집 소식부터 아부에 자식자랑, 남편 이야기, 험담 등등. 하등의 쓸모없는 이야기를 언제까지 들어야 하느냐고.

정말이지 성질 같아서는 확 일어나고 싶지만 차마 그리할 수는 없는 일이라 쥐뿔도 없는 인내심을 발휘하며 대충 장단을 맞춰 주면서 자리를 지켰다. 그나마 가까이에 앉은 고위층 부인들과 헤스티아가 있어 다행이었지.

어쨌든 쓸모없는 말은 넘기고 대충 종합해 보자면 모스텔 대신전도 싹 물갈이를 한 탓에 다시 백성들이 몰리고 있고 제도에 만드는 고발처와 신전에 만드는 고발처 등으로 백성들은 그야말로 대환영을 하는 분위기라고 한다. 덕분에 그와 나에 대한 칭송이 끊이지를 않는다는 내용이다.

아무리 노렸다지만 효과 만점이라고나 할까. 그 말을 할 때 또다시 먹이를 노리는 개떼처럼 덤벼들어 하도 얼굴에 금칠을 해 대는 통에 순간순간 짜증도 났지만 어찌 됐든 확실히 정리가 돼 가는 것 같다.

이제 내일 도착할 루비아 왕과의 일만 해결하고 대공파를 쓸어버리면 모든 일은 말끔하게 해결. 그런 후에 안정을 찾으면 제도를 벗어난 다른 지역의 천민들의 처지도 돌아봐야겠다는 생각을 하며 슬슬 마무리를 지으려고 할 때였다.

『비아!』

『우리 왔어, 자기야!』

거참 알다가도 모를 일이란 말이야. 없을 때는 허전한데 막상 옆에 있으면 짜증이 나.

『앞으로 또 시끄러워지겠군.』

내 말이 그 말이야. 차라리 허전한 게 좋지, 오자마자 들러붙어서 난리법석을 떨어 대는 세 놈 때문에 골이 지끈거린다. 그렇다고 나름대로 고생한 놈들을 뭐라 할 수도 없고 이후로도 한참을 칭얼거리는 놈들의 하소연을 들어 준 끝에야 비로소 조용해졌다.

골치야. 어쨌든 이놈들이 왔다는 건 결정적인 증거를 잡았다는 건데. 그건 곧 재수 없는 대공하고 뻔뻔한 놈들을 모조리 처리할 수 있다는 뜻. 곤란해. 이것 참 곤란하다고. 아직 시작도 안 했는데 벌써 웃음이 나오려고 하잖아.

『그렇다고 음흉한 웃음 짓지 말고 표정 관리해라, 주인아.』

야야, 음흉하다니. 나를 어찌 보고? 이왕이면 상큼한 웃음이라고 해.

『양심 좀 있어라.』

괜찮아. 원래 없는 양심인데 뭘 새삼스럽게.

⚜⚜⚜

“아론, 떨어지십시오.”

“싫다.”

예상은 했다만 아주 그냥 즉답이구나. 이 인간 눈에는 눈이 세모꼴로 변한 세 사람은 안 보이는 건가? 라고 해 봐야 안 보인다고 할 거다. 분명해. 이 인간은 신경도 안 쓰고 있을 텐데 뭘. 하루 이틀도 아니고 얼굴만 봤다 하면 엉겨 붙어서 죽어도 안 떨어지는 걸 어쩌라고. 차라리 포기하면 편해.

“폐하, 황후마마 불편하십니다.”

“비아, 불편해?”

응. 불편해. 침실로 들어오자마자 달랑 들어 올려 무릎 위에 앉히고 허리를 으스러트릴 듯 끌어안고 있는데 너 같으면 안 불편하겠니? 문제는 이리 말했다가는 내가 피곤하다. 특히 침대 위에서.

“참을 만합니다. 그보다 이제 보도록 하죠.”

이 인간은 내버려 두고. 어차피 저 고집을 꺾을 수도 없는데 괜히 기운 뺄 필요 없이 영상구에 뭐가 찍혔는지부터 확인하자 싶어 시온 오라버니를 재촉하자 그를 한 번 노려본 후 마지못해 한숨을 내쉬며 고개를 끄덕인다.

세 개의 영상구 중 하나가 켜지고 곧 드러나는 홀로그램 같은 영상에 나지막이 감탄 한 번 하고 그 내용에 또 한 번 감탄했다. 집무실과 비밀 통로, 비밀 금고 같은 게 있으면 찍어 오라고 했더니 정말 상세하게도 찍었다.

그 외에도 공작가에 상주하는 기사들과 은밀하게 드나드는 인물들, 작당모의 하는 모습 등등. 또 다른 영상구도 마찬가지다. 다만 인물만 바뀌었을 뿐. 그리고 마지막으로 실피드가 맡았던 대공을 찍은 영상구도 내용은 크게 다르지는 않았다.

귀족들의 비리를 모아 놓은 듯한 비밀 서류와 그걸로 협박을 지시하는 모습, 발등에 불 떨어진 주제에 추잡하게 계집질까지 하는 모습. 이 부분에서는 아론이 눈을 가리는 통에 소리는 들었지만 자세히는 못 봤다.

뭐 딱히 아쉬울 건 없으니 넘어가고. 놀라운 사실은 대공 주위에 이종족이 있다는 걸 알았지만 그게 그림자족이었다는 것이다. 그것도 양쪽 눈에 다 노예 인장을 새긴 상태라니. 하여간 나쁜 놈이 나쁜 짓만 골라서 하지.

“거참, 이런 식으로 그림자족을 발견할 줄은 몰랐는데. 그런데 이상하군요. 아센은 세 놈의 기척을 알아차릴 수 있는데 저 그림자족은 모르는 건가? 눈치를 챘을 것 같은데.”

“듣고 보니 그렇군.”

『아, 저 녀석이 먼저 피했어.』

이건 또 무슨 소리야. 먼저 피하다니?

『맞아. 정확하게 우리를 봤는데도 시선을 돌렸어.』

『저 대공인가 뭔가 하는 놈한테 아무 말도 안 했고.』

그렇다는 건 일부러 모르는 척했다는 건가. 무엇 때문에? 보통 주인한테 보고하지 않나. 하물며 사라졌다고 알려진 정령인데.

“아무래도 저 그림자족은 대공을 좋아하지 않는 것 같군.”

그야 당연히 좋아하지 않겠지. 잡아서 노예로 만든 것도 모자라 마력 덩어리인 두 눈에 끔찍하게 인장까지 새겼는데 누가 좋아해? 나 같으면 진작 죽였겠다. 물론 그림자족 입장에서는 노예 인장 때문이라도 못하겠지만.

"노예 인장을 새겼다고는 해도 자기 주인에게 해를 입히는 게 아닌 이상 특별히 보고해야 할 의무는 없는 걸로 알고 있습니다."

"그럴 수도 있겠습니다. 일단 주인이 알아차리지 못하니 제약을 받는 것도 아니지 않습니까?"

일리가 있네. 그림자족 입장에서는 죽이고 싶어도 못 죽이는 놈이 대공이 아닌가. 그럼에도 노예 인장 때문에 주인에게 살기를 비친다거나 해를 입히고자 한다면 당연히 제약이 따르기에 지킬 수밖에 없을 것이다.

하지만 실피드나 다른 두 놈은 정령이라 인간인 대공이 기척조차 못 느끼는 건 당연하고 살기도 없으니 제약 또한 없을 건 당연지사. 굳이 원수 같은 놈에게 보고해야 할 의무는 없을 테니 일부러 모르는 척했다는 말이군.

"흠, 그래도 찝찝한데."

"뭐가 말이지?"

"아센하고 같은 종족이 아닙니까? 안 그래도 남아 있는 수가 몇인지조차 확인이 안 되는 상황인데 같은 종족끼리 서로 싸우게 둘 수는 없지요."

또 상대가 아센과 같은 능력의 그림자족이라면 우리 쪽 피해도 있을 것이다. 그 꼴은 또 못 보지. 이왕지사 정리하는 거 손해 없이 깔끔하게 하는 게 좋잖아? 그렇다면 역시 방법은 하나뿐인가. 다소 피곤하겠지만 어쩔 수 없다.

"영감."

듣고 있습니까? 이 말을 미처 다 끝내기도 전에 불러 주기만 오매불망 기다렸다는 듯 불쑥! 하여간 행동 하나는 빠르다. 누가 말려.

"딸! 아빠 불렀어?"

"예. 그보다 좀 앉으십시오."

눈앞에서 정신 사납게 하지 말고. 정말이지 이래서 어지간하면 안 부르려고 했는데. 오자마자 귀엽고 예쁘고 깜찍하고 사랑스러운 딸이 어쩌고저쩌고. 그러다가도 딱 붙어서 안 떨어지는 아론을 상대로 으르릉. 짧은 사이 혼을 빼놓는 통에 지끈거리는 관자놀이를 꾹꾹 누르며 진득한 한숨을 내쉬자 그제야 잽싸게 자리에 앉는다.

"그래서 뭐야? 귀엽고 예쁘고 깜찍하고 사랑스러운 내 딸이 원하는 건?"

어지간하면 앞에 붙는 그 사족은 빼면 좋으련만. 관두자. 말해 봐야 입만 아프다.

"노예 인장을 지울 수 있습니까?"

"응? 노예 인장이라니. 영상 속 저놈 말이냐?"

"예. 마력이 다치지 않도록 노예 인장을 지우고 이쪽으로 데리고 오시면 됩니다."

그래야 그림자족도 살리고 이쪽 피해도 없으며 대공도 쉽게 처리할 수 있다. 능글 변죽 거머리 빨판 주제에 그림자족을 호위로 두다니 재수 없게.

"할 수 있습니까?"

"당연하지! 이 아빠가 고작 인간 마법 따위를 지우지 못할 것 같아? 이 아빠를 뭐로 보고?"

그야 노망난 주책바가지 영감탱이? 그리 말하고 싶지만 보리쌀만한 양심은 있어서 상큼하게 웃음으로 덧씌우고 말했다.

"역시 믿고 있었습니다. 완벽한 영감이 못하는 게 있을 리가 없지요.”

현신했을 때는 내 머릿속을 못 읽는다고 누르티아 님이 말해 줬거든. 그러니 뭔 말을 못해. 이왕 부려 먹는 거 기분이나 좋으라고 방실방실 웃어 주자 덩달아 헤벌쭉 풀어져서는 싱글벙글 웃는다. 하여간 단순하다니까.

“그럼 그 일은 영감한테 맡기겠습니다.”

“알았다! 후딱 다녀오마.”

아니 굳이 서두를 필요는 없는데 눈 깜짝할 사이에 사라진 모습에 나직하게 혀를 차고 다시 영상구로 시선을 돌리자 다소 불퉁해진 아버지를 보며 어색하게 웃던 시온이 황급히 정지한 영상을 돌렸다. 골치야. 영감만 다녀갔다 하면 저런 표정이지.

“그나저나 제대로 찍은 거 맞아? 왜 안 나와?”

『기다려 봐. 곧 나올 거야. 저 인간들이 소심해서 서신으로만 주고받는 바람에 괜히 우리만 고생했잖아.』

『맞아. 그 서신도 보자마자 태워 버려서 얼마나 짜증이 났는데!』

하긴 약삭빠르면서도 소심하기는 더럽게 소심하지. 지금이야 벼랑 끝에 내몰린 상황이라 마지못해 죽자 살자 덤벼드는 것이지 아마 우리가 완벽하게 적으로 돌리지 않고 기회를 주고자 했다면 반역은 커녕 또 한발 물러나 다음을 기약하고도 남을 놈들이다.

게다가 귀족들도 슬슬 빠져나가고 있으니 그 심정이 오죽할까. 죽을 줄 알면서도 덤벼들 수밖에 없는 상황이라니. 지금쯤 똥줄이 타고 있을 게 뻔해 피식 웃으며 칭얼거리는 세 놈의 머리를 쓰다듬을 때였다. 굳은 표정의 대공과 두 공작이 나란히 영상에 등장하며 모두의 시선이 날카롭게 변했다.

“표정들이 볼만하군.”

그러게. 눈앞에 우리가 있다면 찢어발길 것 같이 흉흉한 얼굴들이다. 하긴 이해해. 얼마나 짜증이 치밀까. 뻔히 죽을 줄 알면서도 반역을 해야 하고 설사 성공한다고 해도 영감 때문에 뒤탈이 무서운 상황이니 기가 막히겠지.

"쯧쯧, 차라리 목숨 구걸이라도 하든지."

"구걸해도 살려 줄 수는 없다."

그거야 당연하고. 자고로 저런 것들은 싹 쓸어버리는 게 속 편하거든. 뭐 저놈들도 그걸 알기에 저리 죽상을 하고도 덤벼드는 것일 터라 이해한다는 심정으로 고개를 끄덕이다 한참의 침묵 끝에 흘러나오는 말들에 귀를 기울였다.

"아직 준비도 덜 됐는데 너무 서두르는 게 아닌지 모르겠습니다."

"어쩔 수 없지 않소? 이대로 있다가는 어차피 우리는 모두 죽을 거요. 그러느니 마지막 발악이라도 해 봐야지."

"그거야 그렇지만."

불안할 테다. 그러게 뭔 부귀영화를 누리겠다고 대공한테 붙어서 멍청한 짓은 다 했는지. 못내 내키지 않는 듯 초조한 얼굴로 진득한 한숨을 내쉬는 로제르타 공작의 행태가 마음에 안 드는 휴스튼 공작의 눈매가 사나워졌다.

"정신 차리시오, 로제르타 공작. 이미 우리는 발을 빼기에는 늦었소. 설사 지금에 와서 모든 것을 그만둔다고 한들 황제나 황후가 우리를 살려 둘 것 같소?"

그럴 리가. 내가 미쳤니?

"주저해 봐야 허무하게 목숨만 잃을 뿐이오."

"알고 있소. 하지만 주신이 현신까지 할 줄은 몰랐지 않습니까? 그 때문에 귀족들도 빠져나가고 군사들의 사기도 그렇고 다들 말은 안 해도 두려워하고 있습니다."

"그러니 더 서둘러야지요. 시일을 끌어 봐야 도망치는 놈들만 늘어날 겁니다. 그나마 다행히 오래전부터 준비해 온 탓에 가능성은 있지 않습니까? 거기에 희망을 걸어 봅시다."

희망은 개뿔. 개소리는. 하긴 뭐 저런 희망이라도 없다면 싸울 맛도 안 날 테지만.

"어차피 우리가 선택할 수 있는 건 하나뿐이지 않습니까? 이 이상 머뭇거릴 수는 없습니다. 어떤 결과가 나오든 마지막 각오는 해야겠지요."

쯧쯧, 불쌍한 놈들. 완전 불나방 신세군. 휴스튼 공작의 말에 로제르타 공작이 침통한 낯빛으로 고개를 끄덕이자 그때까지 침묵을 지키고 있던 대공이 드디어 입을 열었다.

"휴스튼 공작의 말이 맞소. 성공하든 못하든 길이 그뿐이라면 부딪혀 볼 수밖에. 우선 상단을 통해 새로운 신분을 준비했으니 그대들의 자식들은 라키아 제국으로 보내시오."

얼씨구? 누구 마음대로?

"각 진영에 마법사들은 준비된 거요?"

"예. 그놈들이라면 약점을 단단히 틀어쥐고 있으니 배신할 걱정은 없습니다. 그리고 황궁도 안쪽에서 열어 주기로 했으니 걱정하지 마십시오."

"좋소. 시일은 열흘 후. 지금부터는 만남을 자제하고 마지막 만반의 준비를 하시오. 배신자가 나오지 않도록 각별히 유의하고."

글쎄. 유의한다고 해결되는 게 아닐 텐데. 이후로도 대략적인 군사의 수와 위치, 모일 시각, 방법 등, 처음에는 머뭇거리며 내키지 않아 하던 로제르타 공작도 자식들을 살릴 수 있다는 것만으로도 만족한 듯 적극적으로 대화를 이어 나갔다.

그렇게 완벽한 증거물을 남기며 끊긴 영상에 만족할 때 또다시 영감이 불쑥 나타났다. 노예 인장을 지운 그림자족을 데리고. 그와 동시에 아센이 우리 뒤로 모습을 드러내며 겨우 노예에서 풀려난 같은 종족을 향해 시니컬하게 한마디 뱉은 건 예상 밖이었다.

"멍청한 놈."

야야, 아무리 그래도 첫마디가 그게 뭐냐? 같은 종족인 데다 지금까지 노예로서 비참하게 개고생을 했을 텐데. 불쌍하게 봐 주지는 못할망정 아센을 보며 멍하니 있는 그림자족을 향해 콧방귀를 뀌며 또다시 모습을 감춰 버린다. 까칠하기는.

『저놈 딴에는 심경이 복잡하겠지.』

하긴 뭐 그렇겠지. 어쨌든 같은 그림자족이 살아 있어서 다행이네. 언제 날 잡아서 싹 찾아내 돌려보내야지.

"수고했습니다."

"수고는 무슨. 내 딸이 원하는 건데 당연히 이 아빠가 해 줘야지."

"예예. 이제 그만 가셔서 일하십시오."

"그냥 가라고? 너무한다, 딸."

너무하긴. 하루 이틀도 아니면서 새삼스럽게.

"나중에 조용해지면 다시 부르겠습니다."

"쳇, 할 수 없지. 나중에 누르티아 녀석한테 꼭 한마디 해 줘야 한다?"

일 좀 시키지 말라고? 내가 왜? 그리 말하고 싶지만 토라질 게 뻔해서 차마 못 하고 고개를 끄덕이자 좋다고 웃으면서 사라진다. 정말 단순하다니까. 어쩌면 저리도 발전이 없는 건지 고개를 내젓고 여전히 상황파악이 안 되는 듯 멀뚱거리며 서 있는 그림자족을 향해 물었다.

"너는 이름이 뭐지?"

"게브."

거참 이놈도 말이 짧네. 그림자족은 다 이렇게 말이 없는 건가.

"그래, 게브. 우리가 누군지는 알고?"

염병할. 입 뒀다가 어디 써먹으려는지 고개만 끄덕끄덕. 오랜만에 속 터진다.

"주신께서 노예 인장을 지워 줬는데 앞으로는 어쩔 생각이지?"

대공에게 돌아갈 리는 없고 원래 터전으로 돌아갈 것인지 묻는 건데 그 질문이 그리 어렵나? 대답은커녕 입만 꾹 다물고 있는 모습에 한숨을 내쉬고 입을 열려는 그를 말렸다.

"원한다면 주신께 부탁해서 원래 살던 곳으로 돌려보내 주겠다."

"집, 없습니다."

어쩌라고? 가만, 그러고 보니 아센도 처음에 저리 말하고는 이곳에 눌러앉았는데 설마 저놈도?

"집이 없다니?"

"그건 제가 설명하겠습니다. 인간들이 그림자족의 터전을 엉망으로 만들고 그들을 닥치는 대로 잡아간 것 같습니다. 그러다 노예 인장을 찍는 과정에서 사상자도 많이 나온 것 같고, 현재로서는 그림자족이 얼마나 생존하고 있는지도 파악할 수 없습니다."

"쯧, 추악한 놈들."

내 말이야 그 말이야. 문제는 그게 중요한 게 아니고. 어쩐다. 현재로써 다른 그림자족을 찾는다는 건 불가능하고 터전도 사라진 마당에 저 녀석을 무턱대고 혼자 보내는 것도 내키지 않는다.

『그냥 데리고 있으면 되지 않나? 어차피 아센도 혼자보다는 둘이 있으면 좋겠지.』

그야 그렇지만 자꾸 늘어나는 것도 딱히 반갑지는 않단 말이다. 이제 조금 있으면 일랑도 이랑도 성장을 할 테고 정령들도 쏟아져 나올 게 뻔한 상황에서 저놈까지 데리고 있으라고? 생각만 해도 바글바글 골치 아파.

『어차피 한 놈이나 두 놈이나.』

그건 그래.

“좋아. 지금 당장은 남은 일족을 찾는 건 무리겠지. 원한다면 한동안 이곳에 있어라. 물론 노예 인장을 새길 일은 없으니 걱정하지 말고.”

혼자보다는 둘이 있는 게 아센도 적적하지 않겠지. 그런 생각에 그에게 의견을 묻자 간단하게 허락이 떨어지고 게브가 힐끔 아센의 눈치를 살피고는 고개를 끄덕인다.

“그럼 이참에 결정을 보죠. 길게 끌 것도 없이 간단하게 가는 게 좋겠습니다.”

“주신께 부탁할 생각인가?”

“예. 어차피 저 세 놈만 잡으면 끝나는 거 아닙니까? 요즘 같은 시기에 반란이다 뭐다 군사 일으켜 봐야 백성들만 불안할 겁니다. 군사들은 영감을 시켜서 협박하고 기회를 주면 돌아설 테니 일단은 저 세 놈을 잡아 오는 게 빠를 것 같습니다.”

“내 생각도 같다. 안정을 찾아가는 이때에 굳이 백성들을 혼란에 빠트릴 필요는 없지.”

“맞습니다. 어차피 나중에 공표만 하면 될 테니 우선 세 놈하고 일가족들부터 잡아들이는 게 좋겠습니다.”

더불어 황궁 안에 남아 있는 세 놈의 끄나풀도 잡아내야겠지.

“우선 내일 루비아 왕국 일부터 해결해야 하니 공작은 지시한 일을 서두르고 시온하고 디온은 이틀 후 황궁 안을 정리해라. 그리고 주신께는 비아 그대가 부탁하는 게 좋겠군.”

“예. 실피드, 엘라임, 노아스 너희는 한 번 더 다녀와야겠다.”

『어딜?』

“도망친 자식들하고 부인들 얼굴은 알지? 그것들 비밀리에 다 잡아 와. 할 수 있지?"

『응! 그 정도야 일도 아니지!』

이걸로 대충 정리가 됐고 이제 남은 건 세 놈인데 역시 이 둘을 시키는 게 가장 안전하겠지.

"아센, 게브. 너희도 할 일이 있다. 아센은 두 공작을 잡아 오고 게브는 대공을 잡아 와. 최대한 조용히 처리하되 저놈들 호위나 측근들은 무조건 죽여."

"예, 주군."

"게브는 할 수 있나?"

좀 전보다 힘이 들어간 상태로 고개를 끄덕이는 걸 봐서는 오히려 바라던 일인가 보다. 이를 으득 갈며 순식간에 모습을 감추는 모습에 나직하게 감탄 한 번 하고 아센하고 세 놈도 각자 지시대로 움직이게 한 후에야 세 사람을 돌아봤다.

"세 놈하고 일가족을 잡아들인 후에는 남은 귀족들도 바로 처리를 하셔야 합니다."

"걱정하지 마십시오. 이미 각 가문의 기사들에게 지시를 내려놓은 상태입니다."

"세 놈만 잡으면 어차피 반항도 못 할 놈들이다."

물론 그렇겠지. 우두머리도 없는데 제 놈들끼리 뭘 하겠어. 어쩌면 잘됐다 싶어서 냉큼 항복할지도. 아니 그럴 가능성이 다분하다. 그래 봐야 후작 놈들하고 루카인 백작가는 처리해야 하지만.

"뭐 이만하면 대충 상황정리도 끝난 것 같고 세 분도 그만 가서 쉬십시오. 내일부터 또 한동안 바빠질 겁니다."

"예? 하지만."

조금 더 있다가 가도 괜찮은데. 말끝을 흐리며 힐끔 눈치를 살피는 모습이 가기 싫다는 표현이라는 건 알겠지만 씨알도 안 먹힐 텐데. 아니나 다를까. 가기 싫어 미적거리는 아버지와 두 오라버니를 그가 강제로 내쫓다시피 밖으로 내몰았다.

그러고는 히죽. 또 시작이다. 이 순간만 기다렸다는 듯 번쩍 안아 들고 침대 위로 던지다시피 해 놓고는 순식간에 드레스 해체! 거참 행동력 봐라. 처음에 얼굴을 붉히며 부끄러워하던 귀염둥이는 어디 가고 나날이 짐승으로 발전하는구나.

"비아, 사랑해."

"잠깐! 아론, 아직 안 씻었습니다."

덤벼들더라도 일단 씻고 하자고 말하려는데 기껏 되돌아온 말이라는 게.

"그대는 땀을 흘려도 달콤해서 괜찮다."

헛소리다.

『포기하면 편하다.』

그렇지? 하긴 누가 말려. 말린다고 들을 인간도 아니고 딱히 말리고 싶지도 않다. 그러니 네 마음대로 하세요.

⚜⚜⚜

피 냄새. 잠결에 희미하게 풍겨 오는 비릿한 냄새에 슬쩍 미간을 찌푸리고 눈을 떴다. 휘장 안으로 희미한 빛이 새어 들어오는 걸 봐서는 새벽인가. 멍하니 생각하며 몇 차례 눈을 깜빡거린 끝에 초점이 맞춰지자 한쪽으로 고개를 돌렸다. 휘장 밖으로 느껴지는 기척은 하나. 갑자기 무슨 피 냄새인가 했더니 아센이군. 어쩐지 살기가 없더라니.

"아센, 일은 다 끝냈나?"

"예, 주군. 측근들 처리하느라고 조금 늦었습니다."

"수고했다. 그래서 지금 어디 있지?"

"구석진 방에 넣어 놓고 지금 게브가 지키고 있습니다."

그러고 보니 감옥에 가두라는 소리를 안 했네. 뭐 이참에 만나 보고 집어넣어도 그만이니까.

"옷 갈아입고 그쪽으로 가 있어라. 가는 김에 게브 옷도 가져다주고. 나는 잠시 후에 폐하와 가겠다."

"예, 주군."

아센이 침실을 빠져나가고 늘어지게 하품을 하고는 몸을 일으키려는데 뭐야 이건. 어쩐지 가슴 부근이 이상한 느낌이더라니.

"허, 나 참, 자기가 젖먹이 아기인 줄 아나."

가슴에 딱 붙어서 입안에 넣고 오물오물 쪽쪽거리면서 자는 걸 보니 기도 안 찬다. 밤새 짐승처럼 덤벼들어 놓고도 이러고 싶을까. 하여간 짐승도 이런 저돌적인 들짐승은 없지 싶다. 뭐 나도 만족한 밤이기는 했다만 문제는 아침이다. 욱신거리는 허리에 아릿한 감각만 남은 하반신이라니.

"끙, 아론, 그만 일어나십시오."

"우웅, 조금만 더."

그러고는 또다시 오물오물. 참 맛나게도 먹는다만. 조금은 개뿔.

"당장 안 일어나면 앞으로 각방입니다."

그래도 괜찮겠습니까? 미처 다 묻기도 전에 효과 한번 기가 막히게 빠르다. 각방이 그렇게 경악할 일인가. 눈을 번쩍 뜨고는 믿을 수 없다는 듯 한참을 바라보더니 순간 볼을 불퉁하게 부풀리고 시트 안으로 쏙 파고들어 버린다. 뭐냐. 설마 각방 좀 들먹였다고 삐친 건 아닐 테고.

"나오십시오. 지금 뭐하는…… 읏!"

이 인간이 진짜! 눈 뜨자마자 무슨 짓이라니? 미처 막을 사이도 없이 시트 안에서 다리를 활짝 벌린다. 그러고는 한다는 짓이 역시나.

"으읏! 아론, 미쳤습니까?"

새벽부터 이게 무슨 짓이야! 이런 짐승 같은 놈. 밤새 날뛰었으면 됐지 왜 눈 뜨자마자 지랄인지. 아예 고개를 처박고 쪽쪽 맛나게도 탐하는 소리와 자극에 버럭 지르려던 소리는 어느새 신음으로 바뀌어 버렸다. 좋은 걸 어쩌라고.

하여간 이놈의 예민한 몸뚱이가 문제야. 진득하다 못해 게걸스럽게 자극해 오는 뜨거운 혀의 감촉에 몸이 흐물흐물. 빌어먹게도 좋다. 응. 좋아. 이러면 곤란한데 예민한 부위에 고스란히 전달되는 거친 숨결과 자극에 반항은커녕 몸만 나른하게 풀어졌다.

덕분에 짐승이 만족할 때까지 한참이나 시달린 끝에야 시트 밖으로 고개를 쏙 내밀고 붉은 혀를 내밀어 나른하게 입가를 핥으며 씩 웃는 그를 보고는 헛웃음을 흘렸다. 이게 어디서 새벽부터 페로몬을 흘리고 그래? 이 괘씸한 짐승 같으니라고.

"으앗! 아파, 비아."

아프라고 당긴다. 그러게 왜 새벽부터 이 난리야. 좋긴 하다만 예민한 몸을 알고 덤벼드는 괘씸함에 아론의 양 볼을 꽉 잡고 쭉쭉 늘어트렸다. 하여간, 이 인간 앞에서는 잠시도 방심하면 안 돼.

"진짜 아프다니까."

"뭘 잘했다고 칭얼거리는 겁니까? 솔직히 말하세요. 어제 기절하고 몇 번 했습니까?"

"그야, 한 번밖에 안 했다."

이 인간이 어디서 사기를! 짐승이 어지간히 한 번 하고 말았겠다. 똑바로 불라는 의미로 눈을 가늘게 뜨고 노려보자 어색하게 웃으며 입을 맞춘다.

"한 번은 아니고 솔직히 두 번 했다. 정말이야? 딱 두 번밖에 안 했어."

"어쩐지. 감각이 둔하더라니."

"많이 아파?"

이제 와서 걱정하는 척해 봐야 늦었고.

"대체 약속한 건 어쩌고 사흘에 한 번 꼴로 미치는 겁니까?"

그거 문제 있다. 정말 많거든?

"그게 나도 어쩔 수가 없다, 비아. 그대만 안으면 정신이 나가 버릴 것 같아서 내 의지대로 제어가 안 돼. 그러니까 그대가 봐줘. 응? 말 잘 들을게. 비아?"

얼씨구? 어디서 뻔히 보이는 수작질을. 일부러 기절하도록 거칠게 몰아붙여 놓고 이때다 싶어서 두 번 더 한 게 아니고? 다 안다고, 이 인간아. 그래 놓고 이제 와서 애교 부리면서 배시시 웃는다고 넘어갈 줄 알고? 어림없다.

마음 같아서는 그리 말하고 싶지만 관두자. 귀엽기도 하지만 솔직히 따지고 들었다가는 더 귀찮아진다. 잡아 온 대공하고 두 공작도 봐야 하고 오늘 루비아 왕국에서 사절단도 오는 날이라 할 일이 태산이지 않은가.

이럴 때 물고 늘어지면 이 인간 보나 마나 온몸을 끌어안고 목적을 달성할 때까지는 절대 안 놔줄 거라는 걸 알기에 결국은 진득한 한숨부터 내쉬었다. 여기서 더 기운 뺄 수는 없으니 봐줘야지 어쩌겠어. 하여간 짐승이 가면 갈수록 약아져서는.

"이번만 넘어갈 테니 그리 아십시오. 다음에 또 그러면 정말 각방입니다. 아시겠습니까?"

"칫, 툭하면 각방으로 협박하고 너무하는 거 아니야? 비아, 그대는 내 마음을 너무 몰라."

안 그래도 지금도 감당이 안 되는데 뭘 더 알라고? 여기서 더 아는 건 사절이다.

"예예, 알았으니까 빨리 씻으러 가죠. 아센하고 게브가 세 놈을 잡아 왔습니다."

"그래? 빨리 처리했군. 큭, 어떤 얼굴을 하고 있을지 기대되는데?"

그러니까. 보나 마나 분통을 터트리고 있을 테지. 그 생각만 해도 절로 기분이 상승 곡선을 타는 것 같아 그와 마주한 채 씩 웃고는 몸을 일으켰다. 곧바로 침대 옆에 있는 줄을 당겨 마리나를 불러 목욕 준비를 지시하고 뒤를 이어 들어오는 르네에게 물을 건네받았다.

물론 물도 그냥은 못 마신다. 도대체 뭐하자는 건지. 침의까지 홀라당 다 벗고 자서인지 두 사람이 들어오는 순간 내 몸을 시트로 꼼꼼하게 덮어 품 안에 꼭 끌어안고도 모자라 자기가 먼저 마시고 입을 통해 전해 준다는 게 말이나 되느냐고.

처음에는 이런 행동에 기겁을 했었는데 이것도 만성이 되는 건가. 이제는 주면 주는 대로 잘만 마시고 있으니 이거야 원. 적응력도 너무 빨라 탈이다 싶어 나직하게 혀를 찼다. 두 사람이 나가자 시트를 걷어 내고 히죽 웃으며 달랑 안아 올리는 그를 보며 헛웃음을 흘렸다.

저리도 좋을까. 아무리 내가 매력이 철철 넘친다지만 저 정도면 심각한 수준인 것 같은데. 그 생각을 하자마자 아침부터 잔소리를 퍼붓는 샤이탄은 무시하고 따뜻하고 은은한 향이 가득한 욕탕 안에 앉아 눈을 감고 나른하게 숨을 내쉬었다.

지금부터 내가 할 일은 아무것도 없다. 무슨 남자가 얼마나 세심한지 혀를 내두를 정도거든. 머리끝부터 발끝까지 부드럽게 움직이며 꼼꼼하게 씻기고 베드 위에 엎드리게 하고는 따뜻한 타월로 몸을 덮어 또 두피부터 발바닥까지 꾹꾹 눌러 가며 마사지까지 한다.

커다란 손으로 아프지 않을 정도로만 꾹꾹 지압해 주니 절로 졸음이 몰려와 꾸벅꾸벅 졸다 보면 어느새 그도 다 씻고 다시 나를 씻기고 있다. 이 정도면 정말 지극정성이 아닌가. 그러니 어쩌겠어. 한 번씩 스위치가 눌러져 미친 짓을 해도 마음씨 고운 내가 봐줘야지.

"비아, 시원해?"

"예, 시원합니다. 역시 아론이 해 주는 게 제일 좋습니다."

마리나나 르네가 해 주는 것만큼 꼼꼼하지는 않지만 남자라 그런지 근육은 더 쉽게 풀어져서 확실히 시원하다. 해서 사실을 말했을 뿐인데. 그 말이 어지간히 좋은 듯 싱글벙글 웃으며 얼굴 구석구석 한참을 쪽쪽 입을 맞춘 끝에야 겨우 욕실을 나와 드레스를 갖춰 입을 수 있었다.

그길로 둘이 나란히 손을 잡고 기사의 안내를 받아 세 사람이 있는 구석진 방으로 향했다. 안에서 느껴지는 기척에 입가를 비죽 끌어 올리고는 문을 열었다. 곧바로 살을 파고들 듯한 기세로 매섭게 꽂히는 시선이 느껴졌지만 태연하게 웃으며 그가 안내해 준 자리에 앉고서야 세 사람을 돌아봤다.

잔뜩 흐트러진 채 양발과 양 손목이 뒤로 묶이고도 입에 재갈까지 물려 바닥에 나동그라져 있는 꼴이 참으로 볼만하다. 황족인 대공과 오랫동안 권력을 누려 왔을 두 공작이 이런 꼴이 되리라고는 저놈들도 생각해 보지 않았을 테지. 그러게 적당히 주제에 맞게 살면 좀 좋아? 욕심이 과하면 화를 부른다니까.

"아센, 게브, 둘 다 수고했다. 오늘은 푹 쉬도록 해."

"아, 재갈은 풀어 주고 가라."

억울한 것 같은데 하소연은 들어 줘야지. 그리 중얼거리며 히죽 웃는 모습이 아무리 내 편이라지만 한 대 때리고 싶을 정도로 얄

밉다.

『주인도 만만찮다.』

시끄럽고. 아센이 세 놈의 재갈을 풀어 주고 대공을 흉흉하게 노려보는 게브를 끌고 사라지자마자 세 놈의 입이 동시에 열렸다.

"이게 무슨 짓입니까?!"

보면 몰라? 드디어 꼴도 보기 싫은 네놈들을 치울 수 있는 상황이잖아?

"아무리 황제 폐하와 황후마마라 하시어도 신들을 이리 대할 수는 없습니다! 당장 풀어 주십시오!"

괜찮아. 우리가 법인데 뭘.

"무슨 생각이십니까? 신들은 이런 대접을 받을 만한 죄를 짓지 않았습니다."

와, 마지막까지 뻔뻔한 놈이네. 반역까지 일으키려던 놈이 뻔뻔하게 저런 말이 나올까? 게다가 게브한테 잡혀 왔으면 이미 들통이 다 났다는 걸 제 놈도 알고 있을 텐데 저 당당한 꼴 좀 보라지. 정말이지 기가 막힐 지경이다.

하긴 뭐 이런 반응쯤이야 당연히 예상했다. 이런 꼴이 됐다고 해서 싹싹 빌고 들어온다면 더 짜증이 났을 텐데 그나마 다행이다 싶어 피식 웃으며 시녀를 불러 차를 내오라고 지시하고 태연하게 세 놈이 하는 꼴을 지켜봤다.

얼마 지나지 않아 시녀가 차를 가져오고 그와 나란히 앉은 채 살기가 넘실거리는 방 안에서 만족스럽게 웃으며 여유롭게 차를 마시니 난리가 났다. 저러다 고문 받기도 전에 이가 다 나가는 거 아닌지 몰라. 으득, 빠득, 빠드득. 거참 좋구나.

"폐하, 오늘따라 차 맛이 참으로 좋지 않습니까?"

"황후도 그리 생각하오? 짐도 같소. 찡찡거리는 벌레가 몇 마리 있기는 하지만 오늘따라 그대와 단둘이 마시는 차 맛은 일품이군."
찡찡거리는 벌레라. 어쩌면 이리도 말을 예쁘게 하는지.
"그렇지요? 후후, 벌레는 곧 퇴치할 것이니 신경 쓰지 마시고 우리는 차나 즐기지요."
"그러는 게 좋겠소."
『불쌍한 놈들. 왜 하필 걸려도 주인하고 황제한테 걸렸는지.』
불쌍하긴 개뿔. 하나도 안 불쌍해.
"폐하! 당장 풀어 주십시오! 평생을 바이에르 제국을 위해 몸 바쳐 온 신들을 이리 대할 수는 없습니다!"
"진정 폭군의 길을 가시려고 이러십니까? 대체 무슨 연유로 신들을 이리 핍박한단 말입니까?!"
"실수하시는 겁니다. 우리를 이리 대하고 무사할 거라고 보십니까? 뚜렷한 죄의 증좌도 없으면서 이리 핍박한 것이라면 귀족들이 그냥 넘어가지 않을 것입니다."
얼씨구? 안 넘어가면 어쩔 건데? 그놈 참 상황파악 못 하네. 아니 알면서도 인정하기 싫어서 오기를 부리는 것이겠지만 그럴수록 제놈만 비참해진다는 걸 아나 몰라.
"쯧쯧, 아직 꿈을 못 깼군. 저 주제넘은 혀를 잘라 버리는 게 어떻소?"
"참으십시오. 물에 빠져도 입만 나불거릴 놈들인데 자르면 불쌍하지 않습니까?"
"그런가? 그럼 그냥 벌레에 맞게 사지를 자르는 건?"
"그러다 죽으면요?"
"상관없지 않소?"
그건 그래. 하지만 반역죄에 맞게 고문 좀 당하고 공개처형 하려면 당장 죽는 건 곤란하지. 그런 의미로 분에 겨워 바들바들 떨며 흉흉하게 노려보는 세 놈을 향해 싱긋 웃고는 다시 태연하게 입을 열었다.

“급할 게 무에 있습니까? 워낙 멍청한 놈들이라 꿈을 깨는 데도 시간이 걸릴 것입니다.”

“하긴, 제 놈이 세상에서 제일 똑똑한 줄 알고 있지.”

“설마 아무리 멍청해도 그런 생각을 하겠습니까? 폐하도 참, 농담이 과하십니다.”

그러고는 피식 비웃음을 짓고 대공을 바라보자 당장에라도 찢어발길 태세로 이를 빠득빠득 갈아 댄다. 거참 살기가 얼마나 지독한지 피부가 따끔따끔한 것이 자극적이고 좋네. 짜릿한 게 아주 좋아. 요즘 들어 심심하기도 하고 입도 근질거렸는데 간만에 스트레스 좀 풀리겠구나. 그런 생각에 그를 보자 역시 같은 생각인 듯 씩 웃는다.

“농담이 아니라 정말이오. 어릴 때부터 포악하고 허영심 많은 제 어미와 멍청한 아비가 오냐오냐 기른 탓에 제 놈이 제일 잘난 줄로 알고 자랐지. 그러면서 간사하고 겁은 또 얼마나 많은지. 쯧쯧, 그리 멍청하니 밑에 놈들이 하나같이 등을 돌리는 게 아니겠소?”

대놓고 선황제와 선황후를 디스 하네. 하긴 뭐 상관은 없지만, 대공은 아닌가 보다. 제 어미와 아비를 욕하는 걸 알고는 얼굴이 시뻘겋게 달아올라 씩씩거리는 꼴에 비죽 입가를 끌어 올리고 답했다.

“그러니까 결론은 우물 안 개구리라는 것이군요.”

“응? 개구리? 그건 또 뭐요?”

“여긴 그걸 드라나라고 하던가요? 뺀질뺀질 미끈거리면서 징그럽게 생긴 그거 말입니다.”

“아아, 하등의 쓸모없는 그걸 그쪽에서는 개구리라고 하오?”

“예. 크기는 다르지만 비슷하게 생겼습니다. 작은 우물 안에서만 살다 보니 바깥세상이 얼마나 넓은지 모르고 우물 안 세상만이 전부인 줄 알고 착각에 빠져 사는 이들을 비유하는 말이지요. 그런 개구리가 광활하고 험난한 세상 밖으로 나오면 어찌 되겠습니까?"

"죽을 테지. 아니 그렇소?"

"역시 빛나는 태양이십니다."

또 터졌다. 내 목덜미에 얼굴을 파묻고 큭큭 웃음을 터트리는 그의 머리를 부드럽게 쓰다듬고는 살벌하게 노려보는 대공을 향해 씩 웃으며 뒷말을 이었다.

"좁은 시야로 세상에 나온 개구리는 제 잘난 맛에 주제도 모르고 한동안은 설치고 다니지요. 하지만 세상이 어디 그리 만만하겠습니까? 곧 저보다 큰 놈한테 잡아먹히거나 인간의 무자비한 발에 밟혀 비참하게 죽을 수밖에 없는 운명입니다."

"큭, 참으로 적절한 비유요, 황후."

"그렇지요?"

세상에는 우물 안 개구리 같은 놈들이 많다니까. 특히 눈앞의 세 놈. 주제를 몰라도 너무 모르는 세 놈을 향해 다시 한 번 히죽 웃고는 자리에서 일어났다.

"벌써 가려고?"

"오늘 바쁘지 않습니까? 개구리들이 주제도 모르고 벌여 놓은 일들을 정리해야지요. 귀찮지만 어쩌겠습니까? 이참에 깔끔하게 청소를 하는 것도 나쁘지 않을 것입니다."

"그렇군. 그럼 가기 전에 말은 해 줘야지. 아까 증좌도 없이 네놈들을 잡았다고 했나? 이런 안타까워서 어쩌지? 반역의 증좌라면 충분히 가지고 있다. 또한, 네놈들이 믿던 군사들과 귀족들은 모두 배신하고 등을 돌렸다. 즉, 네놈들을 구해 줄 멍청한 것들은 단 한 명도 없다는 말이다. 아, 그리고 도망친 네놈들 가족들하고도 곧 만나게 될 테니 걱정하지 마라."

사이좋게 보내 주지. 그리 말하고는 내 손을 꽉 잡는 그를 향해 씩 웃고는 방을 나가자 뒤에서 악에 받친 비명과 저주가 막무가내로 터져 나왔다. 아마 손발만 멀쩡했다면 찢어 죽이려고 덤벼들었겠지. 물론 그런다고 곱게 당해 줄 우리가 아니지만.

"가면서 소란 떨면 안 되니 기절시켜라."

문밖에서 검은 자루 같은 걸 들고 대기하고 있던 기사들에게 지시를 내리고 식당으로 향하는 발걸음이 오늘따라 무지하게 가볍다. 덤으로 기분도 더없이 상쾌한 것이 확실히 스트레스는 풀어야 한다니까.

『고약한 심보다, 주인아.』

괜찮아. 그냥 가벼운 수준인데 뭘.

⚜⚜⚜

"오늘 이 자리가 어떤 자리인지 모두 알 것이다. 국가 간의 협약을 맺는 자리니만큼 제도에 머무는 모든 귀족들이 참석하는 것이 마땅하나 황족인 대공은 국정에 직접적으로 참여할 수 없는 법에 따라 참석하지 않았다. 또한 휴스튼 공작, 로제르타 공작은 루비아 왕녀에게 뇌물을 받아 제국의 위신을 깎아내린 바 이 자리에 참석할 자격을 잃었다."

즉 귀족파의 머리가 몽땅 빠졌다는 말이다. 그에 귀족파 후작들과 백작들의 얼굴이 볼만하게 일그러졌다가 곧 흘러나오는 말에 뻣뻣하게 굳어 버리는 꼴을 느긋하게 구경했다.

"그리고 그럴 일이야 없겠지만 만에 하나 모르는 일이니 경고하지. 짐에게 반하고자 쓸데없이 입을 놀려 루비아 왕국을 옹호하는 이들은 없어야 할 것이다."

그냥 귀족파는 입 닥치고 구경이나 하라는 말을 못 알아듣는 이들은 없을 테고 여기저기 터지는 작은 비웃음 소리에 몇몇 얼굴이 그야말로 흉신악살처럼 일그러졌다. 그러게 줄을 잘 잡아야 한다니까.

"폐하, 괜한 걱정이십니다. 반역을 꾀하는 역도도 아니고 오늘 같은 자리에서 그런 발언을 하는 이가 있겠습니까?"

"짐도 그리 생각하오, 황후. 그러나 간혹 죽을 자리를 알아서 찾아가는 멍청한 놈들이 있어서 말이오."

어쩌면 이리 말도 곱게 하나 몰라.

『천생배필이다.』

그러니까. 씩 웃는 그를 향해 덩달아 입가를 매끄럽게 끌어 올릴 때 고대하던 이들이 당도한 듯 밖이 부산스러워졌다.

"루비아 왕국 사절단 입장하십니다!"

드디어 왔구나. 과연 어떤 얼굴을 하고 왔을지 기대되네. 하긴 뭐 그 천방지축 주제도 모르던 꼴통이 갑자기 인간 될 리는 없고 뻔히 예상되는 일이라 비죽 입가를 끌어 올리고 문이 열리며 들어오는 사절단 무리를 바라봤다.

왕이 왔다고 했으니 복장으로 보나 제일 앞쪽에 있는 배 나온 중년이 루비아 왕인가? 어째 화려한 왕녀하고는 전혀 안 닮았다. 그리고 그 뒤로 어지간히 분한 듯 입술을 깨물고 있는 왕녀에 왕국 귀족들이 따라 들어왔다. 대충 봐서는 왕녀 빼고는 모두 수긍한 분위기다. 뭐 불만이 있어도 강제로 수긍할 수밖에 없었겠지만.

"사절단을 대표하여 루비아 왕국의 국왕, 알렌데르 라그아 월 보텐 루비아가 바이에르 제국의 찬란한 태양 황제 폐하와 고귀한 달 황후마마께 인사 올립니다. 주신의 축복이, 누르티아 님의 축복이 함께하시길."

"어서 오시오, 루비아 국왕. 먼 길 오시느라 고생했소."

"아닙니다, 폐하. 진작 찾아뵙지 못해 오히려 죄스러울 뿐입니다."

의례적인 인사치레라지만 그동안 어지간히 마음고생을 했나 보다. 그래도 명색이 일국의 왕인데 지나치게 자신을 낮추는 데다 초췌한 몰골이 딱 그래. 쯧쯧, 그러게 딸자식 교육을 제대로 시켰어야지. 어디서 말뚝망둑어 같은 게 튀어나서는 신경을 긁느냐고.

"그래, 루비아 왕이 사절단까지 이끌고 짐의 제국을 방문한 이유가 무엇이오?"

알면서 저리 말하는 건 제국의 귀족들이 모두 보는 앞에서 다시 한 번 잘못을 인정하라는 심보다. 그 말뜻을 고스란히 알아들은 루비아 왕이 슬쩍 미간을 찌푸리고는 이를 악물고 있는 왕녀를 보고는 나직하게 혀를 찼다.

"앞서 왕녀가 제국을 방문했을 때 철이 없어 크나큰 우를 범한 점에 대해 사죄를 드리고자 방문하였습니다."

"사죄라. 고작 작은 왕국의 하찮은 왕녀 주제에 제국의 공작들에게 뇌물을 준 것도 모자라 중앙궁에 기거하겠다고 허튼소리를 지껄인 걸 말함인가? 아니면 후궁이 되겠답시고 제국의 심장인 황제의 집무실에 허락도 없이 쳐들어와 천박하게 몸으로 유혹하려고 했던 것? 그도 아니면 감히 제국의 안주인인 황후에게 인사도 없이 노골적으로 무시하고 적의를 드러낸 것 말이오?"

거참 생각할수록 웃기네. 왕녀라는 게 기본이 안 되어 있어, 기본이.

"그러고 보니 왕녀는 황후의 여동생이자 짐의 가족인 그란디아 공녀를 아랫사람 취급하고 사바나 제국의 하인 왕과 라키아 제국의 2황자에게는 아예 인사조차 건네지 않았지. 일개 왕국의 왕녀가 제국들을 상대로 참으로 간이 커. 안 그렇소?"

거참 볼만하네. 그의 말이 흘러나올수록 사절단 귀족들과 루비아 국왕의 얼굴이 하얗게 질렸다가 시퍼렇게 질렸다가 또다시 하얗게 탈색되는 꼴이 아주 난리도 아니다. 저거 저러다 숨넘어가는 거 아닌지 몰라.

보아하니 그 정도일 줄은 상상도 못했던 것 같은데. 하긴 왕녀가 제 불리한 일을 그대로 보고했을 리도 없고 보나 마나 억울하다는 식으로 내 욕만 잔뜩 늘어놓았겠지. 멍청하기는. 어차피 이곳에 오면 다 들통 날 것을.

하물며 난데없는 비바람에 폭풍우 좀 치고 날벼락이 끊이지를 않은 데다 영감이 신탁까지 내렸으니 발등에 불이 떨어졌을 테고, 백성들의 원성이 높아지니 어떻게든 루비아 왕국에 드리운 재난만은 피하고 보자는 생각으로 왔을 것이다.

글쎄? 우리 입장에서 아쉬울 것도 없는데 이왕 승기를 잡은 거 확실히 긁어내야 하지 않겠어? 그런 의미로 이제는 말도 잇지 못하고 뻣뻣하게 굳어 있는 국왕과 사절단을 보고 그를 보자 씩 웃은 그가 다시 고개를 돌리며 표정을 싹 바꿨다.

"지금 생각해도 기가 막히는군. 루비아 국왕은 단순한 사죄로 제국의 위신을 깎아내리고 감히 짐과 황후를 우롱한 왕녀의 죄가 사라지리라 보오?"

"그것은……."

"아닙니다! 소녀는 그저 폐하와 제국을 위해서!"

저게 아직도 헛소리를 지껄이네? 아직 정신 못 차렸군.

『정신 차릴 머리가 있다면 애초에 그리 멍청한 짓도 안 했겠지.』

그건 그래.

"예가 어디라고 끼어드는 것이냐? 너는 조용히 있어라."

"하지만 아바마마."

"조용히 하래도."

그래. 너는 입 닥치고 있는 게 그나마 루비아 왕국에 도움이 될 텐데 말이다. 국왕의 말에도 여전히 억울하다는 듯 입술을 잘근잘근 씹으며 눈물을 그렁그렁 달고 있는 모습에 나직하게 혀를 차고 아버지와 귀족들을 향해 눈짓했다. 슬슬 시작해 보자고.

"폐하, 신이 한 말씀 올려도 되겠습니까?"

"말해 보게, 그란디아 공작."

"아무래도 루비아 국왕은 사태의 중요성을 제대로 파악하지 못하고 제국을 방문한 것 같습니다. 바이에르 제국은 대륙에서 가장 강대한 제국이며 루비아 왕국과는 교류를 이어 오고 있었다고는 하나 그뿐입니다. 따라서 감히 일개 왕국이 제국을 상대로 오만불손하게 구는 행동은 결코 용납할 수 없습니다."

그럼, 당연하지. 약육강식이 왜 존재하는데? 아니꼽고 더럽고 치사해도 힘이 약하면 납작 엎드려야지.

"신의 생각도 같습니다. 제국의 위신을 깎아내린 것만으로도 그 자리에서 죄를 물어 즉결처형을 해도 모자랄 터인데 감히 신들의 축복과 가호를 받고 계신 황제 폐하와 황후마마를 우롱하다니 있을 수 없는 일입니다. 그럼에도 황후마마께서 죄 없는 루비아 백성들을 가엽게 여기시어 너그러이 기회를 주었건만 왕녀의 태도를 보십시오. 뉘우치기는커녕 저리도 뻔뻔한 태도가 어디 있단 말입니까? 사태도 제대로 파악하지 못하고 고개를 빳빳이 들고 사죄를 들먹인다는 자체가 잘못입니다."

"그렇습니다, 폐하. 이번 일을 가벼이 넘어간다면 다른 제국들과 왕국들이 우리 바이에르 제국을 어찌 보겠습니까? 사바나 제국과 라키아 제국도 왕녀의 만행을 겪었고 우리의 결정에 관여하지 않겠다고 하였습니다. 제국의 위신을 위해서라도 바이에르 제국에 반하는 루비아 왕국을 제국 법에 의해 처결을 하심이 옳을 것입니다."

잘한다, 우리 편. 아버지에 이어 우리 쪽 두 후작의 말이 이어질수록 귀족들이 하나같이 흉흉한 표정으로 일제히 수긍하고 나서자 국왕과 사절단의 모습이 이제는 거의 숨이 꼴딱 넘어갈 지경이다. 그런데 너무 심한 반응 아닌가?

조금만 생각하면 이 정도는 이미 예상했을 텐데. 하여간 그 딸이나 아비나 멍청하기는. 뭐 속사정을 전혀 모르고 대충 듣고 싶은 것만 듣고 왔다면 이해는 하지만. 그래도 그렇지. 진짜 답이 안 나올 정도로 멍청하다.

어차피 복속되는 거 적당히 타협을 보는 방향으로 생각하고 왔겠지만 우리까지 거기에 설렁설렁 넘어가 줄 필요는 없잖아? 비등한 조건에서도 패를 잡은 쪽이 승리하기 마련인데 지금 상황이야 더 볼 것도 없다.

조금 불쌍하기는 하지만 기회가 왔을 때 왕창 뜯어먹어야지. 뭐 이 정도면 어정쩡하게 협상 못 하도록 울타리도 쳤고 이쯤에서 쐐기를 박아 주자는 의미로 아버지를 보며 눈짓하자 미미하게 고개를 끄덕이고는 잠시의 틈을 두고 말했다.

"폐하, 신의 생각도 이번 일에 제국 법을 적용시키는 것이 옳다고 생각합니다. 왕녀의 행태가 괘씸하기가 이를 데가 없어 주신께서 당장에라도 루비아 왕국을 대륙에서 지워 버리시려는 걸 황후마마께서 가엽게 여기시어 적정한 선에서 멈추게 해 준 것이 아닙니까? 헌데 저들의 건방진 태도를 봐서는 그럴 필요가 없을 것 같습니다."

『사기꾼들.』

사기는 무슨. 가진 패를 적절히 이용하는 거지. 뭐 저들 귀에는 협박으로 들리겠지만.

『협박이다.』

알아. 그래도 효과는 좋잖아? 안 그래도 국력에서 비교도 안 되는 판에 주신까지 들먹였으니 이미 답은 나왔다. 하얗게 질린 국왕과 사절단 귀족들이 뭐라 입을 열려는 찰나 그가 먼저 선수 쳐서 말했다.

“짐의 생각도 경들과 같다. 고작 얼마 되지도 않는 이익에 주신과 누르티아 님의 가호를 받고 있는 제국의 위신을 굽힐 수는 없지. 황후의 생각은 어떻소?”

동감. 하지만 그리 말할 수는 없고. 일제히 내게 희망을 걸고 간절하게 바라보는 국왕과 사절단에 안타깝다는 식으로 나직하게 한숨을 내쉬고 입을 열었다.

“폐하, 제국을 위함이 그 무엇보다 우선인 것은 신첩의 생각도 같습니다. 그러나 이왕 선처를 해 주었으니 한 번 더 기회를 주시지요.”

“기회를 또 주자는 말이오? 허나 저들의 건방진 태도를 보시오. 짐도 처음에는 기회를 주고자 했으나 저리 나오니 괘씸하지 않소?”

“물론 신첩도 괘씸합니다. 하지만 왕녀의 철없는 행동 때문에 죄 없는 루비아 백성들을 죽일 수는 없지 않습니까? 그리고 보아하니 루비아 국왕께서도 상세한 사정은 모르고 오시어 실수를 하신 듯합니다. 아니 그렇습니까, 국왕?”

“그, 그러합니다, 황후마마. 사죄를 드리고자 왔음에도 제대로 사태를 파악하지 못한 점, 다시 한 번 잘못이었음을 통감하고 있습니다. 이번 일은 모두 왕녀를 제대로 가르치지 못해 그런 것이니 저희 루비아 왕국의 백성들을 생각하시어 한 번 더 선처를 해 주신다면 앞으로는 바이에르 제국에 복속하여 따를 것을 약조 드리겠습니다.”

끝났다. 조급한 표정만 봐서는 무슨 조건이라도 들어줄 것 같지만 그는 마음에 안 든다는 듯 슬쩍 미간을 찌푸리고 다 들으라는 듯 중얼거렸다. 덤으로 목소리에 기세까지 실어서.

“복속이라. 굳이 그럴 필요가 있나? 그냥 싹 쓸어버리면 더 이익인데.”

그거야 그렇지. 문제는 그럴 마음이 전혀 없다는 것이지만. 겨우 안색이 돌아온 국왕과 사절단이 또다시 하얗게 질리는 모습에 슬쩍 올라가는 입가를 추스르고 타박하듯 말했다.

“폐하, 아무리 이익이 중요해도 수많은 생명이 걸린 일입니다. 국왕의 말씀도 있고 하니 마음에 안 들더라도 이번만 적당한 선에서 타협을 보는 걸로 넘어가시지요.”

알고 봤더니 루비아 왕국에 마정석이 나오더라고. 그런데 저것들이 감쪽같이 숨기고 있었다니. 그건 무조건 뜯어내야 한다. 덤으로 매년 광석도 왕창 뜯어내고. 그러고 보니 철없는 계집 하나 때문에 도대체 이익이 얼마야?

『완전히 도둑놈 심보지.』

뭘 이 정도로.

“꼭 그리해야 하오?”

“폐하, 신첩을 봐서라도 한 번 더 선처를 해 주십시오.”

“황후가 그렇게까지 말하니 어쩔 수가 없군. 그대는 너무 착해서 탈이오.”

거참 어째 헛소리도 계속 들으니까 꼭 진짜 같이 느껴지네.

『착각은 정신 건강에 해롭다, 주인아.』

아, 그래.

⚜⚜⚜

루비아 사절단을 보내고 집무실로 돌아오자마자 진득한 한숨부터 내쉬었다. 사기 치는 것도 피곤하다. 놀릴 맛이 안 나서 그런가. 이릴 줄 알았으면 곱게 보내지 말고 왕녀라도 데리고 놀 것을. 며칠 머물다 가라고 했는데 바로 튀어 버릴 줄이야.

『뭐 좋다고 속 편하게 머물겠나?』

그건 그렇지만 심심하잖아. 너무 곱게 보낸 것 같지 않아?

『쯧쯧, 확실히 주인은 성격에 문제가 있다.』

닥치라니까. 그나저나 이걸로 또 하나 해결인가. 거참 생각할수록 웃기네. 영토는 작아도 한 나라를 종속국으로 복속시키는 일인데 다소 황당할 정도로 큰 문제 없이 간단하게 끝이 났다. 확실히 협박과 사기의 효과를 톡톡히 본 덕분이다.

처음에 저쪽에서 제시한 조건의 딱 다섯 배를 불렀을 때 그 경악하던 표정이란. 뭐 이런 날도둑놈들이 다 있어? 하는 표정이랄까. 하긴 이해해. 기껏 자비를 베풀어 줄 것처럼 해 놓고 다섯 배를 불렀으니 기가 막혔겠지.

뭐 그 점을 노리기는 했지만. 그 때문에 잠시 소란스러워졌다. 한쪽은 당장 전쟁이라도 일으킬 듯 흉흉하게 협박하고 한쪽은 비굴하게 열변을 토해 내느라. 선심 쓰는 척 세 배로 깎아 주자 눈물을 머금고 받아들였다.

원래는 그조차도 저들에게는 무리일 테지만 처음부터 다섯 배를 부른 이유가 뭔데? 잇속도 챙기고 명목상의 자비도 베풀어 주는 효과도 본 것이다. 게다가 삼 년만 그리 받기로 하고 그 이후부터는 정확히 두 배만 받겠다고 했을 때 무려 감격한 표정이었다.

거참 없는 양심이 찔리게 말이야. 다른 속국에 비하면 그마저도 터무니없는 조건이지만 저들의 입장에서는 다섯 배에서 왕창 깎였으니 더 바랄 것이 없을 테다. 그런 데다 정치에는 관여하지 않는다고 했으니 제일 큰 걱정도 덜었을 것이다.

아무리 속국이라지만 이래라저래라 사사건건 간섭하고 나서면 루비아 국왕의 권위는 말 그대로 바닥으로 떨어진다. 그렇게 되면 루비아 왕가의 말로야 뻔하고. 사실상 그가 간섭하는 자체를 귀찮아해서 실속만 챙기는 걸로 선심을 베푼 것이지만 국왕 입장에서는 쌍수 들고 환영할 일일 테다.

그 바람에 협약은 완만하게 이루어졌고 루비아 왕국을 완전하게 복속시키는 것으로 그쪽에 퍼붓던 재난도 멈췄다. 협약을 체결하는 순간 영감한테 멈추라고 했지. 뭐 예상했던 일이라 다소 싱겁기는 하지만 한몫 단단히 챙겼으니 됐다.

『아무리 생각해도 주인은 타고났다.』

내가 뭘?

『사기꾼 기질 말이다.』

인정. 그보다 이 인간들 나는 왜 못 가게 하는 거야? 그 일그러진 얼굴들 구경 좀 하겠다는데.

『봐서 좋을 게 없으니 그런 거 아니냐. 도대체 고문하는 걸 봐서 뭐하게?』

그야 그 뻔뻔한 놈들 꼴 좀 구경하려고? 그런 생각을 하자마자 나직하게 혀를 차는 샤이탄은 깔끔하게 무시하고 눈앞에 쌓인 서류 더미에 한숨부터 내쉬었다. 과연 내 팔자에 일거리에서 해방되는 날이 오기나 할까.

지금쯤 그는 세 놈을 구경하면서 마음껏 갈구고 있을 텐데 나 혼자만 일에 파묻혀 있어야 한다니. 마음에 안 들어. 구경만 하겠다는데 기어코 나를 떼 놓고 가 버린 그를 원망하며 나직하게 혀를 차고 일을 시작했다. 한참을 정신없이 일에 몰두하고 있는데 정적을 깨고 고하는 소리에 고개를 돌렸다.

"황후마마, 베르나르 후작부인께서 서신을 보내시었습니다."

"그래?"

서신이라. 수시로 보고하라고 했으니 새로운 정보라도 있나 싶어 서신을 읽고는 이내 입가를 비죽 끌어 올렸다. 루카인 백작부인의 접촉이라. 몇 번이나 비밀리에 접촉을 해 올 정도라면 지금쯤 똥줄이 탄다는 건데. 하긴 당연하겠지.

반정 날짜는 잡혔고 뻔히 죽을 걸 알면서도 불속으로 뛰어들어야 할 판이니 오죽할까. 백작부인이 이리 나온다는 건 이미 백작 쪽에서도 마음이 돌아섰다는 걸 의미할 테다. 다만 대공이나 공작들 눈치를 보느라고 내색은 못하고 있겠지. 아직 세 놈이 잡혀 있다는 건 모를 테니까.

"흐음, 어쩐다?"

다른 놈들이야 고만고만한 세력이라 여차하면 충분히 제어할 수 있어 받아 준 것이지만 루카인 백작가는 처음부터 골수 귀족파 가문이 아닌가. 거기다 오랫동안 로제르타 공작가의 최측근 노릇을 해 온 게 루카인이다.

중간에 로제르타 공작이 대공 밑으로 들어가는 바람에 덩달아 들어간 케이스지만 앞으로도 황가에 무조건 충성할 가문은 아니다. 그것만 보면 제거하는 게 마땅한데. 그렇다고 제어하지 못할 건 없다. 그저 귀찮아서 그렇지.

문제는 백작가라도 세력이 강한 편이라 제거하게 되면 빈자리가 상당하다는 점이다. 루카인 하나만 잡아도 줄줄이 엮일 것들이 많지. 그럼 그 빈자리를 채우자면 고생을 해야 하고. 또 지금 루카인 백작가를 받아들인다면 일은 한결 더 편해진다.

어차피 지금 대공하고 두 공작은 잡아들인 상태니 세 후작만 처리하면 그만이거든. 이런 마당에 굳이 귀찮게 수를 늘릴 필요가 있나? 없겠지. 아무리 귀족이 넘치고 능력제로 평민을 등용한다고 해도 그 또한 요모조모 따지고 들다 보면 시일이 걸리기 마련이다.

마음 같아서는 꼴도 보기 싫은 것들 모조리 처리하고 싶지만 꼭 그것만이 능사는 아니니까. 영감 현신도 봤겠다, 아무리 멍청한 놈이라도 딴마음은 못 품을 테다. 이참에 기회를 주고 위에 놈들 비리 서류를 챙기는 방향이 더 이득이다.

훌륭한 귀족이라 해서 그 자식들이 모두 훌륭한 것도 아니고 멍청한 부모에게서 때론 특출 나게 뛰어난 자식이 나올 때도 있잖은가. 물론 희박하기는 하지만 그럴 가능성도 생각해서 멀리 보아야 한다. 어쨌든 당장 치워 버릴 필요는 없을 것이다. 그럼 답은 나왔군. 적당히 세력을 낮추는 걸로 받아들이는 수밖에.

그렇게 결론도 나왔겠다, 베르나르 후작부인에게 보낼 답신을 쓰고 봉한 후 탁자 위에 장착된 마법구를 누르자 시녀가 들어왔다. 그 뒤로 언제 왔는지 다정하게 웃으며 들어오는 디온을 보고는 자리에 앉으라 하고 시녀에게 서신을 건넸다.

"마침 잘 오셨습니다, 오라버니. 후작들은 잡아 뒀습니까?"

"예, 황후마마. 대공하고 공작들이 잡혔다는 말에 나머지 놈들은 쉽게 포섭할 수 있었습니다. 그리고 후작들하고 루카인 백작가는 일절 접촉하지 않고 잡아 두기만 했습니다."

"루카인 백작가는 돌려보내세요. 베르나르 후작부인을 통해 백작부인이 접촉을 해 왔습니다. 그쪽에서는 애가 탈 테니 어떤 조건이라도 받아들일 겁니다. 한꺼번에 너무 빈자리가 생기는 것도 문제고 안정을 찾을 때까지는 지켜보도록 하지요."

"괜찮겠습니까? 루카인 백작 같은 인간은 기회를 준다고 해서 충성할 인물이 아닙니다."

물론 알고 있다. 다른 사람 위에 서지도 못하면서 권력에 기생하며 온갖 더러운 짓은 다 하는 부류지. 그렇기에 오히려 더 제어하고 이용하는 건 쉽다.

"걱정하지 마십시오. 멍청한 인간은 아니니 한동안 몸을 낮추고 있을 겁니다."

여차하면 안정을 찾은 후에 조용히 처리해도 그만이다. 이왕이면 그 전까지는 자리나 채우는 방향으로 가는 게 이익이다 싶어 걱정스럽게 보는 디온을 향해 웃음 짓던 찰나 문이 벌컥 열리고 그가 들어왔다.

"비아! 다녀왔다. 보고 싶어 죽는 줄 알았다."

정말이지 이 대형 짐승을 어쩔 거야. 앞으로 평생 이럴 것 같은 불길한 느낌이. 집무실로 들어오자마자 답삭 끌어안고 목덜미에 쪽쪽. 한동안 난리를 피우고도 모자라 나를 달랑 들어 올려 무릎 위에 앉히고야 만족한 듯 히죽 웃는 꼴이라니.

"그런데 디온, 자네는 왜 여기 있나? 지금 한창 바쁠 텐데?"

그러는 너는 왜 이리로 오세요? 한창 바쁘게 정무 볼 시간에? 그런 물음을 고스란히 담은 우리의 시선에도 참으로 당당한 대답만 돌아왔다.

"일거리는 이쪽으로 가져오라고 했다. 그리고 그대가 궁금해할 것 같아서 곧바로 왔지."

그러고는 마치 칭찬이라도 바라는 듯 초롱초롱 눈을 반짝이며 보는 시선에 고개를 내젓고 말았다. 말해 뭐하겠어. 어차피 들어 먹지도 않을 거.

"루카인 백작부인이 베르나르 후작부인에게 접촉을 해 왔습니다."

"생각보다 늦었군."

"배신하면 죽을 테니 이래저래 살아날 가능성이 있는지 없는지 판단이 안 섰겠지요. 그래서 일단은 루카인 백작가는 돌려보내려고 합니다. 당장 빈자리를 채우는 것도 그렇고 한동안은 지켜보는 것도 나쁘지 않을 것 같아서요."

"그리해라. 문제가 되면 언제든지 처리할 수 있는 놈이니 안정이 될 때까지는 그대로 두는 것도 나쁘지 않지. 그보다 세 놈 꼴이 볼만하더군. 그대가 봤어야 했는데."

그러니까 나도 데려가지 왜 혼자 가느냐고? 고문 받는 거 보면 눈만 버린다고 한사코 혼자 가더니 그 좋은 구경을 혼자만 해? 사람이 치사하게 말이야.

"제가 갔어야 합니다. 그래야 현실을 깨우쳐 주지요."

"큭큭, 내가 확실히 깨우쳐 주고 왔으니 걱정하지 마라. 그런데 고문을 받아 엉망인 꼴로도 기는 살아 있더군."

정확히는 악만 남았겠지. 하긴 허무할 정도로 쉽게 잡히기는 했다. 제 놈들 딴에는 오랫동안 반정을 준비하고 군사도 정비했을 텐데 한번 시도해 보지도 못했으니 오죽할까. 게다가 대공은 노예로 부리던 게브에게 잡혀 왔으니 더하겠지.

"후작들은 잡아 뒀고, 내일까지 갈 필요는 없을 것 같습니다. 당장 청소해 버리죠. 영감한테는 제가 말해 놓겠습니다."

"안 그래도 그럴 생각이었다. 이미 만반의 준비도 해 놨고 시간 끌어 봐야 후작들이 눈치챌 가능성도 있으니 이참에 정리하지. 디온, 지금 당장 황궁부터 정리하고 각 후작가와 방계들을 맡아 처리해라. 그런 후에 회의장에 모이도록."

"예, 폐하."

디온 오라버니가 비장한 표정으로 나가고 영감을 부르자마자 역시나 이때만 기다렸다는 듯 즉각 나타나서 방정을 떨어 대는 영감을 보며 그와 내가 동시에 한숨을 내쉬었다. 하도 봤더니 이제는 슬슬 면역이 되는 것 같아 그나마 다행인가.

"딸! 내 귀엽고 예쁘고 깜찍하고 사랑스러운 딸아, 아빠 불렀어?"

"일은 제대로 하고 있는 겁니까?"

"하고 있다. 요즘 그 녀석이 얼마나 게으른지 아빠한테만 일을 시켜서 이 아빠가 얼마나 고생인지 몰라."

어련하시겠습니까. 누르티아 님이 오죽했으면 그럴까. 그러게 진작 좀 하지.

"그보다 들으셨을 테니 반역에 가담한 사병들한테 항복 좀 받아 내십시오."

"칫, 그냥 다 죽이면 편할 텐데 딸은 너무 착해서 탈이다."

자꾸 헛소리하면 착각한다니까 그러네.

"항복만 받아 내면 되는 거냐?"

"예. 그 과정에서 협박을 하시는 건 상관없습니다. 아, 그리고 만에 하나 반항하는 놈이 있으면 알아서 하십시오. 반항할 시 어떻게 될 거라는 걸 눈앞에서 보여 주는 것이 가장 효과적이겠지요."

"알았다. 이 아빠만 믿어라. 대신 바쁜 일 끝나면 꼭 그 녀석한테 말해 줘야 한다?"

"걱정하지 마십시오. 한가해지면 여기서 하루는 푹 쉬시다 가셔도 괜찮습니다."

"딸! 역시 이 아빠 생각하는 건 내 사랑스러운 딸밖에 없어요."

아니 그건 좀 아닌데. 고작 하루 쉬다가 가라 한 것뿐인데 저리 좋아할 줄이야.

『주인이 구박만 하니 그러는 거 아니냐.』

그런가? 뭐 어쩔 수 없지. 앞으로는 조금 잘해 줄까 싶어 여전히 방정을 떨어 대는 영감을 향해 싱긋 웃어 주자 곧바로 헤벌쭉 풀어진 얼굴로 쏜살같이 사라진다. 그에 만족스럽게 입가를 끌어 올리고 느긋하게 차를 마시려는데. 뭐하니?

"아론, 지금 손이 어딜 만지고 있습니까?"

"내 탐스러운 가슴."

기가 막혀서. 이 인간이 이제는 뻔뻔한 걸 넘어서 아주 시도 때도 없이 당당하네?

"아무리 봐도 신첩 가슴입니다만?"

"모르는 소리. 그대의 육체뿐만 아니라 머리카락 한 올까지도 모두 내 것이다. 그러니 내 가슴이지."

"언제부터요?"

"그대와 내가 운명으로 엮인 그 순간부터. 그러니까 비아, 내 거 내가 만지는데 방해하면 안 돼. 물론 내 모든 건 그대의 소유니까 안심해도 된다."

안심은 개뿔. 어째 갈수록 능청스러워지는지. 씩 웃으며 커다란 손으로 가슴을 꼭 끌어 쥐고 목덜미에 쪽쪽 입을 맞추는 행동에 헛웃음을 흘렸다.

"아론, 당장 손 안 떼면…… 읍!"

각방입니다. 하려는데 순식간에 막혔다. 턱이 잡히더니 고개가 휙 돌아가고 곧바로 입안으로 진득하게 파고드는 혀에 속수무책. 이미 다 들통 난 성감을 집중적으로 공격해 오는 통에 아찔할 정도로 흐물흐물 녹아 버리는 걸 어쩌라고.

정말이지 이놈의 예민한 몸뚱이를 개조하든지 해야지. 그러지 않는 이상은 도저히 답이 없지 싶다. 그러니 어쩌겠어. 이왕지사 이리 된 거 화끈하게 콜! 해서 직접 몸을 틀어 목에 매달리며 더 끌어당기자 막힌 입을 통해 짐승의 만족한 웃음이 나직하게 울린 순간이었다.

"폐하, 시종장 들었습니다."

꺼져, 바빠.

27장.
진정한 휴식을 취하는 날이 오기는 할까

지난 한 달간 정신없이 보낸 결과 연못과 정자도 만족할 모양새로 만들어졌고 한창 수로 공사 중인 올던 백작의 영지와 천민구역의 공사를 빼고는 모든 일은 순조롭게 해결됐다. 사실 영감 덕분에 허무할 정도로 해결을 본 탓에 내가 나서고 자시고 할 것도 없이 싱겁게 끝나 버렸지만.

어쨌든, 대공을 비롯해 오랫동안 바이에르 제국에서 권력을 휘둘렀던 휴스튼 공작, 로제르타 공작 그리고 그들과 한 배를 탔던 로카스, 듀렌, 아도라 후작가는 반역을 일으켰다는 명백한 증거로 일가족뿐만 아니라 방계까지 모조리 잡혀 공개처형 당했다.

말 그대로 일사천리. 그놈들도 기가 막혔겠지. 오랫동안 준비했을 텐데 무력 한번 사용해 보지도 못하고 그리 허무하게 끝이 날 줄 생각이나 해 봤을까. 목이 달아나기 직전까지 핏발 선 눈으로 노려보던 대공의 심정을 백번 이해한다.

억울했겠지. 얼마나 허무했을까. 물론 그렇다고 동정하고 싶은 마음은 눈곱만큼도 없다. 애초에 주제도 모르고 욕심부린 제 놈을 탓해야지 누굴 탓해. 다 자업자득이다. 각 영지에 숨어 있던 사병들은 몇 놈 죽이는 선에서 영감의 자비를 빙자한 협박을 받고 혼비백산하여 뿔뿔이 흩어졌다.

덕분에 신의 가호를 받는 황제와 황후의 칭송은 말 그대로 경외를 넘어서 거의 맹목적으로 숭배하는 수준에 이르렀다. 다들 미친 거지. 어찌 됐든, 그들의 재산을 모두 압수한 탓에 나는 그거 정리하고 다시 배분한다고 무진장 바빴고 그는 그 나름대로 정신이 없었다.

그란디아 공작가에 새로운 영지를 더 내림으로 명실상부 제국 제1가문의 입지를 다시 한 번 굳혔다. 또 우리 쪽 베르나르, 라트라반 후작들이 공작의 작위를 받고 이번 일에 적극적으로 나서며 바쁘게 뛰어다녔던 에리오스를 비롯해 몇몇 백작가가 후작의 작위를 받았다.

그 이외에도 쓸 만한 지방 귀족들과 몰락귀족, 평민 할 것 없이 추려 내 새로운 작위를 내리는 것으로 제국은 비로소 완벽한 안정기에 접어들었다. 그리고 신전도 완벽하게 물갈이를 하고 정리한 덕분에 그쪽도 안정을 찾았다.

대공파를 정리하자마자 모스텔 대신전에 찾아가 대신관에게 약속한 대로 누르티아 님에게 현신을 요청하여 대신관에게 소개시켜 주자 아주 그냥 감격에 눈물을 펑펑 쏟아 내더라. 그래도 그나마 누르티아 님은 신으로서 정상이니 그럭저럭 넘어갔지.

미테라 대신전에 현신한 영감탱이 때문에 또 한바탕 난리가 났었다. 명색이 자신을 모시는 신관들한테 협박만 잔뜩 늘어놓는 주신이라니. 쯧쯧, 그러게 모실 신이 그렇게나 없나. 왜 하필 영감이야.

『그래도 좋아하지 않았나?』

그러니까 이해가 안 간다고. 가만 보면 신관들도 제정신이 아니야. 어쨌든, 지난 한 달간 참 많은 일이 있었지만 그럭저럭 마무리는 됐다. 그러니 이제 바쁜 일도 끝이 났겠다, 느긋하게 내정이나 보면서 평화로운 일상을 즐기면 되는데. 내 팔자에 평화는 무슨.

『비아 님! 우리랑 놀아요!』

『비아 님! 오늘도 아름다우세요!』

『비아 님! 우리 좀 봐 주세요, 네?』

그놈의 비아 님, 비아 님. 뭘 어쩌라고 이것들아. 미치겠네. 쫑알쫑알 더럽게 시끄러워.

"좋은 말로 할 때 모두 닥쳐."

한 소리 했다고 아주 다양하게 들리는 반응들과 함께 비로소 조용해진 침묵에 깊게 호흡을 가다듬었다. 정말이지 골치야. 모든 일이 끝났는데 휴식은커녕 더 정신이 없다니. 이게 뭐야.

『이해해라, 주인아. 오랜만에 인간계에 나왔으니 그럴 만도 하지.』

그래서 너는 저 시끄러운 것들의 수다를 참고 넘어가라는 말이냐?

『뭐 좀, 시끄럽기는 하군.』

좀이 아니니까 문제지! 하루 종일 쫑알쫑알 얼마나 시끄러운데. 젠장. 그렇다고 이제 와서 다시 정령계로 돌려보낼 수도 없고. 물건 구석구석 숨어서 고개만 빼꼼 내밀고 눈치를 살피는 손가락만 한 어린 정령들을 보고는 진득한 한숨을 내쉬었다. 마음 같아서는 파리채 하나 만들어서 죄다 잡아 버리고 싶지만.

『참아라, 주인아.』

안 그래도 참으려고 했다만? 너는 도대체 주인을 뭐로 보는 거냐? 내가 그리 인정머리 없어 보여?

『주인이라면…… 아니다.』

뭐야? 왜 말을 하다 말아?

『아니다. 주인은 착하다고 말하고 싶었다.』

얼씨구? 이놈 보게. 아닌 것 뻔히 아는데 어째 갈수록 뻔뻔해지는지. 그런 생각을 하자마자 버럭 소리를 지르는 샤이탄은 무시하고 진득한 한숨과 함께 입을 열었다.

"이그니스."

작게 부르자마자 기다렸다는 듯 눈앞에 뿅 나타나는 붉은 머리의 뇌쇄적인 미인의 모습에 나직하게 감탄을 쏟은 것도 잠시 눈꼬리를 접으며 공손하게 하는 말에 단번에 미간을 찌푸렸다.

"부르셨습니까, 축복받은 생명이시여."

안 어울려. 안 어울린다고. 저놈의 오글거리는 말투가 문제야. 세 놈 말을 듣자면 이그니스가 불의 정령왕답게 한 번 핀트 나가면 성격은 제일 더럽다는데 뭐냐고 저 오글거리는 태도는.

『제 딴에는 내숭 떠는 것이겠지.』

그러니까 무엇하러?

『그야 주인이 좋으니까.』

하여간 이놈의 인기는.

"이그니스, 세 놈은 어디 있어?"

"세 놈이라면 정원에 있습니다. 혈랑족들과 같이 아이들을 봐 주고 있습니다만. 데리고 올까요?"

데리고 오라고 했다가는 배신감에 찌들 것 같은 얼굴을 하고는 뻔뻔하게 묻기는. 쯧쯧, 저것도 정상은 아니야.

"됐다. 그대로 두고 이 녀석들도 데리고 나가서 놀아 줘."

"예. 언제든지 필요하시면 하등의 쓸모도 없는 세 놈은 빼고 아무쪼록 쓸모 있는 저를 불러 주시어요. 호호."

"그래그래."

알았으니까 여우 짓 그만하고 어서 가 버려. 그런 의미로 손을 휘휘 내젓자 대놓고 가기 싫은 티를 가득 내며 마지못해 어린 정령들을 데리고 사라진다.

"어째 정상이라고는 하나도 없어."

『원래 정령들은 다 그렇다. 있어도 골치, 없어도 골치지.』

그건 너도 마찬가지다만.

『나는 완벽하다!』

그래, 너 잘났다. 어째 이놈하고의 대화는 매번 같은 말로 끝을 맺는지. 포기하자는 생각에 혀를 차고는 이제 서류에 집중 좀 하나 했더니. 빌어먹을. 샤랄라~ 하는 효과음이 들릴 것 같은 형태로 청량한 향기와 꽃바람을 일으키며 나타나는 골칫덩이 하나.

연한 연두색이 섞인 물빛 머리카락에 영롱한 연두색 눈동자. 외관으로만 보면 여성체인지 남성체인지 도무지 구분이 안 가는 신기한 이 존재가 보름 전 영감의 협박을 빙자한 만류에도 불구하고 정령들을 왕창 끌고 정령계를 뛰쳐나온 정령들의 신 아크스 되시겠다.

"비아, 사랑스러운 비아, 우리 아이들 때문에 많이 힘들었니?"

응. 힘들었어. 그러니까 댁도 곱게 꺼져 주면 좋겠네. 그리 말해 봐야 저 진드기 양반이 곱게 물러날 리가 없지. 정말이지 나오는 건 한숨이요, 느는 것 또한 한숨뿐이라니 이게 무슨 개떡 같은 상황이냐고. 주신이 정상이 아니라서 그런가. 하나같이 개성들이 얼마나 넘치는지. 그것도 안 좋은 쪽으로.

"하아, 아크스. 일할 때는 방해하지 말라고 했잖습니까?"

"오, 사랑하는 비아, 너무 그리 화내지 말려무나. 아이들이 말이 많기는 하지만 모두 너를 사랑해서 그래. 오랫동안 너를 기다려 왔다는 걸 알지 않니? 그러니 너무 구박하지 말고 이해 좀 해 주렴. 응?"

"이해는 무슨. 방해하지 말라면 하지 마."

내 말이 그 말이야. 문제는 댁이 할 말은 아니라고 보는데. 아크스를 향해 뻔뻔하고도 당당하게 한 소리 하고는 날 보며 히죽 웃는 이 인간. 아니 인간은 아니지. 입만 다물고 있으면 딱 밀랍인형이라 해도 좋을 정도로 창백한 흰 피부에 남색 머리카락, 남색 눈동자, 특이하게 무색 입술을 가진 이 존재가 신이다. 그것도 침묵의 신. 대체 어딜 봐서?

"비아, 나 왔는데 얼굴 안 보여 줘?"

그냥 꺼져.

"보여 줘. 보여 줘. 보여 달란 말이야."

"비아 피곤하게 하지 마. 때가 되면 어련히 불러 줄까? 하세이드로 너는 어떻게 갈수록 철이 없어지는 거니?"

"됐으니까 넌 빠져, 아크스. 비아, 보여 줘. 얼굴 보여 주란 말이야."

피곤하다. 피곤해. 정말 피곤해서 돌아 버리겠다. 내가 왜 가출을 했는지 알 것 같아. 아론 때문이 아니라 빌어먹을 영감탱이하고 신들 때문이겠지. 정말이지 성질 같아서는 빽 소리라도 질러 다 내쫓고 싶지만 참자. 이왕지사 참은 거 조금 더 참아 보자고.

시시때때로 울컥울컥 성질이 치밀기는 하지만 어차피 이것도 곧 익숙해지겠지. 아니면 그때 가서 다른 방도를 찾아보자는 생각에 땅이 꺼져라 한숨을 내쉬고 고개를 들어 올리자 뚱한 밀랍인형 같은 얼굴이 순식간에 환하게 풀어진다.

"봤습니다. 됐습니까?"

"응. 역시 우리 비아가 가장 예뻐. 그런데 왜 누님만 이름 불러 주고 나는 안 불러 줘?"

어쩌라고.

"불러 줘. 이름 불러 줘. 불러 줘. 불러 달란 말이야."

이걸 그냥 확 한 대만 팼으면.

『참아라, 주인아. 그래도 명색이 신이다.』

그래. 명색이 신이지. 빌어먹을 신이지. 아무리 내가 사랑받는다지만 인간이 신에게 덤빌 수는 없다. 그러니 참아야 하는 게 맞을 테지만. 젠장. 피곤하다고 이것들아!

“끙, 하세이드로.”

“애칭으로 불러 줘. 난 비아가 불러 주는 애칭이 좋아. 애칭으로 불러 줘.”

“하드. 됐습니까?”

“응. 내가 비아 주려고 선물 가지고 왔어.”

선물? 그런 건 진작 좀 내놓지. 그럼 한 번이라도 웃어 줬을 텐데. 그런 생각을 하자마자 속물이라고 혀를 차는 샤이탄은 깔끔하게 무시. 눈을 반짝반짝 빛내며 특이한 조개 모양 보석 상자를 내게 내미는 하드를 보고 속마음과는 달리 마지못해 받는다는 듯 심드렁한 얼굴로 손을 뻗었다. 이거 란이다!

침묵의 바다에 터전을 잡고 있는 하드라면 최상품의 란을 선물로 가져왔을 게 뻔한 이상 내심 기대하며 뚜껑을 열자 역시나, 와, 대박. 히덴 왕자가 줬던 거무튀튀한 싸구려 란과는 비교가 불가할 정도로 영롱한 빛을 내는 구슬에 미처 감탄을 쏟아 내기도 전에 땅에서부터 솟아오르듯 불쑥 나타나는 시커먼 무언가에 절로 한숨으로 바뀌어 버렸다. 이번에는 너냐?

“비아, 내가 왔다.”

돌아가라.

“넌 또 왜 왔어? 칙칙한 데 처박혀 있지?”

“너 보러 온 거 아니다, 하세이드로.”

“오랜만이야, 하이르센.”

"오랜만이군, 아크스."

이보세요들. 여기는 댁들 만남의 광장이 아니라니까 그러네. 그나저나 이거 불안해. 매일같이 불쑥불쑥 나타나도 마치 서로 피하듯이 따로따로 움직였는데 오늘은 어째 한자리에 모이는 것 같지? 가만, 설마 영감하고 누르티아 님은 그렇다 치고 마지막 남은 행운의 신도 오는 건 아니겠지?

『아무래도 미리 마음을 비우는 것이 좋을 것 같다, 주인아.』

네가 생각해도 그렇지? 골치야.

"비아, 죽음에 대해서 어떻게 생각하지?"

그러니까 죽음을 논하는데 왜 꼭 나한테 와서 지랄이냐고.

"죽음은 끝이자 시작이다."

누가 죽음의 신이 아니랄까 봐 말하는 꼴 좀 보세요. 새까만 옷에 빛 한 점 들어가지 않은 새까만 생머리를 발목까지 늘어트리고 새까만 눈동자와 창백한 피부를 가지고서는 붉은 입술로 입만 열었다 하면 그놈의 죽음에 대한 찬양이라니. 깬다, 정말. 그리고 제발 부탁인데, 그 괴리감 느껴지는 표정 좀 어떻게 해 주면 좋겠네. 도대체 왜 저런다니?

『그야 주인이 좋아서 그러는 거 아니냐?』

그러니까 깬다고. 저 창백한 무표정으로 죽음을 논하면서 눈만 마주치면 얼굴을 붉힌다는 게 말이 돼? 그것도 죽음의 신이?

『좀, 아니 많이 특이하긴 하지.』

저건 특이한 게 아니야. 별종이지.

"그리고 죽음은 예술이고 아름다움이며 축복이자 행운이다, 비아."

예예. 어련하시려고. 죽음을 논하든지 안 어울리게 얼굴을 붉히든지 말든지 상관은 없는데. 제발 저 속으로 내가 죽을 날만 학수고대

기다리는 건 아니기를 바란다. 생각할수록 무섭잖아. 등줄기를 훑는 오싹한 소름에 나직하게 혀를 차자니 또 다른 목소리가 불쑥 끼어들었다.

"행운은 나를 빼고 들먹이면 곤란하지. 안 그래, 비아?"

역시나. 너도 왔군. 행운의 신 지그닌. 옅은 인디고 머리카락에 짙은 보라색 눈동자. 완벽한 남성체로 미꾸라지 빰칠 정도로 미끈미끈느끼한 것도 모자라 능글맞은 성격이다. 그리고 발끈하는 아론 놀리는 재미로 사는 게 아닌지 의심이 갈 만큼 상당히 피곤한 존재다.

"비아, 사랑하는 나의 행운. 나 안 보고 싶었어?"

"전혀요."

"너무하네. 이 오빠는 하루가 천 년 같았는데 우리 비아는 이 오빠가 그립지도 않았다니. 흑, 슬퍼서 눈물이 날 것 같아."

"미친놈."

내 말이 그 말이야. 미친놈. 대체 누가 이리도 내 마음을 그대로 대변해 주나 했더니 침묵의 신 하드다. 심드렁한 얼굴로 연방 미친놈만 중얼거리는 그를 보고는 고개를 내저었다. 그리고 눈앞에서 일제히 기대 섞인 눈으로 바라보는 존재들에 마지못해 입을 열었다.

"제가 시도 때도 없이 불쑥 나타나지 말라고 했습니다만."

뭘 기대하는지는 모르겠지만 피곤하다. 어쩌면 이리도 하나같이 개성이 넘치는지. 마음 같아서는 확 무시하고 내쫓고 싶지만 관두는 게 빠르겠지. 백날 말해 봐야 어차피 들어 먹지도 않거든. 그러니 어쩌겠어.

"싫어. 싫어. 나는 보고 싶을 때 볼 거야."

내가 싫다고, 이놈아!

"나타나지 말라고 해도 보고 싶은걸. 참으면 병이 될 수도 있어, 비아. 나의 행운의 아가씨, 그건 너무 잔인하잖아?"

잔인은 개뿔. 정말로 잔인한 게 뭔지 보여 줘?!

"오, 사랑하는 비아. 우리가 너를 얼마나 그리워했는지 알면서 그러니?"

몰라, 이것들아. 기억에 없다고.

"비아, 우리 사이는 죽음으로도 갈라놓을 수 없다."

그렇겠지. 또 태어날 테니까. 아, 빌어먹을 내 팔자야.

『주인아, 그냥 다 포기하고 마음을 비우면 편해진다. 이제 슬슬 깨달을 때도 되지 않았나?』

닥쳐! 지금 불난 집에 부채질 하냐? 앙!

『흥! 속은 좁아터져서는. 만만한 게 나지.』

이걸 그냥 확! 녹여 버릴 수도 없고. 짜증스럽게 한숨만 푹푹 내쉬고 있자니 역시나 최종보스 납시셨다.

"이것들이 또! 내가 오지 말라고 했는데 또 여기서 죽치고 있어? 내 딸 피곤하게 하지 말고 죄다 꺼져! 꺼져, 이것들아!"

영감도 꺼져 주면 좋겠네.

"그러게 아버지가 진작 말씀해 주셨어야죠?"

"맞아. 아버지 책임이야. 아버지가 책임져. 책임져."

"아버지야말로 방해 좀 그만하십시오. 또 아버지 혼자 독차지했다가 무슨 일이 있으려고? 이번에는 우리가 지켜야지. 안 그래, 비아? 이 오빠 말에 동의하지?"

"애초에 막는다는 건 불가능하다, 아버지."

"으으, 닥쳐! 이것들이 감히 누구 말에 토를 달아! 오늘에야말로 모조리 소멸시켜 버릴 테다!"

그러고는 방방 뛰는 영감탱이. 영감을 피해 잘도 요리조리 도망치는 네 명의 신. 순식간에 난장판으로 변하는 집무실을 가만히 지켜보고 있자니 돌겠다. 응. 완전히 돌아 버리겠다. 아무리 참으려고 해도 이건 아니지. 신은 개뿔!

속에서 부글부글 끓어오르는 화기에 참다 참다 못해 폭발! 들고 있던 깃펜을 뚝 부러트리고 벌떡 일어나려던 찰나 뒤에서 온몸을 감싸는 따뜻한 온기와 눈과 귀를 막는 보드라운 손길을 느끼고는 폭발하던 화가 순식간에 바람 빠지듯 허무하게 가라앉아 버렸다.

“누르티아.”

“그래. 착하지? 비아, 여기는 내가 해결하마. 나를 봐서라도 진정하렴.”

익숙하군. 더럽게 익숙해. 머리는 기억하지 못해도 이런 일이 얼마나 다반사로 벌어졌으면 몸이 익숙하게 받아들이는 건지. 진정제 역할을 하는 누르티아 덕분에 순식간에 가라앉은 화에 허무한 한숨만 내쉬자 그제야 어색하게 웃으며 떨어지며 이마 위로 짧게 입을 맞춘다.

그러고는 여전히 난리법석을 떨어 대는 군상들을 단번에 제압해 소파에 앉히더니 진득한 한숨을 내쉬는 모습에 헛웃음만 흘리고 말았다. 나도 나지만 참 누르티아도 할 짓이 아니라고 봐. 한두 번도 아니고 매번 저 난리를 피울 때마다 나서서 해결했을 거 아니야. 쯧쯧, 할 짓이 아니지.

가만 보면 나만큼이나 팔자가 사나운 것 같아 고개를 내젓고 차를 내오라고 지시하고 나서 다시 일을 시작했다. 처음에는 신의 현신에 기겁을 하고 기절하는 일까지 벌어지더니 그것도 매번 겪다 보니 어느 정도 적응이 된 듯 마리나와 르네가 어색하게 웃으며 각자의 앞에 차를 내려놓고는 쏜살같이 도망친다.

이해해. 아무리 신력을 감추고 있다고는 하나 한낱 인간이 신들과 한 공간에 있는 것도 버겁겠지. 솔직히 기절 안 한 게 어디야. 아마 멀쩡하게 받아들이는 건 아론을 비롯해 아센과 게브, 혈랑족인 두 녀석뿐일걸.

아버지와 두 오라버니는 아직도 신들만 보면 뻣뻣하게 굳어 버리는 통에 요즘은 세 사람이 알아서 피하고 있다. 오고 싶어도 못 오는 것일 테지. 덕분에 가끔 보면 울 것 같은 애절한 얼굴로 보는 바람에 난감한 적이 한두 번이 아니었다. 뭘 어쩌라는 건지.

하여간 도움 안 되는 신들 같으니라고. 소파에 둘러앉아 뚱한 얼굴과는 달리 느긋하게 차를 마시며 누르티아의 사근사근한 잔소리 폭탄을 군말 없이 듣고 있다. 이들을 보다가 밀린 업무를 재빨리 처리하고 있자니 고하는 소리도 없이 문이 벌컥 열린다. 누군지는 뻔하다.

"비아! 나 왔는데. 하아? 이게 다 무슨……."

기가 막히지? 나는 더 기가 막혀. 집무실에 앉아 느긋하게 차를 즐기는 할 일 없는 신들이라니. 이 대륙 정말 괜찮을지 모르겠다. 같은 생각인지 아니면 어이가 없는지 아론이 헛웃음을 흘리고는 내게 다가와 짧게 입을 맞추고 하는 말에 격하게 동감했다.

"비아, 그대가 고생이 많군."

"돌겠습니다."

"큭큭, 잠시 정자에 바람이나 쐬러 갈까?"

나도 그러고는 싶은데. 밖에 나가는 순간 더 시끄러워질 것 같아서 포기. 여기는 그나마 상태 안 좋은 신들만 상대하면 된다지만 밖은 1차 성장을 거친 일랑과 이랑, 그리고 정령왕들이 어린 정령들과 놀고 있다고.

보나 마나 내가 나가자마자 우르르 달라붙을 텐데 생각만 해도 정신없어. 지금쯤 마음 놓고 수련에만 매진하고 있을 아센과 게브가 부러워지는 순간이다. 젠장. 이제야말로 좀 편하게 쉬어 보나 했더니. 개뿔이나. 아, 정말 가출하고 싶다.

⚜⚜⚜

세월이 약이라고 했던가. 아니면 타고난 적응력이 좋아서인가. 어느새 수확의 마지막 달을 남겨 두고 하루 종일 쫑알거리는 정령들과 시도 때도 없이 나타나 옆에서 죽치고 앉아 헛소리나 지껄이다가 사라지는 신들에게도 적응이 된 덕분에 제법 여유 있는 생활을 이어가는 중이다.

한마디로 평화롭다. 문제는 지나치게 평화로워서 좀이 쑤실 지경이라는 것이지만. 뭐 그동안의 일들을 돌아보면 말로 다 하지 못할 정도인 데다 사실 누르티아 님이 중재를 하느라고 가장 고생이 많았지만. 어찌 됐든 여전히 피곤하기는 해도 천만다행으로 적응은 했다. 그게 어디야? 여차하면 그대로 가출할 생각까지 했을 정도인데.

하여간 시끄러운 정령들이나 개성이 넘치다 못해 특이한 신들이나 하나같이 골치만 아프지. 그렇다고 내가 좋다는데 마냥 밀어낼 수도 없고 딱히 손해 보는 것도 없어서 요즘은 불쑥불쑥 나타나도 구박은 하지 않는 편이다. 내가 또 워낙 마음이 넓은 탓에 너그러운 마음으로 넘어가기로 한 것이지만.

『헛소리. 올 때마다 선물 하나씩 들고 오니까 구박을 안 하는 거면서.』

닥치라니까.

"그나저나 적응한 건 좋은데 이거 은근히 심심하네?"

축제도 연회도 다 끝나 버렸고 공식 일정이라고 해 봐야 한 달 후에 있는 사냥대회가 전부다. 솔직히 사냥대회라고 해도 내가 직접 설칠 수도 없으니 재미가 없을 것 같고. 그런 다음에는 또 안식의 달 축제와 연회가 있겠지만 그것도 슬슬 지겨운데.

그렇다고 황후 된 입장에서 마음 편히 여행을 갈 수도 없고. 요즘 같으면 차라리 누가 사고라도 쳐 줬으면 하는 심정이다. 그럼 두고 두고 괴롭혀 줄 수 있을 텐데. 빌어먹을 신들이 하도 현신을 해 대니 인간들이 아주 바닥에 납작 엎드릴 기세로 복종하는 통에 그것도 물 건너갔다.

사고 쳤다가 뭔 보복을 당하려고. 덕분에 이래저래 할 짓 없이 황궁에만 붙어 있으려니 심심해. 심심하다고. 그나마 마나의 양이 확실히 늘어난 탓에 간혹 친화력이 좋은 이들이 정령들의 모습을 보는 것 같다. 아마도 조만간 정령들과 계약하는 인간들이 나타나는 사태가 벌어지지 않을까 싶다. 그때는 시끄러운 것들도 제국 곳곳으로 내보내 버려야지.

뭐 일단 그건 나중 문제고. 어쩐다? 요즘 들어 공작부인들하고 헤스티아까지 부려 먹으면서 일을 시키는 바람에 일거리가 팍 줄어 버려서 정말 심심한데. 이럴 줄 알았으면 차라리 내가 할 것을. 젠장. 심심해. 심심하다고!

『쯧쯧, 아주 발광을 하는군.』

이게 진짜. 갈수록 건방지지?

『정 심심하면 영감이라도 불러서 놀아라.』

싫다. 한번 불렀다 하면 떨어질 생각을 안 하잖아? 그런 관계로 영감은 절대 안 돼. 마음 같아서는 혼자 산책이라도 하면서 사색이라도 즐기면 좋겠지만 줄줄이 따라붙을 건 뻔한 이상 그것도 패스. 그럼 뭐 결국 답은 나왔네.

대낮이기는 하지만 오랜만에 땀이나 뺄까 싶어서 탁자 위에 있는 통신구에 손을 올리자 기다렸다는 듯 활짝 웃는 얼굴을 불쑥 내미는 그를 보며 헛웃음을 흘렸다. 이걸 설치할 때부터 알아봤지. 어째 이 인간은 갈수록 강아지가 되는 거야. 물론 밤에는 여전히 야수지만.

"비아! 혹 무슨 일 있어?"

"없습니다. 그냥 심심해서요."

"쳇, 이왕이면 내가 보고 싶었다고 해 줘."

헛소리는. 사실 정답이지만.

"놀러 오십시오."

"지금 간다!"

많이 기다렸구나? 점심 먹고 떨어진 지 얼마나 됐다고. 곧바로 꺼지는 통신구에 피식 웃다가 대충 서류를 정리해 서랍 안에 넣고야 자리에서 일어났다. 곧바로 집무실을 나와 문을 잠근 후 옆쪽에 있는 문을 열자 곧바로 자리에서 일어나는 메시리아 남작과 헤스티아를 향해 다가갔다.

"어디 나가십니까?"

"응. 잠시 정자에 바람 좀 쐬려고. 오늘 수결할 건 다 해 놨으니 남작이 처리해 주고. 헤스티아, 일은 할 만한 거냐?"

"예, 황후마마. 메시리아 남작 덕분에 더 빨리 배우고 있습니다."

"다행이네. 이제 슬슬 영지 일도 돌봐야지?"

"안 그래도 아버지가 조금씩 일거리를 넘겨주셔서 차근차근 배워 가고 있어요."

말과는 달리 앳된 얼굴 위로 미처 감추지 못한 쓴웃음에 힘내라는 의미로 부드럽게 머리를 쓰다듬었다. 아버지도 참 고집이 어지간하다. 앙금이 쉽게 가실 거라고는 생각하지 않았지만 어린아이를 상대로 언제까지 마음을 닫고 있으려는 건지.

하긴 어머니가 돌아가신 이유에 포엥마 그 여자가 개입됐다는 걸 알고부터는 그나마 열리려던 마음이 다시 닫혀 버렸지. 헤스티아 또한 그걸 알기에 어떻게든 아버지에게 인정받고 싶어 더 열심히 노력하는 것일 테다. 기특하기도 하고 안쓰럽기도 하고.

또 한편으로는 아버지가 이해되기도 하니 중간 입장에서 내가 나서기도 그렇다. 이런 문제일수록 당사자들이 해결을 봐야 하니까. 진심은 언젠가는 통한다는 말도 있잖은가. 아마 아버지도 조만간 받아들이겠지. 정 안 되면 개입하면 되고.

"헤스티아, 너무 무리하지 말고 천천히 해도 된다. 시간은 많고 급할 건 없어."

"네. 걱정하지 마세요. 저 하나도 안 힘들어요. 오히려 조금이라도 도움이 되는 것 같아서 얼마나 즐거운데요."

그러고는 일부러 더 환하게 웃는 헤스티아를 보며 착잡한 마음을 감추고 웃음으로 대신했다.

"그래. 너라면 잘 해낼 거라고 믿는다. 그럼 두 사람 다 수고 좀 하고 저녁은 같이 하도록 하지."

"예, 황후마마."

두 사람을 뒤로하고 집무실을 나와 정원 쪽으로 나가려는 찰나 뒤에서 답삭 끌어안는 커다란 품에 슬며시 입가에 웃음을 머금었다.

"역시 그대하고 나는 마음이 통해. 딱 그대 생각하고 있는데 연락이 온 것만 봐도 그렇지?"

웃기시네. 언제는 하루 종일 내 생각만 한다며? 하긴 말해 뭐해. 입만 아프지.

"예예. 마음이 너무 잘 통해서 탈입니다. 그보다 일은 어쩌고 왔습니까?"

"내가 수결할 건 다했다. 나머지는 공작이 알아서 할 거야."

아버지도 참 여러모로 고생이 많다. 그러게 주군을 잘 만나야 한다니까.

"비아, 뭐할 거야? 응? 혹시 내 품에 안기고 싶은 건."

"예."

"정말?! 정말이지?"

"예. 오랜만에 기회를 주려고 합니다만. 그러자면 우선 저것들부터."

처리를 해야 하는데. 기회라는 말에 이미 빠삭하게 알아들은 아론의 얼굴이 기대와 흥분으로 환하게 풀어지고 미처 뒷말을 잇기도 전에 나를 달랑 안아 들었다. 그러고는 우리가 보이자마자 우르르 몰려드는 놈들을 가뿐하게 무시와 협박을 겸해 떨쳐 내고 그대로 정자까지 쾌속 질주.

"아론, 아론! 서두르지 마십시오. 뭐가 그리 급합니까?"

"하지만! 또 누가 방해할지 모른다."

그건 그래. 밤을 제외하고는 단둘이 있는 꼴을 못 보거든. 그나마 그가 지난번에 한바탕 난리를 피운 덕분에 조금은 잠잠해졌지만 그뿐이다. 시간 끌어 봐야 또다시 몰려들 건 뻔하고 정자에 오르자마자 보료처럼 푹신한 베드 위에 나를 앉히고는 사방에 만들어 놓은 창을 다 닫고도 모자라 커튼까지 친다.

그래 봐야 저것들한테는 소용없다니까. 하도 방해받다 보니 저런 반응도 이해가 되는 나머지 차마 말리지도 못하겠고 하는 꼴을 가만 보고 있자니 드디어 준비 완료! 당장에라도 홀라당 먹어 버릴 기세로 콧김을 뿜으며 다가오는 그의 손길에 순식간에 훌러덩! 어째 갈수록 옷 벗기는 솜씨가 예술적인지.

"아론, 천천히 하십시오."

"하, 무리. 절대 무리. 나 말리지 마."

안 말려. 말릴 것 같으면 기회를 주겠냐? 아니 그보다 지금 말렸다가는 피 볼 것 같아서 못 말리겠다. 아주 그냥 맛이 갔어. 어김없이 우람한 홍두깨를 끄떡거리며 단숨에 덮쳐 오는 무게감에 갑자기 후회가 들었지만 이제 와서 그만둘 수는 없는 노릇.

목덜미에 코를 박고 킁킁거리며 만족한 탄성을 흘린 것도 잠시 여린 살을 와작 깨무는 통증에 짧게 신음을 내질렀다. 그걸 시작으로 진한 딥키스! 아찔한 쾌감에 순식간에 흐물흐물 풀어져 그의 목을 끌어당겨 더 깊게 이어지려는 찰나였다. 바로 옆에서 느껴지는 익숙한 기척에 둘이 동시에 움직임을 딱 멈추고 고개를 돌렸다.

"하아? 도대체……."

"지금, 뭣들 하십니까?"

내 말이 그거야. 왜 할 일 없는 신들이 여기 있는 건데? 그것도 방실방실 웃으며 손을 흔드는 영감에 어색하게 웃는 누르티아 님까지. 탁자를 사이에 두고 빙 둘러앉아 태연하게 차까지 마시는 반갑지 않은 불청객들에 아론과 내 입에서 동시에 진득한 한숨이 흘러나왔다.

"뭘 봅니까? 제 겁니다. 보지 마십시오."

아니 지금 그게 문제가 아닌 것 같은데. 어지간히 마음에 안 드는 듯 씩씩거리면서도 내 몸을 얇은 시트로 돌돌 감싸 품 안에 꼭 안고 신들을 향해 으르릉거리는 그의 머리를 토닥토닥 달래듯 두들기자 볼을 잔뜩 부풀리고 칭얼거린다. 마음에 안 들어도 어쩔 수 없다고. 우리가 백날 말해 봐야 저것들은 안 듣는다니까.

"후우, 도대체 이게 무슨 짓들입니까?"

뻔뻔한 것도 모자라 이제는 눈치까지 없는 겁니까? 오랜만에 땀 좀 빼겠다는데 이게 무슨 방해질이야! 게다가 이런 상황에서 차가 목구멍에 넘어가니? 아무리 색에 대해 무지한 신들이라지만 이건 아니지.

차마 신들에게 성질을 내지는 못하고 나한테 딱 달라붙어 칭얼거리는 그를 달래는 한편 괘씸함에 눈을 가늘게 뜨고 노려보자 하나같이 움찔거리며 어색하게 고개를 돌린다. 잘못을 알기는 아는구나. 이것들을 그냥 확!

『한두 번도 아닌데 참아라, 주인아.』

한두 번이 아니니까 문제지! 대체 언제까지 저 꼴들을 봐줘야 하는 거냐고. 젠장. 내 팔자야.

"미안하구나, 비아. 우리는 그저 축하도 하고 축복도 해 줄 겸 들른 건데. 상황이 이렇게 됐구나. 그래도 이왕 온 거 그냥 갈 수는 없잖니?"

뭔 소리야? 축하는 뭐고 축복은 또 뭔지. 더 말해 보라는 의미로 누르티아를 보자 어색하게 웃으며 하는 말에 일순 정신이 멍해졌다. 내가 뭘 했다고?

"누르티아 님, 잠시만. 잘못 들었습니다만, 제가 지금 뭘 했다고 했습니까?"

"후후, 아이를 가졌단다, 비아."

"아이라면. 그러니까 제가 회임을 했다는 겁니까?"

"비아가, 회임을요?"

"그렇지. 두 사람을 닮아 아주 사랑스러운 아이가 태어날 거야."

헐. 내가 뭘 해? 내가 지금 임신을 했다는 소리?

"그게 정말이십니까?!"

"그렇다니까. 아론, 비아의 사랑스러움과 너의 외모를 꼭 닮은 사내아이란다."

"아! 비아, 누르티아 님 말씀 들었나?!"

물론 귀가 뚫려 있으니 듣기는 했지만.

"허, 말도 안 되는 소리."

"말이 안 되다니? 부부 사이에 아이가 있는 건 당연하지 않니?"

그렇게 따지면 할 말은 없지만 아이라니. 내가 회임이라니! 지금 내 배 속에 아이가 있다는 거잖아? 그것도 아론의 아이. 와, 진짜 대박. 이런 건 한 번도 생각 안 해 봤는데.

『부부 관계를 가지는데 아이가 생기는 건 당연하다, 주인아.』
어. 그렇긴 하지만 도무지 믿기지가 않는단 말이다. 내 인생에 결혼을 한 것도 이슈 같은 일인데 아이라니. 이걸 어떻게 받아들여야 하는 거야. 뭔가 기분이 묘하다고 해야 할지. 얼떨떨하다고 해야 할지.
나를 끌어안고 난리를 피우는 그를 봐서는 순수하게 좋아하는 것 같은데 나로서는 도무지 현실감이 들지 않는다. 덕분에 영감부터 시작해 저마다 특색에 맞게 축하와 축복을 늘어놓는 신들을 멍하니 보고 있을 때였다.
"잠깐!"
깜짝이야. 뭐냐고 또? 갑자기 소리를 버럭 지르는 아론의 행동에 절로 미간부터 찌푸리자니 표정이 짐짓 심각해진다. 그러고는 곧바로 흘러나오는 말에 헛웃음을 흘리고 말았다.
"누르티아 님. 설마 해서 묻는 것입니다만 회임 때문에 그녀를 안지 못하는 건 아니지요?"
고작 그걸로 심각해진 거냐? 이 인간이 진짜!
"아론, 지금 그게 중요한 게 아니지 않습니까?"
"하지만 비아, 하루도 그대를 안지 못하면 견딜 수가 없다. 이건 무엇보다 중요한 문제야!"
중요하긴 개뿔.
"후후, 그럴 리가 있겠니. 신들의 축복을 받고 태어날 아이인데 잘못될 일은 없단다. 그러니 걱정하지 말렴."
"하, 다행이다. 비아, 그대도 분명히 들었지?"
아, 글쎄 지금은 그게 중요한 게 아니라니까 그러네. 내가 회임을 했다니까! 내 배 속에 아이가 있다고. 그것도 그와 내 아이가. 와, 기분이 참 묘하다. 여전히 얼떨떨한 것 같기도 하고 이상한 기분도 들고 또 간질거리는 느낌? 이거 좋은 건가.

확실히 나쁜 기분은 아니야. 그렇게 생각하자마자 자꾸만 느슨하게 풀어지는 입꼬리에 나도 모르게 실실 웃음을 흘렸다. 왠지 가슴도 두근거리는 것 같고. 색다른 기분에 이왕이면 오래도록 이 느낌을 지속하고 싶은데 말이다. 하여간 도움이 안 되지?

"그럼, 죄송하지만 다들 자리 좀 피해 주십시오. 참고로 더 이상 방해하시면 안 됩니다. 우리는 지금부터 굉장히 바쁠 예정이라서 말입니다."

나 잘했지? 마치 칭찬이라도 바라는 듯한 얼굴로 방긋방긋 해맑게도 웃는 아론을 보자 절로 주먹이 불끈 쥐어졌지만 관뒀다. 얇은 시트 안으로 홍두깨 놈이 허벅지를 콕콕 찔러 대는 게 은근히 자극적인데 어쩌라고. 내가 아쉬우니까 참아야지 뭐. 대신 누르티아의 재촉에도 가기는커녕 갖은 불평불만을 늘어놓으며 미적거리는 눈치 없는 군상들을 향해 손을 휘휘 내저었다.

"이제 그만 좀 가십시오."

"딸! 이게 얼마 만인데 너무하잖아!"

너무하긴 개뿔. 앞으로도 지겹도록 볼 텐데 뭘. 그리고 사흘밖에 안 됐거든?

"비아, 이 오빠는 그냥 조용히 관전만 할 테니까 신경 쓰지 마."

관음증 변태냐?!

"나는 안 가. 차 마실 거야."

가서 침묵의 바닷물이나 퍼마셔.

"방해할 생각은 없는데. 그냥 있으면 안 되겠니?"

응. 안 돼.

"차가 맛있군."

모르는 척하지 마! 이것들이 정말 성질 테스트하는 것도 아니고.

울컥 치미는 짜증에 한마디 하려는 찰나 누르티아의 진득한 한숨소리와 연달아 들리는 경쾌한 딱밤 소리에 입을 꾹 다물었다. 그러게 진작 갔으면 좀 좋아. 왜 꼭 쥐어박히고 가는 건지.

그래도 효과는 좋아서 다행인가. 그래 봐야 이삼 일을 못 넘기겠지만. 잔뜩 불퉁해져서 투덜거리는 소리를 끝으로 비로소 단둘만 남게 되자마자 몸을 감싼 시트가 단번에 벗겨지고 짐승처럼 덤벼드는 아론의 얼굴을 다급하게 막았다.

"또 왜?!"

"대답은 해 주고 시작하십시오."

"무슨 대답? 비아, 나 급하단 말이야."

좀 참아. 이왕이면 확실히 하고 싶단 말이다.

"아론, 솔직하게 말하십시오. 아론하고 내 아이가 생기지 않았습니까?"

"응. 생겼지. 그런데 왜?"

"기분이 어떻습니까?"

"난 또 뭐라고. 그거 걱정한 거야?"

걱정은 무슨. 그냥 그는 어떤 생각을 하는지 궁금할 뿐이다. 이곳에 와서 가족의 정도 알고 누구보다 많은 이들에게 넘치도록 사랑받는 입장이지만 내가 직접 낳은 아이와는 또 다르지 않은가. 황제와 황후가 아닌 한 아이에게는 부모가 되는 것이다.

그래서인지 이제는 기억 속에서도 가물가물한 강한서의 어린 시절이 생각나 기분을 묘하게 하는 것도 사실이다. 과연 진정으로 아이를 받아들일 준비가 되어 있는지. 자격이 있는지. 보통 부모처럼 따뜻하게 아이를 감싸 주고 사랑해 줄 수 있을지.

뭐랄까. 기쁘면서도 설레고 또 마음 한편으로는 복잡했다. 그런 내 기분이 얼굴에 고스란히 드러난 듯 다정하게 미소 지은 그가 이

마부터 눈가, 콧잔등을 거쳐 입술에 이르기까지 입을 맞추었다. 가벼운 입맞춤 끝에 이마를 맞대 오며 장난스럽게 속삭이는 말에 결국 고민은 털어 내고 웃음을 터트릴 수밖에 없었다.

"비아, 내가 아이를 얼마나 기다렸는지 그대는 몰라. 그대와 내 아이인데 사랑스러운 건 당연하고 사실 다른 이유도 있다. 하루라도 빨리 아이를 낳아야지 황제자리 물려주고 그대와 여행을 떠나지 않겠어?"

"아직 태어나지도 않았는데 벌써부터 여행 생각입니까?"

"큭큭, 그건 그렇군. 그래도 그대와 단둘이 가는 여행이라니 생각만 해도 좋다. 경치 좋은 곳을 찾아다녀도 좋고 느긋하게 전 대륙을 돌아다녀도 나쁘지 않지."

물론 그럴 수만 있다면야 즐겁기는 하겠지만. 글쎄. 아무래도 단둘이는 평생 무리일 것 같은데. 따라붙을 군식구가 좀 많아야지. 괜히 그런 말을 했다가 또 불퉁해질 건 뻔하고 피식 웃으며 그의 목을 끌어당겼다.

"그러자면 우선 우리 아이부터 건강하게 태어나야겠지요? 그러니까 적당히 조절하십시오."

또 짐승처럼 덤벼들지 말라는 의미다. 하지만 역시나 씨알도 안 먹혔다. 코피 터지게 섹시한 얼굴로 나른하게 웃으며 상큼하게 내뱉는 말에 급 후회했다.

"맛있게 먹겠습니다, 부인."

차마 맛있게 먹으라는 소리는 못 하겠다. 젠장. 땀은 무슨.

에필로그

명실상부 대륙의 중심이자 거대한 제국 바이에르. 천공의 여신 누르티아의 가호를 받는 제43대 율리어스 황제와 창조주인 주신의 딸인 디아나 황후의 치세는 역대 가장 강력한 제국으로 거듭나게 했다.

또한 재위 기간 20년 동안 수많은 기록을 남겼으니. 천민의 계급을 없애고 신분 고하를 막론하여 인재를 등용하거나 새로운 건축물로 파격적인 발전을 이룬 것하며 민심을 등에 업은 절대적인 황권은 사실상 아무것도 아니었다.

역사 속에서 전설로 사라졌던 정령들이 부활한 시기가 이때였으며 그보다 더 충격적인 사실은 신들의 현신이었다. 창조주인 주신부터 천공의 여신, 행운의 신, 죽음의 신, 침묵의 신, 정령들의 신까지.

대륙에 속한 제국들과 왕국들이 모두 부러워하고 인간이라면 단 한 번이라도 신의 축복과 현신을 눈으로 보고자 눈물로 기원했다면, 정작 바이에르 제국에서 신들의 현신은 일상이었다.

율리어스 황제와 디아나 황후의 치세가 역대 길이 남은 이유는 이

같이 파격적이고도 편파적인 신들의 사랑과 축복이 있었기에 가능했던 것이다. 그러나 역대 가장 완벽한 치세를 보인 것에 비해 율리어스 황제와 디아나 황후의 치세 기간은 20년에 지나지 않았다.

신들의 축복 탓에 조금도 늙지 않고 젊음을 그대로 유지하고 있었던 두 사람은 무슨 이유에서인지 유일한 자식인 레오도로 황자가 성인이 되자마자 황위를 물려주고 비밀리에 황궁을 떠났기 때문이다.

이를 두고 혼란과 우려의 말들이 많았지만 제44대 황제 윌라이언 또한 신들의 축복을 받은 이답게 그 자질이 매우 뛰어나 강력한 통치자의 모습을 보여 줌으로 그런 불안들을 단번에 불식시켰다. 다만 안타까운 점은 두 사람이 황궁을 떠나며 천공의 여신을 제외한 다른 신들의 현신도 더는 볼 수 없게 되었다는 것이다.

—fin

외전.
환생

바이에르 제국의 주목받는 라미스 백작가에 더할 나위 없는 경사스러운 일이 생겼다. 백작부인을 그대로 빼다 박은 듯이 닮은 꽃의 탄생이었으니. 고작 딸아이가 태어난 일이 황제가 대대적인 선물을 보내고 멀리 떨어진 영지 내에 축제까지 벌어질 일인가 싶겠지만 집안의 내력을 아는 이들이라면 확실히 수긍할 수밖에 없는 일이었다.

그도 그럴 것이 아직 역사가 깊지 않은 라미스 백작가는 몇 대에 걸쳐 딸이 태어나지 않았다. 그뿐만 아니라 집안 유전자의 특성상 태어난 아들들은 하나같이 우락부락한 덩치와 괴물 같은 체력의 소유자들이었으니 갓 태어난 작디작은 여자아이는 그야말로 신비한 생명체 취급을 받고 있었다.

물론 아기는 지극히 정상적인 체중이었으나 우락부락한 거인 가족들 사이에 있다 보니 그리 보이는 것도 당연한 것이다. 무엇보다 라미스 백작가가 주목받는 것에는 또 다른 이유가 있었다.

지금은 비록 은퇴하고 작위까지 물려준 후 노후를 즐기고 있는 전대 백작이지만 소드마스터답게 여전히 정정했고, 현 백작 또한 그 뒤를 이어 황제의 최측근이자 극강의 기사단이라는 발란트 기사단장으로서 소드마스터에 오른 인물이었다.

또 그 자식들 중 첫째 역시 소드마스터에 근접하는 실력이었고 나머지 두 아들도 검술에 남다른 재능을 보이고 있어 한 집안에서만 소드마스터가 다 나오는 것이 아니냐는 말들이 나돌 정도였기 때문이다. 게다가 또 다른 점은 현 백작부인이 데른트 후작가의 금지옥엽이자 제국의 꽃이라 불릴 정도로 아름답다는 사실이다.

당시 백작과 백작부인의 열애를 두고 제국이 떠들썩해질 정도로 말이 많았던 만큼 외모로만 따져 보면 두 사람의 조합은 확실히 어울리지 않는 수준이었다. 물론 백작이 못생긴 것도 아니고 자세히 보면 훈훈한 미남에 속했지만 워낙 남다른 기세와 커다란 덩치 때문에 더 비교가 된 것이다.

그 때문에 온갖 우려와 비난의 목소리가 끊이지를 않았지만 두 사람은 끝내 이겨 내고 결혼까지 성공했다. 그리고 다른 이들의 걱정과는 달리 두 사람은 마냥 행복했다. 다만 줄줄이 태어난 세 아들이 하나같이 그녀와는 조금도 닮지 않고 그만을 빼다 박은 탓에 그저 안타까움에 탄식만을 쏟아 낼 수밖에 없었다.

그러던 중 그녀의 나이 중년에 접어들며 생각지도 못한 늦둥이가 태어난 것이다. 그것도 그녀를 쏙 빼닮은 것도 모자라 몇 대에 걸쳐 태어나지 않았던 딸이다. 그러니 오죽 기쁘겠는가. 황제가 축하 선물을 보내고 영지에 축제까지 벌어지는 것도 어찌 보면 당연한 일이었다.

게다가 보면 볼수록 어찌 이리도 예쁘고 사랑스러운지. 오밀조밀한 이목구비에 검은 눈동자는 신비로울 정도로 반짝였고 작고 포동포동한 얼굴은 새하얀 눈처럼 깨끗했으며 푸른빛이 도는 은발은 눈이 부실 정도였다. 비록 그것이 몇 가닥 되지 않더라도 이들 눈에는 그리 보인다는 것이 중요하다. 또 앙증맞은 붉은 입술을 오물거릴 때면 정말 깨물어 주고 싶을 정도였으니.

아마도 세상에 이보다 더 사랑스러운 생물체는 없으리라. 그런 심정을 고스란히 담은 얼굴들이 색색 고른 숨소리를 내며 잠든 작디작은 아기를 내려다보며 헤벌쭉 웃음을 흘렸다. 마냥 사랑스럽고 마냥 예뻐서 어찌해야 할 바를 모르는 것 같은 표정들이었다.

하지만 옆에서 그 모습을 봐야 하는 아기의 유모는 어색하게 일그러지려는 얼굴을 수습하는 것만으로도 버거울 지경이었다.

머리가 희끗희끗한 전대 가주부터 현 가주, 그 자식들인 19살, 17살, 15살 막내아들까지. 하나같이 거대한 키와 우락부락한 덩치로 작은 아기를 사이에 두고 잔뜩 웅크리고 흐물흐물 녹을 것 같은 표정을 짓는 모습은 확실히 외관상 좋은 모습은 아니었기 때문이다. 만약 아기님이 깨어나서 경기라도 하시면 어쩌려고?!

차마 말리지는 못하고 걱정에 발만 동동 구르는 유모의 심정을 아는지 모르는지 어정쩡하게 굽힌 자세가 불편하지도 않는 듯 아기가 자는 내내 같은 자세를 유지한 다섯 남자는 이후로도 일절 움직이지 않았다.

마치 적진 한가운데 있는 것처럼 미세한 숨소리조차 죽이고 표정만 잔뜩 풀어진 다섯 남자의 시선을 한 몸에 받으며 대자로 누워 자고 있던 아기가 드디어 잠에서 깨려는 듯 길고 풍성한 속눈썹이 파르르 떨렸다.

그와 동시에 빙 둘러 지켜보던 커다란 덩치들이 단체로 움찔거렸다. 졸음이 가시지 않는 듯 몇 번 깜빡이는 눈꺼풀 사이로 보이던 아기의 맑고 깨끗한 검은 눈동자가 선명하게 빛나는 순간 탄성이 쏟아졌다. 하지만 그런 반응과 달리 아기는 주변에 둘러선 사내들을 보며 미미하게 미간을 찌푸렸다.

왜 이 인간들이 여기 있는 거야? 하는 표정에 가까웠지만 유모는 다행히 경기하지 않았다는 것만으로도 감사했고 다섯 남자는 자신들과 시선을 마주치고도 울지 않는다는 사실만이 중요했다.

저마다 눈을 초롱초롱 빛내며 바라보자 일순 아기의 얼굴에 웃음이 떠올랐다. 마치 바라니 마지못해 은혜를 베푼다는 듯한 웃음이었지만 지켜보는 우락부락한 덩치의 남정네들은 그마저도 감격스러워 눈물이 다 날 지경이었다.

"나를 보고 웃었다. 봤느냐?"

"아버지, 무슨 착각을 그리하십니까? 아빠인 저를 보고 웃은 겁니다."

"이놈이. 네놈의 그 우락부락한 모습을 보고 내 금쪽같은 손녀가 웃을 리가 있느냐?"

"그러는 아버지도 똑같은 얼굴입니다만."

"너보다는 내가 양호하지."

"무슨 말씀을 그리 억울하게 하십니까? 제가 아버지보다는 훨씬 괜찮습니다."

아니, 누가 봐도 똑같이 생긴 두 분입니다만? 그리 말하고 싶어 입이 근질거린 유모가 포기를 담아 한숨을 내쉴 때 첫째가 보다 못해 중재하고 나섰다.

"두 분 다 착각하지 마십시오. 그리고 혹시나 해서 말하는데 너희들도 착각하지 마라."

사랑스러운 여동생의 귀한 웃음은 자신을 향해서다. 그 말뜻이 고스란히 담긴 듯한 뿌듯한 표정에 네 사람의 얼굴이 순식간에 일그러졌다. 대체 착각은 누가 하는 건지. 저마다 기가 막힌 얼굴로 한마디 하려는 찰나 문이 열리는 소리에 일제히 고개가 돌아갔다. 아기의 엄마이자 중년의 나이임에도 여전히 아름다운 백작부인이었다.

"모두 이곳에 계셨습니까? 설마 자는 아이를 깨운 건 아니시지요?"

"아니, 스스로 깨어났다. 그렇지 않느냐?"

"예, 아버지. 우리는 절대 손가락 하나도 안 댔소."

"그냥 보기만 했습니다, 어머니."

혹여 이곳에 출입을 금지당할세라 황급히 변명을 늘어놓는 다섯 남자에 그녀가 못 말린다는 듯 웃음을 터트리며 말똥말똥 바라보기만 하는 아기를 품에 안았다. 아늑하고 편안한 품이 마음에 든 듯 아기가 베시시 웃으며 그녀의 품 안에서 바스락거렸다.

그 사랑스러운 작은 몸짓에 그녀의 얼굴 위로 부드러운 미소가 피어올랐지만 다섯 남자는 안타까움에 탄식만 쏟아 냈다. 자칫 힘을 주어 작디작은 몸에 상처라도 낼까 싶어 차마 안을 엄두도 내지 못하고 바라만 볼 수밖에 없었던 것이다.

자신들도 안고 싶은데. 저 작고 사랑스러운 생물체를 안으면 어떤 기분일까. 뭉글뭉글 피어오르는 상상의 나래에 다섯 남자의 시선이 아기에게서 떠나지를 않는 통에 그녀가 어색하게 웃었다. 부러움이 가득 담기다 못해 흘러넘칠 듯이 갈망하는 시선이었다.

⚜⚜⚜

웅성웅성 시끄러운 소리에 짜증이 나서 눈을 뜨자마자 보이는 모습에 절로 한숨부터 터져 나올 지경이다. 또 시작이군. 틈만 나면 바글바글 모여서 구경하는 꼴이라니. 나는 동물원의 원숭이가 아니라고, 이것들아.

"우리 예쁜 아기씨, 착하기도 하시지. 어쩌면 이렇게 얌전하실까."

"그러게 말이야. 울지도 않으시고 보채는 것도 없으시잖아? 너무 신기하지 않아?"

신기할 것도 많다. 지금은 비록 아기 몸이지만 정신연령이 몇인데 울어? 쓸데없는 헛소리는 그만하고 죄다 나가 버리라는 심정으로 지그시 노려봤더니 기껏 돌아온다는 말이.

"어머! 나 지금 눈 마주쳤어. 아기씨, 제가 좋아요? 호호, 역시 우리 아기씨는 보는 눈이 있다니까."

"미쳤니? 헛소리 좀 그만해."

그러게. 작작 좀 해라. 너희들 그럴 때마다 아주 무섭다고.

"그래도 너무 예쁘시잖아? 아기씨 보고 있으면 정말 기분이 좋아져."

"응. 꼭 요정 같아."

"그건 그래. 아마 우리 아기씨보다 예쁜 분은 없을걸?"

뭐, 그건 인정해. 내가 좀 예쁘긴 하지.

『주인이야말로 헛소리 좀 작작해라. 이제 안 할 때도 되지 않았나?』

내버려 둬, 이 자식아. 말이야 바른말로 사실인데 뭘. 너야말로 잔소리는 포기할 때가 되지 않았나? 그런 생각을 하자마자 역시나, 저 놈의 발끈거리는 성질머리는 세월이 아무리 흘러도 도무지 변화가 없다. 하긴 바랄 걸 바라야지.

포기하면 편하다는 만고의 진리를 다시 한 번 되새기며 시녀들이 시끄럽게 떠들든지 말든지 눈을 감았다. 이러면 잠드는 줄 알고 아쉬워하면서 나가거든. 아니나 다를까 잠시 후 우르르 나가 버리고 조용해지는 것에 비로소 한숨을 내쉬고 다시 눈을 떴다.

눈앞에서 알록달록 흔들리는 아기자기하다 못해 깜찍한 모빌이 신경에 거슬린다. 이런 거 없어도 되는데 말이다. 어지럽게 이걸 왜 주렁주렁 달아 놨어? 그렇다고 확 떼 버릴 수도 없고 취향 참 독특하다는 생각을 하며 무심결에 일어나려다가 짜증만 치솟았다.

"아우."

답답하다. 마음대로 움직이지도 못하고 도대체 이 몸은 언제 자라는 거야.

『이제 고작 두 달 됐다, 주인아. 쯧쯧, 한두 번도 아니면서 매번 똑같은지.』

검 주제에 혀 차지 말라니까. 그보다 이놈들은 또 어디 갔어? 이놈들이라도 있으면 공중에 떠오를 수도 있을 텐데 꼭 찾으면 없지.

『모른다.』

까칠하기는. 그보다 아론은 왜 아직도 감감무소식이야? 설마 이번에도 환생을 못 하는 건가?

『정확히는 주신 영감이 환생의 굴레에서 빼 줘야 할 수 있지.』

하여간 속 좁은 영감탱이. 대충대충 풀면 되는 것을 꽁해 가지고는.

『딸, 아빠가 속이 좁은 게 아니고 환생주기가 안 된 거야. 이건 아빠 잘못이 아니에요.』

불법 도청하지 말라니까. 그리고 환생주기가 안 되기는 개뿔. 이제 한두 해만 지나면 꽉 채운 300년인데 무슨 헛소리야? 원래는 그 안에 환생을 시켜 줬어야 하잖아?

『크음! 그랬던가? 요즘 아빠가 깜빡깜빡 해서.』

얼씨구? 어디서 가당치도 않은 시치미를. 웃기지도 않은 변명에 한 소리 하려는데 이럴 때는 눈치도 빠르게 재빨리 일 핑계로 사라진다. 보아하니 올해도 아론이 환생하는 건 무리일 것 같다. 뭐 이번 대는 아직 황제의 상징인 금발에 금안을 타고난 아들이 없다니 곧 태어나겠지만.

『지긋지긋하니 어쩌니 해도 보고 싶긴 한가 보군.』

그야 당연하지. 미운 정 고운 정 다 들어 버린 데다 내가 그 인간 이외에 남자가 어디 있어? 환생을 해야 지지고 볶든지 말든지 할 거 아니야.

『그동안 접근해 오는 놈들을 주인이 다 차 버리지 않았나?』

뭐 그건 그렇지. 하지만 나로서도 어쩔 수 없었다고? 근 200년을 그 인간만 보고 살았더니 어지간한 것들은 눈에도 안 차는 걸 어쩌라고. 젠장. 쓸데없이 눈만 높아져서는. 하긴 그게 아니더라도 약속한 것도 있고 딱히 다른 놈한테는 관심도 없었지만.

그래도 이번에 백작가에서 태어난 걸 보면 영감도 어쩔 수 없이 환생을 시켜 주기로 한 것 같기는 한데. 그러고 보니 그사이 참 많이도 환생했다. 레오를 낳고 성인이 되어서 황위를 물려주고 떠난 게 벌써 500년 가까이 되지?

원래는 황궁을 떠나 한 백 년 정도 싸돌아다니다가 다음 만남을 기약하고 환생주기에 들어갔어야 했는데 아론이 나를 중간에 끼워 넣고 영감을 협박하는 바람에 백 년을 더 버텼었다. 그 때문에 영감이 단단히 삐쳐서 지금 환생을 안 시켜 주고 있는 것이고.

가만 보면 그 인간도 간덩이는 비대해? 어찌 됐든, 그 덕분에 역사책에 나온 대로 우리는 젊음을 그대로 유지한 채 200년 가까이 전 대륙을 돌아다니며 실컷 여행을 다녔었다. 물론, 세 놈하고 아센, 게브도 포함해서. 또 틈만 나면 나타나서 방해하는 골칫덩이 신들까지.

혈랑족 두 놈은 아들 레오까지만 보호해 주고 스스로 알아서 하라고 했으니 아마 그 이후 동족들한테 돌아갔을 것이다. 이종족의 수명이 평균 200~300년이라고 했으니 지금쯤은 두 놈도 자손을 낳고 환생했지 싶다.

아센하고 게브도 우리가 한날한시에 죽으면서 누르티아 님께 그림자족 종족들을 다 찾아 터전을 만들어 주라고 한 덕분에 후손을 남기고 환생했을 것이다. 원래는 그 전에 보내 주려고 했는데 본인들이 가야 말이지.

아무튼, 그가 환생주기에 들어설 때 나는 곧바로 주기도 없이 환생했다. 부모도 없는 평민 고아로. 그것도 산속의 외딴 오두막집에 버려진 채 신들하고 정령들 손에서 자랐지. 젠장맞을. 아무리 내가 원했기로서니 그따위로 환생시켜? 빌어먹을 영감탱이.

아무래도 그걸 노렸지 싶지만 넘어가고. 어쨌든, 첫 번째 환생은 그야말로 산속에서 탱자탱자 팔자 늘어지게 놀다가 한평생 다 보냈고 두 번째 환생 역시 평민 집안에서 태어났지만 부모 복은 쥐뿔도 없어서 또다시 신들하고 정령들 손에서 자랐다.

아마 그런 게 몇 번이나 더 될걸? 그나마 영감이 만들어 준 공간이 있어서 먹고사는 데는 아무런 지장도 없었지. 게다가 딱 좋은 점은 편하게 죽는다는 것과 내가 원할 때 다른 인생으로 환생할 수 있다는 점이다.

조금 지긋지긋해졌다 싶으면 죽으면 그만이니까. 그렇게라도 해야지 내가 가출을 안 한다나 뭐라나. 덕분에 나이 상관없이 환생을 거듭하다 보니 300년간 참 여러 인생을 살아 본 것 같다. 덕분에 용병도 해 보고 별의별 직업도 다 가져 봤지.

다만 환생을 거듭하면서 단 한 번도 귀족으로 태어나지 않았고 아론을 제외하고는 누구와도 결혼하지 않았다. 귀족으로 태어나면 또 일해야 하고 결혼도 피해 갈 수가 없기 때문이지만 아론하고 약속을 한 탓에 어쩔 수가 없었다.

다른 놈은 절대 만나지 말라고 협박을 빙자한 신신당부를 했거든. 칫, 어차피 환생하면 기억도 못 할 거면서 뭘 그렇게까지 난리를 치는지. 그래도 약속은 착실하게 지켰다. 그리고 세월이 흐른 만큼 제국도 많이 변했다.

마나는 이제 풍성해져 제국도 풍요로워졌지만 우리가 황제파 귀족들로 싹 자리를 채워 놨음에도 세월이 흐르면서 또다시 귀족파가 생겨난 탓에 약간 허무하달까. 뭐 예상하지 못한 것도 아니고 어쩔 수 없는 일이지만.

게다가 지지난 생에는 그란디아 공작가도 대를 거듭하면서 안타깝게도 자식 농사에 실패한 탓에 명맥만 유지하고 있었는데 지금은 어떨지 모르겠다. 하긴 뭐 이제는 나와는 상관없는 가문이니까. 아버지와 오라버니들, 헤스티아, 그 자식들, 손자들까지 영광을 잘 누리고 갔으니 된 거지.

사실 그동안 황제라고 태어난 것들이 멍청한 것들이 종종 있어서 그놈들이 황위에 올랐을 때는 그야말로 개판이었다. 아마도 이번에 아론이 태어나고 다시 황위에 오르게 되면 또 한바탕 뒤집어야 하지 싶다.

그나마 지금 황제는 엉뚱해서 그렇지 정신머리는 똑바르다니까 다행인가. 지금 내가 태어난 라미스 백작가도 역사가 짧은 귀족가로 황제파에 속해 있고 백작이 소드마스터 기사단장이자 황제의 보좌관이라고 했으니 최측근 중 하나일 것이다.

영감이 그런 자리를 골라서 환생을 시켰을 테니까. 그래야 나중에 신분이 어쩌고저쩌고 개소리는 안 하겠지. 뭐 그래 봐야 막을 수도 없겠지만. 어쨌든, 이번에 아론이 환생한다니 기분이 참 묘하다고 해야 할지. 은근히 보고 싶기도 하고 기대가 되기도 하고.

저번에는 계약을 빌미로 이용하려고 접근했었는데. 이번에는 과연 어떤 식으로 접근해 올지 상상하자니 나도 모르게 웃음이 나오는 통에 피식피식 웃었다. 하지만 그것도 잠시 우르르 몰려오는 발소리에 절로 한숨부터 내쉬었다. 여기 피곤한 인간들이 또 있었지.

『불쌍한 인간들이다. 어지간하면 봐줘라, 주인아.』

불쌍하긴 개뿔.

⚜⚜⚜

야, 샤이탄. 나 정말 이 짓을 해야 하는 거냐?

『뒤집기는 아기의 성장 과정 중 하나다.』

누가 그걸 몰라?! 내 말은 왜 이 우락부락한 곰탱이 산적들이 다 지켜보는 데서 해야 하느냐고?

『백작부인이 혼자 봤다고 자랑해서 그런 거 아니냐? 왜 나한테 성질이야.』

닥쳐, 이놈아.

『쯧쯧, 성질머리하고는.』

검 주제에 혀 차지 말라니까. 아니 그보다 어쩐다? 이 인간들 기세로 봐서는 절대 물러날 것 같지가 않은데. 그렇다는 건 결국 이 인간들 다 지켜보는 앞에서 해야 한다는 건데. 갑자기 두통이 심하게 몰려온다. 이놈의 영감탱이! 많고 많은 집안을 두고 왜 하필 이런 집을 골랐는데?

『백작부인이 아름다운 외모와 검은 눈동자를 가졌기 때문이지.』

알아! 안다고. 누가 그걸 몰라? 내 말은 검은 눈동자가 꼭 여기만 있는 건 아니잖아. 차라리 외모가 떨어지는 게 낫지. 이거야 원 매번 산적들 앞에서 재주 부리는 것도 아니고. 제발 좀 저 부담스러운 눈빛들을 치웠으면.

게다가 내 앞에서는 얼마나 소심해지는지 도무지 어울리지가 않아. 돌아가면서 나를 처음 안은 날 불안해서 죽는 줄 알았다. 큰 덩치로 뻣뻣하게 굳어서는 얼마나 바들바들 떨어 대는지 한 번도 타 본 적이 없는 놀이기구를 타는 기분이었지. 정말이지 누가 말려.

말만 할 수 있으면 한 소리 할 텐데 그게 안 되는 관계로 어쩔 수 없다. 나오는 건 한숨이요, 느는 것도 한숨뿐이니 어쩌랴. 배 속에서부터 우러나오는 진득한 한숨을 포옥 내쉬고 어정쩡한 자세로 침대를 둘러싸고 있는 덩치들 하나하나를 돌아봤다.

참 유전자가 뭔지. 신비롭다. 응. 심하게 신비로워. 하나같이 구릿빛 피부에 날카로운 눈매, 사자 갈기 같은 노란색 금발, 190을 넘는 키라니. 그냥 넘은 것도 아니고 훌쩍 넘었다. 어림잡아도 195는 되지 않을까 싶은데. 그나마 막내가 180 정도이지만 따지고 보면 그것도 비정상이잖아?

무슨 15살짜리 키가 180이야. 앞날이 훤히 예상될 정도다. 그런데다 하나같이 근육질 바보들. 자잘한 잔 근육도 아니고 우락부락한 근육 덩치들이라니. 그나마 보기 싫을 정도는 아니라서 천만다행이지만 그래 봐야 산적이라고?

『그래도 귀엽지 않나?』

귀엽긴 개뿔. 눈 정화가 시급하다!

『어지간하면 그만 포기하고 수긍해라, 주인아.』

하긴 이제 와서 어쩌겠어. 바꾸기에는 이미 늦었다. 그래도 착하고 아름다운 엄마가 있으니 된 것이겠지. 과한 욕심은 금물! 해서 이쯤에서 포기하고 눈을 초롱초롱 빛내고 있는 다섯 남자 하나하나와 시선을 맞춘 후에 다시 한 번 한숨을 내쉬고 힘껏 용을 썼다.

아 씨, 쪽팔려. 쓸모없는 아기 몸뚱이! 매번 겪는 일이지만 몸을 마음대로 할 수 없다는 게 이리도 속이 터질 줄이야. 네가 이기나 내가 이기나 해 보자는 심정으로 양 주먹을 불끈 쥐고 한쪽 다리를 들어 반대로 흔들었다.

그와 동시에 상체도 흔들리고 그 반동으로 옆으로 기울 듯 말 듯 하는 것에 울컥 짜증이 치솟았지만 끙끙 힘을 주며 몇 번 버둥거린 노력 끝에 기어코 성공! 사방에서 막무가내로 터져 나오는 탄성에 울고 싶어졌다. 쪽팔려서. 대체 이게 뭐라고. 고작 뒤집기인데?!

"오, 맙소사. 신이시여."

또 시작이다. 찾지 마, 이것들아! 댁들이 찾는 그 신을 한 대 패고 싶은 심정이라고.

"이렇게, 이렇게 깜찍하고 사랑스러운 아기가 정녕 내 손녀입니까?"

"제 딸입니다, 아버지."

"제 여동생입니다."

"우리 여동생도 돼!"

누가 말려. 제발 좀 같은 문제로 티격태격 싸우지 않았으면 싶은데 말이지. 게다가 어울리지 않게 홍당무 같은 얼굴로 흐물흐물 녹는 표정은 볼 때마다 한숨이 터져 나올 지경이다. 아, 정말 눈 정화가 시급해.

아론, 빨리 좀 태어나라. 같은 키 수준인데도 이리 다를 수도 있다는 걸 절실하게 깨달았다고나 할까. 새삼 떠오르는 모습에 속으로 아쉬움의 탄식만 흘리고 주먹 쥔 손을 꼼지락거렸다. 이보세요들, 이제 구경할 거 다 했으면 다시 뒤집어 줘야지!

혼자 뒤집기는 해도 다시 원래대로는 못 돌아간단 말이다. 젠장. 말이 통해야 뭘 하든지 말든지 할 거 아니야. 바보 산적들은 감격스러운 얼굴로 부담스럽게 쳐다보기만 하고 움직일 생각을 안 한다. 하긴 뭘 알아야 하지. 저 바보들.

결국 계속 엎드리고 있자니 얼굴로 서서히 열기가 모이는 것에 끄응, 소리를 내며 간신히 고개를 들어 올렸다. 하지만 목 가누는 것도 쉽지가 않은 일이라 결국 폭 고꾸라지는 것에 짜증스레 소리를 질렀다.

"아우! 아아우아!"

직역하자면 빨리 제자리로 돌려놔! 라는 말이지만.

"오! 이 할아비를 알아보는 것이야?"

뭔 헛소리야?!

"착각입니다, 아버지. 라비야, 이 아빠가 좋다는 말이지?"

닥쳐, 곰탱아!

"제 판단으로는, 이 오빠가 좋다는 말로 들립니다."

"아니지. 이 둘째 오빠가 좋은 거지?"

"형님들도 착각하지 마시죠. 라비, 이 막내 오빠가 좋아?"

이것들을 팰 수만 있다면 얼마나 좋을까. 점점 불편해지는 몸에 부글부글 끓어오르는 속까지 더해 나도 모르게 생리적인 눈물이 고이려는 찰나 문이 열리고 유모가 들어왔다. 어서 와, 유모. 나 좀 살려 주고 이것들 내 눈앞에서 치워 줬으면 하네.

"세상에! 아기씨 얼굴이 이렇게 빨간데 어찌 보고만 계셔요?"

말해도 몰라, 저 바보 산적들은. 유모도 그걸 느꼈는지 대놓고 한숨을 내쉰 후에 나를 똑바로 눕혀 주고는 가슴을 토닥거렸다. 그 부드러운 손길에 육체적인 피로와 정신적인 피로까지 겹쳐 점차 눈꺼풀이 무거워졌다.

귓가로 어렴풋이 들리는 유모의 폭탄 잔소리와 거기에 고스란히 당하고 있을 곰탱이들을 생각하자니 절로 웃음이 나와 베시시 웃으며 잠에 빠져들었다. 내일은 곰탱이들이 아무리 눈을 빛내도 절대 안 해 줘야지, 다짐을 하면서.

⚜⚜⚜

라비엘라 루시 드 라미스. 이번 생의 내 이름이다. 그리고 현재 내 나이 7살. 라미스 백작가의 끔찍하게 사랑받는 딸로 푸른빛이 섞인 은발머리에 검은 눈동자다. 지금껏 환생을 거듭하면서 외모도 머리카락도 달라졌지만 눈동자는 언제나 검은색이었지.

영감이 그것만큼은 죽어도 포기를 안 했거든. 하긴 자신 닮은 눈동자인데 포기할 리가 있나. 지금 외모는 뭐 말할 것도 없이 예쁘고 사랑스럽다. 그것도 엄청나게. 솔직히 비아보다도 더 예쁘다. 처음에 거울 봤을 때 웬 인형인가 했을 정도니 오죽하겠는가.

이 얼굴 그대로 자라면 제국의 꽃은 따 놓은 당상이다. 덕분에 곰탱이 산적들인 팔불출 가족들의 과보호가 극심해서 더 피곤하지만 이번 생에서는 자애롭고 온화하고 아름다운 엄마가 있어서 그나마 천만다행이랄까. 안 그러면 팔불출들 등살에 어린 나이로 가출했을지도.

어지간해야지. 지극정성은 영감하고 신들, 정령들만으로도 충분하다고. 정말이지 내 주변은 어째서 하나같이 이 모양인지. 생각할수록 지끈거리는 두통에 결국 읽던 책을 덮어 버렸다. 그때 예고도 없이 문이 벌컥 열리는 것에 절로 한숨부터 내쉬었다. 내 팔자야.

"라비!"

"루젠 오라버니, 누누이 말씀드렸지만 노크를 하세요, 노크를."

남 패는 일에만 손 쓰지 말란 말이다.

"아, 미안! 화났어?"

수긍했다가는 저 덩치로 구석에 쪼그리고 앉아 울겠지? 관두자.

"아닙니다. 제가 오라버니한테 화를 낼 리가 있나요?"

"다행이다!"

그러고는 커다란 덩치로 깜찍하다 못해 끔찍하게 헤헤 웃는 모습에 슬그머니 고개를 돌려 외면했다. 역시 유전자의 신비는 대단하다. 7년 사이 막내까지 190을 훌쩍 넘기다니. 익히 예상은 했다만 참 할 말이 없는 집안이다. 완전히 마초 짐승들의 터전이지.

이 집안에서 태어나 지난 7년간 겪은 세월을 돌아보자니 아주 그냥 눈물이 앞을 가리는구나. 아론 만나면 초스피드로 결혼해서 집 나가 버려야지. 그러자면 앞으로 사교계 데뷔까지 몇 년이나 남았다는 게 막막하지만 어쩌겠어. 달리 방도가 없는데.

"그보다 오라버니, 무슨 일인가요?"

"아! 맞다. 이럴 때가 아니지. 큰일 났어, 라비! 정말 큰일이라고! 이 일을 어쩌지?"

그러니까 그 큰일이 뭐냐고, 이 곰탱아.

"황제가 이번에는 막 나오는 것 같아! 아주 작정을 한 거야. 그렇지 않고서는 이럴 수는 없지!"

무슨 말인지 도무지 알아들을 수가 없네. 샤이탄, 저게 도대체 무슨 말이냐?

『모르겠다.』

하긴 내가 모르는데 너라고 알까. 설명은 고사하고 이제는 숫제 머리를 쥐어뜯으며 혼자 발광을 해 대는 루젠의 행동에 나직하게 혀를 차고 중재에 들어갔다. 더 놔뒀다가는 머리카락 다 뽑히겠군.

"오라버니, 적당히 하시고 설명을 하세요. 폐하께서 뭘 어쨌단 말인가요?"

"그게 그러니까! 황제가 라비 너를 초대했어. 그것도 황명까지 들먹여서."

그게 뭐? 황제의 최측근 집안이니 초대하는 것쯤이야 뭐가 문제라고?

"지금까지 우리가 얼마나 꽁꽁 숨겨 왔는데 치사하게 황명까지 들먹인다는 게 말이 돼? 아무리 황제라도 이럴 수는 없어! 우리 라비를 왜 보려고 하는 건데?"

고작 그 이유였나? 하긴 이 인간들 유별난 게 하루 이틀도 아니지. 지금까지 내 생일날 다른 집안처럼 귀족들을 초대하는 일도 없었다. 딱 우리 식구들하고 만만찮게 팔불출들인 외가 식구들만 모여 파티를 했지.

게다가 손님들이 올 때면 방에서 꼼짝도 못 하게 할 정도였으니 무슨 말을 할까. 문제는 가당치도 않은 이유다. 나를 보면 너무 예뻐서 훔쳐 갈지도 모른다나 뭐라나. 내가 물건이냐? 하여간 골치 아픈 인간들이다.

"그래서 할아버지하고 아버지는요?"

"아, 그것 때문에 지금 다들 기다리고 있어. 빨리 가자!"

그런 건 빨리 말을 했어야지, 이 한심한 인간아. 정말이지 이걸 한 대 팰 수도 없고. 포기하자 싶어 자리에서 일어나자마자 반색하며 쪼르르 달려와 우락부락한 두 팔을 내미는 행동에 재빨리 옆으로 피해 방을 나갔다.

뒤로 칭얼거리며 따라붙는 곰 때문에 정신 사납기는 하지만 더는 사절이다. 두 다리 멀쩡하게 붙어 있는데 언제까지 안고 다닐 생각이야? 지극정성도 정도가 있지. 이 정도면 병적 수준이라 혀를 내두르고 일 층으로 내려가 응접실로 들어가자 하나같이 표정들이 볼만하다.

누가 보면 전쟁이라도 터진 줄 알겠네. 대체 황제가 뭐라고 했기에 반응들이 이 모양인지. 잔뜩 울 것 같은 다섯 쌍의 눈동자를 피해 아름답게 미소 짓는 엄마에게 쪼르르 다가가 볼에 입을 맞추고는 배시시 웃었다. 아무리 생각해도 엄마 하나는 잘 둔 것 같단 말이야.

"라비, 뭘 하고 있었니?"

"책 읽고 있었어요."

그것 외에는 달리 할 짓이 없으니까. 외출은 고사하고 산책 한 번 하는데 우르르 따라붙지, 연무장에 가면 아가씨 노래를 부르면서 칭송하는 기사들 때문에 날파리만 꼬인다고 반대하지. 정말 이 집구석에는 할 짓이 없다. 이건 정말 심각한 수준이라고.

그런 심정을 담아 다소 불만스럽게 입을 삐죽 내밀자 이해한다는 듯 한숨 끝에 다정하게 웃으며 머리를 쓰다듬으신다. 그 손길에 절로 기분이 풀어진 것도 잠시 온몸을 뚫을 기세로 갈망하는 시선에 속으로 한숨을 내쉬며 몸을 돌렸다.

알았어. 해 주면 될 거 아니야. 거대한 덩치로 속은 얼마나 좁은지. 할 수 없이 표정을 풀고는 할아버지부터 아버지, 세 오라버니들의 볼에 차례대로 입을 맞추고는 사랑한다고 말하자 그제야 단체로 헤벌쭉 풀어지는 모습에 헛웃음을 흘리고 자리에 앉았다.

"루젠 오라버니 말씀으로는 황제 폐하께서 초대를 하셨다고요?"

"그래. 황명이라 이번에는 거역할 수도 없는데 이리들 고집을 피우시는구나."

그러고는 한숨. 그 심정 백번 이해해, 어머니.

"아무리 황명이라도 안 되는 일이다. 황명으로 할 것이 따로 있지! 어딜 감히 내 귀한 손녀를 넘봐?"

"옳으신 말씀이십니다. 우리 라비는 절대 못 내줍니다."

"이번에는 우리도 강경하게 대처하는 게 좋겠습니다."

"단체로 항의서를 제출하지요."

"그것 가지고 되겠어? 더 강하게 나가야 해!"

이보세요들, 제발 좀 참으라고. 그리고 댁들이 잊은 것 같은데 나 이제 7살이거든? 당장 시집보내는 것도 아니거든?! 고작 초대 한 번 한 걸 가지고 난리도 이런 난리가 없다. 이후로도 황명에 불복하는 갖가지 말도 안 되는 이유와 방법을 내놓으며 심각하게 토론하는 다섯 남자에 엄마와 나는 질린 얼굴로 한숨을 내쉬었다.

결국 보다 못해 엄마가 보기 드물게 엄한 표정으로 중재를 하고 나서자 불평불만이 가득해 보였지만 차마 엄마에게 뭐라고는 못하겠는지 다행히 토론은 중단됐다. 다만 안타깝게도 오래가지는 않았다는 거. 이야기가 길어질수록 더 열변을 토하는데 말문이 막힐 정도였다. 너무 기가 막혀서.

그러니까 대충 종합해 보자면 이렇다. 내가 태어나고 황제가 축하하는 의미로 대대적인 선물을 보냈다. 그리고 그때부터 줄기차게 나를 선보여 달라고 요구를 했다는데 누구에게도 보여 주고 싶지 않았던 탓에 매번 황제의 말을 뭐 씹듯이 거절했단다.

알고 봤더니 아버지하고 지금의 황제가 막역한 친우란다. 아버지가 늦둥이를 낳자 질투가 나서 또 아이를 가졌다나 뭐라나. 그런데 그 아이가 황녀만 낳았던 황후의 소생으로 금발과 금안의 상징을 타고난 아론의 환생이다. 영감이 확실히 환생시켰다고 불평했거든.

어쨌든, 상징 탓에 아론은 태어나자마자 황태자에 올랐고 황자들을 낳은 후궁들의 견제를 받는 것 때문에 오라버니들이 번갈아 가며 아론을 지켜 주는 것 같다. 그런데 그 은혜에 보답하지는 못할망정 올해 5살이 된 황태자가 강경하게 요구하는 바람에 황제가 할 수 없이 협박을 곁들인 황명까지 들먹여서 나를 초대하기에 이른 것이다.

문제는 황태자가 각 가문마다 번갈아 가며 초대를 했다는데 우연인지 뭔지 제 또래 딸이 있는 가문이고 아들만 있는 가문은 초대도 하지 않았다는 것이다. 그 때문에 벌써부터 황태자비를 구하는 거 아니냐며 제도가 떠들썩하다니 팔불출들이 신경을 곤두세우는 것도 당연한 일이다.

벌써 나를 뺏어 갈까 걱정하는 것이겠지. 아니, 이 정도면 걱정 수준을 벗어난 것 같지만. 그나저나 정말 생각할수록 이상하네? 딸만 있는 가문을 초대하다니. 도대체 무슨 생각이야? 설마, 나를 찾고 있는 건가?

『그럴 리가 있나? 황제는 환생해도 기억을 못 한다, 주인아.』

그거야 알지만. 그럼 왜 딸만 있는 집안을 초대하는 건데? 게다가 누군가를 찾는 것 같다며? 가만, 설마 이 인간 이번에는 바람둥이로 태어난 거 아니야?

『말이 안 된다. 고작 다섯 살짜리가 바람둥이라니.』

그건 또 그렇군. 어차피 아론하고 나는 운명으로 엮인 탓에 다른 이들이 끼어들 수도 없을 텐데. 뭐지? 도무지 짐작을 못 하겠네. 아무리 생각해도 답이 나올 것 같지도 않고 어차피 거역할 수도 없는 황명이다. 그럼 뭐 답은 나왔네.

"어머니, 폐하의 초대에 응한다고 답을 보내 주세요."

"안 된다, 라비!"

댁들은 빠져.

"아무것도 아닌 일로 심각하게 생각하지 마세요. 그냥 식사 초대잖아요?"

"단순히 식사 초대가 아니다, 라비. 분명히 황제 놈한테 음흉한 속내가 따로 있을 거야!"

아무리 그래도 그렇지. 황제한테 놈이라니.

"그리고 황태자가 폐하를 닮아서 얼마나 악동인지 너는 몰라. 지금껏 제 또래 여자아이들을 초대해 놓고 온갖 악동 짓으로 괴롭혔다고 하더구나. 맙소사. 우리 라비한테도 그러면 어쩌려고!"

악동이라니. 누가? 아론이?

"황태자 전하께서 악동이라고요?"

"말로 다 하지 못할 정도야! 이건 심각해, 라비."

"무슨 다섯 살짜리가 그렇게 뺀질거리는지 볼 때마다 한 대 콱 쥐어박고 싶다니까."

"설마 우리 라비한테까지 그러지는 않겠지만 흑심이라도 품으면 더 큰일이지!"

그래서 뭐 어쩌라고?

"절대 뺏길 수 없어!"

결론은 그거냐? 골치야. 이럴 때는 단합도 잘하지. 하나같이 비장한 얼굴로 외치는 모습에 고개를 내저었다. 못 말리겠다, 진짜. 아무리 그래도 황명은 황명. 어차피 거역하지 못할 거 결정은 난 것이다. 그나저나 아론이 악동이라니. 생각할수록 웃긴다.

아들이었던 레오도 어릴 때는 말도 못 할 정도로 악동이었는데. 부자지간에 어지간히도 싸웠지. 어렴풋이 떠오르는 기억에 저절로 얼굴이 풀어지며 웃음이 흘러나왔다. 아론의 어린 모습이라. 귀엽겠지? 보고 싶네. 기다리세요, 아론. 제가 곧 가겠습니다.

⚜⚜⚜

드디어 아론을 만나러 황궁에 왔다. 결국은 엄마하고 내가 산적들을 물리친 성과지. 덕분에 이틀 동안 삐쳐 가지고 틈만 나면 따라다니면서 항의하는데 정말이지 돌아 버리는 줄 알았다. 그것도 말이라도 하면 몰라. 입은 꾹 다물고 곰 같은 덩치를 해 가지고 울 것 같은 표정으로 따라다니는데. 정말 꿈에 나올까 무서웠다.

『그래도 잘만 잤지 않나?』

뭐 그렇긴 하지. 그나저나 진짜 오랜만이네. 기분이 참 묘하다고 해야 할지. 옛날에는 이렇게나 넓은 황궁이 좁은 감옥처럼 느껴지더니 이제는 하루라도 빨리 들어오고 싶을 지경이다. 백작가에서 탈출

할 수 있는 길이 그뿐이니 어쩌겠어.

얼마나 시달렸으면 이런 생각이나 하고 있을까. 지친 한숨을 폭 내쉬고는 기사들의 에스코트를 받으며 중앙궁으로 들어섰을 때였다. 갑자기 뒷덜미가 쭈뼛 서는 느낌에 흠칫 멈춰 주변을 두리번거리자 멀리서부터 무시무시한 속도로 달려오는 불곰 한 마리.

"라비! 내 딸 라비야!"

누가 곰 아니랄까 봐 기차 화통을 삶아 먹었나. 황궁이 떠나가라 소리를 지르면서 달려오는 모습에 나도 모르게 뻣뻣하게 굳어 버린 기사들 뒤로 냉큼 숨어 버렸다. 쪽팔려! 문제는 그런 내 마음을 곰이 알아줄 리가 없다는 거. 단숨에 달려와서 쪼그리고 앉더니 거대한 덩치로 두 손을 꼭 잡고 눈을 초롱초롱 빛내며 늘어놓는 헛소리 봐라. 이걸 그냥 확 한 대 패 버릴까.

"라비, 왜 아빠를 보고 숨어요? 아! 우리 라비가 아빠랑 숨바꼭질 하고 싶구나!"

아니거든!

"하지만 라비, 여기서는 안 돼요. 적진에서는 특히 조심해야지."

뭔 소리야? 황궁이 언제부터 적진이 된 건지. 기가 막힌 마음에 헛웃음을 흘린 것도 잠시 어깨와 머리 위에 앉은 네 놈의 말에 퍼뜩 고개를 돌렸다.

『비아! 황제야! 황제가 오고 있어!』

이 녀석들이 말하는 황제라면 현 황제가 아닐 테고. 설마 하는 마음에 내심 기대하며 기다렸다. 잠시 후 화려한 복장의 현 황제 옆으로 아장아장 걸어오는 땅꼬마 예비 황제 아론의 모습을 보고 나직하게 탄식을 흘렸다. 너무 작아. 저걸 언제 키워서 잡아먹느냐고.

『이제 다섯 살이다, 주인아.』

그거야 알지만 족히 십 년은 걸릴 거 아니야? 물론 그 전에라도 결혼만 하면 상관없지만. 그래 봐야 어른은 아니라는 생각에 속으로 혀를 차고 점점 더 가까이 다가오는 황제를 향해 예를 차리려고 했다. 갑자기 도도도 달려와 덥석 끌어안는 아론의 행동만 아니었다면.

"비아!"

"으악! 이게 무슨 짓입니까, 전하!"

그러게. 이게 무슨 짓이야? 아니 그보다 지금 아론이 나를 뭐라고 불렀어?

『비아라고 불렀다. 이상하군. 과거의 애칭을 어찌 아는 거지?』

내 말이 그 말이야. 이게 대체 무슨 상황인지. 미처 의문을 풀기도 전에 주변을 붕붕 날아다니며 난리를 피우는 네 놈에 나를 감싸며 으르릉거리는 산적 곰, 이 상황이 재미있는지 허허 웃기만 하는 황제와 악착같이 붙어서 떨어지지 않으려는 꼬맹이 아론 때문에 도저히 생각이 이어지지를 않는다. 정신 사납다고, 이것들아!

"떨어지십시오, 전하!"

"싫어! 비아는 내 거야!"

"우리 라비가 왜 전하 거란 말입니까?! 라비는 제 딸입니다!"

"웃기지 마! 비아는 처음부터 내 거야!"

각자 따로 애칭을 부르는데도 통한다는 게 더 신기하다만 그보다 골이 지끈거려. 샤이탄, 도대체 이게 무슨 상황이냐?

『아무래도 황제가 전생을 기억하는 것 같다, 주인아.』

네가 생각해도 그렇지? 거참 당황스럽네. 환생하면 기억을 잃는다며? 영감도 아무런 말이 없었는데. 그런데 이게 무슨 상황이야. 말하는 거나 나를 비아라고 부르는 걸 봐서는 확실히 기억을 하는 것 같은데.

『물어보면 되지 않나?』

나도 그러고는 싶다. 그런데 이 인간들 하는 꼴 좀 보라고.

"안 돼. 절대 안 돼. 내 눈에 흙이 들어가기 전에는 절대 안 돼! 라비, 아빠는 우리 라비하고 평생을 함께 살고 싶어요. 그러니까 절대 남자는 안 돼. 알았지? 특히 황태자님은 더더욱 안 돼!"

"듣자 하니 기분 나쁘군. 내 아들이 어디가 어때서?"

"몰라서 물으십니까?"

"큼, 솔직히 내 아들보다 잘난 아이가 어디 있나?"

"제 딸 라비요!"

"물론 인정해. 천만다행으로 자네를 조금도 닮지 않아서 사랑스럽군. 하지만 내 아들도 만만찮게 잘난 건 사실이지 않아?"

"아, 글쎄 제 딸이 더 잘났습니다! 그러니 절대 안 됩니다!"

골치야. 돌아 버리겠다, 정말.

"아이 씨! 왜 자꾸 반대하는 거야! 비아는 처음부터 내 거라고 했잖아!"

"누구 마음대로? 절대 안 될 일이니 우리 라비는 포기하십시오."

"포기 못 해! 죽어도 포기 못 해!"

"포기하십시오."

누가 이 인간들 좀 말려 주면 좋으련만. 말리기는커녕 다른 사람들도 이 상황이 황당하기는 마찬가지인지 입만 쩍 벌리고 있고 포기하니 못 하니 옥신각신하는 와중에 황제까지 끼어들어서 그야말로 난장판이다. 정말 뭐하자는 건지. 결국은 손뼉을 짝짝 쳐서 이목을 집중시켰다. 좋아. 일단은 인사부터 하고.

"제국의 찬란한 빛과 생명의 태양이신 황제 폐하께 라비엘라 루시 드 라미스가 인사 올립니다. 제국의 영광이, 누르티아 님의 축복이 함께하시길."

"오, 그래. 반갑구나, 라비엘라. 너에 대해서는 내 익히 백작을 통해 들었다. 정말 백작부인을 그대로 빼닮았군. 어린 나이에 예법도 나무랄 데가 없고 백작의 자랑이 거짓이 아니었어."

"예쁘게 봐 주셔서 감사합니다, 폐하."

"하하, 어린 나이에 이런 미모라니 좀 더 자라면 제국의 꽃으로도 손색이 없겠군."

그야 당연하지만. 뭐냐, 이 인간들. 조금 전까지도 싸우더니 이제는 단체로 흐뭇해하는 모습들이 웃기지도 않다만 그보다 일단은 궁금증부터 해결하자고.

"전하, 우리는 잠시 따로 이야기 좀 하시지요."

"응! 알았어!"

"안 돼, 라비! 남자는 나이 상관없이 다 도둑놈이다! 아빠 이외에는 말도 섞어서는 안 돼!"

"내 아들같이 잘난 도둑놈이 어디 있다고 이 난리인지 모르겠군."

그건 그렇지. 아론만큼 잘난 인물은 없지.

"폐하는 시끄럽습니다!"

지금 막 나가자는 거지? 아무리 막역지우라도 황제인데 이래도 되나 싶어 눈치를 살피자 아예 신경도 안 쓰는 것 같다. 아니 오히려 익숙한 것 같다.

"자네는 그 무식한 성격이 문제야. 쯧쯧, 나이가 들면 발끈하는 성질머리부터 고쳐야지."

"그러는 폐하는요! 전하가 폐하를 닮아서 매일같이 사고를 쳐 대는 거 아닙니까!"

"그랬던가? 글쎄, 나는 모르겠는데."

정신 사나워. 고작 5살짜리하고 7살짜리가 이야기 좀 하는 걸로 광분하는 곰 아버지와 옆에서 깐죽깐죽 딴죽을 거는 황제 폐하. 또 거기에 바르르 달려드는 꼴이라니. 이러다가는 끝이 없겠다 싶어 나를 호위해 온 라미스 백작가 기사들을 돌아보며 지목했다. 열 명 중 유독 덩치가 큰 세 명을.

“켈른 경, 아이크 경, 후안 경, 제가 돌아올 때까지 날뛰지 못하도록 아버지 좀 잡고 계세요.”

“예, 아가씨! 맡겨만 주십시오!”

그러고는 순식간에 양팔과 허리까지 단단히 옭아매듯 끌어안은 모습에 만족스럽게 고개를 끄덕였다. 물론 난데없이 붙잡힌 당사자는 불만이 많은 것 같지만 알 게 뭐야.

“뭐, 뭐야. 이놈들이 이거 안 놔? 라비! 아빠한테 어떻게 이럴 수가 있어? 너무해!”

너무하긴 개뿔. 안 그랬다가는 끝까지 따라와서 방해할 거잖아. 그러니까 그 상태로 얌전히 기다려 주면 좋으련만 시끄러워 죽겠네. 불을 뿜을 기세로 고래고래 소리를 질러 대는 곰 한 마리에 그 꼴을 보고는 배를 잡고 웃어 대는 황제라니. 보고 있자니 절로 피로가 쌓이는 것 같아 한숨을 내쉬고 방실방실 웃는 아론의 손을 잡고 거리를 벌리고야 입을 열었다.

“아론, 설마 기억하는 겁니까?”

“응! 처음에는 기억이 중간중간 끊겨서 혼란스러웠는데 조금씩 생각이 나더니 올해 들어서 완전히 기억났어!”

신기하네. 혹시 이것도 누르티아 님의 힘 때문인가?

『그렇겠지. 환생을 거듭할수록 힘도 더 많이 각성할 수 있다. 게다가 이번에는 환생주기에서 오래 머물지 않았나? 아마 그 영향도 있을 것 같군.』

역시 그런가.

“그럼 그때부터 저를 찾은 겁니까?”

“응! 하루라도 빨리 보고 싶어서!”

뭐야, 이 깨물어 주고 싶은 깜찍한 귀염둥이는? 짐승 아론하고 너무 다른 꼬맹이 아론이라니. 거참 색다르네. 기억은 해도 어린아이 몸 그대로의 성격이라는 건가. 잔뜩 상기되어 신이 난 표정으로 히힛 웃는 모습이 날개만 달렸으면 딱 개구쟁이 아기 천사 같은 모습이다. 젖살도 빠지지 않은 통통한 볼에 반짝반짝 빛나는 금발하고 금안이라니 너무 잘 어울리잖아. 물론 성격으로는 전혀 아니지만.

"그런데 나를 어찌 알아본 겁니까?"

"눈동자! 환생해도 눈동자는 변하지 않는다고 주신 영감이 그랬잖아? 그리고 이 녀석들까지 보여서 바로 알았지. 사실 그게 아니더라도 비아는 내 반려니까 딱 보면 알아볼 수 있을 거라고 생각했어!"

그러고는 해맑게도 웃는 모습이 너무 귀여워서 머리를 쓰다듬자 좋다고 찰싹 달라붙어 애교를 부리는 통에 아쉬운 입맛만 다셨다. 미치겠네. 작다. 나보다 작아. 귀엽기는 하다만 이걸 언제 키워서 잡아먹느냐고.

"그렇다면 그동안 여자아이들이 있는 가문을 초대한 이유도 그 때문이겠군요. 듣자 하니 어지간히 못된 짓을 했다고 하던데?"

"칫, 짜증이 나서 어쩔 수 없었어. 아니라고 했는데도 계집애들이 주제도 모르고 자꾸 달라붙잖아! 쪼그만 것들은 칭얼거리지 그 부모라는 것들은 틈만 나면 아부를 해 대서 더 짜증났단 말이야."

하긴 예비 황태자비가 될지도 모른다고 생각했을 테니 부모 입장에서는 욕심이 났을 테지.

"덕분에 악동으로 소문이 난 것 같습니다만."

"히힛, 괜찮아. 나한테는 비아만 있으면 돼!"

그거야 당연하고. 가만있자, 아론이 나를 찾는답시고 귀족가를 한바탕 들쑤신 상태에서 내가 예비 황태자비로 거론된다면 이번 생에서도 적이 많겠네?

『어차피 정리할 생각이라면 오히려 좋은 거 아니냐?』

그건 그래. 피곤하긴 해도 심심한 것보다야 낫다. 이번에는 후딱 해치울 게 아니라 시간도 끌면서 즐겁게 사는 것도 나쁘지 않겠다는 생각에 슬쩍 입꼬리를 말아 올렸다.

"아론, 이번 생에서도 잘 부탁하겠습니다."

"응! 나야말로 잘 부탁해, 비아!"

⚜⚜⚜

"아가씨, 너무 예쁘세요. 어쩌면 이렇게나 아름다우실까."

응. 내가 생각해도 그래. 수긍하자마자 샤이탄의 혀 차는 소리가 들리기는 했지만 이제는 면역이 됐는지 잔소리는 안 한다. 하긴 인정할 건 해야지. 그게 좋은 습관이라고.

『말해 봐야 소용이 없으니 안 하는 것뿐이다.』

됐고. 내 나이 10살, 오늘은 뜻깊은 날로 아론의 반려로 황태자비가 되는 날이다. 그래 봐야 연회에서 공표하는 간소한 약식에 지나지 않지만 어쨌든 정식으로 황궁에서 살게 됐다는 게 중요한 사실이다. 드디어! 산적들한테서 탈출이라는 거지.

뭐 그래 봐야 잠만 자는 장소가 바뀐 것뿐 별다를 것도 없지만 그래도 그게 어디야? 나로서는 감지덕지 감사해야 할 판이다. 지난 3년 동안 속 시끄러웠던 일을 생각하면 아주 그냥 자다가도 골이 지끈거릴 지경이거든.

처음 만난 그날부터 함께 살자고 들러붙는 아론을 상대로 공룡으로 진화해서 날뛰어 대는 곰을 진정시키느라 진땀 뺀 것을 생각하면 아직도 이가 갈려. 결국은 황제가 권력까지 이용해서 밀어붙인 탓에 예비 황태자비로서 매일 황궁에 출근해서 아론하고 같이 교육받는 걸로 결정을 했었다.

물론 아론이나 나나 특별히 교육이 필요한 것도 아닌지라 둘이서 노는 게 전부였지만. 그것만으로도 얼마나 반대를 하는지 나중에는 오라버니들하고 할아버지까지 대동해서 난동을 피워 댔고 결국은 황후하고 엄마까지 나서서야 조용히 일은 마무리됐다.

양쪽 집안의 실세는 두 여자가 꽉 잡고 있어서 의외로 허무하게 결론이 나 버렸지. 그때부터 매일같이 지내면서 실피드하고 엘라임을 시켜 아론을 지키게 했다. 후궁 자식들인 황자들의 암살 시도가 얼마나 지저분한지.

쯧, 못 오를 나무는 쳐다보지도 말라는데 뭔 욕심들이 그리 많은지 몰라. 비단 그놈들뿐만이 아니다. 나 또한 귀족들의 제거 대상이 되어 목숨의 위협도 심심찮게 받았다. 뭐 그래 봐야 손끝 하나도 안 다쳤지만.

하긴 할아버지부터 아버지, 큰오라버니까지 소드마스터가 세 명이나 있는 집안인데 다칠 리가 있나. 굳이 네놈이 나설 것도 없었다. 그런 데다 둘째하고 셋째 오라버니도 만만찮은 괴물들이라 소드마스터의 경계에 들어서기 직전이다. 한마디로 괴물 집단이라고나 할까.

내가 봤을 때는 좀 시끄러운 바보 산적 곰탱이 수준인 팔불출들이지만 다른 사람들은 혀를 내두르는 게 현실이다. 어쨌든, 지난 3년간 줄기차게 싸워 대더니 결국은 아론의 똥고집이 이긴 덕분에 천만다행으로 오늘의 결과가 나온 것이다.

아론의 악동 짓이 나를 만나면서부터 싹 사라졌거든. 그것만으로도 감사한지 황후하고 황제는 나만 보면 좋아 죽는다. 문제는 아론이다. 내가 옆에 없으면 아무것도 안 하려고 하는 통에 난감한 건 고사하고 잠이 와도 붉게 충혈된 눈으로 내가 어디 갈까 감시하는데 얼마나 무섭던지.

어째 예전보다 집착이 더 심해진 것 같단 말이야. 뭐 그래도 싫지는 않으니까. 그걸로 됐다 싶어 나름대로 좋게 생각하고 마지막으로 거울을 본 후에 시녀들을 대동하고 방을 나갔다가 나도 모르게 흠칫 놀라 한 발 물러났다. 아우, 깜짝이야.

"라비, 정말 이 할아버지를 두고 가는 것이야?"

멀리 가는 것도 아니고 잠자리만 바뀐다니까.

"라비, 아빠는 너무 슬퍼!"

그 얼굴로 그 덩치로 그런 짓 하지 마, 이 인간아!

"지금이라도 마음을 돌리자, 라비."

이미 늦었어, 오라버니. 그러니까 제발 좀 포기해.

"라비! 이건 아니야! 왜 하필 전하인데!"

딱 꼬집어 아론이라서 반대하는 것도 아니면서. 세상 남자는 다 싫다며?

"라비, 네가 몰라서 그래. 남자는 믿을 수가 없어! 다 도둑놈이고 짐승이라니까? 그러니까 지금이라도 늦지 않았어. 황태자는 뻥 차 버리고 집에 가자. 응?"

이걸 그냥 뻥 차 버릴까. 마음 같아서는 그리하고 싶지만 내 발만 아플 것 같아서 포기하고 진득한 한숨만 내쉬자니 때마침 엄마가 다가오며 끈질기게 매달리는 산적들을 단번에 해결해 버린다. 거참 능력도 좋아.

덕분에 가뿐해진 마음으로 엄마 손을 잡고 연회장으로 향했다. 뒤로 커다란 덩치를 축 늘어뜨린 채 울상을 짓고 따라오는 다섯 산적들을 대동하고. 이거야 원 진풍경이 따로 없다. 하긴 이미 소문이 파다할 텐데 새삼스럽지도 않다.

오죽해야지. 도무지 정도라는 걸 모르는 것 같아 속으로 혀를 차고 연회장 앞에 도착하자 먼저 와 있던 아론이 반색하며 덥석 끌어 안는다. 3년 전만 해도 나보다 작았는데 역시 우월한 유전자라는 건가. 고작 8살이면서 어느새 나보다 커진 키에 만족스럽게 웃었다.

"떨어지십시오, 전하. 아직 정식으로 황태자비가 된 것은 아닙니다."

"아직도 그 소리야? 어지간하면 포기해."

내 말이 그 말이야. 이제 제발 좀 포기하지. 공표를 목전에 두고도 미련을 못 버렸는지 단체로 으르릉거리는 산적들에 엄마가 질린 얼굴로 한숨을 내쉬고는 곰들을 이끌고 먼저 입장해 버렸다. 그제야 만족한 듯 아론이 내미는 손을 꼭 마주 잡고 호명에 맞춰 입장했다.

"제국의 작은 태양, 아드란 체이스트 바칸 바이에르 황태자 전하와 라비엘라 루시 드 라미스 영애 드십니다!"

이제부터 시작이다. 새로운 인생이. 누가 먼저랄 것도 없이 서로를 마주 보고는 씩 입꼬리를 말아 올렸다.